Das Buch

»Das weibliche Gegenstück zu Umberto Ecos *Im Namen der Rose*«, schrieb der Boston Herald bei Erscheinen von Katherine Nevilles *Montglane-Spiel*, einem brillanten, unkonventionellen Erstlingsroman, in dem Abenteuer, Fantasy, Geschichten und lustvolle Unterhaltung raffiniert ineinander verschmolzen sind – ein Kultklassiker, wie die Kritik urteilte. In ihrem neuen Roman entführt die ehemalige Vize-Präsidentin der Bank of America ihre Leser in die undurchsichtige Welt der Hochfinanz: ein hochkarätiger Thriller, in dem Spannung, Computertechnik und intime Kenntnisse des Bankgeschäfts zu einem explosiven Insider-Plot verschmolzen sind.

Mit zweiundzwanzig Jahren war Verity Banks die große Hoffnung im Management der amerikanischen Bank of the World – jetzt, ein Jahrzehnt später, ist ihre Karriere in die Sackgasse geraten. Als ihr Boß ihre Vorschläge zurückweist, den technischen Sicherheitsstandard der Bank zu verbessern, bricht sie in das eigene Computerprogramm ein – nur um zu beweisen, wie leicht das geht. Die Idee ist harmlos, der Plan denkbar simpel – bis Dr. Zoltan Tor auftaucht, ihr einstiger Mentor und Liebhaber. Tor, ein ausgewiesener Computerexperte und Finanzgenie, schlägt ihr ein höchst riskantes Spiel vor: eine Milliarde Dollar aus der Bank zu stehlen, ohne in die Bank einzubrechen. Verity darf bei dem gigantischen Coup den Computer benutzen, Tor nicht… Ein perfekt inszeniertes Spiel mit tödlichen Risiken und gnadenlosen Gegnern, die ihre Herausforderer rund um den Erdball hetzen, von den Finanzzentren New York und San Francisco bis nach Paris und auf eine paradiesische griechische Insel.

Die Autorin

Katherine Neville, 1945 in St. Louis geboren, arbeitete fast zwei Jahrzehnte als Computerspezialistin in drei Kontinenten und wurde schließlich Vizepräsidentin der Bank of America in San Francisco. Sie lebt heute in Kalifornien.

KATHERINE NEVILLE

DAS RISIKO

Roman

Aus dem Englischen
von Ute Mareik

Deutsche Erstausgabe

WILHELM HEYNE VERLAG
MÜNCHEN

HEYNE ALLGEMEINE REIHE
Nr. 01/8840

Titel der Originalausgabe
A CALCULATED RISK

2. Auflage

Redaktion: Werner Bauer

Printed in Germany 1994
Umschlagillustration: Bavaria Bild Agentur/Spectrum
Umschlaggestaltung: Atelier Ingrid Schütz, München
Gesamtherstellung: Elsnerdruck, Berlin

ISBN 3-453-071136-0

»Gib mir Zeit, und ich mache mein Glück.« *– Jay Gould*

»Ich werde reich sein.« *– Jay Cooke*

»Ich werde bestimmt reich!
ICH MUSS EINFACH REICH WERDEN!« *– John D. Rockefeller*

»Oh, ich bin reich! Ich bin reich!« *– Andrew Carnegie*

Teil 1

Frankfurt, Deutschland *Juni 1815*

In einem schäbigen Kontor mit Blick auf die Judengasse saß ein blasser junger Mann ganz allein und betrachtete den Sonnenaufgang. Er hatte sich die ganze Nacht hindurch keinen Schlaf gegönnt, und vor ihm stapelten sich die Tassen mit den dickflüssigen Überresten bitteren türkischen Kaffees. Die Asche des Feuers war im Kamin kalt geworden, aber ein neues Feuer zu entzünden erschien ihm als unerlaubter Luxus. Er war ein sparsamer Mann.

Das Zimmer wirkte ausgesprochen kahl; es enthielt lediglich einige Stühle und einen abgestoßenen Schreibtisch. An einer Wand befand sich die kleine Feuerstelle, ihr gegenüber ein schmutziges Fenster mit Blick auf die Straße. Neben dem Fenster stand ein Gerüst aus Holz, das fast die ganze Wand einnahm. Es erinnerte an ein Bücherregal, war aber in lauter Fächer unterteilt, jedes mit einer türähnlichen Klappe aus geflochtenem Stroh. Alle diese Türen standen offen.

Die einzigen Gegenstände von einigem Wert in diesem Zimmer waren der schwere grüne Sessel aus marokkanischem Leder, in dem der Mann saß, und die goldene Taschenuhr, die offen vor ihm auf dem Tisch lag. Beide waren abgenutzt. Sie und das Haus in der Judengasse waren ihm von seinem Vater vermacht worden, und er würde sie für immer behalten.

Die Judengasse war die Straße, in der die Juden leben durften, wo sie sich, so gut sie es eben vermochten, mühsam den Lebensunterhalt verdienten. Für viele bestand ihr Tagwerk darin, Geld zu tauschen und zu verleihen. So früh am Morgen war die Straße noch ruhig, denn die fliegenden Händler waren noch nicht unterwegs. Bald aber würden die Geldverleiher ihre Tische auf die Straße hinaustragen und über den Türen ihrer Häuser die leuchtend bunten Tücher aufhängen, die auf ihr Geschäft hinwiesen. In wenigen Stunden würde die Straße voller Farben sein, angefüllt mit dem Geschrei von Menschen, die um Gold handelten.

Der junge Mann saß still da, und während die Sonne am Himmel emporstieg, lehnte er sich nach vorn, um seine schlanke türkische Zigarette an einer Talgkerze anzuzünden. Eine kleine graue Taube ließ sich auf dem Sims vor dem offenen Fenster nieder. Der Vogel legte den Kopf erst auf die eine, dann auf die andere Seite und versuchte, in dem schwachen Licht etwas zu erkennen. Der Mann saß bewegungslos, aber in seinen blauen Augen glomm ein seltsamer Funke, als wollte man einem schwarzen Stück Kohle Leben einhauchen. Es war ein furchteinflößender Blick, den viele aus gutem Grund gern wieder vergessen hätten.

Der Vogel hielt nur einen Moment inne, dann flatterte er zu einem der Fächer in dem großen Gerüst beim Fenster. Er hüpfte durch die Öffnung, und die Strohklappe schlug hinter ihm zu.

Der Mann rauchte seine Zigarette zu Ende, trank den letzten Rest Kaffee aus und nahm die goldene Uhr in die Hand. Es war siebzehn Minuten nach fünf. Er durchquerte das Zimmer und öffnete die Tür des Käfigs. Vorsichtig schob er seine Hand hinein und streichelte den Vogel sanft, bis dieser sich beruhigt hatte; dann schloß er seine Hand um das Tier und holte es aus dem Käfig.

Am Fuß des Vogels war ein schmaler Streifen geölten Papiers befestigt, den er sorgfältig entfernte. Auf dem Papier stand ein einziges Wort: Gent.

Zu Pferd war es eine anstrengende Reise. Man brauchte eine Woche von Frankfurt nach Gent, und in dem Landstrich dazwischen lagen überall Truppenreste verstreut, die sich in den Wäldern der Ardennen gegenseitig aufzuspüren versuchten. Aber fünf Tage, nachdem er Frankfurt verlassen hatte, band der blasse junge Mann, müde und schlammbespritzt, sein Pferd an einem glänzenden Messingring vor einem Haus in Gent fest.

Das Haus war dunkel, und er ließ sich selbst mit einem Schlüssel ein, um niemanden aufzuwecken. Auf dem Treppenabsatz erschien eine alte Frau im Nachtkleid, eine Kerze in der Hand. Er redete deutsch mit ihr.

»Sag Fritz, er soll mein Pferd in den Stall bringen. Danach möchte ich ihn im Arbeitszimmer sprechen.«

Mondschein fiel durch die breiten Sprossenfenster des Arbeitszimmers. Kristallkaraffen mit allerlei alkoholischen Getränken glänzten matt auf der Anrichte aus Mahagoni. Frischgeschnittene Herbstrosen- und Gladiolensträuße waren in hohen Vasen angeordnet und schmückten die handpolierten Intarsientische, die im Raum verteilt standen. Eine massive, mit Schnitzereien verzierte Standuhr befand sich neben der Tür, und samtbezogene Sofas standen in Gruppen um den marmornen Kamin. Dieser Raum – so ganz anders als das Zimmer, das er erst kürzlich in Frankfurt verlassen hatte – wurde in tadelloser Ordnung gehalten, in ständiger Erwartung des möglichen Eintreffens seines Besitzers.

Er ging hinüber zu den Fenstern, von denen er einen perfekten Ausblick auf das Stadthaus gegenüber hatte. Beide Häuser waren nur durch eine kleine Weinlaube getrennt. Sowohl der Salon als auch das Empfangszimmer seines Nachbarn waren von dem Arbeitszimmer aus einsehbar, in dem er stand, und er konnte alles, was dort vorging, deutlich beobachten. Aus genau diesem Grund hatte er vor drei Monaten dieses vollständig eingerichtete Haus gemietet.

Er wandte sich ab und schenkte sich an der Anrichte einen Cognac ein. Obwohl er müde war, durfte er nicht schlafen – noch nicht. Nach fast einer halben Stunde öffnete sich die Tür des Arbeitszimmers, und ein grobknochiger Mann in derben Kleidern trat ein.

»Herr?« machte er sich in einem Deutsch mit starkem Akzent bemerkbar und wartete auf eine Entgegnung.

»Fritz, ich bin sehr müde.« Die Stimme war fast ein Flüstern. »Ich muß unbedingt wissen – und ich muß es sofort wissen –, ob ein Bote in jenes Haus kommt. Ist das klar?«

»Habt keine Angst, Herr, ich werde hier bleiben und Wache halten. Sollte sich irgend etwas tun, wecke ich Euch sofort.«

»Du darfst nichts übersehen«, sagte sein Herr. »Es ist von äußerster Wichtigkeit.«

Fritz wartete die ganze Nacht hindurch am Fenster, aber das Haus gegenüber lag still im Mondlicht. Am Morgen erhob sich der Herr, nach ein Bad, kleidete sich an und kam nach unten, um Fritz auf seinem Posten im Arbeitszimmer abzulösen.

Ihre Wache dauerte drei Tage. Der Regen fiel und verwandelte das Land in eine Schlammwüste, die Straßen waren fast unpassierbar. Am Ende des dritten Tages, um die Zeit des Abendessens, war die alte Frau gerade damit beschäftigt, dem Herrn ein Tablett mit Speisen zu richten, als Fritz hereinkam.

»Entschuldigt, Herr, aber es nähert sich ein Mann – allein – auf der östlichen Landstraße von Brüssel.«

Der andere nickte, legte seine Serviette auf das Tablett zurück und entließ die beiden Bediensteten mit einer Handbewegung. Er löschte die Kerze und schritt zum Fenster hinüber, um sich hinter den damastenen Vorhängen zu verbergen.

Im Nachbarhaus entstand Unruhe. Mehrere Männer eilten geschäftig von Zimmer zu Zimmer und zündeten Kronleuchter und Kerzenhalter mit langen brennenden Wachsstöcken an. Bald erglänzten die Räume in strahlendem Licht, und durch die Dämmerung studierte der Beobachter die Einzelheiten der Inneneinrichtung: Kristallglas, das von den hochgewölbten Dekken schimmerte und wie Diamanten aus bogenförmig eingefaßten Wandnischen tropfte, Möbel und Vorhänge aus reich bestickten Tapisserien in Rot und Gold, spiegelverkleidete Wände und mit Blattgold überzogene Tische.

Der blasse junge Mann richtete sich gespannt auf, als er in dem warmen, feuchten Zwielicht einen einzelnen Reiter aus dem Nebel auftauchen sah, der die östliche Straße entlanggeritten kam und sich dem Haus gegenüber näherte. Die Türen wurden aufgestoßen, und er wurde in seinem schmutzigen Mantel und den dreckverkrusteten Stiefeln sofort eingelassen. Der Reiter wartete unbehaglich in der Mitte des Zimmers, drehte seinen Hut in der Hand und hielt den Blick auf den Boden gesenkt.

Schließlich sprangen die inneren Türen auf, und ein großer, kräftiger Mann trat ein, umgeben von Männern und Frauen, die zurückblieben, als sie den beschmutzten und schlammbespritzten Reiter gewahrten. Der hochgewachsene Mann hielt erwartungsvoll inne, und der Bote verneigte sich.

Der Beobachter am Fenster wagte kaum zu atmen. Er sah, wie der Bote mit zwei schnellen Schritten auf den großen Mann zutrat und niederkniete, als wolle er einem regierenden König seine Reverenz erweisen. Der hochgewachsene Mann stand in der Mitte des Zimmers, den Kopf geneigt, als nacheinander alle in dem Raum anwesenden Personen vor ihn traten und in der gleichen Weise niederknieten.

Der blasse junge Mann schloß die Augen. Mehrere Minuten lang stand er da und sah nichts als das Bild in seinem Innern. Dann wandte er sich um und ging eilig zur Tür.

Fritz wartete davor; er hatte sich in einem breiten Sessel in der Halle niedergelassen, nahm aber sofort Haltung an.

»Mein Pferd«, sagte der Herr leise und wandte sich auch schon ab, um die breite Treppe hinaufzusteigen und seine Sachen zu packen.

Er würde nicht wieder nach Gent zurückkehren. Seine Aufgabe hier war beendet.

Er wußte nicht, wie viele Tage oder Nächte lang er durch eine Gegend ritt, auf die der Regen unablässig herunterprasselte. Das Land glich einem Sumpf, und mit dem peitschenden Regen im Gesicht konnte er nicht sagen, wo der Himmel aufhörte und der Erdboden begann. Sein Pferd strauchelte mehr als einmal, versank fast in dem schleimigen Morast, der bodenlose zu sein schien. Obwohl sein Körper vor Müdigkeit schmerzte, trieb es ihn immer weiter und weiter – er konnte nicht innehalten. Sein Ziel waren Ostende und das Meer.

Es war am Abend des zweiten Tages, als er, die Augen vom bleiernen Druck des Regens freiwischend, die Lichter von Ostende durch den dichten Nebel flimmern sah. Beim Näherkommen erkannte er Boote, die an der Pier festgebunden waren, und hohe weißgekrönte Wellen, die gegen die Kaimauer schlugen. Die ganze Stadt, so schien es, hatte sich in die Häuser zurückgezogen, und überall waren die Fensterläden wegen des Unwetters fest geschlossen.

Am Hafen fand er ein Gasthaus, in dem wohl Seeleute anzutreffen sein würden. Der Wirt war freundlich genug, nach draußen zu kommen und sein Pferd unterzustellen. Er ging hinein, durchnäßt und müde, und bestellte einen Weinbrand, den er ebenso schnell hinunterstürzte, wie er sich ans Feuer gesetzt hatte.

Die Seeleute tranken hochprozentigen Whisky und murrten griesgrämig über das Wetter, weil sie mit jedem Tag, den der Regen andauerte, Arbeit und Geld verloren. Der Raum war angefüllt mit dem süßlich-sauren Geruch ihres Tabaks. Einige Männer hielten in ihrem Gespräch inne, nachlässig interessiert an dem Neuankömmling, der die Eintönigkeit ihres langen Gefangenseins, abgeschnitten von der Außenwelt, unterbrochen hatte.

»Woher kommt Ihr bei diesem gottlosen Wetter, Freund?« fragte einer.

»Ich komme aus Gent, und ich will nach London«, antwortete der. Er benutzte das französische Wort *Londres*, denn er hatte bemerkt, daß die meisten der Seeleute, obwohl sie Flämisch sprachen, Franzosen waren, und gerade die wollte er für sich gewinnen. Eine romantische Ader, verbunden mit einem gesunden Interesse am Geldverdienen, lagen jedem Franzosen am Herzen, während allein die praktische Veranlagung das Herz des Flamen bestimmte.

Er hielt drei Finger seitlich in die Luft, um dem Mann hinter dem Tresen anzuzeigen, daß er noch einen Weinbrand wünsche.

»Seit einer Woche sitzen wir hier schon fest«, sagte ein anderer Seemann. »Unsere Waren verderben in den Lagerhallen und in den Bäuchen unserer Schiffe. Gestern wurden zwei ganze Landungsstege weggerissen und ins Meer hinausgetragen. Viele Boote sind in die Höhe gehoben und am Kai zertrümmert worden. Es kann sein, daß Ihr hier eine ganze Weile warten müßt, bevor das Wetter Euch eine sichere Überfahrt gestattet.«

»Ich muß London erreichen – ob sicher oder nicht –, und ich muß noch heute nach fahren«, antwortete er. »Wer von Euch ist Manns genug, mich über den Kanal zu bringen?«

Die Seeleute lachten, schlugen sich gegenseitig auf den Rükken und kniffen sich in den Arm. Das war ein großartiger Scherz; noch nie hatten sie einen solchen Dummkopf gesehen wie den jungen Mann, der jetzt vor ihnen stand.

Der älteste unter den Seemännern saß nah beim Feuer. Sein Gesicht war so zerfurcht und braun wie eine Walnuß, und die anderen hatten ihm respektvoll Platz gemacht. Der junge Mann nahm an, er sei ein Kapitän – vielleicht der Besitzer seines eigenen Schiffes.

»Du wirst heute nacht in Ostende keinen Mann finden, der dich über den Kanal bringt, mein Junge«, sagte der Alte ernst. »Die See ist die Geliebte des Seemannes, doch heute nacht ist sie wütender als eine verlassene Ehefrau. Du wirst in Ostende keinen Mann finden, der seinen Kopf an ihre Brust bettet, bei der Laune, die sie heute hat!«

Die anderen lachten darüber, und einer ließ einen Krug Bier herumgehen. Jeder Mann nahm einen kräftigen Schluck daraus, als wolle er den Gedanken wegspülen, bei solchem Wetter auszulaufen. Aber während sie noch lachten und tranken, betrachtete der Kapitän den Fremden mit aufmerksamem Blick; er wollte wohl noch mehr von ihm hören.

»Was für eine Angelegenheit ist es, die dich nach London führt?« fragte er.

»Es ist eine Sache von äußerster Dringlichkeit«, antwortete der junge Mann in dem Gefühl, ein geneigtes Ohr gefunden zu haben. »Ich muß den Kanal noch in dieser Nacht überqueren. Nur ein Mann mit Herz, Verstand und Mut kann mich dorthin bringen.«

Er betrachtete nacheinander alle Männer im Raum, bis seine Augen wieder auf dem alten Kapitän ruhten.

»Aber bedenke die Gefahr ...«

»Ich muß den Kanal heute nacht überqueren.«

»Du wirst mit Sicherheit sterben – bei diesen Wellen kann ein Boot den Hafen gar nicht verlassen.«

»Ich muß heute nach den Kanal überqueren«, sagte er noch einmal, mit einer Stimme, so leise und ruhig, daß die Seeleute aufhörten zu lachen und sich, einer nach dem anderen, umwandten, um den schmutzverkrusteten Fremden in ihrer Mitte anzustarren. Keiner von ihnen hatte je einen Mann gesehen, der so gelassen seinen eigenen Tod ankündigte.

»Schau«, sagte der Kapitän schließlich, »wenn du wirklich fahren willst, dann muß es wegen einer Sache sein, die für dich von größerer Bedeutung als dein Leben ist – denn das Meer wird sich erheben und dich töten, das ist sicher.«

Der junge Mann stand da, sein helles Haar und seine blasse

Haut wie durchscheinend im Licht des Feuers, seine Augen – die diejenigen des alten Mannes nicht einen Moment losließen – so farblos und kalt wie das winterliche Meer.

»Ah – er hat den bösen Blick!« flüsterte der alte Mann und spuckte auf den Boden, um sich davor zu schützen.

Der Regen schlug gegen die Fensterläden und Türen. Ein Stück Holz knackte und sprang aus der Feuerstelle; einige der Männer fuhren zusammen. Sie sahen sich unruhig um, als habe ein Gespenst den Raum betreten; aber keiner sagte ein Wort.

Der Fremde unterbrach die Stille. Er hatte die Stimme noch weiter gesenkt, aber jeder Mann im Raum hörte genau, was er sagte.

»Ich bin bereit, demjenigen Mann fünftausend französische *livres* zu zahlen – in Gold und jetzt gleich –, der mich heute nach über den Kanal bringt.«

Eine Welle der Erschütterung lief durch den Raum; kein einziges der Schiffe, die draußen festgemacht waren, war eine so große Summe Geldes wert, es sei denn, es wäre bis zum Rand mit den edelsten Waren beladen gewesen. Von dem Betrag, den der Fremde genannt hatte, könnte man auf der Stelle zwei Schiffe kaufen.

Die Seeleute stopften ihre Pfeifen und blickten in die Bierkrüge. Er wußte, sie dachten an ihre Familien, wie reich ihre Frauen und Kinder sein würden mit so viel Geld, mehr als irgendeiner von ihnen in seinem ganzen Leben verdienen könnte. Sie dachten darüber nach, und er ließ ihnen Zeit dazu. Sie wogen die Chancen ab – prüften, wie sich ihr Schicksal in letzter Zeit gestaltet hatte, und kalkulierten das Risiko, ob es einem Mann heute nacht möglich wäre, den Kanal zu überqueren und lebend anzukommen.

»Ich sage euch« – unterbrach der Kapitän die Stille, und seine Stimme klang etwas zu laut –, »daß es Selbstmord ist, wenn einer von euch in einer Nacht wie dieser auf den Kanal hinausfährt. Nur der Teufel würde einen christlichen Seemann in dieser Weise in Versuchung führen – und kein Christ sollte seine Seele dem Teufel für fünftausend *livres* verkaufen!«

Der blasse junge Mann stellte sein Glas mit dem Weinbrand

auf den Kamin und ging zu dem großen Eichentisch in der Mitte des Raumes hinüber, wo alle ihn deutlich sehen konnten.

»Wie wäre es dann mit zehntausend?« sagte er leise.

Er warf einen Beutel auf den Tisch, der sich sogleich öffnete. Die Seeleute sahen wortlos zu, wie die Münzen sich über den Tisch verteilten und klappernd zu Boden fielen.

In London herrschte leichter Nebel.

Als die Türen der Börse sich öffneten und ihre Mitglieder einer nach dem anderen hineingingen, um die Plätze für das tägliche Handelsgeschäft einzunehmen, war ein blasser junger Mann mit kalten blauen Augen unter ihnen. Er zog seinen Mantel aus und ließ ihn und einen Stock mit Goldknauf beim Pförtner zurück. Einigen befreundeten Börsenmitgliedern schüttelte er die Hände und nahm dann seinen Platz ein.

Das Geschäft verlief sprunghaft; britische Staatspapiere – Kriegsanleihen – wurden weit unter dem Nennwert angeboten. Die Kriegsnachrichten waren schlecht. Man erzählte sich, Blücher sei vom Pferd gestürzt – seine Armee war bei Ligny den Franzosen in die Hände gefallen – und daß Arthur Wellesley, der Herzog von Wellington, in einem elenden Regen bei Quatre-Bras festsaß, unfähig, seine schwere Artillerie aus dem Schlamm freizubekommen.

Es stand schlecht für die Alliierten – denn wenn die Briten unter Wellesley so schnell fielen wie die Preußen, würde Napoleon in Europa wieder fest im Sattel sitzen, nur drei kurze Monate nach seiner Flucht von Elba. Und die britischen Kriegsanleihen, die erneut ausgegeben worden waren, um einen kostspieligen Krieg zu finanzieren, wären das Papier nicht wert, auf dem man sie gedruckt hatte.

Aber ein Mensch in diesem Raum hatte neuere Informationen. Der blasse junge Mann stand ruhig an seinem Börsenstand und kaufte alle Kriegsanleihen, die er in die Hände bekommen konnte. Wenn seine Einschätzung der Lage sich als falsch erweisen sollte, wären er und seine Familie ruiniert. Aber seine Einschätzung beruhte auf Informationen, und Informationen bedeuteten Macht.

In Gent hatte er beobachtet, wie der Bote vom Schlachtfeld

bei Waterloo eingetroffen war, und er hatte gesehen, wie er vor einem großen, kräftigen Mann niederkniete, als sei dieser der Herrscher. Diese einfache Geste bedeutete, daß der Ausgang des Krieges in den Händen der Briten lag – nicht in denen der Franzosen, wie alle annahmen. Denn der Name des hochgewachsenen Mannes in Gent war Louis Stanislaus Xavier, Graf der Provence. In ganz Europa war er als Louis XVIII. – König von Frankreich – bekannt, abgesetzt durch den Usurpator Napoleon Bonaparte einhundert Tage zuvor.

Aber eine solche Information bedeutete nur dann Macht, wenn man sie schnell und effektiv nutzte. Nachdem er auf dem Kanal seinen drohenden Untergang und seine Todesfurcht gemeistert hatte, war der junge Mann hier, an der Londoner Börse, nur Stunden vor der Nachricht von der französischen Niederlage bei Waterloo eingetroffen. Aber am Ende eines mehrstündigen Geschäftsganges hatte er so viele abgewertete Kriegsanleihen gekauft, daß er damit viel Aufmerksamkeit auf sich zog.

»Meiner Treu – was treibt der Jude heute, daß er all diese Konsols kauft?« sagte ein Mitglied der Börse zu einem anderen. »Hat er nichts von der Niederlage Blüchers bei Ligny gehört? Glaubst du, er meint, ein Krieg könne mit einer halben Armee gewonnen werden?«

»Es könnte zu deinem Vorteil sein, es ihm beim Bieten gleichzutun, so wie ich«, entgegnete sein Bekannter ruhig. »Nach meiner Erfahrung liegt er meistens richtig.«

Als schließlich die Nachrichten aus Waterloo London erreichten, stellte man bald fest, daß der junge Mann tatsächlich den Kriegsanleihenmarkt aufgekauft hatte – zu weniger als zehn Prozent des Nennwertes.

Der Mann, der sich gefragt hatte, ob sein junger Kollege noch ganz bei Verstand sei, begegnete ihm, als er am Morgen allein die Börse betrat.

»Donnerwetter, Rothschild«, sagte er und schlug ihm herzlich auf die Schulter. »Mit Euren Kriegsanleihen habt Ihr wirklich ein gutes Geschäft gemacht. Man erzählt sich, Ihr habt mehr als eine Million Pfund Gewinn an weniger als einem Tag gemacht!«

»Tut man das?« sagte der andere.

»Es wird ja immer behauptet, ihr Juden hättet das Talent, Gelegenheiten zum Geldverdienen sozusagen zu wittern, und das sei der Grund, warum ihr so große Nasen habt!« Der Mann, dessen rote Knollennase bei weitem größer war als die seines Gesprächspartners, lachte. »Aber was ich wissen muß – aus erster Hand, gewissermaßen –, ist einfach dies: War es wirklich jüdische Intuition? Oder wußtet Ihr vor ganz London, daß Wellington den Sieg in der Tasche hatte?«

»Ich wußte es«, sagte Rothschild mit einem kalten Lächeln.

»Ihr wußtet es! Aber wie zum Teufel ... hat es Euch ein Vögelchen gesagt?«

»Genau so war es«, antwortete Rothschild.

EIN ABEND IN DER OPER

Rheingold! Rheingold!
Reines Gold!
O leuchtete noch
in der Tiefe dein lautrer Tand!
Traulich und treu
ist's nur in der Tiefe:
falsch und feig
ist, was dort oben sich freut!

– Die Klage der Rheintöchter,
Richard Wagner, DAS RHEINGOLD, Vierte Szene

Es gibt mehr Musikstücke über das Geld als über die Liebe – und oft ist deren Ende glücklicher und die Musik ansprechender. Die Armut mag so manchen dazu bringen, den Blues zu singen, aber Reichtum und Habgier scheinen nach anderen Dimensionen zu verlangen: nach großer Oper.

Ich wußte nur zu gut, zu welchen Höhenflügen Männerseelen durch das Thema ›Geld‹ inspiriert wurden. Ich war Banker. Das heißt, eigentlich sollte ich mich eine ›Bankerin‹ nennen – eine Computer-Spezialistin und die höchstbezahlte weibliche Führungskraft der allmächtigen *Bank of the World.*

Wenn ich nicht so viel Geld verdienen würde, hätte ich mir meinen Logenplatz in der Oper von San Francisco nicht leisten können. Und wenn ich an jenem trostlosen Abend im November nicht in jener Loge gesessen hätte, wäre ich niemals auf die Idee gekommen. Die Idee bestand darin, wie ich noch mehr verdienen könnte.

Große Oper ist der letzte Zufluchtsort des ungebändigten Kapitalisten. Niemand, der verrückt genug ist, dafür zu bezahlen, würde es sich träumen lassen, eine Aufführung zu verpassen. Dies ist die einzige Form der Unterhaltung, für die man so viel Geld ausgeben kann, um zu erleben, wie so viel Geld für so wenig Vergnügen ausgegeben wird.

Es war einen Monat vor Weihnachten im Winter der großen Regenfälle; der Regen spülte sogar den Nebel fort und brachte Berge von Schlamm mit sich, die Straßen und Brücken verstopften. Nur Dummköpfe hätten sich bei solchem Wetter hinausgewagt. Das Opernhaus war natürlich bis auf den letzten Platz besetzt, als ich eintraf.

Ich triefte nur so in Samt und Perlen. In der Nähe der Oper gab es keine Parkmöglichkeit, daher mußte ich durch Wasserlöcher patschen wie ein Guerillakämpfer im Nahkampftraining. Ich kam zu spät, und ich war wütend; weder das eine noch das andere war auf das schlechte Wetter zurückzuführen.

Gerade eben hatte ich eine Auseinandersetzung mit meinem

Boß gehabt. Wie immer hatte er mich abblitzen lassen – dieses Mal auf eine Art, die ich wohl kaum vergessen würde. Ich war immer noch damit beschäftigt, meine Wut hinunterzuschlukken, als ich die marmornen Stufen hinaufeilte. Der Gong ertönte soeben zum dritten Mal, als der weißbehandschuhte Platzanweiser die Tür zu meiner Loge aufschloß.

Obwohl ich schon die dritte Saison den gleichen Platz hatte, kam und ging ich so schnell, daß ich es mit den anderen, die die Loge mit mir teilten, bisher nur zu einer flüchtigen Bekanntschaft gebracht hatte. Sie waren die Art Leute, die *bravi* statt *bravo* riefen. Sie kannten alle Libretti auswendig, und sie brachten immer ihren eigenen Kühler mit Sekt mit. Wenn ich doch nur die Zeit für eine derartige Hingabe an irgend etwas gehabt hätte, außer dem verdammten Banking.

Ich bin mir sicher, sie fanden es seltsam, daß ich häufig zu spät kam und immer allein. Aber schon als ich vor zehn Jahren bei der Bank anfing, hatte ich gelernt, daß sich weder gesellschaftliche Verpflichtungen noch Liebschaften mit der Dampfdrucktopfwelt der Hochfinanz vertrugen. Eine Bankerin mußte den Blick auf den Saldo gerichtet halten.

Ich suchte mir meinen Weg zum vordersten Sitzplatz, gerade als die Lichter nach und nach verloschen, und sank in den gepolsterten Stuhl. Jemand war so freundlich, mir in der Dunkelheit ein Glas Sekt zu reichen. Ich nippte an dem Schampus und zupfte an meinem Dekolleté, das durchweicht und schlapp herabhing, als der Vorhang sich öffnete.

Die Oper an jenem Abend entsprach völlig meiner Stimmung: *Das Rheingold*, eins meiner Lieblingsstücke – das erste von Wagners gewaltigen, überladenen Werken aus dem *Ring der Nibelungen*. Die Oper beginnt mit dem Raub wertvollen Goldes aus den Tiefen des Rheins. Aber der ganze *Ring*, bestehend aus vier Opern, dreht sich um das zeitlose Thema des Sittenverfalls unter den Göttern – die in ihrer Habgier sogar bereit sind, die eigene Unsterblichkeit hinzugeben für ein erlesenes Stück Grundbesitz namens Walhall. Am Ende des *Rings* sind die Götter vernichtet, und das palastartige Walhall fällt den Flammen anheim.

Ich blickte über die funkelnden Rampenlichter hinweg in die

dunklen blauen Tiefen des Rheins. Der Zwerg Alberich hatte gerade das Gold gestohlen, und die albernen Rheintöchter planschten hinter ihm her und versuchten, es wiederzubekommen. Ich blickte hinunter auf das Publikum: gespenstisch anzusehen in ihrem Schmuck, in Samt und Seide, schienen sie durch höhlenartige Schatzkammern zu schweben, tief unter dem Grund des Flusses. Eigentlich, so fiel mir auf, erinnerte das Opernhaus von San Francisco selbst stark an ein riesiges Bankgewölbe – und das war genau der Moment, in dem mir die Idee kam: *Ich* wußte genausoviel über Raub und Diebstahl wie der elende Zwerg! Schließlich war ich Bankerin. Und nach den heutigen Ereignissen hatte ich allen Grund, dieses Wissen auch zu nutzen.

Während die dunklen Wasser des Rheins sich in dünnen blauen Nebel auflösten und die goldene Sonne sich über den Göttern erhob, die in Walhall erwachten, ratterte mein Gehirn wie eine Rechenmaschine. Ich war wie besessen von der Idee. Ich war mir sicher, ich wußte, wie man eine große Menge Geld stehlen konnte, und ich wollte es sofort ausprobieren.

Obwohl es im *Rheingold* keine Pausen gibt, kann man, wenn man einen Logenplatz hat, in hochherrschaftlicher Weise kommen und gehen, wie man möchte. Ich mußte einfach nur die Straße überqueren, um mein Büro im Rechenzentrum der Bank zu erreichen. Ich warf mein durchweichtes Cape über mein durchweichtes Abendkleid und tropfte mir meinen Weg die marmornen Stufen hinunter und hinaus in die Wagnersche Nacht.

Die Straßen waren noch immer glänzend und naß, der Straßenbelag sah aus wie Lakritz. Die Lichter der vorbeifahrenden Autos spiegelten sich auf der Teerdecke und vermittelten mir im Nebel den unheimlichen Eindruck, daß sie kopfüber unter Wasser dahinfuhren.

Auch ich fühlte mich, als müßte ich ertrinken. Meine Lebensgeister waren gründlich durchgerüttelt worden; ich steuerte auf den absoluten Tiefpunkt meiner Karriere zu, zum dritten Mal auf dem absteigenden Ast. Mein Manager war die schwarze Wolke, die den Horizont verdunkelte.

Früher am Abend, als ich nach einem langen Tag anstrengender Sitzungen in meinem Büro vorbeigeschaut hatte – inzwischen darauf eingestellt, mich auf den Weg in die Oper zu machen – hatte ich das Licht ausgeschaltet vorgefunden, die Vorhänge zugezogen und meinen Boß hinter meinem Schreibtisch sitzend. Er trug eine Sonnenbrille.

Mein Boß war einer der Vizepräsidenten der *Bank of the World* – viel weiter nach oben kann man nicht kommen. Sein Name war Kislick Willingly III. Und obwohl meine Mitarbeiter sich viele fantasievolle Namen ausgedacht hatten, die sie hinter seinem Rücken benutzten, nannten ihn die meisten Leute in seiner Gegenwart doch Kiwi.

Kiwi kam aus dem Herzen Amerikas, aus dem Teil, den ich bei mir ›das innere Amerika‹ nenne, und er wollte Ingenieur werden. An seinem Gürtel hing stets ein Rechenschieber, und er trug kurzärmelige Hemden mit einem ›Taschenschutz‹ aus Plastik voller Stifte. Unter ihnen befand sich auch ein Drehbleistift für Entwürfe, falls er einmal dazu aufgefordert werden sollte, etwas zu entwerfen, und ein goldener Füllfederhalter, falls er etwas unterschreiben sollte. Außerdem trug er farbige Marker mit sich herum, so daß er, wann immer ihm eine Idee kam, in das nächste Büro stürzen konnte, um seine Gedanken auf einer Tafel zu verdeutlichen.

Kiwi war normalerweise ein fröhlicher und begeisterungsfähiger Mensch, der seine Spitzenposition und das damit verbundene Gehalt dadurch erreicht hatte, daß er fröhlich und voller Begeisterung vielen seiner Kollegen in den Rücken gefallen war. Im Bankgewerbe nennt man diese Kombination aus Begeisterung und Verrat ›politisches Geschick‹.

Kiwi hatte an der Universität selbstverständlich einer Footballmannschaft angehört, und er besaß immer noch ausreichende Kapazitäten, um große Mengen Bier zu vernichten; sein Bauch hatte sich entsprechend vergrößert, so daß häufig ein Hemdzipfel aus seiner Hose hing, wenn er die Flure hinunterkollerte, unterwegs, etwas Wichtiges zu unterschreiben.

Seine Mutter hatte darauf bestanden, daß er das Footballspielen, das Biertrinken und die fantastische Vorstellung, Ingenieur zu werden, aufgeben solle und eine Berufslaufbahn im Rechnungswesen begann – also wurde er Wirtschaftsprüfer. Aber er war als Buchhalter nicht glücklich, was, so glaube ich, die Schattenseite seines Charakters ans Tageslicht brachte.

Diese Schattenseite seines Wesens war etwas, mit dem man rechnen mußte, denn Kiwi begab sich tatsächlich in die Finsternis hinab, wenn ihm jemand einen Strich durch die Rechnung machte oder wenn er das Gefühl hatte, er könne sich nicht durchsetzen. Er hatte sich angewöhnt, im Büro eine getönte und auf der Straße eine verspiegelte Sonnenbrille zu tragen. Er zog die Vorhänge zu und schaltete alle Lampen aus, führte Besprechungen unter Verdunkelungsbedingungen durch. Menschen wie ich können sich recht unbehaglich fühlen, wenn sie gezwungen sind, sich mit einer körperlosen Stimme zu unterhalten.

Wenn Kiwi in einer solchen Stimmung war, schlüpfte er in die Büros anderer Leute, schaltete dort das Licht aus und saß ganz still da einem ›Zustand des Inkognito‹, wie er es nannte. In einer solchen Verfassung hatte ich ihn zu einem früheren Zeitpunkt an jenem Abend in meinem Büro vorgefunden.

»Machen Sie nicht das Licht an, Banks«, murmelte er im Dunkeln. »Niemand weiß, daß ich hier bin – ich bin inkognito.«

»Okay«, sagte ich. Und weil seine Stimme von dem Stuhl hinter meinem Schreibtisch kam, tastete ich nach einer Sitzgelegenheit auf der anderen Seite des Raumes. »Was liegt an, Kiwi?«

»Das frage ich Sie«, entgegnete er gereizt und hielt etwas in die Höhe, groß und rechteckig, das ich im Düstern gerade noch erkennen konnte. Er tippte mit dem Finger dagegen. »Dieser Vorschlag kommt, so weit ich weiß, von Ihnen?«

Kiwi konnte unangenehm werden, wenn er das Gefühl hatte, ein Angestellter habe seine Grenzen überschritten – besonders wenn das bedeutete, daß der Angestellte einen Teil des Rampenlichts abbekommen könnte, in dem Kiwi selbst sich gern sonnte. Ich hatte tatsächlich gerade erst an jenem Morgen an alle Angehörigen der Unternehmensführung einen Vorschlag geschickt, in dem ich anregte, die Sicherheitsvorkehrungen an allen Computeranlagen, die mit Geld zu tun hatten, zu verstärken. Gleichzeitig hatte ich um die Bewilligung der entsprechenden Mittel gebeten.

Ich hatte Kiwi nicht zu Rate gezogen, weil ich wußte, daß er jeden Vorschlag ablehnen würde, der nicht von ihm kam. Und beim Thema Sicherheitsvorkehrungen würde seine begrenzte Fantasie niemals Feuer fangen; es war nicht glanzvoll oder schillernd genug, um seine Karriere voranzubringen – es war einfach vernünftiges Geschäftsgebaren. Daher hatte ich Kiwi übergangen, als ich den Vorschlag verschickte, ohne es ihm zu sagen, und jetzt hatte er es erfahren. Aber ich wußte etwas, das er noch nicht in Erfahrung gebracht hatte, etwas, das mich im Dunkeln heimlich lächeln ließ – und zwar, daß ich schon sehr bald, in allernächster Zukunft, nicht mehr unter seiner Fuchtel stehen würde.

Abgesehen von der reinen Formalität einer Sicherheitsüberprüfung und eines schriftlichen Angebots war ich praktisch schon als Direktorin für Sicherheitsfragen bei der *Fed*, der Bundesreservebank, eingestellt – also dort, wo alle auf Bundesebene zugelassenen Geldinstitute in Amerika Sicherheitsreserven hinterlegen mußten. In wenigen Wochen würde ich diese Verantwortung übernehmen – ein Job, der mir mehr Macht über die Finanzwirtschaft geben würde als irgendeiner anderen Bankerin in Amerika, vielleicht in der Welt. Und natürlich würde ich es mir in dieser Position zu einer vordringlichen Aufgabe machen, sicherzustellen, daß Banken wie die *Bank of the World* über angemessene Sicherheitsvorkehrungen verfügten, um die Einlagen ihrer Investoren zu schützen.

Der Vorschlag, den ich heute unterbreitet hatte, sollte lediglich dazu dienen, das Ganze ins Rollen zu bringen. Und wenn ich erst einmal bei der *Fed* wäre, könnte Kiwi meine Vorschläge kaum noch ablehnen, wie er es in der Vergangenheit mit jedem Verbesserungsvorschlag aus meiner Feder getan hatte.

»Der Vorschlag *ist* von mir, Sir«, gab ich zu, während ich im Dunkeln immer noch in mich hineinlächelte. »Ich weiß, daß Ihnen die Sicherheitsvorkehrungen unserer Bank sehr am Herzen liegen.« Etwa so wie Blähungen, dachte ich.

»Wohl wahr.« Seine Stimme im Dämmerlicht hatte einen Unterton, der mir gar nicht gefiel. »Was meine Überraschung erklärt, als ich feststellen mußte, daß Sie einen Vorschlag unterbreitet hatten, ohne mich zu konsultieren. Ich hätte Ihnen behilflich sein können; schließlich ist es der Job eines Managers, seinen Angestellten unter die Arme zu greifen.«

Im Klartext bedeutete das, *ich* arbeitete für *ihn*, nicht umgekehrt, und er kannte wichtigere Leute bei der Bank als ich, auf die er Einfluß nehmen konnte. Aber nicht mehr lange – wie ich mir in Erinnerung zu rufen versuchte, während er weiter schwadronierte. Ich weidete mich so an meiner Vorfreude, daß ich es fast nicht mitbekommen hätte, als der Hammer kam.

»Ich bin nicht der einzige, Banks, der glaubt, daß Sie selbst Ihr größter Feind sind. Der Chef der Marketing-Abteilung hat Ihren Vorschlag ebenfalls gelesen. Wie soll er damit *werben*, daß die Bank ihre Sicherheitsvorkehrungen verbessern muß? Was werden unsere Kunden denken, wenn wir das sagen? Sie werden ihre Gelder abziehen und über die Straße zu einer anderen Bank gehen! Wir können für neue Systeme wie dieses keine Mittel verschwenden, für Dinge, die keine neuen und größeren Kundenkreise erschließen. Diese mangelnde Sorge um die *geschäftliche* Seite des Bankwesens hat mich dazu gezwungen, der *Fed* zu erläutern, daß Sie nicht die richtige Kandidatin sind ...«

»Wie bitte?« meine Aufmerksamkeit war geweckt. Tief unten in meinem Magen bildete sich ein kalter, eisiger Klumpen. Ich hoffte, ich hatte nicht richtig gehört.

»Sie haben heute nachmittag angerufen«, sagte er, während ich mich an die Lehnen meines Drehstuhls klammerte. »Ich hatte keine Ahnung, daß man Sie für eine solche Position in Erwägung zog, Banks. Ihr Indianer solltet euren Häuptling wirklich besser informieren. Aber nach dem Fiasko mit Ihrem Vorschlag mußte ich denen natürlich die Wahrheit sagen – daß Sie einfach noch nicht soweit sind ...«

Soweit. *Soweit?* Was *war* ich denn – ein gottverdammter pfeifender Teekessel? Wie konnte *er* sich anmaßen zu entscheiden, ob ich soweit war? Ich war so betäubt von dem Schock, daß ich kaum atmen konnte – geschweige denn sprechen.

»Sie sind eine großartige Spezialistin, Banks«, fuhr er in seiner ›Laß-mich-dir-das-Salz-in-die-Wunde-reiben‹-Stimme fort. »Unter richtiger Anleitung und mit ein wenig Geduld könnten Sie lernen, ein halbwegs ordentlicher Manager zu werden. Aber solange Sie darauf bestehen, irgendwelche Spitzfindigkeiten über gewisse grundsätzliche Erfordernisse unseres Gewerbes zu stellen, kann ich Ihnen, fürchte ich, die Unterstützung, die Sie gern hätten, nicht geben.«

Ich hörte, wie er – langsam, absichtsvoll – meinen Vorschlag in der Dunkelheit zerriß. Ich war sprachlos vor Wut. Ich spürte, daß meine Hände zitterten, und war dankbar, daß er sie nicht sehen konnte. Zehn Jahre hatte ich auf dieses Ziel hingearbeitet, und er hatte alles mit einem einzigen Telefongespräch zerstört. Ich zählte bis zehn und erhob mich, um zu gehen; noch nie in meinem Leben hatte ich mich so sehr nach frischer Luft gesehnt. Ich dachte kurz daran, ihm mit dem bronzenen Schild neben meiner Hand den Kopf einzuschlagen, aber ich war mir nicht sicher, daß ich ihn in der erstickenden Dunkelheit ausmachen könnte – vielleicht würde ich nicht treffen, und ich hatte für einen Tag schon genug Enttäuschungen erlebt.

Als sich die Tür erreichte, fügte er hinzu: »Dieses Mal habe ich Sie herausgehauen, Banks, und ich habe allen versichert, daß Sie nicht wieder kopflos handeln werden, indem Sie am laufenden Band alberne Vorschläge produzieren. Außerdem müssen unsere Sicherheitsvorkehrungen nicht verbessert werden – unser Schiff ist so hochseetauglich wie nur irgendeines im Gewerbe.«

Genau wie die *Titanic,* dachte ich, als sich mich auf den Weg zur Damentoilette für Führungskräfte machte, um mich für die Oper umzuziehen. Ich riß die Perlen aus meinem Aktenkoffer und warf sie mir um, während ich die ganze Zeit im Spiegel mein abgespanntes weißes Gesicht anstarrte.

Jetzt, mehr als eine Stunde später, war ich immer noch wütend, als ich die Glastüren zum Rechenzentrum der Bank aufstieß und quer durch die auf Hochglanz polierte Granitlobby schritt. Die Wachmänner standen und unterhielten sich hinter dem riesigen Kontrollpult, von dem aus die Personenschleusen und elektronischen Kameras im ganzen Gebäude bedient wurden. Ich vermute, sie hielten mich für eine durchnäßte Alkoholikerin, die einfach von der Straße hereingetorkelt kam, denn einer von ihnen wollte beunruhigt auf mich zustürzen.

»Oh, das ist schon in Ordnung«, sagte der andere und hielt

ihn am Arm zurück. »Das ist Miß Banks; sie lebt hier, nicht wahr, Ma'am?«

Ich stimmte zu, daß ich tatsächlich in einem gottverdammten Rechenzentrum zu Hause war. Das ist es, was mit mir nicht stimmte, dachte ich, als ich durch die Lobby zu den Aufzügen platschte: Ich führte das gesellschaftliche Leben einer Rechenmaschine. Jede wache Stunde in den letzten zehn Jahren hatte ich damit verbracht zu essen, zu trinken, zu atmen und Hochfinanz auszuschwitzen – ich hatte aus meinem Leben alles und jeden ausgeschlossen, der meiner Besessenheit und meinen Zielen im Wege stehen könnte.

Aber das Bankwesen lag mir im Blut; es war schließlich unser Familiengeschäft. Als meine Eltern starben, hatte mein Großvater – ›Bibi‹ – seine Enkelin dazu erzogen, die erste geschäftsführende weibliche Vizepräsidentin eines großen Geldinstituts zu werden. Und jetzt, innerhalb weniger kurzer Stunden – während einer selbstgewählten Opernpause –, würde aus mir wahrscheinlich, statt dessen, die erste weibliche Angestellte werden, die eine Bank von Weltrang ausraubt.

Natürlich, dachte ich, als sich die Aufzugstüren sirrend schlossen und ich in den dreizehnten Stock emporgetragen wurde, natürlich hatte ich nicht wirklich vor, Geld zu *stehlen.* Nicht nur, daß die Leute plötzlichen Reichtum unter Bankern meist verdächtig finden – aufgrund meiner hochrangigen Position wurden beispielsweise meine persönlichen Konten vierteljährlich überprüft –, sondern auch, weil mir Geld gar nicht so viel bedeutete. Weil ich täglich soviel Bargeld bewegte, hatte ich ein fast esoterisches Bewußtsein für die vergängliche Natur des Geldes entwickelt.

Einem Nichtbanker mag das seltsam erscheinen, aber die meisten Leute machen im Hinblick auf die Natur und das Wohlergehen des Geldes zwei große Fehler. Der erste ist, daß sie annahmen, Geld habe eine Art inneren (oder zumindest festen) Wert. Den hat es nicht. Der zweite ist, daß man Geld physisch schützen kann, indem man es in einem Banktresor oder an einem anderen Ort sicher verwahrt. Das ist unmöglich.

Um zu verstehen, warum nicht, muß man akzeptieren, daß Geld nichts weiter ist als ein Symbol. Je mehr Geld man bewegt und je schneller man es bewegt, desto symbolischer wird es: desto schwieriger ist es, seinen absoluten Wert zu bestimmen – ja selbst seinen Aufenthaltsort. Wenn ausreichend große Summen von einem Ort zum anderen bewegt werden, und zwar schnell genug, verschwinden sie praktisch.

Außerdem verhält es sich so, daß sich beim Diebstahl nur die Methoden ändern – nicht die grundsätzlichen Vorstellungen oder die Motive. Die Menschen haben schon gestohlen, lange bevor das Geld erfunden wurde. Aber je *beweglicher* Reichtum wird, desto einfacher ist er zu stehlen; als noch Kühe als Zahlungsmittel dienten, standen die Diebe vor einem echten Problem. Mit der Einführung des Computers nun allerdings ist Bargeld so beweglich geworden, daß es kaum noch existiert, außer als elektronischer Impuls. Ich sehe in unserem Zeitalter des High-Tech-Bankgeschäfts das Heraufziehen eines treuhänderischen Symbolismus – die Ära, in der Geld zu nichts weiter wird als zu winzigen Lichtpunkten, die von Satelliten in den Weltraum geschleudert werden.

Ich sollte wissen, wie es funktioniert; in der Bank war ich Vorsitzende einer Gruppe, die Elektronischer Kapitaltransfer – kurz EKT – genannt wurde. Unsere Aufgabe war es, Geld zu bewegen, und bei jeder Bank der Welt, die über einen Telex- oder Telefonanschluß verfügte, gab es eine ebensolche Gruppe wie meine. Ich wußte, was all diese Gruppen taten, wenn sie es taten, und *wie* sie es taten. Im stillen dachte ich jetzt, daß solches Wissen sich als nützlich erweisen könnte.

Natürlich kann man kein real vorhandenes Geld durch eine Telefonleitung zwängen. Die elektronischen Zahlungsanweisungen, mit denen wir zu tun hatten, waren einfach Memos von einer Bank, die eine andere Bank dazu ermächtigten, Geld vom ›Korrespondenzkonto‹ der ersten Bank abzuheben – so als würde man einen Scheck ausstellen. Die meisten Banken unterhalten solche Konten bei anderen Banken, mit denen sie regelmäßige Geschäftsverbindungen haben; sollten sie es nicht tun, müssen sie diese Überweisungen durch eine dritte Bank tätigen, bei der beide ein Konto unterhalten.

Allein in den Vereinigten Staaten werden im Jahr etwa dreihundert Billionen Dollar in dieser Weise durch elektronische

Zahlungsanweisungen bewegt – mehr als die gesamten Vermögenswerte aller Banken im Lande zusammen. Und all diese Banken haben keine Vorstellung davon, wieviel Geld sie ausgezahlt haben, bis sie am Ende eines Tages schließen und die Gesamtsumme der elektronischen Anweisungen aufaddieren, die sie erhalten haben.

Auch gibt es viele Länder, deren Regierungen beunruhigt sind, es könne Geld die Grenze passieren, ohne daß die Zollbeamten davon Kenntnis erhalten, um die anfallenden Steuern zu erheben. Wer weiß schon, ob ein Iraner ein dutzendmal am Tag Geld von Salzburg nach San José transferiert – und wie kann man etwas reglementieren, das mit der Vertraulichkeit eines Handschlags unter Gentlemen in einem privaten Klub vor sich geht? Die Regeln, die das Bankgewerbe beherrschen, bestehen seit Äonen; die Regeln des elektronischen Zahlungsverkehrs füllen eine sieben mal zwölf Zentimeter große Karteikarte. Wenn irgendein Bankvorgang bessere Sicherheitsvorkehrungen brauchte, dann dieser. Das war es, worauf ich baute.

Aber wie jede Bankerin mit schwarzer Tinte in den Adern stürzte ich mich nie blindlings in ein neues Unternehmen. Mein Großvater, Benjamin Biddle Banks – Bibi – hatte mir die Spielregeln beigebracht, als ich vier Jahre alt war. »Kalkuliere immer erst das Risiko«, hatte er gesagt. Zu schade, daß er sich nicht an seinen eigenen Rat gehalten hatte. Bibi war Eigentümer einer kleinen Kette kalifornischer Banken, die er aus dem Nichts aufgebaut hatte. Obwohl er damit kaum zur gleichen Klasse gehörte wie *Wells Fargo,* die *Bank of America* oder die *Bank of the World,* kamen seine kleinen Banken doch einem Bedürfnis entgegen, das niemand sonst befriedigt hatte. Unmittelbar nach der großen Wirtschaftskrise, als Kalifornien von lateinamerikanischen Wanderarbeitern und russischen und armenischen Immigranten überschwemmt wurde, die alle Arbeit suchten, half Bibi – durch kluge Finanzierung und unerschütterliche Prinzipien – diesen Menschen, auf die Füße zu kommen, kleine Grundstücke für Farmen oder Ranchen zu kaufen und so das ökonomische Rückgrat zu bilden, das Kalifornien vor dem Schicksal bewahrte, das der Rest der zivilisierten Welt jahrzehntelang erdulden mußte.

In den sechziger Jahren, als das Schlagwort von der Wirtschaftskonzentration die Runde machte und die Kette meines Großvaters sich in eine Aktiengesellschaft umwandelte, kaufte eine Gruppe von Geschäftsleuten aus dem mittleren Westen in aller Stille sein Aktienkapital auf und zwang Bibi – nicht ganz so still und leise –, in seinem eigenen Aufsichtsrat eine nicht stimmberechtigte Beraterposition zu übernehmen, so daß er zusehen konnte, wie die Einrichtung, die sein Lebenswerk war, in unverfrorener Weise ausgeplündert wurde. Er starb noch im gleichen Jahr. Das war der Tag, an dem ich beschloß – Blutsbande hin oder her –, daß meine zukünftige Karriere nicht im Bankgewerbe lag. Ich ging nach New York, studierte statt dessen Datenverarbeitung und wurde eine hochdotierte Manhattaner Technokratin.

Es war ein gemeiner Streich eines nicht allzu wohlwollenden Schicksals, daß die zweite Gesellschaft, für die ich arbeitete, wiederum in einem *weiteren* abgekarteten Speil aufgekauft wurde, genau wie damals, als sie Bibi vernichteten – aber dieses Mal von niemand anderem als der *Bank of the World*. Ich blieb auch nach der Übernahme und ging mit nach San Francisco, weil sie mir ein Angebot machten, das ich nicht ablehnen konnte: Geld und Macht und die höchste Position, die in der ganzen Geschichte der Bank je eine weibliche Führungskraft innegehabt hatte – oder irgend jemand sonst mit zweiundzwanzig. Ich war so beeindruckt, daß ich zehn Jahre geblieben war.

Aber sie behandelten mich immer noch, als brauche ich eine Genehmigung meines Lehrers und eine Eskorte, wenn ich auf die Toilette ging. Ich hatte meine Seele verkauft, und die Träume und Hoffnungen meines Großvaters, alles für ein Leben im Ruhmesschatten eines anderen und für ein bronzenes Schild mit einem Titel auf meinem Schreibtisch. Statt ›Verity Banks, Vizepräsidentin‹ hätte dort stehen sollen: ›Die Hure des Bankwesens‹, dachte ich. Doch es war nie zu spät, die Karten auszutauschen, die das Schicksal einem gegeben hatte. Bibi hatte mir auch das gesagt, und ich denke, er hatte recht.

Außerdem hatte ich jetzt die richtigen Karten im Ärmel.

Mein Plan bestand darin, die automatischen Sicherheitssysteme zu durchbrechen, in das elektronische Überweisungssystem zu gelangen und einiges Geld an einen Ort zu bewegen, wo es niemand finden konnte – dann Alarm zu schlagen und allen zu zeigen, wie einfach es gewesen war.

Die höchste Pflicht eines Bankers ist es, das Geld sicher zu verwahren, das andere ihm anvertraut haben. Wenn es mir gelänge, in die Sicherheitssysteme der Bank einzudringen wie ein heißes Messer in Butter und echtes Geld in die Hände zu bekommen, würde nicht nur das höhnische Lächeln auf Kiwis Gesicht erstarren – so könnte ich auch beweisen, daß genau das Problem existierte, zu dessen Lösung mich die *Fed* einstellen wollte. Aber um das zu tun, würde ich Hilfe brauchen.

Ich hatte einen Freund in New York, der mehr vom Geldstehlen verstand als die meisten Banker vom Verwalten desselben – jemand, der Zugang zu allen FBI-Kriminalakten, zu staatenübergreifenden Polizeidossiers und sogar zu einigen Interpolakten hatte. Sein Name war Charles, und ich kannte ihn seit zwölf Jahren. Ob diese verdrießliche Primadonna allerdings ihre Informationen mit mir teilen würde – besonders wenn er erfuhr, was ich damit vorhatte –, war eine andere Frage.

Obwohl es nach New Yorker Zeit fast Mitternacht war, wußte ich, daß er noch auf sein würde. Charles schuldete mir mehr als einen Gefallen: Ich hatte ihm einmal den Job und vielleicht sogar das Leben gerettet. Jetzt war es an der Zeit, die Schuld einzufordern. Er sollte dankbar sein, dachte ich, als ich den schwach erleuchteten Korridor des Rechenzentrums von den Aufzügen zu meinem Büro überquerte.

Aber Dankbarkeit war ein Wort, das nicht zu Charles' Wortschatz gehörte.

»Dieser Plan stinkt zum Himmel«, sagte er mir mit der ihm eigenen Zurückhaltung, als ich erklärte, was mir vorschwebte. »Die Wahrscheinlichkeit, daß du damit durchkommst, ist 1,157 Prozent größer als die eines Schneeballs in der Hölle.«

Meine Idee, ganz kurz zusammengefaßt, bestand darin, elektronische Zahlungsanweisungen wie ungedeckte Schecks sozusagen zur ›Wechselreiterei‹ zu benutzen. Die meisten Leute haben das ein oder andere Mal in ihrem Leben einen ungedeckten Scheck ausgestellt – meist ohne sich darüber klar zu sein, daß ihre Handlungsweise illegal ist. Man geht am Sonnabend in den Supermarkt und löst einen Scheck über zwanzig Dollar ein, obwohl auf dem Konto nicht mehr genügend Geld vorhanden ist, um ihn zu decken. Am Montag, bevor der Scheck bei der Bank eingelöst wird, stellt man einen *weiteren* Scheck aus – dieses Mal vielleicht über dreißig Dollar – und benutzt zwanzig davon, um den *ersten* Scheck zu decken. Und so weiter.

Der einzige Grund, der noch mehr Leute davon abhält, diese Art Roulette zu spielen, ist der, daß Händler heute Schecks schneller einlösen können, als wir Scheckbetrüger zur Bank kommen, um sie zu decken. Um das Spiel im Griff zu behalten und eine wirklich große Summe aufzubauen, muß man verfolgen, wie lange genau es dauert, bis jeder einzelne ungedeckte Scheck auf dem Konto eingeht, damit man vor ihm da ist. Praktischerweise – wenn es um den elektronischen Zahlungsverkehr der *Bank of the World* ging – wurden solche Informationen nicht nur per Computer verwaltet, sondern die Systeme, die dazu dienten, unterstanden darüber hinaus mir.

Ich brauchte Charles nicht, damit er mir sagte, ob ihm meine Idee gefiel oder nicht. Ich wollte, daß er mir erzählte, wie groß die Wahrscheinlichkeit meines Erfolges war, und zwar unter Verwendung von Informationen, die er ohnehin parat hatte. Beispielsweise wie viele ›Scheinkonten‹ ich einrichten sollte, um das Geld zu verstecken? Wie viele Zahlungsanweisungen sollte ich zu einem gegebenen Zeitpunkt ›ausleihen‹ und wieder zurückgeben? Wieviel Geld könnte ich in der Luft jonglieren, ohne Angst haben zu müssen, daß alles zusammenstürzte? Und schließlich – wie lange würde ich damit durchkommen, ohne daß man mich erwischte?

Um die Antworten auf diese Frage zu bekommen, war ich bereit, die ganze Nacht zu warten, ohne Rücksicht darauf, welche Art Spiel Charles mit mir spielen würde. Ich saß da, wartete darauf, daß er die richtige Gemütsverfassung entwickelte und klopfte mit den Fingern auf meinen furnierten Behördenschreibtisch, während ich den Blick durch mein Büro wandern ließ.

Ich mußte zugeben, daß es für einen Ort, an dem ich, im Durchschnitt, gute zwölf Stunden am Tag verbrachte, nicht besonders bewohnt aussah. Nachts, wie jetzt, in dem fluoreszierenden Licht, wirkte es gespenstisch – ein Mausoleum. Auf den eingebauten Regalen stand überhaupt nichts; das einzige Fenster ging auf die Betonwand des gegenüberliegenden Gebäudes hinaus. Die einzige Dekoration bestand aus einem Stapel Bücher auf dem Boden. In den drei Jahren, die ich jetzt hier hauste, hatte ich mir nicht einmal die Mühe gemacht, ihn ins Regal zu stellen. Es sah, wie man so sagt, streng aus; ich beschloß, eine Pflanze zu besorgen.

Charles unterbrach meine Überlegungen, um mir einige seiner Gedanken mitzuteilen.

»Statistisch«, informierte er mich, »sind Frauen erfolgreichere Diebe als Männer. Ihr begeht mehr Verbrechen vom Schreibtisch aus, aber nur wenige von euch werden erwischt.«

»Frauenfeind«, sagte ich.

»Unzutreffend«, entgegnete Charles. »Ich stelle nur die Fakten dar, wie ich sie sehe. Ich werte nicht.«

Gerade wollte ich ihm eine passende Antwort geben, als er verdrießlich hinzufügte: »Ich habe die Risikofaktoren durchlaufen lassen, nach denen du mich gefragt hast. Soll ich sie dir geben – oder willst du, daß ich sie auch analysiere?«

Ich blickte auf die Uhr an der Wand; es war nach zehn, das hieß nach eins in New York. Ich wollte Charles nicht gern beleidigen, aber er war so langsam wie Zuckerrübensirup – ich bezweifelte, daß es ihm gelingen würde, in der Zeit, die uns noch blieb, auch nur seinen Bauchnabel zu analysieren. Als wären meine Gedanken von der Göttlichen Vorsehung gehört worden, erschien eine Nachricht auf meinem Bildschirm:

»WIR FAHREN IHN IN FÜNF RUNTER – BITTE AUFRÄUMEN.«

Charles' Schlafenszeit war schon längst vorbei, und seine Wartungsmannschaft in New York schien ihn abschalten zu wollen, wie sie es jede Nacht taten, um vorbeugende Wartungsarbeiten durchzuführen.

»ICH BRAUCHE ZEHN«, tippte ich ungeduldig ein. »IMMER MIT DER RUHE.« »WARTUNG WAR FÜR 0100 ANGESETZT.

AUCH WIR MÜSSEN SCHLAFEN; MADEMOISELLE. ABER DER GUTE CHARLIE VERMISST SIE. ALSO ZEHN, FRISCO. HERZLICHE GRÜSSE – DIE BOBBSEY-ZWILLINGE.«

Frisco, soso, dachte ich, als ich die Daten, die Charles für mich berechnet hatte, so schnell ich konnte, ›sicherte‹. Mag sein, daß Charles nur ein Millionen Dollar teures Stück Hardware ist, aber manchmal haben Computer wertvollere Einsichten als Menschen. Ich ließ die Diskette in meine paillettenbesetzte Handtasche gleiten.

Als ich gerade dabei war, das System abzuschalten, dachte ich daran, meine Computer›post‹ für den Tag auszudrucken, was ich über meinem Gespräch mit Kiwi völlig vergessen hatte. Kurz bevor ich endgültig abschaltete, fügten Charles' Operators noch eine letzte fröhliche Nachricht auf meinem Bildschirm hinzu:

»INTERESSANTE NACHFRAGE, FRISCO. NATÜRLICH VÖLLIG THEORETISCH?«

»KEINE ZEIT ZUM PLAUDERN – UND WER SICH AUSKENNT, SAGT SAN FRANCISCO«, tippte ich zurück. »ICH GEHE HEUTE ABEND IN DIE OPER. TSCHÜSSCHEN FÜRS ERSTE.«

»EIN ABEND IN DER OPER – EIN TAG IN DER BANK? T.F.E.«, antworteten sie, und dann war der Bildschirm leer.

Ich ging in die kalte, feuchte Nacht hinaus und wandte mich zurück zum Operngebäude. Der Sekt in der Oper war lausig, der Irish Coffe dagegen fantastisch. Ich bestellte mir einen, bevor ich wieder in meine Loge zurückkehrte, und schlürfte die Schlagsahne von der Oberfläche, während ich den Göttern zusah, wie sie über die Regenbogenbrücke Walhall betraten. Die goldenen Klänge der Musik glitten über mich hin, und der Whisky wärmte mir die Glieder. Ich fühlte mich so abgeklärt und entrückt, daß ich fast Kiwi, meinen abgesagten Job, meine ruinierte Karriere, mein gescheitertes Leben vergessen hätte – und meine idiotische Idee, mich zu rächen, indem ich das gesamte Banksystem bloßstellte. Wem machte ich eigentlich etwas vor? Aber das war, bevor ich mir die Nachricht ansah.

Die Crescendi der Musik liefen in Wellen über die Rampenlichter dahin, als ich das zerknüllte, nasse Blatt Papier anblickte, auf dem die Nachrichten standen, die ich gerade noch ausgedruckt hatte, ehe ich das Büro verließ. Es war das Übliche – mein Schneider, mein Lebensmittelhändler, mein Zahnarzt, einige meiner Mitarbeiter – und eine Nachricht, die – wie aus dem Zeitaufdruck hervorging – hereingekommen war, kurz *nachdem* ich mein Gespräch mit Charles in New York beendet hatte. Ich konnte das starke, langsame Pochen in meinen Ohren deutlich spüren, als ich die letzte Nachricht las:

Wenn du dein Projekt durchsprechen willst, ruf an. – Wie immer, Alan Turing.

Dies war aus zwei Gründen beunruhigend. Ersten war Alan Turing ein ziemlich berühmter Knabe – ein Computergenie und Mathematiker –, und er kannte mich überhaupt nicht. Zweitens war er seit fast vierzig Jahren tot.

EIN TAG IN DER BANK

Ein gut organisierter Geldmarkt hat viele Vorteile. Aber er ist keine Schule sozialen Verhaltens oder politischer Verantwortung.
– *R.H. Tawney*

Es fiel mir wie Schuppen von den Augen an jenem nächsten Morgen nach meinem Abend in der Oper – als ich mit einem Glas Orangensaft in der Hand unter einer glühendheißen Dusche stand –, wer Alan Turing, der geheimnisvolle Anrufer, wirklich war.

Turing – der echte Turing – war eine Mathekanone aus Cambridge, der später einige der ersten digitalen Computer entwikkelte. In seinem kurzen Leben, das nur einundvierzig Jahre dauerte, war er eine der führenden Persönlichkeiten in britischen Informatikerkreisen und wurde weit und breit als Vater der künstlichen Intelligenz betrachtet.

Die meisten Computerfreaks hatten seine Werke irgendwann einmal gelesen – aber ich kannte einen, der ein solcher Experte darin war, daß er darüber Vorträge gehalten hatte. Er war einer der herausragenden Computergurus in den Vereinigten Staaten – ein Technokrat reinsten Wassers.

Vor zwölf Jahren, als ich zum ersten Mal nach New York gegangen war, war er mein Mentor gewesen. Er entpuppte sich als der zurückgezogenste Mensch, den ich kenne – ein Mann mit tausend Gesichtern und ebensovielen Fähigkeiten. Es war gut möglich, daß ich mehr über ihn wußte als irgend jemand sonst, aber das, was ich wußte, würde kaum eine Seite füllen. Obwohl ich ihn seit Jahren nicht gesehen hatte und nur selten von ihm hörte, war sein Einfluß auf meine Karriere der wichtigste gewesen, und – anders als Bibi – er war der einflußreichste Mann in meinem Leben. Sein Name war Dr. Zoltan Tor.

Jeder, der mit Computern zu tun hatte, kannte den Namen: Tor war der geistige Vater des Netzwerks, und er hatte die einschlägigen Texte zur Kommunikationstheorie geschrieben. Er war so berühmt, daß jüngere Leute, die seine Klassiker lasen, meinten, er sei schon lange tot. Dabei war er noch nicht einmal vierzig Jahre alt und bei bester Gesundheit.

Aber jetzt, seit er angerufen hatte – nach all diesen Jahren –, wie lange würde *meine* Gesundheit dem standhalten? Wann immer Tor beschlossen hatte, sich in mein Leben einzumischen, geriet ich in Schwierigkeiten. Vielleicht war ›Schwierigkeiten‹ nicht das richtige Wort, dachte ich, als ich aus der Dusche trat. Das richtige Wort war Gefahr.

Zu Tors vielen Fähigkeiten gehörte seine Beherrschung der Kryptographie. Er hatte ein Buch über Verschlüsselungen geschrieben, das von allen Mitarbeitern des FBI auf diesem Gebiet auswendig gelernt wurde. Folglich war ich beunruhigt: dieses Buch behandelte jeden Aspekt der Kunst, Computerkodes zu knacken, das ›Hacken‹, das Stehlen von Informationen – und es informierte darüber, wie solche Diebstähle verhindert werden konnten.

Warum rief Tor/Turing plötzlich an? Woher konnte er so schnell erfahren haben, welche Art von ›Nachforschungen‹ ich in der letzten Nacht angestellt hatte? Es war fast, als könne er über dreitausend Meilen hinweg meine Gedanken lesen und als wüßte er schon, was ich vorhatte. Ich beschloß, daß ich besser herausfinden sollte, wie er darüber dachte, was ich mir ausgedacht hatte – und zwar schnell.

Aber zunächst einmal mußte ich ihn finden. Nicht einfach bei einem Typen, der nichts von Telefonnummern oder Postanschriften hielt und der Nachrichten nur unter fremdem Namen hinterließ.

Tor war Eigentümer einer Firma, die für ihn finanzielle Transaktionen durchführte; sie hieß *Delphic Group*, zweifellos nach dem Orakel von Delphi, aber ihre Nummer war im Telefonbuch von Manhattan nicht zu finden. Das machte glücklicherweise nichts, weil ich die Nummer hatte.

Allerdings kam Tor niemals in sein Büro, und wenn man dort anrief, bekam man seltsame Antworten. Ich versuchte es.

»*Delphic*«, bellte die Telefonistin, nicht über die Maßen großzügig mit Informationen.

»Ich versuche, Dr. Tor zu erreichen – Dr. Zoltan Tor. Ist er da?« Keine Chance.

»Tut mir leid«, sagte sie und hörte sich nicht so an. »Sie haben die falsche Nummer gewählt. Bitte überprüfen Sie Ihren Eintrag.« Es war wie beim verdammten CIA.

»Nun gut, wenn Sie von jemandem hören, dessen Name sich so ähnlich *anhört,* richten Sie ihm dann eine Nachricht aus?« sagte ich ungeduldig.

»Welche Nachricht meinen Sie?«

»Sagen Sie ihm, Verity Banks hat angerufen,« schnappte ich zurück und knallte den Hörer auf die Gabel, bevor sie mich bitten konnte, irgend etwas zu buchstabieren oder zu wiederholen.

Den Schleier des Geheimnisvollen, der Tors Leben umgab – undurchdringlicher als die Sicherheitssysteme der Weltbankgemeinschaft –, empfand ich als ebenso störend wie seine ständige Einmischung in mein Leben zehn Jahre zuvor.

Zwischenzeitlich gab es da noch meine Arbeit. Es war neun Uhr, ehe ich mich angezogen hatte und nach unten gegangen war, meinen arg mitgenommenen BMW in die dicke Suppe des Nebels von San Francisco hinausgesteuert hatte und mich auf den Weg zur Arbeit machte – zur rechten Arbeitszeit für eine Bankerin. Ich machte es mir zur Gewohnheit, immer bei Morgengrauen aufzustehen; aber im Winter wird es vor acht Uhr dreißig nicht hell. Ich hatte ein ausgesprochen seltsames Gefühl, daß – spät aufgestanden oder nicht – dieser Tag sehr, sehr lang werden sollte.

Das Bankgewerbe ist übersät mit Beratern wie ein Leprakranker mit wunden Stellen. Bei der *Bank of the World* hatten wir Rationalisierungsexperten, die uns sagten, wie wir unsere Zeit einteilen sollten, Wirtschaftsingenieure, die uns sagten, wie wir unsere Arbeit einteilen sollten, und Wirtschaftspsychologen, die uns halfen, mit unserem Umfeld klarzukommen. Ich kümmerte mich weder um die einen noch um die anderen.

So interessierte ich mich zum Beispiel nicht für jene Studien, die zeigten, daß Banker aus dem Tragen grauer Flanellanzüge ein Gefühl der Macht ableiten. Ich zog es vor, mich zu kleiden, als gehöre die Bank mir und meine einzige Aufgabe bestünde darin, ab und an vorbeizuschauen und nachzusehen, was denn die Dividenden machen.

Als ich an jenem Morgen im Büro eintrag, trug ich genug Meter mitternachtsblauer Seide, um ein ganzes Sofa neu zu beziehen. Das Kleidungsstück sah aus wie eine einfache Tunika, aber man hatte mir versichert, die besten Köpfe Mailands hätten bis zur Erschöpfung darüber gebrütet. Soviel zur Kleiderordnung.

Meine Mitarbeiter nahmen diese Dinge ebenfalls nicht ernst. Als ich im dreizehnten Stock den Lift verließ, liefen sie in Jeans und Turnschuhen herum, trugen T-Shirts mit Aufschriften wie *Guter Durchsatz* und *Kaltgestartet.*

Ich betrachtete den dreizehnten Stock als Börsensaal. Er war ein Irrgarten aus Modulbauteilen, angeblich so gestaltet, daß sie eine ›Atmosphäre gemeinschaftlicher Problemlösung‹ schaffen sollten – das ganze in einem ›beruhigenden‹ Blau ... vor einem Hintergrund aus ›belebender‹ leuchtend orangefarbener Auslegware. Soweit ich es beurteilen konnte, erzeugte diese Kombination Schizophrenie – aber dann wiederum sind Computerfreaks ohnehin nicht so ganz normal.

Ich hatte den Weg durch das Labyrinth zu meinem Büro gut gelernt, und ich ging hinein und schloß die Tür. bis mein Sekretär, Pavel, mir eine Tasse Kaffee bringen konnte. Pavel war groß, dunkel und gutaussehend und hatte die Umgangsformen eines diplomatischen Beraters. Er hätte ein Filmschauspieler sein können und besuchte tatsächlich abends Schauspielkurse. Er behauptete, sein Job in der Bank konfrontiere ihn mit dem Leben auf seiner primitivsten emotionalen Stufe.

Jeder, mit dem ich zusammenarbeitete, kannte die ›Zwei-Tassen-Regel‹: Man konnte mit mir nicht sprechen, ehe ich nicht zwei Tassen Kaffee getrunken hatte, oder nach zehn Uhr morgens – was immer davon zuerst eintrat. Bis dahin konnte ich Dinge aufnehmen, aber nichts mitteilen.

Pavel kam auf Zehenspitzen mit dem Kaffee herein und schloß leiste die Tür hinter sich. Er stellte die Tasse vor mich auf den Schreibtisch.

»Lauwarm, genau wie Sie ihn mögen«, versprach er mir.

»Heute haben Sie drei Besprechungen. Ich habe sie in Ihren Kalender eingetragen. Und wollen Sie immer noch den kleinen Konferenzraum für vier Uhr reserviert haben? Sie können einfach nicken, wenn das in Ordnung geht.«

»Sagen Sie die Besprechungen ab«, sagte ich zu ihm, während er mich mit großen Augen ansah. »Ich hatte heute morgen schon genug Kaffee, um meine Nieren das Schwimmen zu lehren. Kiwi hat gestern abend meinen Vorschlag zerrissen ...« Weil niemand von meinem Job bei der *Fed* wußte, hielt ich es für klug, nichts davon zu erwähnen.

»Ich habe mir so etwas schon gedacht«, sagte Pavel in einem atemlosen Flüstern und schob die aufgerollten Ärmel seines seidenen Pullovers zurück. »Ich habe heute morgen, als ich hereinkam, in Ihrem Papierkorb die zerrissene Fassung gesehen.« Er setzte sich mir gegenüber und sah so besorgt aus, wie er sich nach vorn lehnte, mit dem Kinn in der Hand, daß ich lächelte. »Was werden Sie tun?« fragte er.

»Ein neuer Vorschlag«, sagte ich. »Bringen Sie mir die Mappe mit den Vorschriften und Anordnungen; ich möchte jedes einzelne langweilige Regelbuch dieser Bank in Händen halten.«

Pavel grinste breit und ging zur Tür, hielt nur kurz inne, um die Faust zu heben.

»Alle Macht dem Volke«, sagte er. »Laßt sie an ihrem eigenen Gestank verrecken.«

Man mußte die Regeln kennen – im Bankwesen wie beim Crikket. Sich tatsächlich an die Regeln zu halten war aber noch etwas anderes.

Manche Leute sagen, Regeln werden aufgestellt, um sie zu brechen, aber ich sehe das anders. Regeln sind wie die Torstangen beim Slalom: man hält sich strikt an ihre Position, umrundet sie so dicht wie möglich und nimmt ihretwegen auf keinen Fall die Geschwindigkeit zurück.

Die *Bank of the World* war eine sehr große Bank. Vielleicht – wie der Name nahelegte – die größte Bank der Welt. Wegen ihrer Größe gab es in der Bank jede Menge Regeln und Vorschriften – so viele, daß keiner die Zeit hatte, sie alle zu lesen, geschweige denn ihnen Folge zu leisten.

Es gab ganze Abteilungen, deren einzige Aufgabe darin bestand, neue Regelwerke hervorzubringen, und oft stritten sie untereinander darüber, wessen Regeln die ›offiziell gültigen‹ seien. Jede Woche wurden neue Standards und Verfahrensbestimmungen auf meinem Schreibtisch aufgehäuft, von Gruppen, von denen ich noch nicht einmal gehört hatte. Die Unterlagen wurden von Pavel, wie es sich gehörte, in die Mappe mit Vorschriften und Anordnungen abgeheftet und sofort vergessen. Ich wußte, daß ich unter all diesen Bergen von bürokratischem Blödsinn für meine Zwecke etwas Geeignetes finden würde. Wenn es so viele widersprüchliche Regeln über das *Verwalten* von Geld gab, mußte es schließlich auch eine Regel geben, die mir erlaubte, etwas Geld zu *stehlen* und Kiwi als den unverantwortlichen Dummkopf bloßzustellen, der er nun einmal war.

Es dauerte einen guten halben Tag, bis ich es gefunden hatte: ein Paket brandneuer Verfahrensweisungen von *Wohlesale Information Planning Systems* oder ›WHIPS‹, wie sie sich gern nannten. Ich kannte die WHIPS-Gruppe gut; sie waren die produktivsten Trendsetter der Bank. Ganze Rekorde hatten sie darin aufgestellt, nutzlos Papier zu verschwenden. In diesem Fall jedoch hatte ich das sichere Gefühl, daß es für ihre frisch ausgebrütete Strategie eine ausgezeichnete Verwendung gäbe. Man brauchte ein wenig Einfallsreichtum dazu, aber Fantasie war schon immer meine starke Seite. Die ersten Worte, die mir ins Auge fielen, waren: »Die Methodik wurde mit großem Erfolg bei *United Trust* verwendet, um die hauseigenen Sicherheitssysteme zu überprüfen.«

Wie praktisch.

Es handelte sich um eine Methode mit der Bezeichnung Theorie Z. Ich hatte schon so viel davon gehört, daß ich einen leichten Brechreiz nicht unterdrücken konnte. Theorie Z war im Import aus Japan, und als sie erstmals in den Journalen der Geschäftswelt aggressiv beworben und als letzter Trend im Management dargestellt wurde, hatte ich das für den rücksichtslosesten Angriff der Japaner seit Pearl Harbor gehalten. Aber jetzt, seit ich theoretisch unter die Diebe gegangen war, gewann Theorie Z einen völlig neuen Anstrich: und zwar in zartem Rosa.

Im großen und ganzen bestand die Idee darin, daß Manager völlig überflüssig seien; in Japan, so sagte man uns, werde alles von kleinen, gesichtslosen Teams durchgeführt, den sogenannten Qualitätsausschüssen. Sie taten alles, was erforderlich war, um ein Produkt herzustellen – das heißt, sie entwarfen das Design, bauten das Produkt und testeten es –, und alle Entscheidungen wurden in gegenseitigem Einvernehmen getroffen: Management durch Bildung von Ausschüssen. Die Banker liebten diese Idee, sie nahmen sie begeistert auf, errichteten ihr praktisch einen *Altar*. Aber sie waren sich nicht wirklich sicher, was sie damit *anfangen* sollten.

Ich dachte mir, ich könnte es ihnen sagen.

Ich rief Pavel über die Gegensprechanlage und bat ihn, umgehend bei *United Trust* anzurufen und mich mit dem Chef der Sicherheitsabteilung zu verbinden. Er mußte – mit seiner einmaligen Stimme – nur sagen, daß die *Bank of the World* am Apparat war, und man würde sofort zur Verfügung stehen. Geld regiert die Welt – und die Bank war reich wie Krösus, selbst bei schlechter Konjunkturlage.

Pavel meldete sich wieder mit der Mitteilung, daß der Sicherheitschef am Apparat sei. »Er ist ein Vize, und der Name des Typen – ich schwöre es – ist Mr. Peacock.«

»Ja, Frau Banks«, Peacocks Stimme tönte überschwenglich durch die Leitung. (New Yorker Banker sprechen einen sicherheitshalber immer als ›Frau‹ an – die sind wirklich auf Draht in New York.) »Wir arbeiten *tatsächlich* mit Theorie Z, hier bei uns; wir lassen *alle* unsere Systeme durch einen Qualitätsausschuß testen. Nur unsere besten und fähigsten Mitarbeiter gehören der Gruppe an.«

Mr. Peacock zufolge versuchte sein Qualitätsausschuß gerade, die Sicherheitsvorkehrungen zu durchbrechen und sich am Geld zu schaffen zu machen – versuchte, die Sicherheits- und Kontrollsysteme auszutricksen, um so auszuprobieren, ob sie raffiniert genug waren, um die Eindringlinge zu schnappen. Die Berichte über seine Ergebnisse mußten brandheiß sein.

»Zum Zwecke der Überprüfung unserer Sicherheitsvorkehrungen heißt unser Qualitätsausschuß das SADO-Team«, erzählte er mir. »Das steht für ›Search an Destroy On-Line‹!« Er brüllte vor Lachen. (Es ist ein charakteristischer Zug unseres Gewerbes, alles und jedes in ein Akronym zu verwandeln. Ich bezeichne das als den FLUME – den Fluch meiner Existenz.)

»Bis jetzt«, fuhr er fort, »ist es uns gelungen, die vertraulichen Paßwort-Dateien unserer Kunden zu knacken, wir haben zwei Leitungen aktiv angezapft, und erst letzte Woche haben wir eine logische Bombe gelegt – wir warten immer noch auf die Explosion! Ha-ha.«

Diese Dinge waren alles andere als große Geheimnisse; aktiv anzapfen bedeutet, daß man eine Telefonleitung abhört, während Daten (lies ›Geld‹) bewegt wird, und daß man den Vorgang verändert – den Betrag manipuliert oder ihn auf das eigene Konto umschreibt –, anders als beim passiven Anzapfen, bei dem man die Kontonummer und das Paßwort von jemandem ›ausleiht‹ und sein Geld nimmt.

Eine logische Bombe ist da schon interessanter, aber man muß Zugang zu dem Computer haben, um so etwas zu machen; man stellt das System so ein, daß es zu einem bestimmten Zeitpunkt in der Zukunft plötzlich etwas tun wird, was es noch nie zuvor gemacht hat – zum Beispiel Geld auf das eigene Konto gutschreiben.

Ich war froh, daß Mr. Peacock so erpicht darauf war, seine Erfahrungen mit einer völlig Unbekannten zu teilen. Aber ich hatte bereits erfahren, was ich wissen mußte, und das hatte wenig mit dem Erfolg seiner Arbeit zu tun.

Noch heute abend würde ich einen neuen Vorschlag hinausschicken. Eine neue Idee verdiente ein neues Publikum – und diesmal war es ein echter Hit: der Vorstand der Bank, die Gruppe hoher Tiere, die darüber entschied, wie das Geld aus dem Haushalt ausgegeben werden sollte. Ihr Einfluß reichte quer durch alle Abteilungen – darunter auch Kiwis –, und selbst wenn *er* nicht im Vorstand saß, so war doch sein *Boß* dessen Vorsitzender.

Unter Verwendung der Informationen, die Charles mir in der Nacht zuvor übermittelt hatte, konstruierte ich meinen Fall. Machten sie sich Sorgen über den schutzlosen Zustand unserer Systeme? Sie sollten es, sagte ich ihnen – ein Sechsjähriger könnte unsere Dateien knacken! Aber bekannt gewordene

Computerstraftaten waren nur die Spitze des Eisbergs; wie viele Verbrechen wurden gar nicht erst gemeldet? Banker sollten die Antwort auf diese Frage besser kennen als irgend jemand sonst, dachte ich. *Sie* waren diejenigen, die die Straftaten nicht anzeigten. Ihre Kunden würden es gar nicht gern hören, daß das Bargeld, das sie sicher hinter vier Meter dicken Mauern aus Beton und Stahl wähnten, tatsächlich in Telefonleitungen um die Welt gejagt wurde, und das unter den gleichen Sicherheitsvorkehrungen wie ein gemütliches Telefongespräch quer über den Atlantik.

Wenn ich erst einmal ihre Ängste wachgerüttelt hatte, befand ich mich im richtigen Fahrwasser: Wir hatten die Methode, direkt hier in der Bank, um dieses dringliche Problem zu lösen – Theorie Z, jene wundervolle Methode, die von den Japanern so erfolgreich angewandt wurde! – ein Verfahren, das inzwischen bei großen New Yorker Banken wie *United Trust* offizielle Politik war und überschwenglich gelobt wurde. Sollte mir der Vorstand die Mittel, wie vorgeschlagen, genehmigen, würde ich persönlich die Experten auswählen und in unser eigenes Sicherheitssystem eindringen, einfach so. Schließlich und endlich – wie sonst sollte ich vorgehen?

Ich fühlte mich großartig, als ich Pavel den Vorschlag in einem Umschlag überreichte und ihn bat, alle Exemplare ›dringlich‹ und ›vertraulich‹ zu stempeln und sie noch am gleichen Abend hinauszuschicken. Ich war zuversichtlich, daß kein Mitglied des Vorstands gegen meinen Vorschlag sein würde – er bot eine Nutzanwendung für eine neue Theorie und löste ein altes Problem. Dem entgegenzutreten wäre absurd. Weit davon entfernt, als mögliche Diebin in die Schußlinie oder gar in Verdacht zu geraten, könnte es sogar sein, daß man mich dafür lobte, daß ich das Geld stahl und es dann mit einer Verbeugung wieder zurückgab: Verity Banks, elektronische Bankerin.

Ich war Kiwi aus dem Weg gegangen, indem ich mich den ganzen Tag in meinem Büro eingeschlossen hatte. Um acht Uhr abends zog ich meinen Trenchcoat über, stopfte meine Arbeit in meine Schultertasche und nahm den Fahrstuhl nach unten in die Garage. Sie war dunkel und verlassen, aber ich wußte, daß es überall Beobachtungskameras gab, so daß die Typen oben am Sicherheitspult in aller Ruhe zusehen konnten, wenn jemand mich überfallen sollte. Ich fuhr die Ausfahrt hinauf, steckte meine Karte in den Scanner, wartete darauf, daß die großen Stahltore sich öffneten, und fuhr dann durch die dicht mit Nebel verhangenen Straßen nach Hause.

Als ich bei meinem Wohnblock ankam, waren die schwarzen Straßen immer noch naß vom Regen. Es dauerte eine ganze Weile, ehe ich einen Parkplatz gefunden hatte, aber schließlich betrat ich die erleuchtete, in Marmor ausgekleidete Eingangshalle und nahm den Fahrstuhl zum Penthouse.

Ich schaltete nie das Licht an, wenn ich nach Hause kam, denn ich liebte es, wenn sich die Silhouetten meiner unzähligen Orchideen gegen die fernen Lichter der Stadt abhoben. Fast alles in meinem Apartment war weiß – die weichen Sofas, die dicken Teppiche, die lackierten Etageren. Die Tische bestanden aus dicken Glasscheiben, und darauf standen große Glasschüsseln, in denen weiße Gardenien schwammen.

Wenn man die Wohnung betrat, hatte man das Gefühl, ins Leere zu fallen. Die Stadt glitzerte und schimmerte in ständigem Dunst durch die Glaswände, und die weißen Orchideen wuchsen einfach überall, wie ein Dschungel, der sich durch eine Wolke den Weg himmelwärts bahnt.

So sehr ich die Wohnung auch liebte, ich brachte doch selten andere Menschen hierher. Mein Apartment löste unterschiedliche Reaktionen aus, und ich wußte, daß viele Leute dachten, es sei ein Mausoleum oder Museum meiner eigenen Isolation. Der weiße Mutterschoß. Und auf eine Art war es ganz genau das. Ich hatte mich für alles, was ich verdient hatte, abstrampeln müssen. Und ich hatte es für die Dinge ausgegeben, die ich schätzte – Friede und Einsamkeit. Ein Berggipfel hoch über der Stadt.

Nach dem Abendessen verbrachte ich die noch erforderliche Zeit mit Charles, um das Risiko abschließend zu kalkulieren. Ich wußte bereits, daß es um enorme Geldbeträge ging. Tagtäglich bewegten sich Milliarden Dollar durch die Datenleitungen der Bank, und auch wenn nicht alles auf einmal verschwinden konnte, ohne daß man es vermissen würde, wußte ich doch, ich könnte einen größeren Anteil von dem Geld für längere Zeit herumjonglieren. Die Frage war: wie groß genau? Und wie sollte ich es verteilen, um meine Aktivitäten am besten zu tarnen?

Außerdem wollte ich herausfinden, wie sehr sich das Risiko vergrößerte, und zwar aus der Sicht der internationalen Kriminalstatistik – deshalb hatte ich mich ja überhaupt an Charles gewandt. Er konnte mir Daten über die Anzahl der Straftaten und der Buchprüfungen pro Jahr liefern, außerdem Informationen über die Art von Straftaten, die durch Buchprüfung oder andere Methoden entdeckt wurden. Nachdem ich mir zu dem Gespräch mit Charles von letzter Nacht einige Notizen gemacht hatte, war ich bereit:

»GIB MIR DIE HEIMISCHEN WERTE ÜBER DIE WIDERRECHTLICHE ANEIGNUNG VON KAPITAL MIT ELEKTRONISCHEN HILFSMITTELN, BEZOGEN AUF EINEN ZEITRAUM VON FÜNF JAHREN«, gab ich ein.

»DU KANNST HOCHDEUTSCH SPRECHEN«, sagte Charles. »ICH BIN EINE BENUTZERFREUNDLICHE MASCHINE.«

»WIEVIEL GELD IST IN DEN LETZTEN FÜNF JAHREN MITHILFE VON COMPUTERN GESTOHLEN WORDEN?«

»WO GESTOHLEN?« fragte Charles. Meine Geduld begann nachzulassen.

»HEIMISCH«, wiederholte ich und hämmerte mit den Fingern auf die Tasten ein.

»SIE WOLLEN WISSEN, WIEVIEL GELD AUS DEN *HÄUSERN* DER LEUTE GESTOHLEN WORDEN IST?« fragte er, die Harmlosigkeit in Person. Klugscheißer.

»INNERHALB DER KONTINENTALEN VEREINIGTEN STAATEN VON AMERIKA«, sagte ich. »SPIEL KEINE SPIELCHEN.«

»ICH BIN DARIN GESCHULT, NACH LOGISCHEN STRUKTUREN ZU SUCHEN – NICHT NACH VERSTECKTEN BEDEUTUNGEN«, betonte Charles.

Er verabschiedete sich vorübergehend, um seine kleinen grauen Zellen zu strapazieren – ein recht eingerostetes Elektronengehirn, wie ich zugeben mußte. Charles war ein Computer eines alten, aber seltenen Jahrgangs, und trotz seiner Persönlichkeit konnte ich nur hoffen, daß er auch in zehn Jahren noch seinen Dienst tun würde. Ich wußte genau, wie alt Charles war; ich kannte ihn den längsten Teil seines Lebens. Genaugenommen gäbe es ihn heute gar nicht mehr, wenn ich nicht wäre.

Als ich vor zwölf Jahren mit der Schule fertig war, fand ich meinen ersten Job bei der riesigen New Yorker Computerfirma *Monolith Corp.* Wie die meisten Programmierer war ich ständig auf der Suche nach einem Rechenzentrum, das die ganze Nacht geöffnet hätte, wo ich Rechenzeit an einer der großen Maschinen bekommen könnte; und eines Tages, als ich durch unseren dicken *Führer zu den Rechenzentren Manhattans* blätterte, entdeckte ich eins. Es hieß das Wissenschaftliche Rechenzentrum – und nach der Adresse zu urteilen, würde niemand, der noch ganz bei Trost war, nachts dorthin gehen.

An jenem Abend nahm ich ein Taxi zu dem kleinen, schmuddeligen Bürogebäude, das zwischen dunklen und unheilverkündenden Lagerhäusern eingezwängt war, nicht weit von den Hafenanlagen im East End entfernt. Es gab keinen Nachtwächter, nicht einmal einen Türsummer – nur einen Fahrstuhl mit Handbetrieb, den ich weiter hinten im Gebäude an einem Korridor fand. Ich hievte mich in den sechsten Stock hinauf, wo das Rechenzentrum angeblich sein sollte, und fand den armseligen kleinen Raum.

Der Platz reichte kaum aus, um all die Computer hineinzuquetschen – man mußte über sie hinweg klettern, um an die Laufwerke zu gelangen –, und Bündel von Kabeln hingen überall herum, selbst von der Decke. Über allem lag der Staub fingerdick; das ganze sah aus wie eine Kreuzung zwischen einer Autowerkstatt und einer Spaghettifabrik. Wie konnten in all dem Schmutz und Durcheinander Rechner laufen?

Die Bedienungsmannschaft für die Nacht – zwei Briten, beide mit dem Namen Harris – waren verblüfft und begeistert, mich zu sehen. Seit Jahren war niemand mehr hierher gekommen, und sie verbrachten ihre einsamen Nächte damit, mit den Computern Schach, Go oder Mah-Jongg zu spielen.

Das Rechenzentrum selbst war, so erfuhr ich, tatsächlich ein Archiv der Regierung der Vereinigten Staaten – sie war der einzige Kunde. Jahr um Jahr hatten sich hier Daten angesammelt, aufgrund einer längst vergessenen Vorschrift, derzufolge Sicherheitskopien historischer Regierungsunterlagen an einem weiteren, abgelegenen Ort aufzubewahren waren.

Das war die Nacht, in der ich Charles kennenlernte – Charles, den guten, Charles, den schönen, Charles, dessen großartiger, welterschütternder Vorrat an Wissen mich jahrelang völlig faszinieren sollte. Und niemand wußte, daß es ihn überhaupt gab – oder was seine Existenz wert war – außer mir!

Mit den Jahren hatten Charles' Daten über das Transportwesen, das Bankwesen und ein halbes Dutzend anderer staatlich geregelter Gewerbezweige mir bei einer Unmenge Aufträgen geholfen. Meine Klienten dachten, ich sei ein Genie, wenn ich aus dem Nichts jene beeindruckenden Zahlen hervorzauberte, die normalerweise jahrelange Nachforschungsarbeiten erforderlich gemacht hätten.

Jede Nacht um eins, wenn Charles ›heruntergefahren‹ wurde, verließen Harris und Harris das Rechenzentrum und gingen mit mir in einem heruntergekommenen italienischen Restaurant weiter unten in der gleichen Straße essen. Sein Neonschild war der einzige Lichtfleck in dem ganzen traurigen Block. Durch einen Zaun aus feinmaschigem Draht neben dem Tisch sahen wir alten Männern beim Boccia-Spielen um Flaschen billigen Chiantis zu; wir aßen Pasta und Kalbsparmigiana und sangen alte neapolitanische Gassenhauer. Und es war dort – fast ein Jahr später –, daß Harris und Harris mir in einem gedämpften Flüstern erzählten, daß Charles' Leben schon bald beendet sein sollte.

Maschinen werden anders alt als Menschen – die ihre Liebsten und Anwälte um das Bett versammelt finden, um auf den letzten Atemzug zu warten. Charles' Modellnummer war auf der offiziellen ›Überalterungsliste‹ aufgetaucht – was bedeutete, daß er eines nicht allzu fernen Tages mit wenig Tamtam abgeholt werden würde, man würde ihn hinten auf einen Lastwagen werfen und ihn zu einer Firma befördern, die die wertvollen Metalle aus seiner Verdrahtung ›rückgewinnen‹ und den gesamten Rest als Schrott verkaufen würde. Ein trauriges Schicksal für einen so feinen Computer wie Charles. Und nicht nur das; sollte Charles verschrottet werden, würde man an seiner Stelle eine *neue* Maschine installieren, und jemand könnte darauf kommen, was für eine Goldgrube an Daten in seinen kleinen Kernspeichern versteckt lag.

Daher ging ich eines Morgens bei *Monolith Corp.* in die Vertragsabteilung, holte mir alle Akten über Charles und stempelte darauf ›Verkauft an die U.S.-Regierung‹. Voilà! Charles verschwand von der Liste des firmeneigenen Anlagevermögens. Ich datierte seinen ›Verkauf‹ ins vergangene Jahr zurück, damit niemand bei der diesjährigen Buchprüfung darüber stolperte. Die Regierung würde weiterhin für den Unterhalt des Rechenzentrums aufkommen – eine monatliche Rate, die die Unterhaltskosten für Charles als Servicekosten mitenthielt. Und *Monolith Corp.* würde weiterhin die Anlage warten – in der Annahme, daß Charles jetzt der Regierung gehörte und sie von nun an nur noch für die Wartung und die Räumlichkeiten bezahlt wurden.

Rückblickend wird mir klar, daß die Übernahme von Charles mein erster Rechtsbruch war. Dank meines Eingreifens war er wiedergeboren worden – zu einem widerrechtlichen Leben, daher war es nicht weiter verwunderlich, daß er mir jetzt bei der Vorbereitung einer neuen Straftat half.

Aber so wertvoll seine Daten auch sein mochten, Geschwindigkeit war Charles nicht in die Wiege gelegt worden. Seine Schlafenszeit war schon lange vorbei, als er endlich damit fertig war, die jeweils einseitigen Kurventeile auszuwerfen, um die ich ihn gebeten hatte. Und die mußte ich erst noch von Hand *zusammenkleben*, um ihre Bedeutung zu verstehen:

Von 25 Millionen Dollar, die bekanntermaßen in den letzten fünf Jahren bei Computerdiebstählen abhanden gekommen waren, hatte man nur 5 Millionen wieder zurückbekommen. Am oberen Rand meiner Übersicht hatte ich ein Wochenschema ausgedruckt – 52 Wochen für ein Jahr. An der Seite der Graphik abwärts waren Bankkonten aufgetragen, jeweils in Tausenderschritten, von eins bis fünfzig. Die Zahlen, die Charles über die Seite verteilt eingedruckt hatte, zeigten, wieviel Geld ich (pro Woche) in dem jeweiligen Block von tausend Konten deponieren konnte. Ganz oben über allem hatte Charles – in kleinen roten Kreuzen – die Kurve ausgedruckt, die das Risiko verdeutlichte, in Wochen und bezogen auf das Dollarvolumen. Die Kurve ging an der Stelle über den Seitenrand hinaus, wo ich 10 Millionen Dollar erreichte – nicht schlecht für ein paar Monate Arbeit.

Ich schenkte mir einen Cognac ein und saß im Dunkeln, beobachtete die Lichter eines kleinen Bootes, das von Tiburon in den Hafen von San Francisco zurücksegelte. Der Nebel hatte sich gelichtet, aber ich konnte die Sterne nicht sehen. Alles in allem war es eine wunderschöne Nacht, um am Leben zu sein und in San Francisco. In einem solchen Moment war es unmöglich, sich den Abgrund auch nur vorzustellen, an dessen Rande ich jetzt stand. Ich beschloß, überhaupt nicht daran zu denken.

Plötzlich klingelte das Telefon, so daß einige Blüten von dem Cymbidium auf dem Glastisch herabfielen. Ich verschüttete einen Tropfen Weinbrand und wischte ihn mit dem Finger weg – dann nahm ich den Hörer auf.

»Hallo«, sagte die alte, vertraute Stimme. »Du hast angerufen?«

Es war eine weiche, sanfte Stimme mit der Schärfe einer Rasierklinge darin – die Art, die einem kalte Schauder den Rücken hinunterjagt, selbst wenn man sich für unerschütterlich genug hält.

»Nein, Mr. Turing!« sagte ich. »Man stelle sich vor, nach all diesen Jahren jetzt von Ihnen zu hören; ich dachte, sie wären 1953 verstorben!«

»Alte Technokraten sterben nie«, sagte Tor, »und wir verschwinden auch nicht. Nicht wenn wir kleine Protegés haben, wie *Euch,* die uns auf Trab halten!«

»Protegé«, sagte ich, »bezeichnet jemanden, der behütet ist – geschützt. Das war wohl kaum der Fall zwischen dir und mir.«

»Schützen vor *dir selbst* trifft die Sache schon besser«, gab er fröhlich zu.

»Ist es nicht schon etwas spät, jetzt noch anzurufen, um gemütlich zu plaudern?« sagte ich. »Hast du überhaupt die leiseste Vorstellung, *wie* spät es ist?«

»Die Vögel zwitschern hier bereits in den Bäumen, meine

Liebe, ich habe die ganze Nacht versucht, dich zu erreichen. Scheinbar war dein Anschluß besetzt.«

»Was genau ist eigentlich so wichtig, daß es nicht bis morgen warten kann?«

»Versuch nicht, irgend etwas abzustreiten. Ich bekomme meine Informationen aus erster Hand: von Charles Babbage. So nennt er sich, glaube ich. Du weißt sehr wohl, daß ich jeden Computer dieses Landes beim Vornamen kenne.«

Ich wußte sehr wohl, daß dies das Image war, das Tor gerne von sich vermittelte – aber es war keine Erklärung dafür, wie er von Charles erfahren hatte. Ich fühlte das Pulsieren hinter meinen Augenlidern und nahm noch einen Schluck Brandy.

»Wie kannst du überhaupt irgend etwas über Charles wissen?« fragte ich. »Er *existiert* noch nicht einmal auf dem Papier.«

»Das ist sicherlich richtig, meine Liebe«, stimmte er zu. »Du hast dir seine Akte schon vor Jahren gezogen, *nicht wahr?* Und du hast ihn seither für deine Zwecke verwendet ...«

»Hast du irgendwelche Beweise für diese Anschuldigungen?« sagte ich und kannte die Antwort bereits.

»Aber meine Liebe, läuft der Papst Ski in Gstaad?« sagte er ausgesprochen charmant. »Wenn du an meiner Stelle wärest, könntest du dir einen Grund vorstellen, warum jemand – innerhalb weniger Stunden – die Sicherheitsstandards der Bundesreservebank, die inneramerikanischen Standards für Geldüberweisungen, *alle* historischen Archive über *alle* internationalen Geldtransfersysteme – *und* die FBI-Kriminalakten über zwischenstaatliche Verurteilungen wegen Abhörens von Telefonleitungen durchsehen möchte ...?«

»Ich bin Bankerin – es ist mein Job, mich für die Sicherheit finanzieller Systeme zu interessieren«, sagte ich und riß mich zusammen, die Art von Indignation zu zeigen, die nur die wirklich Schuldigen zustande bringen. »Es mag verdächtig aussehen, das gebe ich zu ...«

»Verdächtig! Sorgfältig vorausgeplant – so sieht es aus! Du hast die Unterlagen über diesen Computer vor mehr als zehn Jahren gefälscht! In vertrauliche Dateien eindringen mit einem gestohlenen Computer ...«

»Niemand *zwingt* sie dazu, ihre dämlichen Dateien da abzuladen, oder?«

»Meine liege junge Frau«, schaltete sich Tor ein, »ich fürchte, ich kenne dich viel zu gut, um deine Handlungsweise bloßer Neugier zuzuschreiben. Du könntest den läppischen Job, den du hast, mit gefesselten Händen machen, und mit verbundenen Augen. Diese Versuche, jungmädchenhaft unschuldig zu wirken, haben mich, fürchte ich, nicht sonderlich beeindruckt. Jetzt würde ich gern eine einfache Frage stellen – und eine ehrliche Antwort bekommen. Danach kannst du schlafen gehen.«

»Dann los«, sagte ich.

»Hast du vor, die Bundesreservebank auszurauben?«

Ich hatte keine Ahnung, was ich antworten sollte. Zwar hatte er auf die falsche Bank getippt, aber was ich vorhatte, erschien jetzt – im kalten, unbarmherzigen Licht der Wirklichkeit – nichts weiter als die bockige Laune eines kleinen Kindes zu sein. Was in Dreigottesnamen dachte ich mir dabei? Stille am Telefon; ich konnte nicht einmal Tors Atmen hören.

»Ich hatte nicht vor, Geld von denen zu stehlen«, murmelte ich schließlich.

»Nein?«

»Nein«, ich machte eine Pause. »Ich wollte nur einen Teil davon eine Zeitlang ausleihen.«

»Die Bundesreservebank verleiht kein Geld – es sei denn an andere Banken«, sagte er. »Bist du eine Bank?«

»Ich hatte nicht vor, einen Kredit aufzunehmen«, gestand ich. Meine Lippen lagen an der Sprechmuschel des Telefonhörers, den Kopf drückte ich gegen die Fensterscheibe. Ich schloß die Augen und nahm noch einen großen Schluck Brandy.

»Ach so«, sagte Tor schließlich. »Nun, vielleicht sollten wir morgen früh weiter darüber sprechen – wenn wir etwas frischer sind.«

»Bist du entsetzt? Bist du moralisch entrüstet?« fragte ich.

»Nein. Ich bin nicht entsetzt – und auch nicht moralisch entrüstet«, versicherte er mir.

»Was dann?«

Nach einer Pause sagte er in einem seltsamen, distanzierten Tonfall: »Ich bin neugierig.«

»Neugierig? Worauf? Ich habe dir gesagt, was ich mache«, sagte ich.

»Ja, das hast du«, stimmte er zu. »Aber ich möchte deinen Plan sehen.«

»Meinen Plan? Warum um Himmels willen?« Ich war wirklich beunruhigt.

»Ich bin ein alter Hase, meine Liebe. Wer weiß? Vielleicht hätte ich noch einige Verbesserungsvorschläge zu machen. Und damit – gute Nacht.«

Wir legten auf.

Ich zündete mir eine Zigarette an und starrte lange, lange Zeit auf die Stadt hinaus. Dann drückte ich die Zigarette aus und suchte mir meinen Weg durch das Orchideenmeer zum Schlafzimmer. Die Gefühle, mit denen ich zu kämpfen hatte, waren mir völlig neu – ich hätte sie nicht einmal benennen können.

Aber ich würde noch an diesem Wochenende nach New York fahren. Dessen war ich mir sicher.

DAS MOTIV

Den Mann der großen Geschäfte läßt es völlig kalt, ob die Unruhe, die seine Transaktionen in der Geschäftswelt hervorrufen, das System insgesamt behindert oder es weiterbringt, es sei denn, er verfolgt irgendwelche anderweitigen Ziele. Doch die meisten modernen Industriekapitäne haben solche Hintergedanken. – *Thorstein Vehlen, THE MACHINE AGE*

Ich wollte nie Reichtum um seiner selbst willen, sondern zum Erreichen eines anderweitigen Zieles. – *Thomas Mellon*

Ich habe mich nie gefragt, wie alles ausgegangen wäre, wenn Tor an jenem Abend nicht angerufen hätte. Von dem Moment an, als er in mein Leben trat, hatte ich das Gefühl, die Kontrolle zu verlieren. Er wollte, daß es so aussah, als wäre *ich* diejenige, die die Veränderungen bewirkte – er war lediglich ein Beobachter –, aber ich wußte, seine Computer reichten ihm nicht aus; er wollte die Wirklichkeit verändern. Meine Wirklichkeit. Das war es, was mich beunruhigte.

Die erste Veränderung fand bereits gleich am nächsten Morgen statt, als ich im beschlagenen Badezimmer stand und mich im Spiegel betrachtete. Ich preßte immer erst etwas frischen Saft aus und mahlte einige Kaffeebohnen, damit ich einen starken Zitrus-Java-Aufguß zu mir nehmen konnte, bevor ich mir im Spiegel gegenübertrat. Je älter man wird, desto klüger ist es, solche Vorsichtsmaßnahmen zu treffen. Aber an diesem Morgen sagte mir das Gesicht, das mir aus der klaren Glasfläche entgegensah, die ich freigewischt hatte, was für eine Lügnerin ich gewesen war. Es war das Gesicht einer geborenen Abenteurerin.

Wie geschickt hatte ich diesen Umstand vor mir selbst verborgen. Nach zehn Jahren Frustration und Bitterkeit – zehn Jahren des Kampfes mit dem System, bis ich blau im Gesicht war, nur um eine Sache gut zu machen – *freute* ich mich auf einmal darauf, zur Arbeit zu gehen! Ich fühlte mich aufgekratzt und zehn Jahre jünger, und ich wußte, warum: Wenn Tor mir wirklich helfen würde, wie er es letzte Nacht versprochen hatte, könnte ich meine scheinheiligen Mitbanker höchst stilvoll hinters Licht führen. Ich pfiff einige Takte aus dem ›Walkürenritt‹, schlüpfte in meine Kleider und machte mich auf den Weg ins Büro.

Ich muß zugeben, daß Kiwi, mein Boß, zwar in dem Ruf stand, mit lächelnder Miene den hinterhältigsten Verrat zu begehen und stur weiter die Karriereleiter hinaufzuklimmen, aber mein eigener Ruf war in einigen Kreisen noch schlimmer. Das Gerücht, daß ich meine Abteilung wie ein Sklavenschiff führte, war eine großzügige Übertreibung; es war einfach so, daß *ich* wußte, was Computerfachleute motiviert. Und was an jenem Morgen passierte, bewies, daß ich recht hatte.

Menschen, die mit Computern arbeiten, sind keine gewöhnlichen Menschen. Und Psychologen haben bisher noch nicht einmal oberflächlich zum Verständnis dieses Menschenschlags beigetragen – wie könnten sie auch –, denn sie gehen davon aus, daß jedermann die gleichen Grundbedürfnisse hat wie Schlafen, Essen und menschliche Nähe. Die Art Mensch, die ich beschreibe, hat diese Bedürfnisse nicht. In unserem Gewerbe nennt man sie ›Teckie‹.

Der Teckie kann mit Computern mehr anfangen als mit Menschen. Er arbeitet am besten nachts, wenn alle Welt – mit Ausnahme der nachtaktiven Raubtiere – schlafen gegangen ist. Er ißt wenig, ernährt sich im wesentlichen von Junkfood. Das Tageslicht sieht er nie, und er atmet auch keine frische Luft, gedeiht statt dessen bei Kunstlicht und Klimaanlage. Sollte er heiraten und Kinder zeugen – was höchst selten vorkommt –, klassifiziert er seine Kinder nach analog oder digital. Er kann arrogant sein, aufsässig, unlenksam und unsozial. Ich wußte alles über Teckies, weil ich selbst einer war. Und ich betrachtete die Charakteristika eines Teckies – vom Standpunkt der Entwicklung aus – als Vorzüge, nicht als Nachteile.

Jeder Teckie in der Bank wußte um meinen Ruf; sie kamen von weither zu mir, weil sie wußten, ich würde sie gut bezahlen und sie sich zu Tode schuften lassen. Sie sehnten sich nach knappen Zeitvorgaben, langen Arbeitszeiten und Problemen, die so schwierig waren, daß Einstein darüber erblaßt wäre und der liebe Gott sich am Kopf kratzen müßte. Weil ich immer darum bemüht war, ihnen diese Art Umfeld zu bieten, kursierte das Gerücht, ich hätte *balls* – Hoden –, ein Teckie-Ausdruck, der Power – Energie – bedeutete.

An jenem Morgen machte sich mein Ruf bezahlt: Bei meiner Ankunft fand ich auf meinem Schreibtisch ein großes Paket von unserem Personalchef vor. Das Paket war voller Lebensläufe von Technikern aus allen Abteilungen der Bank, dazu eine freundliche kleine Notiz vom Personalchef selbst:

Liebe Verity – ich wußte nicht, daß Sie Mitarbeiter suchen. Der Personalchef ist doch immer der letzte, der davon erfährt.

Möglicherweise war der Personalchef der letzte, der es erfuhr, aber die Gerüchteküche war immer die erste. Ich hatte keine offenen Stellen ausgeschrieben – mein Vorschlag war erst gestern abend ausgedruckt und abgeschickt worden –, und in diesem Paket waren Lebensläufe von einigen der Hochleistungsteckies der Bank, die sich alle um die Beteiligung an meinem neuen Projekt bewarben: Es ging um den Qualitätsausschuß zur Umsetzung von Theorie Z. Das bedeutete natürlich, daß die Gerüchteküche etwas wußte, wovon ich keine Ahnung hatte – bis gerade eben: daß der Vorstand meinen Vorschlag gelesen hatte und daß er Anklang fand. Sie würden anbeißen.

Jemand anders war auch kurz davor, zuzuschnappen. Kiwi stand mit Schaum vor dem Mund vor meinem Büro, wo Pavel ihn in Schach hielt. Ich war den ganzen Tag nicht zu sprechen gewesen, weil ich damit beschäftigt war, Bewerber für den Qualitätsausschuß zu interviewen, sobald ich die offizielle Zustimmung erhalten hatte. Und Tavish hatte ich bereits engagiert – einen der Top-Techniker der Bank –, trotz der wütenden Proteste seines Chefs. Aber bevor ich mich mit Kiwi darüber auseinandersetzen konnte, daß ich über seinen Kopf hinweg gehandelt hatte, gab es noch etwas anderes, um das ich mich kümmern mußte: meine bevorstehende Reise nach New York.

Als erstes hatte ich an jenem Morgen Kiwi die Papiere hinübergeschickt, die er unterschreiben mußte, in der Hoffnung, daß er, ohne es weiter zu bemerken, meinen Reiseplänen zustimmen würde. Ich hatte mein eigenes Budget für solche Reisen, und normalerweise war es für ihn lediglich eine Formalität, mir sein Okay zu geben. In aller Regel liebte Kiwi nichts mehr, als mich wegzuschicken, damit er herumlaufen und meine Mitarbeiter beaufsichtigen konnte. Er selbst hatte wenige ›direkte Untergebene‹ – nur eine Handvoll Manager, die wußten, was sie zu tun hatten, und die ihn bei ihrer Arbeit als unnötiges Hemmnis betrachteten. Wenn ich weg war, versteckten sich meine Mitarbeiter in den Toilettenräumen, um Kiwi aus dem Weg zu gehen.

»Was wollte Mr. Willingly?« fragte ich Pavel. »Waren das meine Flugtickets, mit denen er hier herumgewedelt hat? Hat er sie schon unterschrieben?«

»Wer *weiß* schon je, was er will?« stöhnte Pavel. »Er weiß es *selbst* nicht einmal. Er hat nicht genug zu tun; Sie sollten lernen, Arbeit nach oben zu delegieren und ihn uns so vom Hals halten. ›Leck-ihn Willingly den Scheißkerl‹ – so nennen wir ihn unter uns. Wir alle fühlen mit Ihnen, wenn man so arbeiten muß ...«

»Pavel, ich habe Sie etwas gefragt«, sagte ich mit ungewöhnlich scharfer Stimme. Pavel blickte auf und sah mich überrascht an. Er ordnete die Stifte auf seinem Schreibtisch neu.

»Seine Majestät möchte Sie sofort in seinem Büro sprechen«, sagte er dann zu mir. »Jetzt. Gestern. Vorgestern. Irgend etwas wegen Tavish – dem Typen, den Sie gerade interviewt haben – und wegen seinem Boß, diesem Fischkerl.«

Der Boß, gegen dessen Widerstand ich gerade Tavish angeheuert hatte, war ein aufgeblasener Preuße namens Peter-Paul Karp. Ich beschloß, mich lieber gleich darum zu kümmern, und ließ Pavel schmollend an seinem Schreibtisch zurück.

Kiwis Büro, das auf der anderen Seite des Stockwerks genau gegenüber von meinem lag, erreicht man, indem man sich mühsam seinen Weg durch das Labyrinth suchte. Seine Sekretärin winkte mich herein, ohne von ihrer Schreibarbeit aufzusehen. Ich war auf das Schlimmste gefaßt – aber es erwartete mich eine Überraschung.

»Ah, Banks!« begrüßte er mich, schwer atmend, als sei er gerade von einem flotten Spaziergang über eine große Wiese zurückgekehrt. Ich ging sofort in Verteidigungsstellung. »Gute Neuigkeiten! Gute Neuigkeiten! Aber zuerst – lassen Sie mich den Papierkram loswerden – ich habe alles unterschrieben. Sie fliegen also am Wochenende nach New York? Und sind außerdem dabei, ein neues Projekt zu lancieren – wie ich höre.« Er reichte mir die Reiseunterlagen herüber.

»Wie es sich trifft, war ich gerade auf dem Weg, um mit Ihnen darüber zu sprechen ...«

»Und ein besonders hochkarätiges Projekt obendrein, so erzählt man mir. Ich möchte, daß Sie wissen, daß ich da bin, um zu helfen, Banks. Meine Tür steht immer offen. Wie Ben Franklin sagte – ›Wir müssen alle zusammenhalten, sonst steht jeder für sich allein.‹ Und Ben Franklin hatte recht.« Er warf mir einen prüfenden Blick zu.

Jaja, dieser Ben Franklin war schon ein ganzer Kerl.

Was das bedeutete, war, daß ich recht gehabt hatte, so schnell wie möglich zu handeln. Der Vorstand hatte seine Zustimmung gegeben und die finanziellen Mittel für einen noch umfangreicheren Vorschlag bewilligt als den, den Kiwi abgeschossen hatte. Die hinterhältige Art und Weise, wie er meine Hoffnungen auf den Job bei der *Fed* zerstört hatte, hatte zu nichts geführt. *Dieses* Projekt konnte er nicht abblasen, um mir einen erneuten Tiefschlag zu versetzen. Und er konnte auch nicht selbst die Lorbeeren dafür einheimsen, weil ich dieses Mal sichergegangen war, daß er nicht einmal ein Exemplar zum Lesen erhielt. Er wollte also versuchen, sich einzumischen – aber diese Versuche konnte ich abwehren, wie ich es schon in der Vergangenheit immer wieder getan hatte.

Bevor ich mir aber auf die Schulter klopfen konnte, wie gut ich meine Karten gespielt hatte, fügte er hinzu: »Sie können sich also vorstellen, wie überrascht ich war, daß Sie Ihre Probleme bei der *Stellenbesetzung* nicht mit mir besprochen haben, noch bevor Ihr Projekt überhaupt angelaufen ist.« Probleme mit der Stellenbesetzung? »Unser Freund Karp, unten in der Devisenabteilung, hat mich gerade angerufen. Sieht so aus, als ob er nicht will, daß dieser« – er blickte auf seinen Notizblock – »dieser ›Tavish‹ die Abteilung wechselt. Stimmt das?«

»In der Tat«, sagte ich und verwünschte Karp im stillen, weil er Kiwi mit in das Problem hineinzog, »hat sich das Ganze erst vor wenigen Minuten abgespielt. Karp war wirklich überaus hartnäckig.«

»Und Sie haben ihm gesagt, der könne Lawrence anrufen, wenn es ihm nicht paßt – stimmt das?«

Ich nickte bedrückt. Lawrence war Kiwis Boß – eines der höchsten Tiere bei der *Bank of the World* und Vorstandsvorsitzender. Ich hatte es mit diesem Trick nur versucht, weil ich wußte, daß Karp meiner Aufforderung niemals Folge leisten würde. Niemand rief je bei Lawrence an – er meldete sich bei *dir*. Und wenn er es tat, wünschte man sich meist, er möchte nie einen Grund gefunden haben, deine Nummer nachzuschlagen.

»Mir scheint, wir packen dieses Projekt völlig falsch an«, sagte Kiwi gerade. »Wir wollen doch Mr. Lawrence nicht mit unseren kleinlichen Personalstreitigkeiten belästigen, oder? Ich habe Karp gesagt, wir beide, Sie und ich, werden Klartext miteinander reden und zu einer Lösung kommen. Wenn dieser Tavish für Karps Arbeit da unten so unersetzlich ist, müssen wir ihn dann unbedingt abziehen? Außerdem behauptet Karp, Tavish schulde ihm einen Gefallen.«

Jetzt saß ich wirklich in der Zwickmühle. Das größte Problem bei Theorie Z war, daß ein Qualitätsausschuß, per Definition, *ohne* einen Manager funktionierte. Ich konnte die Mitglieder des Teams auswählen, aber wenn der Ausschuß einmal zusammengestellt war, würde er hinter geschlossenen Türen arbeiten – ohne meine Einflußnahme. Deshalb brauchte ich innerhalb der Gruppe einen Verbündeten – jemanden, der technisch gesehen stark genug war, um den anderen Respekt einzuflößen, der aber immer noch mir Folge leisten würde. Tavish war der einzige, der mir einfiel, der all diesen Anforderungen genügte *und* obendrein Kiwi auf Distanz halten würde. Doch das konnte ich gegenüber Kiwi schlecht als Rechtfertigung anbringen.

Aber irgend etwas störte mich an Kiwis Einstellung. Er war zu vernünftig – um nicht zu sagen fröhlich. Mir schien, diese Geschichte mit Karp war ein Ablenkungsmanöver. Ich beschloß herauszufinden, was dahintersteckte.

»Was waren das für gute Neuigkeiten, von denen Sie sprachen, als ich vorhin hereinkam?« fragte ich.

»Nun – ich darf es nicht jedem auf die Nase binden ...«, sagte er und grinste von einem Ohr zum anderen.

In Ordnung. Ich ging zur Tür, um sie zu schließen, dann setzte ich mich ihm gegenüber. »Sie müssen es mir nicht sagen«, sagte ich und lehnte mich nach vorn. »Aber Sie wissen, daß ich verschwiegen sein *kann.*«

»Das bleibt ganz unter uns«, sagte er und sah sich um, als klebten Wanzen an den Wänden. »Raten Sie mal, wo ich heute zu Abend esse?«

Ich zählte alle Nobelrestaurants der Stadt auf, die mir einfielen. Jedesmal schüttelte er verneinend den Kopf, und sein Grinsen wurde breiter. So langsam dämmerte es mir, doch ich hoffte, ich irrte mich.

»Es ist noch exklusiver als das; ein privater Klub«, sagte er.

Ich saß da, wie erstarrt, als der Ärger in mir sich zu echter Wut aufzustauen begann. Kiwi war so aufgeregt, daß er völlig vergaß, was er mir erst vor zwei Tagen angetan hatte, indem er *meinen* Karriereplänen jegliche Grundlage entzog. Ich suchte nach einer angemessenen Reaktion, die irgendwo zwischen Erstaunen und Begeisterung liegen würde, aber ich spürte, wie meine wahren Gefühle sich wie eine Maske über mein Gesicht legten.

»Der *Vagabond Club!*« flüsterte er mit einer Stimme, die vor hysterischer Freude zitterte. »Lawrence nimmt mich mit!«

Der *Vagabond Club* war Kiwis meistgehegte Traumvorstellung, wie jeder wußte. Er hätte sich die Pulsadern aufgeschnitten, wenn er geglaubt hätte, daß er sich durch ein solches Opfer in der Nachwelt den Eintritt in die geheiligten Hallen des *Vagabond Club* sichern könnte.

In San Francisco, einer Stadt, in der es mehr private Klubs ausschließlich für männliche Mitglieder gab als in jeder anderen Stadt Amerikas, war der *Vagabond Club* etwas ganz Besonderes. Er war weder der älteste Männerklub in der Stadt noch der exklusivste. Aber innerhalb der efeuberankten Mauern des *Vagabond Club* wurden mehr hochkarätige Geschäfte abgeschlossen als in sämtlichen Sitzungssälen aller amerikanischen

Banken zusammengenommen. Es machte mich wütend, jetzt, nachdem die Frauen endlich ihr Wahlrecht hatten, ihren eigenen Gehaltsscheck und einen Stuhl am runden Tisch – daß jetzt das ganze Spiel einfach hinter geschlossenen Türen verlagert wurde. Ja, die Bank *bezahlte* sogar für die Mitgliedschaft ihrer Führungskräfte in solchen Klubs, deren Politik es war, andere Führungskräfte (mich, zum Beispiel) wie Küchenmädchen im Vergleich zu Stars zu behandeln. Und das mit dem Geld ihrer Aktionäre! Beim *Vagabond Club* standen Wächter vor der Tür, um sicherzustellen, daß keine *Frau* Eintritt erhielt und die Konversation beflecken könnte – oder etwa ein Stück vom Kuchen abbekäme. Immer noch hatte Mutter Natur das Sagen. Köpfchen war nicht die richtige Ausstattung, um an diesem Hexensabbat teilzunehmen.

Ich beglückwünschte Kiwi zu seinem Glück, das auf einen unleugbaren Aktivposten seiner Person zurückzuführen war: Er war ein Mann.

»Weil Lawrence mich als neues *Mitglied* vorschlägt«, sprudelte Kiwi weiter hervor, atemlos wie ein Schulmädchen, »*kann* ich ihn kaum verärgern. Können Sie Karp nicht irgend etwas anderes anbieten, bis das hier vorbei ist? Wenn Sie Tavish *unbedingt* haben müssen, dann finden Sie doch für Karp einen Ersatz, der genausogut ist. Ich überlasse das Ihnen, Banks, Sie sind ein fähiger Mann – eine Frau, heißt das. Ich rufe ihn an und sage ihm, wir haben einen Überraschungskandidaten gefunden. Jemand Großartiges. Ich überlasse es Ihnen, herauszufinden, wer das sein wird.«

Ich verließ Kiwis Büro, meine Papiere für den Flug nach New York fest in der Hand. Ich hatte Glück gehabt, da so gut herausgekommen zu sein. Immerhin würde mir Tavish zumindest noch einen Tag länger zur Verfügung stehen – bis mir ein Plan einfiel, wie ich ihn behalten könnte –, und am Freitag würde ich in New York sein. Wenn ich erst einmal Tor auf meiner Seite hatte, gab es nicht mehr viel, was mich aufhalten könnte. Und mit einigen Millionen Dollar herumzuspielen, selbst wenn es nur für eine kurze Zeit war, würde die Klagen eines jeden mißlaunigen Angestellten beruhigen.

Zumindest dachte ich das damals.

Ich hatte Tavish eingeladen, an jenem Abend mit mir in *meinem* Klub zu essen – *Le Club,* mein Lieblingsrestaurant in San Francisco. Wenn ich am Wochenende nach New York fliegen sollte, wollte ich, daß der Qualitätsausschuß bis dahin seine Arbeit voll aufgenommen hatte. Und ich wußte genau, was sie zu tun hatten.

Tavish – ein ehrbarer, aufrichtiger Teckie – könnte sich bei einigen Dingen, die mir vorschwebten, etwas zimperlich anstellen. Wenn ich ihm aber andererseits nicht zumindest *einige* Richtlinien gäbe, würden sie bei meiner Rückkehr immer noch unter den falschen Steinen suchen. Ich wollte ja nur helfen. Schließlich würden sie in genau die Systeme eindringen, die *ich* in den letzten zehn Jahren verwaltet hatte.

Als ich vor dem Restaurant hielt, sah ich Tavish unter dem dunkelgrünen Überdach auf- und abschlendern. Er trug einen Anzug, eine Krawatte und Turnschuhe. Sein schulterlanges blondes Haar war frisch geschnitten, so daß er fast so alt aussah, wie er war: zweiundzwanzig.

»Meine Güte, ich hoffe, Sie haben sich den Anzug nicht extra für das Abendessen heute gekauft«, sagte ich zu ihm, als ich eingeparkt hatte und auf ihn zuging. »Wo ist Ihr T-Shirt? Ich dachte, Sie tragen nie etwas anderes.«

»Ich trage es unter meinem Smokinghemd, wie Supermann«, sagte er. »Ich habe das Gefühl, es gibt mir eine Art geheimer Macht.«

Obwohl Tavish jungenhaft und kindlich-unbefangen wirken mochte, hatte er sich seine Teckie-Zähne schon bei der Lösung einiger beeindruckend umfangreicher mathematischer EDV-Probleme geschärft.

Das Verrückte an der Datenverarbeitung ist, daß viele Tekkies, ganz egal, wie alt sie sind, mehr verdienen als die meisten hochkarätigen Führungskräfte. Den Zahlen in Tavishs Akte zufolge hatte er *mein* derzeitiges Einkommen überschritten, als er gerade achtzehn Jahre alt war. Seine Zeugnisse waren so beeindruckend, daß ich mich fragte, warum er hier bei der Bank war und für einen Schwachkopf wie Karp arbeitete; er könnte im berühmten Silicon Valley, nur dreißig Meilen entfernt, seine eigenen Bedingungen stellen. Ich wollte mehr darüber wissen, *was* Tavish bewegte; darum hatte ich ihn zum Abendessen eingeladen. Und ich wartete nicht alle fünf Gänge ab, ehe ich zur Sache kam.

»Ich mag dieses Restaurant«, sagte Tavish eine halbe Stunde später und blickte sich in dem warmen, gemütlichen Raum um, wo wir auf einer dick gepolsterten Bank saßen, die mit grünem Samt bezogen war. Die Kellner servierten ein ausgezeichnet zubereitetes Essen und füllten unseren Sekt in dezenter Stille nach. »Und ich freue mich, daß ich Gelegenheit habe, mich bei Ihnen zu bedanken, weil Sie mich aus den Klauen von Mr. Karp befreit haben.«

»Ich fürchte, Sie sind ihn zur Zeit noch nicht ganz los«, erzählte ich ihm und genoß zu meinem Kalbsragout einen großartigen Pouilly-Fuissé. »Ihr Freund Peter-Paul hat heute bei Kiwi angerufen – gerade als ich dachte, ich hätte Sie eingestellt – und gesagt, so ginge das aber nicht. Auf eine Art dachte ich, dies wäre vielleicht Ihr Abschiedsessen; er scheint zu erwarten, daß Sie die Dinge so sehen wie *er*. Er sagt, Sie schulden ihm einen Gefallen.«

»Das stimmt schon«, sagte Tavish bitter, »aber nicht so, wie er sich das denkt. Es ist kein Geheimnis, zumindest nicht Ihnen gegenüber. Sehen Sie, ich habe schon früher mit Karp zusammengearbeitet, unten in Florida. Er hatte mich angeheuert, um copyrightgeschützte Software zu entwickeln, die seine Firma vermarkten wollte. Ich sollte fünfzig Prozent der Lizenzgebühren erhalten – so sagte er zumindest – und noch etwas, das mir noch wichtiger war.«

»Und was war das?«

»Er sagte, er würde für meine grüne Karte bürgen: für meine ständige Aufenthaltsgenehmigung. Ohne die kann ich als Ausländer in diesem Land nicht arbeiten, es sei denn schwarz. Aber Karps Firma ging pleite, und er schuldet mir immer noch eine halbe Million Dollar. Meine *gesamten* Einnahmen hat er sich durch die Nase gezogen, aber ich konnte ihn nicht zur Rechenschaft ziehen, weil er mein offizieller Bürge war.«

»Sie meinen Kokain?« fragte ich überrascht.

»Er schnupft für hunderttausend Dollar im Jahr, was er sich selbst bei seinem aufgeblasenen Gehalt nicht leisten kann«, erzählte Tavish mir. »Also benutzt er seine Mitarbeiter und die Computersysteme der Bank, um Software zu produzieren, die er auf dem freien Markt verkauft. Obwohl ich es nicht beweisen kann, glaube ich, daß alle seine Mitarbeiter schwarzarbeiten – daß er ihnen illegale Provisionen zahlt. Er hat mir gesagt, ich müßte das gleiche tun, sonst würde er mich den Einwanderungsbehörden übergeben.«

»Aber Sie sind doch nicht illegal hier«, sagte ich. »Sie haben ein zeitlich befristetes Visum – und versuchen, Ihre grüne Karte zu bekommen. Ich habe mir erst heute morgen Ihre Akte angeschaut.«

»Er hat kein Recht mehr, für mich zu bürgen. Die Firma, die ihm gehörte, ist praktisch erloschen. Daher bin ich auch bei der Bank unter Vorspiegelung falscher Tatsachen. Wissen Sie, er hat mir die Referenzen für diesen Job gegeben. Wenn man mich nach Großbritannien zurück abschiebt, hätte ich Glück, auch nur einen Bruchteil dessen zu verdienen, was ich mit meinen technischen Fähigkeiten hier bekomme. Ich bin auf keiner Public School gewesen – ich komme aus der Arbeiterklasse.«

»Ihnen ist klar, daß mich das wirklich in eine verzwickte Lage bringt«, log ich. (Was für ein erstaunlicher Glücksfall war doch dieses Abendessen.) »Ich kann Karp nicht auffliegen lassen, wenn wir ihm seine illegalen Aktivitäten nicht nachweisen können – und wenn ich es versuchte, könnte es sein, daß Sie abgeschoben oder zumindest gekündigt werden, weil Sie unter Vorspiegelung falscher Tatsachen bei der Bank angefangen haben. Aber wenn ich etwas Zeit gewinnen könnte, indem ich jemand anderen finde, der für ihn arbeitet – jemand, den er nicht ablehnen kann –, dann können wir uns später immer noch überlegen, wie wir Sie aus diesem Schlamassel herausholen.«

»Ich denke schon den ganzen Tag an nichts anderes. Ich war mir absolut sicher, daß er Ärger machen würde«, sagte Tavish zu mir, »und endlich ist mir auch *der* geeignete Mensch eingefallen – jemand, der schon immer in Karps Abteilung arbeiten wollte.«

»Sie kennen jemanden, der für Karp arbeiten *möchte?*« sagte ich erstaunt. »Wer immer es ist, muß nicht ganz richtig im Kopf sein.«

»Es ist eine Frau«, erklärte er. »Ihr Name ist Pearl Lorraine, und sie arbeitet in der Devisenabteilung der Bank. Sie ist Wirtschaftswissenschaftlerin – eine Klientin von mir; ich kümmere mich um ihre Systeme. Sie ist hervorragend – und schwarz. Er müßte sich schon etwas sehr Gutes einfallen lassen, um sie abzulehnen.«

»Pearl Lorraine? Aus Martinique? Sie kennt sich im Devisenhandel sehr viel besser aus als Karp und hat auch einiges Computer-Fachwissen. Aber was hält *sie* davon?« Nach allem, was ich über Pearl Lorraine wußte, würde sie so etwas nicht ohne guten Grund tun; sie galt überall als die größte Karriereopportunistin der Bank.

»Sie sagt, Karp sei unter anderem auch ein kleiner Nazi; es scheint, er bezeichnet seine schwarzen Angestellten als ›Dschungelhäschen‹ und brüstet sich damit, daß er nur schwarze Sekretärinnen einstellt, weil sie schönere Hinterteile haben.«

»Großer Gott«, sagte ich. »Wenn das alles stimmt – wie kommen Sie darauf, daß sie für einen solchen Typen arbeiten würde?«

»Ganz einfach«, sagte Tavish mit einem breiten Grinsen. »Sie ist *besser* im Devisenhandel als er – sie will seinen Job. Und wenn man einen Homerun durchbringen möchte, muß man direkt neben dem Schläger stehen, wenn jemand zum Schlag ausholt.«

Ich stimmte Tavish zu, daß unter dem gegebenen Zeitdruck Pearl die ideale Lösung war. Als der Käse und das Obst kamen, beschloß ich, daß es an der Zeit war, auf das *eigentliche* Thema des heutigen Abendessens zu sprechen zu kommen.

»Ich werde am Wochenende nach New York fliegen«, erzählte ich Tavish. »Der Qualitätsausschuß wird bis dahin seine Arbeit aufgenommen haben – alles in allem sechs Leute –, und da sind noch einige Dinge, die ich gern durchsprechen würde, bevor ich abreise.«

Tavish sah mich über seine silberne Gabel hinweg ernst an und nickte, ich solle fortfahren.

»Zunächst einmal möchte ich, daß Sie die Datei knacken, die die Daten über Kundenkonten und Konten von Korrespondenzbanken enthält – und dann sollen Sie in das elektronische Überweisungssystem eindringen.«

»Elektronische Zahlungsanweisungen? Ihr eigenes System?« fragte Tavish. »Das muß das schwierigste System der ganzen Bank sein; man müßte von mindestens zwei Stellen aus eindringen ...«

»Sie brauchen die Testschlüssel«, stimmte ich zu, »um an die Zahlungsanweisungen selbst heranzukommen – und Sie müßten die Kontonummern der Kunden und die geheimen Paßworte kennen, um Geld von bestimmten Bankkonten abheben zu können.«

»Sie meinen, wir sollen den Testschlüssel für einen bestimmten Tag stehlen – einfach um zu zeigen, daß es geht?«

»All die Banken da draußen *können* ihre Kennziffern nicht täglich ändern«, sagte ich. »Es muß ein Programm im System geben, das *alle* Schlüssel dekodiert und irgendwie ihre Gültigkeit bestimmen kann, selbst wenn sie ohne vorherigen Hinweis geändert werden.«

»Erstaunlich«, sagte Tavish, »und fast unglaublich. Wenn es ein solches Dekodierungsprogramm gäbe, könnte man von jedem beliebigen Konto Geld abheben und es irgendwohin bewegen – vorausgesetzt, man hat die Kontonummern.«

Ich lächelte, nahm eine Cocktailserviette und zeichnete ein kleines Diagramm. Darauf erklärte ich Tavish folgendes:

»Jede Bankfiliale hat eine Karte wie diese hier. Die Nummer oben am Rand ist die Standortnummer; sie sagt uns, welche Zweigstelle die Überweisung vornimmt. Die erste Spalte hat einen besonderen Kode für den aktuellen Monat, die zweite Spalte zeigt den heutigen Tag, und die dritte Spalte ist der Dollarbetrag der elektronischen Zahlungsanweisung. Diese vier Zahlen – Zweigstellennummer, Monatskode, heutiges Datum und Betrag in Dollar – *sind* der Testschlüssel! Jeder dieser Schlüssel ändert sich mit dem Tag und dem Betrag in Dollar – das ist alles!«

»Sie machen einen Witz«, sagte Tavish. »Ich arbeite in der Devisenabteilung; ich weiß nichts über die Arbeitsweise der

Zweigstellen. Aber wenn es so einfach ist wie das hier, könnte jeder in das System eindringen und Gelder abziehen!«

»Vielleicht ist das auch schon geschehen«, sagte ich und nippte an meinem Sekt. »Das sollen Sie herausfinden. Aber es kann natürlich schwieriger sein, als ich es mir vorstelle; ich selbst kenne die Systeme nicht, die diese Kennziffern dekodieren.«

»Wie schwierig kann es schon sein, bei dieser Art von Input?« sagte Tavish und wedelte vor Aufregung mit seiner Serviette. »Schließlich sind das nur Programme da drin, nicht wahr? Aber wenn Sie recht haben, daß es tatsächlich so funktioniert, muß es ein Sicherheitsalptraum jenseits aller Vorstellung sein!«

»Bedauern Sie, sich für dieses Projekt entschieden zu haben?« fragte ich.

»Lord Maynard Keynes wurde auf seinem Sterbebett gefragt, ob *er* etwas in seinem Leben bedaure«, sagte Tavish. »Seine letzten Worte waren: ›Ich wünschte, ich hätte mehr Champagner getrunken!‹«

Darauf tranken wir.

Ich hatte Tavish gegenüber nicht erwähnt, daß ich Pearl Lorraine seit Jahren kannte. Ja, ich kannte sie so gut, daß sie es war, die mich an jenem Freitag nach meinem Abend in der Oper zum Flughafen fuhr – in ihrem smaragdgrünen Lotus-Sportwagen.

Alles an Pearl erinnerte an Smaragde – von den unwahrscheinlich grünen Augen in ihrem tiefschwarzen Gesicht über die hautengen smaragdgrünen Wildlederhosen, die sie trug, bis hin zu dem *echten* Smaragdanhänger, der zwischen ihren Brüsten herabhing, deren Ansatz von dem extrem tief geschnittenen Pullover freigelassen wurde.

Pearl war eine rassige Frau, aber, für meinen Geschmack, hinter dem Steuer ein bißchen zu schnell. Jetzt fragte ich mich gerade, ob sie versuchte, die Schallmauer zu durchbrechen, als sie an einem undeutlichen Schleier von Eukalyptusbäumen vorbeischoß, einen Gang einlegte, von dem ich nicht wußte, daß es ihn gab, und die Auffahrt zur Autobahn auf zwei Rädern nahm.

»Meine Güte, ich hätte mich von dir nach New York fahren lassen, wenn ich gewußt hätte, daß wir so schneller ankommen als mit dem Flieger«, sagte ich und krallte mich an der Tür fest.

»Schätzchen, man sollte sich keinen schnellen Wagen kaufen, wenn man ihn nicht fahren kann«, sagte sie, drückte auf die Hupe und lutschte etwas Lack von einem Taxi, das mit hundertdreißig dahinkroch. »Außerdem habe ich extra früher Schluß gemacht, damit wir etwas Zeit haben und uns noch irgendwo hinsetzen können, etwas trinken, uns gemütlich unterhalten. Du bist eine derartige Einsiedlerin geworden, ich sehe dich überhaupt nicht mehr.«

»Ich denke, wir werden reichlich Zeit für alles haben«, versicherte ich ihr. »Gerade haben wir die internationale Datumsgrenze hinter uns gelassen. Es hat den Anschein, als gäbe es in Martinique keine Fahrschulen.«

»Wenn die Welt Klugscheißer brauchte, stündest du ganz weit oben auf der Liste«, erklärte sie mir freimütig, als wir mit quietschenden Reifen vor dem Eingang zum Halten kamen. Pearl sprang aus dem Wagen, noch ehe der Staub sich wieder gelegt hatte, warf dem erstaunten Gepäckträger ihren Schlüssel und einen Zehn-Dollar-Schein zu und lächelte ihn strahlend an. »Wir nehmen die Taschen.« Sie schob mich nach drinnen.

»Parken hier die Angestellten die Wagen?« fragte ich.

»Einem geschenkten Gaul schaut man nicht ins Maul«, sagte Pearl und manövrierte mich in einen großen Aufenthaltsraum – einen Alptraum mit polynesischer Innendekoration, der aussah, als sei er von einem Team Mormonenarchitekten aus Guam entworfen worden.

Pearl hatte Bloody Marys bestellt und kaute bereits auf ihrer Selleriestange, als ich vom Einchecken meiner Taschen zurückkam.

»Danke, daß du mir den Job bei Karp besorgt hast – dem alten Schlappschwanz«, sagte sie zwischen zwei Bissen. »Wenn ich mal etwas für dich tun kann …«

»Wart erst mal ab, bis du ein paar Wochen da bist; könnte sein, daß du mir dann eher etwas heimzahlen möchtest«, sagte ich zu ihr, als ich vorsichtig einen Schluck wäßrigen Tomatensaft probierte. »Tavish hat gesagt, du *wolltest* da arbeiten – um Karps Job zu übernehmen –, auch wenn ich mir nicht vorstellen kann, warum. Er soll selbstgerecht und intolerant sein. Es geht doch nicht um irgendeine Vendetta? Aber das ist wohl kaum dein Stil ...«

»Ihn wegen Diskriminierung anzeigen, meinst du?« Pearl lachte und winkte der Kellnerin, sie solle noch eine Runde bringen. »Natürlich nicht; ich hasse so etwas – mit Anwälten zu tun haben und all das. Ich habe mir schon immer gedacht, es muß einen Grund dafür geben, daß die französischen Worte für ›Anwalt‹ und ›Avocado‹ die gleichen sind. Nein, ich mache mir überhaupt nichts aus Karp. Es geht um Macht – Einfluß, meine Süße –, das ist es. Ich habe ein Diplom in Wirtschaftswissenschaften – und das bedeutet, ich kann die Zahlen auf meinem Gehaltsscheck zusammenrechnen. Karp verdient *doppelt* soviel wie ich, aber alles, was er zustande bringt, ist Ärger. Wenn ich mit ihm durch bin, findet er seinen Arsch weit draußen im Weltraum wieder.«

Als ich Pearl vor zehn Jahren in New York kennenlernte, war ihr Vater ein Topvermittler afrikanischer und ozeanischer Kunst, ein Bereich, der damals gerade seine Blütezeit erlebte, als die Museen sich um die Dinge, die er in den vergangenen vierzig Jahren gesammelt hatte, förmlich rissen. Er hatte als Vertreter – einige sagen als Schmuggler – mit nichts angefangen, und er starb, als Pearl, erst zwanzig Jahre alt, an der Universität von New York ihr Diplom als Wirtschaftswissenschaftlerin machte. Dort hatte sie sich ihre Vorliebe für deftigen Yankee-Slang, schnelle Autos, knallharten Feminismus und die Farbe Grün angeeignet, wobei letztere sie nach eigener Aussage an Geld erinnerte. Papa hatte ihr reichlich Grün hinterlassen. Das hatte ihr mehr als ihre ganze schöne Ausbildung dabei geholfen, bei ihrem ständigen Streben nach immer größerer Macht voranzukommen.

Obwohl Pearl aggressiver war als ich, hatten wir doch soviel gemeinsam: Es ging uns am allerwenigsten ums Geld.

Als hätte sie meine Gedanken gelesen, sagte sie: »Es geht mir nicht uns Geld, es geht ums Prinzip. Was macht es schon für einen Unterschied, daß ich reich bin und den Job eigentlich nicht brauche? Außer dir weiß das bei der Bank sowieso keiner. Ich *verdiene* den Job und Karp eben nicht. Seit Jahren habe ich mit Devisen zu tun und der Bank dabei Millionen erwirtschaftet. Wenn ich nur hinter dem Geld her wäre, hätte ich aufgehört zu arbeiten, als ich das Boot aus Fort-de-France verließ; ich hätte mir zehn Jahre Auseinandersetzungen erspart.«

»Sicher, aber wie willst du diesen Job kriegen, indem du für *ihn* arbeitest, wenn er sich doch vorher darum kümmern mußte, dich glücklich zu machen, indem er *dir* Systeme lieferte?« wollte ich wissen.

»Er wird irgendwann ausrutschen und hinfallen«, sagte Pearl mit einem geheimnisvollen Grinsen, als unsere zweite Runde Wasser mit Tomatengeschmack eintraf. »Allerdings habe ich für solche Eventualitäten immer eine Bananenschale in der Hosentasche. Jetzt laß uns aber von etwas anderem sprechen; ich möchte wissen, wie lange du in New York bleibst und was du vorhast. Schließlich ist das praktisch unsere alte Heimatstadt!«

»Länger als eine Woche kann ich nicht bleiben«, sagte ich ihr.

»Red keinen Blödsinn«, sagte Pearl und zog die Nase kraus. »Warum nimmst du keinen Urlaub – machst mal halblang? Alle Welt weiß, daß du ein Sklaventreiber bist, aber warum mußt du *dich selbst* so hart anfassen? Geh ins Theater, kauf dir was Flippiges zum Anziehen, lern ein paar Leute kennen, iß Designer-Food – laß dich *vögeln* – du weißt, was ich meine?«

»Findest du nicht, dieses Gespräch wird ziemlich persönlich?« sagte ich.

»Wir kennen uns seit zehn Jahren«, informierte Pearl mich. »Und außerdem bin ich nicht gerade für meine Zurückhaltung bekannt. Ich wurde nicht in einem grauen Flanellanzug geboren – mit einem Bleistift zwischen den Zähnen und Beton zwischen den Beinen – wie du. Mag sein, daß ich die Männer im Büro etwas über den Schnabel nehme, aber ich kann dir versichern, nach fünf Uhr habe ich eine bessere Verwendung für sie. *Du* hingegen fängst an, einem buddhistischen Mönch zu ähneln!«

»Ich fahre geschäftlich nach New York«, sagte ich ein für allemal.

»Bah – dieses Ding mit dem Qualitätsausschuß kann man wohl kaum geschäftlich nennen. Warum hast du ihn überhaupt eingerichtet, wenn du doch eine Fünf-Millionen-Dollar-Abteilung unter dir hast? Ich weiß alles darüber – jeder einzelne Manager der Bank ist stocksauer auf dich.«

»Ich habe einen ausgezeichneten Grund dafür«, sagte ich gelassen. »Ich werde die Bank ausrauben.«

»Meine Scheiße«, sagte Pearl und nahm mit Aplomb einen Schluck von ihrem Drink. »Da freß ich eher diesen Smaragd.« Sie betrachtete mich genau und klopfte mit einem langen roten Fingernagel auf den Tisch. »Mein Gott, wenn ich dich nicht besser kennen würde, würde ich denken, du meinst, was du sagst«, fügte sie hinzu.

Ich ließ sie eine Weile schmoren, bevor ich ruhig sagte: »Ich meine es *wirklich.*«

»Das kann nicht dein Ernst sein«, sagte Pearl. »*Du,* der Inbegriff einer Bankerin – ›Frau des Jahres‹, ›Mädchen aus dem Goldenen Westen‹ – du wirfst einfach alles weg, was dein Großvater sich je gewünscht hat …«

Sie hielt inne und dachte ein wenig nach.

»Mein Gott, vielleicht meinst du es *wirklich*«, sagte sie voller Überraschung. »Als Ausgleich für verlorene Zeit und altes Unrecht … Aber was um alles in der *Welt* konnte einen ausgesprochenen Tugendbold wie *dich* so weit bringen – das möchte ich wissen.«

Gerade da wurde über die Sprechanlage mein Flug aufgerufen. Ich stand auf und warf etwas Geld für unsere Drinks auf den Tisch.

»Hast du dich je gefragt, Pearl, warum es bei den Banken so viele gut ausgebildete, qualifizierte, engagierte, hochmoralische und verhältnismäßig unterbezahlte Führungskräfte im mittleren Management gibt wie uns – während ganz oben ein Haufen dummer, machtgieriger, ungehobelter, sich selbst beweihräuchernder Snobs sitzt, denen es einzig und allein um ihr eigenes Wohlergehen zu tun ist?«

Es war das längste Eingeständnis meiner innersten Gefühle,

das ich Pearl gegenüber je gemacht hatte – oder gegenüber irgend jemandem sonst –, und sie sah mich mit großen Augen an, ehe sie antwortete.

»Okay – warum?« sagte sie.

»Scheiße schwimmt oben«, sagte ich.

Dann ging ich, um meinen Flug zu erreichen.

DAS MASCHINENZEITALTER

Die Disziplin der Maschine zerstört den Boden von Recht und Ordnung, auf dem das Unternehmertum beruht.

Was kann man tun, um die zivilisierte Menschheit vor der Vulgarisierung und Desintegration zu bewahren, die die automatisierte Industrie hervorbringt?

– Thorstein Vehlen, THE MACHINE AGE

Es war nett, auf Kosten der Bank zu fliegen, weil ich immer erster Klasse flog, aber bei den meisten Fluggesellschaften war selbst das Essen in der ersten Klasse noch so schlecht, daß ich würgen mußte. Daher nahm ich meist einen Picknickkorb von meiner Haustrattoria *Vivande* mit.

Dieses Mal enthüllte die angehobene Serviette einen wahren Schatz an kulinarischen Genüssen: kalten Kaviar und weißen Bohnensalat, ein Stück Pancetta, gefüllt mit Feigenmus, ein herbes Zitronentörtchen und eine halbe Flasche Verdicchio, um alles hinunterzuspülen. Ich lehnte mich zurück, wählte den Mozart aus dem Kopfhörerprogramm und versuchte, an gar nichts zu denken – aber immer wieder kam ich auf meinen frisch ausgebrüteten Plan zurück. Und zu der Frage, was bei Tor passieren würde.

Obwohl ich den Qualitätsausschuß mit großem Tamtam in Gang gesetzt hatte, Pearls Interesse geweckt war und ich mich jetzt auf dem Weg nach Manhattan befand, um meine Mission tatsächlich zu beginnen, wußte ich, daß es noch nicht zu spät war, um alles hinzuwerfen, falls ich kalte Füße bekommen sollte. Zumindest war es *jetzt* noch nicht zu spät. Nach dem Treffen mit Tor konnte das anders sein.

Vor vielen Jahren hatte er mich aus einigen unangenehmen Situationen befreit. Aber ich kannte ihn lange genug, um zu verstehen, daß es selbst damals erst *seine* Einmischung gewesen war, die mich überhaupt in Schwierigkeiten gebracht hatte! Bei einem EDV-Problem Tors Hilfe zu erbitten war, wie Leonardo um Hilfe beim Zeichnen zu fragen: sie schien von unschätzbarem Wert – bis man die Rechnung bekam.

Und ich wußte, daß Tor darauf hielt, seine Außenstände auch tatsächlich einzufordern. Zum ersten Mal in den vielen Jahren, seit ich ihn zuletzt gesehen hatte, fühlte ich mich flau und schwindelig, als stünde ich mit dem einen Fuß auf der Spindel mit den ›fälligen Schulden‹ und mit dem anderen in einer Rouletteschüssel. Nicht gerade die Lieblingsposition eines Menschen, der gern alles unter Kontrolle behält.

Als ich Zoltan Tor vor zwölf Jahren kennenlernte, war ich ein Computerhäschen von zwanzig und hatte gerade bei *Monolith Corp.* angefangen, einem der größten Computerfachhändler weltweit. Ohne jede Ahnung vom EDV-Geschäft (ich dachte, IBM sei der Name einer Uhr und Honeywell der eines Thermostats) bekam ich bei meiner Firma sofort einen beeindruckenden Titel und wurde – als ›technische Expertin‹ – zu unseren Kunden geschickt, um zentrale Großrechenanlagen zu installieren.

Natürlich war es eine ganz schöne Plackerei, mich über die unzähligen Dinge zu informieren, von denen meine Kunden glaubten, ich wüßte sie bereits. Im Laufschritt machte ich mir bei jedem Abschluß umfangreiche Notizen, raste in mein Büro zurück, um Experten ausfindig zu machen, die mir helfen konnten, und kehrte am nächsten Morgen mit den Antworten zu meinen Kunden zurück. Ich hatte immer große Angst davor, entlarvt zu werden, aber mehrere Monate lang schien alles gut zu klappen. Dann wurde mir der Teppich unter den Füßen weggezogen.

An einem Montag kam ich ins Büro und fand meinen Boß Alfie, einen schwammigen, weinerlichen Typen, der mich nicht mochte, an meinem Schreibtisch stehend vor, die Lippen geschürzt und die Hände auf die Hüften gestützt.

Ich war von jemandem weiter oben auf dem Treppchen als Alfie eingestellt und ihm dann als Trainee zugeteilt worden. Er haßte nichts mehr, als Leute auszubilden, von denen er glaubte, sie hätten bessere Verbindungen als er; statt mich also auszubilden, konzentrierte er all seine Anstrengungen auf den Versuch, mich in meiner Unfähigkeit bloßzustellen. Je öfter ich die Aufgaben, die er mir zuteilte, bis aufs i-Tüpfelchen genau erfüllte, desto wütender wurde er.

»Verity, ich möchte Sie sofort in meinem Büro sehen«, sagte er in einem höhnischen Tonfall und blickte sich in der plötzlichen Stille auf der Etage um, um sicherzugehen, daß auch alle mein Unbehagen bemerkten.

Alfies Kabine mit ihren Glaswänden ganz am Ende der Etage erlaubte ihm, wie der Aufseher einer Galeere das ganze Stockwerk mit seinen Schreibtischen, die in langen, geraden Reihen hintereinander standen, im Blick zu behalten. Von hinten konnte er sicherstellen, daß alle Programmierer auch tatsächlich hart arbeiteten. Wenn er uns je dabei ertappte, wie wir miteinander flüsterten, schlug er auf eine Glocke auf seinem Tisch; und er zählte die Kodezeilen, die jeder von uns im Monat ablieferte. Das Ergebnis hängte er an dem Schwarzen Brett am Eingang aus – mit kleinen goldenen, roten und grünen Sternen daran – ganz wie im Kindergarten. Jede Stunde fuhr, pünktlich wie ein Uhrwerk, ein Einkaufswagen durch die Etage. Wenn er bei uns vorbeikam, mußten wir unsere kodierten Seiten und die Lochkarten zur weiteren Bearbeitung hineinwerfen. Wir hatten täglich zwei Toilettenpausen und eine halbe Stunde zum Mittagessen; wer sich darüber hinaus von seinem Arbeitsplatz entfernte, mußte mit einer Kürzung seines Gehalts rechnen.

Weil ich meist außer Haus bei meinen Kunden arbeitete, gelang es mir, dieser Dickensschen Atmosphäre größtenteils aus dem Weg zu gehen.

»Verity«, sagte Alfie, als wir hinter seiner Glaswand saßen, »ich werde Sie bitten, einige neue Abschlüsse zu übernehmen.« Er zog eine umfangreiche Liste hervor und reichte sie mir herüber. Ich ließ den Blick darübergleiten.

»Aber Sir, ich habe schon mehr Kunden als alle anderen«, sagte ich. »Und manche dieser Firmen verwenden andere Hardware und andere Programmiersprachen als die, die ich kenne. Es könnte einige Zeit dauern ...«

»Zeit haben Sie nicht«, klärte er mich auf mit einem Unterton, der verdächtig an Schadenfreude erinnerte. »Wenn Sie nicht bereit sind, hart zu arbeiten, hätten Sie nicht zu *Monolith* kommen dürfen; auf unserer Gehaltsliste ist kein Platz für Faulpelze. Die Hälfte Ihrer Kollegen dort vorn würde alles darum geben, an Ihrer Stelle zu sein – und ich werde sie dorthin befördern, wenn Sie die Aufträge verpfuschen. Das ist alles.«

Mir stand das Wasser jetzt bis zum Hals – und ich wußte es. Ich hatte doppelt so viele Abschlüsse zu bedienen wie irgend jemand sonst im Büro, darunter viele besonders anspruchsvolle ›Benutzer‹ und gleichzeitig diejenigen mit den längsten Auftragslisten. In weniger als einem Monat würden sie mir auf die Schliche kommen.

Am Ende jener Woche war ich völlig erschöpft, weil ich jeden Tag vom Morgengrauen bis in die späten Nachtstunden gearbeitet hatte; auf meinem Schreibtisch stapelte sich die Arbeit, die ich übers Wochenende mit nach Hause nehmen wollte. Büroschluß war schon lange vorbei, als Alfie am Freitag mit einem abschreckenden Stapel Handbücher vorbeischaute. Er ließ seine Last dröhnend auf meinen Tisch fallen.

»Louis wird Ihnen eine große Ehre erweisen«, teilte er mir mit. Louis Findstone war Alfies Vorgesetzter – der Leiter der Abteilung. »Am Montagmorgen ganz früh werden Sie dem Aufsichtsrat der *Transpacific Railroad* vorgestellt – unserem größten Kunden – als unsere neue Vertreterin. Sie werden bei dem Gespräch nichts sagen müssen, aber ich dachte, vielleicht wollen Sie sich über das Wochenende über *Transpacific* informieren, falls man Sie doch etwas fragen sollte.«

Das war mit Sicherheit eine große Ehre, wie ich sehr wohl wußte. Teckies wurden normalerweise nie öffentlich präsentiert, und bestimmt nicht vor einer so hochrangigen Gruppe. Aber wie um alles in der Welt sollte ich all diese Bücher lesen und außerdem meine andere Arbeit schaffen?

Als habe er meine Gedanken gelesen, fügte Alfie hinzu: »Offengestanden bin ich nicht damit einverstanden, daß gerade *Sie* für diese Aufgabe ausgewählt wurden; Sie sind noch nicht trocken hinter den Ohren, und es hat den Anschein, als würden Sie sich so eben über Wasser halten, gerade noch in der Lage, die tägliche Arbeit zu bewältigen. Aber ich überlasse Louis die Entscheidung.« Und damit verabschiedete er sich.

Also blieb ich in jener Nacht dort, nachdem alle anderen

übers Wochenende nach Hause gegangen waren, und versuchte, mich durch die Bücher durchzukämpfen, die Alfie dagelassen hatte – viel zu viele und viel zu schwer, um sie mit der U-Bahn nach Hause zu transportieren, und ein Taxi konnte ich mir definitiv nicht leisten.

Ich brauchte nicht lange, um zu begreifen, daß ich wirklich in Schwierigkeiten war; diese Bücher waren böhmische Dörfer für mich. Die Fachausdrücke hätten jemandem, der an der Schule Wirtschaft gehabt hätte, vielleicht noch etwas gesagt, aber mein Hauptfach war Mathematik gewesen – ich konnte nicht einmal eine Bilanz lesen!

Ich beschloß, durch das Gebäude zu wandern, auf die entfernte Möglichkeit hin, daß jemand am Freitagabend vielleicht noch länger geblieben war. Aber als sich die Türen des Lifts Stockwerk um Stockwerk vor leerer Dunkelheit öffneten und wieder schlossen, schwand meine Hoffnung.

Ich ging nach unten in das rund um die Uhr besetzte Rechenzentrum und nahm einen der schweren Wälzer mit, in der Hoffnung, daß vielleicht einer der Nachtoperatoren mir weiterhelfen könnte.

»Sieht in meinen Augen wie Chinesisch aus«, sagte der, den ich dort antraf. »Die anderen sind zum Abendessen, und ich glaube, der Rest des Gebäudes ist für die Nacht geschlossen – aber wir können ja mal nachsehen.«

Er ging hinüber zum Kontrollpult für das Gebäude und suchte die Flure ab. »Hmm – im zwölften Stock wird noch Strom verbraucht – vielleicht jemand, der sich die Nacht um die Ohren schlägt wie Sie. Ich würde es versuchen.«

Als die Fahrstuhltüren im zwölften Stock zur Seite glitten, brannten im Flur einige Lampen – aber der Rest des Stockwerks lag in völliger Dunkelheit. Ich ging die verglasten Flure hinunter, die zu den Ecken des Gebäudes führten, aber alle Büros waren dunkel und leer.

»Kann ich Ihnen helfen, kleines Mädchen?« Die sanfte Stimme war direkt hinter mir.

Fast wäre ich aus der Haut gefahren; ich spürte, wie meine Lippen von dem plötzlichen Schreck zitterten, als ich schlucken mußte und mich schließlich umdrehte.

Da stand der erstaunlichste Mann, den ich je gesehen hatte. Er war groß – vielleicht zehn oder fünfzehn Zentimeter über einsachtzig – und er stand vorgebeugt da, das eine Ohr zur Seite geneigt, als sei er daran gewöhnt, mit Menschen umzugehen, die sehr viel kleiner waren als er. Er war ebenso dünn wie groß, seine Haut war blaß, engstehende Augen leuchteten intensiv über einer Hakennase und einem schmalen Mund. Sein Haar hatte genau die Farbe von Kupfer. Obwohl sein Verhalten nahelegte, daß er älter war, konnte er doch nicht mehr als dreißig Jahre alt sein. Irgend etwas an ihm gab mir sofort meine Gelassenheit zurück; später fand ich heraus, daß er diese entwaffnende Wirkung nicht auf alle Menschen hatte.

Und da war noch etwas an ihm – schwieriger zu erklären, aber nach all diesen Jahren ist es mir immer noch deutlich im Gedächtnis. Da war eine Art impulsiver Energie, wie ein Atom, das dem Menschen dienstbar gemacht wurde und nur unter Aufbietung größter Anstrengung unter Kontrolle gehalten werden kann. Diesen Charakterzug habe ich nur bei sehr wenigen anderen Menschen im Laufe meines Lebens beobachten können, und ich bin zu der Auffassung gelangt, daß es sich schlicht und einfach um Intelligenz handelt – aber Intelligenz in solcher Konzentration, daß man sich kaum vorzustellen vermag, wie sie überhaupt genutzt werden kann. Diejenigen, die diese seltene Qualität besitzen, scheinen einen riesigen Sprengkörper in sich zu tragen, dessen Zündmechanismus bei der leichtesten Erschütterung ausgelöst werden könnte. Solche Menschen sprechen leise, bewegen sich langsam und scheinen mit unendlicher Geduld den Verkehr mit der äußeren Welt hinzunehmen, dem sie sich unterziehen müssen. Aber in ihrem Innern tost der Aufruhr.

Ich stand dort eine lange Zeit, schweigend, bevor mir klar wurde, daß er mich mit einem amüsierten Ausdruck betrachtete – fast so, als ob auch er etwas zum ersten Mal sah. Ich hatte keine Ahnung, was das war, doch beschlich mich das unangenehme Gefühl, er könnte sehen, wie sich die Rädchen in meinem Kopf drehten, ein Eindruck, der bei vielen nachfolgenden Gelegenheiten wiederkehren sollte. Zu jenem Zeitpunkt – in dem gedämpften Licht des Korridors – nahm ich die Farbe seiner Augen nicht wahr.

»Mein Name ist Tor – Zoltan Tor«, sagte er und sprach ganz behutsam, als sei er nicht daran gewöhnt, sich vorstellen zu müssen. »Haben Sie sich verlaufen? Vielleicht kann ich Ihnen hinaushelfen.«

Die Art, wie er das sagte – er sprach jedes Wort aus, als würde er es mit dem Messer nachschneiden, um es noch präziser zu machen –, ließ mich mit der Antwort zögern. Obwohl er nur gefragt hatte, ob er mir aus dem Gebäude hinaushelfen könne, hatte es den Anschein, als habe er gefragt, ob er mir mit meinem Leben weiterhelfen könne.

»Ich glaube nicht«, sagte ich traurig zu ihm. »Ich brauche einen technischen Experten, fürchte ich.« Und er sah in seinem dreiteiligen Maßanzug bestimmt nicht so aus. Ein Diplomat würde vielleicht ein solches Seidenhemd und goldene Manschettenknöpfe wie jene dort tragen, aber kein Teckie würde sich so anziehen.

»Warum vertrauen Sie mir Ihr Problem nicht an?« sagte er mit einem Lächeln. »Ich beschäftige mich mit Technik nur aus Liebhaberei, zu meinem eigenen Vergnügen. Aber manchmal amüsiert das, was ich zu sagen habe, auch andere.«

Ich war mir nicht sicher, was das bedeuten sollte, aber ich war so verzweifelt – und erleichtert über sein Angebot, mir zu helfen –, daß ich alles ohne Unterbrechung aus mir heraussprudelte, während wir dort auf dem Gang standen.

Als ich zu der großen Chance kam, die man mir an jenem Abend angeboten hatte, unterbrach er mich, indem er die Hand auf meinen Arm legte.

»Moment, Moment«, sagte er schnell. »Sie sagen, Sie arbeiten für einen Mann namens Alfie? Das ist Mr. Findstones Abteilung – Transportsysteme – nicht wahr?«

Als ich zustimmend nickte, zeigte sich ein zögerndes Lächeln auf seinem Gesicht.

»So, Alfie und Louis geben Ihnen die großartige Chance, ja? Ich finde das recht interessant – wirklich.« Er hielt einen Moment inne, ohne mich anzusehen, und schien im stillen zu einem Entschluß zu kommen. Dann sagte er: »Aber Sie glauben nicht, was die beiden Ihnen erzählt haben.« Es war eher eine Feststellung als eine Frage.

»Nein«, gab ich zu – obwohl es mir erst klargeworden war, als ich es aussprach.

Tor betrachtete mein Gesicht genau, als suche er in einer Kristallkugel nach der Wahrheit. »*Was* Sie glauben, ist, daß man Sie auffordern wird, vor dem Kunden irgend etwas darzulegen – und daß Sie als Dummkopf dastehen werden. Ja, noch bevor sich diese neue Situation ergeben hat, machten Sie sich Sorgen über genau diese Möglichkeit.«

»Ich verstehe nicht alles, was ich wissen sollte«, gab ich zu, »aber ich glaube, mit Alfie und Louis haben Sie unrecht; es macht keinen Sinn. Warum sollten gerade die Leute, für die ich arbeite, mich so bloßstellen wollen – vor ihren eigenen Kunden?

»Ich habe schon vor langer Zeit aufgehört, mich darum zu bemühen, die Motive der Ignoranten und Unfähigen zu verstehen«, sagte er zu mir. »Das ist verschwendete Zeit, die man besser dafür gebrauchen kann, etwas Wertvolles zu lernen. Wieviel Zeit haben Sie bis zu Ihrem großartigen Auftritt?«

»Gleich am Montagmorgen«, sagte ich.

»Obwohl Sie noch jung sind, sind Sie eindeutig weise genug, um zu wissen, daß Vorbereitung noch nie jemandem geschadet hat. Selbst wenn es schlimm ausgeht, werden Sie immerhin etwas klüger sein als zuvor. Wie würde es Ihnen gefallen, bis Montagmorgen genau zu verstehen, wie Computer funktionieren und wie eine Firma geführt wird?«

»Nichts lieber als das! Ich habe noch mehr Bücher wie dieses hier«, war meine Antwort, und ich hielt ihm den Wälzer hin, den Alfie mir gegeben hatte; ich trug ihn immer noch unter dem Arm, während wir dort standen.

»Den werden Sie nicht brauchen«, sagte er und sah den Band überhaupt nicht an. »Sie sind vielleicht sowieso wertlos. Ich weiß alles über *Transpacific Railroad,* was nötig ist. Der Präsident ist ein Mann namens Ben Jackson, glaube ich?«

»Das stimmt«, sagte ich, ganz rot vor Aufregung.

Zumindest *etwas* hatte ich beim Brüten über diesen Büchern gelernt.

»Kommen Sie mit in mein Büro«, sagte Tor. Er schien mit irgend etwas zufrieden zu sein, sagte aber nichts weiter. »Sie haben harte Arbeit vor sich; ich hoffe, Sie haben sich für das Wochenende nichts vorgenommen. Ich selbst habe Zeit und will Ihnen gern helfen.«

Ich konnte mein Glück kaum fassen. Es fiel mir überhaupt nicht ein, mich zu wundern, warum dieser völlig Fremde seine Zeit opfern und so hilfsbereit sein sollte – und das gegenüber jemandem, der so wenig aufzuweisen hatte wie ich.

»Ich verspreche, daß ich mir gründliche Notizen machen werde«, sagte ich fröhlich, als ich neben ihm den Gang hinuntertrabte.

»Die Mühe müssen Sie sich nicht machen; ich möchte, daß alles in Ihren wißbegierigen kleinen Kopf hineingemeißelt wird. Sie müssen anfangen zu *denken*, wie ein Computer denkt. Diejenigen, die mit der technischen Revolution nicht Schritt halten können, werden in ein oder zwei Jahren feststellen, daß sie selbst überflüssig geworden sind.«

So begann das wichtigste Wochenende meines Lebens – ein Wochenende, an dem ich als völlige Computer-Ignorantin in den Kokon hineinschlüpfte, um als voll entwickelte Technokratin wieder daraus aufzutauchen. Wir verbrachten fast die ganze Zeit in Tors Büro. Allerdings durfte ich jede Nacht nach Hause gehen, um ein wenig zu schlafen, zu baden, mich umzuziehen und bei Morgengrauen zurückzukehren. Was als eine schmerzliche Tortur begann, wurde zu reinster Freude – wie das Besteigen eines Berges –, war all die Mühsal wert, wenn man erst einmal den Gipfel erreicht hatte.

Schon bald entdeckte ich, daß Tor eine bemerkenswerte Gabe hatte: er besaß die Fähigkeit, komplexe Sachverhalte wirklich zu erklären und sie völlig transparent zu machen. Alles zu verstehen, was er mir erzählte, war so einfach, wie Honig zu naschen.

Am Ende jener ersten Nacht wußte ich genug über jeden Computer, jedes Betriebssystem und jede Programmiersprache, um selbst einen Kurs über das Thema zu geben. Nach der Nacht vom Sonnabend wußte ich ebensoviel über die Produkte aller Konkurrenzfirmen, und wie sie im Vergleich zu unseren abschnitten. Am Sonntag war ich soweit, daß ich erläutern konnte, wie jeder Rechner auf dem Markt in größeren Firmen und Gewerbezweigen eingesetzt wurde. Die Einzelheiten waren so spannend wie ein Abenteuerroman; jedes Wort von Tor setzte sich in meinem Kopf fest – ohne Notizen, wie er es versprochen hatte.

Aber ein Blick in sein Büro hatte mir mehr über den Mann verraten als die drei Tage, die ich auf engstem Raum mit ihm verbrachte.

Ich hatte angenommen, sein Büro würde wie alle anderen in unserem genormten Gebäude sein: Glaswände, der übliche Stahlschreibtisch, Aktenordner und Bücherschränke. Statt dessen hatte er mich in das Herz des Gebäudes geführt – wo sich die Aufzüge und die Feuerschutztüren befanden – und mich in eine Besenkammer dirigiert!

Als wir das Licht einschalteten, sah man Mops und Eimer und Reihen von Metallregalen mit Vorräten – Lochkarten, Stifte und Papier, technische Handbücher – alles bedeckt von einer dünnen Staubschicht.

»Der Platz hinter den Fahrstuhlschächten war als Vorratsraum gedacht«, sagte er zu mir, während er einen Schlüssel aus seiner Westentasche zog und eine schwere Metalltür aufschloß, die hinter der letzten Regalreihe verborgen lag. »Aber ich habe eine bessere Verwendung dafür gefunden. Ich hasse es, in dem Aquarium da draußen zu arbeiten. Daher habe ich den Lagerraum mit schalldichten Wänden unterteilt. Ich habe den einzigen Schlüssel. Ruhe und Ungestörtheit gehören – wie Essen und Atmen – zu den Grundbedürfnissen im Leben.«

Wir betraten einen riesigen länglichen Raum mit Parkettfußboden, dessen Wände von oben bis unten mit Büchern bedeckt waren: viele waren in Leder gebunden, und ein Blick klärte mich darüber auf, daß wenige, wenn überhaupt welche, sich mit Computern befaßten.

Feine Perserteppiche lagen im Raum verteilt, außerdem standen dort abgenutzte Ledersessel und grünlichblaue Tiffany-Lampen, die ziemlich echt aussahen. Auf einer Etagere war ein Spode-Teeservice zu sehen, und ein alter Kupfersamowar mit drei Hähnen stand auf einem Tisch in der Ecke. In der Mitte des Raumes befand sich ein großer, runder, lederbezogener Tisch mit Einsatzstücken aus dickem grünem Boi. Darauf angeordnet waren Dutzende kleiner Figurinen aus Metall, Emaille,

Elfenbein, Holz. Ich ging hinüber, um sie zu betrachten, und Tor nahm eine auf und reichte sie mir. Ich bemerkte die eingeschnittene Unterseite.

»Das sind Petschafte«, sagte er. »Verstehen Sie etwas davon?«

»Ich weiß nur, daß sie früher dazu dienten, das Wachs auf den Briefen zu siegeln«, sagte ich.

»Früher – ja«, stimmte er zu und lachte. »Damit umfaßt der moderne Mensch alles, was in den letzten fünftausend Jahren passiert ist. Ja, Petschafte wurden verwendet, um Dokumente zu siegeln – aber mehr als das: sie waren die erste Form der Chiffrierung. Intagliostempel wurden als eine Art Kode verwendet, je nachdem, wo und in welcher Kombination sie sich auf einem Dokument befanden.«

»Sie haben sich mit Chiffrierungen beschäftigt?« fragte ich.

»Ich beschäftige mich leidenschaftlich mit der gesamten Kunst der Geheimhaltung – denn es *handelt sich* um eine Kunst«, antwortete er. »Das Geheimnis ist die einzige Freiheit, die uns in dieser ›besten aller möglichen Welten‹ noch bleibt.«

Vielleicht bildete ich es mir nur ein, aber er klang ein wenig bitter.

»Zitieren Sie Dr. Pangloss?« fragte ich. »Oder seinen Schöpfer, der sagte: ›Ich lache nur, damit ich mich nicht aufhängen muß‹?«

»Genau, das ist es!« sagte er und wich damit meiner Frage aus. »Sie erinnern mich an Candide: die gleiche naive Empfänglichkeit für Eindrücke, die man im Umgang mit der wirklichen Welt so schnell verliert. Aber Sie müssen vorsichtig sein und darauf achten, daß Ihnen das immer zum Vorteil gereicht – *die Wahrheit enthüllen,* wie es das Kind in der Geschichte von des Kaisers neuen Kleidern tat – nicht mit einem Ende in Zynismus und Isolation wie im Falle Candides. Jetzt ist Ihr Geist noch wie ein Stück frisches, heißes Wachs, dem noch kein Stempel aufgedrückt wurde ...«

»Sie haben also vor, mich mit Ihrem Intaglio zu versehen?« fragte ich.

Tor, der damit beschäftigt gewesen war, die Petschafte auf dem Tisch zurechtzurücken, blickte unvermittelt auf. Jetzt fiel mir die Farbe seiner Augen auf. Sie waren seltsam irritierend – eine helle kupferne Flamme brannte in ihrer Tiefe – so völlig uneins mit seinem distanzierten und formellen Auftreten. Es war, als könne er in einen hineindringen wie ein Laser – jene äußeren Schichten, mit denen wir alle uns schützen, einfach ablösen – bis hinunter auf die Knochen. Dann blinzelte er, und der Eindruck verlor sich.

»Sie sind ein seltsames Kind«, sagte er und betrachtete mich noch immer. »Sie haben die Fähigkeit, die Wahrheit zu sehen, ohne wirklich zu verstehen, was das bedeutet. Eine gemischte Gabe und eine gefährliche, wenn Sie damit immer so taktlos herausplatzen wie gerade eben.«

Ich wußte weder, wie ich wahrhaftig noch wie ich taktlos gewesen sein sollte, daher lächelte ich nur.

»Ich habe mich mit dieser Kunst der Geheimhaltung sehr lange beschäftigt«, fuhr er fort, »Chiffrierung, Dekodierung, Geheimdienste, Spionage ... aber am Ende blieb nur eine wesentliche Erkenntnis: Nichts läßt sich vor einem Röntgenblick verbergen, ganz egal, wie man die Dinge versteckt. Die Wahrheit ist von göttlicher Art, und die Fähigkeit, sie zu sehen, ist eine Gabe, die einem geschenkt wird, die man nicht erwerben kann.«

»Warum denken Sie, *ich* hätte diese Fähigkeit?« fragte ich, denn ich wußte, daß es das war, was er meinte.

»Machen Sie sich darüber keine Gedanken; es reicht, daß ich eine Gabe erkenne, wenn ich sie sehe. Mein ganzes Leben lang habe ich nach Herausforderungen gesucht – nur um zu erfahren, daß am Ende die größte Herausforderung darin bestand, überhaupt eine Herausforderung zu finden. Wie traurig, daß sie, als ich endlich darauf stieß, in der Gestalt eines vierzehnjährigen Mädchens vor mir stand.«

»Ich bin zwanzig«, protestierte ich.

»Sie sehen aus wie vierzehn, und Sie benehmen sich auch so«, sagte er mit einem Seufzen und trat auf mich zu, um beide Hände auf meine Schultern zu legen. »Glauben Sie mir, meine Liebe, wenn ich sage, daß mir noch nie jemand vorgeworfen hat, ein Altruist zu sein. In manchen Sprachen gibt es – anders als in der unseren – keine Möglichkeit, die Vorstellung von Zeit als einer Handelsware zum Ausdruck zu bringen – die man verschwenden, verbringen oder gar totschlagen kann. Wenn ich *meine* Zeit für etwas einsetze, dann rechne ich mit einem angemessenen Gegenwert. Wenn ich ein verlassenes Kind auf dem Gang aufsammle und anbiete, ihr unter meiner Anleitung weiterzuhelfen, dann kann ich Ihnen versichern, daß mein Ziel nicht darin besteht, das Los der beklagenswerten Menschheit zu verbessern.«

»Worin dann?« fragte ich und erwiderte seinen Blick.

Er lächelte, vielleicht war es das faszinierendste Lächeln, das ich je gesehen hatte.

»Ich bin Pygmalion«, sagte er zu mir. »Wenn ich mit Ihnen fertig bin, werden Sie ein Meisterstück sein.«

Am Montagmorgen hatte ich das Gefühl, ein Meisterstück zu *sein* – auch wenn ich nicht sehr danach aussah. Mein Haar war zerzaust und um meine Augen lagen dunkle Ringe.

Aber mein Kopf war vollgestopft mit Wissen, und genau wie Tor vorhergesagt hatte, hatte ich kein bißchen vergessen. Das erste Mal in meinem Leben fühlte ich das ruhige Selbstvertrauen, das daher rührt, wenn man über eine Sache wirklich Bescheid weiß – vollständig vorbereitet. Ich hatte das Gefühl, ein höchst erfrischendes Bad genommen zu haben.

Ursprünglich wollte ich Tor sofort die gute Nachricht überbringen. Aber das Gespräch und was danach kam, hatte länger gedauert, als ich dachte. Ich kam im Verlauf des Tages mehrmals durch sein Stockwerk, doch selbst der schmuddelige Vorratsraum war abgeschlossen.

Ich wollte gerade nach Hause gehen, als ich an meinem Schreibtisch eine Notiz erhielt:

Kommen Sie in den Vorratsraum, wenn Sie die Gelegenheit dazu haben.

Als ich an die Tür klopfte, öffnete Tor sofort. Er stand im Abendanzug vor mir und sah sehr elegant aus. Als er mich in den Raum hineinbat, sah ich dort, wo vorher der Samowar gewesen war, einen großen silbernen Eimer stehen und davor zwei kristallene Gläser.

»Champagner, Madame?« fragte er und legte sich ein Leintuch über den Arm. »Ich habe gehört, Sie waren heute recht erfolgreich.«

»Tut mir leid – ich trinke nicht«, sagte ich zu ihm.

»Champagner ist nicht Trinken – das ist Feiern«, entgegnete er und füllte die Gläser mit gefährlich aussehenden Bläschen. »Nebenbei bemerkt, besitzen Sie ein Kleid?«

»Natürlich, ja.«

»Ich möchte, daß Sie nach Hause gehen und es anziehen«, sagte er. »Ich möchte mit jemandem zum Essen gehen, der Beine hat. Ich wollte mich mit Ihnen ohnehin darüber unterhalten. Geben Sie es auf, wie ein Junge aussehen zu wollen; Sie binden damit niemandem einen Bären auf, ganz egal wie sehr Sie es versuchen.«

»Gehen Sie mit mir aus?« fragte ich verblüfft.

»Diese zwanghafte Unschuld steht Ihnen nicht«, sagte er. »Trinken Sie Ihren Champagner.«

Ich nahm einen ordentlichen Schluck, aber die Blasen stiegen mir in die Nase und brannten im Hals, und ich mußte husten. Ich wollte das Glas zurückgeben.

»Nicht in sich hineinsaufen wie ein Pferd an der Tränke«, schimpfte er mit mir. »Champagner muß man in kleinen Schlucken trinken.« Er füllte das Glas erneut.

»Das kitzelt in der Nase.«

»Nun, dann nehmen Sie Ihre Nase aus dem Glas. Aber jetzt erzählen Sie mir von Ihrem Erfolg heute nachmittag. Dann bringe ich Sie nach Hause, damit Sie sich etwas Vorzeigbares anziehen können – wenn das möglich ist.«

Also erzählte ich Tor, daß Alfie, wie erwartet, das Treffen benutzt hatte, um zu versuchen, mich vor dem Kunden bloßzustellen. Er hatte mich als Expertin für alles und jedes vorgestellt und dann mir die Gesprächsführung überlassen, damit ich das auch unter Beweis stellen könnte. Und Louis, der von diesem Plan nichts geahnt hatte, hatte angefangen, Magentabletten zu kauen und Alfie Blicke zuzuwerfen. Er war ein Schwächling, der kurz davor war, einen guten Kunden zu verlieren und der auf Alfie vertraut hatte, daß er ihm aus der Klemme helfen würde und nicht etwa sabotierte. Aber die Dinge entwickelten sich weder wie der eine noch wie der andere das erwartet hätte.

Dank Tors Nachhilfestunden wußte ich genug über das Transportgewerbe und die Rolle, die wir dabei spielten, um es ihnen ein für allemal zu zeigen. Noch ehe wir den Sitzungssaal verließen, hatte sich der Kunde – der drauf und dran gewesen war, sich von unserer Firma zu verabschieden – dazu durchgerungen, statt dessen eine große Bestellung für technisches Gerät aufzugeben. Der Präsident des Aufsichtsrates, Ben Jackson, gratulierte Louis und Alfie sogar dazu, mich als neue Vertreterin für seine Firma ausgewählt zu haben.

»Und während Sie sich als Star profilierten«, fragte Tor, »was machten da Louis und Alfie – haben sie in der Nase gebohrt?« Er schenkte mir noch mehr Champagner ein, obwohl ich ihn bereits bis in die Zehenspitzen spürte.

»Ich bin schon betrunken«, sagte ich zu ihm.

»Das beurteile ich«, sagte er und nickte mir zu, weiterzuerzählen.

»Sie fragten mich den ganzen Rückweg über im Taxi aus«, sagte ich, »um herauszukriegen, wie es möglich war, daß ich all diesen Kram so schnell gelernt hatte. Ich hoffe, Sie haben nichts dagegen – ich sagte den beiden, daß ich mit *Ihnen* gearbeitet hätte. Zuerst glaubten sie mir nicht, aber als sie es schließlich taten, verbrachten sie eine ganze Stunde damit, darüber zu diskutieren, wie sie das zu ihrem eigenen Vorteil nutzen könnten.«

»Und zu welchem Ergebnis sind sie gekommen?« fragte Tor und lächelte mich an.

»Es scheint, daß Sie vergessen haben, mir zu erzählen, was Sie hier wirklich machen«, sagte ich. »Sie sind die Geheimwaffe unserer Firma – der Ein-Mann-Think-Tank von *Monolith Corp.*« Tor zuckte zusammen, aber ich fuhr fort. »Louis glaubt, wenn er Sie dazu überreden könnte, hier und da ein paar Stunden mit ausgewählten Kunden zu verbringen – so wie Sie es mit mir getan haben –, wäre das allein für seine Abteilung ein Millionengewinn.«

»Ganz richtig«, stimmte Tor zu. »Aber es macht mehr Spaß, diese Stunden mit *Ihnen* zu verbringen. Das ist es, was Louis noch nie verstanden hat; er hat eine Seele aus Kartonpapier.«

Er lehnte sich vor und drehte die leere Flasche im Kühler auf den Kopf, dann stand er auf.

»Sie glauben sogar«, fuhr ich fort, »sie könnten mich als ›Hebel‹ benutzen. Das Sie immer und ewig bereit wären, Ihre Zeit mit mir zu verbringen. Ich bin in Louis' Wertschätzung sehr gestiegen – und Alfie tut so, als ginge es ihm genauso –, obwohl sich keiner von beiden vorstellen kann, warum Sie das getan haben.«

»Dabei haben sie völlig recht«, sagte Tor und reichte mir die Hand, um mich zur Tür zu geleiten. »Ich *werde* es tun – und ich weiß auch nicht, warum. Aber während wir über diese gewichtige Frage nachdenken, schlage ich vor, gehen wir essen.«

Tor hatte einen dunkelgrünen Stingray, und er fuhr sehr schnell. Er setzte mich an meinem Apartmentblock in der Nähe des East River ab und wartete in der Eingangshalle.

Ich zog mir ein Kleid an: es war aus schwarzem Samt und sehr kurz. Als ich in die Eingangshalle zurückkam, saß Tor in einem ausladenden Sessel und blickte trübsinnig zur Decke. Als er mich sah, kniff er die Augen zusammen, während ich auf ihn zuging, dann stand er auf und nahm meinen Arm.

»Was für ein netter Ort, an dem Sie wohnen«, sagte er und zeigte in die Eingangshalle. »Eine Nachbildung von Ritter Blaubarts Schloß, nicht wahr? Aber durchaus eine gute Lage.«

Er sagte nichts mehr, bis wir im Auto saßen und losfuhren.

»Ich gratuliere Ihnen«, sagte er dann und betrachtete die Straße, als wäre ich nicht da. »Es scheint, Sie haben *tatsächlich* Beine. Ich begrüße Ihre Entscheidung, sie nicht allzuoft zu zeigen; die Verkehrsstaus in Manhattan sind ohnehin schon schlimm genug. Sagen Sie – mögen Sie im *Lutece* essen?«

»Ich war noch nie dort – aber ich weiß, daß es schrecklich teuer ist«, antwortete ich. »Ich kann französische Speisekarten nicht lesen, und ich esse nie besonders viel, daher …«

»Keine Sorge. Die Portionen sind klein, und ich werde für Sie bestellen. Kinder sollten ihr Essen nicht selbst wählen dürfen.«

Im *Lutece* war Tor wohlbekannt; alle nannten ihn ›Doktor‹ und machten einigen Wirbel um uns, bis wir schließlich an unserem Tisch saßen. Nachdem Tor bestellt hatte, kam ich auf ein Thema zu sprechen, das mich schon länger beschäftigte.

»Sie haben mich mit einer geöffneten Flasche Champagner empfangen. Woher wußten Sie – bevor Sie mich sahen –, daß es etwas zu feiern geben würde?« wollte ich wissen.

»Sagen wir, ein kleines Vögelchen hat es mir erzählt«, entgegnete er und studierte die Weinkarte, als wolle er sie auswendig lernen. Schließlich blickte er auf. »Ein Freund von mir hat mich angerufen – er heißt Marcus.«

»Marcus? Marcus *Sellars?*«

Marcus Sellars war der Präsident des Aufsichtsrates von *Monolith Corp.* Ich wußte, daß Tor eine nicht unbedeutende Rolle spielte – hatte aber keine Ahnung, daß er *so* wichtig war.

»Marcus hatte einen Anruf von Ben Jackson erhalten – Ihrem neuen Kunden –, der fragte, ob er Ben auf die Warteliste für einige neue Anlagen setzen könne, von denen er gehört hatte, wir würden sie bald herausbringen. Weil er nach Hardware fragte, die offiziell noch nicht angekündigt war – auch nicht intern –, wollte Marcus gern wissen, wie *Sie* an die Informationen gekommen waren. Eine Andeutung meines Stils schimmerte wohl durch – und Marcus läßt sich nicht hinters Licht führen.«

»Sie meinen, Sie ließen mich Geräte vorstellen, die noch nicht einmal *gebaut* wurden?« sagte ich beunruhigt. »Was hat Marcus getan?«

»Vermutlich hat er seinen Füllfederhalter herausgezogen und die Bestellung notiert. Dann hat er den Hörer erneut aufgenommen und mich angerufen. Er freute sich, daß ich mich wieder aktiv für das Geschäft interessiere. Marcus glaubt, ich brauche ein wenig Anregung. In letzter Zeit bin ich nicht bei vielen unserer zahlenden Kunden gewesen. Er sagt, sie vermissen mich.«

»Und was glauben *Sie?*«

»Ich glaube, ich spreche lieber über Wein«, sagte Tor. »Welchen trinken Sie am liebsten?«

»Ich habe von einem gehört, der Lancers heißt ...«

»Ich bestelle den Wein«, sagte er und gab ein Zeichen.

Ein Weinkellner erschien an unserem Tisch, und nach einer kurzen Besprechung wählte Tor einen Wein mit einem langen, komplizierten Namen. Als der Kellner ihn brachte und Tor ihn probiert und eingeschenkt hatte, wandte er sich mir zu.

»Wissen Sie, es ist recht amüsant – was Sie über Louis und Alfie sagten, die vorhaben, Sie als ihr Werkzeug zu benutzen. Ich denke mir, wir könnten diese Situation zu Ihrem Vorteil nutzen – glauben Sie nicht?«

»Zu *meinem* Vorteil? Ich befinde mich wegen dieser ganzen Geschichte eigentlich in einer mißlichen Lage«, machte ich deutlich. »Sie werden erwarten, daß ich von Ihnen all die Informationen bekomme, die sie gern hätten oder sich überhaupt nur ausdenken können. Alfie wird mich unter Druck setzen, wenn ich ablehne.«

Tor legte die Fingerspitzen gegeneinander und stützte das Kinn darauf.

»Und wofür brauchen Sie Alfie?« fragte er.

»Was meinen Sie? Er ist mein Boß!«

»Aha – aber *warum* ist er Ihr Boß? Weil Sie es *zulassen!*«

»Er zahlt mein Gehalt«, sagte ich. Es war mir völlig unklar, worüber Tor sprach.

»Die Firma zahlt Ihr Gehalt – vergessen Sie das nie«, betonte er. »Und die werden dann aufhören, es zu zahlen, wenn Sie aufhören, Geld für die Firma zu verdienen. Ich wiederhole noch einmal: Wofür brauchen Sie Alfie?«

Ich dachte darüber nach und merkte, wie mir nach und nach etwas klar wurde. So gesehen mußte ich zugeben, daß Alfie nie etwas anderes getan hatte, als meine Bemühungen, meine Sache gut zu machen, zu hintertreiben. Heute morgen hätte er durch seinen faulen Zauber vielleicht sogar einen Kunden verloren.

»Mir scheint, ich käme ohne ihn sehr viel besser klar«, gab ich zu; vielleicht war es der Champagner, der mich so sprechen ließ. Aber ich zog es vor, über diese Möglichkeit nicht weiter nachzudenken, und nahm auch von dem neuen Wein einen Schluck.

»Nun, dann ist das ja geklärt. Werden Sie ihn los«, sagte Tor und lehnte sich zurück, als wäre alles andere offensichtlich. »Erzählen Sie Louis einfach, daß Sie Alfie nicht mehr brauchen; er wird Sie schon verstehen.«

Ich konnte nicht glauben, daß es so einfach sein sollte. In dem Moment erschien der Kellner mit unserem ersten Gang.

»Hier sind Ihre Austern«, sagte Tor, »die vielfach als Mahl der Liebe betrachtet werden. Kauen Sie sie nicht; man schlürft sie aus der Schale in einem Schluck. So ist's richtig – lassen Sie sie Ihren … Was um Himmels *willen* ist das für ein erbärmliches Geräusch, das Sie da machen?«

»Sie sind roh!« sagte ich.

»Natürlich sind sie roh. Was in aller Welt soll ich bloß mit Ihnen machen?«

»Zerbrechen Sie sich nur darüber nicht den Kopf. Ich werde sie *alle* essen«, erklärte ich. »Meine Mutter hat mir beigebracht, daß Leute, die Angst davor haben, etwas Neues auszuprobieren, in Restaurants nichts zu suchen haben.«

»Eine kluge Frau, Ihre Mutter. Ich wünschte, sie wäre jetzt hier; ich habe keine Erfahrung mit dem Bemuttern von Kindern.«

»Ich bin kein Kind mehr«, sagte ich.

»O doch, das sind Sie, meine Liebe. Sie haben das Gefühlsleben einer Dreijährigen und den Verstand eines Weisen von neunzig, die Anmut eines heranwachsenden Jungen und den Körper einer Nymphe vor der Geschlechtsreife – ja doch, sehen Sie mich nicht so an. Essen Sie Ihre Austern. Ich würde gern dabeisein, eines Tages, wenn aus all diesen Bestandteilen eine erwachsene Frau wird. Es könnte ein wahrer Genuß sein.«

»Ich wäre lieber ein Mann«, sagte ich, denn mir wurde plötzlich klar, daß das stimmte.

»Das weiß ich wohl«, entgegnete er mit einem Lächeln. »Aber Sie sind es nicht – und werden es niemals sein. Akzeptieren Sie, daß Sie eine Frau sind, und ich versichere Ihnen, daß das für Sie enorme Vorteile mit sich bringen wird. Schon jetzt gebracht hat.«

Die Stewardeß bat uns, vor der Landung auf dem Kennedy Airport die Sicherheitsgurte zu überprüfen. Müßig überlegte ich, wieviel reicher ich heute wäre, wenn ich den Sicherheitsgurt erfunden hätte und für jeden Gurt, der seit Beginn der kommerziellen Luftfahrt von einem Passagier überprüft werden mußte, einen Dollar bekommen hätte. Ich liebte es, in Gedanken solche Berechnungen anzustellen – aber diese war deprimierend.

Trotz all der Vorteile, die ich nach Tors Darstellung davon haben sollte, eine Frau zu sein, hatte er doch ein oder zwei Nachteile übersehen. Ja, wenige Monate, nachdem er mich gegen Alfie, meinen Boß, ausgespielt hatte, verließ Tor *Monolith Corp.*, um seine eigene Firma zu gründen – und ließ mich sitzen.

»*Sie* wissen schon, was Sie zu tun haben«, sagte er und klopfte mir auf die Schulter. »Bringen Sie die Angelegenheit einfach zu Ende.«

Es war mir schließlich gelungen, Alfie den Todesstoß zu versetzen, doch es war nicht leicht gewesen. Und es nützte mir wenig: Bei *Monolith Corp.* gelangte ich nie bis ins Management. In den höheren Führungsetagen war man der Ansicht, daß männliche Techniker es niemals über sich bringen würden, für einen weiblichen Boß zu arbeiten; ich nehme an, sie hätten alle gekündigt oder den Schierlingsbecher genommen oder etwas anderes in der Art, ehe sie eine Frau als Vorgesetzte akzeptiert hätten. Aber wenn ich Tor auf solche Dinge hinwies – daß der Lohn die Anstrengung kaum wert war –, lacht er nur.

»Wenn Frauen die gleichen Rechte haben wollen, müssen sie erst einmal ein paar aufgeben«, sagte er.

Aber niemand schien zu begreifen, daß ›Rechte‹ nicht das waren, was ich wollte. Es schien mein ganz persönliches Pech zu sein, daß ich immer wieder mit Menschen zu tun hatte, die mir das Leben auf einem silbernen Tablett servieren wollten – einem Tablett mit reichlich Gängelbändern daran. Vor zehn Jahren hatte mich meine Entscheidung, den Bruch mit Tor herbeizuführen und mich auf eigene Faust durchzuschlagen, reichlich viel gekostet – und ich meine das nicht in finanzieller Hinsicht.

Jetzt, während mein Flugzeug in der berühmten Warteschleife über dem Kennedy Airport kreiste, fragte ich mich, wieviel genau mich das nächste Rendezvous mit Tor kosten würde.

DER VERTRAG

Wenn ein Mann einem anderen Silber, Gold oder irgend etwas anderes zur Aufbewahrung übergibt, soll er es, egal um was es sich handelt, vor Zeugen tun, und er soll die Verträge vorbereiten, ehe er die Dinge hinterlegt.

– Kodex Hammurabi

Den meisten Amerikanern mißfällt New York bei der ersten Begegnung. Der Schmutz und die Verwahrlosung, die Graffiti und der Lärm, die Hysterie und die Gewalt, die Dekadenz und die irrsinnigen Preise – diese Eindrücke wirken auf den empfindlichen Besucher aus den ordentlicheren und gepflegteren Städten des Westens geradezu erschlagend. Aber all das ist nur geschickte Tarnung – dazu gemacht, die Kleingeister abzuschrecken –, wie jeder New Yorker weiß. Wenn man in einer Stadt leben *muß,* dann ist New York die einzige Stadt auf der Welt.

»Kommen Sie aus New York, Lady?« fragte mein Taxifahrer durch die Sprechmuschel in der kugelsicheren Glaswand, die uns trennte.

»Ich war lange weg«, sagte ich zu ihm.

»Sie haben nichts verpaßt – es ist alt, es ist neu, es ist immer das gleiche. Je mehr sie ändern, desto weniger ändert sich; der gleiche alte Schutthaufen, aber für mich ist es mein Zuhause, verstehen Sie?«

Ich verstand ... *plus ça change.* Gerade jener Charakterzug ständiger Veränderung – jene immer gegenwärtige, gewalttätige, atomspaltende Atmosphäre des Aufruhrs – erzeugte eine Energie, die ich genießerisch in mich aufnahm. Lange bevor wir das Hotel erreichten, befand sich mein Biorhythmus in völliger Übereinstimmung mit dem Herzschlag von New York.

Ich trug mich im *Sherry* ein, kümmerte mich darum, daß mein Gepäck in die Suite gebracht wurde, und ging hinunter ins Restaurant, um noch einen späten Snack und einen Cocktail zu mir zu nehmen. Im *Sherry Netherland* einen Sherry zu nippen war eine ganz persönliche Tradition von mir – es erinnerte mich an Weihnachten in New York.

Als ich dort allein saß und durch die vereisten Fenster auf die Fifth Avenue blickte, konnte ich Menschen sehen, die mit Stapeln von Paketen durch den Schnee stapften. Während ich so saß, warm und gemütlich, und an dem leichten, nussigen Wein nippte, dachte ich erneut an Tor.

New York mochte zeitlos sein, aber die Menschen verändern sich. Seit ich Tor das letzte Mal gesehen hatte, war er reich geworden, berühmt und dementsprechend noch zurückgezogener – während aus *mir* eine Bankerin geworden war. Ich fragte mich, wie er sich verändert hatte, ob er um die Mitte voller geworden war oder sein Haar verloren hatte. Und wie würde ich auf ihn wirken, nach all diesen Jahren – Jahren, in denen ich seltsamerweise desto mehr an Tor gedacht hatte, je seltener er anrief …

Ich betrachtete mein Spiegelbild im Fenster – großgewachsen und dünn, schien ich nur aus Augen, Mund und Wangenknochen zu bestehen. Wie er schon damals gesagt hatte, sah ich immer noch aus wie ein vierzehnjähriger Junge, der die Schule schwänzt, um angeln zu gehen.

Ich aß meinen Imbiß auf und trank meinen Sherry aus, und dann, ungefähr um zehn Uhr, ging ich zur Rezeption, um mir meinen Zimmerschlüssel geben zu lassen. Zusammen mit dem Schlüssel überreichte mir der Empfangschef eine Nachricht:

Dein Lieblingsrestaurant. Mittag.

Auf dem Zettel stand kein Name, aber ich erkannte den Stil wieder. Ich faltete die Notiz zusammen, steckte sie in meine Tasche und ging nach oben ins Bett.

Mein Lieblingsrestaurant in New York ist das *Café des Artistes* – vom *Sherry* aus liegt es auf der anderen Seite des Parks.

Närrisch, wie ich war, beschloß ich, durch den bitterkalten Schnee zu laufen; ich bereute diese Entscheidung, lange bevor ich auch nur die Mitte des Central Park South erreicht hatte. Indem ich mich gegen den schneidenden Wind stemmte, schob ich die Fäuste in die Taschen und beschäftigte mich den Rest der elenden Wanderung über mit Erinnerungen an glitzerndes Sonnenlicht in der Bucht von San Francisco, an meine Winterorchideen, jene kleinen weißen Segelboote, die über bläulichgrünes Wasser gleiten – und schon bald stellte ich fest, daß ich wegen allem, was mit dem Mittagessen, zu dem ich unterwegs war, zu tun hatte, kalte Füße bekam.

Irgendwo tief in meinem Unterbewußtsein wußte ich, daß das Problem nicht nur in der Sorge bestand, ich könne meine bereits totgelaufene Karriere ruinieren, oder darin, das Gesetz zu brechen, indem ich etwas beging, was im wesentlichen ein ehrenhaftes Verbrechen war, oder darin, daß ich meine Kollegen mit in einen Plan hineinzog, der uns unter den Händen hochgehen konnte. Was mich nervös machte, war, wieder hier in New York zu sein – mit Tor –, obwohl ich mir nicht vorstellen konnte, warum.

Aber bereits der erste Schritt hinter der Tür des *Café des Artistes* brachte mich wieder in die Wirklichkeit zurück – nach New York. Das Café war in den zwanziger Jahren gebaut worden, und es erinnerte immer noch an ein Café aus Paris zur Zeit der Expatriierung der Intelligenz. Ursprünglich war es ein Treffpunkt für Maler gewesen, deren Ateliers im ersten Stock später in teure Privatapartments umgewandelt wurden. Die Wände des Restaurants waren über und über mit Wandmalereien bedeckt: Dschungel voller Papageien, Bilder von spanischen Konquistadoren, die soeben ihren Galeonen entstiegen, Affen, wilde Flora und nackte Schönheiten mit goldfarbenen Gliedmaßen, die unvermutet aus dem dichten Laub hervorschauten – alles in einem Stilmischmasch aus Watteau, Gibson Girl und Douanier Rousseau – echter New Yorker Kitsch.

Heute stand ein Wagen aus Messing in der Mitte des Cafés, überladen mit Früchten, Blumensträußen, Patisserien und Körben mit frisch gebackenem Brot. Die Hasenpastete und die reich dekorierte Lachsschaumspeise waren auch zu sehen.

Einige Schritte weiter links, wo wie ein langer Flur die Bar abzweigte, fand ich Tor in einer separaten Nische an der Wand. Wenn er mir nicht als erster ein Zeichen gegeben hätte, hätte ich ihn vielleicht nicht erkannt, so sehr hatte er sich verändert. Sein kupferfarbenes Haar fiel jetzt in Locken auf den Kragen herab, seine Haut schien blasser, seine Augen strahlender. Statt der eleganten dreiteiligen Anzüge, die sein Markenzeichen gewesen waren, trug er ein legeres, mit Fransen besetztes Lederhemd mit Perlenstickerei und dünne Lederhosen, unter denen sich die festen Muskeln seiner Beine abzeichneten. Er sah sehr männlich und gesund aus und zehn Jahre jünger – aber sein schmerzliches Lächeln war immer noch das gleiche.

»Bist du von San Francisco hierher *gelaufen?*« fragte er sarkastisch, als er sich erhob, um mich zu begrüßen. »Du kommst eine halbe Stunde zu spät, und deine Nase sieht aus wie eine Maraschinokirsche.«

»Meine Güte, ist das eine nette Begrüßung nach zehn Jahren«, entgegnete ich und rutschte ihm gegenüber in die Nische. »Ich wollte gerade sagen, daß *du* großartig aussiehst in deinem fürchterlichen Outfit.«

Ich streckte die Hand aus und zupfte an den perlenbesetzten Fransen, und er lächelte sein blendendes Lächeln – jenes Lächeln, das alle Warnlampen in meinem Kopf zum Aufleuchten brachte.

»Danke«, sagte er mit nicht eben wenig Charme. »Du siehst auch nicht schlecht aus – zumindest, wenn du damit aufhören könntest, das ganze Tischtuch naßzutropfen. Hier, nimm mein Taschentuch, und versuch es anständig zu gebrauchen.«

Ich nahm es und putzte mir die Nase.

»Der Ton einer Nachtigall, das Benehmen einer Königin«, sagte er.

»Warum sprechen wir nicht übers Geschäftliche?« schlug ich vor. »Ich bin nicht den ganzen Weg bis hierher gereist, um über meine Tischmanieren zu plaudern.«

»Du warst lange weg«, sagte er zu mir. »Scheinbar hast du wohl vergessen, daß wir die Dinge hier anders angehen. Zunächst den Aperitif – dann den Fisch, das Geflügel, den Salat, den Nachtisch, vielleicht den Käse – aber das Geschäftliche wird erst beim Kaffee besprochen. Vorher nicht.«

»Ich werde dir mit Vergnügen zusehen, wie du dich vollstopfst, wenn das hier üblich ist. Aber ich kann nicht so viel essen.«

»Fein – dann überlaß das einfach alles mir«, sagte er, und auf eine leichte Bewegung seiner Hand hin erschien ein Kellner an unserem Tisch mit einem Kühler und Wein, der bereits kaltgestellt war.

»Ich wollte schon immer fragen – wie *machst* du das?« sagte ich und zeigte auf den Kellner, der sich entfernte.

»Außersinnliche Wahrnehmung im Restaurant – Gedankenübertragung«, sagte er fröhlich. »Es funktioniert immer. Bei zwei effektiven Übertragungseinrichtungen ist ein Kupferdraht überflüssig, um eine erfolgreiche Verbindung herzustellen. Wie, glaubst du, habe ich deinen Freund Charles Babbage gefunden – oder mich mit dir in Verbindung setzen können?«

Ich starrte ihn über den Tisch hinweg an, während er mir einschenkte.

»Du hast also unsere Gehirnströme angezapft. Großartig – ich gehe mit Nostradamus essen. Du kannst meine Gedanken nicht beherrschen, und du konntest es auch noch nie. Ich kann es wirklich nicht fassen, daß ich in einem Restaurant mitten in Manhattan sitze und ernsthaft über Gedankenübertragung diskutiere.«

»Schön. Wenn es dir lieber ist, diskutieren wir über das Ausrauben von Banken – das scheint ja vernünftiger zu sein.«

Ich blickte mich eilig um, um sicherzugehen, daß uns niemand zuhörte. Tor hatte wirklich nicht lange gebraucht, um mich auf die Palme zu bringen. Wie konnte er mich nur so in die Defensive treiben? Man hatte *wirklich* den Eindruck, als könne er meine Gedanken lesen und wüßte, was mich am meisten treffen würde.

»Laß uns statt dessen lieber die Speisekarte diskutieren«, schlug ich ruhig vor.

»Ich habe schon bestellt«, informierte er mich und wirbelte die Flasche auf dem Eis herum. »Wie ich schon immer sagte, Kinder sollten ihr Essen …«

»Ich bin zweiunddreißig und Vizepräsidentin einer Bank«, informierte ich ihn und versuchte, nicht eingeschnappt zu klingen. »Und ich habe schon das ein oder andere Essen selbst gewählt. Ich bin jetzt eine erwachsene Frau – nicht mehr dein kleiner Schützling – du kannst also damit aufhören, dich als *sage philosophe* aufzuspielen.«

Was war es nur an Tor, das mich so wütend machte? In dem Moment, als ich sah, wie er aufstand, um mich zu begrüßen, wußte ich wieder, daß *er* der Grund gewesen war, warum ich New York vor zehn Jahren verlassen hatte, nicht das verführerische Angebot der *Bank of the World.* Wie mein Großvater war Tor der Inbegriff des Töpfers auf der Suche nach einem Klumpen Ton; er hatte es sogar selbst zugegeben, oder etwa nicht? War es *mein* Fehler, daß ich mein Schicksal selbst formen wollte?

Aber nach jenem kleinen Ausfall meinerseits beobachtete er mich mit einem seltsamen Gesichtsausdruck; ich konnte nichts damit anfangen.

»Ach so«, bemerkte er dunkel. »Ganz recht, du *bist* eine erwachsene Frau. Das ist es also, was sich verändert hat – es wäre mir nie aufgefallen.« Er hielt einen Moment inne. »Ich stelle fest, ich werde meine Pläne ändern müssen.«

Was für Pläne? Ich wollte fragen, biß mir aber auf die Zunge, als die Seezunge mit Zitrone kam. Den Rest der Mahlzeit hindurch machte ich leichten Smalltalk und versuchte unterdessen, mit meinen gemischten und unbestimmten Gefühlen klarzukommen. Auf den Fisch folgten Kalbskoteletts mit kleinen Gemüsen, ein Salat aus butterzartem Kopfsalat und schließlich frische Erdbeeren mit cremiger Schlagsahne – ein Luxus zu dieser Jahreszeit.

Tor war während des Essens seltsam still gewesen. Ich fühlte mich wie ein Verräter, weil ich trotz meines Widerspruchs gut zugelangt hatte – und ich wandte mich ab, als Tor versuchte, mir eine dick mit Sahne bestrichene Erdbeere in den Mund zu schieben.

»Ich muß nicht zwangsernährt werden«, protestierte ich. »Ich bin keine Pflanze – und auch kein Kind ...«

»Das haben wir bereits festgestellt«, sagte er knapp und goß aus einer kleinen silbernen Kanne Kaffee ein. »Da wir uns ja aus geschäftlichen Gründen hier treffen – jetzt ist die richtige Zeit dafür. Warum zeigst du mir nicht deinen Plan?«

Ich zog die dicke Mappe aus meiner Tasche und überreichte sie ihm. Eins nach dem anderen breitete er die zusammengesetzten Diagramme aus, die Charles für mich ausgeworfen hatte. Er fuhr mit dem Finger über die groben Linien, die das Risiko im Verhältnis zum gestohlenen Betrag darstellten.

»Großer Gott, wo hast du die erstellen lassen – auf einem Dinosaurier?« fragte er und blickte auf.

Dann zog er aus seiner Tasche eine winzige Maschine, kleiner als ein Taschenrechner – einen Taschenmikrocomputer von der Art, über die man jetzt viel in den Zeitungen liest; sie waren noch nicht auf dem Markt. Er tippte einige Zahlen ein und studierte das Ergebnis sorgfältig.

Während er damit beschäftigt war, Zahlen auf ein Stück Papier zu kritzeln, wobei er immer wieder zwischen dem Rechner und meinen Diagrammen hin- und herblickte, winkte ich einen vorbeieilenden Kellner herbei und bestellte eine Crème Caramel mit einer Extraportion karamelisiertem Zucker.

Tor blickte mich kurz angewidert an.

»Ich dachte, du bekommst nichts mehr runter«, sagte er.

»Es ist das Vorrecht der Frau, ihre Meinung zu ändern«, entgegnete ich.

Aber als das Dessert kam, streckte er einen Löffel zu mir herüber, ohne von den Diagrammen aufzusehen, und nahm sich etwas von dem klebrigen Pudding. Mit einem ungezogenen Ausdruck im Gesicht blickte er auf.

»Dein Bedürfnis, alles genau so zu haben, wie du es nun einmal willst, hat mich im stillen schon immer amüsiert«, gestand er ein.

Er tippte mit dem Bleistift auf die Diagramme, die vor ihm lagen.

»Nach diesen Zahlen mußt du den Diebstahl, den du vorhast, innerhalb einer begrenzten Zeit von zwei Monaten abwickeln – nicht mehr. Und das *Maximum*, das du stehlen könntest, wären ungefähr zehn Millionen.« Er nahm seine Tasse in die Hand und trank einen Schluck Kaffee.

»Ich nehme an, du glaubst, *du* kannst es besser?« sagte ich sarkastisch.

»Meine liebe junge Frau«, sagte Tor mit einem Lächeln. »Konnte Strauß Walzer tanzen? Mir scheint, du hast alles vergessen, was du einmal unter dem Taktstock des Maestros gelernt hast.«

Er lehnte sich nach vorn, bis sein Gesicht ganz nah an meinem war, und blickte mir direkt in die Augen.

»Ich kann in zwei Wochen eine Milliarde Dollar stehlen«, sagte er.

Der Kellner kam an unseren Tisch, brachte neuen Kaffee und wischte schwungvoll die Krümel vom Tischtuch. Tor bat um die Rechnung und zahlte sofort, während ich still vor mich hin kochte.

»Du hast gesagt, du wolltest mir helfen – nicht versuchen, den Einsatz zu erhöhen!« zischte ich, sobald sich der Kellner entfernt hatte. »Du hast gesagt, wenn ich dir meinen Plan zeige, würdest du vielleicht einige Verbesserungen zu machen haben; darum bin ich hergekommen!«

»Und ich *habe* ihn verbessert«, sagte er und lächelte immer noch sein katzenähnliches Lächeln. »Dieser Plan von dir wirft allerlei Probleme auf. Daher habe ich meinen eigenen entwikkelt – ein verbessertes Modell, wenn ich das sagen darf. Weißt du, ich habe schon immer geglaubt, daß es einfacher ist, *wirklich* große Geldbeträge ganz *ohne* Hilfe eines Computers zu stehlen!«

»O nein – diesmal laß ich mich von dir nicht verschaukeln«, sagte ich zu ihm und sammelte meine Diagramme ein. »Wenn du glaubst, ich bin verrückt genug, um eine Milliarde Dollar zu stehlen, *ohne* einen Computer zu benutzen, dann bist du nicht ganz bei Trost.«

»Sei nicht albern«, sagte Tor und legte auf dem Tisch eine Hand auf meine, um mich aufzuhalten. »Selbstverständlich glaube ich das nicht; ich wollte nicht vorschlagen, daß du etwas dergleichen tun sollst! Natürlich habe ich an *mich selbst* gedacht!«

Ich erstarrte und blickte ihn an – seine Augen dunkle Feuer, seine Nasenflügel gebläht wie bei einem Vollblut vor dem Startschuß, das mit den Hufen scharrt. Ich hätte gewarnt sein sollen, ich hätte den Blick kennen sollen – er hatte mich schon einmal viel gekostet. Aber ich konnte meiner Neugier nicht widerstehen.

»Wie meinst du das, *du selbst?*« fragte ich vorsichtig.

»Ich würde gern eine kleine Wette vorschlagen«, sagte er. »Wir stehlen *jeder* den gleichen Geldbetrag – du *mit* einem

Computer und ich ohne. Ich werde John Henry mit seinem kleinen Hammer sein, und du bist die große Stahlmaschine – ein zeitloser Test Mensch gegen Maschine, Seele gegen Stahl!«

»Sehr poetisch«, gab ich zu. »Aber nicht besonders realistisch.«

»John Henry hat seine Wette *gewonnen*, wenn ich mich recht entsinne«, sagte Tor selbstgefällig.

»Aber er starb bei dem Versuch«, erinnerte ich ihn.

»Wir sterben alle früher oder später; es ist einfach eine Frage des Timings«, erläuterte Tor. »Besser einen *großen* Tod als viele kleine – meinst du nicht auch?«

»Der schlichte Umstand, daß ich sterblich bin, bedeutet nicht, daß ich meine Grabstelle gleich heute nachmittag aussuchen möchte«, entgegnete ich. »Das hier hat als kleine Gaunerei angefangen, um zu zeigen, daß die Sicherheitssysteme der Bank nicht funktionieren. Du hast gesagt, du würdest mir helfen, aber mir scheint, du willst daraus ein internationales Finanzverbrechen machen. Eine Milliarde Dollar? Ich glaube, du bist verrückt geworden.«

»Glaubst du, die Banker, für die du arbeitest, sind die *einzigen*, die nicht gewissenhaft sind?« sagte er ernsthaft. »Ich habe fast täglich mit der SEC zu tun, mit dem Austausch von Waren, Handels- und Wertpapieren. Ich weiß Dinge über deren Verhalten, die dir das Blut in den Adern stocken lassen würden. Die beste Hälfte, die ich dir anbieten kann, meine hübsche Soubrette, ist, deinen Horizont zu erweitern – womit ich am liebsten gleich beginnen möchte.«

Er stand plötzlich auf und reichte mir seine Hand.

»Wohin gehen wir?« fragte ich, als wir uns die Mäntel anzogen und zur Tür schritten.

»Wir wollen einen Blick auf meine Kupferstiche werfen«, sagte er geheimnisvoll. »Mir scheint, du bist ein Mädchen, das zum Handeln verführt werden will.«

Im warmen Taxi, auf dem Weg in die Stadt, wandte sich Tor mir zu.

»Ich möchte dir meinen Teil der Wette zeigen«, erklärte er, »damit du begreifst, wie ernst es mir damit ist.«

»Ich gebe das Geld zurück, weißt du«, sagte ich. »Ich nehme es nicht einmal – ich bewege es einfach dorthin, wo es eine Zeitlang nicht aufzufinden ist. Alles, was ich will, ist, ihre Gesichter sehen, wenn sie es nicht finden können. Also, selbst wenn ich mich auf deine lächerliche Wette einließe, was käme dabei für dich heraus?«

»Was für mich dabei herauskommt, wie du es so charmant ausdrückst, ist ganz genau das gleiche wie für dich – und etwas mehr. Ich will nicht nur ihre Gesichter sehen, ich will, daß sie ihre Handlungsweise bereinigen.«

»Wer ist ›sie‹?« fragte ich mit Sarkasmus. »Du hast noch nicht erwähnt, wo deine Milliarde Dollar herkommen soll.«

»Habe ich nicht?« sagte Tor mit einem Lächeln. »Dann laß mich das umgehend richtigstellen, meine Liebe: Ich dachte mir, ich nehme das Big Board aufs Korn – die New Yorker Börse und die amerikanische dazu.«

Man sagt immer, die Grenze zwischen Genie und Wahnsinn sei schmal – und ich dachte, Tor hätte sie überschritten. Aber, so gesehen, war mein eigener kleiner Plan auch nicht gerade das Produkt eines Gehirns, das sich durch nüchterne Einschätzung der Lage auszeichnete. Es schien, als würde ich mich Stunde um Stunde tiefer verstricken.

Wir stiegen in Lower Manhattan aus, mitten im Finanzzentrum, wo schimmernder Nebel vom nahe gelegenen Fluß in engen Häuserschluchten hing, zwischen Gebäuden, die den Himmel zu berühren schienen. Vor uns stand ein Bau aus Glas und Beton, der vierzig Stockwerke hoch über der Water Street aufragte und auf der Vorderseite in auffälligen Lettern die Nummer ›55‹ trug.

»In diesem Gebäude befinden sich meine Stiche«, sagte Tor mit einem Lächeln und rieb die Hände aneinander, um sie zu wärmen. »Oder vielleicht sollte ich lieber ›Gravierungen‹ sagen – dieser Bau beherbergt die Mehrzahl der Aktien und Wertpapiere, die an sämtlichen größeren Börsen im Laufe der letzten dreißig Jahre gehandelt wurden.

Das Konzept stammt aus den 60er Jahren, als die Maklerfirmen weltweit unter den Unmengen von Papier zusammenzubrechen drohten. Es erforderte soviel Arbeit, Aktien und Wertpapiere von einem Besitzer zum nächsten zu transferieren, daß man beschloß, dem ein für allemal ein Ende zu setzen. Wertpapiere werden unter einem ›Straßennamen‹ aufbewahrt – dem Namen der Maklerfirma, die sie zuletzt gehandelt hat. Die Besitzverhältnisse werden durch die gleiche Firma überwacht, und die Papiere selbst befinden sich jetzt hier. Dies ist das wichtigste Gebäude der New Yorker Finanzwelt; es heißt *Depository Trust.*«

»*Alle* Wertpapiere, die in den Vereinigten Staaten gehandelt werden, befinden sich in diesem einen Gebäude?« sagte ich.

»Niemand weiß genau, wieviel Prozent hier gelagert sind – verglichen mit denjenigen Aktien und Wertpapieren, die sich noch in den Händen von Maklern, Banken oder Privatleuten befinden –, aber man hat versucht, sie alle hier unterzubringen, um den Ablauf möglichst effektiv zu gestalten.«

»Ich sehe ein, warum das ein großes Risiko ist; was wäre, wenn jemand in diesem Gebäude zum Beispiel eine Bombe hochgehen ließe?«

»Es ist noch etwas komplizierter«, versicherte er mir, als wir seitlich um den riesigen Bau herumgingen, um ihn besser in Augenschein nehmen zu können. Er wischte mir eine erste Schneeflocke aus dem Gesicht, legte seinen Arm wie beiläufig um meine Schulter und fuhr fort.

»Erst letzte Woche habe ich an einer Konferenz teilgenommen, bei der SEC. Sie hatten Führungskräfte aus großen Maklerfirmen und Banken eingeladen. Der Zweck des Treffens bestand darin, diese Banker und Broker dazu zu bewegen, ein neues Computersystem zu verwenden, das die SEC entwickelt hat und mit dem man den tatsächlichen Aufbewahrungsort von Wertpapieren feststellen kann.«

»Wertpapiere werden nicht per Computer erfaßt?« sagte ich erstaunt.

»Der Handel schon – aber nicht der tatsächliche Aufbewahrungsort«, informierte mich Tor. »Die SEC glaubt, daß fünf bis zehn Prozent aller Aktien dort draußen in Banktresoren und auf Dachböden – selbst im *Depository Trust* – entweder gefälscht oder gestohlen sind. Wenn man sie alle per Computer erfassen könnte, würde man herausfinden, welche von ihnen

Duplikate oder auf andere Art gefälscht sind. Die SEC will eine physische Bestandsaufnahme machen, und sie will sie jetzt machen.«

»Hört sich an wie die große Chance für alle, einmal gründlich aufzuräumen«, stimmte ich zu.

»Findest du?« sagte Tor mit hochgezogenen Augenbrauen und sah mich im schwindenden Tageslicht an. »Dann kannst du mir vielleicht erklären, warum alle vertretenen Institutionen – ohne eine einzige Ausnahme – den Vorschlag abgelehnt haben.«

Natürlich mußte man kein Finanzgenie sein, um das zu verstehen. Die SEC war nicht Eigentümerin der Banken und konnte sie nicht zwingen, eine Inventur durchzuführen, selbst wenn sie das Computersystem dafür zur Verfügung stellte. Und keine dieser Banken oder Maklerfirmen wollte, daß bekannt wurde, wie viele ihrer *eigenen* Papiere wertlos waren! Solange sie so taten, als wären sie echt, konnten sie weiter damit Handel treiben oder sie als Sicherheiten für andere Dinge benutzen. Wenn sich erst einmal herausgestellt hätte, daß es sich um Fälschungen handelt, stünden sie mit leeren Händen da. Plötzlich wurde mir klar, wie weitverbreitet hinterhältiges Verhalten in der gesamten Finanzwelt war – genau wie Tor gesagt hatte. Und ich sah wirklich rot.

Darüber hinaus wurde mir aber noch etwas klar: Ich hatte Tor um einiges unterschätzt, und ich fühlte mich schrecklich deswegen. Warum mußte ich so verdammt selbstgerecht sein und annehmen, daß *ich* die einzige auf Erden war, die Prinzipien hatte und den Wunsch, sie auch einzuhalten? Er hatte recht, als er gesagt hatte, ich müsse meinen Horizont erweitern. Jetzt wußte ich, was ich zu tun hatte.

Ich blickte auf und ertappte Tor dabei, daß er mich beobachtete, wie wir dort im Nebel standen, der sich in leise herabrieselnden Schnee verwandelt hatte. Er lächelte sein schiefes Lächeln, und einen Moment lang spürte ich wieder das alte Mißtrauen – als habe er die Rädchen in meinem Kopf schon vorweg programmiert und genau gewußt, wie viele Umdrehungen nötig sein würden, um mich an genau diesen Punkt zu bringen.

»Du nimmst die Wette also an?« sagte er.

»Nicht so schnell«, entgegnete ich. »Wenn es sich um eine *Wette* handelt, und nicht einfach nur um einen Doppelraub – sollte es dann nicht um irgend etwas gehen?«

»Daran habe ich nicht gedacht«, gab er zu, einen Moment lang aus dem Konzept gebracht. »Aber du hast recht. Wenn wir uns schon all diese Mühe machen, denke ich, sollte es um etwas gehen.«

Er dachte eine Weile nach, während wir Arm in Arm die verlassene Straße hinaufgingen, auf der Suche nach einem Taxi. Schließlich wandte er sich mir zu und legte mir beide Hände auf die Schultern, blickte auf mich hinunter mit einem Gesichtsausdruck, aus dem ich nicht klug wurde.

»Jetzt weiß ich's«, sagte er mit einem schelmischen Grinsen, das mir überhaupt nicht gefiel. »Wer verliert, muß dem Gewinner seinen liebsten Wunsch erfüllen.«

»Einen Wunsch?« sagte ich. »Das hört sich an wie im Märchen. Außerdem – vielleicht wäre der Verlierer nicht in der Lage, einen solchen Wunsch zu erfüllen.«

»Vielleicht nicht«, sagte er und lächelte immer noch. »Ich weiß nur, daß *du* in der Lage wärst, *meinen* zu erfüllen.«

DIE BESCHRÄNKTE PARTNERSCHAFT

Zartbesaitete Männer, die ständig ihre Gewissensbisse spüren, sind im Geschäftsleben fehl am Platze. Ein empfindliches Gewissen wäre wie eine seidene Schürze für einen Schmied.

Was zählt, ist nicht, wie man an sein Geld kommt, sondern was man damit anfängt.

– Bouck White, THE BOOK OF DANIEL DREW

Ich war wirklich froh, daß ich nach dem Mittagessen die Gelegenheit hatte, in der Wall Street ein wenig spazierenzugehen. Trotzdem gelang es mir kaum, ein Viertel des Abendessens zu verdrücken, das Tor im Restaurant des Plaza an jenem Abend bestellte – Saumon en papillote, Ente à l'orange, Soufflé Grand Marnier, um nur das Wichtigste zu nennen –, während wir uns damit beschäftigten, die Einzelheiten unserer Wette zu klären.

Tor wollte nicht verraten, welchen Wunsch ich ihm erfüllen sollte, falls er die Wette gewönne. Daher dachte ich, es sei am besten – aufgrund früherer Erfahrungen mit ihm –, greifbarere Bedingungen für unseren Wetteinsatz zu finden. Die daraus resultierende Diskussion begann beim Lachs, nicht beim Kaffee. Sie dauerte Stunden; und obwohl mir der Kopf weh tat, lange bevor der Cognac serviert wurde, konnte ich mich danach nicht erinnern, wann ich zuletzt soviel Spaß gehabt hatte.

Tor war schon immer in der Lage gewesen, alle möglichen Dinge mit erstaunlicher Klarheit zu erläutern, aber sein eigenes Denken war bizarr. Er war ein Meister der Komplexität und der Intrige, und er liebte es, einen Gegenstand von jedem nur denkbaren Gesichtspunkt aus zu betrachten. Ich wußte, daß er sich diese Wette ebensosehr aus Langeweile wie aus moralischer Entrüstung ausgedacht hatte. Wie üblich war das Leben an sich keine hinreichende Herausforderung.

»Es ist viel zu einfach«, sagte er prompt, »mit einer Milliarde Dollar zu verschwinden; jeder Hacker kann das. Um die Sache *wirklich* interessant zu machen, denke ich, sollten wir den genauen Betrag der zu stehlenden Summe offen lassen.

»Wie stellen wir dann fest, wer gewonnen hat?« wollte ich wissen.

»Wir werden uns ein Zeitlimit setzen – drei Monate oder so – vielleicht etwas mehr, um die Details zu planen. Dann nehmen wir das Geld, das wir ›geliehen‹ haben ... und *investieren* es! So kommt der Reiz der Spekulation hinzu. Es geht also nicht darum, wer das meiste Geld stiehlt, sondern wer den besten Nutzen daraus zieht. Wir setzen uns eine vernünftige Summe als Ziel. Wer als erster diese Summe erzielt, hat gewonnen.«

»Eine Milliarde Dollar zu stehlen ist nicht schwierig genug«, sagte ich nur, und ich erwartete keine Antwort.

Aber Tor war damit beschäftigt, auf seinem kleinen Rechner herumzutippen. »Dreißig Millionen Dollar!« verkündete er und blickte auf. »Soviel kann man bei einer vernünftigen Verzinsung in drei Monaten an einer Milliarde verdienen.«

Ohne auf eine Reaktion meinerseits zu warten, zog er einen Taschenkalender heraus. »Heute ist der achtundzwanzigste November – fast Dezember«, fuhr er fort. »Ich werde ungefähr zwei Wochen für den eigentlichen Diebstahl brauchen, wie ich bereits sagte, dann noch drei Monate für die Investition. Dazu einige Wochen, um sich einzurichten und alles vorzubereiten – alles in allem sollte ich also fertig sein bis zum ... ersten April!«

»Ausgerechnet der erste April?« lachte ich. »Das ist sehr passend. Aber was ist mit mir? Charles hat gesagt, ich kann nur zehn Millionen stehlen. Wie kann ich *die* investieren, um daraus dreißig zu machen?«

»Ich würde ja nie etwas gegen Charles sagen«, entgegnete er mit seinem speziellen Lächeln. »Aber ich habe mir deine Diagramme angesehen. Wie die Dinge liegen, hast du ihm die falsche Frage gestellt – wie viele *Inlands*zahlungsanweisungen du stehlen könntest – ein Tropfen auf den heißen Stein! Wie steht es mit Geld von *außerhalb* der Vereinigten Staaten?«

Großer Gott, er hatte recht! Das war noch einmal das gleiche Volumen oder sogar mehr – aber ich hatte diese Zahlungsanweisungen bei meiner Studie nicht berücksichtigt. Zwar standen mir Systeme wie CHIPS oder SWIFT – die riesigen elektronischen Transfernetzwerke der Regierung – nicht zur Verfügung, aber es gab doch Schnittstellen, und auch dieses Geld wurde über unsere Bank bewegt.

»Ich fange an, dir dankbar zu sein«, gab ich zu und nippte lächelnd an meinem Cognac. »Die Wette ist perfekt, wenn wir uns über den Einsatz einig werden können. Ich weiß, was *ich* will – ich habe den ganzen Tag darüber nachgedacht. Ich möchte Chefin der Sicherheitsabteilung bei der *Fed* werden; ich hatte den Job schon so gut wie in der Tasche, bis mein Boß ihnen erzählte, sie sollten mich nicht einstellen. Ich weiß, daß du mir mit deinen Kontakten den Job wieder besorgen könntest. Aber ich werde dich nicht darum bitten – wenn ich nicht gewinne, abgemacht ist abgemacht.«

»Schön, schön«, stimmte er zu und verzog das Gesicht. »Aber, meine Liebe, wie ich dir bereits vor zwölf Jahren sagte, gehörst du nicht in eine Bank. Diese Leute können Rot nicht von Schwarz unterscheiden – sie glauben, Kredite sind Vermögenswerte und Einlagen sind Verbindlichkeiten. Du gehörst zu mir; ich habe zu viele Jahre in dich investiert, um zuzusehen, wie du für irgendwelche Banker sorgsam aufgestellte Hauptbücher führst – für eine Bande Dummköpfe, die nicht zu schätzen wissen, was sie da haben.«

»Mein Großvater war Banker«, sagte ich gekränkt.

»Nicht wirklich; er hat sein letztes Hemd an Leute wie diese da verloren. Glaub mir, ich kenne die Geschichte. Was fehlte ihm denn – hast du dich das einmal gefragt? Ich bezweifle sehr, daß ›Intelligenz‹ oder ›Integrität‹ die Antwort darauf ist.«

Er winkte nach der Rechnung, während er ziemlich aufgebracht fortfuhr.

»Nun gut – du sollst haben, was du willst. Aber wenn ich gewinne – was der Fall sein wird –, habe ich keine Gewissensbisse, das einzufordern, was *ich* haben möchte: Du kommst mit und arbeitest für mich, was du schon längst hättest tun sollen.«

»Als was – Galatea, deine makellose Schöpfung?« sagte ich lachend, obwohl ich den Gedanken gar nicht so besonders lustig fand. Ich war aus dieser Situation vor zehn Jahren entkommen; jetzt stand ich ihr wieder gegenüber. Aber selbst wenn ich verlieren sollte, würde ich den Rest meines Lebens kein Spiegel für Tors Größenwahn sein.

»Wie lange?« fragte ich ihn. »Du erwartest doch nicht, daß ich für immer bleibe?«

Er dachte einen Moment darüber nach.

»Ein Jahr und einen Tag lang«, sagte er mysteriös und sah mich dabei nicht an.

»›Die Eule und das Kätzchen‹!« rief ich aus. »Ich erinnere mich an das Gedicht: ›Vom Honig zu naschen, viel Geld in den Taschen …‹«

»›… – das wickelten sie fest ein,‹« sagte Tor und blickte angenehm überrascht auf.

»›Und sie legten ab für ein Jahr und ein'n Tag, unterm Licht des silbernen Monds‹«, beendete ich das Zitat.

»Es scheint, daß du dich – selbst als reife und erfahrene Bankerin, die du nun einmal bist – doch noch an die Geschichten deiner Kinderzeit erinnerst, mein liebes kleines Kätzchen«, sagte Tor mit einem Lächeln. »Wer weiß – vielleicht würdest du es viel mehr genießen, die Wette gegen mich zu verlieren, als sie zu gewinnen.«

»Darauf würde ich mich nicht verlassen«, sagte ich.

Da war nur eins, was Tor an der Wette, zu der er mich überredet hatte, beunruhigte. Um *seinen* Teil der Abmachung zu erfüllen, brauchte er einen Komplizen. Obwohl er alles wußte, was es über Computer zu wissen gab, benötigte er doch eine Fähigkeit, die er selbst nicht hatte.

»Ich brauche einen Fotografen«, sagte er zu mir, »und zwar einen guten.«

Zufälligerweise kannte ich einen der besten Fotografen von New York. Ich erklärte mich bereit, Tor gleich am nächsten Morgen dorthin zu bringen.

»Erzähl mir von diesem Freund von dir«, sagte er, als wir am Sonntag im Taxi in die Stadt fuhren. »Ist er vertrauenswürdig? Können wir ihm die Wahrheit über unsere Pläne sagen?«

»*Er* ist eine *Sie*, und ihr Name ist Georgian Daimlisch«, sagte ich. »Sie ist meine beste Freundin, obwohl ich sie seit Jahren nicht gesehen habe. Ich kann dir versichern, sie ist völlig vertrauenswürdig – aber glaub kein Wort von dem, was sie sagt.«

»Aha«, sagte er. »Ich sehe schon viel klarer – wir treffen uns mit einer zuverlässigen Schizophrenen. Weiß sie, warum wir uns mit ihr treffen wollen?«

»Ich bin mir nicht sicher, ob sie überhaupt weiß, daß wir kommen.«

»Sagtest du nicht, du hättest mit ihrer Mutter gesprochen?« fragte Tor.

»Lelia? Ja, natürlich – aber das hat nichts zu bedeuten.«

Den Rest der Fahrt über hüllte Tor sich in Schweigen.

Es war schon immer schwierig gewesen, Georgian zu beschreiben, obwohl sie seit mehr Jahren meine beste Freundin war, als sie mir erlauben würde zuzugeben. Wenn sie irgendwo zu Hause war, dann in dem Apartment ihrer Mutter am oberen Ende der Park Avenue. Aber Georgian hielt sich nirgends lange auf; sie war ein Schmetterling von seltener Art und ausgesprochen unabhängig.

Finanziell allerdings war Georgian alles andere als unabhängig – oder vielleicht sollte ich besser sagen, keiner wußte genau, wieviel sie eigentlich hatte. Als Fotografin reiste sie rund um die Welt und übernachtete in Châteaus und Palästen, die sich normalerweise niemand leisten konnte. Andererseits trug sie meist abgerissene Jeans und T-Shirts und dazu so viele goldene Ringe, daß die Knöchel ihrer Hände aus Metall zu bestehen schienen.

Die meisten ihrer Bekannten hielten sie für leichtfertig, verrückt auf Sex, extravagant und mehr als nur ein bißchen sonderbar; ich fand sie ernsthaft, zurückgezogen und eine hervorragende Geschäftsfrau mit einem Verstand wie eine stählerne Falle. Wie konnte ein und derselbe Mensch in den Köpfen so vieler anderer so unterschiedliche Eindrücke auslösen? Die Antwort war einfach – sie war einzigartig, ihre eigene Erfindung. Sie war Fotografin geworden, um ihr persönliches Universum zu schaffen und dann darin zu leben.

Ich sah sie nur selten, denn wenn ich es tat, erwartete sie von *mir*, daß ich es ihr gleichtat.

Gleich nachdem ich zugestimmt hatte, Tor mit Georgian bekannt zu machen, meldeten sich erste Bedenken. Sie hatten viel gemeinsam: Beide waren mir gegenüber sehr besitzergreifend und dachten, sie könnten in Ordnung bringen, was immer es war, das mit mir nicht stimmte – aber ihre Vorstellungen, wie sie das erreichen könnten, waren unvereinbar. Tor wollte mich mit der Realität vertraut machen; Georgian wollte die Welt aus meinem Wortschatz streichen. Ich befürchtete, sie würden sich auf den ersten Blick hassen.

Die Eingangshalle von Lelias und Georgians Apartmenthaus sah aus wie ein extravaganter Ausstellungsraum für Autos; es fehlten nur noch die Cadillacs. Riesige Kronleuchter hingen wie Büschel bereifter Trauben von der Decke; eine Reihe dunkelroter, flauschiger Samtdiwane waren im Raum verteilt, und aus dunklen Gründen stand neben jedem einzelnen ein Messingspucknapf. Es gab ganze Wälder von Marmorsäulen, mehr als in Pompeji, und die Wände waren mit weißen Fensternischen aus Gips dekoriert und reichlich mit Gold verziert. Gewaltige schwarze Graburnen hatte man mit Seidenblumen in allen Regenbogenfarben vollgestopft, und über dem Fahrstuhl quoll ein Füllhorn aus Gips über vor Früchten, die sich, einander überstürzend, abwärts ergossen, bis sie in all ihrer festlichen Pracht zwischen den Türen zur Ruhe kamen.

»Was ist denn hier mit dem guten Geschmack passiert?« murmelte Tor, der zusammenzuckte, als wir die große Halle durchschritten.

»Warte, bis du *Lelias* Wohnung gesehen hast«, sagte ich. »Ihr Geschmack hat etwas von französischer Dekadenz.«

»Aber du hast gesagt, sie wäre Russin«, wandte Tor ein, als wir die Fahrstühle erreichten.

»Weißrussin, aufgewachsen in Frankreich«, erklärte ich. »Lelia beherrscht ihre Muttersprache nicht allzugut – andere Sprachen übrigens auch nicht. Sie ist eine Art sprachliches Durcheinander.«

»Ach, du liebe Güte, wenn das nicht Miß Banks ist!« rief Francis, der Fahrstuhlführer, aus. »Wie viele Jahre ist es jetzt her? Die Baronin wird hocherfreut sein, Ma'am – weiß sie, daß Sie in der Stadt sind?«

Damit wollte Francis diskret andeuten, es wäre besser, wenn

er nach oben durchtelefonierte und uns ankündigte. Ich bat ihn darum.

Im siebenundzwanzigsten Stock öffnete Francis die Fahrstuhltüren mit einem Schlüssel, und wir betraten das große marmorne Foyer, wo uns das Mädchen mit einem Knicks empfing und uns durch ein weiteres Paar Türen in die große Halle hineinbat – einen riesigen marmornen Korridor, der auf beiden Seiten verspiegelt war wie Versailles.

Als sie sich entfernte, um unsere Gastgeberin zu suchen, wandte sich Tor zu mir um und flüsterte: »Wer ist die Baronin?«

»Das ist Lelia«, sagte ich. »Ich glaube, es ist Angabe – genau wie eine Romanoff sein: wer kann schon sagen, ob man eine *ist* oder nicht?«

Während wir dort in der Halle warteten, erreichte uns ein Lärm, der offensichtlich einige Zimmer weiter entfernt entstand – reichlich weibliches Kreischen und das Schlagen von Türen. Schließlich wurde eine Tür mit solcher Endgültigkeit zugeschlagen, daß die kristallenen Wandleuchter klirrten.

Eine der verspiegelten Türen wurde aufgestoßen, und Lelia kam dahinter zum Vorschein. Sie trug einen langen Satinkimono mit Marabufedern, die umherwedelten, wenn sie sich bewegte. Obwohl es fast Mittag war, war ihr honigblondes Haar zerzaust, als sei sie gerade erst aufgestanden.

Sie umklammerte mich und drückte ihr Gesicht einmal auf jeder Seite gegen meins, wie es die Franzosen tun, dann umhalste sie mich fest auf russische Art, wobei ihre Federn mich in der Nase kitzelten.

»Lieblink! Froh froh froh! Zu arg, du mußt warten, aber Georgian ist heute *très mauvaise.*«

Um das Durcheinander von Lelias Borschtsch-Bouillabaisse-Kauderwelsch vollkommen zu machen, vergaß sie häufig mitten im Satz, was sie eigentlich sagen wollte, und antwortete erst bei anderer Gelegenheit auf die zuvor gestellte Frage. Wenn sie Georgians Namen aussprach, hörte sich das an wie »Sorsione«, was viele Zuhörer denken ließ, sie spreche von einem italienischen Dessert.

»Ich habe meinen Freund Dr. Tor mitgebracht. Er möchte Georgian kennenlernen«, sagte ich, um Tor vorzustellen.

»*Ce qu'il est charmant!*« rief Lelia mit funkelnden Augen und betrachtete Tor.

Sie streckte ihm die Hand entgegen, und verflucht will ich sein, wenn er sie nicht küßte!

»Dieser schöne Mann, den du uns bringst – wie eine Statue aus Gold ist er. *Wy mnje otschen nravitjes* – und sein Anzug, *très chic* – der feinste italienische Schnitt!« Sie berührte sein Sportsakko leichthin, als bewundere sie ein Kunstwerk. »Immer verzweifle ich an dir, mein Lieblink; du arbeitest so hart – keine Zeit für die jungen Männer – aber jetzt bringst du uns diesen gutaussehenden ...«

»Hör auf zu verzweifeln, Lelia«, sagte ich. Georgian mochte schwierig sein, aber ich hatte vergessen, daß Lelia geradezu gefährlich war, wenn es um Kommentare über mein Privatleben ging – ein Thema, das ich nicht gern in aller Öffentlichkeit diskutiert sah. Nicht daß ich, in ihre Verständnis, ein Privatleben *hatte.* »Dr. Tor ist ein *Kollege*«, fügte ich eilig hinzu, während sie uns den Korridor hinunter begleitete.

»*Quel dommage*«, war Lelias trauriger Kommentar, und sie blickte Tor an wie eine Forelle, die soeben entkommen war.

»Wir wollen mit Georgian etwas Geschäftliches besprechen«, erklärte ich, während ich in einige Zimmer hineinspähte, deren verspiegelte Türen einen Spalt weit offenstanden. »Was macht sie denn?«

»Ach die!« schnaubte Lelia. »Unmöglich! Sie ist angezogen wie zum Fahren von Lastern – aber sich für die Gäste umziehen? *Quel enfant terrible.* Was kann eine Mutter da machen? Ihr geht setzt euch; ich mache uns etwas Leckeres zu essen. Sorsione, sie kommt sicher gleich.«

Lelia verfrachtete uns hinter die Jalousietüren des Blauen Zimmers – ihre Lieblingsfarbe –, womit sie zum Ausdruck brachte, daß Tor ihre völlige Zustimmung gefunden hatte. Lelia klassifizierte alle Menschen durch Farben. Sie küßte mich, strich mir übers Haar, warf noch einen wohlwollenden Blick auf Tor und verschwand.

Einige Minuten später erschien das mit Bändern ausstaffierte Mädchen wieder mit einem kleinen Tablett, auf dem eine Karaffe Wodka und zwei kristallene Schnapsgläser standen. Tor goß jedem von uns ein Gläschen ein, aber ich winkte ab. Sein Glas trank er auf einen Zug aus.

»*Stolitschnaja*«, sagte er und leckte sich die Lippen.

»*Du* bist mir ein Kenner«, klärte ich ihn auf. »Das ist Lelias Hausgemachter – der hat garantiert zwei Millionen Prozent. Wenn du noch so ein Glas trinkst, wird dich das glatt umhauen.«

»Das ist die richtige Art, Wodka zu trinken«, versicherte Tor mir. »Und es ist ausgesprochen unhöflich, den Willkommenstrunk in einem russischen Heim abzulehnen.«

Als das Mädchen zurückkam, um uns zu sagen, daß ›Mademoiselle‹ jetzt bereit sei, uns zu empfangen, leerte Tor schnell auch den Wodka aus meinem Glas – zweifelsohne, um unsere Gastgeberin nicht zu beleidigen – und begleitete uns dann in das ›Violette Zimmer‹ am Ende des Korridors.

Das Violette Zimmer war einmal ein Musikzimmer gewesen, und oberhalb der Sockeltäfelung waren die Wände mit Spiegeln verkleidet. Alles andere, woran ich mich noch erinnern konnte, hatte sich verändert.

Das alte Bösendorfer-Klavier war in eine entfernte Ecke des Raumes geschoben worden, die gepolsterten Stühle, die darum herum standen, hatte man mit Tüchern abgedeckt, und die pfirsichfarbenen, grauen und malvenfarbenen Aubusson-Teppiche, die einst den Travertinfußboden geschmückt hatten, standen jetzt aufgerollt und senkrecht gestellt wie Säulen an der gegenüberliegenden Wand.

Statt dessen war der Boden mit einer dunkelgrünen Plane bedeckt, und ein Gerüst spannte sich durch den riesigen Raum, der aussah wie eine große Dschungelsporthalle. Unter dem Gerüst standen drei knochige Mannequins, bekleidet mit Satin, Pailletten und Wolken weißer Federn; sie schienen in ihren Posen festgefroren und atmeten kaum.

Hoch darüber, wie eine Spinne in ihrem Netz auf dem Gerüst ausgestreckt, befand sich Georgian. Um ihren Hals hingen Kameras, andere waren an den Stangen um sie herum befestigt. Überall funkelten große Scheinwerfer, Leitstrahlen in dem ansonsten dunklen Raum.

»Hüfte«, sagte Georgian. Eins der Models bewegte ihr Bekken um einige Zentimeter nach vorn. »Naomi, ich kann deinen Oberschenkel nicht sehen – gut, das ist es. Birgit, deine Nase steckt in den Federn – Kinn nach oben, rechter Winkel – stop.« *Klick.* »Phoebe – Schulter zurück, rechten Fuß nach außen.« *Klick.* »Schulter nach unten – heb die Federn an, da ist ein Schatten. Gut.« *Klick.*

Tor betrachtete aus dem Dunkeln alles genau; die Plazierung der Lampen, Georgians Position auf dem Gerüst, die Bahnen von ihren Kameras zu den Models, die sich unter den zwölf Tonnen Stahl und Ausrüstung wie Automaten bewegten. Schließlich blickte er mit einem Lächeln zu mir herunter.

»Sie ist sehr gut«, sagte er leise.

»Ruhe in der Szene!« bellte Georgian, dann ging es weiter mit: »Kopf nach unten, Arm anheben, gut.« *Klick.*

Nach einer knappen halben Stunde dieses mysteriösen Staccatokodes zwischen Georgian und ihren Opfern hob sie den Kopf von ihrer stählernen Unterlage, hängte die Kameras und Objektive an ihren Bändern über die Haken an dem Gerüst und schwang sich von der Decke herunter wie ein Affe.

»Licht«, rief sie, woraufhin von irgendwo die Vorhänge zurückgezogen wurden und hartes, kaltes Winterlicht den Raum durchflutete. Die Models sahen plötzlich seltsam grotesk aus, wie sie sich gleich an Ort und Stelle auszogen – bis auf ihre Strumpfhosen – und sich Coldcream ins Gesicht rieben, als seien sie ganz unter sich.

»Großer Gott! Du bist zurückgekommen!« rief Georgian, lief quer durch den Raum auf mich zu und ignorierte Tor und die anderen völlig.

Sie gab mir einen großen feuchten Kuß auf den Mund, dann hakte sie mich unter und warf einen kurzen Blick auf Tor. »Kümmern Sie sich nicht um uns – wir sind gleich wieder da«, sagte sie zu ihm, dann schob sie mich eilig zur Tür hinaus.

»Wo in aller Welt hast du *den* gefunden?« flüsterte sie gleich draußen. »Für ein Mädchen, das nicht viel herumkommt – ich bin erstaunt – er ist absolut sexy!«

»Dr. Tor ist ein Kollege – eigentlich mein Mentor«, erklärte ich ein wenig steif. Georgian und Lelia benahmen sich, als sei Tor ein griechischer Gott.

»Ich hätte nur zu gern ein paar Kollegen wie ihn«, versicherte mir Georgian. »Meine sind alle von der Sorte, die den kleinen Finger abspreizen, wenn sie mit dir reden. Hat Mutter ihn schon gesehen?«

»Aber sicher; er hat ihr die Hand geküßt«, sagte ich.

»Wahrscheinlich ist sie jetzt draußen in der Küche – und macht einen Strudel. Sie läßt keinen Trick aus. Im Unterschied zu *dir*«, fügte sie hinzu und berührte die vielen, meterlangen Lagen Stoff, die mich umhüllten, als wären sie der sichtbare Ausdruck einer ansteckenden Krankheit. »Du siehst aus wie ein Panzerwagen in Frauenkleidern. Habe ich dir in all diesen Jahren denn gar nichts beibringen können? Dramatik – das ist es, was dir fehlt. Ihn als ›Doktor‹ vorzustellen – meine Güte. Hat er keinen Vornamen? Philolaus oder Mstislav – bestimmt sexy, möchte ich wetten. Oder Thor! Thor Tor!«

»Sein Vorname ist Zoltan«, sagte ich.

»Ich wußte es – ich wette, sie macht auch Piroschki.«

»Wer?«

»Meine Mutter, wer sonst?« sagte Georgian. »Komm mit; ich muß unbedingt etwas erledigen.«

Sie zog mich hinter sich her durch das Labyrinth von Räumlichkeiten bis zu ihrer Zimmerflucht weiter hinten, wobei sie die ganze Zeit vor sich hin murmelte.

Alles an Georgian war dramatisch. Sie hatte die langen, eleganten Hände einer Bildhauerin, riesige, blaugrüne Augen und weit auseinanderstehende Wangenknochen, ein Gesicht wie ein Chamäleon – je nach Situation komisch oder tragisch –, das sich ihren Stimmungen anpaßte, und einen breiten, ausdrucksstarken, sinnlichen Mund mit zwei Reihen gerader weißer Zähne. »Mit solchen Zähnen«, hatte ihre Mutter immer gesagt, »hätte ich halb Europa aufessen können.«

In Georgians Schlafzimmer – einem Raum, der von einer Sechsjährigen gestaltet zu sein schien; alles war mit kleingemusterten Baumwollstoffen, Rüschen und Porzellan dekoriert – setzte sie mich vor ihren Toilettentisch und fing an, mein Haar zu bürsten und die Nadeln herauszuziehen, die es zurückgehalten hatten.

»Du hast Nerven, *meine* Kleidung zu kritisieren«, sagte ich und blickte auf ihr zerrissenes T-Shirt. Die Löcher schienen auf größtmöglichen Effekt angelegt.

»Ich habe reichlich Stil – für einen Habenichts.« Sie lachte.

Sie malte mir die Lippen an und rieb mir seltsame Dinge ins Gesicht aus dem Durcheinander von Flaschen, die auf ihrem Schminktisch verstreut standen. »Wenn du *meinen* Stil hättest, würden sie dir alle aus der Hand fressen.«

»Irgendwie glaube ich nicht, daß Goldlamé und Glitzerpumps bei der *Bank of the World* gut ankommen würden«, wies ich sie zurecht. »Ich bin eine Führungskraft, kein Jet-setter wie du, und ich kann mich einfach nicht so benehmen …«

»Benehmen? Zum Teufel mit deiner verdammten Bank«, sagte sie. »Schicken die Spione aus, um deine Bekleidung zu überwachen? Du kommst hier herein, schleppst diesen prächtigen Traummann an – alle auf der Etage fallen im Sexrausch in Ohnmacht –, und du nennst ihn deinen *Kollegen!* Deinen *Mentor!* Gerade eben hat er dich nicht angeguckt, als wollte er dir alles über die Gewinnspannen einer Firma beibringen, das kann ich dir sagen, aber du willst es einfach nicht wahrhaben. Sei ehrlich, wann bist du das letzte Mal aus dem Bett gesprungen, hast das Fenster aufgerissen und gesagt: ›Wie herrlich es ist, am Leben zu sein! Heute ist der größte Tag überhaupt, und ich werde etwas so Fantastisches tun, daß es mein *ganzes Leben* verändert‹?«

»Du meinst … vor dem Kaffee?« entgegnete ich lachend.

»Du bist verrückt!« rief Georgian aus, wühlte meine Haare durcheinander und zog mich hoch. »Du weißt, daß ich dich liebe. Ich möchte einfach nur, daß du aufhörst, dir deinen Weg durchs Leben zu *denken* – du sollst anfangen zu *fühlen.*«

»Wo ist da der Unterschied?« fragte ich sie.

»Das ist der Punkt – ganz genau«, erwiderte sie und stülpte die Lippen vor.

Sie ging zum Schrank, streifte ihr T-Shirt ab und zog statt dessen einen flauschigen, pinkfarbenen Pullover über ihr kurzgeschnittenes silberblondes Haar.

»Kannst du wirklich reinen Gewissens sagen, daß du ihn nicht attraktiv findest?« fragte sie ernsthaft.

Dieser Frage war ich bisher immer – auch mir selbst gegenüber – ausgewichen. Tor *war* mein Mentor, sogar mein Pygmalion – aber noch nie hatte jemand die Geschichte aus der Sicht Galateas erzählt! Was geschah mit *ihr*, nachdem sie – Pygmalions perfekte Schöpfung – aus Stein zu Fleisch und Blut geworden war? Bei all den Problemen, die ich schon mit meiner Karriere und in meinem Leben hatte, war ich noch nicht soweit, dieses Problem lösen zu können – noch lange nicht.

»Wenn du kein Interesse an ihm hast, meine liebe Freundin«, sagte Georgian gerade, »nehme ich ihn dir gerne ab.«

»Bedien dich«, gab ich sofort zurück und fragte mich, warum meine Stimme selbst in meinen Ohren einen gereizten Klang hatte.

»Ha-*ha!*« rief Georgian mit einem diabolischen Grinsen. »Ziemlich schnell am Drücker, findest du nicht?«

Plötzlich bereute ich es zutiefst, Tor überhaupt hierher mitgebracht zu haben. Immer wenn Georgian diesen Ausdruck in den Augen hatte, bedeutete das, es würde etwas Fürchterliches passieren. Ich wagte es nicht einmal, mir die verschiedenen Möglichkeiten auszumalen.

»Ich möchte, daß du dich benimmst«, sagte ich streng zu ihr. »Er *ist* mein Kollege, und du wirst aus diesem Projekt nicht deinen üblichen Dreieckszirkus machen.«

»Ich verfolge jetzt mein eigenes Projekt«, sagte sie mysteriös. »Und ich weiß, wo meine Pflicht liegt. Wie immer hast du dir selbst etwas vorgemacht, aber das spornt mich nur an: die Selbsteinschätzung anderer Leute zu korrigieren ist zufällig meine ganz persönliche Stärke.«

Sie schlang ihren Arm um meine Schultern und führte mich zurück durch das Labyrinth, summte dabei eine fröhliche Melodie, während ich mich innerlich wand. Als wir die große Halle erreichten, konnten wir aus dem Blauen Zimmer das Gemurmel von Stimmen hören.

»Sind das Bilder von Ihrer Familie?« fragte Tor gerade, als wir eintraten.

»Njet«, sagte Lelia. »Meine Familie, sie sind alle tot. Dies sind meine lieben Freunde: Pauline, die die Kostüme machte, wie sagt man für *couturière* – Pauline Trigère. Und das ist Schiap, noch ein Kleidermacher, auch tot. Und dies ist Contessa di ...«

»Womit langweilst du unseren Gast, Mutter?« fragte Georgian und trat heran, um sie am Arm zu ergreifen.

»Wer ist dieser alte Freund?« fragte Tor. »Er sieht mir irgendwie bekannt aus.«

»Ah ... das ist Claude, mein sehr guter *ami*. Er war so nett, wie er alle seine Blumen liebte. Aber leider war er, wie sagt man, schlecht auf den Augen. Ich ging in seine Gärten in Giverny und erklärte ihm, wie die Blumen für mich aussahen – und dann malte er sie auf seine Leinwand. Er sagt, ich bin seine jungen Augen.«

»Giverny? Das war Claude Monet?« Tor blickte erst Lelia an, dann uns.

»*Da* – Monet.« Lelia betrachtete das Foto wehmütig. »Er war sehr alt, und ich war sehr jung. Da war eine Blume, die ich besonders liebte – erinnerst du dich, Sorsione? Er hat mir ein kleines Aquarell davon gemalt. Wie war noch der Name dieser Blume?«

»Seerosen?« schlug Georgian vor.

Lelia schüttelte den Kopf. »Es war eine sehr *lange* Blume – purpurniji – die Farbe von Rosinen, wie sagt ihr, Weintrauben, Purpur – ist das richtig?«

»Lang und purpurn wie Weintrauben?« sagte ich. »Vielleicht Flieder?«

»Macht nichts«, beendete Lelia das Thema. »Es wird mir noch einfallen.«

»Mutter«, unterbrach Georgian sie ungeduldig. »Ich bin Trues Freund noch nicht vorgestellt worden.«

»Natürlich nicht!« schimpfte Lelia. »Weil du die Gäste immer in der Halle stehen läßt; sie könnten dort draußen umkommen! Und auch kein *au revoir* für die Mannequins – sie müssen durch den Dienstboteneingang hinausgehen, wie die *femme de ménage!* Sei *le bon Dieu* dankbar, daß du eine Mutter hast, die sich um all die schlechten Angewohnheiten kümmert.«

»Ja, ich danke Gott täglich dafür«, sagte Georgian trocken.

»Georgian, darf ich dir Dr. Zoltan Tor vorstellen«, sagte ich formell. »Er ist fast so ein alter Freund von mir wie *du*.«

»Und was genau willst du damit sagen?« fragte sie zuckersüß.

»True?« sagte Tor. »Das ist nett.«

»Es bedeutet das gleiche wie Verity, nicht wahr? Und es ist so viel weniger spießig.« Sie wandte sich an Lelia und fügte hinzu: »Mutter, True möchte, daß ich mit ihrem Freund hier etwas Geschäftliches bespreche – warum gehst du also nicht und kümmerst dich darum, daß wir nicht gestört werden?«

Lelia sah geknickt aus, aber Georgian legte den Arm um sie und schob sie unaufhaltsam aus dem Zimmer. Vor der Tür waren einige scharfe, geflüsterte Worte auf Französisch zu hören, dann kam Georgian allein zurück.

»Mutter nimmt gern an allem teil«, erklärte sie.

»Ich finde sie charmant«, sagte Tor mit einem Lächeln. »Sagen Sie, war sie wirklich mit Claude Monet befreundet?«

»Oh, Mutter kennt alle Welt«, entgegnete Georgian und fügte laut hinzu: »Aber nur, weil sie so gern hinter allen hinterherschnüffelt.«

Wir hörten das Klappern kleiner gefiederter Schuhe vor der Tür, die den Korridor hinuntereilten. Georgian lächelte und zuckte mit den Schultern, dann ließ sie sich auf ein Sofa fallen.

»Tut mir leid, daß ich vorhin mit True weggelaufen bin«, sagte sie, als Tor und ich uns setzten. »Aber ich habe sie so lange nicht gesehen. Sie kommt so oft nach New York, aber sie ruft mich nie an – nicht wenn sie auf ›geschäftlich‹ geschaltet hat. Sie hat zwei *völlig* verschiedene Persönlichkeiten, wissen Sie.«

Sie klapperte unschuldig mit den Augendeckeln. Ich spürte, wie er in mir hochstieg – der Wunsch, sie zu erwürgen –, obwohl ich wußte, daß das hier erst der Anfang war.

»Zwei Persönlichkeiten? Ich fürchte, ich kenne bisher nur eine davon«, sagte Tor vorwurfsvoll.

»Schon möglich – sie sagt ja, Sie seien nur ein ›Kollege‹ – aber sie ist in Wirklichkeit *völlig anders,* als sie in dieser Bank-of-thewasauchimmer auftritt. Das ist alles reine Verstellung.« Sie winkte nonchalant mit der Hand.

»Ich hatte schon immer den Verdacht, daß es da noch eine Verity geben muß«, stimmte Tor zu.

»Dann wissen Sie auch nichts von unseren Heldentaten?« Georgian hob die Augenbrauen. »Wie wir in Riad im Harem lebten? Die Kamasutra-Odyssee nach Tibet? Daß man uns in

Kamerun an Mädchenhändler verkaufte? Die Überfahrt mit dem Viehtransport nach Marokko?«

»Georgian ...« Ich biß die Zähne fest aufeinander, aber Tor unterbrach mich.

»Bitte erzählen Sie weiter«, sagte er zu Georgian, und indem er sich mit bewundernswerter Gemütsruhe zu mir umwandte, fügte er hinzu: »Es scheint, da gibt es ein paar Dinge, die du mir vorenthalten hast. Ich habe das Gefühl, ich habe ein Recht, deine Vorgeschichte zu kennen – bevor ich mich mit dir auf weitere Geschäfte einlasse.«

Meine Vorgeschichte, du liebe Güte, dachte ich bei mir. Aber Georgian machte weiter.

»Genau. Sie ist liebenswert – aber sie ist eine Heuchlerin. Also, was unser erstes Abenteuer angeht – True und ich waren noch sehr jung ...«

»Wie jung *waren* wir denn?« fragte ich hämisch.

Sie warf mir einen kurzen Blick zu, aber es gelang mir nicht, sie aus dem Konzept zu bringen.

»Es ist noch gar nicht so lange her – wir waren sehr arm, hatten überhaupt kein Geld – aber wir wollten so gern nach Marokko. Wir besaßen keine besonderen Fähigkeiten, um uns die Überfahrt zu verdienen, Banker oder Fotografen wurden nicht gebraucht. Das einzige Schiff, auf dem wir eine Passage bekommen konnten, war ein fürchterlicher alter Viehtransporter, auf dem es vor Ungeziefer nur so wimmelte – Fliegen im Kuhmist und solche Dinge. Wir mußten bei den Tieren im Zwischendeck schlafen.«

»Wirklich und wahrhaftig?« warf Tor ein.

»Wortwörtlich – wir schliefen bei den Rindviechern – ein echter Alptraum. Aber True war das Glück hold: der Kapitän hatte ein Auge auf sie geworfen. Eines Nachts kam er zu uns herunter, sah sie in all dem Schmutz und Kot schlafen und rief aus: ›*Ach! Das ist ein voman!*‹ – oder so ähnlich.«

»Demnach war er ein Deutscher, dieser Kapitän«, schlußfolgerte Tor mit einem Lächeln, das mir gar nicht gefiel.

»Groß, blond und prächtig anzusehen«, stimmte Georgian ihm zu. »Je länger ich darüber nachdenke – er sah ein bißchen aus wie *Sie*.«

»Tatsächlich?« sagte Tor und lehnte sich mit verschränkten Armen zurück. Ich bemerkte, daß er mich in diesem Moment nicht ansah.

»Er nahm sie in die Arme, trug sie in seine Kabine und verführte sie ohne ein weiteres Wort. Drei Tage lang hielt er sie dort fest – ohne Nahrung, ohne Wasser –, aber als er sie wieder freiließ, war sie längst nicht so verstört, wie man vielleicht erwartet hätte. Ganz im Gegenteil, ihr gefiel diese Erfahrung. Aber wissen Sie, was *ich* die ganze Zeit gemacht habe?« fügte sie hinzu. »Ich habe die ganze Fahrt über Kuhmist geschaufelt! Während *sie* unsere gesamte Überfahrt nach Marokko damit bestritten hat, daß sie den gutaussehenden Traummann von einem Kapitän und seine Mannschaft junger Adonise mit Beweisen ihrer Gunst überhäufte ...«

»Die Mannschaft auch«, echote Tor und zog eine Augenbraue in die Höhe.

»Nicht einer von ihnen war über zwanzig«, erzählte Georgian weiter und nahm sich dabei kaum die Zeit, Luft zu holen. »Sie schwamm nackt um sie herum, umschwänzelte die schlanken jungen Offiziere wie ein Delphin, während sie sich gegenseitig mit den Fingern Papaya-Stückchen in den Mund schoben ...«

»Du erzählst von Marokko – nicht von Tahiti«, merkte ich an und klopfte ungeduldig mit dem Fuß auf den Boden.

»... es war wie aus *Meuterei auf der Bounty*.«

»Seite dreihundertsiebenundzwanzig, um genau zu sein«, sagte ich und fragte mich, ob diese Quälerei denn niemals enden würde.

»Aber es war der Kapitän, dem sie wirklich verfiel«, sagte Georgian. »Eine Frau wie True muß *beherrscht* werden; sie bewunderte ihn, weil er den Mut besaß, die Oberhand zu behalten ...«

»Darin liegt eine Lehre, nicht wahr?« sagte Tor, der immer noch versuchte, sein Lächeln zu unterdrücken.

»Ich bezweifle nicht, daß sie mit Ihnen recht eingebildet tut – Sie einen Kollegen nennt und sich benimmt undsoweiter. Aber lassen Sie sich von ihrer Zurückhaltung und ihrer zeltartigen Kleidung nicht täuschen!«

Sie stand auf und trat hinter meinen Stuhl, wo sie ihre Hände in das Durcheinander meiner ohnehin schon verwühlten Haare grub und sie noch weiter zurichtete.

»Während *in ihr* diese sich windende, unersättliche Masse unerfüllter Leidenschaft brodelt!«

»Was für ein Glück, daß Sie mir die Augen geöffnet haben«, sagte Tor, während ich voller Wut Haare ausspie. »Meine liebe Verity – jetzt, da ich um diese andere Seite weiß …«

»Welche *Seite?*« brauste ich auf. »Es gibt keine andere Seite! Können wir uns bitte an die Arbeit machen?«

»Natürlich«, sagte Tor, der Georgian voller Sympathie ansah. »Jetzt, wo wir uns so offen ausgesprochen haben, darf ich noch hinzufügen, daß ich glaube, daß dies der Beginn einer ausgesprochen produktiven Freundschaft ist?«

Obwohl Georgian immer noch hinter mir stand, könnte ich schwören, daß die beiden einander verschwörerisch zuzwinkerten.

Ich habe vergessen zu erwähnen, daß das Blaue Zimmer eines der Sieben Weltwunder war. Es schien klein zu sein, aber ich hatte es einmal ausgemessen, als ich Lelia half, die Kamineinfassung aus künstlichem Rosenquarz anzubringen, dekoriert mit pausbäckigen Cherubim, verschlungen in Heckenrosen und wilde Schwäne.

Jenes Zimmer enthielt nicht weniger als siebzehn Sessel, Sofas, Ottomanen, Fauteuils und Recamiers – alle in Eisblau gepolstert mit einem weißen Lackrand – im Stil von Louis XII bis XVI. Die Tische, ganz verschieden in der Höhe, waren überhäuft mit Unmengen von Lalique, Cloisonné und Porzellan – sie waren derart überladen, daß es den Anschein hatte, als würden sie schon allein unter dem Gewicht der Nippes zusammenbrechen.

Die Wände waren mit *trompe l'œil*-Gitterwerk dekoriert, das einen mit so vielen schönen Ausblicken lockte, daß man beim Herumwandern im Zimmer den schwindelerregenden Eindruck bekam, eine Weltreise mit dem Karussell zu unternehmen.

Um dem ganzen den letzten Schliff zu geben – falls das noch

nötig sein sollte –, hatte Lelia ihre umfangreiche Sammlung an Fotos und Miniaturen im Raum verteilt, wo immer der Platz es erlaubte. Viele dieser Erinnerungsstücke waren an den Gitterstäben befestigt, so daß man den Eindruck gewann, Hunderte von Augen verfolgten den Betrachter bei dem Versuch, die schwindelerregende Landschaft im Hintergrund genauer in Augenschein zu nehmen.

Daß Georgian, Tor und ich dort vier Stunden lang saßen, war ein Beweis unseres Durchhaltevermögens. Vielleicht war es der Wodka, der half. Doch am Ende der dritten Stunde lagen wir ausgestreckt auf dem Boden und sangen ›Troika‹ – weil ich kein Russisch konnte, hatte ich den Part der Schlittenglocken übernommen. Wir wurden von dem Mädchen unterbrochen, das mit vollendeter Höflichkeit eintrat, zierlich über uns hinwegstieg und ein Tablett mit Essen brachte.

»Was habe ich dir gesagt?« fragte Georgian und blickte aus ihrer Versunkenheit auf. »Piroschki!«

»Und klare Borschtsch-Suppe!« fügte Tor hinzu, während er den Geruch einsog wie ein Jagdhund. »Auf die echte russische Art!«

Als das Mädchen das Zimmer verlassen hatte, rappelte er sich unsicher hoch und verteilte mit großem Zeremoniell das Essen auf die Teller, wobei er hier und da ein wenig verschüttete. Ich hatte gar nicht bemerkt, wie hungrig ich war, bis mir das Aroma von Lelias Kochkunst in die Nase stieg.

»Dieser Borschtsch ist ausgesprochen lecker«, sagte Tor zwischen zwei Schlürfern.

»Iß nicht zuviel; du ermunterst sie nur«, bemerkte Georgian vom Fußboden aus. »Dann kommt das Essen nur so hereinmarschiert, wie im ›Zauberlehrling‹ – wir werden unter Bergen von Essen begraben und müssen uns gegen die Tür stemmen, damit es draußen bleibt.«

»Ich würde gern auf solche Art und Weise ums Leben kommen«, seufzte Tor und sog den Duft der Piroschki ein. Er nahm die nächstliegende und verschlang sie. »Aber jetzt, wo das Lied zu Ende ist, kann ich dir ebensogut erzählen, warum wir hier sind.«

»Mein Gott – schon wieder das Geschäft?« sagte Georgian,

rollte sich auf die andere Seite und steckte den Kopf unter ein Kissen.

»Verity und ich haben eine kleine Wette abgeschlossen«, informierte Tor das Kissen. Er machte eine Pause und aß noch etwas von dem Borschtsch, als hinge sein Leben davon ab. »Und wenn *sie* diese Wette verliert – muß sie mir meinen liebsten Wunsch erfüllen.«

Georgians Kopf tauchte aus den Kissen auf. Sie setzte sich hin und sah mich an.

»Einen Wunsch? Gib mir einen Teller von der Suppe. Was für eine Art Wette ist das?«

»Eine, von der ich mir vorstellen könnte, daß du dich gerne daran beteiligen würdest«, sagte Tor mit einem Lächeln und füllte die Suppe in den Teller. »Um sie zu schlagen, brauche ich nämlich eine Helfershelferin – eine sehr gute Fotografin.«

Georgian war jetzt völlig bei der Sache.

»Was steht denn für jeden von euch auf dem Spiel?« fragte sie Tor.

»Wenn Verity – True – gewinnt, bekommt sie einen Job bei einem noch langweiligeren Geldinstitut als bei dem, wo sie jetzt ihr Dasein fristet«, sagte er, während Georgian die Nase krauszog und eine Grimasse in meine Richtung schnitt. »Aber wenn *ich* gewinne – muß sie nach New York kommen und ein Jahr und einen Tag lang für mich arbeiten – meine Sklavin sein, wenn du so willst. Du siehst, deine Geschichte hatte am Ende doch eine Moral.«

Georgian sah ihn an, während sich auf ihrem Gesicht ein beseligendes und gefährliches Lächeln breitmachte. Sie streckte ihre Hand aus, und Tor ergriff sie.

»Hast du etwas dagegen, wenn ich dich Thor nenne?« fragte sie.

»Thor?« Er sah mich neugierig an.

»Ich glaube, das ist Altnordisch für ›Tod durch Verschwörung‹«, sagte ich.

Teil 2

Frankfurt, Deutschland *Herbst 1785*

Dreißig Jahre vor dem Morgen, an dem Nathan Rothschild in dem kleinen Zimmer in der Frankfurter Judengasse auf das Eintreffen eines Vogels warten sollte, saßen zwei Männer in einem zugigen Schloß außerhalb der Stadt und spielten Schach. Sie wußten nicht, daß gerade diese Partie den Grundstein für die Bankdynastie der Rothschilds legen würde – die in eben jener Nacht begründet werden sollte.

»Hast du dich also an meinen Rat gehalten, Landgraf?« fragte der General und nippte an seinem Cognac.

»Springer auf E sieben«, sagte der Landgraf, rot im Gesicht und ganz verschwitzt von der Anstrengung des Denkens. Auch er nahm einen Schluck Cognac.

Indem er sich zurücklehnte, den Blick immer noch auf das Schachbrett gerichtet, sagte er: »Ja, ich habe heute morgen die Nachricht überbringen lassen. Sie haben die Erlaubnis, den Juden heute nacht aus dem Ghetto hierher zu bringen; es ist alles geregelt. Aber sie schließen und verriegeln die Tore bei Sonnenuntergang – wir müssen ihn bis zum Morgen hierbehalten.«

»Es ist eine Schande, daß sie sie so einsperren müssen«, sagte der General nachdenklich. »Springer nach G fünf.«

»Das geschieht zu ihrem eigenen Schutz«, hielt der Landgraf dagegen. »Du weißt, was wir für Blutbäder erleben mußten, als diese Juden noch frei herumlaufen durften; so ist es besser. Noch ein wenig Cognac? Er ist ganz ordentlich, nicht wahr? Ich habe ihn aus Frankreich mitgebracht und lasse ihn selbst altern. Gib mir dein Glas.«

»Danke«, sagte der General. »Und dennoch, es ist eine Schande. Nimm zum Beispiel diesen Burschen Meyer Amschel – ein ausgesprochen kluger Kerl.«

»Oh, helle sind sie alle, das bezweifle ich nicht – aber nur wenn es um gewöhnliche Dinge geht. Schachern. Handeln. Sie haben keine Kultur, diese Leute. Das weißt du genausogut wie ich, von Estorff.«

»Ich schätze, du wirst speziell von diesem Burschen überrascht sein, Landgraf. Aber du mußt mir ja nicht aufs Wort glauben, sieh ihn dir selbst an.«

»Hier, probier das einmal«, sagte der Landgraf und reichte von Estorff sein frisch gefülltes Glas. »Wenn ich es schaffe, dich betrunken zu machen, gewinne ich vielleicht einmal ein Spiel gegen dich.«

»Nur wenn ein Wunder geschieht.« Der General lachte. »In fünfundzwanzig Jahren ist dir das noch nicht einmal gelungen! Aber du bist am Zug.«

»Springer schlägt Läufer«, sagte der Landgraf. »Trotz allem, ich übertrage meine geschäftlichen Angelegenheiten nicht gern einem Juden, von Estorff – also erwarte das bitte nicht von mir. Ich bin bereit, dem Mann mein Ohr zu leihen. Wenn ich seine Vorstellungen einleuchtend finde und damit Geld zu verdienen ist, wird er sicher nicht ohne seinen Lohn davongehen.«

»Mehr kann man nicht erwarten«, stimmte der General zu. »Ich sollte allerdings noch darauf hinweisen, daß er ein großer Experte auf dem Gebiet der Numismatik ist, was dich ja besonders interessiert! Springer schlägt Bauer auf F sieben.«

»Verdammt – warum mußtest du diesen Zug machen?« rief der Landgraf aus und blickte verärgert auf, als ein Page den Raum betrat. »Was zum Teufel willst du?« bellte er. »Kannst du nicht sehen, daß wir beschäftigt sind?«

»Ich bitte tausendmal um Entschuldigung, Herr. Aber an der Tür ist ein Jude, der behauptet, er sei hierher gerufen worden, um Euch zu sprechen, obwohl ich ihm erklärte, es sei nach der Sperrstunde und Ihr wäret beschäftigt, besteht er darauf …«

»Ja, ja. Bring ihn schon herein.«

»Wie Ihr es wünscht, Herr.« Der Page verneigte sich und verschwand. Kurz darauf erschien er wieder und schlug die Hakken zusammen. »Meyer Amschel, der Jude!« kündigte er an, dann verneigte er sich erneut und verließ das Zimmer.

Der Landgraf blickte nicht vom Schachbrett auf. Er saß da, starrte finster vor sich hin und betrachtete die Figuren genau. In dem Moment bemerkte er, daß ein Schatten auf das Brett fiel. Er blickte auf und sah, daß der Neuankömmling sich über das Spielbrett gebeugt hatte, ganz in Konzentration versunken.

»Wie heißt dieser Bursche?« Der Landgraf schien die Frage an den Raum im allgemeinen zu richten.

»Meyer Amschel«, antwortete der General.

»Entschuldigt, Herr«, berichtigte ihn Meyer Amschel. »Aber ich werde meist ›Rot-Schild‹ genannt.«

»Ach ja – das hatte ich vergessen«, entschuldigte sich der General. »Er hat den Namen Rot-Schild angenommen, nach der Farbe des Wappenschildes, der vor seinem Geschäft in der Judengasse hängt.«

»Ein Wappen?« sagte der Landgraf mit hochgezogenen Augenbrauen. »Wo soll das noch hinführen, von Estorff? Nun, Rot-Schild – der ›ritterliche‹ Jude – setz dich dort drüben hin, bis wir fertig sind. Du versperrst mir die Aussicht.«

»Entschuldigt, Herr – aber ich bleibe lieber stehen, wenn es recht ist.«

»Da siehst du, wie es geht, von Estorff.« Der Landgraf schüttelte bedenklich den Kopf. »Erst haben die Juden Wappenschilde – dann haben sie ihre eigenen Wünsche. Sieh her, Herr Wappenschild, du hast kein Recht auf ein Wappen, es sei denn du wärest zum Ritter geschlagen worden. Und du hast kein Recht, dich nach der Sperrstunde außerhalb des Ghettos aufzuhalten. Setz dich sofort hin, oder ich lasse dich wegen Arroganz und Aufmüpfigkeit verhaften!«

»Entschuldigt, Herr – aber seid Ihr am Zug?« fragte Rothschild.

»Wie bitte?« sagte der Landgraf völlig überrascht.

»Ja, Meyer«, entgegnete der General mit einem Leuchten in den Augen. »Der Landgraf ist am Zug – und er spielt schwarz.«

»Wenn das so ist, Herr Landgraf«, sagte Meyer Amschel, »darf ich Euch darauf hinweisen, daß Ihr in elf Zügen sicher zum Sieg kommen könnt?«

»Was!« schrie der Landgraf, außer sich vor Wut. »Was erlaubst du dir, mir hineinzureden, wie ich Schach zu spielen habe?«

»Wilhelm, Wilhelm«, sagte der General und lachte, während er dem anderen die Hand auf den Arm legte. »Laß uns sehen, was ihm durch den Kopf geht. Ich bin fasziniert – und wir können immer noch ein neues Spiel beginnen, falls er sich irren sollte.«

»Von Estorff, bist du völlig verrückt geworden? Stell dir vor, man erzählt überall in Frankfurt über mich, daß ich neuerdings Schach mit Juden spiele! Schon jetzt wird in manchen Kreisen über mein Schachspiel gelacht.«

»Aber wir spielen doch nicht Schach mit ihm, wir hören uns nur seinen Rat an. Und dazu hast du ihn doch schließlich hierher geholt, nicht wahr? Was macht es schon, ob es ein Rat übers Schachspiel oder über das Geldanlegen ist?«

»Wenn du erwartest, daß ich glaube, ein Jude könne eine so komplizierte Angelegenheit wie Schach verstehen – dann laß uns doch meinen Borzoi hereinholen, und er wird uns das Vaterunser auf Lateinisch vorbellen?« Als er den erbitterten Ausdruck der Mißbilligung auf dem Gesicht seines Freundes bemerkte, fügte der Landgraf hinzu: »Nun gut – ich weiß, was für ein weiches Herz du hast. Aber denk daran, Herr Wappenschild, daß ich deine Fähigkeiten auf wichtigeren Gebieten nach deiner Leistung auf diesem beurteilen werde.«

Während dieses Wortwechsels hatte Meyer Amschel so bescheiden dagestanden, als wäre er ein Teil der Vertäfelung an der Wand. Jetzt verschränkte er die Hände hinter dem Rücken, sein Gesicht war ausdruckslos.

»Einfach rochieren«, sagte er.

»Aber großer Gott, Mann! Das bedeutet, daß meine Dame in die Reichweite seiner Kavallerie kommt!«

»Hochgestellte Damen sind schon früher in die Hände der Kavallerie gefallen, Wilhelm«, sagte der General, höchst amüsiert, »und einige haben es sogar überlebt!«

Der Landgraf tat, wie ihm geheißen wurde, schüttelte dabei den Kopf und brummte vor sich hin. General von Estorff lächelte die ganze Zeit, als nähme er an einer Übung in der Schule teil.

»Nun, Meyer«, sagte er, »welchen Zug soll *ich* machen?«

»Das bleibt sich gleich«, antwortete der, »denn der Landgraf hat das Spiel bereits gewonnen.«

Der Landgraf konnte nicht verhindern, daß sich auf seinem Gesicht ein Ausdruck tiefster Verachtung breitmachte. Er nahm einen großen Schluck Cognac und wandte sich vom Spielbrett ab.

Der General zögerte einen Moment und beobachtete das Profil des Landgrafen – dann nahm er seinen Springer und schlug die Dame des Landgrafen.

»Mein Gott! Mein Gott! Ich habe es dir gesagt! Er hat meine Dame geschlagen!« rief der Landgraf aus, sein Gesicht ganz rot und mit Schweißperlen bedeckt, während er sich an der Tischkante festkrallte.

»Nehmt meinen Rat an, Herr«, sagte Meyer ruhig, »daß die Dame nicht das Spiel entscheidet. Selbstverständlich ist es der König, dem Ihr Eure ganze Aufmerksamkeit widmen solltet!«

Das Gesicht des Landgrafen hatte eine bläulichrote Farbe wie bei einem Schlaganfall angenommen – er atmete schnell und röchelnd, während seine Hände, die immer noch die Tischkante umfaßt hielten, zu zittern begannen. Von Estorff eilte beunruhigt zur Anrichte, holte Wasser und goß es in einen Becher, den er dann seinem Freund zum Trinken reichte. Danach wandte er sich an Meyer Amschel.

»Seid Ihr sicher, daß wir ...«

»Vollkommen. Laßt uns weiterspielen«, entgegnete der.

Der Landgraf verschluckte sich an dem Wasser, schob das Glas fort und stürzte statt dessen einen Mundvoll Cognac hinunter.

»Was soll ich nach Ansicht des großen Schachmeisters als nächstes opfern«, höhnte er, »damit ich das Spiel *gewinne?*«

»Nichts«, sagte Meyer höflich. »Jetzt könnt Ihr seinem König Schach bieten.«

Beide Männer bekamen große Augen, als sie auf das Brett blickten.

»Aha!« rief der Landgraf schließlich aus, nahm seinen Läufer und bewegte ihn vorwärts. »Schach!« rief er und lehnte sich mit einem Gesichtsausdruck voll diebischer Freude zurück.

»Laßt Euch sagen«, reagierte Meyer ruhig, »daß ein Schach noch kein Matt ist, auch wenn es zutrifft, daß Ihr für jeden Zug, den er jetzt macht, einen entsprechenden Gegenzug parat habt. Die Gesetze des Schachspiels sind so klar und schön wie die

Naturgesetze, die das Universum beherrschen – und genauso unerbittlich.«

Während die beiden Männer ihre nächsten Züge unter Anleitung Meyer Amschels machten, wurde der Landgraf immer fröhlicher. Schließlich lehnte sich auch der General mit einem zustimmenden Lächeln zurück – obwohl er sah, daß er das Spiel verloren hatte.

»Mein lieber Rot-Schild«, sagte er zu Meyer, »dies ist die erquickendste Schachpartie, die ich je gespielt habe – und die erhellendste. Ich gestehe ein, daß Euer Verstand – obwohl ich jeden Tag meines Lebens spiele – dem meinen um zehn Züge vorauszueilen scheint. Ich fände es ausgesprochen lehrreich, wenn Ihr eine nachträgliche Analyse unseres Spieles vornehmen würdet, damit ich verstehe, was ich hätte tun müssen, um ein anderes Resultat zu erreichen.«

So blieb Meyer Amschel bis in die frühen Morgenstunden am Schachbrett und belehrte die beiden älteren Männer über die verschiedenen möglichen Züge – von ihm Kombinationen genannt –, die jeder von ihnen im gesamten Verlauf der Partie hätte machen können.

Erst als über dem Main die Sonne aufging, erhoben sich die drei Männer müde vom Spielbrett und gingen schlafen. Der Landgraf blieb auf der Treppe stehen und legte seine fleischige Hand auf die Schulter des kleinen Schachmeisters.

»Rothschild«, sagte er, »wenn Ihr mit Geld genauso gut umgehen könnt wie mit diesen kleinen Elfenbeinfiguren, dann sage ich Euch voraus, daß Ihr einmal ein sehr reicher Mann sein werdet.«

»Der Landgraf ist schon ein reicher Mann«, entgegnete Meyer Amschel.

»Ein Geschenk des Zufalls. Aber Ihr seid mit einer anderen Art von Reichtum geboren – einer Fähigkeit, die die Welt noch in hundert Jahren anerkennen wird. Ich bin kein kluger Mann, aber ich bin klug genug, um jemanden zu erkennen, der mehr weiß als ich – und ihn mir nützlich zu machen.«

»Mit einer solchen Empfehlung, Herr«, sagte Meyer Amschel, »wird es vielleicht nicht hundert Jahre dauern.«

DAS ZEN DES GELDES

Das Geld, das die Prosa des Lebens darstellt und von dem man in den Salons kaum spricht, ohne sich dafür zu entschuldigen, ist in seinen Effekten und Gesetzmäßigkeiten so schön wie eine Rose.
– Ralph Waldo Emerson

Montag, 30. November
Um acht Uhr morgens betrat Tor die öffentliche Leihbibliothek von New York und fragte, wo die kaufmännische Abteilung zu finden sei. Die Frau, die ihm den Weg beschrieb, blickte ihm mit einem Seufzer nach, als er auf die marmornen Stufen zuschritt. Männer seines Aussehens kamen nur selten an den Auskunftstisch der Bibliothek.

Tor sprang die Stufen hinauf, gekleidet in einen anthrazitfarbenen Anzug aus italienischem Gabardine. Seine hellgraue, schmal gestreifte Krawatte mit einem Hauch Mauve wurde von einer goldenen Krawattennadel gehalten, die genau zu seinen Manschettenknöpfen paßte. Mehrere Köpfe drehten sich nach ihm um, als er schwungvoll den Gang zur kaufmännischen Abteilung hinunterging. Als er sie erreicht hatte, fragte er die Bibliothekarin, wo er *Standard and Poor's* und *Moody's* Verzeichnisse finden könne. Sie zeigte auf die entsprechenden Regale.

In der hintersten Regalreihe hob Tor den schweren Band *Moody's* aus dem Regal und blätterte vor bis zu den neueren Ausgaben, die bereits gebunden waren. Er schlug unter Kommunalobligationen nach und sah mehrere Seiten durch, bis er fand, was er suchte.

Er blickte sich kurz um, wandte sich wieder dem Buch zu, zog ein scharfes Messer aus der Tasche und schnitt die Seite aus dem Band heraus. Er faltete sie sorgfältig und ließ sie zusammen mit dem eingeklappten Messer zurück in die Tasche gleiten. Dann stellte er das Buch ins Regal zurück, dankte der Bibliothekarin, die ihn immer noch anstarrte, und verließ die Bibliothek.

Weniger als eine Stunde später betrat Tor die Büroräume von Louis Straub, Wechselmakler in der Maiden Lane. Als er schwungvoll die Glastüren öffnete, sah er vor sich einen Raum voller Makler, die sich mit gelösten Krawatten über ihre Telefone beugten, die Jacken nachlässig über die Stuhllehne geworfen. Sekretärinnen und Büroangestellte liefen von Schreibtisch zu Schreibtisch, warfen Papiere in Aktenkörbe und überbrachten telefonische Nachrichten. Die ganze Etage war ein Tollhaus.

Das Mädchen am Empfangstisch kaute Kaugummi und lackierte sich die Nägel, während sie gleichzeitig ein Telefongespräch führte. Sie unterbrach ihre verschiedenen Aktivitäten, um Tor ungeduldig zu fragen, ob sie etwas für ihn tun könne.

»Ich würde gern ein Konto eröffnen«, sagte er mit einem gequälten Lächeln. »Das heißt – wenn Sie nicht zu beschäftigt sind.«

Sie errötete und bat den Anrufer, einen Moment zu warten, dann drückte sie auf einen Knopf an ihrer Sprechanlage.

»Mr. Ludwig«, sagte sie über die Haussprechanlage, und ihre Stimme hallte im gesamten Stockwerk wider. »Eine Kontoeröffnung am Empfang. Bitte übernehmen Sie.«

»Er wird in einer Minute hier sein«, sagte sie zu Tor und wandte sich wieder ihrem Telefongespräch zu. Tor blickte sich in dem Großraumbüro um.

Louis Straub war der größte Diskontmakler Amerikas. Seine Firma handelte mit riesigen Mengen an Wertpapieren für diejenigen, die bei der Planung ihrer Portefeuilles oder Wertanlagen keine Hilfe brauchten.

Vor fünf Jahren hatte ein junger Mann namens Louis Straub in den Vereinigten Staaten das Bedürfnis nach einer Maklerfirma gesehen, die mit Aktien und Wertpapieren handelte wie ein Supermarkt – wo die Kunden sich selbst aussuchen konnten, was ihnen gefiel, und die Makler einfach den Verkauf perfekt machten. Sie ließen ihren Kunden weder Kaffee noch persönliche Beratung zuteil werden. Die Geschäfte, die bei Louis Straub abgewickelt wurden, gingen so schnell und säuberlich vonstatten, daß der Makler sich hinterher oft noch nicht einmal an das Gesicht seines Kunden erinnern konnte. Darum war Tor hierher gekommen.

Mr. Ludwig, ein kleiner Mann mit einer Halbglatze, kam durch die Schwingtür und schüttelte Tors ausgestreckte Hand, fast ohne ihn überhaupt anzusehen.

»Sie würden gern ein Konto eröffnen, Mister …«

»Dantes. Edmund Dantes«, sagte Tor. »Ja. Eigentlich möchte ich es eröffnen und gleich wieder auflösen. Das heißt, ich würde gern einige Aktien als Weihnachtsgeschenk für meine Nichten kaufen. Ich habe eine Liste der Papiere zusammengestellt, die ich haben möchte.«

»Es handelt sich also um ein Bargeschäft? Wir akzeptieren Kreditkarten oder persönliche Schecks, wenn sie zwei verschiedene Ausweispapiere bei sich haben.« Er führte Tor durch das Büro zu einem kleinen, unordentlichen Schreibtisch im Hintergrund des Raumes.

»Ich lasse Ihnen eine Anzahlung in bar hier, wir wählen die Aktien aus, dann, wenn Sie alles zusammengerechnet haben, bringe ich Ihnen in etwa einer halben Stunde einen Bankscheck vorbei.«

»Wir können nichts kaufen, solange wir nicht das Geld haben oder eine Kreditlinie festgelegt wurde, das werden Sie verstehen«, sagte Mr. Ludwig.

Tor nickte und überreichte dem Makler die Seite, die er aus *Moody's* herausgerissen hatte und auf der eine Reihe von Aktien angestrichen waren.

»Sie haben viele Nichten«, sagte Mr. Ludwig und blickte Tor mit einem leisen Lächeln an.

»Ich mache das jedes Jahr zu Weihnachten«, entgegnete Tor. »Normalerweise kümmert sich mein Makler darum, aber es ist schon spät im Jahr, und er ist gerade im Urlaub. Meine Nichten sind ausgesprochen liebe Mädchen; ich würde dieses Weihnachten wirklich nicht gern ausfallen lassen.«

Mr. Ludwig blickte Tor an, als frage er sich, wie alt diese Mädchen eigentlich waren – und wie nah verwandt. Aber er beugte seinen Kopf über das Blatt Papier und begann, Zahlen in seinen Taschenrechner einzutippen.

»Ohne es per Computer zu überprüfen, kann ich Ihnen nicht genau sagen, was auf dem Markt ist und wie hoch der Ankaufskurs liegt«, sagte er zu Tor. »Aber es sieht so aus, als müßten Sie für diese Aktien mit ungefähr fünfzigtausend Dollar maximal rechnen, Mister ... eh ...«

»Dantes«, wiederholte Tor. »Schön. Mein Büro ist in der Park Avenue, Nummer dreißig – die Cristo Corporation – falls Sie mich erreichen wollen. Am besten fangen Sie an, die Liste durchzuarbeiten, und ich komme um halb elf mit einem Scheck über fünfzigtausend Dollar wieder. Sollte sich am Preis etwas ändern, können Sie mir einen Kredit geben oder einen Scheck über den Differenzbetrag ausstellen.«

»In Ordnung«, stimmte Mr. Ludwig zu. »Haben Sie etwas dagegen, wenn ich eine Frage stelle? Es scheint, Sie haben hier jeweils eine Aktie von jedem Typ ausgewählt – Sie haben Dutzende verschiedener Typen. Ich meine, warum schenken Sie Ihren Nichten nicht jeder eine Aktie von einigen wenigen Sorten? Es wäre sehr viel schneller und einfacher, wenn ich Pakete mehrerer Aktien gleichzeitig kaufen könnte. Sie könnten den Damen ja trotzdem getrennte Zertifikate schenken.

»Ich glaube einfach nicht, daß Susie die gleichen Aktien haben möchte wie Mary Louise«, sagte Tor.

Außerdem konnte er den wahren Grund kaum nennen, warum er eine einzelne Aktie von jedem Typ kaufen mußte. Er war bereits auf dem Weg zur Tür.

»In einer Stunde dann«, sagte er.

Er durchquerte das Büro, ging schwungvoll durch die Tür, ohne der plaudernden Empfangsdame noch einmal zuzunikken, und machte sich auf den Weg zu einem Restaurant in der Nähe seiner Bank. Die Bank würde nicht vor zehn Uhr aufmachen, aber es dauerte ja nicht lange, einen Bankscheck auszustellen. Und damit wären sie im Geschäft.

Während Tor in einem kleinen Café nahe der Wall Street einen Kaffee schlürfte und darauf wartete, daß seine Bank öffnen würde, stieg Georgian vor einem massigen Betongebäude in der Bronx aus einem Taxi.

Das Gebäude war umgeben von einem hohen Zaun mit Stacheldraht obenauf, und das Tor wurde bewacht. Ungefähr alle dreißig Meter um den gesamten Zaun herum stand jeweils ein Wachposten mit einem Deutschen Schäferhund. Alle Wachen trugen Pistolen in Hüfthaltern, und sie alle blickten aufmerksam auf, als Georgian sich dem Wachhaus näherte.

Sie trug ein Kleid, das der Fantasie nur wenig Raum ließ: leuchtend rotes Wildleder und extrem kurz, dazu hohe schwarze Glanzlederstiefel und über der Schulter ein weich fallendes schwarzes Cape aus Wolle.

»Hi«, begrüßte Georgian den Wachposten. »Ich hoffe, ich komme nicht zu spät zur Führung um zehn Uhr. Ich bin, soweit es ging, mit der U-Bahn gefahren, aber dann mußte ich ein Taxi nehmen. Jetzt bin ich fast völlig pleite, und mir ist scheußlich kalt.«

»Das ist schon in Ordnung – die Führung hat noch nicht angefangen«, erwiderte der Posten. »Sie beginnt dort drüben am Haupteingang. Sie können aber auch hier hereinkommen, um sich aufzuwärmen, wenn Sie möchten, und ich sorge dafür, daß der Wagen sie hier abholt. Die rechnen immer mit ein paar Nachzüglern am Tor.«

»Oh, *vielen* Dank«, sagte Georgian und trat in das kleine Häuschen, während der Wachmann den Telefonhörer aufhob.

Sie zog ihre Fäustlinge mit den Weihnachtsmanngesichtern auf der Rückseite aus und rieb die Hände aneinander, während der Wachmann einige Worte ins Telefon sprach. Durch die Glaswände des Wachhäuschens konnte sie beobachten, wie die anderen Wachen, die um den Zaun herum postiert waren, einander anblickten und grinsten und zum Häuschen hin nickten. Ihr Wachposten wandte sich ihr wieder zu.

»Wie kommt es, daß ein Mädchen wie Sie sich für den Besuch einer Druckerei interessiert, und das an einem so trostlosen Tag wie heute?« fragte er.

»Ich hatte keine Ahnung, daß das Wetter so schlecht sein würde«, entgegnete Georgian und blickte hinaus auf den bedeckten Himmel voll tiefhängender Wolken, die Schnee anzukündigen schienen. »Ich studiere an der *Art Students' League*, und ich wollte schon immer einmal hierher kommen und an einer Führung teilnehmen. Alle meine Mitstudenten haben mir erzählt, daß Sie hier die besten Meistergraveure der gesamten Ostküste beschäftigen.«

»Oh, das ist sicherlich richtig«, stimmte der Wachmann zu.

»*U.S. Banknote* ist die älteste Wertpapierdruckerei des Landes. Es gibt viele professionelle Kupferstecher und Studenten wie Sie, die hier zu Führungen herkommen. Wenn Sie an der Führung teilnehmen, sollten Sie sich den Graveuren ruhig vorstellen; sie werden sich gern mit Ihnen unterhalten und Ihnen zeigen, was sie machen. Hoppla! Da kommt schon der Wagen, und ich habe Sie noch nicht einmal gebeten, sich einzutragen. Schreiben Sie einfach hier Ihren Namen und Ihre Adresse hin, wenn's recht ist.« Er reichte ihr ein Klemmbrett mit einem Blatt voller Unterschriften.

Georgian buchstabierte ihren Namen sorgfältig: ›Georgette Heyer‹. Daneben, in der Spalte mit der Oberschrift ›Name der Firma‹, trug sie ein: ›*Art Students' League*‹. Sie war froh, daß sie keine Zeit hatte, sich weiter mit dem Wachmann zu unterhalten; Georgian war sich noch nicht einmal sicher, wo sich die *Art Students' League* überhaupt befand.

Sie winkte dem Posten fröhlich zu, trat aus dem Glashäuschen heraus, kletterte in den kleinen elektrisch angetriebenen Wagen, der vor dem Tor stand, und fuhr davon.

»Ich hatte ja keine Ahnung«, sagte Georgian, schlürfte den Schaum von ihrem Bier und spähte durch das Dämmerlicht in der dunklen Bar, »daß *U.S. Banknote* so viele verschiedene *Arten* von Sachen druckt! Ich bin froh, daß ich diese Führung mitgemacht habe und Gelegenheit hatte, Sie alle kennenzulernen.«

Um den ziegelroten Formica-Tisch herum saßen fünf der Meistergraveure von *U.S. Banknote.* Auf ihren Tellern lagen halb aufgegessen große, übelriechende Wurstbrote, und vor ihnen standen halbvolle Bierkrüge. Sie alle beäugten Georgian mit begierigem wissenschaftlichem Interesse, als wäre sie eine neue Art Gravierwerkzeug.

»Man stelle sich nur vor«, fuhr sie fort, »Lebensmittelmarken und Briefmarken und Reiseschecks und Aktien und andere Wertpapiere – und sogar Aktien in Leder! Aber müssen Sie sich nicht auf etwas *spezialisieren?* Ich meine, ist jeder von Ihnen ein Experte auf allen Gebieten, oder sind einige besser im … Tiefdruckverfahren und andere besser im Kupfer … Kupfer …«

»Druck«, sagte einer der Männer, und die anderen lachten.

Georgian sah leicht verwirrt aus und ließ ihre großen Augen voller Bewunderung für alle diese Männer um den Tisch wandern.

»Wir haben alle Spezialgebiete«, bekannte ein anderer Kupferstecher. »Und wir freuen uns immer, wenn ihr Studenten an diesen Führungen teilnehmt. Wer weiß, vielleicht werden einige von euch einmal hier bei uns anfangen? Die Studenten von heute sind die Meistergraveure von morgen.«

Alle nickten zustimmend, aßen ihre Brote und tranken ihr Bier.

»Aber das Gebiet, für das ich mich am *meisten* interessiere«, sagte Georgian und blies über den Schaum auf ihrem Bier, »ist Fotogravüre. Ich studiere Fotografie, und was ich gerne machen möchte, ist, von einer meiner Fotografien eine wirklich gute Duckplatte herzustellen. Wird hier Fotogravüre gemacht?«

»Nicht viel«, gab einer der Kupferstecher zu. »Die Leute, die auf diesem Gebiet die besten Arbeiten machen, sind die Japaner; ihre Farblithographien und Gravierungen sind unglaublich. Sie machen die Art Sachen, von denen Sie sprechen. Sie sollten in eins der Museen in Manhattan gehen und sich ansehen, was dabei herauskommt.«

»Wir machen hier in der Druckerei nicht viel in der Art«, fügte ein anderer hinzu, »weil wir vor allen Dingen mit Wertpapieren zu tun haben – mit Dingen, die einen Gegenwert in barem Geld besitzen, wie Reiseschecks zum Beispiel, wo alle Druckplatten von Hand geätzt werden müssen. Das Druckverfahren muß sehr ausgefeilt sein, damit die Papiere, die wir herstellen, nur schwer zu fälschen sind. Manchmal bedeutet das die Verwendung von bis zu dreißig verschiedenen Farben auf einem einzelnen Dokument. Sicherlich muß es nicht ein so kompliziertes Verfahren sein, wenn sie eine Fotografie drucken wollen?«

»Ich wüßte gern, wie es geht«, sagte Georgian. »Kennen Sie jemanden, der mir das zeigen könnte?«

»Ja«, sagte einer der Männer, »da ist dieser japanische Fotograveur drüber auf Staten Island. Er arbeitet bei sich zu Hause. Er macht anspruchsvolle Dinge – einiges kommerziell, aber das meiste künstlerisch. Erinnerst du dich an seinen Namen, Bob? Denk doch mal nach – er war der Typ, der vor einigen Jahren die Platte von der Ein-Dollar-Note machte und die Banknoten dann in einer Galerie ausstellte. Die Platten waren so gute Fälschungen, daß das FBI zu ihm nach Hause kam und sie zerbrach! Wie hieß er doch gleich?«

»O ja«, sagte der andere, »ich erinnere mich – er hieß Seigei Kawabata.«

Dienstag, 1. Dezember

Es war früh am Nachmittag, als Georgian, völlig eingehüllt in ihr schwarzes Künstlercape, die Fähre nach Staten Island verließ und durch den Schneefall den Landungssteg hinaufging. Sie winkte das erste Taxi heran, das sie entdecken konnte, und gab dem Fahrer die Adresse.

Sie zahlte und stieg vor einem alten, ganz verschnörkelten Haus in einer baumgesäumten Straße aus. Hier sah es nicht so aus, wie sie sich den Wohnsitz eines berühmten Graveurs vorgestellt hatte; sie hatte etwas Moderneres erwartet.

Georgian ging die vereiste Zufahrt hinauf, erklomm die Stufen zur Eingangstür und klingelte. Kurz darauf hörte sie das Geräusch von Schritten, die sich schlurfend der Tür näherten. Die Haustür öffnete sich knarrend, und ein kleines faltiges Gesicht spähte heraus.

»Mr. Kawabata?« fragte Georgian. Der alte Mann nickte, betrachtete sie gründlich, öffnete die Tür aber keinen Spalt weiter. »Ich bin Georgette Heyer; ich habe Sie aus der Stadt angerufen. Von der *Art Students' League.*«

Georgian lächelte ihn so freundlich an, wie sie nur konnte, aber innerlich fluchte sie, weil er die verdammte Tür halb geschlossen hielt; sie fror.

»Ah ja«, sagte Mr. Kawabata schließlich, öffnete die Tür und bat sie herein. »Die *Art Students' League* – ich unterrichte dort selbst recht häufig. Bei wem studieren Sie denn? Ich bin sicher, daß ich Ihre Lehrer kenne. Möchten Sie eine Tasse Tee?«

Bei Tee und Keksen mußte Georgian Mr. Kawabata eingestehen, daß sie keine Studentin von der *Art Students' League* war, sondern in Wirklichkeit eine professionelle Fotografin, die daran dachte, in den Bereich der Fotogravüre zu gehen – aber sie wollte nicht, daß einer ihrer Konkurrenten davon erfuhr, daß sie sich auf ein neues Gebiet verlegte. Selbst in ihren eigenen Ohren hörte sich diese Entschuldigung dürftig an, aber Mr. Kawabata akzeptierte sie.

»Mr. Kawabata, die Graveure von *U.S. Banknote* haben mir erzählt, daß Sie eine perfekte Gravierung von einer Ein-Dollar-Note gemacht haben. Stimmt das?« fragte sie, als Mr. Kawabata sie durch ein Labyrinth hoher viktorianischer Räume führte.

Jedes einzelne Zimmer war tadellos sauber, handgemalte Papierschirme verdeckten die hohen Fenster, und wunderschöne Pastelltöpfe mit Pinseln darin standen wie Kunstobjekte in Gruppen auf den hellen Lacktischen.

»Ja«, entgegnete Mr. Kawabata. »Die Regierung war sehr böse auf mich deswegen. Nach der Eröffnung meiner Ausstellung kamen sie in mein Haus und durchsuchten es nach weiteren Platten. Sie dachten, ich sei ein professioneller Fälscher, aber ich habe ihnen erklärt, daß ich nur versuchen wollte zu zeigen, wie weit sich meine Kunst in der westlichen Welt entwickelt hatte. Wenn Sie mögen, zeigen ich Ihnen einen Druck aus der Serie, die sie nicht konfisziert haben.«

Georgian erklärte, sie würde sehr gern einen solchen Druck sehen. Mr. Kawabata führte sie in ein Zimmer mit Blick auf einen kleinen japanischen Garten – der einzige Raum, dessen Fenster nicht mit Papier verkleidet waren. Der Garten war wunderschön, mit seinem kleinen Teich und glatten schwarzen Steinen auf den Wegen zwischen Beeten mit sorgfältig beschnittenen Bonsai-Bäumchen. Der Boden des Zimmers war mit Weidengeflecht bedeckt, an den Wänden lagen handbemalte Kissen.

An einer Wand hing ein kleiner Kupferstich, etwa dreißig mal dreißig Zentimeter groß. Der Hintergrund war ein dunkles, sattes Grau, wunderschön gemasert. In der Mitte des Stichs war ein kleiner Apfel auf einem Tisch zu sehen, und daneben, so hochgestellt, daß der Betrachter sie sehen konnte, stand eine perfekte Ein-Dollar-Note. Sie sah aus, als sei sie wie bei einer Collage in das Bild geklebt worden; die Farbe war perfekt, die Linien fehlerlos.

»Das ist großartig«, murmelte Georgian. Sie nahm eine Dollar-Note aus ihrer Handtasche und verglich sie mit der auf dem Druck.

»Das ist Fotogravüre«, erwiderte Mr. Kawabata mit seiner sanften Stimme. »Ich habe die Banknote für sich fotografiert, ohne den Apfel und den Tisch, dann habe ich die beiden Fotografien übereinander montiert. Die Platten habe ich auch jede für sich gemacht. Wenn Sie daran interessiert sind, kann ich Ihnen zeigen, wie das geht.«

Er führte Georgian in ein Zimmer, in dem neben mehreren kleinen Druckerpressen auch eine größere stand. Die Handpressen waren an einer Seite des Raumes auf Hartholztischen befestigt; die große Presse stand an der gegenüberliegenden Wand. Der Boden war durch eine dicke Plane geschützt. In der Mitte hing eine Großformatkamera von massiven, offen zutage liegenden Balken herunter, wo ein Teil der Decke entfernt worden war. Unter der Kamera stand ein riesiger Tisch mit einer breiten, glatten Oberfläche, die mit sauberem weißem Papier bedeckt war. Alles war makellos. Georgian war überzeugt davon, daß dies die sauberste Druckerei war, die sie je gesehen hatte.

»Sollen wir einen Druck als Beispiel machen?« fragte Mr. Kawabata. Er drückte auf einen Knopf an der Kamera-Aufhängung; die Kamera senkte sich mit einem Surren. »Wenn Sie ausgezeichnete Gravierungen machen wollen, müssen Sie eine Großformatkamera benutzen, damit die Auflösung beim Druck später hoch genug ist. Je größer das Negativ, desto detailgetreuer wird der Druck – genau wie beim Vergrößern von Fotografien. Solche Detailgenauigkeit erfordert viel Geduld und große Aufmerksamkeit. Nehmen Sie diese fotografische Lupe und betrachten Sie Ihren Dollarschein noch einmal.«

Georgian nahm den kleinen Glaswürfel, den er ihr reichte, und blickte hindurch auf die Dollarnote. In der Vergrößerung schien sie zum Leben zu erwachen. Was als ein Meer von salbeigrünen Schnörkeln erschienen war, erwies sich jetzt als sorgfältige Anordnung zahlloser komplizierter Punkte, Kringel, Striche und sorgfältig abgetönter schwarzgrüner Schatten.

»Wenn Sie die linke Hälfte des Großen Siegels betrachten, die mit der ägyptischen Pyramide«, sagte Mr. Kawabata gerade, »werden Sie feststellen, daß das mystische Freimaurerauge, das darüberschwebt, von Altersfalten umringt ist! Auf diese Art von Präzision müssen wir abzielen.«

Georgian blickte von der Lupe auf. »Was wollen wir drukken?« fragte sie.

»Warum nicht Ihre Dollarnote?« fragte Mr. Kawabata, lächelte und zog sie unter der Lupe hervor. »Aber lassen Sie uns das Ganze etwas interessanter machen. Lassen Sie uns zur Übung so tun, als würden Dollarnoten in vielen verschiedenen Farben gedruckt, wie das in anderen Ländern der Fall ist.«

Mit einem Filzstift färbte Mr. Kawabata das mystische Auge sorgfältig rot ein, so daß es aussah, als habe es über der Pyramide eine wilde Nacht verbracht.

»So kann ich Ihnen einige anspruchsvollere Graviertechniken zeigen. Die jungen Menschen sind heute oft in großer Eile, irgendwohin zu kommen, ohne daß sie wissen, *wohin* es sie eigentlich zieht. Aber eine Gravierung kann man nicht übers Knie brechen. Eine Druckplatte herstellen ist wie eine Teezeremonie; man muß es Schritt für Schritt tun, und alles zu seiner Zeit. Dann offenbaren sich die Geheimnisse dieser Kunst wie die Blätter einer Blüte.«

Mr. Kawabata nahm sie mit in die Dunkelkammer neben seinem Arbeitszimmer und zeigte ihr dort Schritt für Schritt die präzisen Arbeitsabläufe, die erforderlich waren, um die Fotoplatten abzudecken, die Druckplatten mit lichtempfindlicher Emulsion zu bestreichen, die Säurebäder vorzubereiten und alle Teile dieses Vorgangs zeitlich sorgfältig abzustimmen. Das Ganze ähnelte dem Entwickeln eines Films, von dem man anschließend Fotografien abzieht, aber Mr. Kawabata betonte, wie wichtig es sei, bei jedem noch so kleinen Detail extrem sorgfältig zu arbeiten – hier war sehr viel mehr Sauberkeit und Sorgfalt vonnöten, als erforderlich war, um eine ausgezeichnete Fotografie zu produzieren.

»Um eine Farbe anzumischen«, sagte Seigei Kawabata, als sie die letzte Platte abgewaschen und sorgfältig getrocknet hatten, »selbst wenn die Farbe nur ein einfaches Schwarz ist, muß es das *richtige* Schwarz sein. Sie müssen es in Ihrer Seele spüren können. Jetzt müssen wir in mein Studio gehen, um zu meditieren.«

»Meditieren?« sagte Georgian verwirrt.

»Ein Meistergraveur muß immer meditieren, bevor er die Farben anmischt«, sagte Mr. Kawabata, »damit die Schwingungen seiner Seele in Übereinstimmung mit dem Universum sind.«

Georgian hatte gar nicht bemerkt, wie spät es geworden war, bis sie den Druck fertiggestellt hatten. Sie saß mit Seigei Kawabata in dem großen Wohnzimmer, wo sie zuvor Tee getrunken hatten, nippte an ihrem warmen Pflaumensake und hielt die perfekte rot-grüne Dollarnote zwischen den Fingern. Sie hatte das Gefühl, als habe sie gerade eine zehnjährige Ausbildung zur Meistergraveurin absolviert.

»Mr. Kawabata«, sagte sie, ganz traumverloren von der Anstrengung der Arbeit und der Wirkung des heißen Sake. »Ich kann Ihnen gar nicht sagen, was dieser Nachmittag mir bedeutet hat. Ich werde direkt nach Hause gehen und anfangen zu üben – alles, was Sie mir beigebracht haben.«

»Haben Sie eine Presse, mit der Sie arbeiten können?«

»Nein – aber ich denke mir, ich kann eine kaufen. Es müssen doch Druckerpressen zum Verkauf in der Zeitung stehen?«

»Diese neuen Pressen haben alle automatische Farbmischer. Sie sind ziemlich ausgereift, wenn man Drucke vom Fließband machen will. Aber für eine Künstlerin, wie Sie es sind, wäre es sicherlich vorzuziehen, eine ältere Art Presse zu benutzen, wo man alles noch von Hand kontrollieren kann. Nur dann können Sie perfekte Farben mischen. Und Sie werden die zarten Nuancen ihrer Gravierung nicht zerstören.«

»Wo kann ich eine solche Presse bekommen?« fragte Georgian.

»Ich habe eine, die ich Ihnen leihen oder verkaufen kann, Miß Heyer. Sie ist ziemlich alt, aber noch sehr gut erhalten. Wie kommen Sie nach Hause? Vielleicht können wir sie in ein großes Taxi hineinbekommen. Und ich glaube, mit zwei Leuten könnte man sie die Stufen bis zur Straße hinuntertragen. Wenn Sie am anderen Ende nicht fünf Treppen hinaufklettern müssen …«

Das Telefon klingelte; Lelia durchwühlte Stapel von Kissen auf dem Sofa bei dem Versuch, es zu finden.

Schließlich grub sie es aus und antwortete ganz außer Atem.

»*Allo? Allo?*« rief sie in den Hörer. Dann, etwas später, sagte sie: »O nein! O *merde! Oui* – er ist hier. Ja, ich sage ihm, er soll sofort kommen. Aber du bist *complètement folle,* my *chérie.*«

»Was ich nicht begreifen kann«, sagte Tor, der mit mehligem Teig an den Händen aus der Küche kam, »ist, wie Sie es immer schaffen, daß die Rosinen im Strudel aufquellen, obwohl sie zwischen mehreren Teigschichten liegen. – Ist etwas nicht in Ordnung?«

Lelia stand da und sah niedergeschlagen aus.

»Es ist Sorsione«, sagte sie und legte mit einem Seufzer den Hörer zurück. »Sie müssen losfahren und sie abholen.«

»Wo zum Teufel ist sie?« fragte er und säuberte sich die Hände an dem Tuch, das um seinen Bauch gebunden war. »Es ist schon fast fünf Uhr – sie sollte um Mittag zurück sein. Ist etwas schiefgegangen?«

»*Oui.* Sie wartet an der Fähre nach Staten Island darauf, daß Sie sie abholen.«

»Warum nimmt sie nicht einfach die U-Bahn in die Stadt?« fragte er.

»Sie ist am Fähranleger *auf* Staten Island«, sagte Lelia.

»Warum nimmt sie dann nicht die Fähre und *dann* die U-Bahn?«

»Weil, *mon cher ami,* da keiner da war, der ihr mit ihrer Druckerpresse auf die Fähre hinauf und wieder herunter helfen konnte.«

FUSIONEN

Geld an und für sich kann sich nicht vermehren.

– Aristoteles

Freitag, 4. Dezember

Den Rest der Woche sah ich weder Georgian noch Tor. Sie taten so mysteriös und geheimnisvoll mit ihren Plänen – aber sie versicherten mir, sie würden beim Abendessen am Freitag alles erzählen, bevor ich nach San Francisco zurückkehrte. In der Zwischenzeit hatte ich meine eigene Arbeit zu tun.

New York war voller Banken, und Pavel, mein Sekretär – der gern Ferngespräche führte –, hatte offensichtlich jede einzelne von ihnen angerufen und sie auf meinen Terminfahrplan gesetzt. Zwar waren meine Besuche bei den Sicherheitsabteilungen dieser Banken vereinbart worden, um meine Spritztour zu Tor zu decken, doch jetzt, seit er mein Gegenspieler bei einer Wette war – und nicht mehr mein Berater –, hatten sich die Regeln des Spiels ebenso geändert wie der Einsatz, um den es ging. Weil ich ohnehin hier in New York war, würde es sicher nicht schaden, mich in Sicherheitsfragen ein wenig auf dem laufenden zu halten.

Mr. Peacock von *United Trust* stand fast am Ende meiner Liste, aber er hatte mir nichts Neues zu erzählen, daher drückte ich mich um die Verabredung mit ihm zum Mittagessen herum. Ich brauchte Zeit für mich zum Nachdenken. Doch als ich zu meinem letzten geplanten Treffen ging, erwartete mich eine große Überraschung.

Es muß hunderttausend Leute in New York geben, die Harris heißen, daher war ich völlig überrascht, als ich feststellte, daß der Mr. Harris, der bei der Citibank für Sicherheitsfragen zuständig war, einer meiner alten Kumpel war – einer von den Bobbsey-Zwillingen!

Vor zehn Jahren, als ich ihn das letzte Mal gesehen hatte, war er etwas übergewichtig gewesen, mit ungepflegten Haaren, einem Hemd, das aus der Hose hing, und Zigarettenasche, die er über seinen Bauch verstreute. Die Zeit und das Geld hatten eindeutig zu seinem Vorteil gearbeitet.

Als er sich hinter seinem geschmackvollen Rosenholzschreibtisch erhob, um mich zu begrüßen, fielen mir seine gepflegten silbernen Koteletten auf, der Kaschmirblazer mit eleganter Krawatte und der Ständer mit teuren fremdländischen Pfeifen, die seinen Schreibtisch zierten.

»Harris!« rief ich aus, als er um den Tisch herumkam, um mich herzlich zu umarmen. »Was in aller Welt machst du *hier?* Als ich letzte Woche mit Charles gesprochen habe, warst du im Rechenzentrum ...«

Harris legte einen Finger auf die Lippen und warf einen Blick durch das Fenster in seiner Bürotür.

»Es wäre nicht gut, wenn die davon Wind bekämen«, erzählte er mir. »Ich gelte hier als ziemlich hohes Tier. Sag mal – hast du schon irgendwelche Pläne fürs Mittagessen? Vielleicht könnten wir uns verdrücken und gemütlich plaudern.«

Harris griff also nach seinem Kamelhaarmantel und einem Seidenschal mit Fransen, und dann ging es ins *Vier Jahreszeiten* – eine kleine Steigerung gegenüber der Bocciabahn, wo wir in alten Zeiten zu Abend zu essen pflegten.

Das Gebäude, in dem sich das Wissenschaftliche Rechenzentrum befand, hatte sich in den letzten zehn Jahren nicht sehr verändert, wie ich feststellte, als wir nach dem Mittagessen mit dem Taxi dorthin fuhren. Es sah verkohlt aus, als wäre es einem Brand zum Opfer gefallen. Die Kupferdrähte in Charles' Kernspeichern mußten mittlerweile grün angelaufen sein, dachte ich, wenn sie immer noch die Fenster einen Spalt offenstehen ließen, um ihn mit Queen's Fabrikabgasen ›abzukühlen‹.

Briten wie die Bobbsey-Zwillinge redeten einander immer mit dem Nachnamen an; etwas verwirrend, weil sie den gleichen hatten. Als Teckies lösten sie dieses Problem, indem sie an den Namen jeweils eine Indexzahl anhängten: Harris eins und Harris zwei. Und so hatte ich sie auch in Erinnerung behalten.

Als wir das Rechenzentrum betraten, stand Harris 1 mit dem Rücken zu uns an einer Maschine, die aus vielen beweglichen

Teilen bestand und scheinbar dazu diente, Briefumschläge zu falten und zu befüllen. Der Lärm war ohrenbetäubend.

Der Raum selbst wirkte etwas sauberer als früher. Charles Babbage hockte dick und breit in der Mitte, zufrieden wie ein Pascha, der seinen Harem mustert. Er war in einem fröhlichen Himmelblau angestrichen und trug eine alte Baseballmütze von den Brookly Dodgers, die oben auf seiner Konsole thronte. Selbst in dieser Verkleidung war er unschwer zu erkennen.

»Mensch, wenn das nicht Verity Banks ist!« rief Harris 1 aus, als er sich umwandte und mich erblickte. »Charles, guck mal, mein Junge – deine Mutter ist da!«

»Stell doch mal den verdammten Lärm ab!« brüllte Harris 2. »Man kann man ja sein eigenes Wort nicht verstehen.«

Harris 1 schaltete die Versandmaschine aus und kam zu uns herüber, strahlte dabei über das ganze Gesicht. Auch er sah wirklich gut aus in seinem Tweedjackett mit Lederbesatz an den Ellenbogen und einem melierten Rollkragenpullover. Er hatte sich einen pfeffer-und-salzfarbenen Bart stehen lassen und war von Kopf bis Fuß ganz *country*.

»Euch beiden ist es gut ergangen, wie ich sehe«, sagte ich. »Ihr seht glänzend aus, und wenn ich mich nicht irre, steht hier noch mehr Hardware als vor zehn Jahren!«

»Ja, wir sind ins Postversandgeschäft eingestiegen«, erklärte Harris 2. »Charles Babbage ist der Präsident unserer Gesellschaft, und wir sind die Vizepräsidenten. Hier gab es reichlich Rechenzeit, die nicht genutzt wurde und die viele Jahre lang brachlag. Wir waren völlig gelangweilt, saßen Nacht für Nacht herum – deswegen hat Harris 2 tagsüber den Job bei der Bank angenommen. Wir hatten festgestellt, daß wir *diesen* Laden auch betreuen konnten, wenn einer von uns woanders arbeitete. Dann wurden wir noch kreativer und haben eine Firma aufgemacht. In den letzten Jahren haben wir drei eine schöne Stange Geld verdient.«

»Klingt großartig, wenn auch etwas illegal«, entgegnete ich. »Schließlich gehört euch dieses Rechenzentrum nicht.«

»Du selbst hast Charles Babbage in den letzten zehn Jahren immer wieder für deine Zwecke benutzt«, sagte Harris 1 zu mir. »Wir *lesen* in den Protokollen, weißt du! Aber wir haben schon oft gesagt, wenn du nicht sein Leben gerettet hättest – was du ja getan hast –, wäre aus uns auch nicht viel geworden. Charles hat uns irgendwie die Inspiration gegeben, die wir brauchten, um Unternehmer zu werden.«

Während wir uns unterhielten, blätterte ich einige der Listen in Charles' Ablagekorb durch.

»Was *ist* das?« fragte ich.

»Das ist eine Aufstellung der Versandaktion, die wir für unseren größten Kunden machen«, erläuterte Harris 2, »ein Konsortium von Universitäten an der Ostküste. Sie haben die Adressenlisten ihrer Ehemaligen miteinander kombiniert, damit sie die Crème de la Crème abschöpfen können – die wirklich reichen potentiellen Förderer –, um sich so spezielle Formen gemeinschaftlicher Stiftungen zu sichern.«

»Wir haben die Daten etwas erweitert«, meldete sich Harris 1 zu Wort, »indem wir Informationen von *Dun and Bradstreet*, aus dem Melderegister und sogar über Grundbesitz an den nobleren Küstenabschnitten hinzugefügt haben. Wenn wir diese Anschriftenliste verkaufen würden, brächte sie *allein* eine halbe Million.«

Während ich zuhörte, betrachtete ich die Liste genauer. Sie enthielt nicht nur Namen, gesellschaftliche Stellung und laufende Nummer, sondern auch Angaben zur Familie, über politische Neigungen, Geschäftsverbindungen, Mitgliedschaften in Klubs, Vermögenswerte und steuerfreie Spenden an verschiedene Einrichtungen. Sie war Gold wert, und ich wußte es. Für die Bobbseys mochte diese Liste eine halbe Million wert sein – mir bedeutete sie noch mehr.

Ich lächelte. Wieder einmal war Charles Babbage mir zu Hilfe gekommen, ohne es überhaupt zu wissen. Immerhin mußte ich Tausende von Scheinkonten eröffnen, wenn ich wieder in San Francisco war. Konten, auf denen ich das ganze Geld deponieren konnte, wenn ich es investierte, ohne daß jemand angesichts der Höhe der Beträge, die verbucht wurden, mißtrauisch wurde. Ich konnte mir kaum geeignetere Namen ausdenken als diejenigen, die auf der Liste vor meinen Augen standen. Und jetzt würde ich nicht einmal Sozialversicherungsnummern oder Angaben zur Kreditwürdigkeit erfinden müssen; all das stand schon hier.

Aber die Krönung war natürlich – aus meiner Sicht –, daß viele der hohen Tiere auf dieser Liste *außerdem* Mitglieder im Vagabond Club waren! Vielleicht gab es doch eine ausgleichende Gerechtigkeit auf der Welt.

Auf dem Rückweg zu meinem Hotel pfiff ich die ganze Zeit vor mich hin. Die Fifth Avenue war geschmückt mit Lichtern wie ein Weihnachtsbaum. Ein winterlicher Geruch hing in der Luft, und die Menschenmassen bewegten sich mit eiligen Schritten die funkelnde breite Straße hinauf. Es war schon fast dunkel, als ich durch die gläsernen Drehtüren des *Sherry* trat.

Auf meinem Zimmer, beim Umziehen zum Abendessen, sah ich das rote Licht am Telefon blinken. Ich rief also beim Empfang an, um mir die Nachrichten durchgeben zu lassen. Es waren zwei Anrufe gewesen – einer von Pearl, einer von Tavish aus San Francisco. Ich blickte auf meine Armbanduhr: sieben Uhr dreißig hier bedeutete vier Uhr dreißig in Kalifornien, noch vor Büroschluß in der Bank.

Ich beschloß, daß ich zuerst noch Zeit für eine Dusche hatte. Ich rief den Zimmerservice an und bestellte eine Flasche Sherry, dann ging ich unter die Dusche. Als ich fünfzehn Minuten später aus dem dampfenden Badezimmer kam, das Haar in ein Handtuch eingeschlagen, stand ein Tablett mit Gläsern im Wohnzimmer. Ich goß mir einen Drink ein und griff zum Telefon.

»Miß Lorraine ist unter dieser Nummer nicht mehr zu erreichen«, sagte mir die Sekretärin in der Bank. »Sie arbeitet jetzt für Mr. Karp. Bitte bleiben Sie in der Leitung, ich verbinde Sie.«

Eine Minute später war Pearls Stimme in der Leitung zu hören.

»Hallo, Herzchen«, sagte sie. »Ich bin froh, daß du zurückrufst. Ich dachte, ich sollte dich wissen lassen, daß hier so einiges vorgeht. Unser lieber Freund Karp und dein Boß Kiwi haben sich in deiner Abwesenheit etwas ganz Fürchterliches ausgedacht. Ich habe das Büro neben Karp – wenn man diese Müllkippe ein Büro nennen will –, und ich kann alles, was sie sagen, durch die Wand hören. Ich sehe eine lange Seereise in deiner Zukunft.«

»Was meinst du? Wollen sie dafür sorgen, daß ich gefeuert werde?«

»Schlimmer als das, Zuckerpfläumchen«, sagte sie düster. «Sie haben irgendwie herausgefunden, daß dein kleiner Qualitätsausschuß mit maximaler Gründlichkeit *ihre* Systeme durchforstet. Ihr letzter Plan bestand also darin, dich den Winter über nach Frankfurt versetzen zu lassen – ein nettes Plätzchen zu dieser Jahreszeit. Weil es hier niemanden gibt, der sie aufhält, könnten Sie dein Projekt zunichte machen, mich ungestraft loswerden, und Karp kann mit Tavish machen, was er will. übrigens, es handelt sich um Frankfurt in *Deutschland* nicht in Kentucky – und das gilt *nicht* als Beförderung!«

»Eine kleine seitliche Abweichung«, stimmte ich zu. »Nun, ich werde morgen zurückkommen – wir können dann alles besprechen, wenn du mich abholst. Wenn du Tavish mit zum Flughafen bringen kannst – tu's. Es ist höchste Zeit, daß ich weitere Neuigkeiten zu hören bekomme.«

»Da wir gerade unter uns sind, frage ich lieber gleich – hast du in Manhattan viel erlebt?«

»Ich habe meine Zeit wohl kaum damit verbracht, herumzurennen und nach einer Gelegenheit zum ›Vögeln‹ zu suchen – wenn es das ist, was du meinst«, erwiderte ich kurzangebunden.

»Ganz wie du meinst«, sagte Pearl mit einem Seufzen.

»Danke der Nachfrage«, entgegnete ich und hängte auf.

Tavish war scheinbar nicht an seinem Schreibtisch, mußte ich annehmen, als ich hörte, wie das Telefon auf einen anderen Platz umschaltete. Schließlich nahm jemand ab, und während ich wartete, konnte ich im Hintergrund das Quietschen von Laufwerken und das ungedämpfte Summen der Klimaanlage hören, ehe Tavish an den Apparat kam.

»Wo sind Sie – im Maschinenraum?« fragte ich. »Können Sie offen sprechen?«

»Im Moment gerade nicht«, erwiderte er mit gesenkter Stimme. »Aber *Sie-wissen-schon-wer* ist sehr interessiert an unserer Arbeit. Er fragt täglich – stündlich – nach den Fortschritten, die wir machen.«

»Sie meinen Kiwi«, sagte ich. »Was haben Sie ihm erzählt?«

»Ich arbeite nicht für ihn, ich arbeite für Sie«, sagte Tavish. »Aber er hat versucht, sich bei den anderen aus der Gruppe lieb Kind zu machen, bei jedem einzelnen. Erfreulicherweise kann ich berichten, daß es noch keine Verräter gibt – noch nicht. Aber es ist nur eine Frage der Zeit, bis er jede Zurückhaltung aufgibt – wenn er so etwas überhaupt je hatte. Wann kommen Sie zurück?«

»Morgen. Pearl Lorraine holt mich ab; kann sie Sie morgens auf dem Weg zum Flughafen mitnehmen?«

»Gern. Ich wußte gar nicht, daß Sie sie so gut kennen. Übrigens, sie und ich haben in Ihrer Abwesenheit ein bißchen zusammengearbeitet, um zu retten, was wir retten konnten ...«

»Ich habe gerade mit Pearl gesprochen«, sagte ich. »Sagen Sie – haben Sie schon irgendwelche Dateien geknackt?«

»Ich fürchte nein, aber wir arbeiten daran«, sagte Tavish. »Vielleicht gibt es morgen schon bessere Nachrichten.«

Ich war enttäuscht, daß Tavish nicht in der Lage gewesen war, die Testschlüssel zu dekodieren oder in die Datei mit den Kundenkonten einzudringen. Ohne Zugang zu letzterer wäre ich noch nicht einmal in der Lage, für die berühmten Namen, die ich von der Liste der Bobbsey-Zwillinge ergattert hatte, Konten einzurichten.

Andererseits war das vielleicht auch gut so. Wenn der Qualitätsausschuß irgendwelche Dateien oder Kodes geknackt *hätte*, wäre es auch möglich gewesen, daß Kiwi auf die eine oder andere Art davon erfahren hätte, um es dem Management zu berichten. Damit er den Ruhm einheimst. *Und* es übernimmt, das Problem in den Griff zu bekommen – mich.

Mittlerweile wußte ich, daß es ein Fehler gewesen war, den Qualitätsausschuß in meiner Abwesenheit mit der Arbeit beginnen zu lassen, und eine noch größere Fehleinschätzung, Tavish im dunkeln zu lassen. Er mußte über meine tatsächlichen Pläne informiert werden, wenn ich auf seine Hilfe zählen wollte. Es ist gefährlich, ein Rädchen im Getriebe zu haben, das nicht weiß, wozu es da ist.

Aber mein größter Fehler war es gewesen, Kiwi den Rücken zuzukehren – und sei es auch nur für eine Woche. Wenn es ihm gelang, mich nach Deutschland zu verfrachten, waren meine

Pläne zunichte gemacht und meine Wette verloren, bevor ich überhaupt richtig anfangen konnte. Nur gut, daß ich morgen zurück sein würde. Vielleicht war noch Zeit genug, die Sache schnell zu regeln.

Ich puderte mich, bürstete mir die Haare, streifte meine Abendbekleidung über und trat hinaus auf die Fifth Avenue, um ein Taxi zu Lelia zu nehmen – und herauszufinden, wie es der anderen Hälfte unserer Wette ergangen war.

Um das Weihnachtsfest würdig zu begehen, war die Eingangshalle von Lelias Apartmenthaus mit einem riesigen pinkfarbenen Plastikbaum dekoriert; grelle rote Lampen stellten den Obstkorb aus Gips und die Kronleuchter in den Schatten. Es sah aus wie ein Entwurf, den sich Maria Magdalena ausgedacht hatte – vor ihrer Bekehrung.

»Roter Sekt für die Gäste«, sagte Francis, der Fahrstuhlführer, und hielt mir ein Plastikglas mit Schampus hin.

In Lelias Foyer erwartete mich das Mädchen, das eifrig hin- und hereilte, einen kleinen Kranz aus Stechpalmenzweigen im Haar. Sie füllte mir eine kristallene Tasse mit der Punschbowle, die auf einem Tisch gleich am Eingang stand. Ich stellte meinen Plastiksekt ab, nahm mir einige Kekse von einer großen silbernen Platte und ging die große Halle hinunter. Auf halbem Weg standen die Türen zum Roten Zimmer offen.

»Wir essen in einer halben Stunde«, informierte mich Tor, als er die Kekse in meiner Hand sah.

»Laß sie essen! Sie muß dick und rund werden!« rief Lelia.

Sie hatte es sich in einem roten, mit Seide bezogenen Sessel bequem gemacht und die Füße auf einen gepolsterten Lederhocker gelegt. Tor stand neben ihr und hielt seine Punschtasse in der Hand; er trug ein weinrotes Dinnerjackett aus Samt mit einer breiten, pfirsichfarbenen Seidenkrawatte. Seine kupferfarbenen Locken glänzten im Schein des Feuers. Er sah beeindruckend aus, wie jemand aus einem anderen Zeitalter. Ich war mir sicher, daß Lelia dabei die Hand im Spiel gehabt hatte.

Lelia wirkte noch strahlender, wie sie dort vor dem üppigen Weihnachtsbaum saß, dessen Zweige mit leuchtend roten Satinschleifen und dicken Talgkerzen überladen waren. Ihr dunkelroter Brokatkaftan ließ auf das vorteilhafteste ein zwei Tonnen schweres Diadem aus Diamanten sehen, das ihren Hals umschloß. Ihre gelbbraune, unordentliche Mähne war zurückgekämmt und enthüllte riesige Ohrringe aus Bergkristall, umrahmt von geschliffenen Diamanten, die ihr fast bis auf die Schultern reichten. Als ich mich über sie beugte, um sie zu küssen, roch sie nach Vanille und Nelken.

»Ihr beide seht großartig aus. Aber wo ist Georgian?« fragte ich.

»Sie bereitet Überraschung für dich vor«, sagte Lelia. »Sie möchte so gern, daß du überrascht sein sollst, wenn du all die Arbeit siehst, die sie diese Woche getan hat.«

Dann schürzte sie die Lippen und betrachtete mich streng. »Mein Lieblink – schon wieder trägst du Schwarz – aber warum? Hier ist niemand gestorben; du mußt nicht in Trauer kommen. Als ich in deinem Alter war, blieben die jungen Männer stehen, wenn ich die Champs-Elysées hinunterging. Sie brachten mir Blumen und Schmuck und küßten mir die Hand. Und sie litten, wenn ich sie nicht bemerkte.«

»Die Zeiten haben sich geändert, Lelia«, sagte ich. »Heute wollen Frauen mehr als Blumen und Schmuck.«

»Was?« sagte sie und zog die Augenbrauen in die Höhe. »Was *gibt* es denn noch? Sie sind die Romantik. Du verstehst nichts davon – soviel ist klar. Du mußt eine große *manque* in deinem Leben haben, daß du dich so verhältst.«

»Was – bitte – ist eine *manque?*« fragte Tor mit einem Lächeln.

»Ein Verlust – ein Loch – ein Fehlen von etwas«, übersetzte ich.

»*Quel sangfroid*«, sagte Lelia. »Sie war schon immer *très difficile*, dieses Mädchen.«

»Das würde ich auch sagen«, stimmte Tor zu. »Sie ist *très difficile* in Französisch, Englisch oder jeder anderen Sprache. Sie trägt Schwarz nicht aus Trauer, wissen Sie. Schwarz gilt bei vielen Menschen als Farbe der Macht – und Macht ist es, was sie will.«

»Was ist Macht?« rief Lelia aus. »Charme ist alles. *Sie*, zum Beispiel, sind ein charmanter Mann – *très gentil* ...«

»Wohlerzogen, höflich«, sagte ich zu Tor mit einem Lächeln.

»Dieser charmante Mann – er hat nur einen Gedanken in seinem Kopf«, sagte Lelia zu mir. »Und das ist, *dich* zu lieben. Aber du bist so eine Närrin, du siehst es nicht – und redest statt dessen von Macht und davon, daß du der Mann sein willst!«

Tor lächelte nicht mehr.

»Tatsächlich?« sagte er kühl zu Lelia. »Ich würde keine voreiligen Schlüsse ziehen, was mein Interesse an schwarzgekleideten Finanzgenies angeht. Sie sind längst nicht so attraktiv, wie mancher glauben mag. Ich werde gehen und nachschauen, was Georgian so lange aufhält.« Und er verschwand, ohne mich auch nur anzusehen.

»Lelia, du hast Dr. Tor in Verlegenheit gebracht«, sagte ich streng. »Deine kontinentalen Lebensweisheiten mögen ja ganz amüsant sein – aber alles hat seine Grenzen.«

»Er liebt dich, sage ich«, zischte sie im Flüsterton. »Du sagst, ich bin eine dumme alte Frau, aber häufig ist es *la folle,* die die Wahrheit sagt, draußen, in der freien Luft, wo jeder es hören kann. Dem blinden Monet konnte ich helfen – ich konnte die Blumen *an seiner Stelle* sehen –, aber gegen die Blindheit des Herzens gibt es kein Mittel.«

In diesem Moment kam Georgian herein, in einem winzigen Kleidchen, nicht länger als ein Hemd, bedeckt mit lachsfarbenen Pailletten, die glitzerten, wenn sie sich bewegte.

»Tor ist auf dem Weg in das Violette Zimmer«, verkündete sie. »Kommt – kommt! Wir haben alles vorbereitet!«

In der Mitte des Violetten Zimmers stand die große Druckerpresse, darunter war die Plane ausgebreitet. Schachteln mit Verbrauchsmaterial stapelten sich auf den Tischen, und an dem Gerüst waren ein Vergrößerungsgerät für Fotos und eine riesige Kamera befestigt, beide auf die Oberfläche des größten Tisches ausgerichtet.

Georgian stand davor, ein Bein um das andere geschlungen wie ein kleines Mädchen, und blickte uns aus großen runden Augen an.

Tor werkelte herum, bewegte Hebel und Schalter, während sich die Ausstattung mit surrenden und klickenden Geräuschen auf und ab bewegte. Als wir eintraten, blickte er nicht auf.

Ich fragte mich, wieviel eigentlich Lelia über unsere kleine Wette in Erfahrung gebracht hatte. Sie stand – die Ohren gespitzt – an der Tür.

»Ist es nicht fantastisch?« fragte Georgian, kaum in der Lage, ihre Aufregung zu unterdrücken.

»Es ist beeindruckend«, stimmte ich zu. »Aber was wollt ihr mit dem ganzen Zeug machen?«

»Wir werden Wertpapiere fälschen«, sagte Tor, der immer noch an den Hebeln herumschraubte. »Genau wie ich es dir gesagt habe.«

»Das hast du nie gesagt«, entgegnete ich. »Ich dachte, du wolltest den *Depository Trust* ausrauben – um zu beweisen, wie einfach das ist.«

»Nicht ganz«, erwiderte er mit einem Lächeln und blickte mich zum ersten Mal mit seinem durchdringenden Blick an. »Ich sehe keine Veranlassung, Wertpapiere zu *stehlen*. Nicht wenn man es so einrichten kann, daß sie gar nicht erst dorthin gelangen. Wofür würde ich wohl einen Fotografen brauchen, wenn ich lediglich vorhätte, einen Tresor auszurauben?«

Endlich paßte alles zusammen. Sie würden die Aktien und Wertpapiere kopieren – die *echten* behalten und die falschen in den Tresor geben! Warum war mir das nicht schon früher klar geworden? Aber auch so blieben noch einige Fragen offen, schien mir.

»Wenn du nicht in einen Tresorraum einbrechen willst, wie willst du dann die falschen Papiere gegen die echten austauschen?« wollte ich wissen. »Man sollte denken, du mußt sie auswechseln, bevor sie dorthin gelangen.«

»Genau«, stimmte Tor lächelnd zu.

»Laß mich das erklären«, meldete sich Georgian zu Wort.

Sie nahm ein Dokument vom Tisch und reichte es mir. Es hatte einen blauen Rand und geschwungene, komplizierte Schriftzüge. Ich ließ meinen Finger darübergleiten und spürte die unebene Oberfläche.

»Thor hat Exemplare von vielen verschiedenen Wertpapieren beschafft, die in diesem Monat stark gehandelt werden«, sagte sie. »Höchstwahrscheinlich werden gerade sie jetzt in den *Depository Trust* gebracht. Wir haben von jeder Sorte mehrere Kopien gemacht – dies ist ein Beispiel.«

»*Ihr* habt das gedruckt?« fragte ich, und als sie stolz nickte, fügte ich hinzu: »Aber haben Wertpapiere keine Seriennummern?«

»Doch, und darüber hinaus weitere Information zur Identifizierung«, stimmte Tor zu. »Wir kennen die speziellen Merkmale der einzelnen Papiere, die wir kopieren, nicht – bis wir das Papier selbst vor Augen haben. Und wir werden es nicht zu sehen bekommen, ehe es von einem Makler oder einer Bank in den Tresor der Hinterlegungsstelle übersandt wird.«

»Wir werden nur wenig Zeit haben, um diese einmaligen Nummern auf die einzelnen Papiere zu drucken«, fügte Georgian hinzu. »Darüber mache ich mir am meisten Sorgen – die Zeit, die die Farbe zum Trocknen braucht. Schnelltrocknende Farbe krümelt, und langsam trocknende verschmiert. Aber wir müssen makellose Kopien herstellen.«

»Diese sieht ziemlich gut aus«, gab ich zu. »Gibt es jemanden, einen Experten, den ihr fragen könntet?«

»Wenn du nicht bei der Obersten Finanzbehörde direkt anrufen und sie um ihre Meinung bitten willst ...«, sagte Tor trokken und lehnte sich mit verschränkten Armen an die Wand.

Ich hatte so viele Fragen, aber die beiden standen nur da, und es hörte sich alles so einfach an.

»Wie stellt ihr euch das vor, diese Wertpapiere in die Hände zu bekommen – wollt ihr einen Sicherheitstransport überfallen?« fragte ich. »Und was ist mit Wasserzeichen? Alle veräußerbaren Papiere haben welche – selbst Bargeld ...«

»Ah, ein paar Geheimnisse müssen wir aber auch für uns behalten«, unterbrach mich Tor mit einem Lächeln. »Schließlich – bist du der Feind!«

»Das stimmt!« sagte auch Georgian. »Dies ist ein Wettbewerb! Von jetzt an sind unsere Lippen versiegelt.«

»Ich glaube, ihr überseht den Wert meines Beitrags«, sagte ich zu den beiden und fühlte mich plötzlich sehr ausgeschlossen. »Schließlich bin ich eine Bankerin. Zum Beispiel – ich wette, ihr habt nicht an die Registrierung gedacht!«

»Welche Registrierung?« wollte Georgian wissen.

»Wenn jemand Aktien kauft, drucken sie den Namen des Käufers auf die Aktie. Oder wenn sie unter einem ›Straßennamen‹ eingetragen wird, kümmert sich die zuständige Gesellschaft darum, wer der Eigentümer ist. Tor weiß das sicherlich – er hat mir selbst davon erzählt.«

»Stimmt das?« fragte Georgian.

»Absolut«, sagte Tor mit einem mysteriösen Lächeln. »Deshalb werden wir *keine* Aktien fälschen, mein hübsches kleines Plüschtier. Wir werden statt dessen Inhaberpapiere fälschen. Und Inhaberpapiere sind Gold wert!«

Während unserer Unterhaltung hatte Lelia sich entfernt. Sie war noch nicht zurückgekehrt, als das Mädchen erschien, um anzukündigen, daß in Kürze das Essen serviert würde. Also schlenderten wir drei in die Halle zurück.

»Wieviel weiß Lelia eigentlich über die ganze Geschichte?« fragte ich Georgian.

»Oh, du kennst doch Mutter. Sie steckt ihre Nase einfach in alles. Auf alle erdenkliche Weise hat sie uns ihre Hilfe angeboten. Ich bin mir aber nicht sicher, ob sie wirklich begreift, daß es dabei nicht um ein Spiel geht. Eigentlich bin ich mir nicht einmal sicher, ob ich es selbst glaube. Wir tun tatsächlich etwas Ungesetzliches – ungeachtet der Reinheit unserer Motive. Wenn man uns erwischt, *bevor* wir das Geld zurückgeben, landen wir im Gefängnis!«

»Ein Grund mehr, Lelia da herauszuhalten«, stimmte ich zu. »Du weißt, wie sie ist.«

Tor blieb hinter uns zurück und betrachtete die Gemälde, die zwischen den verspiegelten Doppeltüren hingen.

»Du mußt bei der ganzen Geschichte ja nicht mitmachen«, sagte ich zu Georgian. »Obwohl die ganze Angelegenheit nun einmal meine Idee war, fühle ich mich selbst auch etwas überfordert. Es war Tor, der daraus diesen Zirkus gemacht hat. Er macht so etwas gern mit mir – darum habe ich ihn all die Jahre wie die Pest gemieden. Auch wenn ich nicht immer klug genug bin, mich daran zu erinnern.«

»Wenn du meine Meinung hören willst«, sagte sie zu mir,

»ist er das Beste, was dir je passiert ist. Du hast seit Jahren nichts auch nur halb so Aufregendes getan.«

»Du hast mich seit Jahren nicht *gesehen*«, hielt ich dagegen.

Aber ich mußte ihr Recht geben. Wenn Tor sich nicht eingemischt hätte, wäre es höchst unwahrscheinlich gewesen, daß ich einen so verrückten Plan sage und schreibe in die Tat umgesetzt hätte – was ich jetzt im Begriff war zu tun. Das war es, was mich so beunruhigte.

Er holte uns ein, als wir das Eßzimmer erreichten, aber Lelia war noch nicht da. Der kostbare dunkle Tisch war mit Öl eingerieben worden, bis er glänzte, das ansprechende Arrangement aus weißen Narzissen und Stechpalmenzweigen spiegelte sich in seiner Oberfläche. Mehrstöckige Kandelaber standen zu beiden Seiten des Tisches und hohe Sektkühler an seinen Enden. Eine wunderbare Wärme hüllte uns ein, und es roch nach Weihnachten.

Wir wollten uns gerade setzen, als Lelia ins Zimmer gestürzt kam.

»Ich mache die Lösung!« sprudelte sie strahlend heraus.

Mit einem komplizenhaften Lächeln zog sie die Hände hinter dem Rücken hervor und hielt uns einen großen, revolverförmigen Fön entgegen. Wir starrten das Gerät wortlos an.

»Mutter – du bist ein Genie!« rief Georgian schließlich. »Ich hätte selbst darauf kommen müssen.«

»Die Lösung ist so einfach wie die Haare auf deinem Kopf«, stimmte Lelia erfreut zu. »Ich werde ein bißchen stehen und ihn halten, wenn ihr die Papiere für das große Verbrechen trocknet. Dann werde ich wichtig sein, nicht?«

»Ja, dann werden Sie wichtig sein«, bestätigte Tor und umarmte sie.

Wie üblich war das Essen bei Lelia wundervoll: kalte Möhren *Vichy*, kleine Gemüse und schwarze Trüffel in Aspik, Fasanenbraten mit Stachelbeersauce und Maronenpüree. Als wir nichts mehr hinunterbekamen, gab es Süßigkeiten und Kaffee.

Lelia reichte Tor eine Schachtel Zigarren und nahm selbst eine. Sie beschnitt die Enden und zündete beide Zigarren mit einem langen Streichholz an. Tor war milde gestimmt und, während er paffte, in Erzähllaune. Lelia schenkte ihm fürsorglich ein Glas Cognac ein.

»Weißt du«, sagte Tor zu mir, »ich denke seit Jahren über dieses Problem mit dem *Depository Trust* nach. Aber wenn du nicht mit dieser verrückten Idee herausgekommen wärst, hätte ich deswegen möglicherweise nie etwas unternommen.«

»Ich verstehe nicht, warum ich erst in die Sache verwickelt sein muß – und was diese Wette soll«, entgegnete ich. »Du hättest ihre Aufmerksamkeit erregen können, indem du einfach ein paar Millionen Dollar stiehlst und sie ihnen wieder zuschickst.«

»Es muß nicht gleich eine Milliarde Dollar sein, um meinen Standpunkt in Sicherheitsfragen deutlich zu machen«, stimmte er mir zu. »Aber da gibt es noch etwas zu lernen – und das ist von entscheidender Bedeutung. *Darum* wollte ich die Wette. Ich habe in internationalen Finanzkreisen viel zu viel hemmungslose Korruption und Geldgier erlebt. Obwohl ihnen das Geld anderer Leute zur sicheren Aufbewahrung anvertraut ist, betrachten Banker und Anlageberater diese Vermögenswerte – mit der Zeit – häufig als ihre eigenen. Sie treiben Schindluder damit, gehen Risiken ein, kennen weder weise Voraussicht noch nachträgliche Einsicht. Ganze Zivilisationen sind durch diese Art des wahnsinnigen Roulettespiels zerstört worden.«

»Ich verstehe«, sagte ich bitter anläßlich dieser hübschen Rede. »Du bist Kreuzritter Hase – der die Weltwirtschaft zum wahren Glauben bekehrt. Ich dachte, du wärst einer von denen, die nie etwas aus altruistischen Beweggründen tun.«

Aber ich wußte, daß er recht hatte; etwas mußte geschehen, und zwar bald. Eine Bank nach der anderen meldete Konkurs an, und das war keineswegs Männern von besonderem Ehrgefühl oder großer persönlicher Integrität zu verdanken. Die ›Fehler‹, die in meiner eigenen Bank gemacht worden waren, reichten von krimineller Unfähigkeit bis hin zu unverblümtem Diebstahl, aber niemand gebot diesem Treiben Einhalt – oder klopfte den Bösewichtern wenigstens einmal auf die Finger. Kiwis Unnachgiebigkeit in Sicherheitsfragen schien noch das geringste Vergehen zu sein, wenn man darüber nachdachte.

»Sag mal«, fragte ich, »wie paßt unsere kleine Wette denn in den großen Plan?«

»Ob du's glaubst oder nicht, sie paßt dazu«, versicherte er mir und nippte an seinem Brandy. »Die Art und Weise, wie ich unser Geld *investieren* will, wird das mit Sicherheit deutlich machen. Aber bis jetzt ist das nur ein vager Gedanke; später erkläre ich es dir genauer.«

»Ich kann es kaum abwarten«, sagte ich zu ihm und meinte es auch. Ich war höchst gespannt darauf zu erfahren, welches As Tor im Ärmel hatte.

»Wenn die Welt der Hochfinanz so funktionieren würde wie früher – zum Beispiel in den Tagen der Rothschilds«, sagte Tor, »wäre heute vielleicht so manches anders. Sie waren clever – vielleicht sogar rücksichtslos –, aber nicht korrupt. Die Rothschilds haben praktisch im Alleingang die Arena des internationalen Bankwesens geschaffen, wie wir sie heute kennen. Sie stabilisierten Währungen über Staatsgrenzen hinweg – bauten eine Weltwirtschaft auf, wo es zuvor nur verfeindete Gruppen gegeben hatte, die alle ihre eigenen Interessen verfolgten ...«

»So eine langweilige Geschichte«, unterbrach Lelia ihn. »Sie müssen heiraten *avec leur propre famille,* um akzeptiert zu werden. Der Alte ... er war ein echter *cafard!*«

»Eine Küchenschabe«, übersetzte ich für Tor, der über ihren Ausbruch ebenso überrascht war wie ich. »Die Rothschilds mußten innerhalb der eigenen Familie heiraten, wenn sie erben wollten – so habe ich sie zumindest verstanden.«

»*Quel cochon*«, murmelte Lelia.

»Was für ein Schwein«, erklärte ich.

»Mutter – das reicht wirklich«, sagte Georgian. »Wir haben das alles schon einmal gehabt.«

»Wenn niemand die Wahrheit sagt, werden diese Dinge wiederkommen wie die *ronde d'histoire*«, fuhr Lelia fort, ohne auf Georgian zu achten. »Dein Papa, er würde sich in seinem *tombeau* umdrehen ... sie hatten sie getötet, seine ... *comment dit-on âme,* mein Lieblink?«

»Seine Seele«, sagte ich. »Wenn wir über diese Dinge nicht sprechen, wird sich die Geschichte wiederholen. Die Seele deines Vaters wurde getötet; er würde sich im Grabe umdrehen, wenn …«

»*Ich* weiß, was sie sagt! Sie ist *meine* gottverdammte Mutter!« fauchte Georgian.

»Vielleicht hätte ich dieses Thema nicht anschneiden sollen …«, setzte Tor an. Aber Lelia unterbrach ihn erneut.

»Glyzinie«, sagte sie.

»Wie bitte?« Tor sah sie verwirrt an.

»Glyzinie – das ist der Name«, erläuterte Lelia.

»Glyzinie – das ist der Name der Blume, die Lelia so bewunderte«, erklärte ich Tor. Als er nicht antwortete, fügte ich hinzu: »In Monets Garten in Giverny.«

»Ach so«, sagte Tor.

»Aus einem früheren Gespräch«, erklärte ich.

»Ganz recht«, sagte Tor.

»Ich würde dir gern etwas zeigen«, informierte mich Tor, als er den Wagen aus Lelias Tiefgarage herausfuhr und in die Park Avenue einbog.

»Jetzt? Großer Gott, es ist schon fast Mitternacht! Ich fliege morgen früh – hat das nicht noch Zeit?«

»Keine Sorge, es dauert nicht lange«, versicherte er mir. »Es handelt sich um etwas, das ich mir gekauft habe. Ich möchte wissen, ob du es für eine gute Investition hältst.«

»Wenn du es schon gekauft hast – was macht es dann noch für einen Unterschied, was ich davon halte? Es geht doch wohl nicht um die Art von Investition, die man nur aus den Tiefen eines Sofas heraus begutachten kann?«

»Nichts läge mir ferner, als – zu diesem späten Zeitpunkt – deine makellose Tugend zu beflecken.« Er lachte. »Glaub mir, um *diese* Investition ganz zu würdigen, braucht man Hunderte von Metern offenen Geländes.«

»Es ist draußen? Das ist doch wohl ein Witz – heute abend? Wohin fahren wir? Das ist der Weg zur Brücke!«

»Genau. Wir fahren nach Long Island, wohin sich zu dieser Jahreszeit kein zivilisierter Mensch verirrt. Aber wir beide waren noch nie so besonders zivilisiert, oder?« Er zauste mir mit einer Hand das Haar und bog auf die Auffahrt zur Brücke ein.

Als ich aufwachte, scheinbar Stunden später, lag ich mit dem Kopf in Tors Schoß. Er hatte den Mantel ausgezogen, ihn um mich herum festgesteckt, und er strich mir geistesabwesend übers Haar.

Ich setzte mich auf und spähte durch die vereisten Fensterscheiben. Vor uns spiegelte sich der Mond in der glänzend schwarzen Oberfläche des Meeres. Zumindest sah es so aus wie das Meer. Aber dann bemerkte ich, daß es sich um eine Art Teich oder See handelte, und was ich für Wasser gehalten hatte, war in Wirklichkeit schwarzes Eis. Eingebettet in das Eis waren mehrere Dutzend Boote.

»Wie können die Leute nur ihre Boote hier draußen lassen?« fragte ich. »Gehen sie nicht kaputt, wenn sie so einfrieren?«

»Ja, sie würden kaputtgehen – wenn es normale Boote wären«, stimmte er mir zu. »Aber das hier sind magische Boote: Eisboote. Und das dort vorn mit dem hohen roten Mast ist meins.«

»Ein Eissegler – das ist deine Investition?« fragte ich.

»Komm, ich zeige ihn dir.«

Wir stiegen aus, in unseren Abendkleidern, und gingen über den verharschten Schnee. Die Luft war kälter, als ich gedacht hatte, und der Wind trieb den Schnee vor sich her – bewegte ihn vor und zurück über die Eisfläche. Das gab dem See ein märchenhaftes Aussehen. Ich mußte an die Geschichte von der Schneekönigin denken, die mit ihrem Schlitten über den Himmel zieht – und Eissplitter auf die Erde herabsendet, welche die Herzen der Kinder gefrieren lassen.

»Weißt du«, erklärte Tor gerade, während er mir auf den Anleger hinaufhalf, wo der Wind stärker zu sein schien, »dieses Boot ist extrem leicht gebaut. Es hat ein Segel und zwei Kufen …«

»Wie Hans Brinkers Rennschlittschuhe«, sagte ich.

Er schloß eine Klappe im Bootsdeck auf, zog etliche Meter gefaltetes Segeltuch heraus und begann, es auszubreiten.

»Das ganze funktioniert im Prinzip wie ein Segelboot; der Vortrieb kommt durch den Wind. Aber weil wir auf einer Oberfläche dahingleiten, die glatt ist und wenig Widerstand bietet, sind wir viel schneller als ein Boot auf dem Wasser und brauchen weniger Wind.«

»Warum ziehst du das Segel auf?« fragte ich. »Du hast doch nicht vor, *jetzt* damit hinauszufahren?«

»Setz dich«, sagte Tor zu mir und schob mich in einen Sitz. »Und schnall dich an.«

Ich befestigte den Sicherheitsgurt, während er routiniert mit dem Segel hantierte. Plötzlich erschien das wunderschöne schwarze Eis bedrohlich. Mit erschreckender Deutlichkeit konnte ich mir vorstellen, wie es sich anfühlen würde, herausgeschleudert zu werden und hilflos über die Oberfläche zu gleiten, während die scharfen, zackigen Zähne des Eises mich zerfetzten – oder an einer dünnen Stelle hineinzufallen und bei arktischen Wassertemperaturen unter der dunkel dräuenden Oberfläche abgeschnitten zu sein.

»Das wird dir riesigen Spaß machen«, versicherte Tor mir und lächelte, als er an einem Tampen zog und ihn um eine Klampe legte.

Das Segel schlug scharf in den Wind – mein Kopf wurde zurückgerissen, und das Boot schoß hinaus auf den See. Wir nahmen so schnell und so leise Geschwindigkeit auf, daß ich mehrere Sekunden brauchte, ehe ich begriff, *wie* schnell wir uns bewegten.

Als ich mich umwandte und das Gesicht in den Wind hielt, peitschte er schmerzhaft gegen meine Augenlider. Schneenadeln von der eisigen Oberfläche des Sees wurden mir ins Gesicht getrieben und brannten auf der Haut. Ich hielt die Augen geschlossen, während ich spürte, wie die Kälte mich attackierte. Als ich versuchte zu sprechen, sog ich Eis wie spitzige Enterhaken in meine Lungen.

»Wie *wendet* man mit diesem Ding?« brüllte ich gegen das Heulen des Windes an.

»Ich verlagere mein Gewicht oder verändere die Segelstellung«, sagte Tor, während das Knattern des Eises gegen den Rumpf zunahm. »Oder ich kann das Ruder ein wenig bewegen, mit diesem Hebel hier.« Er klang so ruhig und gelassen, daß ich versuchte, mich sicher zu fühlen.

Wir flogen jetzt so schnell über das Eis dahin, daß ich fürchtete, wir würden bald abheben. Der Klumpen Angst in meinem Magen fing an zu brennen wie kaltes, eisiges Metall, als er sich in reinen Terror verwandelte. Wasser von den Eisnadeln schoß mir aus den Augen; ich fragte mich, wie Tor ohne Schutzbrille überhaupt etwas sehen konnte.

Als ich den Sitz losließ, um mir die Augen zu wischen, veränderten wir ein ganz klein wenig unseren Kurs. Das Herz schlug mir bis zum Hals, als ich sah, daß wir jetzt geradewegs auf das gegenüberliegende Ufer zuliefen. Während die Kante aus gefrorenem Gras, Felsen und Bäumen mit halsbrecherischer Geschwindigkeit auf uns zusauste, hatte ich das Gefühl, als hätten wir in den höchsten Gang geschaltet.

Das Land näherte sich so schnell, daß ich gar nicht glauben mochte, daß Tor sah, was passierte – ich wollte laut aufschreien. Eisstücke knatterten gegen den Rumpf wie Maschinengewehrfeuer, und eine Schneedecke nahm mir die Sicht, während wir immer schneller wurden. Jetzt konnte ich flüchtig Bäume und Felsen sehen, die uns über das Eis hinweg anzuspringen schienen – und ich begriff mit plötzlich aufkeimender Hysterie, daß es zu spät zum Wenden war!

Ich spürte ein würgendes, brennendes Gefühl im Hals; das Blut pochte – nein, dröhnte – tief in meinen Augenhöhlen. Ich krallte mich an der Seitenwand des Bootes fest, als wäre ich an meinem Platz festgewachsen, und zwang mich zuzusehen, wie wir völlig unkontrolliert auf die tödliche schwarze Küstenlinie zurasten. In dem Augenblick, als der Aufprall kommen mußte, krampfte sich mein Magen übelkeiterregend zusammen.

Doch wir wurden zur Seite weggerissen. Tor verlagerte sein Gewicht, das Boot beschrieb eine saubere, enge, schwungvolle Kurve und folgte elegant der Küstenlinie. Die Zeit schien stillzustehen, und in jenem Moment konnte ich das laute Schlagen meines Herzens hören.

Als wir die Kurve hinter uns ließen, spürte ich, wie ein heißer Adrenalinstoß meinen Körper durchflutete und das Blut wieder zurück in Herz und Lungen pumpte.

»Hat es dir gefallen?« fragte Tor fröhlich gutgelaunt. Er schien gar nicht zu bemerken, daß ich aufgeregt war.

Meine Beine und mein Rückgrat waren weich wie Spaghetti. Nie zuvor hatte ich solche Angst empfunden. Ich war wütend –

und ich fragte mich, ob es möglich war, ihn zu ermorden und trotzdem heil wieder an Land zu gelangen.

»Jetzt, nachdem wir uns ein bißchen warmgemacht haben, laß uns etwas *wirklich* Aufregendes ausprobieren, ja?« schlug er vor.

Ich war mir sicher, daß mein Herz kaum noch mehr Aufregung vertragen würde. Aber ich war so benommen und durcheinander, daß ich nicht sprechen konnte. Außerdem befürchtete ich, daß jedes Zeichen von Schwäche meinerseits die Tortur nur verlängern würde. Tor liebte es, meine Nervenstärke auf die Probe zu stellen.

Ohne auf eine Antwort zu warten, stellte er das Segel wieder in den Wind, und wir nahmen Geschwindigkeit auf. Schon bald bewegten wir uns so schnell, daß das Ufer neben uns nur noch ein verschwommener Eindruck in meinem Augenwinkel war. Aber solange wir uns unter Land hielten, wirkte alles behaglich und sicher genug. Erst als Tor plötzlich auf den See hinausschwenkte, schien sich die riesige schwarze Fläche vor mir auszudehnen wie der dunkle, weit geöffnete Rachen des Todes.

»Diese Eissegler können mehr als hundert Knoten laufen«, sagte er beiläufig, wobei er die Stimme über dem monotonen Heulen des Windes anhob.

»Wieviel ist ein Knoten?« zwang ich mich zu fragen – obwohl ich es gar nicht wissen wollte. Ich hoffte, wenn ich ihn nur in ein Gespräch verwickeln könnte, würde er vielleicht seine Idee, ›etwas wirklich Aufregendes auszuprobieren‹, vergessen.

»Eine nautische Meile«, sagte er, »rund hundertachtzig Kilometer in der Stunde. Hundertzwanzig Stundenkilometer sind wir schon gelaufen.«

»Wie aufregend«, sagte ich, aber meine Stimme verriet, wie mir zumute war.

Tor betrachtete mich aus dem Augenwinkel. »Du hast doch keine Angst?« fragte er.

»Red keinen Unsinn«, erwiderte ich, während mir gleichzeitig das Blut heiß in den Kopf stieg. Ich war mir sicher, daß ich das Bewußtsein verlieren würde.

»Großartig! Dann legen wir richtig los – und fangen an zu *fliegen!*« sagte er voller Übermut.

Mein Gott, ich werde sterben, dachte ich.

Die Segel schienen zum Bersten gefüllt – der Schnee, der vor dem Bug aufstob, war so dicht, daß er einen isolierenden Tunnel bildete, der uns ganz und gar die Sicht nahm. Wir befanden uns in einer Kissenhülle aus alles erstickendem Schnee, während ich Augen und Ohren aufriß, um noch etwas mitzubekommen. Die Stille und die Blindheit waren noch viel erschreckender als das, was sie verhüllten.

Plötzlich verschwand der Schnee – und mir blieb das Herz stehen.

Wir waren fast am Anleger! Vor uns ragten die anderen Segler auf, die uns wie grauenerregende, lüstern zu uns herschielende Monster erwarteten! Als wir in sie hineinrasten, ließ Tor den Eissegler auf die Seite kippen. Wäre ich nicht angeschnallt gewesen, hätte es mich herausgeschleudert und ich wäre mit dem Kopf aufgeschlagen. Die Kurve war so eng, daß ich mir sicher war, die Kufen würden unter uns wegrutschen, und wir würden in den Anleger krachen. Einen schrecklichen Moment lang berührte mein Kopf fast das Eis, als uns die Schwerkraft immer weiter nach unten zog. Dann wandten wir uns scharf in die entgegengesetzte Richtung und glitten auf einer sanften, sicheren Kreisbahn auf den Anleger zu.

Ich rang buchstäblich nach Atem – schluckte begierig Luft in mich hinein –, damit ich nicht ohnmächtig wurde. Tor kurvte auf einem eleganten Slalomkurs vor und zurück, dessen einzelne Bögen nach und nach immer weiter wurden. In dem Moment, als wir das Ufer erreichten, ließ er das Segel fallen, und das Boot glitt auf einer überraschenden Diagonalen an seinen Liegeplatz. Tor sprang vom Deck auf den Anleger, um es festzumachen.

Ich war wie festgefroren – starr vor Angst – so erschüttert, daß ich kaum stehen konnte. Als er nach meiner Hand griff, wußte ich nicht, ob ich überhaupt in der Lage sein würde, mich zu bewegen. Doch als ich auf die Füße stolperte und Tor mir auf den Steg hinaufhalf, wurde ich plötzlich von aufsteigender Hitze überrascht – eine starke, glühende Wärme durchflutete mich, die alles andere war als Aufregung oder Hysterie. Es dauerte einen Moment, ehe ich begriff, was es war. Es war Euphorie.

»Das hat mir gefallen«, sagte ich laut und überraschte mich selbst damit.

»Ja, das habe ich mir fast gedacht«, sagte Tor. »Kannst du mir sagen, warum?«

»Ich glaube, es war die Angst«, platzte es aus mir heraus, und ich fragte mich, wie das möglich sei.

»Genau – die Angst vor dem Tod ist die Bejahung des Lebens«, erklärte er mir. »Männer wissen das. Aber Frauen – fast nie. Ich habe es dir gleich in jener ersten Nacht angesehen – wie du da im Korridor standst – wie ein verlorenes Kind. Du hattest so viel Angst, daß du regelrecht zusammengefahren bist, als ich dich ansprach. Du hattest auch Angst davor, was mit deiner Arbeit passieren würde – aber deine Angst hat dich nicht gelähmt. Ich streckte dir meine Hand entgegen, und du hast sie genommen. Du hast dich ihnen allen entgegengestellt, ganz allein.«

Er lächelte und nahm mich in die Arme. Es dauerte eine Sekunde zu lange, ehe er mich losließ; die Wärme seines Körpers durchdrang meinen dicken Mantel, sein Gesicht lag in meinem Haar. Ich bekam plötzlich Angst – fühlte Panik aufsteigen –, obgleich ich den Grund nicht begriff.

»Darum habe ich dich gewählt«, sagte er schließlich.

»Mich gewählt?« fragte ich und befreite mich, um ihn anzusehen. »Was in aller Welt meinst du?«

»Du weißt ganz genau, was ich meine«, entgegnete er.

Tor sah selbst etwas mitgenommen aus. Das schwache Mondlicht ließ seine blasse Haut und sein Haar silbern erscheinen. Diesen Gesichtsausdruck hatte ich noch nie an ihm gesehen.

»Vielleicht bin ich zu sehr abgestumpft«, sagte er zu mir. »Ich habe mich von den Menschen in meiner Umgebung immer gelangweilt gefühlt. Das Leben birgt für einen Verstand wie den meinen keine Herausforderungen mehr. Ich habe dich vermißt, meine Liebe. Und ich freue mich, daß du schließlich doch zurückgekommen bist.«

»Ich bin nicht *zurückgekommen*«, sagte ich und spürte das heftige Klopfen in meiner Brust. Das Dröhnen in meinen Ohren stammte wohl von der schnellen Fahrt mit dem Eissegler.

»Außerdem dachte ich, *ich* wäre diejenige mit den abgestumpften Gefühlen – das hast du zumindest immer gesagt.«

»Deine Gefühle sind nicht abgestumpft – sie sind unterdrückt«, entgegnete er kühl. »Wie kann etwas abgenutzt sein, wenn es nie gebraucht wird?«

Er machte auf dem Absatz kehrt und ging auf den Wagen zu. Ich stolperte hinter ihm her in meinen lächerlichen, unpassenden Ausgehschuhen. Es war erstaunlich, daß ich sie nach der wilden Wirbelei überhaupt noch an den Füßen trug.

»Meine Gefühle sind gebraucht worden«, rief ich ihm nach.

Ich sah, daß er die Tür öffnete, und rannte durch das Schneegestöber darauf zu.

»Ich habe auch ein Gefühl, das gleich gebraucht wird«, sagte er und schob mich ins Auto. »Es ist ein Gefühl der Wut – und du weckst dieses Gefühl in mir so häufig, daß ich mich frage, warum ich dich noch nicht übers Knie gelegt habe!« Die Tür wurde kräftig zugeschlagen.

Tor stieg auf seiner Seite ein und zog sich die Handschuhe an. Er sagte nichts, während er den Motor startete und den Wagen warmlaufen ließ. Ich konnte sehen, wie von meinem Atem die Fensterscheiben beschlugen, und wußte nicht, was ich sagen sollte.

»Ich glaube, es ist eine gute Investition«, meinte ich schließlich.

»Was, glaubst du, ist eine gute Investition – daß ich die Beherrschung verliere? Oder schlägst du vor, ich soll mir einen Rohrstock kaufen?«

»Nein, ich meine den Eissegler«, sagte ich. »Ich glaube, er ist eine gute … warum lachst du so? Hast du mich nicht deshalb hierher mitgenommen?«

Er wischte sich die Tränen aus den Augen.

»Schön – der Eissegler ist eine ausgezeichnete Investition. Die Bankerin des Jahres hat ihre Zustimmung gegeben. Ich freue mich, daß er dir gefällt, meine Liebe – er steht dir jederzeit zur Verfügung.«

»Sei nicht albern«, entgegnete ich und zündete mir eine Zigarette an, um mich von meinen Gefühlen zu distanzieren. »Ich kann mit einem Eissegler nichts anfangen – ich lebe in San Francisco. Und da werde ich auch bleiben.«

»Du lebst in deiner Fantasiewelt«, fauchte Tor in einem Tonfall, den ich noch nie an ihm gehört hatte.

Er fuhr abrupt an und bog auf die Straße ein, so daß der Schnee in Wolken aufwirbelte.

Ich betrachtete sein grimmiges Profil, das sich gegen die schwache, grünliche Beleuchtung des Armaturenbretts abzeichnete. Es dauerte eine Weile, ehe ich mich überwinden konnte zu sprechen.

»Ich verstehe dich nicht«, sagte ich schließlich. »Ich habe dich noch nie verstanden. Du sagst, du willst mir helfen – aber du *scheinst* mich besitzen zu wollen. Du machst aus mir immer etwas anderes, ein Bild in deinem Kopf, aber ich weiß nicht warum. Ich begreife nie – warum.«

»Ich auch nicht«, gestand er ruhig ein. Dann flüsterte er noch einmal, wie zu sich selbst: »Ich auch nicht.«

Eine Zeitlang fuhren wir schweigend dahin. Sehr viel später sah ich ihn lächeln.

»Ich schätze, ich betrachte dich so wie du den Eissegler«, meinte er, sah mich im Halbdunkel an und lächelte. »Vielleicht bist du eine gute Investition.«

VERHANDLUNGEN

Eine sehr gute Taktik bestand, wie ich herausfand, darin, erst mit dem Bauern um den Preis zu feilschen und ihn, soweit es möglich war, zu drücken. Denn, so seltsam dies auch klingen mag, es veranlaßt den Bauern, dir zu trauen.

Ich hatte beizeiten gelernt, daß man, wenn man keinen Honig im Topf hat, ihn im Munde führen muß.

– Bouck White, THE BOOK OF DANIEL DREW

Als mein Flugzeug zur Landung in San Francisco ansetzte, war die Luft immer noch von Sonnenschein erfüllt, die Bucht war immer noch blau, die kleinen Häuser auf den Hügeln trugen immer noch Pastellfarben, und die Eukalyptusbäume schwankten immer noch leise in einem lauen Lüftchen. Die sintflutartigen Regenfälle der letzten Wochen hatten alles noch sauberer gewaschen, als es zuvor gewesen war.

Pearl und Tavish warteten vor dem Flughafengebäude auf mich in Pearls grünem Bomber. Sie trugen beide farblich abgestimmte T-Shirts mit der Aufschrift ›Geprüfte Qualität‹. Doch ich hatte nicht daran gedacht, daß es problematisch werden könnte, drei Leute und Gepäck in einem Wagen zu verstauen, der so konstruiert war, daß man zum Einsteigen einen Dosenöffner brauchte.

»Wir überlassen es Bobby, das Problem zu lösen«, sagte Pearl und sprang aus dem Wagen, um mich zu umarmen. »Männer sind für solche niedrigen Arbeiten sehr viel besser geeignet.«

»In Schottland«, brummelte Tavish vor sich hin, als er meine Taschen nahm, »tragen die Frauen die Kohleneimer, während wir Männer uns in die nächste Kneipe zurückziehen – und uns Gedanken über die Verteilung der Arbeit in der Gesellschaft machen.«

Schließlich lösten wir das Problem jedoch gemeinsam. Die Taschen wurden in Ecken und Winkel verstaut, wo immer sich

Platz bot, und Tavish ließ sich – ein wenig heikel – zwischen uns über dem Schalthebel nieder.

»Da ist etwas, was ich euch beiden erzählen muß«, gestand ich, als Pearl auf die Autobahn hinausschoß und einen neuen Überschallrekord im Straßenverkehr aufstellte. »Ich habe den Qualitätsausschuß nicht nur eingerichtet, um die Sicherheitsvorkehrungen zu überprüfen und zu beweisen, daß Kiwi und alle anderen im Unrecht sind. Eigentlich habe ich vor, die Bank auszurauben.«

»Das hast du mir schon erzählt.« Pearl lächelte gequält. »Aber keiner kann sich vorstellen, daß du deine Karriere in den Sand setzt, Süße, nur um etwas zu beweisen. Warum schreibst du nicht statt dessen ein Buch darüber?«

»Die Dinge sind jetzt noch komplizierter geworden«, erklärte ich ihr. »Ich will nicht nur etwas beweisen – ich bin eine Wette eingegangen, daß ich es *kann.*«

»Das wird ja immer seltsamer«, sagte Tavish, der zwischen uns eingeklemmt war, mit dumpfer Stimme. »Sie haben gewettet, daß Sie ungestraft die Bank ausrauben können, und *ich* wette, daß wir alle im Gefängnis landen werden, ohne – wie ihr Amerikaner sagt – über Los zu kommen! Sie müssen völlig verrückt sein, Madame.«

»Oh, Scheiße«, sagte Pearl und warf einen unbehaglichen Blick in den Außenspiegel. »Wir bekommen Gesellschaft.«

Sie bog von der Autobahn ab, öffnete schwungvoll ihre Tür und sprang heraus, wobei sie ihr T-Shirt nach unten zog und ihre ›qualitätsgeprüften‹ Waren ins rechte Licht rückte.

Ich machte einen langen Hals, um über meine Schulter und Tavishs Knie hinweg einen besseren Blick auf den großen, gutaussehenden – und sehr jungen – Streifenpolizisten zu ergattern, der ruhig auf uns zuschlenderte, einen Block Strafzettel in der Hand.

»Ich fahre seit dem Flughafen hinter Ihnen her, Ma'am«, sagte er zu Pearl, als er weit genug herangekommen war. Gleichzeitig spähte er zu Tavish und mir nach drinnen – zwei Sardinen in der Dose. »Sie haben zu viele Beifahrer in Ihrem Wagen – das ist gefährlich. Ich werde Sie deswegen vorladen müssen. Ständiges Hin- und Herpendeln im Straßenverkehr, Geschwindigkeitsüberschreitungen, rücksichtslose Fahrweise – sie fuhren eine Zeitlang auf dem Seitenstreifen der Autobahn – keine Sicherheitsgurte im Fahrzeug ...« Er klappte seinen Block auf und schüttelte den Kopf.

»Meine Güte ... *was* für eine schicke Uniform, Officer!« sagte Pearl und rieb den Stoff seiner Jacke prüfend zwischen den Fingern. »Ist das ein neues Modell?«

Der Streifenpolizist ließ seinen Block fallen, und sie hob ihn schnell auf und reichte ihn mit einem Lächeln zurück. Ich hatte den Eindruck, er errötete, aber ich war mir nicht sicher. Ich hatte noch keinen Polizisten gesehen, der es mit Pearl aufnehmen konnte.

»Ja, Ma'am«, antwortete er gerade. »Wenn ich also bitte Ihren Führerschein und den Fahrzeugschein sehen dürfte ...«

»Sie sitzt so *gut*. Lassen Sie Ihre vom Schneider anfertigen?« Unser Glück, wenn Pearl nicht auf der Stelle wegen öffentlichen Sichanbietens verhaftet wurde. »Officer, ich muß mich wirklich entschuldigen – aber um die Wahrheit zu sagen, ich hatte Schwierigkeiten mit meinem Wagen. Es fällt mir so schwer, soviel Kraft unter Kontrolle zu behalten. Manchmal scheinen einem Dinge mit zuviel Power einfach aus der Hand zu gleiten, wenn Sie wissen, was ich meine.«

»Das *ist* ein Hochleistungsfahrzeug«, stimmte er zu. »Ich weiß, daß es ein Lotus ist, aber so einen habe ich noch nie gesehen.«

»Sie müssen viel über Autos wissen«, sagte Pearl voller Bewunderung. »Ich gehöre zum Lotus Club – dies ist ein Sondermodell – es gibt nur fünfzig solcher Wagen weltweit. Das hätten nicht viele Leute erkannt.«

»Ich habe beim Militär als Mechaniker gearbeitet«, erzählte er bescheiden.

»Oh, Sie waren in der Armee«, sagte Pearl. »Sie sehen viel zu jung aus, um schon Ihren Militärdienst geleistet zu haben! Aber vielleicht können Sie mir sagen, wonach ich bei der nächsten Inspektion fragen muß – damit mir der Wagen nicht wieder so aus der Hand gleitet?«

»Möchten Sie, daß ich einen Blick unter Ihre Motorhaube werfe?« erkundigte er sich höflich und steckte den Block mit dem Strafzetteln ein.

Tavish und ich blickten uns an und grinsten.

»Ich kann Ihnen gar nicht *sagen*, wie sehr mich das freuen würde«, sagte Pearl und führte ihn nach vorn, damit er sich ihre Maschine anhören konnte.

Unser Mittagessen nahmen wir unter den gefiederten Palmen und dem gewölbten Glasdach des *Palace's Palm Court* ein – Eier Benedikt, Ramos-Cocktails und Unmengen dunklen, starken Kaffees. Als die Kellner damit fertig waren, unsere Wassergläser nachzufüllen, waren wir unter uns.

»Mir scheint, Sie haben sich die richtige Freundin als Helfershelferin für Ihr Verbrechen ausgesucht«, bemerkte Tavish. »Wir durften soeben Zeuge sein, wie Mademoiselle Lorraine ungestraft die Hälfte der Straßenverkehrsvorschiften dieses Staates verletzt hat – *und* wie sie versucht hat, einen Polizeibeamten zu bestechen. Mit ihrem Körper!«

»Er war ein Streifenpolizist«, verbesserte Pearl. »Kalifornien hat die süßesten Streifenpolizisten von allen amerikanischen Bundesstaaten, und – glauben Sie mir – ich habe da Erfahrung. Ich liebe es, wenn sie mich so zur Seite nehmen.«

Das Restaurant war fast leer – mit seinem Meer aus gelbgoldenem Teppichboden, marmornen Säulen und steifen weißen Tischdecken, die nach dem mittäglichen Ansturm wieder in ihren tadellos eleganten Zustand zurückversetzt worden waren. Es war soweit.

»Ich möchte mit euch beiden Klartext reden«, sagte ich. »Noch letzte Woche hatte ich einen sehr wichtigen Job bei der Bundesreservebank in Aussicht: als Leiterin der Sicherheitsabteilung. Mein ganzes Leben lang habe ich daran gearbeitet, die beklagenswerte Art und Weise, wie Banken geführt werden, zu verbessern – zumindest soweit das meine schwachen Kräfte zuließen. Aber jetzt sitze ich fest; da, wo ich bin, kann ich nicht höher klettern, und das weiß ich auch. Es gibt keine weiblichen geschäftsführenden Vizepräsidenten bei der Bank, keine Frauen im Vorstand. Es ist unwahrscheinlich, daß ich lange genug leben werde, um unter diesen Umständen eins meiner Ziele zu erreichen. Das wäre aber vielleicht möglich gewesen, und zwar bei der *Fed*.«

»Was ist passiert?« fragte Tavish.

»Was glauben Sie? Kiwi hat den Job für mich abgeschossen – und raten Sie mal, warum?«

»Sie würden ihm sofort im Nacken sitzen, damit er all die Dinge tut, die er bis jetzt immer abgelehnt hat«, sagte Tavish. »Zum Beispiel fünfzig Cents für irgendeine Art von Kontrolle auszugeben.«

»Es dreht sich also um eine Vendetta«, sagte Pearl und lächelte. »Du willst, daß wir dir helfen, seine Systeme zu plündern, um zu beweisen, daß er ein Idiot ist.«

»Ich glaube, so hat es angefangen«, gestand ich ein. »Aber ich habe seither noch mehr in Erfahrung gebracht. Kiwi ist nur die Spitze des Eisbergs – aber es gibt viele andere, die genauso sind wie er. Ich will sie alle erwischen, aber ich brauche eure Hilfe.«

»Verstehe ich Sie richtig?« sagte Tavish und nippte an seinem Kaffee. »Wir stellen alle skrupellosen Banker der Welt bloß – zwingen die Gemeinschaft der Banker weltweit, sich alle auf einen Schlag wie Gentlemen zu benehmen – einfach indem wir beweisen, daß wir in ein kleines System hier bei der *Bank of the World* eindringen können?«

Er war ein Zyniker – aber mir war aufgefallen, daß er ›wir‹ gesagte hatte. Ich lächelte.

»Ich muß dem griesgrämigen Schotten zustimmen«, sagte Pearl. »Ich glaube, du hast dich von deinen Gefühlen hinreißen lassen – aber es ist noch nicht zu spät, um das Ganze zu stoppen. Es tut mir leid; ich hätte dir schon am Telefon sagen sollen, daß Tavish und ich in deiner Abwesenheit etwas getan haben, was einige deiner Pläne verändern könnte.«

»Wir mußten es tun«, meldete er sich zu Wort. »Wir hatten keine Ahnung, daß es Ihnen mit dieser verrückten Idee von dem Diebstahl ernst war. Wir hatten nur Angst, daß man Sie mitten im Winter nach Frankfurt schicken würde – und *wir* würden dasitzen und für solche Leute wie Kiwi und Karp arbeiten, ohne irgendwelchen Einfluß.«

»O nein«, sagte ich, und mein Mut sank. »Sagt schon, was ihr gemacht habt.«

»Wir haben einen offiziellen Bericht an den Vorstand geschickt«, sagte Pearl. »Mit der Empfehlung, daß der Qualitätsausschuß deiner Kontrolle entzogen werden sollte …«

Ich sah rot vor Wut; sie mußten mich beruhigen und mir noch einen Drink bestellen. Nach all meinem Ränke- und Pläneschmieden hatten sie – mit einem Schlag – nicht nur den Qualitätsausschuß, sondern auch meine Wette für mich verloren. Ich könnte sicherlich nicht noch einmal einen solchen Plan auf die Beine stellen, nicht in so kurzer Zeit – und nachdem dieser gescheitert war. Wenn ich keinen Ausweg fände, würde ich in einem Monat in New York für Tor arbeiten.

Sie entschuldigten sich tausendmal, betonten aber immer wieder, wie schlau sie gehandelt hatten. Schließlich hatte ich mich soweit beruhigt, daß sie mir genau erklären konnten, was sie eigentlich getan hatten.

»Wir haben nicht direkt gesagt, daß der Qualitätsausschuß nicht für *dich* arbeiten sollte«, versicherte Pearl mir. »Wir wußten, daß Kiwi vorhatte, sich den Ausschuß selbst unter den Nagel zu reißen – oder ihn vielleicht an Karp zu übergeben –, aber er mußte sichergehen, daß unsere Zielrichtung keins seiner eigenen Systeme berührte. Du wärst weit weg gewesen – in Frankfurt. Dagegen konnten wir nichts tun.«

»Daher haben wir dem Vorstand mitgeteilt«, sagte Tavish, »daß der Qualitätsausschuß – aufgrund des sensiblen Charakters unserer Arbeit – auf keinen Fall Managern verantwortlich sein sollte, die Systeme betreuen, die mit dem Transfer von Bargeld zu tun haben. Schließlich sind das die Systeme, auf die wir uns konzentrieren sollen, nicht wahr?«

»Wir dachten, wenn sie dir den Ausschuß wegnehmen, wäre Kiwi nicht so sehr daran gelegen, dich loszuwerden«, sagte Pearl. »Ich schätze, wir haben alles vermasselt?«

»Vielleicht nicht«, antwortete ich ihr. Ich war erschöpft, aber nicht mehr wütend; schließlich hatten sie in bester Absicht gehandelt. »Wißt ihr, wem sie den Ausschuß unterstellen wollen? Karp können sie ihn nicht geben – er hat auch mit Bargeldsystemen zu tun.«

Doch wenn ich darüber nachdachte, wußte ich, daß es keinen einzigen Banker gab, der die Verantwortung für eine Gruppe wie meine übernehmen würde, ohne ihren Auftrag derart zu verwässern, daß er nicht mehr wiederzuerkennen sein würde. Es war, als würde man in aller Öffentlichkeit die schmutzige Wäsche seiner Kollegen waschen.

»In unserem Bericht schlagen wir vor, daß wir *niemandem* verantwortlich sein sollten«, sagte Tavish. »Zumindest keinem offiziellen Fachgebietsleiter. Wir sollten über all dem stehen.

»Sie müssen euch aber irgendwo eingliedern«, sagte ich. »Ihr seid kein umherziehendes Wolfsrudel – ihr habt einen offiziellen Auftrag, abgesegnet durch das höchste Leitungsgremium der Bank.«

Aber natürlich – das war der Moment, in dem ich begriff. Noch war keine Entscheidung getroffen worden – vielleicht war es noch nicht zu spät.

»Was hieltet ihr davon, wenn ich selbst Mitglied des Qualitätsausschusses wäre – als Koordinatorin?« schlug ich vor. Sie starrten mich an.

»Süße«, sagte Pearl und legte ihre Hand auf meine. »Du müßtest deine ganze Abteilung aufgeben, um das zu tun. Du wärst wieder ganz am unteren Ende der Leiter, da wo sie alle den richtigen Absprung suchen. Weißt du, wie lange es dauern kann, da wieder herauszukommen?«

»Sie würden all das tun«, sagte Tavish, »nur um zu beweisen, daß Sie die Bank ausrauben können? Sie müssen wirklich verrückt sein.«

»Ich habe euch doch erzählt, daß ich eine Wette eingegangen bin«, sagte ich und mußte wieder einmal lächeln, als ich daran dachte. »Und in diesem Fall sind die Diebe vielleicht ehrbarer als die Banker. Der Ehrenmann, von dem ich spreche, hat gewettet, daß er ein besserer Dieb ist als ich. Und ich kann nicht zulassen, daß er damit recht behält.«

»Vielleicht ist die ganze Welt verrückt geworden«, philosophierte Tavish. »Wenn ich nur daran denke, daß noch letzte Woche Karp mein größtes Problem zu sein schien ...« Er blickte mich an und strich sich eine blonde Haarlocke aus dem Gesicht. »So, und wer ist nun dieser teure Freund von Ihnen der glaubt, er kann – und sollte – mehr Geld stehlen als Sie?«

»Habt ihr von Dr. Zoltan Tor gehört?« fragte ich.

Die beiden schwiegen einen Moment lang.

»Sie machen einen Witz«, sagte Tavish und sah mich fassungslos an. »Ist er noch am Leben?«

»Ich habe gestern mit ihm in New York zu Abend gegessen«, versicherte ich ihm. »Wir kennen uns seit zwölf Jahren.«

»Ich habe alle Bücher von Dr. Tor gelesen«, sagte Tavish ganz aufgeregt zu Pearl. »Er ist ein Genie – ein Alleskönner. Seinetwegen habe ich angefangen, mich mit Computern zu beschäftigen, als ich noch ein Kind war. Großer Gott, wie gern würde ich den Mann kennenlernen! Aber er muß mittlerweile schon senil sein.«

»Tattert vor sich hin im zarten Alter von neununddreißig Jahren und sieht dabei noch recht gut aus«, stimmte ich lächelnd zu. »Sie haben gefragt, wer mit mir gewettet hat. Ich fürchte, dies ist die Art Spiel, die Tor am liebsten spielt.«

Ich berichtete ihnen, was sich ereignet hatte, und sie hörten sich alles schweigend an. Als ich fertig war, strahlte Tavish von einem Ohr zum anderen. Pearl schlug die Hände vors Gesicht.

»Süße, du schießt wirklich den Vogel ab«, sagte sie zu mir. »Seit Jahren halte ich dir vor, daß du eine spießige Trantüte bist. Ich nehme alles zurück; du bist keine x-beliebige Bankerin im grauen Flanellanzug, wenn du bereit bist, alles für eine solche Herausforderung aufs Spiel zu setzen.«

»Es geht nicht nur um die Herausforderung«, sagte Tavish zu meiner Verteidigung. »Es ist eine Frage des Prinzips – und offengestanden, ich glaube, sie hat recht. Jetzt tut es mir leid, daß wir den Brief geschrieben haben, und ich hoffe, wir haben nicht alles vermasselt. Ich würde Ihnen gern helfen, die Wette zu gewinnen.«

»Vielleicht habt ihr richtig gehandelt, als ihr den Brief geschrieben habt«, erwiderte ich. »Wie auch immer, jetzt können wir doch nichts anderes mehr tun, als das Ganze irgendwie zum Laufen zu bringen. Arbeiten wir zusammen?«

Sie legten beide auf dem Tisch ihre Hand auf meine.

»Dann laßt uns gleich eine Kopie von dem besagten Brief beschaffen, damit ich ihn lesen kann. Bis Montag müssen wir klar sehen.«

Montag, der 7. Dezember, war der Anfang der dritten Woche seit meinem Opernabend. Er schien eine Ewigkeit zurückzuliegen.

Pavel stand an der Tür zu meinem Büro, eine Kaffeetasse in der Hand. Ich überreichte ihm sein Geschenk, das ich aus New York mitgebracht hatte, verpackt in einer himmelblauen Tiffany-Schachtel. Er tauschte die Tasse gegen die Schachtel und folgte mir in mein Büro, während er das weiße Seidenband aufknotete.

»*Die göttliche Sarah!*« rief er aus, als er das alte Foto von Sarah Bernhardt in seinem silbernen Art Déco-Rahmen sah, das Lelia mir geschenkt hatte. »Das ist aus Oscar Wildes *Salome*, unmittelbar bevor sie dem abgeschnittenen Kopf des Täufers ihre Liebe erklärt! Das ist großartig – ich werde es zu Hause auf meinen Frisiertisch stellen. Aber da wir gerade von abgeschnittenen Köpfen sprechen – ich hoffe, Sie wissen, was mit *Ihrem* Kopf passieren soll! Lord Willingly hat die Woche über einen echten Koller gehabt – eingerollt zum Winterschlaf, dunkle Sonnenbrille wie ein Filmstar, die Vorhänge zugezogen, ›Bitte-nicht-stören‹-Schilder an der Tür – er will Sie gleich als erstes sehen. Es scheint, er ist bei Ihrem kleinen Qualitätsausschuß übergangen worden. Ich habe mein Ohr ständig an der Wand, wissen Sie.«

»Ich bin noch nicht da«, erwiderte ich und schlürfte die lauwarme Droge in mich hinein.

»Ich fürchte, Sie sind es doch«, informierte mich Pavel und verzog das Gesicht. »Da gibt es noch ein größeres Problem. Lawrence hat heute früh angerufen, fast noch im Morgengrauen – ich war gerade erst zur Tür hereingekommen. Er sagt, Sie sollen als allererstes heute morgen zu ihm hinaufgeschickt werden. Es scheint, die Löwen streiten sich *tatsächlich*, wenn es nur einen Christen zum Mittagessen gibt.«

Lawrences Büroräume befanden sich im obersten Stockwerk – eine Ansammlung von Zimmern mit Glaswänden, die wie eine Festung aus Ritterzeiten den Blick über die Stadt freigaben.

Im Bankwesen wird Macht in Metern Teppichlänge gemessen, und Lawrence hatte den gesamten verfügbaren Vorrat an grauem *Broadloom* aufgekauft. Es dauerte zehn Minuten, die

Entfernung von seiner Bürotür bis zu seinem Schreibtisch zurückzulegen; aber ich war schon früher bei ihm gewesen, daher war ich mit den Fallstricken der Überquerung vertraut. Wenn man dabei zu früh die Hand ausstreckte, sah man aus wie eine Gans, die bei starkem Wind versucht, von der Seeoberfläche abzuheben – tief in Verlegenheit, ehe das Ziel erreicht war.

Von den vielen Führungskräften der *Bank of the World* war Lawrence der einzige, der sich niemals mit Winkelzügen und Intrigen abgab – er schätzte keinen Klatsch und Tratsch. Lawrence hielt nichts davon, anderen das Wasser abzugraben, er hatte sie lieber völlig in der Hand. Er war der Meister des totalen *mind fuck* – ein Ausdruck unter Bankern, der soviel besagte wie: Was du nicht willst, das man dir tu', das füg erst einem andern zu.

Sein Büro war die wichtigste Waffe in diesem Spiel. Er hielt dort gern Konferenzen ab, wann immer sich die Gelegenheit bot. Wenn man dieses Niemandsland betrat, umgab einen das Fehlen jeglicher Farbe wie ein vom Nebel verhülltes Schlachtfeld. Alles war neutral gehalten – in Abstufungen von Grau und Graubraun –, so daß man das Gefühl hatte, den Boden unter den Füßen zu verlieren, ohne daß man überhaupt wußte, wo der Boden eigentlich war.

Die üblichen persönlichen Kleinigkeiten fehlten – auf dem Schreibtisch lagen keine Papiere verstreut, weder Diplome noch Bilder hingen an der Wand, es standen keine Fotos von Frau und Kindern im Regal – da war nichts, worauf das Auge ausruhen konnte. Der Effekt kam einer lähmenden Waffe gleich, die auf deine Psyche gerichtet wurde, alles wirkte so zurückhaltend, daß es praktisch überhaupt nicht vorhanden war. Alles außer Lawrence.

Gegen diese Leere hob sich seine Persönlichkeit ab wie eine harte, kalte Flamme – ein Mann ohne Bindungen, ohne dumme Emotionen, die seine Entscheidungsfreude behindern könnten. Er war vierzig, schlank, gutaussehend und tödlich.

Als ich sein Büro betrat, trug er einen grauen Anzug und eine Brille mit Goldrand. Sein aschblondes Haar – an den Schläfen bereits silbergrau – glänzte im Sonnenlicht, das durch die Glaswände hereinfiel. Er erhob sich und betrachtete mich ausdruckslos, als ich den Raum durchquerte – so wie eine Spinne ein Insekt betrachten mag, das im Begriff ist, sich in ihrem Netz zu verfangen – ohne besonderes Interesse, ob es sich um ihr Mittag- oder Abendessen handelte. Lawrence war ein Raubtier, aber keines von der üblichen Art. Er gehörte zu der Sorte, die aus Instinkt tötet, nicht um zu überleben: für ihn war das ein rein mechanischer Vorgang.

»Verity, es tut mir leid, daß ich Sie so kurzfristig zu mir rufen mußte. Ich freue mich, daß Sie die Zeit gefunden haben, hierherzukommen.«

Lawrence nannte einen gern gleich beim Vornamen at once, damit man sich zu Hause fühlen sollte, auch wenn sein Tonfall nahelegte, daß man ohne sein Wohlwollen auf diesem Planeten kein Zuhause mehr finden würde.

Es gibt bestimmte protokollarische Grundregeln in Verbindung mit Macht. Man nehme zum Beispiel die Anordnung der Sitzplätze von demjenigen, der Macht ausübt, gegenüber demjenigen, der davon betroffen ist. Lawrences überdimensionaler Schreibtisch aus Eschenholz entfernte ihn mindestens vier Meter von seinem Opfer, und der Platz, den er mir mit Handbewegung zuwies, würde seinen Kopf dreißig Zentimeter höher plazieren als meinen.

»Lassen Sie uns doch hier drüben sitzen, damit wir uns unterhalten können«, schlug ich vor und zeigte auf eine Sitzgruppe in der Nähe des Fensters an der gegenüberliegenden Wand, wo kein Schreibtisch zwischen uns stand.

Lawrence machte das Beste daraus, indem er einen Platz wählte, wo die Reflexionen der Gebäude auf der anderen Straßenseite sich als Vierecke in seiner goldgefaßten Brille abzeichnen würden. Als ich das sah, tat ich etwas, das wohl beispiellos war: Ich stellte meinen Stuhl so, daß ich ihm direkt in die Augen sehen konnte.

Lawrence in die Augen zu sehen war nicht besonders angenehm; er besaß die einmalige Fähigkeit, scheinbar mit den Pupillen zu blinzeln – wie es manche Katzen tun – wenn er nicht zu erkennen geben wollte, was er dachte.

»Ich höre, Sie sind gerade aus New York zurückgekommen?« begann er das Gespräch, als wir uns gesetzt hatten. »Ah – ich beneide Sie. Meine ersten zehn Jahre bei der Bank habe ich in der Niederlassung in Manhattan verbracht. Erzählen Sie mir, was Sie gemacht haben – sind Sie im Theater gewesen?«

Solche einleitenden Freundlichkeiten durfte man nicht mit müßigem Geplänkel verwechseln. Von Raubtieren weiß man, daß sie sich mitunter mit ihrer Beute anfreunden – und stundenlang damit spielen –, ehe sie sie fressen.

»Dazu hatte ich keine Zeit, Sir«, entgegnete ich. »Aber ich bin in vielen ausgezeichneten Restaurants gewesen – wie Sie feststellen werden, wenn Sie meine Spesenabrechnung erhalten.«

»Ha-ha. Sie haben wirklich Sinn für Humor, Verity.«

Er war der einzige Mensch, dem ich je begegnet bin, der lachen konnte, ohne den Mund zu verziehen.

»Sie wissen vielleicht bereits, Verity, daß ich während Ihrer Abwesenheit von dem Qualitätsausschuß, den Sie betreuen, einen Bericht erhalten habe?«

»Er wurde Ihnen auf mein Anraten hin überreicht, Sir«, war meine Antwort – wie Pearl, Tavish und ich es abgesprochen hatten.

»Wissen Sie auch, Verity, daß in diesem Dokument der Vorschlag gemacht wird, den Qualitätsausschuß denen zu entziehen, die Produktionssysteme betreuen? Noch genauer: denen, die über On-Line-Systeme verfügen, mittels deren die Geldmittel der Bank verwaltet werden.«

»Ich habe den Bericht gelesen«, sagte ich.

Falls Lawrence sich wunderte, wie zum Teufel ich ein fünfzigseitiges Memo gelesen haben konnte – wenn ich doch gerade erst die Bank betreten hatte, nachdem ich eine Woche weggewesen war –, ließ er es sich nicht anmerken; er zuckte mit keiner Wimper.

»Dann schlagen Sie vor, daß dieser Qualitätsausschuß – dessen Arbeit Sie selbst angeregt haben – sofort Ihrer Kontrolle entzogen werden soll?«

Ich blickte Lawrence direkt in die Augen; das war ein Gefühl, als würde mir jemand einen Eisbeutel auf den Bauch klatschen. »Mir scheint, das ist nicht die einzige Möglichkeit, die dieser Vorschlag offenläßt – Sir«, sagte ich.

Seine Pupillen verengten sich einen kurzen Moment lang.

»Tatsächlich? Vielleicht haben Sie ihn anders interpretiert als ich.«

»Hier steht nur, daß ein prüfender Ausschuß getrennt sein sollte von dem, was geprüft wird«, erläuterte ich. »Haben Sie etwas dagegen?«

Seine Pupillen verengten sich erheblich, und ich gratulierte mir zur Wahl meines Sitzplatzes. Doch ich wußte, daß ich nicht die Rolle der Gejagten spielte – ich wich nicht zurück, zeigte keine Angst, ließ ihn nicht die Verfolgung aufnehmen.

»Lassen Sie mich sehen, ob ich Sie richtig verstehe«, sagte er und tastete sich vorsichtig über den Abgrund. Lawrence ließ sich nicht zum Narren halten; er erkannte ein abgekartetes Spiel, wenn er darüber stolperte. »Sie wollen sagen, Sie empfehlen *nicht*, daß ich Ihnen den Qualitätsausschuß entziehen soll? Vielleicht sollten wir den ganzen Fall bis hierhin noch einmal aufrollen. Sie lancieren eine Gruppe, die die Sicherheitsvorkehrungen der Bank einer strengen Prüfung unterziehen soll. Sie wenden sich an den Vorstand mit der Bitte, diesen Vorschlag zu finanzieren – ohne sich zunächst um Unterstützung an Ihren eigenen Vorgesetzten zu wenden ...«

Unterhalb der Gürtellinie, aber ich sagte nichts dazu.

»Sie reisen nach New York, um sich die Unterstützung anderer Banken zu sichern ... Sind wir uns soweit einig?«

»Ja.«

»In Ihrer Abwesenheit geht bei mir ein Bericht ein unter Ihrer Schirmherrschaft, wie Sie sagen –, demzufolge Manager wie Sie, die Geldsysteme per Großrechenanlage betreuen, von jeglicher Beteiligung an den Aktivitäten des Ausschusses ausgeschlossen werden sollen.«

»Ganz genau.«

»Und zwar aufgrund möglicher Interessenkonflikte: um sicherzugehen, daß diese Gruppe kein besonderes Interesse daran hat, ein System genauer als alle anderen zu untersuchen oder weniger genau. Und doch behaupten Sie jetzt, daß das nicht bedeutet, daß Sie sich aus dem Qualitätsausschuß zurückziehen?«

»Das ist nicht die *einzige* Möglichkeit, Sir.«

»Sie scheinen ein Mensch zu sein, der viele Möglichkeiten

gleichzeitig sieht«, sagte er ruhig. »Der einzige andere Weg, den ich für Sie sehe, ist der, Ihre Position als Chefin der Überweisungssysteme ganz und gar aufzugeben.«

»Das scheint die Lösung zu sein«, stimmte ich zu.

Er saß einen Moment lang einfach nur da. Ich war mir nicht sicher, aber ich meinte, einen Blick aufzufangen, der fast an Respekt erinnerte – auch wenn er sich nur allzuschnell in etwas verwandelte, das mehr nach Berechnung aussah. Dann traf er mich mit einem linken Haken.

»Würden Sie mir empfehlen, daß ich mich diesem Vorschlag anschließe, Verity?«

Mist. Ich hätte es wissen sollen. Wenn ich ja sagte – ohne daß Lawrence mir seine Unterstützung bei der Verlegung des Ausschusses zusicherte –, war ich angeschmiert. Wenn ich nein sagte, stand ich da wie ein verdammter Narr, weil ich ja angeblich diejenige war, die den Vorschlag unterstützt hatte.

Wenn ich Lawrence nicht soweit bekam, daß er sich dafür verwandte, mich und das Team in seine Abteilung zu verlegen – außer Reichweite von Kiwi –, wäre ich immer den jeweils vorherrschenden Winden ausgeliefert, woher sie auch wehen mochten. Ich mußte den Ball wieder an Lawrence zurückspielen mußte ihn dazu bewegen, daß er ein ernsthaftes Angebot machte.

»Sir«, wich ich aus, »welches Interesse könnten Sie daran haben, diesen Vorschlag *abzulehnen?*«

Er starrte mich an. Seine Pupillen schlossen sich sekundenlang, dann öffneten sie sich weit.

»Banks, spielen Sie Schach?« fragte er und sah mich nicht an.

»Ja, Sir – ein wenig«, gab ich zu.

»Ich hätte gedacht, Sie spielen regelmäßig. Sagen Sie mir, was Sie wollen.«

»Wie bitte?«

»Was wollen Sie von all dem haben – *Sie* – Verity Banks?« Er wandte sich um und sah mich an. »Welche Erwartungen hatten Sie, als Sie hierher gekommen sind? Was sollte für Sie dabei herauskommen, bei unserem kleinen Gespräch?«

»Sie haben mich hier heraufgebeten, Sir«, protestierte ich.

»Darüber bin ich mir im klaren«, sagte er ungeduldig. »Aber

Sie haben erwartet, daß ich eine Entscheidung fällen soll, sonst hätten Sie den verdammten Brief nicht abgeschickt. Nun, was soll es sein – der Qualitätsausschuß oder der Überweisungsverkehr? Sie können nicht beides haben.«

Aber er hatte noch immer nicht gesagt, ob der Ausschuß direkt ihm unterstehen würde!

»Sir, ich möchte nicht mutmaßen ...«

»Sie müssen gar nichts mutmaßen – ich sage es Ihnen doch. Ganz offensichtlich hat mich Ihr Brief in eine unhaltbare Lage gebracht. Wenn ich diesen Qualitätsausschuß nicht von allen Produktionsgruppen fernhalte, bekomme ich Besuch von Wirtschaftsprüfern zum Frühstück, zum Mittagessen und zum Abendbrot. Daher wird der Qualitätsausschuß direkt mir unterstellt – von heute an. Gehen Sie mit dem Ausschuß – oder bleiben Sie im Überweisungsverkehr bei Willingly? Mit Willingly ist übrigens nicht gut Kirschen essen, wenn er sich einmal auf den Schlips getreten fühlt und das ist Ihnen ja im letzten Monat mehrfach gelungen.«

Vielleicht war es mein Gesichtsausdruck, der ihn zum Lachen brachte.

»Ich schätze, Sie denken, daß ich in dieser Hinsicht keine großartige Verbesserung gegenüber Willingly bin«, fügte er hinzu. »Aber wenn Sie hierher kommen – so hoffe ich doch, daß hinter Ihnen nicht alle Brücken abgerissen werden.«

»Mit allem nötigen Respekt, Sir«, entgegnete ich, »einige Brücken werden ohnehin von allein einstürzen. Ich riskiere es mit Ihnen.«

Ich stand auf, und er begleitete mich zur Tür.

»Banks, ich muß schon sagen, für eine Frau haben Sie mehr *balls* als alle Männer, die mir je begegnet sind. Ich hoffe nur, sie stolpern nicht darüber. Das kann eine sehr schmerzhafte Erfahrung sein. Ich habe im Moment keine Zeit, mich um diese Dinge zu kümmern, aber ich werde einige Büros an der Westseite für Ihre Gruppe freimachen lassen. Und übrigens, gehen Sie Willingly noch ungefähr eine Stunde aus dem Weg, bis ich ihm erklären konnte, wie die Dinge liegen.«

Er streckte die Hand aus, um sich zu verabschieden. Ich ergriff sie, ging aber noch nicht sofort.

»Mit allem Respekt, Sir …«

»Ja?« Er zog eine Augenbraue in die Höhe.

»Die *Ost*seite hat einen Blick auf die Bucht.«

Auf dem Weg nach unten im Fahrstuhl gratulierte ich mir noch einmal – weil ich sichergegangen war, daß Pearl und Tavish Kopien von jenem Bericht voller versteckter Anspielungen sowohl an die WHIPS-Gruppe als auch an die interne Revisionsabteilung geschickt hatten.

Ich pfiff ›Nothungs Schwertmotiv‹ vor mich hin und fühlte mich unbesiegbar, als ich das Stockwerk auf dem Weg zu meinem Büro durchquerte. Was erklärt, warum ich Pavel nicht sah – der verzweifelt mit den Armen ruderte –, bis es zu spät war. Er zuckte zusammen, als von drinnen Kiwis Stimme losbrüllte.

»Klingel mich in zwei Minuten an wegen einem dringenden Anruf«, flüsterte ich Pavel zu.

Er nickte ergeben, als ich an ihm vorbeischlüpfte. Drinnen saß Kiwi hinter meinem Schreibtisch und trug eine *verspiegelte* Sonnenbrille. Vor mehr als einem Jahrzehnt hatte Tor mir beigebracht, wie ich mit Managern umgehen mußte, die ich nicht mehr brauchte. Es ging lediglich darum, Zeit zu gewinnen.

»Hi, Kiwi!« sagte ich fröhlich und zog die Vorhänge auf, so daß Licht den Raum durchflutete. »Was haben Sie vor?«

»*Sie* haben etwas vor! Und zwar nichts Gutes!« informierte er mich mit einer Stimme, die mir gar nicht gefiel.

Ich begann, meinen Eingangskorb durchzusehen und öffnete die Post, als wäre er nicht vorhanden.

»Vielleicht könnten Sie mich ins Bild setzen«, sagte ich nonchalant. »Ich bin eine Woche in New York gewesen …«

»Und haben die ganze Zeit gegen mich gearbeitet, dort *und* hier!« brach es aus ihm heraus. »Versuchen Sie nicht, *mir* etwas vorzumachen!«

Obwohl sein Verfolgungswahn diesmal auf einer realen Grundlage beruhte, irritierte er mich trotzdem.

»Glauben Sie nicht, daß Sie das etwas zu extrem sehen?« fragte ich ihn. »Warum sagen Sie mir nicht, was es ist, das sie stört – dann können wir damit aufhören, diese Spielchen zu spielen?«

»Sie sind diejenige, die mir etwas erzählen sollte«, sagte er, und seine Stimme schnappte über. »Wenn Sie so unschuldig sind, warum haben Sie dann nicht erwähnt, daß Sie gerade eben in Lawrences Büro waren – wie steht es damit? Was haben Sie den halben Morgen dort gemacht?«

Großer Gott – Kiwi hatte seine Spitzel einfach überall. Gerade in diesem Moment summte die Sprechanlage.

»Dringender Anruf, Miß Banks«, war Pavels Stimme zu hören. »Nehmen Sie bitte Leitung sechs.«

»Entschuldigung«, sagte ich höflich zu Kiwi.

Er mußte seinen Kadaver aus meinem Stuhl hieven, damit ich hinter den Schreibtisch gelangen und den Anruf entgegennehmen konnte. Er bewegte sich zu einem Stuhl auf der anderen Seite und starrte mich an, als ich den Hörer abnahm.

»Hallo, meine Liebe – rate mal, was wir gerade machen?« Georgians heisere Stimme klang durchs Telefon. Du meine Güte, es war ein echter Anruf!

»Was machen Sie denn?«

Ich blickte zu Kiwi auf. Noch durch die Sonnenbrille konnte ich seine heftige Wut spüren. Er schien bleiben zu wollen.

»Du hörst dich an, als hättest du gerade etwas zu tun«, sagte Georgian. »Soll ich später wieder anrufen?«

»In Situationen wie dieser sollten die Dinge meiner Meinung nach völlig anders gehandhabt werden«, entgegnete ich.

»Wovon zum Teufel sprichst du?« fragte sie. »Ist gerade jemand bei dir?«

»Das ist der springende Punkt«, war meine Antwort. »Ich freue mich, daß Sie die Probleme erkennen, die *wir* dabei haben.«

»Es ist jemand da – aber du willst nicht, daß ich auflege«, sagte sie. »Was soll ich tun?«

»Lassen Sie sich Zeit – erklären Sie mir genau, was Sie bis jetzt erreicht haben«, erwiderte ich. »Ich brauche die genauen Fakten, damit ich die Lage meinem Boß schildern kann – der im Moment gerade hier ist.«

Obwohl Kiwi schon bald mein Ex-Boß sein würde, mußte ich Zeit gewinnen, bis Lawrence ihn darüber in Kenntnis setzen konnte. Ich zog für Kiwi die Augenbrauen bedeutungsvoll in die Höhe, als würde sich am anderen Ende der Leitung etwas wirklich Wichtiges abspielen.

»Dein Boß? Du hast doch wohl keine Schwierigkeiten, hoffe ich?« sagte Georgian. »Puh, ich komme mir vor wie eine Spionage-Agentin oder so etwas. Bist du sicher, daß er mich nicht hören kann?«

»Ich denke, wir sollten alle nur möglichen Vorkehrungen treffen, damit dieser Fall nicht eintreten kann«, antwortete ich.

Selbst wenn sie flüsterte, hörte sich Georgian noch an wie Tallulah Bankhead in der *Radio City Music Hall.*

»Thor ist schon die ganze Woche hier«, erzählte sie mir. »Er schaut mir beim Drucken über die Schulter oder hilft Mutter in der Küche beim Kochen – seine Kartoffel-Latkes sind himmlisch.«

»Kommen Sie zur Sache«, sagte ich, weil ich wußte, daß Kiwi sich nicht ewig gedulden würde. »Wie kommen Sie mit Ihrem Projekt voran?«

»Gestern abend ist mir ein entscheidender Durchbruch gelungen«, sagte sie. »Ich bin auf die Idee gekommen, Wasserzeichen auf das Papier zu *drucken,* mit einer Art Glyzerinöl. Wenn man das Papier gegen das Licht hält, sind sie durchsichtig, genau wie richtige Wasserzeichen. Man kann den Unterschied, soweit ich weiß, nur mit einem Röntgenverfahren feststellen. So gründlich werden sie sicherlich nicht untersucht ...«

Kiwi hatte sich eine Zeitschrift genommen und blätterte ärgerlich darin herum, während er immer wieder ein Bein über das andere schlug, als könne er seine Ungeduld kaum bezwingen.

»Und Thor bastelt mit meiner Ausrüstung herum – er nennt es Produktionsorganisaion –, so daß wir jetzt acht Dokumente auf eine Fotoplatte bekommen. Wenn wir Papiere zu hunderttausend Dollar drucken, sind das fast eine Million Dollar pro Foto! Nicht schlecht, verglichen mit Modeaufnahmen, würde ich sagen.«

Ich kritzelte gedankenlos auf meiner Schreibtischunterlage vor mich hin und behielt Kiwi im Auge, während sie weiter über Unkosten und allerlei Problemchen berichtete. Ich hatte Schwierigkeiten, mich zu konzentrieren, als Kiwi schließlich drauf und dran war, in die Luft zu gehen.

Er stand auf, warf die Zeitschrift auf den Tisch und begann auf und ab zu laufen, wobei er jedesmal dem Telefon ein Stück näher kam. Ich versuchte, den Hörer mit meiner Schulter abzudecken, und begann, meine Antworten auf einsilbige Grunzlaute zu reduzieren – aber er saß mir praktisch im Nacken.

»Also was kommt bei dem Ganzen heraus?« unterbrach ich Georgian endlich, um sie am Weitersprechen zu hindern. »Werden Sie den Terminplan einhalten können? Sind Sie bereit für den nächsten Abschnitt?«

»Wir werden nächste Woche fertig sein – vielleicht noch früher«, versicherte sie mir.

Mist, und ich hatte noch keine einzige Datei geknackt.

»Aber, Verity, jetzt, wo das alles näherrückt, kriege ich wirklich die Panik, verstehst du? Ich meine – es ist illegal, wenn wir erwischt werden, bevor wir fertig sind. Will ich wirklich dabei mitmachen? Was hast du für ein Gefühl?«

»Ich auch«, sagte ich.

»Ich meine, wir wollen ja das Geld nicht behalten. Meine einzige Entschuldigung besteht darin, daß wir nichts Unehrenhaftes tun.«

»Ich auch.«

»Natürlich ist da noch der Aspekt des Abenteuers. Als Zoltan mir von der Wette erzählt hat, sagte ich mir, was soll's. Ich glaube, du könntest eine kleine Aufmunterung wirklich gebrauchen.«

»Ich auch.«

»Andererseits, wenn sie uns wirklich erwischen, sollten wir meiner Meinung nach den Gewinn für Mutter Teresa spenden – ich hätte ein besseres Gefühl dabei, wenn ich schon ins Gefängnis gehe.«

»Ich auch.«

Kiwi blieb vor mir stehen und atmete mir direkt ins Gesicht. Er riß sich die Sonnenbrille herunter und starrte mich wütend an.

»Ich auch, ich auch, ich auch!« brach es aus ihm heraus. »Was für eine Art Unterhaltung *ist* das?«

»Entschuldigen Sie, bitte«, sagte ich zu Georgian, »in meinem Büro ist gerade ein Notfall eingetreten.« Ich wandte mich an Kiwi und sagte: »Ich telefoniere. Vielleicht könnten wir einen Termin vereinbaren, um unsere Unterhaltung fortzusetzen, wenn es etwas besser paßt?«

»Wir reden miteinander, und wir reden *jetzt*, Banks«, sagte er, das Gesicht dunkel vor Wut. »Weder eine Herde Wildpferde noch Gott selbst können mich von hier wegschleifen – ich habe Wurzeln geschlagen. Jetzt beenden Sie gefälligst dieses Gespräch, das Sie da führen, und zwar schnell.«

»Entschuldigung, Mr. Willingly«, sagte Pavel von der Tür aus zu Kiwi. »Mrs. Harbinger ist am Telefon. Sie sagt, ihr Chef würde Sie gern in seinem Büro sprechen – sofort.«

Mrs. Harbinger war Lawrences Sekretärin. Ich lächelte liebenswürdig, während Kiwi unentschlossen dort stehenblieb, wo er Wurzeln geschlagen hatte.

»Sagen Sie ihr, ich komme sofort«, murmelte Kiwi.

»Vielleicht sprechen Sie dann am besten selbst mit ihr, Sir«, hielt Pavel ihm entgegen. »Sie ist auf meiner Leitung – sie sagt, sie hätte schon den ganzen Morgen versucht, Sie zu erreichen, aber Sie waren nicht in Ihrem Büro.«

»Mr. Willingly war den ganzen Morgen in *meinem* Büro«, bemerkte ich beiläufig.

Kiwi starrte mich an.

»Ja, schließlich hat sie es hier versucht. Es scheint wirklich recht wichtig zu sein, Sir«, sagte Pavel.

»Schon gut, schon gut«, brummte Kiwi und stampfte zur Tür. »Aber Sie sind besser hier, wenn ich zurückkomme, Banks. Ich möchte Ihren Arsch in diesem Büro vorfinden – in dem Stuhl da –, wenn ich wieder da bin.«

Er verschwand wutschnaubend, während Pavel und ich uns vom Schreibtisch zur Tür zulächelten.

»Was geht da vor?« fragte Georgian am Telefon.

»Ein paar Wildpferde und Gott höchstpersönlich sind gerade in mein Büro gekommen und haben meinen Chef weggeschleift«, erklärte ich ihr.

»Hört sich so an, als wäre die Arbeit in einer Bank doch nicht so langweilig, wie ich es mir immer vorgestellt habe.«

»Wir lachen den ganzen Tag«, versicherte ich ihr. »Laß uns Schluß machen – weil ich gleich die Bauleute anrufen muß, damit meine Sachen umgeräumt werden. Mein Hintern wird sich zwar noch im gleichen Stuhl befinden – in meinem Büro –, wenn er wiederkommt. Aber mein Büro wird im dreißigsten Stock sein, nicht im dreizehnten.«

»Wovon redest du?«

»Ich spreche einfach vor mich hin«, entgegnete ich. »Sag mir nur noch – wie weit genau seid ihr?«

»Ich habe Blanko-Kopien von jedem einzelnen Wertpapier gedruckt, das Thor mir gegeben hat«, sagte sie. »Alles, was ich jetzt noch brauche, ist mein erstes echtes Dokument, damit ich die Seriennummer undsoweiter eindrucken kann. Es sollte jetzt jeden Tag losgehen – eigentlich sogar jeden Augenblick. Thor ist unterwegs, um sich einen Job zu besorgen.«

»Einen Job? Wozu? Er hat seine eigene Firma«, sagte ich.

»Ich glaube, er braucht speziell *diesen* Job«, versicherte sie mir. »Laß dir erklären, wie es funktioniert ...«

BESTANDSAUFNAHME

Ich war jung. Doch das ist die richtige Zeit, um etwas anzufangen. Wer früh sät, wird auch früh ernten. In jenen Tagen war ich immer unterwegs – ein Faulpelz war ich nie; besser die Schuhe abnutzen als die Bettlaken, das war mein Motto.

Morgenstunde hat Gold im Munde.

– Bouck White, THE BOOK OF DANIEL DREW

Dienstag, 8. Dezember

Duke Jimmy knöpfte seinen Hosenschlitz auf und pinkelte in der Wärme gemütlich vor sich hin, während er in seinem Lieblingstüreingang an der Third Avenue stand. Er machte die Hose wieder zu, zog den weichen alten Kaschmirpullover herunter, der ihm, sorgsam gestopft, von der *St. Mark's Rescue League* geschenkt worden war. Der Pullover hatte einen sehr hübschen, weinroten Farbton und sah gut aus zu dem geflickten Tweed-Jackett, das er von der *Divine Light Mission* bekommen hatte.

Er schlenderte weiter in Richtung Union Square, wo er hoffte, sein übliches Morgenalmosen zu erhalten. Eins der Gebäude dort hatte einen schönen Rost, durch den warme Luft strömte. Dort ließ er sich gern nieder, wenn er sein Frühstück trank. Aber heute morgen war es kälter, als er gedacht hatte. Als er schließlich den Union Square erreichte, waren seine Hände kalt, und er hatte sie tief in seinen durchgewetzten Taschen vergraben. Er konnte die Feuchtigkeit des Schnees spüren, der durch die Zeitungen drang, mit denen er seine Schuhe ausgelegt hatte.

Als er neben dem Rost saß, einen Schuh in der Hand, fiel ihm ein Mann auf, der dort stand und ihn beobachtete. Duke Jimmy blickte auf; irgend etwas an dem Burschen war seltsam. Dann begriff er, daß es die Farbe seiner Augen war – Jimmy hatte solche Augen noch nie gesehen, außer bei einer Straßenkatze.

»Einen wunderschönen guten Morgen, Sir«, sagte Jimmy freundlich.

»Hallo«, sagte Tor. »Der Morgen ist viel kälter, als die ›Wetterfrösche‹ ihn vorhergesagt haben. Sie müssen ja frieren in Ihren Kleidern.«

»Da haben Sie recht«, sagte Jimmy. »Gerade habe ich bei mir gedacht, daß eine schöne Flasche Rotwein meine alten Knochen wohl durchwärmen würde.«

»Ich frage mich«, sagte Tor, »ob es Ihnen etwas ausmachen würde, einen Moment aufzustehen?«

»Ich hoffe, Sie haben nicht vor, mich auszurauben«, sagte Jimmy, zog seinen Schuh wieder an und stellte sich neben Tor. »Falls doch, haben Sie sich mit Sicherheit den Falschen ausgesucht.«

Tor ging langsam um den alten Säufer herum und betrachtete ihn von oben bis unten.

»Ich glaube, sie passen«, sagte er. »Was würden Sie davon halten, etwas Geld zu verdienen?«

»Das hängt davon ab«, sagte Duke Jimmy vorsichtig.

»Sie scheinen genauso groß zu sein wie ich. Was halten Sie davon, mir die Kleider zu verkaufen, die Sie tragen? Nur die Oberbekleidung – an der Unterwäsche bin ich nicht interessiert«, fügte Tor schnell hinzu. Er hatte eine ordentliche Nase voll von dem Duft des alten Säufers eingeatmet und fragte sich, wieviel Desinfektionsmittel er wohl brauchen würde, um die Kleider von Läusen zu befreien.

»An welche Summe dachten Sie?« fragte Jimmy. »Diese Kleider sind sozusagen Familienerbstücke, wissen Sie. Sie sind nicht billig.«

»Fünfzig Dollar«, sagte Tor.

»Klingt nach einem fairen Angebot«, stimmte Jimmy zu. »Aber was soll ich anziehen, wenn ich meine letzten Kleider verkaufe?«

Daran hatte Tor nicht gedacht. Aber er hatte auch nicht vor, einen Einkaufsbummel zu unternehmen, um den Kerl einzukleiden.

»Wie wäre es mit dem Anzug, den Sie tragen?« schlug Jimmy vor. »Wenn meine Kleider Ihnen passen, müßten Ihre Kleider auch mir passen.«

»Dieser Anzug war ziemlich teuer«, sagte Tor.

»Das stört mich nicht«, entgegnete Jimmy. »Deshalb nennen sie mich ja Duke Jimmy – weil ich Qualität erkenne, wenn ich sie sehe.«

Das Büro des Kurierdienstes im Zentrum von Manhattan war überfüllt mit schwitzenden Menschen. Das gleichmäßige Summen von Stimmen – wie das Brummen eines Ventilators – wurde jedesmal für einen kurzen Moment unterbrochen, wenn der Angestellte vorne im Raum eine Nummer aufrief.

Tor, der weiter hinten saß, erhob sich, als seine Nummer an der Reihe war. Er nahm deutlich den starken Geruch nach chemischer Reinigung und Desinfektionsmittel wahr, der ihn begleitete, als er sich durch den Raum bewegte, unterlegt mit einer Duftnote, die noch etwas stärker zu sein schien. Aber das schien niemandem aufzufallen.

Er folgte dem Angestellten in ein großes Hinterzimmer mit vielen Schreibtischen.

»Mr. Duke?« sagte der Leiter des Einstellungsgesprächs, der kaum aufsah, als Tor nähertrat.

»Ja – Jimmy Duke«, sagte Tor und unterdrückte ein Lächeln.

»Ich trage hier einfach James ein – in Ordnung? Ist das Ihr Taufname?«

»Man nennt mich Jimmy«, sagte Tor.

»Schön«, sagte der Fragesteller und trug in den dafür vorgesehenen Platz ›James‹ ein. »Darf ich bitte den Fragebogen sehen, den Sie ausgefüllt haben?« Als Tor ihm den Bogen reichte, fragte er: »Haben Sie so etwas schon einmal gemacht?«

»Ich habe Waren für Lebensmittelgeschäfte ausgetragen«, sagte Tor.

»Ah ja, stimmt auch«, bemerkte sein Gegenüber. »In Ordnung, lassen Sie mich erklären, worum es geht. Wir bekommen einen Anruf von einer Maklerfirma, vielleicht auch von der Börse. Wenn Sie aufgerufen werden, gehen Sie zu der angegebenen Adresse. Die Wertpapiere werden dort in einer Tasche für Sie bereitgehalten. Sie übernehmen die Papiere und überprüfen sie, um sicherzugehen, daß sie vollständig sind. Dann unterzeichnen Sie dafür und geben der Maklerfirma eine Quittung. Achten Sie darauf, daß die Ihren rosa Zettel unterschreiben, damit wir eine entsprechende Rechnung stellen können.«

»Und was mache ich dann?« fragte Tor.

»Sie bringen die Papiere in den *Depository Trust,* wo sie aufgenommen werden. Die überprüfen alle Formulare mit den Wertpapieren selbst und geben Ihnen dann eine Quittung. Wir stellen pro Lieferung zehn Dollar in Rechnung, und Sie bekommen acht Dollar pro Stunde. Für die meisten Lieferaufträge werden Sie nicht lange brauchen, weil die Büros fast alle im Finanzdistrikt liegen. Wir stellen das Fahrrad. Das ist alles.«

»Schön«, sagte Tor. »Wann fange ich an?«

»Es dauert ungefähr zwei Wochen, bis die Kaution für Sie hinterlegt ist. Aber ich sehe hier auf Ihrem Fragebogen, daß Sie keine Verhaftungen oder Vorstrafen aufzuweisen haben, und wir brauchen im Moment dringend Mitarbeiter – Sie können daher sofort anfangen. Wir schicken Ihnen Ihre Papiere in einigen Wochen zu, wenn Ihre Kaution eingegangen ist. Melden Sie sich morgen früh um acht im Büro des Kurierdienstes in der Broad Street.

»Schön«, sagte Tor und verabschiedete sich.

Er würde nicht auf seine Papiere warten müssen. In zwei Wochen wäre der ganze Diebstahl schon erledigt.

Mittwoch, 9. Dezember

Um neun Uhr am Morgen des 9. Dezember trat ein Mann in einem abgetragenen Tweed-Jackett und einem weinroten Pullover durch die Türen von Merrill Lynch. Er trug schmutzige Turnschuhe und Fahrradklammern um die Hosenbeine. In der Hand hielt er ein Klemmbrett, auf dem mehrere handbeschriebene Blätter Papier befestigt waren. Er trat an den Tisch der Empfangsdame.

»Abholung für den *Depository Trust*«, sagte er.

»Sind Sie ein Kurier?« fragte sie, und Tor nickte. »Ein Stockwerk höher«, erklärte sie ihm.

Tor trat eine Etage höher aus dem Fahrstuhl. Vor ihm erstreckte sich ein langer Korridor mit einer Tür am Ende, auf der AUSLIEFERUNG stand. Er ging den Flur hinunter und drückte auf die Klingel. Die Tür öffnete sich mit einem Klicken.

»Abholung für den *Depository Trust?*« fragte Tor den Mann hinten am Schalter.

»Okay, er ist da!« brüllte der über seine Schulter. »Mach schon, komm rein – wir haben nicht den ganzen Tag Zeit. Noch etwas von A bis G bis H bis M habe ich noch nicht. S bis Z – alles in Ordnung ...«

Er sah die Stapel auf seinem Schreibtisch durch, während er die Wertpapiere auf einem Beleg vor sich abhakte.

»Okay, ich glaube, das war's«, sagte er zu Tor.

Sie gingen gemeinsam noch einmal die Papiere durch und verglichen die Nummern. Tor ließ die Papiere in eine Umhängetasche aus Segeltuch fallen, die der Mann ihm reichte. Er händigte ihm dafür eine Quittung aus, und der Mann zeichnete auf dem Klemmbrett gegen. Tor nahm die Tasche.

»Sie bearbeiten diese Wertpapiere in alphabetischer Reihenfolge?« fragte Tor.

»Ja, was interessiert Sie das?« sagte der Mann hinter dem Fenster.

»Wenn ich hier welche abliefern soll, bringe ich die dann zu Ihnen?«

»Nein. Die gehören in die Einlieferung – ein Stockwerk höher.«

»Danke«, sagte Tor. Als er sich umwandte, um zu gehen, fügte er bei sich hinzu: »Die linke Hand weiß nicht, was die rechte tut.«

»Was sagen Sie da?« fragte der Mann, der bereits mit etwas anderem beschäftigt war.

»Ein Zitat aus der Bibel«, sagte Tor, als sich die Tür mit einem Klicken hinter ihm schloß.

Ohne biblische Hilfe gäbe es keine Möglichkeit, die täglichen Ein- und Ausgänge an Wertpapieren – z. B. solchen, wie er sie gerade in der Tasche trug – gegeneinander abzugleichen, dachte er, als er den Korridor entlang zurückschritt. Wenn die entsprechenden Vorgänge an so vielen verschiedenen Stellen abgewickelt und weggeordnet wurden, war es schwierig genug, überhaupt nur die Dollarbeträge in Übereinstimmung zu bringen, die durch diese Tür herein- und wieder hinausgetragen wurden. Tor lächelte.

Die Straßen waren matschig und schmutzig vom Schnee. Tor ging hinüber zu seinem Fahrrad und warf die Tasche in einen der Körbe, die wie Satteltaschen hinten an den Rahmen geschnallt waren. Er schloß das Fahrrad auf und radelte durch die Stahl- und Betonschluchten der Wall Street davon.

Eine Stunde später kämpfte sich dasselbe Fahrrad, schmutzbedeckt und mit vielen Leinentaschen beladen, mühsam durch den dichten Verkehr zum Eingang der U-Bahn-Station an der Wall Street.

Tor radelte erschöpft zu dem Fahrradstand am Osteingang, schloß sein Fahrrad an und hievte sich die beiden Körbe auf die Schultern. Er stöhnte ein wenig unter dem Gewicht und stieg die Stufen zur U-Bahn hinunter.

Lelia kam den Korridor hinuntergeeilt, sobald das Mädchen die doppelten Eingangstüren geöffnet hatte.

»Mein Gott im Himmel!« rief sie aus. »Schmutz! Schmutz! *Qu'est-ce qu'il fait?* Laß ihn nicht herein – er wird mir den Boden ruinieren! Was will er denn?«

»Lelia, meine charmante Gastgeberin, was für ein Empfang«, sagte Tor und wischte sich den Schmutz von den Augenlidern, so daß weiße Flecken zurückblieben, die aussahen wie eine Schutzbrille.

»Oh, *mon cher*«, sagte Lelia. »Was haben sie mit dir gemacht? Du bist durch den Rinnstein gezogen, so schmutzig. Wo hast du diese Kleidungen bekommen?«

»Dies scheint die richtige Art Kleidung für einen Kurier zu sein«, versicherte er ihr. »Ich habe mir das genau angesehen. Die Transferagenten wären mißtrauisch geworden, wenn ich in einem Brioni-Anzug aufgetaucht wäre. Es scheint, sie ziehen Kuriere vor, die aus einem etwas anderen Milieu stammen.«

»Du mußt diese Sachen ausziehen, und Nana wird dir ein schönes Schaumbad einlassen«, sagte sie zu ihm und rümpfte ein wenig die Nase, als sie Tors Geruch wahrnahm.

»Keine Zeit für Schaumbäder, meine Liebe«, entgegnete er. »Wo ist Georgian? Es wird Zeit, daß sie sich an die Arbeit macht.«

Georgian war im Violetten Zimmer damit beschäftigt, Papiere zu montieren und ihre Gerätschaften zu reinigen. Tor und Lelia schleppten die Taschen den Korridor hinunter, öffneten sie eine nach der anderen und untersuchten den Inhalt. Dabei schrieben sie auf, was sie aus jeder einzelnen Tasche herausnahmen, und legten die Papiere, die sie ausgewählt hatten, in einem kleinen Stapel auf den Fußboden.

Lelia führte eine fortlaufende Liste über den Nennwert jedes einzelnen Wertpapiers, das sie zum Drucken herausnahmen.

»Du wäschst dir lieber erstmal die Hände, ehe du hier noch mehr anfaßt«, sagte Georgian zu Tor. »Oder laß Mutter das machen – du veranstaltest hier eine echte Sauerei.«

»Wenn du deine Arbeit gut machst«, sagte er und grinste sie aus seinem schwarzen Gesicht mit weißen Zähnen an, »werden diese Papiere überhaupt nicht wieder zurückgegeben.«

Georgian starrte ihn an.

»Meine Güte, jetzt ist es soweit – das ist es jetzt wirklich, nicht wahr?« fragte sie.

»Ich weiß nicht, was du mit ›es‹ meinst. Aber dies sind ganz bestimmt veräußerbare Wertpapiere, und wir werden ihren Wert in Dollar und die Nummern der Zertifikate nehmen und sie auf unseren Blanko-Formulare drucken. Erzähl mir nicht, du bekommst *jetzt,* zu diesem späten Zeitpunkt, noch kalte Füße?«

Georgian stand da wie angewurzelt.

»*Allons, allons!*« sagte Lelia plötzlich. »Macht schnell! *Dépêchez-vous!* Wir haben die ganze Arbeit zu tun, und du machst die Träumereien. Fang mit den Fotos an – und ich mache ein wenig *potage* für den armen Zoltan. Er wird etwas zu essen brauchen, um ihm die Kräfte wiederzugeben.«

»Mutter, mein Gott, kannst du an nichts anderes denken als ans Essen?«

»Es gibt Kraft für erfolgreiche Verbrecher«, sagte Lelia.

Tor sah auf den Stapel Wertpapiere hinunter, die sie aussortiert hatten, und blätterte sie mit dem Daumen durch. Grimmig blickte er auf.

»Wir haben nur zwanzig«, sagte er.

»Zwanzig was?« fragte Georgian.

»Zwanzig Zertifikate – aus all diesen Taschen –, mit denen

wir tatsächlich etwas anfangen können. Es müssen die Sorten sein, für die wir schon Druckplatten vorbereitet haben. Und wenn alle Wertpapiere, die wir bekommen, so sind wie diese – nur fünftausend Dollar das Stück –, werden wir monatelang damit beschäftigt sein, Druckplatten herzustellen, nur um die Nummern einzusetzen.«

»Es dauerte den größten Teil des Wochenendes, die Platten für die Wertpapiermuster herzustellen, die du gekauft hast«, stimmte Georgian zu. »Es könnte den ganzen Tag dauern, einfach nur die Nummern auf diese paar Stück zu drucken.«

»Wir *haben* aber nicht den ganzen Tag Zeit«, brauste Tor auf. Er beugte sich schnell vor und berechnete noch einmal den Gesamtbetrag des kleinen Haufens. »Weniger als zehn Millionen«, sagte er ärgerlich.

»Was ist daran so schlimm?« fragte Georgian. »Deine Wette mit True geht darum, wer als erster dreißig Millionen stehlen kann! Wir sind doch schon ein ganzes Stück weit gekommen mit unserem ersten Fang!«

Tor seufzte und richtete sich auf.

»Nicht dreißig Millionen *stehlen* – dreißig Millionen *erwirtschaften*«, erklärte er geduldig. »Dazu braucht man eine Milliarde als Sicherheit.«

»Dann mußt du mir eben größere Zertifikate zum Kopieren ausleihen«, sagte Georgian mit der für sie typischen Logik.

»Ich tue, was ich kann«, sagte Tor bissig. »Wenn man berücksichtigt, daß ich das nehmen muß, was die Maklerfirmen nun gerade einmal transferieren wollen, und daß du dich zur Zen-Meisterin des Gravierens entwickelt hast – entweder perfekt oder gar nicht –, würde ich sagen, daß wir mit diesem kleinen Ding irgendwann im nächsten Juni fertig sein werden!«

»Du verstehst mich einfach nicht«, sagte Georgian, den Tränen nahe. »Ich muß eine komplett neue Platte herstellen – die Aufnahme machen, den Film entwickeln, die Platte ätzen, die ganze Arbeit – und das für jedes einzelne verdammte Wertpapier, das du zur Tür hereinschleppst. Das sind viel zu viele Schritte jedesmal. Außerdem«, fügte sie hinzu und nahm eins der Papiere in die Hand, um es ihm entgegenzuhalten, »sind die Hälfte der Nummern auf diesen blöden Dingern noch nicht einmal graviert – sie sind einfach mit einer Druckerpresse nachträglich eingesetzt. Ich sehe also nicht ein, warum ich mir soviel Mühe machen soll ...«

»Was hast du gesagt?« rief Tor, riß ihr das Dokument aus der Hand und starrte darauf.

Langsam begann er zu lächeln und blickte Georgian an.

»Mein kleines geniales Dummerchen«, sagte er sarkastisch. »Ich glaube, du hast uns gerade allen geholfen, den Kopf aus der Schlinge zu ziehen.«

Tor schlang bereits den zweiten Teller von Lelias leckerer Minestrone in sich hinein, ehe er damit fertig war, Georgian die Vorderseite von Wertpapieren im einzelnen zu erklären.

»Genau wie bisher können wir fast alle Bestandteile der Vorderseite auf die Platte gravieren, bevor wir die eigentlichen Papiere, die wir kopieren wollen, in die Hände bekommen. Die Umrandung, der Name des Ausgebers und seine Nummer – das ändert sich nie, unabhängig vom Betrag oder der Seriennummer des Wertpapiers.«

»Fein«, stimmte Georgian zu. »Alles andere braucht einfach nur fotografiert zu werden und kann dann direkt vom Foto gedruckt werden, ohne erst eine Druckplatte herstellen zu müssen. Das heißt, alles außer dem Nennwert des Papiers. Der scheint bei allen Arten von Wertpapieren eher graviert als nur flachgedruckt zu sein.«

»Aber fahr mal mit dem Finger über die Zahl«, sagte Tor. »Sie mag auf Platte graviert sein, aber die Farbe ist nur ein winziges bißchen dicker als die Teile des Dokuments, die einfach gedruckt sind. Darüber hinaus steht der Nennwert in der *Mitte* des Zertifikats. Wenn der Rand darum herum graviert ist – und das ist der Teil, den man am wahrscheinlichsten berührt, wenn man einen Stapel Wertpapiere durchblättert – würde man es kaum bemerken, ob eine beliebige Zahl in der Mitte tief- oder flachgedruckt ist.«

»So würden wir bestimmt Zeit sparen«, gab Georgian zu. »Ich könnte acht Wertpapiere auf ein Negativ bekommen und direkt danach drucken. Das ist sehr viel einfacher, als das Foto zu nehmen und acht Druckplatten herzustellen, ehe ich überhaupt anfangen kann zu drucken.«

»Ich bin bereit, dieses Risiko einzugehen, wenn du mitziehst«, sagte Tor. »Schließlich bin ich derjenige, der die Fälschungen im *Depository Trust* abliefern muß. Ich bin also auch derjenige, der dumm dasteht, wenn diese Papiere nicht durch die Kontrolle kommen.«

»*Das* würde ich gern miterleben.« Georgian lachte. Aber sie sah wirklich besorgt aus. »Ich werde so nervös, wenn auch nur das kleinste bißchen schiefgeht«, erklärte sie. »Ich habe das Gefühl, als lebten wir in einem Alptraum ...«

»Keine Zeit für die Alpträume – oder die Träumereien«, sagte Lelia, die hereingekommen war, um die Suppenteller abzuräumen. »Man darf nicht auf morgen verschieben, was man auch noch am Tag danach tun kann.«

»In Ordnung, Mutter«, lachte Georgian. »Hol den Fön. Es sieht so aus, als hätten wir zu tun.«

Es war zwei Uhr dreißig, als Lelia das altmodische, muffige Foyer des South End Yacht Clubs unterhalb von Whitehall am East River Drive betrat, einen großen Umschlag unter dem Arm, der die zwanzig fertigen Zertifikate enthielt.

»Entschuldigen Sie, Ma'am« – der Pförtner hielt sie auf –, »aber Sie können hier nicht so einfach hereinspazieren, es sei denn, Sie befinden sich in Begleitung eines Mitglieds.«

»Aber Dr. Tor erwartet mich – in einer Angelegenheit von *äußerster Dringlichkeit*«, erklärte sie.

»Vielleicht ist er aufgehalten worden«, sagte der Pförtner. »Er ist heute noch nicht hiergewesen.«

Lelia wollte gerade protestieren, als der Mann beunruhigt zur Tür blickte. Tor kam die Stufen heraufgesprungen, völlig schmutzig, in seinem abgetragenen Tweed-Jackett und den verschossenen Hosen, die Satteltaschenkörbe über der Schulter.

»Ich bin froh, daß du gewartet hast, Darling«, sagte er und berührte Lelia vorsichtig am Ärmel ihres Pelzmantels. »George – dies ist die Baronin Daimlisch. Wir trinken unseren Tee im kleinen Eßzimmer, es ist für uns reserviert. Und bitte schicken Sie uns eine Flasche von dem 32er Bordeaux nach oben, seien Sie so gut.«

Der erstaunte Pförtner versuchte, über Tors Aufzug hinwegzusehen, aber er griff doch in den Schrank hinter sich und holte eine Krawatte heraus, auf der in winzigen Buchstaben die Insignien des Klubs zu lesen waren. Er reichte sie Tor, der sie um den Halsausschnitt seines weinroten Pullovers schlang und einen Knoten hineinmachte.

Dann bot er Lelia den Arm und machte sich auf den Weg zu dem genannten Zimmer.

»Oh, und George«, rief er noch über die Schulter, »werfen Sie bitte gelegentlich einen Blick auf mein Fahrrad, ja? Es steht gleich vor der Tür.«

»Sicherlich, Sir«, entgegnete George.

»Dies ist ein ganz ausgezeichneter Bordeaux«, sagte Lelia, als sie in dem schwach erleuchteten, getäfelten privaten Klubzimmer neben dem Kamin saß.

»Und dies sind ausgezeichnete Gravierungen«, entgegnete Tor und blätterte sie sorgfältig durch. »Jetzt packen wir sie zur Ablieferung wieder in die richtigen Taschen zurück. Ich habe noch ein paar mehr abgeholt, während du mit Georgian an diesen gearbeitet hast. Es ist jetzt Viertel vor drei; glaubst du, du kannst in die Stadt zurückfahren, die neuen Papiere kopieren und um fünf Uhr wieder hier sein, damit ich sie noch in den *Depository Trust* bringen kann?«

»Das wird *difficile*«, meinte Lelia. »Aber Georgian hat die letzten Drucke in weniger als einer Stunde fertigbekommen. Es ist die Zeit, die ich brauche, um von der U-Bahn hierherzukommen – das dauert so lange. Aber so ist es immer noch schneller als mit dem Taxi.«

»Vielleicht kann ich mich dann mit dir an der U-Bahn treffen?« schlug Tor vor. »Und ab heute gibt es keine Pausen zum Mittagessen oder auf einen Cocktail mehr. Der Zeitfaktor ist entscheidend, daher freue ich mich, daß du bereit bist, unser Laufbursche zu sein. Ich hoffe jedoch, du weißt, daß du damit ein Risiko eingehst.«

»Was ist das Leben, wenn man Angst vor den Risiken hat?« fragte Lelia.

Tor nickte und blickte hinunter auf eins der gefälschten

Wertpapiere, die sie hergestellt hatten. Er ließ seinen Finger über die geschwungene Zahl in der Mitte gleiten. Sie lautete: ›$ 5.000 und keine/100‹ – eine Zahl, die flachgedruckt und nicht auf Platte graviert worden war. Nur ein Experte wäre in der Lage, den Unterschied festzustellen. Es war der Satz, der sechs Zeilen weiter unten stand, der ihm Sorgen machte. Nicht wegen seines Aussehens, sondern wegen seines Inhalts: ›Vorzeitiger Rückkauf vorbehalten, wie weiter oben festgelegt.‹

Sie hatten eine kündbare Obligation gedruckt – ein Papier, das ›eingezogen‹ werden konnte wie eine Banknote, wenn der Ausgeber es vorzeitig zurückkaufen wollte – warum war ihm das nicht schon früher aufgefallen?

Na schön, dachte er, jetzt war es zu spät. Die Wahrscheinlichkeit, daß etwas schiefgehen würde, war äußerst gering. Und, wie Lelia gesagt hatte, was war das Leben wert, wenn man Angst hatte, Risiken einzugehen?

Tor ließ das Zertifikat in die Tasche für den *Depository Trust* gleiten.

Die vierzig Stockwerke des *Depository Trust* aus Stahlbeton und Glas verbargen ein Kellergewölbe, in dem Hunderttausende von Wertpapieren wie diejenigen in Tors Tasche aufbewahrt wurden.

Die meisten Standardlieferungen erfolgten durch den Vordereingang, hinter dem die *Chemical Bank* lag. Aber die wirklich wichtigen Lieferungen – der ständige Wertpapierverkehr – kamen durch den Hintereingang des Gebäudes.

Auf der Rückseite von Nummer 55, Water Street, befand sich ein Paar unauffälliger Türen aus dreißig Zentimeter dickem Stahl. Hinter den Stahltüren folgte eine Reihe von doppeltürigen ›Personenschleusen‹. Den ganzen Tag lang gingen ungepflegte Boten in ausgewaschenen Jeans und Turnschuhen durch diese Türen hinein und wieder heraus. Sie lieferten Taschen und Koffer ab, vollgestopft mit Industrieobligationen und Kommunalschuldverschreibungen, Stamm- und Vorzugsaktien.

Die Tresorräume, in denen die Wertpapiere gelagert wurden, befanden sich in den labyrinthartigen, vielgeschossigen Kellern des Gebäudes. Doch die Boten betraten diese heiligen Hallen niemals, ebensowenig wie die Büros, die in den oberen Stockwerken des Gebäudes lagen. Alles hinter den Stahltüren wurde mit Hilfe von Überwachungskamera, Sicherheitsausweisen und Wachmännern ständig kontrolliert.

Genau um vier Uhr fünfzig am Abend des 9. Dezember betrat ein Mann in einem abgetragenen Tweed-Jackett, einem weinroten Pullover und schmutzigen Turnschuhen das Gebäude der *Depository Trust Company*. Über seiner Schulter trug er zwei Fahrradkörbe, die schmutzige Taschen voller Wertpapiere enthielten. Er schob die Stahltüren auf, wurde durch das Labyrinth der nachfolgenden Türen geschleust, an Kameras und Wachen vorbei, und betrat den kleinen Raum, wo die Ablieferung stattfand. Er mußte vor der quergeteilten Tür hinter einem anderen Boten anstehen, bis er an der Reihe war.

Eine nach der anderen hievte er seine Taschen und die dazugehörigen Laufzettel auf den Schaltertisch. Die Angestellte hinter dem Schalter öffnete – eine nach der anderen – jede einzelne Tasche und untersuchte die Wertpapiere kurz, um sicherzugehen, daß alles, was auf der Liste stand, auch tatsächlich vorhanden war.

Sie nahm das vierteilige Formular heraus, das sich in jeder Tasche befand; dann schickte sie jeweils einen Teil des Formulars zusammen mit den Papieren in den Tresor. Den zweiten Teil des Formulars heftete sie ab – um die letzten beiden Durchschriften dem Boten als Beleg dafür zurückzugeben, daß die Papiere tatsächlich hinterlegt worden waren. Eine dieser Durchschriften würde der Bote dem Eigentümer der Papiere überbringen.

Der Kurier nahm seine Quittungen und ging wieder durch die Stahltüren hinaus. Die Transaktion war abgeschlossen.

Tor blickte auf seine Armbanduhr, als er das Gebäude verließ. Es war noch nicht fünf Uhr, doch der Himmel war völlig schwarz. Müde ging er zur Vorderseite des Gebäudes zurück, wo er sein Fahrrad abgestellt hatte. Er schloß es auf und blickte an dem Bau hinauf. Die Lichter der *Chemical Bank* leuchteten hell, obwohl mittlerweile schon Feierabend und die Bank geschlossen war.

Mit seinen beiden Botengängen und Georgians Druckerei

hatte er heute fast dreißig Millionen Dollar in Inhaberpapieren hinterlegt. Sie würden von jetzt an bis in alle Ewigkeit in den Regalen der *Depository Trust Company* ruhen.

Und kein Mensch hatte sie auch nur angeschaut, um festzustellen, ob sie echt waren.

Freitag, 18. Dezember *Utrecht, Niederlande*

Es war der letzte Freitag vor den Weihnachtsfeiertagen, und Vincent Veerboom saß in seinem Büro bei der Rabobank, kritzelte ein paar Notizen für seine Sekretärin auf einen Zettel und blickte ab und zu aus dem Fenster.

Die einzige trübe Glasscheibe in seinem uneinnehmbaren Büro bot einen Blick über die dampfende, schneebedeckte Stadt Utrecht, deren häßliche, dicke graue Häuser durch den dünnen Schleier von kristallfeinem Schnee, der vom dunklen Himmel herabrieselte, fast hübsch anmuteten.

Er hörte ein leises Klopfen an der Tür; sein Assistent betrat das Zimmer.

»Ja?« bellte Vincent Veerboom, verärgert über die Störung seiner verträumten Ferienlaune.

»Sir, bitte entschuldigen Sie. Ich weiß, Sie wollen in Ferien fahren – aber die Baronin Daimlisch ist draußen. Sie möchte mit Ihnen sprechen.«

»Ich bin nicht da«, sagte er.

Es war schon fast Zeit zu gehen; in einer Viertelstunde würde die Bank schließen, und er hatte den ganzen Nachmittag an diesen Moment gedacht und daran, was bald danach kommen würde. Seine Frau und seine Kinder waren schon voraus gefahren in ihre Skihütte in Zermatt, und er würde erst am nächsten Tag zu ihnen stoßen. Sobald er die Bank verlassen hatte, würde er einen romantischen Abend am üppigen Busen seiner Geliebten verbringen. Ullie war vermutlich gerade in diesem Moment damit beschäftigt, das Abendessen für ihn warm zu machen – in dem kleinen Apartment, das er in einem Vorort von Utrecht für sie gemietet hatte.

»Sir, die Baronin sagt, es handele sich um eine Angelegenheit von äußerster Dringlichkeit. Sie möchte noch heute eine größere Transaktion vornehmen – ehe die Bank schließt.«

»So kurz vor Weihnachten?« schimpfte Vincent Veerboom. »Ganz bestimmt nicht – das ist absurd! Sagen Sie ihr, sie soll wiederkommen, wenn die Bank geöffnet ist.«

»Die Bank wird eine ganze Woche lang geschlossen sein«, wandte sein Assistent ein, »und die Baronin fährt noch heute abend nach Baden-Baden.«

»Wer ist überhaupt die Baronin Daimlisch? Der Name klingt mir bekannt ...«

Der Assistent durchquerte den Raum und flüsterte etwas in Vincent Veerbooms Ohr, als habe er Angst, jemand könne an der Tür lauschen.

»Ah, so ist das«, sagte Vincent Veerboom. »Nun, dann führen Sie sie herein. Hoffentlich wird es nicht lange dauern. Ich hasse es, mit diesen kreischenden, herrischen deutschen Frauen Geschäfte zu machen.«

»Die Baronin ist gebürtige Russin«, sagte der Assistent. »Eine Emigrantin, wissen Sie.«

»Ja, ja, danke. Solche Dinge vergißt man mitunter. Und wie war doch gleich der Vorname der Baronin, Peter?«

»Lelia, Sir. Ihr Name ist Lelia Maria von Daimlisch.«

Der Assistent entfernte sich und geleitete wenige Minuten später Lelia in das Büro.

Sie war in weißen Pelz gekleidet und trug hohe weiße Stiefel aus Eidechsleder. Als sie eintrat, schlug sie das Cape zurück, und der Anblick der Diamanten an ihrem Hals verschlug Vincent Veerboom den Atem. Sobald er sich wieder gefangen hatte, trat er ihr entgegen und ergriff die dargebotene Hand.

»Lelia, wie schön, Sie wiederzusehen«, sagte er herzlich. Als erfolgreicher holländischer Bankier wußte Vincent Veerboom, was das Wort ›Charme‹ bedeutete. »Sie sind noch schöner geworden – ganz das junge Mädchen, an das ich mich erinnere. Wie lange ist das jetzt her? Es scheinen Jahre zu sein – und doch kaum mehr als ein Tag.«

»Für mich«, sagte Lelia und klimperte zurückhaltend mit den Augenlidern, »ist die Zeit nicht relativ.« Sie hatte diesen Mann noch nie zuvor gesehen; Bankiers waren so anmaßend.

»Genau so sehe ich es auch«, stimmte er überschwenglich zu und bot ihr einen Platz an. Dann setzte er sich auf den Stuhl an ihrer Seite und betätigte eine kleine Glocke, um den Hausdiener herbeizurufen.

»Vielleicht hat mein Assistent Ihnen bereits erklärt, daß ich heute abend einen wichtigen Termin habe, der leider die Zeit begrenzt, die ich Ihnen widmen darf. Daher würde ich gern sofort zur Sache kommen. Was führt Sie so dringlich hierher, zur Rabobank, am Vorabend des Weihnachtsfestes?«

»Geld«, sagte Lelia. »Ein Vermächtnis meines lieben verstorbenen Gatten. Er hat mir zur Versorgung meiner einzigen Tochter eine große Summe hinterlassen. Ich möchte einen Teil davon bei Ihrer Bank investieren – wenn das möglich ist?«

»Natürlich. Selbstverständlich. Wir übernehmen gern jede Verantwortung, ganz wie Sie es wünschen. Vielleicht möchten Sie, daß wir als Treuhänder für Ihre Tochter auftreten?«

»Ganz und gar nicht. Meine Tochter kommt nach Europa, und ich möchte, daß sie soviel Geld zur Verfügung hat, wie sie braucht. Aber ich gebe Ihnen die ... meine eigenen Wertpapiere ... die ich nicht in Bargeld umwandeln möchte.«

»Ich verstehe«, sagte Vincent Veerboom. »Sie haben etwas, das Sie als Sicherheit benutzen können, und Sie möchten darauf Geld leihen – ist es das? So müssen Sie Ihre Papiere nicht zu Geld machen und damit Zinseinnahmen verlieren, sondern Sie benutzen sie einfach als Absicherung für einen Kredit. Und Sie möchten dieses Konto im Namen Ihrer Tochter eröffnen?«

»Nein – nur auf meinen Namen«, sagte Lelia. »Und ich möchte das Geld davon abheben, so oft ich es wünsche – jetzt, zum Beispiel.«

»Nun, das ist dann etwas anderes«, sagte Vincent Veerboom. »Sie möchten nicht nur einen Kredit aufnehmen – sondern ein Konto mit einem Überziehungskredit einrichten, was natürlich die Zahlung von Zinsen beinhaltet. Wenn ich Sie richtig verstehe, möchten Sie Ihrer Tochter von einem Ausgangsbetrag die Abhebungen jeweils so zukommen lassen, wie sie sie benötigt – damit behalten Sie die Kontrolle über das Geld. Sehr vernünftig, wenn ich das sagen darf.«

»Dann ist das bei Ihnen möglich?«

»Aber natürlich, nichts einfacher als das, meine liebe Baronin. Und wie hoch soll der Überziehungskredit sein, mit dem wir das Konto einrichten?«

»Aus diesem Grunde genau möchte ich persönlich mit Ihnen sprechen, Monsieur Veerboom. Es handelt sich um einen recht hohen Betrag.«

»Und an welche Summe dachten Sie, meine liebe Baronin?« fragte Vincent Veerboom und lächelte höflich.

»Zwanzig Millionen amerikanische Dollar, mein lieber Monsieur Veerbomm.«

Vincent Veerboom starrte sie einen Moment an – dann besann er sich auf seinen Charme.

»Nun, sicherlich. Und was wollten Sie als Pfand einsetzen, um diese Anleihe abzusichern?«

»Sind vierzig Millionen genug?« fragte sie liebenswürdig.

»Vierzig Millionen, um ein Darlehen von zwanzig abzusichern?« fragte Vincent Veerboom und dachte, er hätte nicht richtig gehört. »Das ist überhaupt gar kein Problem, meine liebe Baronin. Aber – weil ja Weihnachten ist und die Bank jetzt schließt – vielleicht darf ich Sie bitten, heute zunächst einige Papiere zu unterzeichnen. Ich würde Sie dann in ungefähr einer Woche in Baden-Baden aufsuchen, wo Sie ja …«

»Das wird nicht möglich sein«, versicherte Lelia ihm. »Ich möchte schon jetzt mehrere Millionen Dollar mitnehmen – gleich heute. Aus diesem Grund habe ich die Sicherheiten – das Pfandgeld – gleich mitgebracht.«

Lelia öffnete die große Tasche, die sie bei sich hatte, und zog den Stapel echter Inhaberpapiere heraus, deren Kopien nun in den Tresorräumen des *Depository Trust* in New York Staub ansetzten. Sie breitete sie vor sich auf dem Tisch aus, und Vincent Veerboom bemühte sich, den Mund nicht offenstehen zu lassen.

In diesem Moment trat der Hausdiener ein.

»Tee für Madame«, wies Vincent Veerboom ihn an; er war nahe daran zu ersticken, so trocken war sein Hals. »Und würden Sie mir bitte einen Weinbrand bringen? Am besten bringen Sie gleich die ganze Karaffe mit. Madame, vielleicht trinken Sie ein Glas Weinbrand mit mir?«

Lelia nickte zustimmend und lächelte liebenswürdig.

»Oh – und, Hans«, fügte Vincent Veerboom noch hinzu, »sagen Sie doch bitte Peter, er möchte meinen Sechs-Uhr-Termin anrufen und dem Herrn mitteilen, daß ich mich verspäte? Vielen Dank.«

DIE FINANZIERUNG

Unter keinem anderen Wirtschaftssystem vor dem Beginn der modernen Industrialisierung scheint es als übliche oder unzweifelhaft legitime Erwerbsquelle gegolten zu haben, mit Kapitalanlagen Profite zu erzielen.

– Thorstein Vehlen, THE MACHINE AGE

Am Sonntag, dem 20. Dezember, lag mein Abend in der Oper fast einen Monat zurück. An diesem Tag hatten die germanischen Götter ihren Platz in der Morgenvorstellung an jene berühmte französische Glücksritterin *Manon* abgetreten. Das schien mir ein angemessener Tribut an jenen früheren, begnadeten Abend zu sein.

Ich liebe die Szene, in der Manon ihr Leben als Königin von Paris aufgibt und – über und über mit Diamanten behängt – nach Saint Sulpice eilt, um ihren früheren Liebhaber am Vorabend seiner Priesterweihe zu verführen.

Manon ist ein Mädchen, das zwischen der Liebe zu den Männern und der Liebe zum Geld hin- und hergerissen ist. Aber wie immer in der Oper siegt am Ende das Geld. Als sie stirbt, in der Fremde und völlig verarmt, fühlt sie sich noch von den Sternen über ihrem Kopf an jene Diamanten erinnert, die sie zu tragen pflegte, als sie noch im finanziellen Überfluß lebte.

Ich ging durchaus aufgeheitert nach Hause; und das war nicht nur dem Zauber der Musik zu verdanken, sondern auch dem Umstand, daß es Manon war, die zu Fall gekommen war, nicht ich.

Der Nebel umhüllte mein Apartment wie eine weiße Socke. Ich trat hinaus auf die Terrasse und schnitt einige meiner Winterorchideen ab, um sie mit hineinzunehmen. Dort draußen war der Nebel so dicht, daß ich noch nicht einmal den phallischen Turm erkennen konnte, den Lillie Coit auf dem Telegraph Hill errichtet hatte, zu Ehren jener Feuerwehrmänner, die sie quer durch die ganze Stadt zu jagen pflegte.

Ich war wieder drinnen und braute mir einen Tee, als das Telefon schrillte.

»Guten Abend, meine Liebe«, sagte die sanfte, vertraute Stimme. »Ich rufe an, weil ich dachte, du möchtest mir vielleicht zum Geburtstag gratulieren?«

»Hast du heute Geburtstag?« fragte ich. »Ich wußte nur, daß heute Beethovens Geburtstag ist.«

»Bedeutende Köpfe werden von den gleichen Planeten geleitet«, stimmte Tor zu. »Und es scheint, wir haben heute reichlich Grund zum Feiern: wir halten unseren Zeitplan ein.«

Verdammt. Hieß das etwa, er hatte schon alle Wertpapiere zusammen, die er brauchte, um mit Stufe zwei zu beginnen – der Investition? Und ich hatte noch nicht einmal den ersten Schritt erfolgreich hinter mich gebracht. Weil Tavish und seine Crew noch keinen einzigen Kode entschlüsselt hatten, konnte ich bis jetzt noch keinen Pfennig Geld in die Finger bekommen. Die ganze Idee mit dieser Wette deprimierte mich plötzlich.

»Was habt ihr drei denn gemacht, um deinen Geburtstag zu feiern?« fragte ich Tor, um das Thema zu wechseln.

»Georgian und ich arbeiten natürlich noch«, entgegnete er. »Wir sollten mit dem Drucken Ende dieser Woche fertig sein. Und Lelia ist nach Europa gefahren, um uns in diesem Wettrennen einen möglichst frühen Start zu sichern.«

Es gab also gute und schlechte Neuigkeiten. Die gute war natürlich, daß sie noch nicht fertig waren – ich hatte noch eine Woche Zeit, um aufzuholen. Aber die schlechte Nachricht ... Ich dachte mir, ich wollte es lieber genau wissen.

»Ihr habt Lelia ganz allein nach Europa geschickt?« fragte ich. »Ich hoffe, ihr wißt, was ihr tut.«

»Sie wird keine Schwierigkeiten bekommen«, versicherte Tor mir. »Sie hat die Wertpapiere mitgenommen – die echten, die wir durch unsere Fälschungen ersetzt haben –, und sie nimmt bei verschiedenen Banken in Europa Kredite auf. Kein Banker wird sich wundern, egal in welchem Land, wenn eine Frau wie Lelia Konten in dieser Größenordnung eröffnet. Aber sie läßt sich das Geld nicht tatsächlich auszahlen – sie richtet nur alles ein, damit das Geld zur Verfügung steht, wenn wir so weit sind, daß wir es brauchen.«

»Ich hoffe, eure Läuferin, die ihr so früh in dieses Rennen schickt, wird nicht stolpern und dadurch den Sieg gefährden«, warnte ich ihn. »Ich kenne Lelia länger als du. Sie regelt die Dinge gern so, wie sie es selbst gern hätte.«

»Laß das nur meine Sorge sein«, sagte er vergnügt. »Außerdem – jemand mußte damit anfangen, die Kugel ins Rollen zu bringen. Wenn wir damit fertig sind, die Wertpapiere zu drukken und zu ersetzen – Ende der Woche –, wird es zu spät sein, um dort drüben noch irgendwelche Konten einzurichten. Es ist schon fast Weihnachten, und die Banken in Europa sind über die Feiertage geschlossen. Wir müßten bis nach Neujahr warten.«

Großer Gott, er hatte recht! Das war etwas, woran ich selbst noch nicht gedacht hatte – in vier Tagen, am Heiligen Abend, würden alle unsere Testsysteme bei der Bank zur Wartung über den Jahreswechsel abgeschaltet werden. Wenn ich bis dahin keine Programme im System plaziert hätte, die sich die elektronischen Zahlungsanweisungen schnappen würden, müßte ich auch bis nach Neujahr warten. Wir lägen Wochen hinter Tor zurück – und würden obendrein noch das ganze riesige Volumen an Überweisungen zum Jahresende verpassen! Wie konnte ich nur so dumm gewesen sein?

»Und was macht dein kleiner Diebstahl, meine Liebe?« fragte Tor, als habe er meine Gedanken gelesen.

»Alles prima«, log ich und verfluchte mich selbst für diesen fürchterlichen Fehler. Gleichzeitig versuchte ich, mir etwas einfallen zu lassen, was zum Teufel ich dagegen tun konnte.

Der Teekessel fing an zu pfeifen. Ich nahm ihn geistesabwesend von der Platte und hätte mir fast kochendheißes Wasser über den Fuß gegossen. Als ich zur Seite sprang, krachte das Telefon auf den Fußboden. Ich hob es auf und hörte Tor am anderen Ende der Leitung lachen.

»Klingt, als ginge es dir wirklich ganz prima.« Er kicherte in sich hinein. »Steht es denn so schlimm? Ich glaube, du hast die falsche Einstellung. Es wird dir bestimmt gefallen, wieder in New York zu leben, nach all den Jahren – und für mich als Technokratin zu arbeiten, ein Schicksal, für das du geboren bist. Warum gibst du nicht einfach auf und gestehst ein, daß du die Wette verloren hast?«

»Man soll den Tag nicht vor dem Abend loben«, entgegnete ich und wischte mit einem Strumpf, den ich mir ausgezogen hatte, den Fußboden trocken. »Mußt du mich nicht erst schlagen, damit ich verloren habe?«

»Ich habe deine Entschlossenheit im Angesicht der totalen Katastrophe schon immer bewundert«, versicherte mir Tor. »Du hast bis jetzt noch kein einziges System geknackt, und das weißt du auch.«

»Ich würde gern etwas klarstellen«, sagte ich zu ihm und zog das Telefon hinter mir her in das nebelumhüllte Wohnzimmer mit seinen Glaswänden. »Selbst wenn ich verlieren sollte – und ich müßte meine Schuld bezahlen, indem ich für dich arbeite –, ist das nicht mein *Schicksal;* es ist nur eine Wettschuld. Du kannst mich nicht in einen Käfig setzen.«

Tor war einige Sekunden lang still. Dann sagte er ruhig: »Du hast so viele Wände um dich herum errichtet, daß ich nicht im Traum daran denken würde, sie durch einen Käfig zu ersetzen. Ich möchte sie nur einreißen und dich befreien – bitte tu mir den Gefallen und glaub das.«

»Darum hast du mich zu dieser kleinen Wette verleitet, schätze ich – um mich von der dummen Last meiner *selbstgewählten* Karriere zu befreien?«

»Ganz egal, ob du das jetzt zugeben magst oder nicht«, sagte er sanft, »genau so ist es. Aber für den unwahrscheinlichen Fall, daß du die Wette gewinnen solltest, beabsichtige ich, meinen Teil der Vereinbarung einzuhalten. Wie ich von dir erwarte, daß du dein Versprechen erfüllst.« Dann sagte er etwas munterer: »Wenn du jetzt nichts dagegen hast, werde ich mich verabschieden und meinen Geburtstagssekt aufmachen.«

Nachdem wir eingehängt hatten, saß ich in dem ganz und gar weißen Zimmer, bis es dunkel wurde. Dann ging ich schlafen, ohne ans Abendessen zu denken. Ich wußte jetzt, ganz egal was passierte, ich mußte diese Wette gewinnen. Obwohl ich mir um nichts in der Welt vorstellen konnte, warum mir das so verdammt wichtig erschien.

Gleich am nächsten Morgen betrat Tavish mein neues verglastes Büro im dreißigsten Stock. Er kratzte sich seinen zotteligen

Blondkopf und setzte sich mir gegenüber, eine Teetasse in der Hand.

»Mir ist da etwas eingefallen; ich möchte hören, was Sie davon halten«, begann er. »Wenn ich versuchen würde, in das Produktionssystem hineinzugelangen – aber der Computer akzeptiert mein Paßwort nicht –, würde er mich nach drei Versuchen meinerseits, in das System zu gelangen, aussperren und mein Terminal abschalten.« Er sah mich an und wartete.

»Richtig«, stimmte ich zu. »So funktionieren die Sicherheitsvorkehrungen, um Unbefugte davon abzuhalten, mit arbeitenden Systemen herumzuspielen – was wollen Sie damit sagen?«

»Nun, wenn ich ein berechtigter Benutzer wäre, aber ich hätte gerade rein zufällig mein Paßwort vergessen – was würden die machen?«

»Sie würden Ihnen ein neues Paßwort geben«, sagte ich. »Aber ich sehe nicht, wie uns das weiterhilft. Jedes neue Paßwort, daß die Ihnen geben würden, gewährt Ihnen nur Zugang zu den Teilen des Systems, für die Sie eine Berechtigung haben. In die Sicherheitssysteme kämen Sie so bestimmt nicht hinein – und das sind die, an die wir heranwollen.«

»Da haben Sie recht«, sagte Tavish grinsend. »Aber das Paßwort würde mir Zugang gewähren – wenn ich die Person wäre, die *für die Sicherheitssysteme verantwortlich* ist!«

Ich starrte ihn an.

»Sein Name ist Len Maise«, sagte Tavish. »Seine Terminal-Nummer ist drei-eins-sieben. Es steht im elften Stock. Und er ist letzten Freitag nach Tahoe gefahren – und kommt erst nach den Feiertagen wieder.«

»Aber wie wollen Sie die dazu bewegen, daß die *Ihnen* sein neues Paßwort geben?« fragte ich, und mein Herz begann schneller zu schlagen.

»Ich versuche dreimal, mich über sein Terminal einzuloggen. Das System wirft mich raus. Ich rufe an – als Len Maise – und bitte um ein neues Paßwort, das ich mir selbst ausgesucht habe, damit ich es mir dieses Mal merken kann. Um sein neues Paßwort ins System einzugeben, brauchen die eine Unterschrift – die Genehmigung durch einen Vizepräsidenten. Weil Lens Boß bedauerlicherweise auch nicht da ist, schätze ich, werden *Sie* diejenige sein, die unterschreibt.«

»Warum bringen Sie mir nicht auch eine Tasse von dem Zeug, das Sie da trinken, ganz egal, was es ist?« schlug ich vor. »Und wenn Sie schon mal draußen sind, bringen Sie am besten gleich eine Bevollmächtigung mit. Es scheint, Len Maise, drüben in der Sicherheitsabteilung, braucht ein neues Paßwort.«

Das Jahresende ist eine lebhafte Zeit im Bankgeschäft. Die *Bank of the World* hatte dabei ihr eigenes Motto: Wir schließen unsere Tore niemals, solange das Geld noch fließt. Zumindest war das die allgemeine Einstellung.

Wir machten über Weihnachten Überstunden – nicht nur für die Leute, die Truthähne und Geschenke kauften, sondern auch im elektronischen Zahlungsverkehr und bei allen anderen Dienstleistungen. Jetzt war es weltweit Zeit für den Jahresabschluß, was bedeutete, daß Steuereinsparungen und die verschiedensten Investitionen nicht länger hinausgeschoben werden konnten. Dieser verrückte Banktrubel stellte für mich in doppelter Hinsicht ein Dilemma dar.

Die Produktionssysteme, die jetzt rund um die Uhr liefen, setzten mehr Geld um als zu jeder anderen Zeit im Jahr – Geld, das mir entgehen würde, wenn ich nicht in das System gelangte, um es mir unter den Nagel zu reißen. Aber am Heiligen Abend würde das Testsystem abgeschaltet werden. Über das Testsystem wurden alle neuen Programme – so auch meine – in die Produktionsumgebung eingegeben, also dorthin, wo das Geld bewegt wurde. Ich mußte durch diese Tür schlüpfen, bevor sie sich schloß.

Aber am Mittwoch, dem Tag vor Heiligabend, hatte Tavish den Testschlüsselkode noch immer nicht geknackt – obwohl es ihm mittlerweile gelungen war, in das Sicherheitssystem einzudringen. Noch fehlte uns jenes kleine Programm, das alle elektronischen Zahlungsanweisungen dekodierte, die bei der Bank einliefen, und das den Zugang zum Clearingverkehr der Bank öffnete, damit wir das Geld auf die entsprechenden Konten buchen konnten.

Außerdem konnte ich kaum dreißigtausend neue Bankkonten eröffnen, alle mit einem Kontostand von null Dollar. Das würde mehr als verdächtig aussehen.

Also kaute ich auf den Nägeln, machte mich immer verrückter und beobachtete das Dutzend Uhren jenseits von meiner Glaswand, die die Zeit anzeigten, wie sie in den verschiedensten Ländern weltweit verstrich – und auch für mich.

Am Donnerstagmorgen – dem 24. Dezember – hatte Tavish die Kodes noch immer nicht entschlüsselt. Pavel war schon in den Ferien, »um dem irrsinnigen Treiben in der Stadt zu entrinnen«, daher ging ich selbst ans Telefon, als es klingelte.

»Darlink«, war Lelias gedämpfte Stimme zu hören, »dies ist eine Sache von *äußerster Dringlichkeit!* Solch ein Unglück habe ich – du mußt gleich kommen, heute noch.«

»Langsam, langsam, Lelia. Wohin soll ich kommen? Ich dachte, du bist in Europa?«

»*Da.* Ich bin in Europa – aber jetzt bin ich hier, in meinem Schlafzimmer.«

Ich hatte vergessen, daß Lelia in Krisenzeiten Verben nur in einer Zeitform konjugieren konnte.

»Noch mal eins nach dem anderen, bitte«, sagte ich zu ihr. »Du *warst* in Europa, aber jetzt bist du wieder zu Hause. Wo sind Georgian und Tor? Ist jemand da, der mir das übersetzen kann?«

»Nein, *boschemoi,* ich bin so *fatiguée!* Sorsione, sie ist für mich nach Europa gefahren – aber Zoltan, er will mit mir nicht sprechen. Sie sind beide sehr *fâchés avec moi.*«

»Warum sind sie beide böse auf dich?« fragte ich besorgt. »Warum ist Georgian für dich nach Europa gefahren? Warum hat Tor mich nicht selbst angerufen, wenn es Schwierigkeiten gibt?«

»Wo er ist, gibt es kein Telefon«, versicherte Lelia mir. Selbst im Gefängnis gab es Telefone – wo konnte er sein?

»Er ist nicht da, wo du bist?« fragte ich.

»*Là? Mais non! Je suis dans ma chambre!*«

»Ich meine nicht in deinem Schlafzimmer – ich meine in New York.«

»Er ist in der Nähe, aber er kann unmöglich mit dir sprechen. Er möchte, daß du hierher nach New York kommst – *tout de suite* – heute noch. Ich schicke dir ein Ticket zum *aéroport – tu vas venir? Je m'explique,* wenn du ankommst.«

»Wann willst du alles *expliquer,* Lelia?« fragte ich. »Ich habe hier zu tun – ich kann nicht mitten im Jahresabschluß einfach nach New York fliegen! Sag Tor, wenn er mit mir sprechen will, soll er mich selbst anrufen – ich habe genug von seinen kleinen Intrigen, und, offen gestanden, bin ich erstaunt darüber, daß er dich für so etwas benutzt.«

»Tu me crèves le cœur!« rief Lelia. »Du hast kein Vertrauen zu mir! Du kommst hierher – ich mache alle kleinen Erklärungen, wenn du da bist.«

»Ich werde dir etwas sagen«, entgegnete ich ziemlich verärgert. »Ich hinterlasse Tor eine Nachricht bei seinem Telefondienst. Wenn es so wichtig ist, kann er mich zurückrufen und auf Englisch erklären, was los ist.«

»Du versteht mein *anglais* nicht«, klagte Lelia.

Ich hatte genug von ihrem Gejammer. Ich warf ihr durchs Telefon einen Kuß zu und hängte auf.

Jetzt blinkte meine andere Leitung, und als ich den Hörer abnahm, vergaß ich Lelia für den Moment völlig. Das letzte, was ich erwartet hätte, war ein Anruf von Peter-Paul Karp – Tavishs ehemaligem und Pearls jetzigem Boß. Er lud mich zum Mittagessen ein.

Die Aussicht, eine Stunde oder noch länger mit Mr. Karp zu verbringen, war eine Strafe. Ich beschloß, die Einladung anzunehmen – wenn auch nur, um herauszufinden, was er sich dabei gedacht hatte –, immer vorausgesetzt, daß er fähig war zu denken.

Wir trafen uns in einem Restaurant seiner Wahl: im *Coût que Coût* – was auf Französisch soviel bedeutet wie: ›Koste es, was es wolle‹. Ich kannte den Laden gut – es war die Art Restaurant, wo die Kellner, in zeitloser französischer Tradition, mindestens alle zwei oder drei Stunden einmal an deinem Tisch vorbeigeschlendert kommen, um zu fragen, ob du dich schon entschieden hast. Karp kam fünfzehn Minuten zu spät und hielt es scheinbar für ausgesprochen wichtig, erst einmal mit dem gesamten Mitarbeiterstab gemütlich zu plaudern – einschließlich des Küchenchefs, der eigens nach vorn kam –, bevor er an den Tisch trat, wo ich auf ihn wartete.

Er lehnte es ab, gleich auf den Anlaß unseres Zusammentreffens zu sprechen zu kommen. Erst trödelte er mit der Speisekarte und der Weinauswahl herum, bis ich fast zu schreien anfing; als wir schließlich bestellt hatten, warf er mir ein schmieriges Lächeln zu.

»Ich bin gerade von einem Besuch in meiner Heimat – Deutschland – zurückgekehrt«, informierte er mich. »Ich habe gehört, Sie wurden auch für eine Aufgabe dort in Erwägung gezogen.«

»Ich weiß – danke für die Empfehlung«, entgegnete ich. Er tat das mit einer Handbewegung ab.

»Deutschland ist ein wundervolles Land, Banks. Sie hätten die Gelegenheit nicht einfach so in den Wind schlagen sollen. Natürlich ist es für mich etwas anderes – ich spreche die Sprache fließend –, und die Wurzeln meiner Familie reichen natürlich mehr als tausend Jahre zurück ...«

»Wirklich? Was für ein Zufall«, erwiderte ich. »Mit meiner Familie ist es ganz genauso. Wir können uns nur nicht erinnern, wer die Leute waren.«

Ich bekam den wütenden Blick zugeworfen, mit dem ich gerechnet hatte, aber zumindest kam er wieder zur Sache.

»Ich habe Sie hierhergebeten, um Sie zu warnen, Banks«, informierte er mich und stützte sich mit den Ellenbogen auf. »Nur ein freundliches Wort unter Kollegen Die Schwierigkeiten, die Sie uns gemacht haben, sind schwer in Worte zu fassen – die Erschütterungen war im ganzen Banksystem zu spüren. Letzte Woche bekomme ich einen Anruf von Willingly – er sagt, es ist sehr dringend. Ich treffe mich mit ihm. Er sagt: ›Banks spielt nicht mit.‹ Sie wissen, welches Spiel ich meine? Es ist ein Spiel unter Männern in der Geschäftswelt. Als Deutscher, der ich nun einmal bin, verstehe ich, daß Frauen anders sind als wir. Verstehen Sie?«

»Worauf wollen Sie hinaus?« fragte ich und hatte das Gefühl, ich könnte diesen kleinen Grundkurs in Biologie gut auslassen.

»Wissen Sie, er versteht sich sehr gut mit Lawrence – Ihr Boß, Willingly. Lawrence hat ihn sogar als Mitglied für den Vagabond Club vorgeschlagen! Vielleicht wird er noch diesen Monat aufgenommen.«

»Was soll ich tun – in Tränen ausbrechen? Das ist ganz bestimmt nicht meine Art. Aber Kiwi ist glücklich, Lawrence ist glücklich – alle sind glücklich.«

»Alle außer mir«, sagte er niedergeschlagen. »Ich habe Ihnen das alles erzählt, weil Sie mir jetzt etwas schuldig sind.«

»Lassen Sie uns das ganz klar sehen, Karp. Ich schulde Ihnen gar nichts außer einem Mittagessen, bei Gelegenheit – das heißt, wenn Sie heute zahlen. Ich wußte das alles bereits. Kiwi hat es mir selbst erzählt.«

»Wußten Sie auch schon, daß Willingly befördert werden soll? Er soll Lawrences Position übernehmen. Das kann jetzt nicht mehr lange dauern. Sobald Lawrence ganz nach oben gehievt worden ist.«

»Ganz nach oben?« wiederholte ich gedankenlos.

Ich versuchte, ungezwungen zu wirken, aber ich spürte, wie mir der Unterkiefer heruntersackte. Die Spitze von was? Sicherlich wären nicht einmal die Aufsichtsratsmitglieder – so beschränkt ihr Weltbild auch sein mochte – naiv genug, einen skrupellosen alten Haudegen wie Lawrence zum Präsidenten der Bank zu machen! Das hieße dem Fuchs die Aufsicht über den Hühnerstall anvertrauen.

»Jetzt *schulden* Sie mir einen Gefallen«, sagte er selbstgefällig. »Sie sehen doch, daß Ihre Tage gezählt sind. Bald spielen Sie wieder auf Willinglys Grün – und er wird im Ballbesitz sein.«

»Den Ball aufschlagen«, verbesserte ich ihn, obwohl er auf diesen Aufschlag allem Anschein nach bestens vorbereitet war.

Ich war so gut wie tot – erledigt –, wenn Kiwi mich noch einmal in die Hände bekam. Es hatte keinen Sinn, Karp etwas vorzumachen; er wußte im Moment wahrscheinlich mehr über das, was mir bevorstand, als *ich.* Mit Kiwi als Vorgesetztem konnte ich meinen Diebstahl, meine Wette und meinen Job vergessen.

»Also, was wollen Sie denn?« fragte ich ihn. »Am besten bitten Sie mich jetzt gleich darum; es scheint, als wäre ich bald nicht mehr in der Lage, allzu viele Wünsche zu erfüllen.«

Er lehnte sich weiter nach vorn und flüsterte mir vertraulich zu: »Sie müssen sie loswerden! Sie versucht, mich zu ruinieren! Sie will meinen Job, und alle wissen es. Ich sterbe an Magengeschwüren, wenn ich warten muß, bis Willingly soweit ist, daß er sie für mich loswerden kann. Aber ich weiß, sie wird auf Sie hören. Sie können sie dazu bringen, daß sie weggeht.«

»Sie meinen Pearl?« fragte ich und versuchte, ein Lachen zu unterdrücken.

»Ja – die *Schwarze*«, zischte er. »Das ist kein Grund zum Lachen. Sie ist wirklich verrückt geworden – läßt mich den ganzen Tag lang Formulare ausfüllen, den ganzen Papierkram – sie verfolgt mich damit bis zur Toilette! Sie wissen so gut wie ich, daß niemand alle Regeln befolgt. Wir hätten keine Zeit mehr für etwas anderes! Aber wenn ich auch nur eine Kleinigkeit übersehe, wird sie mich deswegen anschwärzen – sie hat es mir gesagt. Ich glaube, sie ist eine Spionin!«

Die Adern auf seinem Nasenrücken traten vor lauter Aufregung deutlich hervor, und ich erinnerte mich daran, was Tavish mir über seinen Kokainkonsum erzählt hatte. Aber ich erinnerte mich auch noch an etwas anderes – seinen gesetzwidrigen Handel mit Computersystemen.

»Was tun Sie denn bloß, das so interessant sein könnte, daß es sich lohnt, dem nachzuspionieren?« fragte ich ihn liebenswürdig.

»Glauben Sie etwa, *ich* wüßte nicht, wie Sie die Sache mit Frankfurt herausgefunden haben, um rechtzeitig den Kopf aus der Schlinge zu ziehen? Wie es gekommen ist, daß Sie direkt für Lawrence arbeiten? Glauben Sie, Willingly und ich, wir wüßten nicht, was Sie mit Ihrem Qualitätsausschuß vorhaben? Sie versuchen, die Paßworte und sogar die Testschlüssel zu knacken. Sie wollen in seinen elektronischen Zahlungsverkehr eindringen – um zu beweisen, daß seine Sicherheitsvorkehrungen die schlechtesten in der ganzen Bank sind!«

Glücklicherweise verriet Karp mehr, als er seinerseits herausfand! Aber das waren unschöne Neuigkeiten. Demnach war Kiwi mir dicht auf den Fersen und wußte alles, was wir vorhatten, wenn auch hoffentlich nicht, *warum*. Karp konnte dies alles nicht allein herausgeschnüffelt haben, nicht bei all dem Kokain, das er sich durch die Nase zog.

Ich mußte etwas tun, und zwar sofort.

»Peter-Paul«, sagte ich in aller Freundschaft. »Ich bin keine so gute Freundin von Pearl, wie Sie anzunehmen scheinen, aber es könnte sein, daß mir eine Möglichkeit einfällt, wie ich sie aus Ihrer Abteilung weglocken kann. Was würden Sie sagen, wenn ich Ihnen einen Job nennen könnte, den Pearl sofort übernehmen würde?«

»Ich wäre Ihnen ewig dankbar, Banks – Ihr ergebener Diener.«

»Ich werde tun, was ich kann«, versicherte ich ihm und fragte mich, wie zum Teufel ich mein Versprechen halten sollte. »Aber wenn es mir gelingt, müssen Sie aufhören, mit Kiwi gegen mich zu arbeiten. Hören Sie auf mit diesem Krieg zwischen unseren Abteilungen, bis ich zumindest dieses Projekt beendet habe. Und Sie können Tavish bis dahin auch nicht wiederbekommen – ist das klar?«

»Absolut«, sagte er aufrichtig. »Tavish ist das letzte, woran ich gedacht habe.«

Wer's glaubt, wird selig, dachte ich bei mir. Aber laut sagte ich: »Ich vertraue Ihnen.«

Gleich nach dem Mittagessen ließ ich Tavish in mein Büro kommen. Er sah recht niedergeschlagen aus.

»Ich möchte, daß Sie auf alle unsere Paßworte, über die man in unsere Programme oder Dateien gelangt, Verfolger setzen«, sagte ich zu ihm. »Irgendwie haben Kiwi und Karp in Erfahrung gebracht, was wir vorhaben und daß Pearl auch damit zu tun hat. Wenn sie nicht jemanden aus dem Qualitätsausschuß bestochen haben, ist es immerhin möglich, daß sie unsere Aktivitäten im System selbst verfolgen.«

»Geht sofort los«, stimmte Tavish zu. »Aber erst einmal sollten Sie wissen, daß Kiwi mir nachstellt – er hat mich heute mittag zum Essen eingeladen.«

Ich hielt abrupt inne. »Teile und herrsche, das scheint deren Motto zu sein«, versetzte ich. »Ich war zum Mittagessen mit Ihrem lieben Freund Karp verabredet. Er wollte, daß ich ihm einen Gefallen tue – was wollte Kiwi?«

»Er hat mir einen Job angeboten – das heißt, angeboten ist nicht das richtige Wort – er hat mich unter Druck gesetzt.«

»Sie unter Druck gesetzt?« Mir blieb die Spucke weg. »Was meinen Sie damit?«

»Sobald wir es schaffen, auch nur in ein einziges System oder eine Datei einzudringen, erwartet Lawrence einen offiziellen Bericht über alle unsere Aktivitäten von uns – dann wird unsere Gruppe sofort aufgelöst. Kiwi sagt, ich kann dann für ihn arbeiten. Die Alternative ist, zu Karp zurückzugehen.«

»Warum bleiben Sie nicht bei mir, für mein nächstes Projekt?« schlug ich vor, um ihn zu beruhigen.

»Sie werden kein nächstes Projekt mehr durchführen können«, informierte er mich. »Die machen sich jetzt wirklich ins Hemd; dieses Mal wollen die Sie ein für allemal loswerden – und Pearl gleich dazu.«

Großartig. Diese beiden Intelligenzbestien erwarteten doch tatsächlich von mir, daß ich ihnen Pearl sozusagen als Abschiedsgeschenk vom Hals schaffte. Und ganz offentsichtlich steckte auch Lawrence mit dahinter – was für ein Sumpf. Warum hatte man bloß den Eindruck, daß ausschließlich Dreckskerle erfolgreiche Banker wurden?

»Wie es der Zufall will«, sagte ich zu Tavish, »*habe* ich noch ein Projekt in der Hinterhand. Ich habe Ihnen von meiner Wette mit Dr. Zoltan Tor erzählt, aber ich habe nie erwähnt, worum es dabei geht.«

»Ich wünschte, ich hätte nie von dieser schrecklichen Wette gehört«, sagte Tavish bitter, die Hand auf der Türklinke. »Wen kümmert es, worum es dabei geht? Der Einsatz, um den hier gespielt wird, ist viel zu hoch für mich. Ich werde im Gefängnis landen oder als unerwünschter Ausländer ausgewiesen werden, und all das nur, weil ich versucht habe, etwas so Nobles und Ehrenhaftes zu tun, wie eine Bank auszurauben!«

»Sie können einen Rückzieher machen, wann immer Sie wollen«, versicherte ich ihm. »Aber ich habe immer noch meine Wette, bei der es um folgendes geht: Wenn Tor verliert, besorgt er mir den Job bei der *Fed* wieder, den Kiwi für mich abgeschossen hat. Aber wenn *ich* verliere, muß ich ein Jahr lang für Dr. Tor persönlich arbeiten.«

»Für Dr. Tor arbeiten?« Tavishs Gesicht hellte sich auf. »Das würde ich kaum die Wette *verlieren* nennen. Wenn ich ihn nur einmal kennenlernen könnte – seine Hand schütteln, mich ein wenig mit ihm unterhalten –, ich hätte das Gefühl, ich wäre gestorben und schon im Himmel. Ich wollte Sie eigentlich fragen – weil Sie ihn doch so gut kennen –, ob Sie das nicht eines Tages für mich arrangieren können?«

»Ich kann Ihnen auch schon sagen, wann«, versicherte ich ihm. »An dem Tag, an dem Sie dort hinausgehen und diesen verdammten Kode knacken.«

Um fünf Uhr war Pearl bei mir im Büro und lief hin und her wie ein Tiger im Käfig.

»Und was hat er *dann* gesagt?« fragte sie wutschnaubend.

»Er bat mich, dich loszuwerden – dir einen anderen Job zu suchen.«

»Wo?«

»In Sibirien – ganz egal wo. Er sagt, du hast ihn zur Verzweiflung getrieben mit dem Ausfüllen von Formularen, daß du ihm sogar bis auf die Toilette gefolgt bist!«

»Das ist eine himmelschreiende Lüge!« rief sie aus. »Vielleicht habe ich *vor* der Herrentoilette gewartet, ein- oder zweimal ...«

»Du mußt damit aufhören.« Ich lachte. »Ich habe mich dazu bereit erklärt, dich Karp vom Hals zu schaffen, und das muß ich auch tun. Es ist nur für kurze Zeit, aber ich kann es nicht riskieren, daß Karp verrückt spielt – mir läuft die Zeit davon. Wenn wir heute abend nicht in dieses verdammte System hineinkommen, habe ich die Wette verloren, und Tor wird das sofort herausfinden. Vielleicht wäre ich trotzdem noch in der Lage, ein bißchen Geld abzuzweigen – ein paar Karps und Kiwis zu überführen, wie ich mir das zuerst gedacht hatte. Aber jetzt sitzt mir die ganze Bank im Nacken. Es wird nicht lange dauern, bis sie alles herausgefunden haben – und wenn es soweit ist, sollte ich besser in der Lage sein, ihren Trumpf zu überbieten oder aber meine Sachen packen und die Stadt verlassen.«

»Heute abend?« fragte Pearl. »Süße, ich kann das gar nicht glauben. Es ist erst ein paar Wochen her – höchstens einen Monat. Irgendwie habe ich bis zu diesem Moment immer noch gedacht, es ist ein Spiel. Aber du willst es wirklich tun – nicht wahr?«

»Darauf kannst du wetten«, sagte ich, dann zuckte ich zusammen, ob der Wahl meiner Worte. Es war diese dumme, verdammte Wette, die mich, in weniger als einem Monat, in den Schlamassel gebracht hatte, in dem ich jetzt steckte. Wie war es Tor nur gelungen, dies alles an einem einzigen Tag in New York anzurichten? Noch vor einem Monat war ich die höchstgestellte weibliche Führungskraft bei der größten Bank der Welt gewesen. Ich hatte mein Leben damit verbracht, das Bankgeschäft zu erlernen, ich konnte auf eine zwölfjährige Karriere im Technologiebereich zurückblicken, und ich hatte die Aussicht auf eine noch erfolgreichere Karriere vor mir.

Heute um Mitternacht würde ich entweder im Begriff sein, eine Bank auszurauben, oder im Flugzeug nach New York sitzen, um eine Arbeit anzunehmen, die eine ewige Sklaverei zu sein versprach. Und das alles dank Tor, der den Funken Rachsucht in meinen Augen zu einem internationalen Rachefeldzug angefacht hatte. Großer Gott, würde ich es nie begreifen?

Gerade in diesem Moment war ein leises Klopfen an meiner Bürotür zu hören. Die Lampen hinter der Glaswand waren ausgeschaltet – seit drei Uhr, als die Bank über die Feiertage geschlossen worden war.

Pearl und ich spähten ins Halbdunkel, konnten aber nur einen undeutlichen Schatten erkennen.

»Was sagen wir, was ich hier mache, wenn es Karp ist?« fragte Pearl mit gesenkter Stimme.

»Wir sprechen über deinen neuen Job«, flüsterte ich zurück.

Sie stand auf und öffnete die Tür. Davor stand Tavish, einen riesigen Berg Computerausdrucke im Arm. Er stolzierte durch den Raum und häufte den dicken Stapel auf meinen Schreibtisch. Selbst über Kopf gelesen, wußte ich, was es war, und mein Herz hörte für eine Sekunde auf zu schlagen.

»Wir haben die Testschlüsselkodierung geknackt, Madame«, sagte er. »Jetzt werden wir die besagten Bankkonten einrichten. Ich glaube, es werden noch heute nacht einige größere Überweisungen darauf eingehen.«

»Kismet«, sagte ich mit einem Grinsen, als Pearl und ich die Hände gegeneinanderklatschten.

Ich hoffte nur, daß es noch nicht zu spät sein würde.

Ich rief den Floristen an und bestellte die Blumen – alle in Weiß – Lilien, Chrysanthemen, Narzissen, weißen Flieder und Kirschbaumzweige – den Vorrat für einen ganzen Monat. Der Blumenhändler war sprachlos.

Nur selten lud ich Leute zu mir nach Hause ein, weil mein Apartment meine private Fluchtburg war, die Wolkenregion, in der ich Dampf ablassen konnte. Aber an diesem Abend beschloß ich, es wäre für Pearl, Tavish und mich gemütlicher, hier zu sitzen als in einem dunklen Rechenzentrum kalte Pizza zu essen – vielleicht auch sicherer, wenn man an die Möglichkeit des Entdecktwerdens dachte.

Ich rief auch im Weingeschäft an und bestellte eisgekühlten Champagner – und im Szechuan-Feinkostgeschäft, wo ich per Telefon aus Mr. Hsus täglichem Angebot alle möglichen Spezialitäten auswählte.

Als ich zu Hause ankam, sah ich, daß der Portier bereits den Champagner in einer Kiste Trockeneis vor die Tür gestellt hatte. Und Mr. Hsu saß neben den Stapeln von Blumenschachteln auf der obersten Treppenstufe.

»Madame True«, sagte er und erhob sich, um mich zu begrüßen. »Ich bringe dieses Essen, weil ich soeben auf dem Heimweg bin.«

»Mr. Hsu, wollen Sie nicht auf ein Glas Champagner hereinkommen?« fragte ich und schaffte die Blumen nach drinnen, während er mir mit dem Essen folgte.

»Nein, ich muß nach Hause gehen. Meine Frau erwartet mich. Aber ich möchte eines wissen, bevor ich gehe – wie viele Leute erwarten Sie heute abend zum Essen?«

»Zwei außer mir. Warum fragen Sie?«

»Dann ist es genauso, wie ich zu meiner Frau gesagt habe: Madame True bestellt immer für dreißig – und wenn es nur drei sind. Meine dumme Frau wollte mir nicht glauben. Eines Tages, wenn Sie in mein Restaurant kommen, müssen Sie ihr diese Philosophie erklären. Sie ist sehr amerikanisch.«

»Sie meinen, lieber zu viel haben als zu wenig?« fragte ich.

»Ja. Mir gefällt diese amerikanische Philosophie sehr gut. Eines Tages wird sie mich zu einem sehr reichen Mann machen.«

Ich erklärte Mr. Hsu nicht, daß alle Computerfreaks zwanghafte ›Reste‹-Esser sind, sondern ließ ihn weiter seinen kapitalistischen Traum träumen. Mr. Hsu half mir, die Kiste mit dem Champagner hineinzutragen, dann verabschiedete er sich.

Ich hatte gerade noch Zeit, die Blumen auszupacken und anzuordnen, den Champagner wegzustellen, das Essen in Schüsseln zum Aufwärmen in den Ofen zu schieben, zu baden und mich umzuziehen. Ich war frisch gepudert und parfümiert und hatte eben meinen weiten Kaschmirpullover angezogen, als es an der Tür klingelte.

Pearl und Tavish standen davor – sie in einem flamingofarbenen Angorapullover, der sie umhüllte wie ein Bademantel, und er im dazu passenden T-Shirt – sicherlich von Pearl ausgesucht. Darauf stand: ›Echte Männer essen Beluga-Kaviar‹.

Wir entkorkten den Champagner und stellten die Flasche in ihrem silbernen Kühler neben den Couchtisch. Dann ließen wir uns in die Kissen sinken, um zu essen und zu entspannen und uns auf den entscheidenden Moment dieser Nacht am Computer vorzubereiten.

»Wenn man so hoch oben über allem sitzt wie hier, umgeben von Blumen und Champagner«, sagte Pearl, »habe ich das Gefühl, alles übrige – die Bank, meine schreckliche Karriere, dieser Widerling Karp –, all das ist unwirklich.«

»Aber dank moderner Technologie«, sagte Tavish, »ist es doch nur einen Telefonanruf weit weg.«

Und das würde der Telefonanruf sein, der mein ganzes Leben verändern sollte, dachte ich.

Um neun Uhr waren wir um den großen Lacktisch in meinem Arbeitszimmer versammelt; Tavish hämmerte eifrig auf die Tastatur ein, einen entschlossenen Ausdruck im Gesicht. Pearl und ich, müde von den Anstrengungen der letzten Tage und etwas zuviel Champagner, tranken jetzt starken schwarzen Kaffee und sahen ihm bei seiner Arbeit von Zeit zu Zeit über die Schulter.

»Dieser Computer – Charles Babbage, nicht wahr? – ist eine richtige Persönlichkeit.« Tavish grinste hinter seinem Bildschirm hervor. »Er hat mir gerade erzählt, er erwartet, daß er für diesen Job Überstunden bezahlt bekommt.«

Ich hatte mit den Bobbsey-Zwillingen vereinbart, daß sie Charles heute bis spät in die Nacht eingeschaltet lassen sollten, damit wir seine Adressenliste an den Computer der Bank durchgeben und unsere neuen Kundenkonten einrichten konnten.

Die Bank bekam jeden Tag neue Kunden, daher war die Einrichtung solcher Konten ein Routinevorgang, solange wir einen positiven Kontostand hatten, um sie anzulegen.

Und das Geld dazu würden wir haben – aus dem elektronischen Zahlungsverkehr –, sobald unsere ›Programmänderungen‹ aus dem Testsystem unter echten Betriebsbedingungen in die Produktion gingen. Weil wir bis fünf Uhr an jenem Abend – als Bobby den Kode knackte – noch nicht genau wußten, was diese neuen Programme eigentlich tun sollten, war es sehr hektisch gewesen, sie zu schreiben und den erforderlichen Papierkram auszufüllen, um das Rechenzentrum davon in Kenntnis zu setzen, daß diese Änderungen noch heute abend durchgeführt werden sollten.

Andererseits war es eine günstige Zeit im Jahr, um Änderungen in letzter Minute in das Produktionssystem einzubringen. Kurz vor dem Jahresabschluß war die Warteschlange von Programmen, die in den verschiedenen Systemen in die Produktion gehen sollten, immer besonders lang, und der elektronische Zahlungsverkehr machte da keine Ausnahme. Ich fügte unsere Programme einfach zu allen anderen hinzu, ehe ich das Büro verließ. Ich war mir sicher, daß die Kodes lange vor Mitternacht im Computer sein würden, um elektronische Zahlungsanweisungen abzufangen und das Geld auf unsere diversen Konten zu verteilen.

Aber um zehn Uhr ging etwas ganz und gar schief.

Pearl und ich waren draußen auf der Terrasse und kamen nach der irrsinnigen Hektik des Tages im nächtlichen Nebel langsam zur Ruhe. Tavish nahm drinnen letzte Änderungen vor. Er war gerade damit fertig geworden, die Liste aus New York zu kopieren und Charles Babbage zu erlösen, damit er sich warten lassen konnte.

Da hörten wir ihn plötzlich ausrufen: »Verdammter Mist! Oh, verdammter Mist!«

Wir rannten nach drinnen und sahen Tavish, wie er mit wütendem Blick auf das Terminal starrte.

»Was ist passiert?« rief ich und rannte um den Tisch herum, um auf den Bildschirm zu sehen.

Tavishs Stimme schien aus der Tiefe meines Kopfes widerzuhallen, als ich hoffnungslos auf die grünen Buchstaben schaute, die dort glühten:

TESTPROGRAMME DER BANK OF THE WORLD
FÜR HEUTE BEENDET.
WIR WÜNSCHEN IHNEN EIN FROHES
WEIHNACHTSFEST UND SCHÖNE
FERIEN!

»Die haben das verdammte Testsystem abgeschaltet!« Tavish schrie fast. »Meine verdammten Programme hocken da draußen in der Warteschlange – und die haben das verdammte System abgeschaltet – zwei Stunden zu früh!«

»Scheiße«, sagte ich, starrte wie betäubt auf den Bildschirm und fragte mich, was zum Teufel ich jetzt tun sollte. Noch nie in meinem Leben hatte ich mich so hilflos gefühlt.

»Und wir haben herumgebummelt«, sagte Pearl, »haben chinesisch gegessen und Champagner in uns hineingeschlürft, als hätten wir jede Menge Zeit. Was genau bedeutet das hier? Was passiert jetzt?«

»›Von dort, wo du bist, kannst du ihre Träume hören‹«, sagte Tavish. »›Das Entsetzen und die Verzweiflung, die Flucht und den Fall, und die große See ihrer Träume …‹«

»Was soll das heißen?« fragte Pearl und sah Tavish an, als wäre er jetzt völlig übergeschnappt.

»Dylan Thomas«, sagte Tavish. »Es bedeutet, daß unsere Träume gestorben sind – unser System ist tot – unser Projekt ist erledigt – *wir* sind gestorben.«

Er stand auf und verließ das Zimmer in einer Art Trance, ohne eine von uns anzusehen.

»War's das?« fragte Pearl mich. »Gibt es nichts, was wir tun können?«

»Ich weiß nicht«, entgegnete ich und starrte immer noch auf den Bildschirm. »Ich weiß es wirklich nicht.«

Es war elf Uhr abends, und Pearl hatte gerade zu Tavish gesagt, sie würde ihm ihren Sekt über den Kopf schütten, wenn er noch ein einziges Mal ›Wenn wir nur nicht ...‹ sagte.

Das war der Moment, als mir die Idee kam. Ich wußte, es war riskant – ein völlig verrückter Schuß ins Blaue hinein –, aber ich war bereit, lieber *alles* zu versuchen, als die ganze Nacht die Wand anzustarren und mich die ganze nächste Woche lang zu verfluchen, bis ich wieder in das System hineingelangen konnte.

»Bobby, kannst du Objektkode schreiben?« fragte ich ihn.

»Ein bißchen – aber das ist alles andere als mein Spezialgebiet«, versicherte er mir.

»Was ist Objektkode?« wollte Pearl wissen.

»Maschinensprache«, erklärte Tavish ihr. »Das ist der Kode, in den andere Programme übersetzt werden – Bits und Bytes – ausführbare Anweisungen, Befehle, die die Maschine verstehen und umsetzen kann.«

»Was brütest du da aus?« fragte Pearl mich, aber ich sah noch immer Tavish an.

»Könntest du den Objektkode der Programme nehmen, die du geschrieben hast, und ihn direkt in die aktive Produktionsumgebung eingeben – als wäre er bereits kompiliert und betriebsbereit?«

»Sicher, ich glaube schon«, sagte Tavish mit mehr als einer Spur Zynismus. »Wir müßten natürlich die Betriebsabteilung dazu bewegen, den elektronischen Kapitaltransfer abzuschalten – der jetzt rund um die Uhr läuft – und mich an die Maschinen zu lassen. Aber ich bin mir sicher, sie werden sich freuen, die Produktion eigens für uns zu unterbrechen, wenn wir ihnen erklären, wir müssen heute einfach noch da rein, um die Bank auszurauben.«

»So meine ich das nicht«, sagte ich und wußte, daß das, *was* ich meinte, noch verrückter war. »Was ich meine, ist – wenn ich dich heute abend in das Produktionssystem hineinbringe –, könntest du die Veränderungen durchführen, während der elektronische Zahlungsverkehr eingeschaltet ist?«

Tavish sah mich an und fing an zu lachen.

»Du machst natürlich einen Witz«, sagte er.

»Übersetzung bitte«, sagte Pearl. »Heißt das, das graue Flanellgehirn hat einen abwegigen Vorschlag gemacht?«

»Sie ist völlig hinüber«, stimmte Tavish zu. »Das da unten sind ›virtuelle‹ Maschinen: da laufen Hunderte von Peripheriegeräten, alle online geschaltet, und alle jagen wie verrückt Daten rein und raus – Hunderte von Speicherbereichen sind geöffnet, und dazwischen wird wie rasend hin- und hergeblättert, alles im Nanosekundenbereich ...«

»Moment mal«, sagte Pearl. »Ich meinte eine Übersetzung in menschenfreundliches Englisch.«

»Im großen und ganzen«, sagte Tavish aufgebracht, »ist es wie die Harlem Globetrotters direkt aus der Hölle – beim Spiel mit einer Million Basketbällen gleichzeitig, und das ganze mit Lichtgeschwindigkeit. In eine solche Maschine einzugreifen und Veränderungen vorzunehmen wäre in etwa so, wie an einem Känguruh eine Gerhirnoperation durchzuführen, während jemand mit der Stoppuhr daneben steht.«

»Eine recht treffende Beschreibung«, gratulierte ich ihm. »Meinst du, du schaffst es, wenn ich dich hineinbringe?«

Tavish schüttelte den Kopf und blickte zu Boden.

»Ich bin verrückt – aber nicht so verrückt«, sagte er ruhig zu mir. »Außerdem gibt es keine Möglichkeit von einem Terminal wie diesem hier, das per Telefon mit dem Rechner verbunden ist, in das System hineinzukommen.«

»Ich wollte nicht vorschlagen, daß du die Änderungen telefonisch übermitteln sollst«, sagte ich mit einem Lächeln. »Ich dachte, wir installieren sie persönlich.«

»Du meinst – direkt im Maschinenraum?« Pearl blieb die Luft weg.

Tavish sprang auf die Füße und warf seine Serviette auf den Boden.

»Nein. Nein. Nein – und nochmals nein!« rief er aus. »Das ist völlig unmöglich!« Er wirkte leicht hysterisch, und ich konnte ihn ganz bestimmt verstehen.

Wenn wir auch nur den kleinsten Fehler machten, während eine derart komplizierte Ansammlung von Maschinen in Betrieb war, konnte das ganze System abstürzen – mit jenem gräßlichen Todesröcheln, das bei Computerfreaks Alpträume hervorruft. Wenn man es einmal gehört hat, läßt einen schon eine Schwankung der Stromspannung im Supermarkt zusammenzucken. In diesem Fall wäre es sogar noch schlimmer, als einfach einen Rechner zum Absturz zu bringen – denn falls wir hier etwas falsch machten, würden wir die Produktion für die ganze weltweite Datenverarbeitung der *Bank of the World* lahmlegen.

Und schließlich – falls so etwas passieren sollte, während wir uns noch im Gebäude aufhielten – wären wir tief im Innern des Rechenzentrums abgeschnitten, inmitten konzentrischer Kreise von Personenschleusen und Wachposten. Wir säßen ein für allemal fest, ohne Ausweg.

»Du hast recht«, sagte ich niedergeschlagen zu Tavish. »Ich kann so etwas Gefährliches nicht von dir verlangen. Es war verrückt von mir, überhaupt daran zu denken.«

»Du hast dich von deiner Wette hinwegreißen lassen«, stimmte Tavish zu, beruhigte sich ein bißchen und setzte sich wieder. »Wenn natürlich dein Freund Dr. Tor hier wäre, lägen die Dinge wohl anders. Er könnte sicherlich tun, worum du mich gebeten hast – er hat Bücher darüber geschrieben.«

Großartig – und ich hatte mir noch nicht einmal die Mühe gemacht, auf seine Nachricht zu antworten. Aber Tor wäre kaum versessen darauf gewesen, an die Westküste gejettet zu kommen, nur um mir zu helfen – selbst wenn ich schon gewußt hätte, welche Art von Hilfe ich brauchen würde. Schließlich und endlich waren wir Konkurrenten in einem Wettstreit, wie er immer wieder gern betonte.

In diesem Moment klingelte das Telefon. Und obwohl ich wußte, daß es eine solche Gleichzeitigkeit von Ereignissen gar nicht geben konnte, hatte ich doch ein ausgesprochen seltsames Gefühl, wer das wohl sein würde, als ich Tavish zunickte, er solle abnehmen.

Er legte seine Hand über die Sprechmuschel. »Ein Typ namens Lobatschewski«, verkündete er. »Er sagt, es ist ziemlich dringend.«

Ich lächelte und zog dabei eine Grimasse, ging hinüber und nahm den Hörer. Jetzt war alles vorbei, bis auf den letzten Showdown. Irgendwie hatte Tor über eine Entfernung von dreitausend Meilen hinweg gespürt, daß er die Wette gewonnen hatte.

»Nein, Nikolai Iwanowitsch«, sagte ich liebenswürdig, »was für eine Freude, wieder einmal von Ihnen zu hören. Habe schon lange keine Abhandlung mehr aus Ihrer Feder gelesen seit derjenigen über die euklidische Mathematik von – wann war das doch gleich – 1850?«

»Achtzehnhundertzweiunddreißig, um genau zu sein«, sagte Tor. »Du hast auf meinen Anruf nicht geantwortet.«

»Ich war beschäftigt«, versicherte ich ihm. »Ganz schwer beschäftigt – um *genau* zu sein.«

»Wenn ich dir eine dringende Nachricht zukommen lasse, erwarte ich wenigstens soviel Entgegenkommen, daß du dich nach meiner Lage erkundigst. Das ist das Mindeste – was ich auch für dich tun würde.«

»Du hast nicht um eine Nachfrage gebeten. Ich sollte ins Flugzeug steigen – weil du mit den Fingern geschnippst hast – und nach New York fliegen!« protestierte ich aufgebracht. »Hast du vergessen, daß ich nebenbei auch noch einen Job habe? Ganz zu schweigen von einer Wette, die ich gewinnen möchte.«

Tavish sah mich mit großen Augen an, als er begriff, wer das sein mußte.

»Wie ich schon sagte – es ist das Mindeste, was ich für dich tun würde«, wiederholte Tor bissig. »Nun, wie ist es, darf ich aus diesem verfluchten Nebel heraus- und zu dir hinaufkommen? Vorausgesetzt natürlich, daß dein Gast oder deine Gäste nichts dagegen haben.«

Ich hielt einen Moment den Atem an.

»Wo *bist* du?« fragte ich mit gedämpfter Stimme.

»An dem Zeitungskiosk um die Ecke«, entgegnete er. »Ich bin noch nie in deiner Stadt gewesen – und habe bis jetzt auch immer noch nichts davon gesehen. Bist du sicher, daß es hier eine Stadt gibt? Auf dem ganzen Weg vom Flughafen hierher herrschte die gleiche Waschküchenatmosphäre wie jetzt – wir hatten Glück, daß das Flugzeug überhaupt landen konnte.«

Ich schloß die Augen, legte meine Hand über die Sprechmuschel und flüsterte: »Danke, Gott.« Dann zwinkerte ich Tavish zu.

»Was für ein Zufall«, sagte ich übers Telefon zu Tor. »Gerade haben wir eine deiner übersinnlichen Nachrichten empfangen – daher erwarten wir dich bereits.«

Ich war noch nie in meinem Leben so froh gewesen, jemanden zu sehen.

Nachdem ich auf den Türsummer gedrückt hatte, um Tor ins Gebäude hineinzulassen, und als ich ihn schließlich die letzte Treppe vom Fahrstuhl zum Penthouse hinaufsteigen sah – in seinem eleganten Kaschmirmantel, die kupferfarbenen Locken schimmernd im Lampenlicht –, wollte ich hinauslaufen und ihn umarmen. Aber das wäre vielleicht nicht besonders klug gewesen, wenn man bedenkt, um was ich ihn bitten wollte, sobald er durch die Tür hereingetreten sein würde. Statt dessen nahm ich ihm lieber den Mantel ab.

Nach einer kurzen Vorstellung – Tavish hatte es scheinbar die Sprache verschlagen angesichts der ersten Begegnung mit seinem Idol – verfrachtete ich alle zusammen ins Wohnzimmer, damit Pearl und Tavish Tor von den letzten acht traumatischen Stunden erzählen konnten; ich selbst ging in die Küche, um die Sache ins Rollen zu bringen.

»Nett hast du's hier«, rief Tor mir nach. »Jungfräuliches Weiß – erinnert mich an das Kapitel in *Moby Dick*. Deiner Persönlichkeit allerdings recht angemessen.«

Ungeachtet seines bissigen Humors – wie immer auf meine Kosten – wußte ich, daß Tor, selbst wenn er nicht all diese Jahre mein Mentor gewesen wäre, wenn er mich nicht in diese Wette hineingezogen hätte und selbst wenn er nicht seinerseits dringend genug meine Hilfe brauchte, um sich sogar von der Brust seines geliebten New York loszureißen – so wußte ich doch, daß er mich nicht in so einer Patsche sitzenlassen würde – ganz besonders nicht, wenn er eine Chance sah, all die technologischen Zauberkunststückchen vorführen zu können, die er allein beherrschte. Und einen Zauberkünstler *würden* wir brauchen, wie Tavish und ich nur zu gut wußten.

In der Küche holte ich die Liste mit den Telefonnummern für den Notfall aus der Schublade und ließ meinen Finger daran entlanggleiten, bis ich die Privatnummer des zuständigen Vizepräsidenten für die Betriebsabteilung gefunden hatte. Genau wie meine stand auch seine Nummer nur als letzter Ausweg auf der Liste, falls in der Nacht ein wichtiger Produktionsablauf zusammenbrechen sollte.

Ich kannte Chuck Gibbs, den Vizepräsidenten der Betriebsabteilung. Wir hatten schon viele lange, triste Nächte gemeinsam im Rechenzentrum verbracht, wenn Teile der Produktion abgestürzt waren. Ich wußte auch, daß Chuck fünf kleine Kinder hatte und eine Frau, die es allmählich leid war, allein und mit kalten Füßen zu schlafen. Heute war Weihnachten – keiner von den Gibbs' würde begeistert sein, die Neuigkeiten zu hören, die ich zu erzählen hatte.

»Chuck, hier ist Verity Banks vom elektronischen Kapitaltransfer«, sagte ich, als er den Hörer abnahm. »Es tut mir wirklich schrecklich leid, daß ich dich ausgerechnet heute abend stören muß – aber ich fürchte, in der Produktion ist ein Notfall eingetreten ...«

Im Hintergrund konnte ich Kinderstimmen piepsen hören – und eine Frauenstimme, die sagte: »Ich kann es einfach nicht glauben – am *Weihnachts*abend?«

»Oh, ist schon in Ordnung«, sagte Chuck zu mir. »So ist das nun mal in unserem Beruf, nehme ich an.« Er klang, als sei ich geradewegs quer über das Grab seiner Mutter marschiert, doch er fügte hoffnungsvoll hinzu: »Ist es vielleicht etwas, das einer der Operatoren in Ordnung bringen kann?«

Die Operatoren waren im Rechenzentrum, während ich wußte, daß Chuck in Walnut Creek wohnte, auf der anderen Seite der Bucht – eine gute Stunde Autofahrt.

»Ich fürchte nicht«, entgegnete ich. »Ein Laufwerk scheint nicht richtig zu funktionieren, aber wir können das System nicht einfach abschalten, um es auszuwechseln. Du weißt, der Jahresabschluß – Hochkonjunktur bei uns. Wir könnten das ganze System zum Absturz bringen, wenn wir anfangen, mitten in der Produktion Peripheriegräte abzuschalten. Sollten wir versehentlich abstürzen, müßten wir das System kaltstarten und die Programmwiederaufnahme einleiten.«

»Das ist schlimm«, gab er zu und war einer echten Depression nahe.

Und er hatte verdammt recht – deshalb hatte ich mir die Geschichte so zurechtgelegt: es könnte Wochen oder sogar noch länger dauern, wenn wir alle aktuellen Transaktionen wiederherstellen müßten, die gerade jetzt hereinkamen. Wenn Chuck die Produktion abschalten mußte, würde die Bank unter Umständen Zehntausende Dollar verlieren – und das würde nicht gerade ein Geheimnis bleiben. Selbst die Presse würde sich darauf stürzen, wenn eine Bank von der Größe wie unsere über Weihnachten dichtmachte.

»Ich werde einen Außendiensttechniker mitnehmen«, sagte ich zu Chuck, »sicherheitshalber.« Damit wäre auch Chuck abgesichert, falls etwas schiefgehen sollte. »Aber ich habe das Gefühl, ein ranghoher Manager sollte dabei sein, um die Entscheidungen zu fällen, wenn die Situation schlimmer sein sollte, als wir denken.«

»Da hast du recht«, sagte Chuck und klang todtraurig. Ich konnte hören, wie seine Frau rief: »Du fährst am Heiligen Abend *nicht* über die Bay Bridge – und das ist mein letztes Wort!«

»Ich werde dir etwas sagen«, jetzt machte ich ihm mein verlockendes Angebot, »wenn es dir recht ist, kann ich an deiner Stelle rüberfahren. Ich wohne nur fünf Minuten vom Rechenzentrum entfernt – und ich habe keine Kinder, die auf den Weihnachtsmann warten! Wenn es sehr ernst ist, rufe ich dich an – aber es wäre doch schade, wenn du so weit fahren sollst, und es stellt sich vielleicht heraus, daß das gar nicht nötig war.«

»Meine Güte – das wäre großartig!« sagte Chuck und wäre fast durch das Telefon gesprungen, um mir die Hand zu schütteln. »Bist du sicher, daß es dir nichts ausmacht?«

»Ich weiß, daß du das gleiche auch für mich tun würdest«, erwiderte ich. »Aber ich brauche natürlich eine Zutrittserlaubnis für den Ingenieur.«

»Schon gewährt«, sagte Chuck gewaltig erleichtert. »Martinelli ist für die zweite Nachtschicht zuständig – es dauert keine halbe Stunde, dann kannst du rein. Und noch mal, Verity, ich kann dir gar nicht sagen, wie sehr ich mich freue, daß du das für mich tust.«

»Kein Problem«, entgegnete ich. »Laß uns das Beste hoffen.«

Ich legte auf und ging ins Wohnzimmer zurück. Tor blickte von seinem Gespräch mit Tavish und Pearl auf und lächelte.

»Ich habe gerade durch deine Kollegen hier von deiner mißlichen Lage gehört, meine Liebe«, informierte er mich und strahlte über das ganze Gesicht. »Ich habe den Eindruck, man erwartet, daß ich aushelfe. Ich fürchte, es ist das Schicksal des Genies, sich immer wieder beweisen zu müssen, aber ich freue mich, wenn ich helfen kann. Nur nicht vergessen, mein hübsches kleines Plüschtier – nach heute abend bist du mir etwas schuldig.«

»Dann laß uns gehen«, sagte ich zu ihm und fragte mich, warum es immer so herum kam. »Wir haben nicht viel Zeit – wir haben eine Verabredung mit einer Maschine.«

Es war schon erstaunlich, daß ein einfacher Telefonanruf es uns ermöglichte, sechs Sicherheitsebenen hinter uns zu lassen und, ohne Aufsehen zu erregen, ins innerste Heiligtum vorzudringen. Wir hatten abgemacht, daß Tavish und Pearl nach Hause gehen könnten – wir würden sie anrufen, wenn wir jemanden brauchten, der eine Kaution für uns stellte.

Tor schlenderte mit gesenktem Kopf hinter mir her und trug die Aktentasche, in der sich Tavishs Objektkode für die Programme befand, die wir eingeben sollten. Er hatte seinen Kaschmirmantel gegen einen abgetragenen Trenchcoat von Tavish getauscht. So sah er mehr wie ein Teckie aus, was besser zu seiner Rolle als Außendiensttechniker paßte.

»Der Boß sagt, bei Ihnen funktioniert ein Laufwerk nicht richtig«, begrüßte uns Martinelli, der aufsichtsführende Operator der Nachtschicht, als wir das hell erleuchtete Rechenzentrum betraten.

Martinelli war ein rundlicher Italiener in Sweatshirt und Jeans mit einem militärischen Kurzhaarschnitt. Ihm war die Aufsicht über das reibungslose Funktionieren der Millionen Dollar teuren, hochmodernen Hardware anvertraut, die auf vier Hektar Grundfläche verteilt in drei Stockwerken der *Bank of the World* stand.

»Wir haben alle Laufwerke überprüft«, fügte er hinzu, als Tor, ganz professionell, seine Aktentasche abstellte, »aber wir konnten nichts feststellen.«

»Wir bekommen eine Fehlermeldung, wenn wir versuchen, auf Laufwerk siebzig zu schreiben«, sagte ich zu Martinelli. »Vielleicht haben Sie etwas übersehen.«

Er reagierte ein wenig ärgerlich, überprüfte aber seine Konfigurationsaufstellung.

»In diesem System gibt es kein solches Laufwerk«, versicherte er mir, was bedeutete, daß das System ein Laufwerk mit dieser Nummer nicht kannte, weil eine entsprechende Konfiguration nie eingegeben worden war.

Natürlich log ich, daß sich die Balken bogen – was ich sagte, war völlig aus der Luft gegriffen. Ich wollte nur, daß Tor irgendwie an das gottverdammte System herankam, ganz egal wie.

»Genau da scheint unser Problem zu liegen«, sagte ich zu Martinelli. »Das System soll elektronische Zahlungsanweisungen entgegennehmen – aber irgendwie ist die Adresse des Laufwerks, wo es sie ablegen soll, verschwunden. Habt ihr hier unten etwa mit unseren Peripheriegeräten herumgespielt?«

»An diesem System macht sich keiner zu schaffen«, versicherte mir Martinelli und klopfte auf einen Prozessor ganz in der Nähe. »Der elektronische Kapitaltransfer läuft auf den Großrechnern – das ist das zuverlässigste und beste System, das wir haben.«

»Solange nicht jemand beschließt, mit ein paar Steckern herumzuspielen«, sagte ich von oben herab. »Wir bezahlen diesen Techniker hier – lassen Sie ihn nicht herumstehen. Starten Sie das Programm zur Fehlersuche, verschaffen Sie ihm Zugang zum Supervisor, und vielleicht war's das schon.«

Das Fehlersuchprogramm war so etwas Ähnliches wie ein Computerdoktor – es sauste innerhalb der Maschine herum, während andere Programme liefen, und untersuchte sie, ob sie vielleicht krank waren. Wenn man ihm erlaubte, sich über den Supervisor hinwegzusetzen – der das gesamte System kontrollierte –, konnte es in das System eingreifen und an den ›kranken‹ Programmen Veränderungen vornehmen – ohne daß irgend jemand davon erfuhr. Tor hatte mir gesagt, ich sollte alles so arrangieren und ihm den Rest überlassen.

Martinelli – der irgend etwas über Frauen und Schiffe vor sich hin murmelte – nahm unwirsch ein Band aus einem Ständer, knallte es auf ein Laufwerk und schnipste den Vorspann herum, bis er in den Schacht hineingesaugt wurde. Dann ließ er die Glastür nach oben gleiten, ging hinüber zur Konsole und drückte auf dem Keyboard verschiedene Tasten.

»Sie sind drin«, sagte er zu Tor und trat von der Konsole zurück.

»Haben Sie eine Kippe, die ich schnorren könnte?« fragte ich Martinelli, weil ich wußte, daß er gern rauchte, es aber in der klimatisierten Atmosphäre hier im Raum nicht durfte. »Lassen wir diesen Typen doch seinen exorbitanten Stundenlohn verdienen – wollen wir?« Ich deutete auf Tor.

Martinelli und ich gingen die Laderampe hinunter zu dem kleinen Erfrischungsraum hinter den gläsernen Schiebetüren des Rechenzentrums. Aus dem Augenwinkel konnte ich Tor an seiner Konsole stehen sehen, wie er mit langen Finger über die Tasten strich. Ich zog es vor, nicht daran zu denken, was passieren würde, wenn etwas schiefginge und er auch nur einen winzigen Fehler machte.

Ich hielt mich so lange wie möglich mit Martinelli im Erfrischungsraum auf, indem ich begeistert einer Schilderung lauschte, wie seine Mannschaft beim internen Bowlingwettbewerb der Bank bisher abgeschnitten hatte. Der Kaffee für die Nachtschicht war noch schlechter als der, den wir tagsüber bekamen – wenn das überhaupt möglich war.

Als wir schließlich in den Maschinenraum zurückkehrten, stand Tor immer noch da, mit dem Rücken zu uns, und tippte vor sich hin.

»Nun, Abälard?« sagte ich und klopfte ihm auf die Schulter. »Wie geht's voran?«

»Fast fertig – Héloïse«, entgegnete er und schüttelte mich geringschätzig ab. Im Profil konnte ich sehen, daß seine Haut noch blasser war als sonst, und auf seiner Stirn glänzten winzige Schweißtropfen. Ich hoffte bei Gott, daß alles klappte.

Sorgenvoll betrachtete ich die Programmauflistungen, die

vor ihm lagen – Auflistungen, die Tavish ihm gegeben hatte und die er heute abend zum ersten Mal sah. Sie waren alle im Hexadezimalkode abgefaßt – was mir ganz und gar nichts sagte. Aber Tor hatte mit roter Tinte ein paar krakelige Notizen an den Rand geschrieben. Und obwohl sie den meisten Leuten völlig unverständlich erscheinen mußten, wußte ich, daß mein Leben und unser aller Schicksal davon abhing, daß sie zu hundert Prozent korrekt waren. Ein kleiner Ausrutscher mit dem Handgelenk, und wir könnten beide ebensogut gleich hier im Rechenzentrum Harakiri begehen.

»Haben Sie herausgefunden, was los war?« fragte Martinelli Tor und kam mit einem Operator von der Nachtschicht im Gefolge herüber. »Wir halten hier sehr auf Ordnung – wir haben keine einzige Fehlermeldung bekommen. Was haben Sie getan, um die Sache in Ordnung zu bringen?«

»Ganz einfach, mein lieber Freund«, sagte Tor und schaltete zu meiner großen Erleichterung das System ab. »Ich habe die Gerätebezeichnung geändert und ihn laufen lassen.«

»Unmöglich«, sagte Martinelli. »Sie meinen, im Programmablauf – während das Programm am Laufen war?«

»Es war wirklich nur halb so schlimm«, versicherte Tor ihm. »Wenn wieder einmal etwas sein sollte – rufen Sie uns einfach an.«

Wir passierten die letzte Personenschleuse auf unserem Weg zu den Aufzügen. Unten in der Tiefgarage konnte ich kaum in den Wagen steigen, so sehr zitterten mir die Beine. Ich spürte die kalten Schweißtropfen auf meiner Stirn und einen eisigen Klumpen in meinem Magen. Ich erwartete, jeden Moment Alarmsirenen aufheulen zu hören, die uns im Gebäude festhalten würden, wenn der Computer endlich auf Tors neu eingegebenen Kode stoßen mußte. Aber ich fuhr die Rampe hinauf, und wir verließen das Gebäude ohne einen Muckser.

Tor war während unserer Flucht vom Ort des Verbrechens seltsam still gewesen. Ich fragte mich, woran er wohl dachte, und ob er genauso verrückt vor Angst gewesen war wie ich.

»Ich hoffe, das verdammte System stürzt nicht um drei Uhr morgens ab«, sagte ich zu ihm, während ich mir im Dunkeln meinen Weg durch den alles verhüllenden Nebel suchte.

»Welch überschwengliche Dankbarkeit«, sagte er. »Sag einfach Bescheid, wenn ich wieder einmal mitten in der Nacht dreitausend Meilen weit fliegen soll, weil du meine Hilfe brauchst.«

»Ich gebe dir einen Brandy aus, wenn wir wieder bei mir sind«, sagte ich.

»Wir fahren nicht zu dir – in diese weiße Todesfalle« , informierte er mich. »Wenn du dich nach einem Leichentuch sehnst, meine Liebe, hat es ganz den Anschein, als könntest du dich einfach an jede beliebige Straßenecke in dieser gespenstischen weißen Metropolis stellen. Du gehörst immer noch nach New York.«

»Ich hoffe, du hast nicht vor, mich heute nacht dahin mitzunehmen«, sagte ich und spähte durch die Windschutzscheibe, um wenigstens Andeutungen der Straße zu erkennen, auf der ich fuhr.

»Ich sollte es unbedingt tun – aber leider geht jetzt kein Flug mehr«, erklärte er. »Fahr weiter geradeaus, bis du an die Bucht kommst – ich habe mir auf dem Weg zu dir eine Karte von dieser schrecklichen Stadt angesehen. Wir fahren an einen Ort, der *Fisherman's Wharf* heißt.«

»Mag sein, daß du dir eine Karte angesehen hast«, entgegnete ich, »aber du hast dich nicht mit den örtlichen Gepflogenheiten beschäftigt. Es ist nach ein Uhr nachts – in San Francisco ist jetzt alles geschlossen.«

»Was für barbarische Sitten«, brummte Tor, in dessen Heimatstadt es – wie in Las Vegas – keine Sperrstunde gab. »Fahr trotzdem weiter, so wie ich gesagt habe. Man hat mir versichert, daß der Ort, an den ich dich mitnehme, so lange geöffnet bleibt, wie wir es wünschen.«

Das gefiel mir gar nicht – aber ich wußte, daß ich Tor nicht nur einen Gefallen schuldete, sondern ihm mein Leben verdankte. Ich bezweifelte, daß es auf diesem Planeten besonders viele Leute gab, die das für jemanden getan hätten oder es überhaupt hätten tun können, was er heute nacht für mich getan hatte, schon gar nicht innerhalb so kurzer Frist. Wenn er die verdammten Kaianlagen sehen wollte – warum nicht?

Wir hielten ganz in der Nähe von *Fisherman's Wharf* – einen

Parkplatz zu finden war um diese Tageszeit kein Problem –, und ich schloß den Wagen ab. Wenn es nicht so neblig gewesen wäre, hätte mich die nackte Panik ergriffen. Aber ich dachte mir, wenn mir jemand in dieser Suppe eins über den Schädel geben wollte, mußte er mich erst einmal finden.

Tor nahm meine Hand und führte mich den Kai hinunter, dorthin wo die Läden und Bistros aufhörten und – ganz unten, fast am Ende – Boote im Wasser quietschten und platschten, zwischen den Überresten altersschwacher, baufälliger Häuser.

»Das sieht aus, als ob es das richtige ist«, sagte er und zeigte auf ein kleines Motorboot, das ich in der Finsternis kaum erkennen konnte.

»Du nimmst mich zu einer Bootsfahrt mit?« fragte ich leicht hysterisch. »Auf der Bucht – zu dieser Nachtzeit?«

Doch er kletterte wortlos ins Boot hinunter und fummelte darin herum.

»Laß mal sehen, der Schlüssel sollte … hier ist er.« Seine Stimme drang durch den Nebel zu mir hinauf. »Nun, mein liebes Mädchen«, fügte er hinzu, als er seine Hand durch den Nebel nach oben mir entgegen streckte, »habe ich dich je mit einer Erfahrung bekanntgemacht, die dir nicht früher oder später gefallen hat?«

»Vielleicht ist dies das erste Mal«, versetzte ich. Aber da gab es nichts, was ich dagegen tun konnte – daher reichte ich ihm meine Hand und kletterte hinunter ins Boot.

Ehe ich es richtig mitbekommen hatten, waren wir schon draußen auf dem Wasser – und fuhren auf die Bucht hinaus. Als wir die Kaianlagen hinter uns gelassen hatten und weit genug draußen waren, glitzerte das schwarze Wasser um uns her im Licht der Stadt. Auf der Bucht war die Sicht mit Ausnahme einiger Nebelflecken völlig klar, und die hohen Gebäude von San Francisco erhoben sich über ihrem Schlagsahnemantel aus Nebelschwaden wie das versunkene Atlantis, das schaumumhüllt aus dem Meer aufsteigt. Der Mond darüber war dick und rund, umgeben von dahineilenden Wolken. Ich hatte noch nie so etwas Großartiges gesehen.

»Das ist unglaublich«, flüsterte ich Tor zu, obwohl meilenweit keine Menschenseele war, die uns hätte hören können. »Ich bin noch nie nachts draußen auf der Bucht gewesen.«

»Dann ist das heute die erste von vielen solchen Erfahrungen, die ich in deiner näheren Zukunft vorhersehe«, versicherte er mir.

»Wohin bringst du mich? Oder ist das einfach nur ein Ausflug?« wollte ich wissen. Schließlich hatte er gesagt, dort wäre noch geöffnet.

»Wir fahren zu einer Insel – unserer Insel«, sagte er sanft, wie zu sich selbst. »Inmitten der samtdunklen See ...«

DIE FEINDLICHE MACHTÜBERNAHME

Es ist nicht die Mildtätigkeit des Bierbrauers oder Bäckers, von der wir unser Abendbrot zu erwarten haben, sondern sein berechtigtes Eigeninteresse.

Wir wenden uns nicht an seine Menschlichkeit, sondern an seine Eigenliebe, und sprechen zu ihm nie von unseren Bedürfnissen, sondern nur von seinem Vorteil. – *Adam Smith*

Ich war seit zehn Jahren in San Francisco, und die einzige Insel in der Bucht, von der ich wußte, war Alcatraz; allerdings war ich noch nie dort gewesen. Aber Tor, der erst an jenem Nachmittag aus New York eingetroffen war, hatte noch eine Insel gefunden. Er liebte es, Menschen mit dieser Art von Allwissenheit zu beeindrucken. Nicht daß mir das viel ausgemacht hätte. Diese Insel war wirklich wunderschön.

Sie war klein – vielleicht hundert Meter lang –, mit einer felsigen Küste und Rasenflächen, die nach den Regenfällen des Winters noch grün waren. Auf der einen Seite waren die Lichter von Berkeley zu sehen, auf der anderen die Lichter der Stadt. Verborgen vor der Außenwelt, schien diese Insel eine Zuflucht zu sein – ein Eiland auf einem See, in einem wäßrigen Schoß – das sanfte Plätschern der Wellen löschte die Geräusche jener wirklichen Welten an den fernen Ufern aus.

»Wie hast du diesen Ort bloß gefunden?« fragte ich Tor.

»Genauso, wie ich dich gefunden habe«, entgegnete er, »durch Zauberei oder Intuition.«

Es spielte keine Rolle – mir gefiel es hier. Hand in Hand wanderten wir vom Anleger über die Rasenflächen. Auf der Landspitze stand ein kleines Fachwerkhaus mit zwei Stockwerken, in dem uns vergnügte Lichter entgegenleuchteten. Als wir es erreicht hatten, suchte Tor in einem Topf Gardenien nach dem Schlüssel und schloß die Tür auf.

»Ich bin sehr müde«, sagte er zu mir und öffnete die quietschende Tür. »Für mich ist es schon drei Stunden später – fast fünf Uhr morgens. Wenn wir in Manhattan wären, könnte ich jetzt die Vögel schon in den Bäumen zwitschern hören. Ich denke, ich werde gleich zu Bett gehen.« Zu Bett?

»Du hast doch nicht vor, hier zu übernachten?« fragte ich.

»Und du glaubst doch wohl nicht, daß ich auch nur eine Nacht in dem Sarg verbringe, den du dein Zuhause nennst?« sagte er verärgert. »Ich brauche Platz und Zeit, um abzuschalten. Der Tag war recht anstrengend für mich – was ich größtenteils dir zu verdanken habe. Und es muß wirklich wunderschön sein, hier morgens aufzuwachen.«

»Sieh mal ...« setzte ich an, aber Tor brachte mich mit einem Blick zum Schweigen, nahm mich bei der Hand und führte mich zu einem weichen, bauschigen Sofa dort im Wohnzimmer. Er drückte mich in die Polster.

»Nein – *du* sieh mal her«, sagte er ärgerlich. »Ich kenne dich seit zwölf Jahren, und habe ich in der ganzen Zeit je versucht, auch nur einen Finger an dich zu legen? Es gibt keinen historischen Präzedenzfall für die Ängste, die du zu hegen scheinst.«

»Wir haben bisher noch nie allein in einem einsamen Bauernhaus übernachtet«, bemerkte ich.

»Bin ich denn ein Vertreter auf Handlungsreise?« schnaubte er verächtlich und ging hinüber zu der Truhe neben dem Kamin, auf der Bettwäsche und Handtücher lagen. »Hier sind Nachthemden, Decken und Steppdecken – und in diesem Haus gibt es ein halbes Dutzend Schlafzimmer – so hat man mir zumindest versichert. Kein Mann, der noch halbwegs bei Sinnen ist, würde sich, müde wie ich bin, all diese Mühe machen, um den heiligen Tempel deiner Person zu entweihen. Warum gehst du nicht nach oben und suchst dir ein Zimmer aus, damit wir endlich ein Auge zumachen können?«

Ich benahm mich natürlich lächerlich. Alles, was er sagte, stimmte – aber das war es nicht, was mich bekümmerte. Tatsache ist, ich hatte Angst – mehr als noch vor einer Stunde, im grellen Licht des Rechenzentrums, als ich etwas Wirkliches hatte, vor dem ich mich fürchten konnte. Die einzige Gefahr hier war ... es war absurd, auch nur daran zu denken. Es gab absolut nichts, worüber ich mir Gedanken machen mußte.

Wortlos nahm ich mir ein Nachthemd von dem Stapel in Tors Armen und machte mich auf den Weg nach oben, um mir ein Schlafzimmer auszusuchen. Tor blieb unten und stöberte in der Küche neben dem großen Zimmer herum. Schließlich kam er mit einer Flasche Brandy und zwei Gläsern nach oben.

Eins davon stellte er auf den eichenen Waschtisch neben meinem Bett, schenkte mir ein und sagte: »Trink deinen Schlummertrunk – du hast ihn dir verdient. Ich komme nachher wieder und decke dich zu.«

»Mach dir keine Mühe«, sagte ich schnell. »Ich habe alles gefunden, was ich brauche – auch das Badezimmer.«

Er lächelte und ging, wobei er leise die Tür hinter sich schloß.

Ich wußte natürlich, was nicht stimmte – ich verstand ja. Hastig zog ich mich aus und schlüpfte in das dicke Flanellnachthemd. Tor gab mir das Gefühl, schwach zu sein; er zehrte an meinen Kräften. Dabei hatte er eine Art und Weise, mich in Dinge zu verwickeln, denen ich nicht gewachsen war, mich tiefer und tiefer in etwas hineinzuziehen, während er danebenstand und lachte. Ich war die erfolgreichste Frau, die ich kannte – bis zu dieser Bankgeschichte, die er sich ausgedacht hatte. Und jetzt steckte ich wieder bis zum Hals im Sumpf, ohne einen erkennbaren Ausweg.

Aber da war noch etwas – weitaus schlimmer als diese Vorliebe, meinen Hals zu riskieren. Abgesehen von meinem Großvater Bibi, war Tor der einzige Mann, der mir das Gefühl geben konnte, ein Kind zu sein, das beschützt werden wollte – kein Gefühl, das ich besonders schätzte. Er brachte mich in Situationen, über die ich keine Kontrolle hatte – dann eilte er zu meiner Rettung herbei, so daß ich nach seiner Hand greifen mußte. Er erwartete, daß ich vor seiner überlegenen Stärke und seinem Intellekt einen Kniefall machte, wie Tavish und all die anderen – daß ich ihm dorthin folgte, wohin er mich führte. Das ging mir wirklich auf die Nerven. Wenn ich das tat, wovon ich wußte, daß er heute nacht daran dachte – würde er seine Anstrengungen verdoppeln und versuchen, mir meine Seele zu rauben.

Ich goß Wasser aus dem Krug in die Schüssel auf dem Waschtisch und benetzte mein Gesicht, während ich mich im

Spiegel betrachtete. Umhüllt von mehreren Metern Baumwollflanell, mit meinem spitzen Gesicht und der Unmenge unordentlicher Haare sah ich aus wie ein kleiner Junge, der sich ein Zelt übergezogen hat. Kein Mensch würde versuchen, jemanden zu verführen, der so aussah, beruhigte ich mich mit einer gewissen Todesverachtung. Ich zog vor dem Spiegel die Nase kraus und streckte mir die Zunge heraus.

Gerade in diesem Moment kam Tor ins Zimmer zurück. Er trug einen blauen Pyjama und hielt einen Stapel Steppdecken im Arm.

»Was machst du denn – läufst barfuß herum?« schimpfte er. »Du wirst dich erkälten. Marsch ins Bett.«

Nachdem ich zwischen die kühlen, feuchten Laken gekrochen war, häufte er eine nach der anderen die Decken über mich. Dann zündete er die Kerze neben meinem Bett an und ging hinüber, um das Deckenlicht auszuschalten. Das Zimmer lag plötzlich im Dunkeln, nur die Kerze warf einen kleinen Lichtkreis. Goldene Lichtfinger flackerten an den Wänden empor, berührten den eichenen Wandschrank und das Bettgestell aus Messing. Hinter den Fenstern mit ihren Spitzengardinen schlugen die Wellen gegen die felsige Küste.

Tor kam herüber, setzte sich auf den Rand meines Bettes und betrachtete mich mit seinen flammenfarbenen Augen.

»Warum sitzt du bei mir auf dem Bett?« fragte ich ihn.

»Ich werde dir eine Gutenachtgeschichte erzählen«, antwortete er lächelnd.

»Ich dachte, du wärst so erschöpft, daß du dich nicht mehr rühren kannst.«

»Nicht ganz«, sagte er. »Dies ist etwas, das ich schon seit langem unbedingt einmal tun wollte.« Ich hoffte, das bedeutete nicht, wonach es sich anhörte.

Er lehnte sich auf die Steppdecken, seine Hand lag über meinem Bauch. Ich konnte spüren, wie die Wärme durch die dikken Gänsedaunen drang. Ich wartete, ohne etwas zu sagen, darauf, daß er begann.

»Es war einmal ein kleines Mädchen«, erzählte er. »Sie war ein sehr ungezogenes kleines Mädchen.«

»Wie – ungezogen?« fragte ich.

»Ich glaube, sie wollte ein kleiner Junge sein. Sie war sehr unabhängig.«

»Was ist daran so schlecht?« wand ich ein. »Klingt so, als wäre sie nicht auf fremde Hilfe angewiesen.«

»Unterbrich den Märchenerzähler nicht immer, sonst bekommst du das Ende nicht zu hören«, entgegnete Tor.

»Okay – was passierte mit ihr?«

»Sie bekam das, was sie verdiente«, sagte er. Seine Stimme war sehr sanft. Ich spürte den leichten Schauder, den ich immer fühlte, wenn er so sprach.

»Und was verdiente sie?« fragte ich – ohne mir ganz sicher zu sein, ob ich es überhaupt wissen wollte.

»Sie verdiente, genau das zu bekommen, was sie wollte. Weißt du, was es war?«

»Nein.«

»Ich dachte mir, daß du es nicht wüßtest.« Er lächelte.

»Wie in aller Welt sollte *ich* wissen, was sie wollte?« fragte ich.

»Weil du das kleine Mädchen bist«, sagte er.

»Oh – dann ist es gar keine Geschichte«, entgegnete ich.

»Es ist eine Geschichte – es ist deine Geschichte und nur *du* kennst das Ende. Vielleicht komme ich darin vor aber es liegt an dir zu entscheiden, welche Rolle ich spielen soll.«

»Welche Rolle möchtest du denn spielen?« fragte ich – als mir plötzlich bewußt wurde, daß ich mich auf sehr dünnem Eis befand – diesmal ohne Eissegler.

Er fuhr fort, mich schweigend anzusehen, seine dunklen Augen und sein kupferfarbenes Haar loderten wie Flammen im Kerzenlicht. Ich fühlte mich schwach und seltsam und wußte, daß ich mich nicht bewegen konnte. Es schien, als würden seine Augen einen Ort tief in meinem Innern suchen – einen Ort, den ich selbst noch nie versucht hatte zu finden – einen Ort, weit entfernt von der Welt, so wie wir hier auf dieser Insel ganz weit von allem entfernt waren.

Er schloß seine Hand mit der Bettdecke darin langsam über meinem Bauch zur Faust und sah mich nicht an. Seine Stimme war leise – es schien ihn große Überwindung zu kosten zu sprechen.

»Ich möchte dich lieben«, sagte er. Dann, so leise, daß es schien, als flüsterte er es sich selbst zu: »Sehr, sehr gern.«

Irgendwo im Flur konnte ich eine Uhr ticken hören und vor dem Haus die Wellen, die gegen das Ufer spülten. Ich spürte, wie etwas in mir herabsank – stückweise von mir abfiel. Ich atmete kaum, während Tor bewegungslos dasaß und in die Kerzenflamme starrte, als habe er nie ein Wort gesagt.

So blieben wir eine sehr lange Zeit still sitzen, keiner von uns bewegte sich auch nur um einen Zentimeter. Tors Hand umklammerte immer noch die Bettdecke, als wäre sie ein Fels, der ihm Kraft gab. Nach einer Ewigkeit sah ich, daß er die Augen schloß; er atmete tief ein und wandte sich mit einem ärgerlichen Gesichtsausdruck zu mir um.

»Nun?« sagte er ungeduldig.

»Nun was?« fragte ich.

»Ich habe dir gerade gesagt, daß ich dich lieben möchte.«

»Was soll ich dazu sagen?« verteidigte ich mich. Ich war erschüttert, wirklich erschüttert, meine Entschlußkraft war völlig zerstört. Ich hatte keine Ahnung, was ich tun sollte.

Er stand auf. »Ich habe so etwas noch nie zu einer Frau gesagt – und werde es vielleicht auch nie wieder tun, wenn ich sehe, auf welche Begeisterung ich stoße!«

»Was willst du denn hören? Was soll ich tun?« fragte ich und setzte mich abrupt auf, so daß sich das Bettzeug um mich herum verteilte. Ich war völlig ratlos.

»Mein Gott, du bist unmöglich!« rief er, riß die Bettdecken zur Seite und packte mich an den Schultern. Er rüttelte mich in den Kissen auf und ab, als wollte er mich erwürgen – und lachte dabei die ganze Zeit, völlig außer sich. Dann ließ er mich wie einen Sack Kartoffeln in die Decken fallen und eilte zur Tür.

»Wo gehst du hin?« rief ich besorgt.

»Ich hole etwas, das du brauchst – bleib da, ich komme gleich wieder.«

Vielleicht ist es ein Gewehr, dachte ich, als er in den Flur hinaus verschwand.

Mein Magen fühlte sich an wie Wackelpudding, und meine Knie waren weich. Ich sprang aus dem Bett und wanderte durchs Zimmer. Ein Dutzend Gefühle lagen in mir im Widerstreit – sie alle waren mir neu. Was um Gottes willen tat ich hier? Wie konnte so etwas passieren? Ich war so durcheinander. Was sollte ich tun?

Tor schien sehr lange wegzubleiben. Schließlich kehrte er zurück und trug ein Tablett mit Tassen darauf herein.

»Ich dachte, ich hätte dir gesagt, du sollst im Bett bleiben«, schimpfte er und stellte das Tablett ab. »Willst du dir eine Lungenentzündung holen? Es ist feucht draußen.«

»Du hörst dich an wie meine Großmutter«, entgegnete ich und kroch ins Bett zurück, durchaus erleichtert, daß er zurückgekommen war.

»Aber ich habe nicht vor, mich wie deine Großmutter zu benehmen«, versicherte er mir. »Rutsch rüber – ich komme mit zu dir ins Bett.«

»Was ist da drin?« fragte ich, zeigte auf die Tassen und bemühte mich, plaudernd meine Bestürzung darüber zu verbergen, daß wir jetzt unter einer Bettdecke nebeneinander lagen.

»Das ist gut für deine Gesundheit und deine Stimmung – die durchaus eine kleine Aufmunterung vertragen kann, wenn ich das hinzufügen darf.«

Er reichte mir die Tasse, und ich nippte daran.

»Heh, das schmeckt wirklich gut, Großmutter. Was ist es?« fragte ich.

»Heiße Milch, Honig und Brandy – ein Aphrodisiakum. Funktioniert großartig, wenn man kleine Jungen verführen will – ich hoffe, es wird auch bei dir Wirkung zeigen.«

Er schüttelte die Kissen unter meinem Kopf auf, während ich trank, machte es sich dann bequem und sagte: »Ich habe noch eine Geschichte für dich.«

»Okay, wie geht sie?« Die Milch war wirklich lecker, warm und süß. Ich konnte ihre Wirkung wie einen lindernden Balsam tief in meinem Innern spüren. Fast gelang es mir so, die Hysterie niederzukämpfen, die begonnen hatte, sich in mir breitzumachen.

»Es war einmal ein kleines Mädchen, das sich lieber wie ein kleiner Junge benahm ...«

»Diese Geschichte kenne ich schon«, sagte ich zwischen zwei Schlürfern.

»Nur dieses Mal ist es *meine* Geschichte – nicht deine. Soll ich weitererzählen?«

»Nur zu.«

»Sie war im Irrtum, weißt du. Aber obwohl es schon viele Menschen versucht hatten, war es noch niemandem gelungen, ihr die Vorzüge des Daseins als Frau klarzumachen.«

»Das ist die Stelle, an der du zum Zug kommst, nehme ich an?«

»Deine Füße sind eiskalt«, sagte er zu mir. »Ich habe dir doch gesagt, du sollst im Bett bleiben. Und hör auf, so herumzuzappeln – ich werde dich nicht foltern. Das ist hier nicht die Spanische Inquisition.«

»Erzähl mir das Ende deiner Geschichte«, entgegnete ich. Wieder betrachtete er mich mit jenem seltsamen Lächeln. Ich versuchte, mich zu konzentrieren.

»Dieses kleine Mädchen hatte einen Freund, den sie schon seit vielen Jahren kannte. Sie waren miteinander immer sehr zurückhaltend umgegangen. Und er hatte nie gewußt – und sie auch nicht –, daß sie einander lieben wollten. Nicht bis zu jener Nacht, als sie sich allein in einem einsamen Haus auf einer entlegenen Insel wiederfanden ...«

»Ich habe nicht gesagt, daß ich dich lieben will«, stellte ich fest, wie um es mir selbst zu bestätigen.

»O doch, das hast du, meine Liebe – wenn auch vielleicht nicht mit Worten. Ich weiß um all die kleinen Dinge – weiß, wie dieses wirre Durcheinander von kleinen Rädchen da drinnen funktioniert, kenne die unzähligen Windungen in deinem Hirn. Und glaube mir, ich weiß auch, wovor du all die Jahre Angst hattest.«

Ich sah ihn an, im Kerzenschein, und sofort war die Angst wieder da, stieg heiß in mir auf. Doch ich wußte, daß dies erst der Anfang war.

»Du hast Angst, die Kontrolle zu verlieren«, sagte er sanft. »Aber Kontrolle bedeutet gar nichts – nicht einmal die Kontrolle über die eigene Seele –, nicht, wenn man eine Festung errichten muß, um sie zu verteidigen. Es ist ganz offensichtlich, daß du auf diese Wände, die du errichtet hast, einen immensen Wert legst. Ob es dir gefällt oder nicht – sie werden heute nacht fallen.«

Ich wollte sofort das Thema wechseln – so wenig mochte ich daran denken.

»Wie geht also deine Geschichte aus?« fragte ich, und meine Stimme hörte sich selbst in meinen Ohren gekünstelt fröhlich an. »Was machen die beiden Freunde am Ende?«

»Sie liebten sich – raubten eine Bank aus – und lebten glücklich bis an ihr Lebensende«, sagte er lächelnd.

»Das ist nicht das Ende meiner Geschichte«, entgegnete ich.

Doch er sah mich an, als hätte mein letztes Stündlein geschlagen, nahm mir die Tasse aus der Hand, an der ich mich immer noch festhielt, und stellte sie beiseite. Dann lehnte er sich zu mir herüber – mit glühenden Augen, seine Lippen nur Zentimeter von meinen entfernt.

»Ich will dich«, sagte er ruhig.

»Meine Geschichte hätte weniger Sex und mehr Action gehabt«, sagte ich leise.

»Ich will dich«, wiederholte er.

Er drehte mein Gesicht zu sich hin, die Hände in meinen Haaren vergraben. Sein warmer Atem, der nach Milch und Brandy roch, vermischte sich mit meinem. Er ließ mein Haar durch seine Finger gleiten, berührte es, als wäre es moirierte Seide.

»Ich will dich«, flüsterte er noch einmal.

Er nahm eine Hand aus meinem Haar und löste das Band aus den Ösen am Hals meines Nachthemds.

»Was machst du da?« versuchte ich zu sagen. Meine Stimme war kaum zu hören.

»Wovon ich dir versichert habe, daß ich es nie tun würde«, entgegnete er mit seinem schiefen Lächeln. »Ich verführe dich.«

»Mein Gott«, murmelte ich.

»Zu spät zum Beten«, sagte Tor.

Er schob das Haar von meinem Hals zurück und vergrub sein Gesicht an meinem Nacken – ich spürte den Schock wie kalte Nadelstiche in meinen Nervenbahnen. Er biß mich und saugte an der Stelle, und die Nadelstiche wurden heiß. Als er sich zurücklehnte, um auch das andere Band zu lösen, ließ er seine Hand über meinen Hals und meine Schultern gleiten, dort wo der Stoff sie freigab. Ich bebte, während ich ihn beobachtete, wie er über mir schwebte mit seiner Haut, die im Kerzenlicht bronzefarben schimmerte, und seinem Haar, das leuchtete wie dunkles Gold. Er war wahrhaftig so schön, daß ich es kaum ertragen konnte. All meine Vorsätze schmolzen dahin wie Eis im Sonnenschein.

Ich faßte nach oben, schob sein Haar beiseite und löste den obersten Knopf seines Schlafanzugs, dann, einen nach dem anderen, die übrigen in der Reihe. Er beobachtete mich atemlos, in einer Art Trance, während er sich über mir auf einen Ellbogen stützte. Seine Lippen lösten sich ein wenig voneinander, er beobachtete mich wortlos, als ich meine Hand über die harten, wie gemeißelten Muskeln seiner Brust bewegte, wo sein Schlafanzug zur Seite gerutscht war – die weichen Haare glitzerten golden im schwachen Licht. Plötzlich griff er nach meinen Fingern und preßte sie an seine Lippen.

»Du Lügnerin«, flüsterte er. »Du hast es dir genauso sehr gewünscht wie ich – nicht wahr? – seit jener ersten Nacht.«

»Es ist das Vorrecht der Frau, ihre Begierden in das Geheimnis zu hüllen«, sagte ich und lächelte schwach bei diesem Versuch gespielter Tapferkeit.

Er starrte mich erstaunt an – dann verengten sich seine Augen einen Moment lang zu Schlitzen. »Und es ist das Vorrecht des Mannes«, sagte er und setzte sich kerzengerade auf, »den Schleier zu zerreißen.«

Er faßte in den Halsausschnitt meines Nachthemds – und riß es mit einem heftigen Ruck bis zum Bauch auf. Dann beugte er sich über mich und legte seinen Mund auf meinen; er biß mir in die Lippen, und mein Mund füllte sich mit der Feuchtigkeit des seinen. Er fuhr mir mit den Fingern durch die Haare und bewegte seine Handflächen über meinen Körper, bis ich zitterte. Dann schob er, indem er die Kleider beiseite zog, seinen Körper über meinen. Ich konnte den Druck seines Körpers spüren – die Hitze seiner Schenkel, als er rhythmisch gegen mich stieß.

Ich war angespannt und vibrierte wie ein Seil, das im Begriff ist zu reißen; er berührte mich auf eine Art, die mich innerlich erschauern ließ – an Stellen tief in mir, von denen ich nicht gewußt hatte, daß sie existierten. Ich spürte, wie ich die Kontrolle verlor, und kämpfte gegen die Macht, die mich in die Tiefe hinabzog. Es ging alles so schnell – ich konnte nicht mehr ...

Er schien das zu wissen und löste sich von mir, um mich anzusehen. Sein Haar war ganz zerzaust, das Kerzenlicht überflutete ihn, seine Augen leuchteten dunkel. Seine ungestüme Leidenschaft erfüllte mich mit einem unerträglichen, schmerzhaften Sehnsucht. Ich wollte in ihn eintauchen. Aber immer noch konnte ich nicht nachgeben.

Sanft öffnete er meine Fäuste, von denen ich nicht wußte, daß ich sie geballt hatte, und küßte mit unendlicher Zärtlichkeit meine Handflächen.

»Mach dich frei – laß es los – du mußt, mein Liebling«, flüsterte er sanft in mein Ohr. Und indem er von mir abrückte, um mich noch einmal anzusehen, flüsterte er: »Komm ganz in mich.«

»Ich habe Angst«, sagte ich mit einer kleinen erstickten Stimme. Er nickte einmal und lächelte.

Dann schlang er seine Arme um mich und nahm mich in sich auf. Ich spürte, wie mich die Dunkelheit verschlang. Ich fühlte das dunkle Pochen des Blutes in meinen Adern.

Ich weinte, bis ich nichts mehr empfand. Ich schwemmte all die Jahre der Langeweile und des Zorns, der Enttäuschungen, des Kampfes und des Zweifels hinweg. Ich weinte alles aus mir heraus – und wenn ich dachte, jetzt hätte ich mich wieder unter Kontrolle, brach der Damm erneut. Ich weinte über Dinge, von denen ich nicht gewußt hatte, daß sie da waren. Die heißen Tränen kamen und brannten in meiner Kehle, bis ich nicht mehr atmen konnte und nach Luft schnappen mußte. Ich klammerte mich an Tor, griff nach seinen Haaren und seinen Schultern, während er mich festhielt – aber immer noch liefen die Tränen weiter und weiter.

Es schien ewig zu dauern, ehe sich alles gelöst hatte und die langgezogenen Schluchzer aufhörten und die Tränen versiegten. Tor hielt mich im Arm, streichelte mich und wiegte mich hin und her. Seine Finger spielten mit meinen Haaren, bis ich schließlich von einem warmen Gefühl durchströmt wurde und einen Frieden fühlte, der mir noch nie begegnet war. Er küßte mich zart auf den Kopf, und als ich aufblickte, war auch sein Gesicht von Tränen überströmt – ob es seine oder meine waren, wußte ich nicht.

»Eine Mischung aus beiden«, sagte er sanft und las in meinen Gedanken.

Ich schwebte irgendwo im Nichts zwischen Schlaf und Traum, trieb dahin auf einem stillen Meer, eingelullt vom Geräusch der Wellen jenseits des Fensters.

»Es ist unglaublich«, sagte Tor zu mir, »aber ich will dich immer noch – nicht noch einmal, sondern noch immer.«

»Ich glaube, ich bin völlig zufrieden«, gestand ich lächelnd ein.

»Du?« Er lachte und spielte mit meinem Haar. »Wir haben ja gesehen, was für eine Lügnerin *du* bist!« Er zog mich zu sich hoch und küßte mich, als tränke er einen Trank, der niemals fähig wäre, seinen Durst zu stillen. »Wir müssen verrückt gewesen sein, zwölf Jahre lang darauf zu warten«, sagte er zu mir.

»Du warst derjenige, der sich reichlich Zeit gelassen hat«, versicherte ich ihm.

»Dafür bringe ich dich um«, sagte er wild. Dann fügte er hinzu: »Übrigens – es scheint, als hättest du einen kleinen Teil von *mir* getötet.«

»Welchen Teil? Doch nicht den da?« fragte ich und berührte ihn unter der Decke.

»Nein.« Er lachte. »Der Teil scheint sehr lebendig zu sein.«

»Welchen denn?« fragte ich, als er nach der Hand griff, die ihn berührt hatte, und die Handfläche küßte.

»Das ist schwierig zu erklären«, sagte er. »Ich war schon immer der Ansicht, daß Intellekt und Leidenschaft eine gefährliche, unberechenbare Mischung sind, die schwer zu kontrollieren ist. Leidenschaft kann einen Nährboden finden und heranwachsen wie ein hungriges wildes Tier. Der Teil, den du in mir getötet hast, ist, fürchte ich, das, was dieses Tier in Schach hielt. Eins ist jedenfalls sicher – ich möchte nicht länger bezwingen müssen, was ich für dich fühle.«

»Warum solltest du deine Leidenschaft bezwingen wollen?« fragte ich.

Tor legte einen Finger unter mein Kinn und neigte mein Gesicht zu sich nach oben.

»Weißt du, meine Liebe – wenn du mich da noch lange streichelst, wirst du mit einer großen Menge Leidenschaft bespritzt, und das an einem Ort, wo du es am wenigsten erwartest.«

»Wirst du sie auf meinen Bauch spritzen?«

»Was in aller Welt soll ich bloß mit dir anfangen?« sagte er lachend und zauste mein Haar.

»Ich hätte da einige Vorschläge zu machen ...«, setzte ich an.

»Ja, ich habe da auch einige Ideen«, entgegnete er, und seine Lippen beendeten jede weitere Unterhaltung.

Ich erwachte vom Lärm der Seevögel, die vor meinem Fenster kreisten und schrien. Der Himmel war eine glatte, strahlend weiße Fläche, und ich sah drei Pelikane hinter den Spitzengardinen durch den Nebel ziehen. Tor war nicht im Bett, aber ich hörte ein Rumpeln und andere seltsame Geräusche aus dem Flur, als würde jemand einen großen Gegenstand die Treppe heraufschleppen.

Während ich noch in den zerknitterten Bettdecken lag, versuchte ich, das Durcheinander von Gefühlen zu verstehen, die ich seit letzter Nacht empfunden hatte. Doch ich lächelte, als mir klar wurde, daß die letzte Nacht möglicherweise das schönste Weihnachtsgeschenk gewesen war, das ich je bekommen hatte – ganz egal, welche Veränderungen dies noch mit sich bringen mochte. Georgian und Tor hatten recht gehabt, als sie mich eine Lügnerin und eine Heuchlerin nannten – ich begriff jetzt, daß ich beides gewesen war. Immer wieder war ich weggelaufen – vor mir selbst. Niemals hätte ich meinen Gefühlen für Tor entrinnen können – das war Kismet.

Gerade da kam Tor herein. Er lächelte, als er mich in den zerrissenen Überresten meines geliehenen Nachthemds im Bett sitzen sah.

»Du bist aufgewacht«, stellte er fest. »Steh auf – ich habe eine Überraschung für dich.«

»Was ist das da überall auf deinem Schlafanzug?«

»Dreck«, erwiderte er und betrachtete die Bescherung. »Steig aus dem Bett und zieh dein Nachthemd aus.«

»Vor dem Kaffee?« Ich lachte.

»Wir gehen schwimmen«, klärte er mich auf.

»Gibt es auf diesem Felsen ein beheiztes Schwimmbecken?«

»Mach dich nicht lächerlich – wir sind auf einer Insel, die von Wasser umgeben ist. Wir springen in die Bucht.«

»Entschuldige mal, aber ich habe erst kürzlich einen Blick auf meinen Kalender geworfen und dabei festgestellt, daß heute Weihnachten ist. Vielleicht springst *du* in die Bucht – aber ich habe nicht vor, an Unterkühlung zu sterben.«

»Du wirst dich nie besser fühlen«, versicherte er mir. »Ich schwimme an jedem Weihnachtsmorgen im Nordatlantik. Selbst bei all dem Nebel, den ihr hier draußen habt, ist dies für mich immer noch ein tropisches Paradies.«

Er riß mir die Decke weg und zog mich an den Füßen aus dem Bett, während ich um mich trat und lauthals protestierte. Dann warf er mich über seine Schulter, lief aus der Tür die Treppe hinunter und joggte über den Rasen zum Anleger, wo unser Boot festgemacht war. Am Ende des Steges sprang er mit mir auf den Armen ins Wasser, und wir tauchten unter.

Im Moment des Eintauchens dachte ich, mein ganzer Kreislauf würde zusammenbrechen. Der Kälteschock ließ mir den Atem stocken, füllte meine Adern mit Eis und machte aus meinem Magen einen Knoten. Tor hielt mich in den plätschernden Wellen fest im Arm, um sicher zu sein, daß ich nicht unterging.

»Atme tief ein und aus – ganz langsam«, riet er mir. »Entspann dich – gut so. Im ersten Moment wirkt der Schock etwas brutal, aber das ist gleich vorbei, und dann ist das Gefühl viel angenehmer. Wie geht es dir jetzt?«

»Sadist«, stieß ich hervor, und drehte mich in den Wellen auf den Bauch. »Du bist verrückt – das ist das Schlimmste, was du je mit mir angestellt hast.« Ich hatte das Gefühl, eine Kiefersperre zu haben, so fest waren meine Zähne aufeinandergepreßt.

»Du bist noch viel zu angespannt«, sagte er. »Du mußt locker lassen, dann wird es dir gefallen.«

»Ich hoffe, du stirbst an Lungenentzündung«, krächzte ich.

»Wenn du ein bißchen schwimmen würdest, würde dir schneller warm werden«, sagte er.

»Danke für den Rat. Möge dein ...« Aber er legte eine Hand auf meinen Kopf und drückte mich unter Wasser, so daß die

Kälte bis in mein Hirn zu dringen schien. Prustend tauchte ich wieder auf, doch ich bemerkte sofort, daß ich mich von Wärme durchströmt fühlte.

»Puh, was ist passiert?« fragte ich. »Mir ist plötzlich so angenehm warm.«

»Hypothermie«, erklärte mir Tor. »Das erste Stadium des Schocks – kurz bevor man erfriert.«

»Sehr lustig.«

»Wirklich – wir dürfen nicht zu lange im Wasser bleiben und müssen ein bißchen schwimmen, sonst könnte es dazu kommen. Dieses Wasser hat weniger als zehn Grad.«

Wir schwammen eine Runde um die kleine Insel herum. Dann kletterten wir, völlig durchgefroren, das felsige Ufer hoch – unsere nassen Sachen klebten am Körper – und rannten über den Rasen zum Haus.

»Komm hier herein«, sagte Tor und griff nach meinem Arm, als wir den Flur hinunter zu unserem Zimmer gingen. Er zog mich durch eine Tür, und dann verstand ich, was der Lärm heute morgen bedeutet hatte.

Wir standen in einem anderen Schlafzimmer – größer als meins – mit einer Sitzecke und einem riesigen Bett, das in die Fensternische dahinter eingebaut war. An der Rückwand des Raumes, gegenüber von den Fenstern, befand sich ein großer Kamin, in dem bereits ein knisterndes Feuer vor sich hinflakkerte, mit einem riesigen Holzkloben in der Mitte. Tor mußte schon im Morgengrauen aufgestanden sein und übermenschliche Kräfte entwickelt haben, um das Ding die Treppe heraufzuzerren.

Er zog seinen nassen Pyjama aus und ließ ihn als feuchten Haufen auf den Boden fallen. Dann nahm er mich in meinem zerrissenen, nassen Nachthemd auf die Arme und trug mich ins Badezimmer, wo mich ein heißes Bad voller Schaum erwartete, und ließ mich ins Wasser gleiten. Meine Haut kribbelte und brannte. Tor kletterte nach mir hinein.

Die Wanne war tief und aus Emaille; sie hatte Löwentatzen als Füße. Das Wasser reichte mir bis zur Nasenspitze, als ich mich tief hineinsinken ließ.

»Hat es dir gefallen?« fragte er lächelnd.

»Sehr«, gab ich zu. Ich hielt mir die Nase zu und tauchte unter, um mir den Schmutz aus den Haaren zu spülen. Als ich wieder hochkam, sagte ich: »Aber jetzt habe ich einen Riesenhunger.«

»Ich mache dir gleich etwas zu essen – dieses Haus ist komplett mit Lebensmitteln ausgestattet, wie ich es vereinbart habe, als ich aus New York anrief. Die Besitzer hatten angeboten, für uns zu kochen. Aber ich wollte lieber etwas Zeit mit dir allein verbringen, um zu reden.«

»Ich bin immer noch dabei, mich von der kleinen Unterhaltung gestern nacht zu erholen«, entgegnete ich grinsend.

»Ich meine das ernst«, versicherte er mir. »Auf das kleine Abenteuer, mit dem du mich überfallen hast, sobald ich bei dir zur Tür hereinkam, war ich nicht vorbereitet – und auch nicht auf das, was sich danach zwischen uns abgespielt hat – obwohl ich zugeben muß, daß mir *das* in den letzten zwölf Jahren mehr als einmal durch den Kopf gegangen ist. Ich bin in Wahrheit hierhergekommen, um dich um Hilfe zu bitten. Hat Lelia dir erzählt, was sie getan hat?«

»Sie sagte, du und Georgian, ihr wärt böse auf sie. Sie hat nicht gesagt warum«, antwortete ich.

»Dann sollte ich das besser erklären. Sie hat die Wertpapiere mit nach Europa genommen – aber sie hat nicht, wie ich es wollte, lediglich Kreditlinien vereinbart – statt dessen hat sie Geld in Form von Überziehungskrediten geliehen.

»Das ist praktisch das gleiche«, bemerkte ich.

»Abgesehen von den Zinsen«, stimmte er zu. »Aber wir sind noch nicht soweit, daß wir das Geld investieren könnten, und dank Lelia müssen wir schon jetzt anfangen, Zinsen zu zahlen. Und das ist noch nicht alles – sie hat auch ausgesprochen schlechte Bedingungen vereinbart. Für Sicherheiten, die zweihundert Cents pro Dollar wert sind, hätten wir gutes Geld bekommen müssen. Aber Lelia hat sogar Verträge mit Strafklauseln bei vorzeitiger Rückzahlung unterzeichnet!«

Das sah, wie ich zugeben mußte, nicht besonders gut aus. Bei einer solchen Vereinbarung konnte er das Geld nicht einfach zurückgeben und sagen, es sei alles ein Mißverständnis gewesen – und er konnte die Kredite auch nicht vor der Zeit tilgen, selbst wenn es ihm gelang, mit seinen Investitionen hohe Gewinne zu erzielen. Sollte er das eine oder das andere versuchen, würde er erhebliche Geldstrafen zahlen müssen.

»Was ich nicht verstehe«, sagte Tor, während er seine Brust einseifte, »ist, warum sie das getan hat. Sie wollte mir keine Antwort geben. Sie hat immer nur gesagt: ›Ich werde es ihnen zeigen, ich werde es ihnen zeigen‹ – als wollte sie jemandem etwas beweisen.«

»Oh«, sagte ich, blies den Schaum von meinen Händen und ließ mich tiefer ins Badewasser sinken.

»Oh?« wiederholte Tor fragend. »Erläutere das doch bitte – ich versichere dir, mittlerweile überrascht mich gar nichts mehr.«

»Es sind die Rothschilds, glaube ich«, erklärte ich ihm. »Erinnerst du dich, wie böse sie wurde, als du in jener Nacht von ihnen sprachst? Nicht die Rothschilds selbst – sondern deutsche Bankiers allgemein – vielleicht alle Bankiers auf der Welt. Auch die Daimlischs waren eine deutsche Bankiersfamilie, weißt du. Daher kannte ich sie so gut – über meinen Großvater. Lelias Mann war das schwarze Schaf, derjenige, der sich von der Familie lösen wollte, um mit seinem Leben etwas ganz anderes anzufangen …«

Ich unterbrach mich, als ich begriff, daß diese Äußerung vielleicht bald auch auf mich zutreffen würde. Tor strahlte über das ganze Gesicht – ein erstes Anzeichen meinerseits, daß das Dasein als Bankerin mir vielleicht doch nicht angeboren war wie ein genetischer Kode.

»Daimlisch kam auf seine Art gut zurecht«, fuhr ich fort, »doch als er krank wurde und im Sterben lag, brauchten sie Geld. Lelia reiste nach Deutschland – gegen den Rat ihres Mannes und ohne sein Wissen – und bat seine Familie um ein Darlehen.«

»Sie weigerten sich?« fragte Tor überrascht.

»Er war seinen eigenen Weg gegangen – hatte der Bank den Rücken zugekehrt; sie gaben ihr keinen Pfennig. Lelia versetzte ihren Schmuck – noch heute, möchte ich wetten, ist das meiste, was sie trägt, falsch. Sie hat sich nie wieder erholt. Ich wußte, wie sie und Georgian über das Bankwesen denken – darum war ich mir so sicher, daß sie bei unserer Wette mitmachen würden!«

»Das heißt, sie wollte einmal wirklich reich sein – reich in ihrem eigenen Namen – und wenn auch nur für einen Tag?« sagte er und zog die Augenbrauen in die Höhe. »Vielleicht erklärt das ihre seltsame Rechtfertigung, aber mein Problem löst es nicht. Ich habe Millionen Dollar in Wertpapieren da draußen, um Kredite auf Lelias Namen abzusichern. Jetzt muß ich wie ein Raubvogel darauf aufpassen, bis sie zurückgezahlt sind – falls irgendwelche Papiere vorher eingezogen werden.«

»Eingezogen?« fragte ich. »Was soll das heißen?«

»Wir waren beim Drucken in Eile«, sagte Tor. »Ich habe den Fehler gemacht, daß wir einige einziehbare Papiere als Sicherheiten kopiert haben – Papiere, die der Ausgeber einziehen kann, wann immer es ihm in den Sinn kommt, das Geld zurückzuzahlen. Der Inhaber – oder Besitzer – hat dann eine Reihe von Tagen Zeit, in denen er die Papiere zum Nennwert einlösen kann.«

»Du hast Angst, die tatsächlichen Besitzer nehmen ihre Papiere aus dem Tresor, lösen sie ein und finden heraus, daß es sich um Fälschungen handelt«, sagte ich.

»Das ist noch nicht alles«, entgegnete Tor. »Solange unsere – die echten Wertpapiere – Lelias Kredite sichern, werden diese Banken in Europa von uns erwarten, daß wir sie zur Einlösung einschicken – möglicherweise tun sie es sogar für uns. Um das zu verhindern, müßten wir unsere Kredite mit hohen Geldstrafen zurückzahlen – wie Lelia hilfreicherweise vereinbart hat – oder andere Sicherheiten hinterlegen. Wir haben aber keine anderen Sicherheiten, es sei denn, wir überfallen eine Bank.«

»O nein, das tust du nicht«, sagte ich. »Solange diese elektronischen Zahlungsanweisungen *innerhalb* der Bank bleiben – und zwar auf simulierten Konten unter dem Namen anderer Leute –, tue ich rein technisch nichts Gesetzwidriges. Zumindest dürfte es größte Schwierigkeiten bereiten, mir etwas nachzuweisen. Aber mein hartverdientes Geld aus der Bank heraus zu bewegen, um echte Kredite in einem anderen Land abzuzahlen – das ist ein strafbares Vergehen!«

»Dein hartverdientes Geld?« fragte er und zog mit einem anzüglichen Lächeln eine Augenbraue in die Höhe. »Mir scheint, du hast unser kleines Rendezvous gestern abend im Rechenzentrum vergessen. Wer ist es denn gewesen, der *deinen* hübschen kleinen Kopf gerettet hat, meine Liebe?«

»Ich küsse dir die Füße vor Dankbarkeit«, versicherte ich ihm und küßte stellvertretend ein Knie, das aus dem Wasser aufgetaucht war, »und ich beginne so langsam, mich in dieser Badewanne aufzulösen. Dann werde ich eben eine Aufstellung deiner gefährdeten Wertpapiere mitnehmen und sie per Computer zurückverfolgen, aber das muß erst mit der übrigen Mannschaft besprochen werden – du hast sie ja gestern abend kennengelernt –, um zu sehen, ob sie ihren Hals dafür hinhalten wollen, deine Kredite tatsächlich abzusichern. Übrigens – was willst du eigentlich mit dem ganzen Geld machen, wenn ich fragen darf?«

»Ich gründe ein Steuerparadies – wie Monaco oder die Bahamas –, wo diejenigen, die ihre geschäftlichen Transaktionen steuerfrei durchführen wollen, von einer solchen Last befreit sind. Unseren Gewinn machen wir damit, daß sie ihre Geschäfte in unserer Währung tätigen müssen und nach Maßgabe unserer Steuergesetzgebung.«

»Welches Land wird dir erlauben, deine eigenen Gesetze und eine eigene Währung einzuführen und so ein Steuerparadies aufzumachen?« wollte ich wissen.

»Keines«, sagte er lächelnd, stieg aus der Wanne und trocknete sich ab. »Daher nehme ich an, daß ich wohl mein eigenes Land gründen muß.«

Ich wollte noch sehr viel mehr wissen – aber Tor meinte, wir könnten das später besprechen, und verließ das Bad. Ich drehte die Dusche auf, während das Badewasser ablief, und wusch mir den ganzen Schmutz aus der Bucht aus den Haaren. Dann frottierte ich mich, wickelte mich in ein weiches Handtuch und ging hinaus, um meine Haare am Feuer zu trocknen.

Tor war unten gewesen und hatte Kaffee und dampfende Kuchenbrötchen mit Honig und Butter auf den Tisch gestellt der Duft war absolut verführerisch. Er stand da, ohne einen Faden am Körper, und stocherte im Feuer, als ich aus dem Badezimmer kam.

»Ich fühle mich wie eine gebadete Maus«, sagte ich und rubbelte mir die Haare.

Er drehte sich um und starrte mich an, wie ich in mein Handtuch gewickelt dastand, sagte aber kein Wort.

»Großmutter – was hast du für große Augen.« Ich lachte.

Er legte den Feuerhaken beiseite und kam zu mir herüber, streifte das Handtuch ab und ließ es zu Boden fallen.

»Damit ich dich besser sehen kann, meine Liebe«, murmelte er. Langsam strich er mit seinen Händen über meinen Körper, als wolle er sich jeden Zentimeter genau einprägen.

»Großmutter, was hast du für große Hände«, sagte ich und spürte, wie meine Knie weich wurden.

»Damit ich dich besser fühlen kann, meine Liebe«, flüsterte er, dann nahm er mich wie ein kleines Kind in seine Arme und trug mich zum Bett. »Machst du dir gar keine Gedanken darüber, was jetzt passieren wird?« fragte er anzüglich.

»Überschätz dich nicht – so groß ist er nicht.«

»Groß genug.« Er lachte und warf mich in die Kissen.

»Großmutter«, sagte ich, »ich glaube, er ist größer geworden.«

»Damit ich dich besser du-weißt-schon-was kann, meine Liebe«, versetzte er und sprang zu mir ins Bett.

»Meine Güte – ich glaube, du bist überhaupt nicht meine Großmutter!« rief ich in gespielter Angst.

»Wenn du solche Sachen mit deiner Großmutter machst, meine Liebe – wundert es mich nicht, daß du dir über dein Geschlecht nicht ganz im klaren warst.«

»Ich bin mir nicht im unklaren – ich weiß genau, welche Teile wohin gehören«, versicherte ich ihm.

»Ganz eindeutig«, stimmte er zu, als ich unter die Decken kroch. »Was glaubst du, was du da gerade machst?«

»Ich erkunde einige andere Teile – um herauszufinden, was man damit machen kann.« Ich leckte mit meiner Zunge über seinen Körper, und er erschauderte. »Das schmeckt salzig – wie das Meer«, berichtete ich.

»Wird das ein Statusbericht?«

»Ja – ich gebe dir die neuesten Daten aus der Feldforschung durch«, sagte ich und bewegte mich weiter nach unten.

»Mein Gott – das fühlt sich großartig an ... was machst du da ...« Seine Stimme wurde immer leiser.

Ich spürte seine Hände in meinen Haaren. Dann zog er daran und holte mich nach oben, legte seinen Mund auf meinen und drückte mich wild an sich. Als ich mich ein wenig aufrichtete, funkelten mich seine Augen geheimnisvoll an, wie er dort in den Kissen lag. In dem vom Nebel gefilterten Licht, das durch die Fenster drang, sah er sehr blaß aus.

»Wie kann man jemanden nur so sehr begehren, daß es geradezu weh tut?« fragte er.

»Kann sein, daß mir das hier mehr weh tut als dir«, versetzte ich. »Aber das heißt nicht, daß ich damit aufhören werde.«

Ich preßte meine Lippen auf seinen Bauch, und er erschauderte. Dann bewegte ich mich über ihn hin, als wäre er eine Skulptur, deren kleinste Details ich auswendig lernen wollte. Ich spürte, wie er sich unter meinen Händen und Lippen bewegte, als ich mir die Form seiner harten, angespannten Muskeln unter den Decken einprägte. Endlich stöhnte er auf und preßte mich noch einmal an sich, während sein Körper steif wurde, zitterte und zuckte. Dann lag er still.

Ich legte mich neben ihn und betrachtete ihn, wie er mit geschlossenen Augen dalag, seine ausgeprägten, eckigen Gesichtszüge, die Locken seines kupferfarbenen Haares auf dem Kissen. Er öffnete die Augen und sah mich an.

»Was um alles in der Welt hast du da gemacht? Das war großartig«, flüsterte er, ohne sich zu bewegen.

»Kapuzinerkresse«, sagte ich. Als er mich verwirrt ansah, fügte ich hinzu: »Du schmeckst wie Kapuzinerkresse.«

»Eine Blume?« fragte er lächelnd.

»In Monets Garten in Giverny«, stimmte ich lachend zu.

Aber plötzlich sah er besorgt aus, und ich war mir nicht sicher warum.

»Was ist los?« fragte ich.

»Da ist etwas, was ich dir, glaube ich, sagen sollte.« Er blickte zu mir auf und betrachtete mein Gesicht. »Ich fürchte, es ist sogar noch schlimmer als das Problem mit Lelia und den Papieren – mit Sicherheit war es in meinem ursprünglichen Plan nicht vorgesehen. Obwohl ich es schon seit einiger Zeit weiß, war ich mir nicht sicher, wie ich es dir sagen sollte.«

»Ist es vielleicht gefährlich?« fragte ich und setzte mich beunruhigt auf.

»Sehr, meine Liebe«, gab er zu. »Ich liebe dich.«

GELD WIRD BEWEGT

Nirgendwo ist er so gut entwickelt wie in den Hosen der Leute, der Reichtum. *– Ezra Pound, CANTOS*

Freitag, 25. Dezember

Said al-Arabi fuhr dieses Jahr nicht nach Mekka.

Er war der Telegrafist für den weltweiten Zahlungsverkehr der Nationalen Handelsbank in Riad, Saudi-Arabien. Am Nachmittag des 25. Dezember hatte er sich allein im Telex-Raum der Bank eingeschlossen und schickte Zahlungsanweisungen an Banken in den Vereinigten Staaten, um Hypothekenschulden auf dortigen saudi-arabischen Grundbesitz abzutragen.

Said al-Arabi saß vor dem Telexgerät und gab den Testschlüssel ein, der von dem Gerät maskiert wurde, während er ihn eintippte – das heißt, er erschien nicht auf dem Bildschirm –, damit niemand, der ihm möglicherweise über die Schulter schaute, den Geheimkode sehen konnte.

Dann gab er die übrigen Daten ein, die erforderlich waren, um die Zahlungsanweisung abzuschicken.

Von: Nationale Handelsbank, Riad, Saudi-Arabien

Kontonummer: XXXX

An: Bank of the World, San Francisco, Kalifornien, USA

Zahlbar an Order: Treuhänderkonto Nummer XXXX

Betrag: $ 50.000 und keine/100

Datum: 25 Dezember, 19xx

Mitteilung: Zahlung für Geschäftsbesitz, Lake Thaoe, Kalifornien

Ende.

Said al-Arabi drückte auf den Knopf mit der Aufschrift ›Senden‹ an seiner Telexmaschine und entließ damit die Zahlungsanweisung in das Telefonnetz. Dann nahm er das nächste Telex von seinem Stapel, um es einzugeben.

Montag, 28. Dezember
Um acht Uhr dreißig am Montagmorgen erreichte Susan Aldridge den Telexraum der *Bank of the World.* Sie war die erste EDV-Kraft, die nach Weihnachten wieder zur Arbeit erschien, deshalb war der Raum noch abgeschlossen. Innerlich auf ihren Chef und die Kollegen fluchend, die zu spät kamen, begriff sie, daß *sie* diejenige sein würde, die den Berg Arbeit, der über die Feiertage angefallen war, aufarbeiten mußte. Also ging sie hinunter zum Sicherheitsdienst und ließ sich gegen Unterschrift den Schlüssel aushändigen. Die anderen erholten sich wahrscheinlich noch von ihren feuchtfröhlichen Weihnachtsfeiern, dachte sie verdrossen, als sie zurückging, um den Raum für das Tagesgeschäft aufzuschließen.

Susan schaltete ihr Terminal ein und überprüfte in einem Taschenspiegel ihren Lippenstift, während sie auf das Signal wartete, damit sie beginnen konnte. Nach wenigen Minuten war sie in der Lage, die erste Zahlungsanweisung des Tages aufzurufen.

Von: Nationale Handelsbank, Riad, Saudi-Arabien
Kontonummer: XXXX
An: Bank of the World, San Francisco, Kalifornien, USA
Zahlbar an Order: Frederick Fillmore, Kontonummer XXXX
Betrag: $ 800 und keine/100
Datum: 25. Dezember, 19xx
Nachricht: keine
Ende.

Das war eigenartig, dachte Susan. Ungefähr um diese Zeit herum beglich die saudische Bank jeden Monat ihre Hypothekenraten für ihren Grundbesitz in Kalifornien, aber das waren Beträge, die sehr viel größer waren als achthundert Dollar. Es schien kaum den Aufwand wert, für einen so kleinen Betrag ein neun Dollar teures Telex zu schicken. Aber wer kannte sich schon mit den Arabern aus? Die schwammen ja geradezu im Geld.

Das System hatte den Testschlüssel akzeptiert, daher wußte sie, daß die Überweisung in Ordnung war. Susan gab die Daten ein, um die entsprechenden Last- und Gutschriften vorzubereiten, druckte sie aus, stempelte sie ›anerkannt‹, klammerte sie zusammen und steckte sie in ihren Sicherheitsumschlag für die Abholung um zehn Uhr.

»Nicht meine Angelegenheit, nach den Gründen zu fragen«, sagte sie laut, als sie am Bildschirm die nächste Zahlungsanweisung aufrief.

Um zehn Uhr war der Telexraum ungefähr halbvoll mit EDV-Mitarbeitern, die nach und nach eingetroffen waren. Die Botin kam mit ihrem Wagen an die quergeteilte Tür.

»Etwas mitzunehmen?« fragte sie.

Susan suchte die Päckchen mit den Abschnitten für die elektronischen Zahlungsanweisungen zusammen, klebte die Umschläge zu, stempelte sie und brachte sie an die Tür.

»Nicht besonders viele«, entschuldigte sie sich. »Nach Weihnachten ist es schwierig, die Leute zusammenzubekommen.«

»Ja«, stimmte die Botin zu. »*Wir* müssen arbeiten, aber die Büroleiter finden nicht aus dem Bett.«

Sie zeichnete gegen, warf die Umschläge in ihren Korb und schob den Wagen zum Aufzug.

In der Clearing-Abteilung riß Jonny Hanks, der zuständige Mitarbeiter für die Kontenbelastung, die Umschläge mit den 10-Uhr-Anweisungen auf. Mit seiner Nachweis- und Buchungsmaschine dauert es nicht einmal eine halbe Stunde, alle Last- und Gutschriften zu übertragen. Er trug bei der Arbeit Kopfhörer, die mit dem Sony-Walkman an seiner Taille verbunden waren, und hörte *Guns 'N Roses,* um das Geräusch der schweren Maschine mit ihren Reihen von Ablagefächern zu übertönen.

Am Ende nahm er die Zahlungsanweisungen aus ihrem Fach, versah sie mit einem Vorsatzblatt, aus dem die Gesamtsumme hervorging, und wickelte ein Gummiband um den Stapel. Dieses ließ er dann in den Wagen zur Abholung fallen.

Die Mädels da oben im Telexraum mußten immer noch schlafen, dachte er bei sich. An diesem Morgen sollten sie schon mit dem ersten Stapel mehr bearbeiten als an jedem anderen Tag des Jahres – aber der Gesamtbetrag belief sich auf weniger als drei Millionen Dollar, und viele der Überweisungen schienen wirklich kleine Summen zu sein.

Mist, dachte er, und wiegte sich im *Heavy Metal*-Rhythmus. *Wir* müssen schon im Morgengrauen hier aufkreuzen und uns bei dem ganzen Lärm auch noch die Ohren zustopfen – während die Mädels oben an ruhigen Keyboards sitzen, ihre Nägel feilen und sich unterhalten. Es war wirklich zum Mäusemelken.

Tief unten in einem unauffälligen Gebäude an der Market Street befand sich eine bombensichere, feuerfeste, völlig abgeschirmte, sechzehntausend Quadratmeter große Stahlkammer, die von einer Wand bis zur anderen vollgestopft war mit Millionen Dollar, teurer, schimmernder Hardware und anderem Gerät. Auf dem Schild an der Tür stand: WELTWEITE DATENVERARBEITUNG. Hier wurde der gesamte Clearingverkehr der Bank abgewickelt.

Um drei Uhr nachmittags, wenn die Zweigstellen schlossen, wurde es hier lebendig. Gegen null Uhr in der Nacht des 28. Dezember herrschte eine schier irrsinnige Aktivität – der Raum glich einem wilden unterirdischen Meer, das aus umhereilenden Menschen und herumfliegendem Papier zu bestehen schien. Es galt, einen Wettlauf mit der Zeit zu gewinnen, denn eine gesetzliche Vorschrift besagte, daß die Banken erst alle ihre Transaktionen verbuchen mußten, ehe sie am nächsten Tag um neun Uhr erneut ihre Türen öffnen durften.

Die WELTWEITE DATENVERARBEITUNG war nie geschlossen. Kein Fehler, keine Störung, kein Feuer, Sturm oder Erdbeben durfte die Arbeit unterbrechen oder auch nur verzögern. Es gab Sicherheitsvorkehrungen, zusätzliche Systeme und eine Notstromversorgung, und es hing – falls jemand die immer wieder gepredigten Prioritäten im Notfall vergessen sollte – ein riesiges Schild an der Wand, auf dem zu lesen stand: DAS PAPIER KOMMT ZUERST! Schließlich bedeutete Papier Geld.

Um zehn Minuten nach Mitternacht kam ein Vorsatzblatt durch den riesigen Kartensortierer, gefolgt von einem Last-/Gutschriftenabschnitt, der die Zahlungsanweisung verbuchte, die an jenem Morgen von der Nationalen Handelsbank in Saudi-Arabien eingegangen war. Die Anweisung war von mindestens vier verschiedenen Stellen in der Bank geprüft und anerkannt worden, ehe sie hier eintraf.

Die Abschnitten liefen durch ein Lesegerät, und die relevanten Daten wurden auf Magnetband geschrieben. Wenn das Band voll war, nahm ein Operator es aus dem Laufwerk, klebte ein Etikett darauf und legte es in einen Ständer. Wenige Minuten später kam ein Bote vorbei und nahm es in seinem Wagen mit.

»Wie lange braucht ihr noch für diesen Durchlauf?« fragte der Bote den Operator.

»Nur noch ein paar Bänder. Fünfzehn, vielleicht zwanzig Minuten«, erhielt er zur Antwort.

Der Bote nahm mit seinem Wagen voller Bänder mit Zahlungsanweisungen den Fahrstuhl in den nächsten Stock, wo mehrere Männer an der Wand Kartons mit Bändern und Disketten aufstapelten. Lastwagenfahrer standen an der Stahltür am anderen Ende des Raumes, überprüften einzelne Kartons anhand ihrer Ladepapiere und schoben sie dann nach draußen – jeweils vier Stapel auf einem Handkarren –, um sie in die Laster zu verladen.

»Wenn ihr noch einen Moment wartet«, rief der Bote ihnen zu, »könnt ihr den ganzen Rest des Durchlaufs mitnehmen, ehe ihr abhaut.«

Die Fahrer nickten und gingen nach draußen, um eine Zigarette zu rauchen, während sie warteten.

Ganz am anderen Ende der Stadt wurde um ein Uhr nachts der Ladearbeiter, der den Lastwagen entladen hatte, in das Rechenzentrum der *Bank of the World* eingelassen. Er schob seinen Karren voller Kartons die Rampe hinauf; ein Sicherheitsbeamter überprüfte den Lieferschein oben auf den Kartons und winkte den Ladearbeiter an den Schalter. Er lud die Kartons ab und wartete, während der für die Bänder zuständige Archivar hinter dem Fenster eine Quittung ausstellte.

»Herrje«, sagte der Archivar, »es wird auch Zeit – wir warten schon seit Stunden auf diese Lieferung.«

Er nahm das Mikrofon in die Hand, das seine Stimme durch das ganze riesige Geschoß des Maschinenraums hallen ließ.

»Bereitmachen zum Cash-Clearing. Siebenunddreißig Dateien – das kann die ganze Nacht dauern, Jungs!«

Im Maschinenraum war ein lautes Stöhnen zu hören, und wenige Sekunden später summte das Telefon des Archivars an seinem Schalter – gerade als er damit fertig geworden war, die Quittung auszustellen und sie dem Ladearbeiter zu überreichen. Am Apparat war Martinelli, der Aufseher der Nachtschicht.

»Sag deinem dämlichen Transportmenschen, er soll versuchen, seinen Fahrern klar zu machen, daß sie *keine* Kaffeepause einlegen dürfen, wenn sie zwölf Stunden Arbeit in ihren Lastern haben, aber wir haben nur sechs Stunden Zeit, das Ganze fertig zu machen.«

Der Telefonhörer wurde auf die Gabel geknallt, und der Archivar lächelte dem Ladearbeiter leicht gequält zu. »Ich schätze, Sie haben ihn genausogut verstanden wie ich«, sagte er. Dann stapelte er die Kartons auf einen anderen Wagen und schob sie ins Rechenzentrum.

Dienstag, 29. Dezember

Um neun Uhr vormittags saß ein blonder Programmierer mit unordentlichen Haaren vor einem Terminal im Rechenzentrum. Das riesige Geschoß lag fast völlig verlassen da, und die wenigen Mitarbeiter, die hereinkamen und ihre Mäntel holten, schienen ihn nicht zu bemerken, als er das Terminal einschaltete und sich in den Rechner einloggte.

Er zog eine zerknitterte Liste aus der Tasche, überprüfte die Zahlen, rief die Datei mit den Privatkundenkonten auf und sah sich einige Kontostände an. Das erste war ein neu eingerichtetes Konto auf den Namen Frederick Fillmore mit einer Eröffnungsbilanz von achthundert Dollar.

Tavish lächelte und betrachtete schnell hintereinander eine Reihe weiterer Kontostände. Insgesamt sollte auf den vielen Konten, auf die er die Zahlungsanweisungen nach der ›Salami-Technik‹ verteilt hatte, mehr als eine Million Dollar gutgeschrieben worden sein – für heute zunächst einmal.

Es war der Morgen des 30. Dezember. Said al-Arabi schloß seinen Telexraum bei der Nationalen Handelsbank in Saudi-Arabien auf. Er loggte sich an seinem Terminal ein, um zu sehen, ob über Nacht etwas eingegangen war.

Scheinbar war eine Mitteilung eingetroffen. Er ließ sie ausdrucken und las:

Von: Bank of the World, San Francisco, Kalifornien, USA

An: Telexraum, Nationale Handelsbank, Riad, Saudi-Arabien

Mitteilung: Bezug: Ihre telegrafische Zahlungsanweisung in USD vom 25-12-XX. Es wurde kein Betrag gutgeschrieben. Stop. Telex beim Senden verstümmelt. Stop. Bitte erneut senden. Stop. Wiederhole. Es wurde kein Betrag gutgeschrieben. Stop. Telex unlesbar. Stop. Bitte erneut senden.

Ende.

Said al-Arabi seufzte.

Das Problem bestand darin, daß die verdammten Telefonleitungen in Saudi-Arabien völlig nutzlos waren. Die Hälfte der Zeit waren sie in der Wüste von Sandstürmen verschüttet. Wie sollte die Bank ihre weltweiten Geschäfte abwickeln, wenn sie Kameltreiber einsetzten, um die erforderliche Technik zu reparieren?

Er ging zum Aktenschrank hinüber, schloß die Schublade auf und zog die Überweisung heraus, die er an die *Bank of the World* gerichtet hatte – vor ganzen vier Tagen. Dann fiel ihm ein, daß die amerikanischen Banken wahrscheinlich über Weihnachten geschlossen gewesen waren. Er würde die Anweisung einfach noch einmal senden müssen – und dabei hoffen, daß er keine Geldbuße zahlen mußte, wenn die Hypothekenrate zu spät eintraf.

Er setzte sich wieder hin, um das Telex abzuschicken. Es war unwahrscheinlich, daß das Geld noch innerhalb der nächsten achtundvierzig Stunden verbucht werden würde, dachte er. Um neun Uhr morgens nach saudi-arabischer Zeit war es sieben Uhr gestern abend – in San Francisco. Die *Bank of the World* hatte bereits seit vier Stunden geschlossen.

DIE VERSTEIGERUNG

Gold ist ein wunderbares Ding! Wer immer es besitzt, ist Herr über alles, was er begehrt. Mit Gold kann man sogar den Seelen den Weg in den Himmel erkaufen.

– Christoph Columbus

Als ich am Montagmorgen ins Büro kam, saß Pearl mit überschlagenen Beinen auf meinem Schreibtisch und blickte auf die türkisfarbene Bucht und die schmale, silbrige Brücke hinaus, die sich in der Ferne verlor.

»So, so, so«, sagte sie verschmitzt, als ich meine Tasche abstellte und um den Tisch herumging, um die Post durchzusehen. »Zehn Uhr dreißig ist selbst für dich ein bißchen spät, nicht wahr? Du warst dieses Wochenende nicht zu Hause – ich habe angerufen.«

»Ist das Kleid nicht ein bißchen tief ausgeschnitten – selbst für dich?« fragte ich. »Oder hast du dich auf eine neue Technik des Karrieremachens verlegt?«

»Wenn eine von uns an diesem Wochenende neue Wege gegangen ist, bist du es.« Sie lachte. »Verliebtsein ist gut für den Teint, meine Süße, und du siehst aus, als hättest du gerade die Siebentagekur bei La Costa hinter dir!«

»Ich finde dieses Gespräch völlig unpassend angesichts der Umgebung, in der wir uns befinden«, sagte ich zu ihr und riß einen Briefumschlag auf.

»Das glaube ich gern. Welche Umgebung *wäre* denn passender? Satinbettwäsche? Körperpflegemittel? Heiße Bäder?«

»Ich habe das Wochenende in tiefem Nachdenken verbracht«, versicherte ich ihr.

»Natürlich *ist* er absolut prachtvoll«, plauderte Pearl munter weiter. »Und ich stelle mich hin und gebe dir gute Ratschläge, was du mit deiner Zeit in New York anfangen sollst! Aber Tavish hat mir erzählt, daß du in jener Nacht, als du uns verlassen hast, einen Ausflug ins Rechenzentrum unternommen haben mußt. Eure Programme funktionieren heute morgen tadellos. Ich nehme an, du warst einfach viel zu beschäftigt, um uns anzurufen und uns darüber zu informieren.«

»Möchtest du wissen, was ich dieses Wochenende wirklich gemacht habe?« fragte ich und ging hinüber, um die Tür zu schließen. »Es sollte dich interessieren – denn es könnte deine Karriere betreffen.«

»Welche Karriere?« fragte Pearl bitter. »Nach deinem kleinen Tête-á-Tête mit Karp letzte Woche ist meine Karriere zu einer Hinterhofaffäre geworden. Mein süßer kleiner Boß scheint zu glauben, daß alles schon erledigt und in Butter ist, daß du mir in Sekundenschnelle einen neuen Job besorgen wirst – und daß ich auf und davon tänzeln werde, ohne mit der Wimper zu zucken.«

»Das ist es, das habe ich getan und das wirst du«, sagte ich und setzte mich ihr gegenüber. »Ich mache keinen Scherz, Pearl. Außerdem werden wir alle die Bank früher oder später verlassen. Es ist nur eine Frage des Zeitpunkts.«

»Richtig. ›Gibt es noch ein Leben außerhalb der Bank?‹ undsoweiter«, sagte sie. »Aber ich bin noch nicht ganz soweit, daß ich meine Zelte hier abbrechen möchte. Willst du meinen Karriereberater spielen oder was?«

»Ich habe dieses Wochenende etwas vereinbart – mit Tor, wie es sich zufällig trifft. Es scheint, seine Seite der Wette ist um einiges komplizierter, als ich dachte.«

»Das kann ich mir vorstellen«, sagte Pearl und lächelte verschmitzt.

»Um es kurz zu machen«, unterbrach ich sie, »er hat den idealen Job für dich: etwas, wofür man genau deine Fähigkeiten braucht.«

»Ich zeige ihm *meine* Fähigkeiten, wenn er mir *seine* zeigt«, sagte sie mit einem breitem Grinsen. Als sie sah, daß ich darauf nicht ansprang, fügte sie hinzu: »An welche Fähigkeiten genau dachtest du?«

»Zwei Dinge. Das erste ist der Devisenverkehr. Es gibt kaum jemanden in dem Geschäft, der mehr darüber weiß als du.«

»Und das zweite?« fragte Pearl.

»Geld ausgeben«, entgegnete ich.

Es war seltsam. Ich kannte Tor seit zwölf Jahren – kannte ihn so gut, wie nur irgend jemand einen solchen Mann kennen konnte. Aber schon nach einem gemeinsamen Wochenende begriff ich, daß ich ihn eigentlich überhaupt nicht kannte.

Wie ich, behielt auch er einen Teil seiner selbst für sich – verhüllt vor der Neugier der anderen, genau wie jenes verborgene Büro vor so vielen Jahren. Was war es, was er versteckte? Seine Leidenschaften, nannte er es. Aber ich wußte inzwischen, daß der damit nicht einfach den Akt der Liebe meinte.

Etwas hatte sich verändert – nicht nur zwischen uns, sondern auch in uns – in den drei Tagen, die Tor und ich gemeinsam auf der Insel verbracht hatten. Es war ein Gefühl, als wären wir durch einen Teilchenbeschleuniger gewirbelt worden, der unsere Moleküle neu zusammengefügt hatte, so daß wir jetzt jeder einen Teil vom Wesen des anderen enthielten. Es erübrigte sich, jemanden *kennen*zulernen, wenn man bereits ein Teil von ihm war. Aber da war diese unerträgliche Sehnsucht nach der anderen Hälfte. War das nicht die platonische Definition von Liebe? Das heftige Verlangen der Seele nach ihrem fehlenden Teil, den sie irgendwann einmal, in den Nebeln der Urzeit, verloren hatte.

Dieses Gefühl machte es reichlich schwierig, wieder an die Arbeit zurückzukehren.

Ich schaute hinaus auf die Bucht und versuchte, durch meine seltsamen Empfindungen hindurchzufinden, als Peter-Paul Karp in mein Büro geschlendert kam.

»Banks – Sie starren aus dem Fenster! Ist etwas geschehen?« fragte er überrascht.

»Mit mir nicht. Aber etwas *ist* passiert«, entgegnete ich, riß mich zusammen und ordnete meinen Schreibtisch neu. Alles, was mir noch fehlte, war, daß meine Gedanken noch wirrer wurden als Karps.

»Sie erinnern sich an Ihr Problem, über das wir vor einer Weile sprachen?« fragte ich. »Ich glaube, ich habe die Lösung.«

»Nein, wirklich!« rief er aus und zog sich einen Stuhl heran.

»Ich habe Pearl für das Forex-Seminar vorgeschlagen – eine Veranstaltung des Konsortiums von Devisenhändlern«, sagte ich zu ihm. »Das Seminar findet jedes Frühjahr statt – und es dauert drei Monate. Sie müßten Pearl für diese Zeit beurlauben, und die Unkosten übernehmen.«

»Eine Beurlaubung«, folgerte er. »Das bedeutet, die Bank muß sie wieder beschäftigen, wenn sie zurückkommt – aber nicht unbedingt in meiner Abteilung, richtig?«

»Richtig. Das Symposium beginnt nächsten Sonntag in New York.« Ich schob ihm die Papiere zum Unterschreiben über den Tisch.

»Banks, ich erledige diesen Papierkram am besten sofort«, sagte er und setzte seinen Namen unter die Genehmigung. »Und meinen herzlichsten Dank. Ich glaube, Willingly hat sich völlig geirrt mit allem, was er über Sie sagt.«

Auch wenn ich nur zu gern gewußt hätte, was genau das war, biß ich mir lieber auf die Zunge. Ich mußte noch größere Fische an Land ziehen – und Peter-Paul Karpfen war kaum der wichtigste davon.

»Vielleicht habe ich noch eine Überraschung für Sie«, verkündete ich. »Aber nur wenn Sie es für sich behalten können: Mein Projekt ist fast abgeschlossen. Ich könnte Ihnen Tavish schon in ein paar Wochen zurückgeben.« Noch ein bißchen Seife, und er würde direkt in der Wanne landen.

»Aber das ist ja mehr, als ich erwarten durfte ...«, setzte Karp an.

»Ich bin Ihnen etwas schuldig«, versicherte ich ihm. »Schließlich haben Sie mir die Insider-Information gegeben. Und wenn man bedenkt, daß Kiwi Tavish uns beiden wegnehmen wollte ...«

»Wovon reden Sie?« fragt Karp, und sein Gesichtsausdruck verdunkelte sich.

»Du meine Güte – ich dachte, Sie wüßten davon«, sagte ich zu ihm. »Kiwi hat Tavish letzte Woche zum Mittagessen eingeladen – und ihm gesagt, er würde künftig für *ihn* arbeiten, nicht mehr für Sie.«

Karps Gesicht hatte eine hübsche rote Farbe angenommen.

»Willingly versucht also, ganz besonders schlau zu sein«, zischte er. »Ich kann Ihnen wirklich nicht genug danken, daß Sie mir das mitgeteilt haben.«

Er war schon auf halbem Weg zur Tür, als ich hinzufügte:

»Und sagen Sie nicht, ich hätte Sie nicht vor Kiwi gewarnt, Peter-Paul. Aber ich möchte doch vorschlagen, daß Sie die anderen in dem Glauben lassen, Pearls neue Aufgabe sei *Ihre* Idee gewesen. Nicht daß man sich nachher erzählt, wir würden hinter dem Rücken irgendwelcher Leute böse Ränke schmieden – auch wenn das andere mit uns tun.«

»Ende der Woche wird sie nicht mehr da sein«, versicherte er mir von der Tür aus.

Ich konnte an seinem beunruhigten Gesichtsausdruck ablesen, daß die Saat des Zweifels, die ich ausgestreut hatte, nicht viel Pflege brauchen würde, um zu einem gesunden Mißtrauen gegenüber jedermann in seiner Umgebung heranzuwachsen – besonders gegenüber Kiwi. Aber das war mir natürlich nur recht.

Ich sang den Kriegsruf der Walküren vor mich hin, als ich an jenem Abend in die Tiefgarage hinunterging, wo Pearl mich treffen wollte.

»Was zum Teufel bedeutet *›ho-jo-to-ho‹?*« fragte sie, als sie in den Wagen einstieg. »Hört sich an wie eine Art Voodoo-Gesang.«

»Ein Mantra, das dir auf deiner Reise Glück bringen soll«, versetzte ich. »Ich habe heute nachmittag mit deinem Boß Karp eine Vereinbarung getroffen.«

»Selbst schuld«, sagte sie. »Der alte Widerling hat zwei so verschiedene Gesichter, daß er glatt als siamesisches Zwillingspaar durchgehen könnte. Ich hätte mir denken sollen, daß sich da etwas zusammenbraut – den ganzen Tag lang hat er mich angegrinst. Nur allzu gern würde ich ihm die Visage mit einem Akopad polieren. Was genau habt ihr denn vereinbart?«

»Eine Finanzierung«, erzählte ich ihr, als ich die Ausfahrt hinauffuhr. »Er wird die Rechnung für deinen neuen Job bezahlen. Und ich denke mir, er wird überrascht sein, daß jemand anders eine ebenso gespaltene Zunge hat wie er selbst.«

»Du hast ihn angelogen?«

»Ich fürchte ja. Ich habe ihm ein paar Papiere zur Genehmigung für das Forex-Seminar vorgelegt. Er war so begeistert, daß er dich für die nächsten drei Monate loswerden soll – er hätte alles unterschrieben. So hat er gerade seine Zustimmung dazu gegeben, daß ein paar Kokaindealer auf Kosten der Bank einen kleinen Ausflug nach Hongkong machen – zumindest steht das in den Papieren. Ich dachte mir, es sollte ruhig etwas Interessantes in seiner Akte sein – falls er weiterhin versuchen sollte, mich unter Druck zu setzen.«

Pearl hielt die Hand vor den Mund und lachte, als ich über die Anhöhe auf die California Street fuhr und den Weg nach Russian Hill einschlug.

»Wenn du mich also nicht wirklich für drei Monate zum Forex-Seminar schickst – worüber sprechen wir dann heute abend beim Essen?« fragte sie.

»Ich wollte dir erzählen, worum es bei deinem neuen Job tatsächlich geht«, sagte ich und lächelte insgeheim darüber, was Tor und ich uns ausgedacht hatten. »Ich glaube, es wird dir gefallen – bei ein paar Freunden von mir in einem Penthouse an der Park Avenue zu wohnen.«

»Graue Flanelltypen – oder hast du dir nach all diesen Jahren einen interessanteren Bekanntenkreis zugelegt?«

»Europäischer Adel – von der leicht französisch angehauchten Sorte. Du kannst also nach Herzenslust deine Muttersprache sprechen, während sie dir alles über den Familienbetrieb erzählen.«

»Und der wäre?«

»Soweit ich es verstanden habe, gehen sie häufig zu Auktionen.«

Sonntag, 10. Januar

Um ein Uhr nachmittags verließ eine große schwarze Limousine die Tiefgarage eines Apartmenthauses an der oberen Park Avenue.

Auf der rückwärtigen Bank saßen zwei Frauen, die so aufgetakelt und mit Juwelen behängt waren, daß sie aussahen wie teure Kurtisanen. Sie befanden sich auf dem Weg zum Westerby-Lawne-Auktionshaus an der Madison Avenue.

»Erzählen Sie mir von Ihrer Tochter Georgian«, sagte Pearl zu Lelia. »Wo ist sie im Moment?«

»Ah, Sorsione, sie ist in Frankreich. Wir machen die Pläne, im *printemps* nach Griechenland zu reisen – was ihr Frühjahr nennt.«

»Sie wissen, daß Sie mit mir Französisch sprechen können, wenn es Ihnen leichter fällt«, sagte Pearl.

»*Non*, ich fühle mich jetzt wohler im *anglais*«, sagte Lelia. »Es ist die beste Sprache, die ich spreche – ich bin, was ihr im Englischen extrem flüssig nennt, darin.«

»Ach so«, entgegnete Pearl, die Schwierigkeiten damit hatte, einen Sinn in Lelias Äußerungen zu erkennen, ganz egal in welcher Sprache. »Und was macht sie noch in Frankreich, außer sich um Ihre Reisevorbereitungen zu kümmern?«

»Sie besucht die *banques:* die Banque Agricole, die Banque Nationale de Paris, Crédit Lyonnais ... sie macht die kleinen Investitionen, wissen Sie, um unsere Auslandsreise vorzubereiten. *Tout droit!*« Lelia klopfte dem Fahrer auf die Schulter. »Einfach geradeaus – es ist direkt dort drüben.«

»Sind wir schon da? Ich bin so aufgeregt«, sagte Pearl.

»*Moi aussi.* Es ist sehr lange her, seit ich auf eine Auktion gehe.«

Der Chauffeur hielt vor dem Auktionshaus und half Lelia und Pearl aus dem Wagen. Mehrere Passanten drehten sich nach ihnen um und starrten sie an – die beiden Frauen trugen Pelzmuffs und waren in taillierte und weit ausgestellte, reich verzierte russische Mäntel gekleidet, die Lelia eigens für den Anlaß ausgegraben hatte.

»Jetzt werden Sie sehen, *chérie,* wie die Reichen vor den *pauvres* das Knie beugen«, sagte Lelia, als sie die übergroßen Türen des Auktionshauses durchschritten.

Der Türsteher verbeugte sich, und die Leute im Korridor unterbrachen ihre Gespräche. Lelia nahm Pearls Arm, während sie dahinschlenderten.

»Aber Sie sind doch wohl kaum arm, Lelia«, meinte Pearl. »Sie haben dieses herrliche Apartment, eine Limousine mit Chauffeur, teure Möbel und Kleider. Ihre Juwelen sind prachtvoll.«

»*Loués* – geliehen, *chérie.* Und was sich verkaufen läßt, ist längst verkauft. Die Juwelen – alle falsch. Ihre kleinen Brüder und Schwestern sind schon vor Jahren dahin. Und der Chauffeur, er kommt und holt mich ab für zweihundert Francs die Stunde – das ist der billigste Preis, den er mir machen kann.

Geld ist alles – Geld ist Macht – niemand respektiert dich, wenn du kein Geld hast. Jetzt kennen Sie mein großes Geheimnis – von dem nicht einmal Sorsione etwas weiß.«

»Aber wie können Sie bei einer Versteigerung mitbieten, wenn Sie kein Geld haben?« fragte Pearl.

»Es ist wie Zauberei«, sagte Lelia lächelnd. »Wir kaufen dieses Stück Grundbesitz von geliehenem Geld – und dann werden wir alle reich.«

»Wir kaufen ein Stück Grundbesitz? Ein Apartmenthaus oder eine Ranch oder etwas in der Art?«

»Non«, sagte Lelia und legte den Finger auf die Lippen. »Es ist eine *belle île*, die wir kaufen – und dann werden wir dort leben, im *pays des merveilles*.«

»Wir kaufen eine Insel im Märchenland?« fragte Pearl ungläubig.

»Oui«, entgegnete Lelia. »Ich hoffe, Sie mögen die Ägäis?«

Lionel Bream mochte seinen Augen nicht trauen, als er durch den Raum blickte und Lelia von Daimlisch im Publikum sah. Er hatte den Namen Daimlisch natürlich auf der Anwesenheitsliste gesehen, aber er hätte nie gedacht, daß es Lelia sein würde. Seit vielen Jahren hatte er sie nicht mehr gesehen.

Als er ein junger Mann war, war sie es gewesen, die ihm zu seinem Ruf in der Auktionswelt verholfen hatte, auch wenn niemand je davon erfahren durfte. Sie war im Vertrauen zu ihm gekommen, mit ihrer riesigen Sammlung von Juwelen, und hatte ihn gefragt, wie sie sie am besten verkaufen könnte. Sie wollte nichts mit Menschen zu tun haben, die nicht *›sympathiques‹* wären.

Obwohl Lionel nie erfahren hatte, wie es dazu gekommen war, daß es Lelia so schlecht ging, hatte selbst sein junges und ungeübtes Auge sofort den Wert des Schmuckes erkannt. Einige Stücke waren in den Romanoff-Listen aufgeführt – sie galten seit der Revolution als verschollen. Zwar wußte er wenig über Lelias Vergangenheit, doch der Herkunft der Juwelen in ihrem Besitz war er sich sicher. Und das war alles, worauf es ankam.

Es hatte Jahre gedauert, die Stücke nach und nach mit einiger Diskretion zu versteigern. Lelia hatte nicht gewollt, daß bekannt würde, daß sie die Quelle dieses unglaublichen Stromes von Diamanten war. Vor allen Dingen wollte sie es vor ihrem Mann geheimhalten, der zu jener Zeit sehr krank gewesen war. Zweifellos brauchte sie Geld und wollte nicht, daß er erfuhr, woher es stammte. Und Lionel hatte das Gefühl gehabt, er sollte sich nicht in persönliche Angelegenheiten einmischen, wenn ihm ein so großes Geschenk zu Füßen gelegt worden war. Das Erbe der Daimlischs zu versteigern war mehr, als ein Auktionator in seinem Leben erwarten durfte – und Lionel war damals noch ein junger Mann gewesen, ein Juniorpartner in seiner Firma.

Kurz nach dem Tod ihres Gatten war Lelia aus seinem Gesichtskreis verschwunden. Vielleicht geschah auch dies aus finanziellen Gründen. Lionel hatte ihren Namen von Zeit zu Zeit einmal gehört, aber er hatte sich nie wieder bei ihr gemeldet. Er hielt es für unpassend, sie an ihre frühere Verbindung zu erinnern und an die Situation, die sie allem Anschein nach dazu getrieben hatte, ihre Juwelen zu verkaufen.

Jetzt, als er sie im Publikum erkannte, eilten seine Gedanken zu der Zeit zurück, als er sie kennengelernt hatte. Sie war die große Schönheit ihrer Tage gewesen, und er – eigentlich noch ein Junge – hatte sich in sie verliebt. Sie hatte eine solche Tragik ausgestrahlt und doch Humor besessen. Er erinnerte sich daran, wie ihre Augen blinzelten, wenn sie ihn ansah, als würden nur sie beide ein Geheimnis teilen, das zauberhaft und besonders war. Sie hatte alles, von dem junge Männer in jenen romantischen Tagen glaubten, eine Frau müsse es besitzen: *tristesse*, Dramatik und eine überwältigende Schönheit.

Lionel bemerkte, daß Lelia ihn aus dem Zuschauerraum ansah. Um ihre Augen spielte noch das gleiche geheime Zwinkern, und er war sich sicher, daß sie sich an ihn erinnerte – auch wenn er in der Zwischenzeit deutlicher gealtert war als sie und sein Haar dünn und grau geworden war. Plötzlich, als er vom Podium herunterblickte, überwältigte ihn die Erinnerung an die Vergangenheit. Er sehnte sich danach, im Violetten Zimmer in Lelias eigenwilliger Wohnung beim Tee zu sitzen und sie auf dem alten Bösendorfer Skrjabin spielen zu hören, wie sie es früher immer getan hatte. Sein Blick verschleierte sich, als er daran dachte, und – dies war eine beispiellose Geste – er trat vom Podium herunter und schritt durch die Reihen des Publikums zu ihrem Platz.

»Lelia«, sagte er sanft und nahm ihre Hand in seine.

An ihrer rechten Hand trug sie eine Kopie des Falconer-Rubin, umgeben von schwarzen Saphiren und Diamanten; das Original hatte er 1949 an William Randolph Hearst verkauft.

»Ich kann es gar nicht glauben, daß Sie doch wieder hier sind«, sagte er zu ihr. »Wie sehr haben wir Sie vermißt.«

»Ah, *mon cher Lionel*«, sagte sie und sprach seinen Namen mit französischem Akzent aus. »Auch ich bin so glücklich, glücklich, glücklich. Ich bin gekommen, um sie die wunderschöne Auktion machen zu sehen – das habe ich noch nie getan.«

Das stimmte, dachte Lionel. Sie hatte niemals an einer einzigen Versteigerung teilgenommen, auf der ihre Juwelen verkauft worden waren, sondern lediglich darum gebeten, die Schecks auf ihr Konto einzureichen, damit sie nicht erfahren müßte, welchen Preis sie für jeden der kleinen ›Brüder und Schwestern‹ erhalten hatte.

»Aber was machen Sie hier, meine Liebe?« fragte er sie leise. »Sie wissen, daß das heute eine ganz seltsame Auktion ist.«

Einige Leute hatten sich auf ihren Plätzen umgedreht, um einen Blick auf die Frau zu werfen, derentwegen der berühmte Lionel Bream den Beginn der Auktion verzögert hatte, um sie persönlich zu begrüßen. Zwar war sich Lionel sicher, daß keiner, der heute hier war, Lelia erkennen oder sich an sie erinnern würde, doch er sah, wie sie alle mit der Nachbildung der Fabergé-Diamanten liebäugelten, die sie um den Hals trug – Kopien der Steine, die er 1947 an König Farouk verkauft hatte.

»Ich möchte, daß Sie die *connaissance* meiner *very dear amie* machen – Mademoiselle Lorraine«, sagte Lelia, und Lionel küßte förmlich Pearls ausgestreckte Hand.

»Ich fühle mich geehrt«, sagte er. »Und Mademoiselle Lorraine hat die Ehre, mit einer der wirklich großen Damen unseres Jahrhunderts befreundet zu sein. Ich hoffe, sie wissen diese Freundschaft zu schätzen – wie wir alle, die das Glück hatten, Lelia kennenlernen zu dürfen.«

Pearl nickte und lächelte; sie wußte, daß in dem Raum um sie her irgend etwas vorging – so wie die Leute sie ansahen –, aber sie war sich nicht sicher, was.

Da erhob sich Lelia und schlang ihre Arme um Lionel, um ihn zu umarmen. Ein Raunen ging durch die Reihe hinter ihnen. Pearl meinte zu sehen, wie Lelia dem Auktionator etwas ins Ohr flüsterte.

»Sie wissen, daß ich alles für Sie tun würde«, sagte Lionel. »Ich hoffe, Sie werden sich in der Zukunft des öfteren hier sehen lassen – jetzt, wo Sie wieder zu unserem Leben gehören.«

Er drückte ihr leicht die Hand und ging zum Podium zurück, um die Auktion zu eröffnen. Von Zeit zu Zeit blickte er Lelia an und lächelte, als würden sie immer noch ein tiefes Geheimnis teilen, das sie vom Rest der Welt unterschied.

Die Versteigerung dauerte schon fast fünf Stunden. Als es Abend wurde, gingen einige Leute nach Hause. Doch Lelia blieb sitzen, so aufrecht und starr wie eine Ikone. Pearl war überrascht, daß eine Frau ihres Alters so viel Durchhaltevermögen besaß. Sie selbst fühlte sich schläfrig von der Wärme im Raum und der eintönigen Stimme des Auktionators. Aber plötzlich wurde auch ihre Aufmerksamkeit geweckt – sie spürte, daß sich etwas im Raum verändert hatte. Als Pearl sich Lelia zuwandte, hatte sie ein ganz anderes Aussehen angenommen – oder schien es nur so? Lelias Augen waren fest auf den Auktionator gerichtet.

Lionel Breams Blick schweifte hin und her durch den Raum, registrierte, wenn jemand einen Finger hob oder sich am Ohr kratzte. Dann nannte er den nächsthöheren Preis. Aber nach jedem Gebot wanderten seine Augen sofort zu Lelia zurück, und jedes Mal schien das Leuchten in ihren Augen strahlender zu werden. Pearl begriff, daß Lelia für dieses Stück Grundbesitz mitbot, aber sie konnte den Kode nicht entziffern, den sie benutzte. Pearl konzentrierte sich auf das Stück Land, um das es ging.

Laut ihrem Programm war es die Nummer siebzehn, eine von zwanzig winzigen Inseln vor der türkischen Küste. Sie war dreißig Quadratkilometer groß und bestand fast ausschließlich aus Stein: ein kegelförmiger Berg, oben abgeflacht, mit einer großen, kreisförmigen Vertiefung in der Mitte.

Der Auktionator versicherte ihnen, der Vulkan sei seit tausend Jahren erloschen. Pearl kümmerte es nicht, ob er aktiv war. Angesichts der Fotografie von diesem fast kahlen Felsen im Programm begann sie, an Lelias gesundem Menschenverstand zu zweifeln.

Die Insel trug den Namen Omphalos Apollonius – Apollos Nabel. Wie Bream dem kichernden Publikum erklärte, war dies auch der Name der ausgehöhlten Steinschale in Delphi – oder jeder anderen natürlichen Vertiefung, aus der das Orakel weissagte. Sie mußte nach der eingefallenen Mitte des Vulkankegels benannt worden sein, dem hervorstechenden Merkmal der Insel.

Pearl dachte, Lelia mußte wohl selbst die Weisheit des Orakels besitzen, um für diesen fürchterlichen Steinhaufen zu bieten. So, wie sie da saß, schien Lelia in einem mystischen Trancezustand zu verharren – und das Höchstgebot hatte bereits fünf Millionen Dollar erreicht!

Pearl berührte Lelia am Arm und sah sie fragend an. Lelia lächelte ihr beruhigend zu und blickte wieder nach vorn.

Pearl wandte sich also wieder ihrem Programm zu, um weitere Hinweise im Hinblick auf diese eigenartige Wahl zu finden.

Die Insel, so schien es, hatte eine Einwohnerschaft von einhundertsiebzig Menschen, die vor allen Dingen mit dem Fischfang und der Segelmacherei beschäftigt waren. Die einzige Stadt – die auch Omphalos hieß – lag auf der Westseite der Insel zur griechischen Küste hin; die einsame Ostküste hatte außer ein Paar venezianischen Ruinen nichts aufzuweisen.

Sie las weiter, daß die ganze Inselgruppe von einem ausgewanderten jugoslawischen Großreeder verkauft wurde, der sie kurz nach dem Zweiten Weltkrieg erworben hatte. Es schien, daß die griechische und die albanische Regierung während der allgemeinen Verwirrung über die Neuaufteilung Europas beide Anspruch auf die Inseln angemeldet hatten; und weil sie zwischen Griechenland und der Türkei in küstennahen Gewässern lagen, hätte auch die Türkei sie beanspruchen können. Aber unter strategischen oder selbst touristischen Gesichtspunkten waren sie wertlos. Ihre vulkanische, zerklüftete Beschaffenheit machte es unmöglich, eine Landebahn für Flugzeuge zu bauen; die rauhen Küsten boten nur sehr kleinen Schiffen einen Hafen. Noch heute hatten alle Inseln kaum eine Infrastruktur, es fehlten Telefonleitungen, eine Kanalisation, elektrisches Licht oder Heizungen – es gab nicht einmal Kohle oder Holz zum Verbrennen oder Weideland für die Tiere. Die meisten Nahrungsmittel, darunter unverzichtbare Molkereiprodukte, mußten vom Festland herübergeschafft werden.

Die Auseinandersetzung über die Frage der Nationalität der Inseln beruhigte sich schnell, als ihr begrenzter Wert deutlich wurde. Und das letzte bißchen Interesse löste sich in Luft auf, als der Großreeder in allen drei Ländern, die einigen Anspruch hätten geltend machen können, die richtigen Beamten bestach, über das Problem hinwegzusehen.

Er war schon ein schlauer Fuchs gewesen, dachte Pearl. Auf einer der hübscheren Inseln hatte er ein Urlaubszentrum errichtet. Das Geld dafür würde er wieder hereinholen, indem er die übrigen Inseln an reiche New Yorker verkaufte, die bereit waren, für jedes wertlose Stück Felsen viel Geld zu bezahlen, solange es einen Rundumblick auf die Ägäis bot.

Die Gebote für diesen speziellen Felsen hatten schneller nachgelassen als bei den anderen Inseln, denn er schien von der ganzen Gruppe der reizloseste zu sein. Nur zwei weitere Mitbewerber boten mit Lelia weiter. Pearl war zunehmend beunruhigt, wenn sie Lelias gerötetes und fiebriges Gesicht betrachtete. Es hatte den Anschein, als sei sie völlig verzückt – erleuchtet von einem inneren Licht, dessen Ursprung Pearl nicht zu begreifen vermochte.

Um die ganze Sache noch schlimmer zu machen, waren die Gebote jetzt über zehn Millionen Dollar geklettert. Auch wenn das immer noch weniger war als die Preise für die zuvor angebotenen Inseln, war es immerhin ein schöner Batzen Geld – und Pearl hatte keine Ahnung, woher das kommen sollte. Sie bemerkte, daß der Auktionator, Lionel Bream, den Blick nicht von Lelias Gesicht abwandte. Auch er schien besorgt.

Tatsächlich war Lionel mehr als besorgt – und er war es von dem Moment an gewesen, als er Lelia im Publikum entdeckte. Vor Beginn der Auktion waren keinerlei Angaben über Sicherheiten oder die finanzielle Situation der Teilnehmer erbeten worden, denn die Gästeliste hatten die Besitzer selbst zusammengestellt und vorbereitet. Lelias Name stand nicht auf der Liste der geladenen Gäste, aber irgendwie war es ihr gelungen, trotzdem eingelassen zu werden. Er hoffte, sie würde in der Lage sein, für den Grundbesitz zu bezahlen, für den sie bot. Außer Lionel wußte nur Claude Westerby, wie es Lelia früher ergangen war.

Er war es gewesen, der das Risiko auf sich genommen hatte, den Schmuck weiterzuverkaufen, den sie vor so vielen Jahren zu Lionel Bream getragen hatte. Obwohl Lionel eingewilligt hatte, niemals dessen Herkunft zu enthüllen, mußte er eine solche Sammlung doch einem der Inhaber zeigen, bevor er sie zur Versteigerung annehmen konnte. Er hatte sich an den jungen Claude gewandt als den ›sympathischeren‹ von beiden. Und Claude kannte sich mit Juwelen aus.

Nicht nur die Steine waren herrlich, versicherte er Lionel, sondern die Stücke selbst waren häufig die selteneren, weniger bekannten Teile einst berühmter Kollektionen. Obwohl sie nie offen darüber gesprochen hatten, war sich Lionel sicher, daß Claude Westerby durch seine Nachforschungen herausgefunden haben mußte, wer der Verkäufer war.

Lionel sah Claude Westerby im Hintergrund des getäfelten Raumes sitzen und, die Arme über der Brust verschränkt, das Bieten beobachten. Lionel ließ seinen Blick kurz auf dem Sohn des Direktors ruhen – lange genug, um die Nachricht zu übermitteln, daß etwas nicht ganz in Ordnung war, und um Direktiven zu bitten. Claudes Achselzucken bedeutete, daß auch er sich Gedanken über Lelias fieberhaftes Bieten machte, aber er war der Ansicht, daß man im Moment wohl nichts daran ändern konnte – wenn man nicht die ganze Auktion abbrechen wollte, dachte Lionel; und etwas Derartiges war noch nie dagewesen.

Doch während weiter geboten wurde, sagte ihm eine einzige Veränderung im Tempo aufgrund seiner jahrelangen Erfahrung, daß diese Insel bald ihren neuen Besitzer finden – und daß das Meistgebot von Lelia kommen würde. Ein friedvolles Gefühl erfüllte ihn, als sei eine Last von ihm genommen.

Leicht klopfte er mit dem Hammer auf den Messingständer und sagte ruhig: »Verkauft an Madame von Daimlisch für dreizehn Millionen Dollar. Meinen Glückwunsch, Mrs. von Daimlisch – Sie haben ein sehr schönes Stück Grundbesitz erworben.«

Lelia nickte und erhob sich mit Pearls Hilfe, um den Raum zu verlassen. Unter den verschiedenen Leuten, die sich umdrehten, um sie dabei zu beobachten, war auch Claude Westerby. Obwohl es nicht den Regeln entsprach, hatte er, als sie vor einer Weile das Haus betreten hatte, den Wachmännern zugenickt, sie sollten sie passieren lassen, ohne nach ihrer Einladung zu fragen. Er wußte, daß sie keine erhalten hatte, denn er hatte die Liste selbst mit vorbereitet. Jetzt stand er auf, um ihr zu folgen.

»Wo gehen wir jetzt hin?« flüsterte Pearl Lelia zu, als sie die Flure entlangschritten.

»*La caisse* – zum Kassierer«, entgegnete Lelia. »Nach dem Essen müssen wir *l'addition* bezahlen.«

»Das kann ja heiter werden«, sagte Pearl grimmig. »Wie in aller Welt wollen Sie denn diese Rechnung bezahlen?«

»Natürlich mit einem *chèque*!« Lelia lachte.

Trotzdem sah sie schließlich doch wirklich erschöpft aus. Pearl machte sich Sorgen. Immerhin war Lelia nicht mehr die jüngste.

»Meine Gratulation, Madame«, sagte Claude Westerby, der sie im Korridor von hinten überholte.

Er nahm ihren freien Arm und begleitete sie auf dem Weg zur Kasse. Sollte etwas schiefgehen, wollte er die Sache lieber selbst in die Hand nehmen.

»Monsieur, wir sind uns nie wirklich vorgestellt worden«, setzte Lelia an. »Ich bin …«

»Ich weiß, wer Sie sind, meine Liebe – Sie sind Lelia von Daimlisch. Auch wenn ich mir sicher bin, daß ich mich sehr verändert habe, seit Sie mich das letzte Mal gesehen haben, sind Sie immer noch die Frau, die einst als die schönste von New York galt.«

Lelia strahlte ihn lächelnd an.

»Ich bin Claude Westerby«, fuhr er fort. »Sie haben heute etwas Gutes für Ihr Geld bekommen, Madame. Ich fürchte, der Vorbesitzer wird böse auf mich sein – wir hatten geschätzt, daß die Insel das Anderthalbfache des Preises bringen sollte, den Sie geboten haben. Lassen Sie uns um meinetwillen hoffen, daß der Rest sich besser verkauft! Ich freue mich, daß Sie es sind, die die Insel ersteigert hat.«

Und noch mehr würde ich mich freuen, wenn Sie auch in der Lage wären, sie zu bezahlen, dachte er. Was für ein Alptraum wäre es für sie alle, wenn sie es nicht könnte!

»Hier ist die Kasse«, sagte er. »Ich werde Sie allein lassen, damit Sie den unangenehmen Teil hinter sich bringen können, aber ich werde in der Nähe sein, falls Sie meine Hilfe brauchen. Darf ich hinzufügen, daß es ein großes Vergnügen war, Sie nach all diesen Jahren persönlich kennenzulernen.«

»Merci, monsieur«, sagte Lelia. Dann ergriff sie seine Hand. Ihre Stimme vibrierte auf eine Art, die er für eine Frau ihres Alters bestürzend weiblich fand. »Und danke für ... in der Vergangenheit waren Sie sehr diskret mit meinen *bijoux* – meinen Juwelen. Ich weiß, daß Sie derjenige waren, der die kleinen Erkundigungen für mich gemacht hat. Ich bin wie ein Elefant; ich habe ein langes Gedächtnis für die guten Dinge in meinem Leben. Noch einmal, *merci, mon ami Claude.*«

Er sah sie überrascht an und spürte, wie sich sein Herz zusammenkrampfte. Sie war noch immer so schön – die Art von Schönheit, die von innen heraus unterstrichen wird. Sie war, so dachte er, noch reizvoller, als er sie in Erinnerung hatte, damals, vor vierzig Jahren. Er war so froh darüber, daß sie die Insel gekauft hatte, daß es ihm einen Moment lang völlig gleichgültig war, ob sie dafür bezahlen konnte oder nicht. Eher hätte er sich gewünscht, ihr die Insel zum Geschenk machen zu dürfen, höchstpersönlich.

Er drückte fest ihre Hand und verabschiedete sich abrupt, eilte schnell den Flur hinunter, zurück in den Auktionsraum.

Teil 3

Frankfurt, Deutschland *Januar 1810*

Es war Anfang des Jahres 1810, und Meyer Amschel Rothschild lebte immer noch im Frankfurt, obwohl seine Kinder inzwischen herangewachsen waren und sein Lieblingssohn, Nathan, ins Ausland gegangen war.

»Letzte Nacht hatte ich einen Traum«, erzählte Meyer Amschel seiner Frau Gutle beim Frühstück, das aus getrocknetem Brot, eingeweicht in Milch, bestand.

»Einen Traum?« fragte Gutle, und ihr Tonfall schien nahezulegen, daß sie noch nie zuvor von einem solchen Ding gehört hatte.

Ihr Haar, das sie nach orthodoxer Sitte kurz geschnitten trug, war von einer dicken ungepuderten Perücke bedeckt, die wiederum von einem riesigen Kopfputz aus steifer Baumwolle, holländischer Spitze und Taftbändern verhüllt wurde.

»Und was war das für ein Traum?« fragte sie ihren Mann und löffelte ihm noch etwas Milch über sein Brot. »Ein Traum von noch mehr Reichtum? Ich glaube, wir haben schon mehr, als gut für uns ist. Manchmal denke ich, soviel Reichtum wird uns eines Tages Unglück bringen.« Sie klopfte mit ihrem Löffel auf den Tisch, um die Teufel, die möglicherweise zuhörten, zu vertreiben.

»Es war ein seltsamer Traum«, sagte Meyer Amschel nachdenklich. »Ich sah, wie unser Haus im Feuer und im Wasser auf die Probe gestellt wurde, so wie es im alten Buch heißt, daß die Menschheit eines Tages vor Gott auf die Probe gestellt werden wird. Unsere Söhne kämpften gemeinsam für eine gute Sache, wie Judas Maccabaeus; sie standen zusammen als eine Macht, die der Natur die Stirn bietet ...«

»Wir kennen alle deine Einstellung zu dieser Frage«, sagte Gutle zu ihm. »Ein Zweig kann leicht von zwei Händen abgeknickt werden – aber ein Bündel Zweige, die zusammenstehen, läßt sich nicht zerbrechen.«

»Dieser Traum sagt mir, daß etwas Großes und Herrliches

geschehen wird«, entgegnete Meyer Amschel seiner Frau. »Und aus diesem Grunde wird das Haus Rothschild hundertmal hundert Jahre bestehen. Du wirst schon sehen, meine Liebe – es wird bald beginnen.«

Im Jahre 1810 verfolgte Meyer Amschels Sohn Nathan, ganz wie Meyer Amschel es im Traum vorhergesehen hatte, einen Plan, der so wagemutig und riskant war, daß er nicht nur das gesamte Vermögen der Familie dabei aufs Spiel setzte, sondern sogar ihre Freiheit.

Nathan hielt sich seit mehr als zwölf Jahren in England auf, und es war ihm dort gut ergangen. 1798 hatte er in Manchester damit begonnen, englische Baumwolle auf den Kontinent zu exportieren, wo sein Vater und seine Brüder die Ware weiterverkauften. Bereits 1809 war Nathan eingebürgert worden, und in den darauffolgenden Jahren hatte er eine eigene Bank eröffnet. Er war der mittlere Sohn von den fünf Kindern der Familie Rothschild und bei weitem der aggressivste.

Anfang März 1810 schrieb Nathan an seinen Vater in Frankfurt, daß er sich vorstellte, sein jüngster Bruder, Jakob, solle nach Paris geschickt werden und zugleich die Erlaubnis erhalten, sich daneben in anderen Gegenden Frankreichs frei zu bewegen – wie auch in Spanien, Italien und Deutschland. Meyer Amschel war zunächst ratlos. Wie konnte ein Jude ein solches Privileg erhalten? Besonders schwierig war es, eine Möglichkeit zu finden, in Paris zu leben – denn die Rothschilds waren nicht nur Juden, sondern obendrein auch noch Preußen.

Aber in dem festen Glauben, daß die Ahnung seines Traumes Wirklichkeit werden sollte, setzte Meyer Amschel seinen seidenen Hut auf, zog sein Spitzenjabot und seinen besten schwarzen Anzug an und machte sich auf, seinen Freund, den Prinzen von Thurn und Taxis, zu besuchen. Dessen Familie hatten die Rothschilds in der Vergangenheit große Geldsummen geliehen. Vielleicht war es an der Zeit, die Schuld einzufordern – auf andere Weise.

»Ah, Rothschild, Ihr seht heute aber sehr adrett aus«, begrüßte ihn der Prinz. »Ich kann es Euch am Gesicht ablesen, daß Ihr mehr auf dem Herzen habt, als einfach einen nachbarschaftlichen Besuch zu machen. So Gott will und es in meiner Macht steht, werde ich Euch alles gewähren, was Ihr nur wünscht.«

»Eure Hoheit ist wie immer sehr scharfsinnig«, gab Meyer Amschel zurück. »Es handelt sich um ein recht schwieriges Problem; ich möchte, daß mein Sohn Jakob die Erlaubnis erhält, sich in Paris niederzulassen.«

»Ah, das ist in der Tat ein Problem«, stimmte der Prinz zu. »Selbst ich, als Preuße, kann diese Erlaubnis nicht erhalten.«

»Ich weiß, daß es schwer fällt, meine Bitte zu erfüllen«, sagte Meyer Amschel. »Aber es ist notwendig, daß ich mein Ziel erreiche, aus persönlichen und familiären Gründen.«

»Da Eure ›persönlichen und familiären Gründe‹ meist mit dem Erwerb von noch mehr Reichtum zu tun haben, nehme ich an, es liegt in meinem ureigenen Interesse, Euch zu helfen, soweit mir das möglich ist. Habt Ihr eine Vorstellung, wie wir das anfangen sollen? An Einfällen scheint es Euch ja nur selten zu mangeln!« Der Prinz lachte.

»In der Tat habe ich mir eine mögliche Lösung überlegt«, gestand Rothschild bescheiden ein. »Wenn mein Sohn in der Equipage eines Adligen mitreisen könnte – bei jemandem, von dem Eure Hoheit vielleicht weiß, daß er eine Reise nach Frankreich plant – dann könnte man die betreffende Person vielleicht überreden …«

»Wie ihr sicherlich wißt, wird in Kürze in Paris ein Ereignis stattfinden, zu dem wohl ganz Europa reisen wird«, sagte der Prinz und runzelte die Stirn.

»Meinen Eure Hoheit vielleicht die kaiserliche Hochzeit?« mutmaßte Meyer Amschel.

»Wenn Ihr die Heirat dieses heidnischen korsischen Emporkömmlings mit einer solchen Bezeichnung ehren wollt«, grollte der Prinz. »Großer Gott, er entledigt sich seiner ersten Frau vor den Augen Gottes und heiratet eine andere, noch ehe die erste vergessen ist. Es läßt einem das Blut in den Adern gefrieren, jawohl! Selbst die Kardinäle nehmen an den Feierlichkeiten nicht teil, aber der europäische Adel versammelt sich zu einem solchen Ereignis, als wäre es ein Hahnenkampf. Nun, Rothschild, wenn es Euch Freude macht, Euren Sohn in solcher Gesellschaft zu wissen ... aber ich muß zugeben, daß mir niemand aus meinem Bekanntenkreis einfällt, der – entschuldigt, wenn ich das so sage – bei einem solchen Ereignis den Sohn eines handeltreibenden Juden in seinem Gefolge willkommen heißen würde. Wir werden gründlich nachdenken müssen, um dieses Problem zu lösen, denn ich selbst werde an dem Debakel nicht teilnehmen.«

»Ja, Eure Hoheit. Wir müßten jemanden finden, der unbedingt an der Hochzeit Napoleons mit der Erzherzogin Marie-Louise teilnehmen möchte, der aber aus bestimmten Gründen – vielleicht weil es ihm an den nötigen finanziellen Mitteln mangelt ...«

»Aha! Rothschild, ich wußte, Ihr würdet nicht zu mir kommen, ohne einen Plan in der Tasche! Ihr wollt also meinen Teekessel und nicht meinen Rat – ist es das?« Er lachte in sich hinein.

Dies war ein äußerst offenherziges Eingeständnis seitens des Prinzen von Thurn und Taxis – denn in seiner Rolle als oberster Postmeister von Mitteleuropa war er in der Vergangenheit oft in die Verlegenheit gekommen, offiziell aussehende Briefe über Dampf zu öffnen und ihren Inhalt Meyer Amschel mitzuteilen – zum beiderseitigen Vorteil.

Der Prinz klatschte zweimal in die Hände, und ein Adjutant kam herbeigeeilt. Seine Hoheit kritzelte mehrere Namen auf ein Stück Papier und reichte es ihm.

»Geh zur Post und hol alles, was du unter diesen Namen dort vorfindest«, sagte er. »Rothschild, vielleicht werden wir Eure Lösung haben, noch ehe die Sonne untergeht.«

»Eure Hoheit ist zu gütig und, wenn ich das sagen darf, sehr gewandt im Lösen von Problemen«, sagte Meyer Amschel mit einem Zwinkern um die Augenwinkel.

Es war nicht der Wunsch des Großherzogs von Dalberg gewesen, den jungen Jakob Rothschild in seiner Equipage zur kaiserlichen Hochzeit mitzunehmen. Angesichts der finanziellen Situation des Großherzogs hatte der Prinz ihm andere Bedingungen vorgeschlagen. Das Haus Rothschild würde alles komplett finanzieren: die Kutschen, elegante Kleidung und alle übrigen Kosten der Reise für das gesamte Gefolge des Herzogs während eines großzügig bemessenen, längeren Aufenthalts in Paris – falls der Herzog ihnen den Gefallen erwiese, nicht nur einen, sondern gleich drei Pässe ohne jegliche Beschränkungen für den dauerhaften Aufenthalt der Söhne in Frankreich zu beschaffen. Diesem Vorschlag stimmte der Herzog begeistert zu.

Im März 1811 waren Karl und Salomon Rothschild fest in Frankreich etabliert, und Jakob – der jüngste der Brüder – aß Kuchen bei Monsieur Mollien, dem französischen Finanzminister, in dessen Arbeitszimmer; der Raum war voller Sonnenlicht und Hyazinthen, die aus den verschneiten Gärten der Tuilerien stammten.

»M. Rothschild«, sagte M. Mollien und rieb an dem Klumpen dicker Schlagsahne herum, der an seiner Oberlippe hing. »Ich habe soeben an den Kaiser geschrieben und ihm geraten, was Sie mir erzählt haben. Aber selbst jetzt vermag ich kaum zu glauben, daß ein so großes Glück wahr sein soll.«

»Jetzt scherzen Sie mit mir«, sagte Jakob. »Der französische Finanzminister wird doch kaum von mir erwarten, daß ich glauben soll, er hielte die Briten in Geldangelegenheiten für bewanderter als die Franzosen.«

»O nein! Bestimmt nicht! Die Briten sind Dummköpfe! Die ganze Welt schätzt sie so ein. Ich wollte nur sagen, es fällt schwer, sich vorzustellen, daß die Minister in London wirklich das Pfund um zehn Prozent abwerten wollen und die Guinee um mehr als dreißig – es sei denn, sie sind gemeine Verräter! Wie können sie in Kriegszeiten ihr eigenes Geld entwerten?«

»Aber Sie selbst, Monsieur Mollien, haben doch die Briefe gesehen«, sagte Jakob ruhig.

»Ja, ja, natürlich. Und auch wenn das nicht so wäre, ist es die erklärte Politik des Kaisers, England seiner Gold- und Silberreserven zu berauben, eine Politik, die durch diese Maßnahme nur unterstützt wird. Wir wissen, daß eine Armee nicht mit leerem Magen und ohne Schuhwerk kämpfen kann. Und wir wissen auch, wie sehr ihr General Wellesley auf der Halbinsel unter Druck geraten ist. Der Krieg wird bald vorbei sein, das versichere ich Ihnen – und wir haben Briefe von Wellesley an seine Minister in London abgefangen, in denen er darum bittet, seine Truppen zurückzurufen, weil seine eigene Regierung diese Dinge nicht mehr zur Verfügung stellen kann. Die Engländer mögen die Meere beherrschen, wie sie so gern behaupten, aber wir Franzosen haben die Herrschaft an Land! Solange wir dafür sorgen, daß sie kaum Gold zu Verfügung haben, werden sie nicht in der Lage sein, Wellesley mit großem Nachschub zu versorgen – sie können es nicht riskieren, daß wir ihre Versorgungslinien abschneiden.«

Der französische Minister beendete diese Lektion über Kriegsführung und Wirtschaft bravourös und schob sich noch ein Stück Kuchen in den Mund.

»Es freut mich, daß der Kaiser diese Position einnimmt, M. Mollien«, sagte Jakob höflich, »denn andernfalls müßte ich höchst unbequeme Anstrengungen unternehmen, um dieses britische Gold nach Deutschland hineinzubringen. Wir müßten durch die Niederlande reisen, und dazu wären so viele Bestechungsgelder erforderlich, das es den Aufwand kaum lohnte. Da Sie mir gestatten, das Gold über Dunkerque zu transportieren, wird es die französische Regierung sein, die davon profitiert. Ich gratuliere Ihnen zu Ihrer Weitsicht.«

»Ich bin stolz darauf«, sagte M. Mollien, den Mund voller Kuchen, »daß ich ein ausgezeichneter Menschenkenner bin. Hier in Frankreich wissen wir sehr wohl, daß ihr Juden größeres Interesse an eurem eigenen Profit habt als an irgendwelchen Staatszugehörigkeiten – auf eine Art seid ihr Menschen ohne Vaterland. Es mag teuer kommen, dieses Gold aus dem zerfallenden britischen Reich herauszuschaffen, aber jeder Verlust aus eurer Tasche ist ein Gewinn für Frankreich, und wenn der *Code Napoléon* erst einmal in Deutschland eingeführt ist, werden die Juden von Frankfurt ihren Geschäften ohne Einschränkung nachgehen können. Und sie werden eigenen Besitz erwerben dürfen – vielleicht das erste Mal seit tausend Jahren.«

»Es ist in der Tat ein für uns glücklicher Umstand, daß Monsieur Mollien die Dinge in diesem Licht sieht«, sagte Jakob. »Ihr werdet dafür in die Geschichte eingehen.«

Seit zwei Jahren war Nathan in London, um von der East India Company Goldbarren zu kaufen. Es war ihm gelungen, eine große Menge davon zu erwerben, denn während die britische

Regierung darauf wartete, daß der Goldpreis fallen würde, war Nathan gewillt gewesen, den vollen Preis zu zahlen.

Doch der Preis fiel nicht, und im Frühjahr 1811, als der britische Finanzminister verzweifelt Gold brauchte, um die Armeen zu finanzieren, war Nathan in der Lage, es unter dem Marktpreis anzubieten, doch immer noch mit einem Profit für sich selbst. Nathan glaubte an Taten, nicht an Versprechungen, und England war das einzige europäische Land, in dem alle Bürger, ohne Rücksicht auf ihre Religionszugehörigkeit, Besitzrechte innehatten. Er beabsichtigte, dafür Sorge zu tragen, daß das so blieb.

»Mr. Herries«, sagte Nathan zu dem leitenden Intendanturbeamten, »jetzt, da wir unsere kleine Transaktion zu Eurer Zufriedenheit abgeschlossen haben, darf ich wohl so frei sein und Euch fragen, was Ihr mit all dem Gold vorhabt?«

»Das ist eine sehr direkte Frage, Mr. Rothschild«, sagte Mr. Herries, »aber wie inzwischen jedermann klar sein muß, sind wir in einer sehr schwierigen Lage wegen dieses verdammten Korsen, der durch ganz Europa eilt, sich mit unseren Verbündeten verheiratet und auf jeden erreichbaren Thron seine Verwandten setzt.«

»Daher planen Sie, das Geld zur Verstärkung Ihrer Seestreitkräfte einzusetzen, um die englische Küste noch besser gegen feindlich gesinnte Nachbarn zu schützen?« fragte Nathan.

»Rothschild, Ihr seid doch kein Dummkopf«, sagte Mr. Herries brüsk. »Ihr seid der cleverste Kopf, den ich kennen – und mit Sicherheit derjenige mit dem größten Weitblick. Ihr wißt, daß Lord Wellington im Moment in einer verzweifelten Lage ist. Seine Armee auf der iberischen Halbinsel hat seit Monaten kein Gold erhalten, denn wir hatten keins zur Verfügung, das wir ihm hätten schicken können. Unsere wirtschaftliche Lage ist zur Zeit denkbar schlecht, die amerikanischen Kolonien machen wieder Schwierigkeiten, und ich gebe offen zu, daß es schon bald zum Krieg mit ihnen kommen kann, jetzt, da sie sich stark genug fühlen, unsere Vorherrschaft zur See in Frage zu stellen. Der König – laßt uns ehrlich sein – ist zu krank, um hilfreich einzugreifen. Der Premierminister entscheidet jeden Tag anders und hat damit das Volk gegen sich aufgebracht. Ich sage Euch im Vertrauen, das unsere Nation sich im Zustand völliger Verwirrung befindet. Wenn es Wellington nicht gelingt, diesen Halbinselkrieg zu gewinnen, und zwar schnell und gründlich, wird er aus Spanien zurückgerufen werden.«

»Tatsächlich«, sagte Nathan, der über den Zustand der britischen Staatskasse besser informiert war als Mr. Herries selbst.

Erst im letzten Winter hatte Nathan die drastisch im Wert gefallenen Wechsel aufgekauft, zu deren Ausstellung Herries' Vorgänger im Amt Lord Wellington geraten hatte, um dadurch den Krieg zu finanzieren. Diese Wechsel waren durch den rücksichtslosen und verräterischen sizilianischen Finanzblock in Nathans Hände gelangt – dessen unrechtmäßig erworbener Reichtum einzig und allein durch Spekulationen in Ländern zustande gekommen war, deren Stern bereits sank. Die Sizilianer waren die Geier in der europäischen Finanzgemeinschaft, die nie etwas kauften, es sei denn zu einem Viertel seines Nennwerts. Wenn die britischen Papiere sich in ihren Händen befanden, hieß das, daß sie die einzigen gewesen waren, denen Wellington sie hatte verkaufen können, um die notwendigen Mittel zu erhalten. Dies allein enthüllte Nathan den vollen Ernst der Lage, noch drastischer, als es ein genauer Finanzbericht aus der Staatskasse vermocht hätte.

»Sie haben also vor, dieses Gold Lord Wellington zu schikken, um ihn auf der Halbinsel über Wasser zu halten?« sagte Nathan.

»Dafür ist das Gold bestimmt – aber ich fürchte, unsere Absicht ist undurchführbar«, gestand Mr. Herries betrübt ein. »Ein Transport mit dem Schiff steht außer Frage; drei Schiffe sind in ebenso vielen Monaten bereits vor der Küste versenkt worden. Und das Gold durch alliiertes Territorium zu schicken würde zu lange dauern und eine zu große Gefahr darstellen. Vielleicht ist der ganze Krieg bereits vorbei, ehe wir einen Weg gefunden haben, das Gold an Wellington zu überbringen.«

»Wenn das so ist, darf ich vielleicht einen Vorschlag machen«, sagte Nathan.

»In dieser Situation ist jeder Vorschlag willkommen«, entgegnete Mr. Herries, »doch ich fürchte, wir haben bereits alle möglichen Lösungen erschöpft.«

»Nicht ganz«, sagte Nathan. »Da ist eine Möglichkeit, die Ihr nicht erwähnt habt. Wenn Ihr es wollt, wäre ich bereit, das Gold selbst Wellington zu überstellen – gegen eine Gebühr natürlich. Ich bin gewillt, für die sichere Ablieferung zu garantieren.«

»Ihr selbst?« sagte Mr. Herries, und ein Lächeln spielte um seine Lippen. »Mein lieber Rothschild, Ihr seid ein brillanter Finanzmann, aber ich vermag kaum zu glauben, daß Ihr über das Wasser gehen könnt – und das ist die Art Wunder, die wir jetzt brauchen. Wie soll denn Eure Garantie aussehen?«

»Daß ich die Goldmenge, die ich nicht übergeben kann, aus meiner eigenen Tasche ersetzen werde«, sagte Nathan ruhig.

»Aber wie wollen Sie es dorthin bekommen?«

»Lassen Sie das meine Sorge sein«, sagte er.

Während M. Mollien sich in Briefen an seinen Kaiser zu einer erfolgreichen Plünderung der britischen Schatzkammer gratulierte, war Jakob Rothschild auf den Pariser Geldmärkten damit beschäftigt, den stetigen Goldfluß, den er von Nathan erhielt, in Wechsel umzuwandeln, ausgestellt auf spanische Banken.

Seine Brüder Karl und Salomon bewegten sich abwechselnd über die Pyrenäen zwischen Paris und Spanien hin und her, verschwanden mit ihren Wechseln in die Berge und kehrten mit Empfangsbescheinigungen des Herzogs von Wellington zurück. Die Franzosen kamen nie dahinter, daß das Gold, das die Rothschild-Brüder mit ihrer Erlaubnis aus England ins Land schmuggelten, auf völlig legalem Weg nach Spanien gebracht und dort von Wellington dazu benutzt wurde, seine Armee zu versorgen.

Mit wohlgefüllten Truhen gelang es Wellington schon bald, die Franzosen im Halbinselkrieg zu schlagen – und bis nach Madrid vorzudringen.

Nathans Vater, Meyer Amschel, blieb mit seinem ältesten Sohn Amschel in Frankfurt und beobachtete mit Hilfe der zentralen Poststation sorgfältig die Nachrichten vom Kriegsgeschehen, um sie den anderen zu berichten. Jetzt, als alter Mann, hatte er darüber hinaus kaum Beschäftigung – außer der täglichen Pflege des neuen Taubenschlags und der Fütterung der Tauben, die Nathan ihm aus London zum Geschenk gemacht hatte.

Im September 1812, als Napoleon auf dem Weg nach Moskau bei Borodino kämpfte, entschlief Meyer Amschel in seinen letzten Traum hinein. Drei Tage später setzte der russische General Graf Rostopschin Moskau in Brand; Napoleons Armeen mußten, endgültig geschlagen, durch den russischen Winter zurückmarschieren. Dies war das Ende einer Epoche.

DIE BUNDESRESERVEBANK

Nach der Verfassung obliegt dem Kongreß das Recht und die Pflicht, Geld zu schöpfen. Dies ist einzig und allein dem Kongreß vorbehalten. Der Kongreß hat dieses Recht an das Bankensystem abgetreten.

Verfassungsmäßig ist die Bundesreservebank eine ziemlich seltsame Erscheinung. – *Wright Patman*

Als sich nach dem ersten Januar die anfängliche Hektik wieder gelegt hatte, sah Tavish sich noch einmal die Programme an, die wir um Mitternacht am Heiligabend installiert hatten, und verbesserte sie ein wenig.

Wir griffen uns einen guten Teil der Zahlungsanweisungen, die jeden Tag eingingen, zerlegten sie wie eine Salami in hauchdünne Scheiben und deponierten sie auf den Scheinkonten, die wir unter all den hochkarätigen Namen von der Liste der Bobbsey-Zwillinge angelegt hatten. Das machten wir mit jeder einzelnen Zahlungsanweisung nur ungefähr vierundzwanzig Stunden lang, damit niemand Verdacht schöpfte. Wir schrieben uns die entsprechenden Zinsen gut, dann überwiesen wir das Geld zurück. Aber weil dieser ›Leihverkehr‹ jetzt mit Hunderten von Millionen Dollar stattfand, wuchs der Gewinn daraus sprunghaft an, obwohl wir den Topf jeden Tag sozusagen neu ›umrührten‹.

Tor und sein Team – zu dem jetzt auch Pearl gehörte – waren nach Europa abgereist. Es hatte ganz den Anschein, als würden die Dinge für beide Parteien gut stehen. Zumindest dachte ich das, bis Tavish an einem Freitagmorgen kurz nach Neujahr zu mir ins Büro kam.

»Es gibt gute und schlechte Neuigkeiten«, sagte er.

»Erst die guten«, entgegnete ich.

»Ich habe Dr. Tors Papiere von der Liste, die du mir gegeben hast, verfolgt – in den Zeitungen. Niemand versucht, sie zu tilgen oder einzuziehen, zumindest noch nicht. Daher müssen wir uns über die Kredite in Europa, von denen du mir erzählt hast, keine Gedanken machen. Außerdem habe ich unser System so verbessert, daß wir jetzt größere Scheiben von der Salami abschneiden können. Damit ist unsere durchschnittliche Topfgröße auf dreihundert Millionen Dollar angewachsen, die wir investieren können.«

»Das ist großartig«, gratulierte ich ihm. »Und was sind die schlechten Neuigkeiten?«

»Ich habe noch einmal die Zahlen überprüft, die du von Charles Babbage bekommen hast: Wieviel Geld du stehlen und investieren mußt, um bis zum ersten April die dreißig Millionen Gewinn zu machen – das ist in vierundvierzig Banktagen, von heute an gerechnet. Deine Zahlen stimmen nicht; du kannst es nicht schaffen. Und das ist ein echtes Problem, und zwar nicht nur, weil deine Wette auf dem Spiel steht. Falls mit den Krediten von Dr. Tor etwas passieren sollte, und wir müßten dafür geradestehen, bezweifle ich, daß wir allein mit unseren Profiten genug Geld zusammenbekämen. Und du weißt, daß wir die Zahlungsanweisungen selbst auf keinen Fall länger als achtundvierzig Stunden festhalten können, wenn überhaupt.«

Wie war es möglich, daß wir nicht genug Gewinn machten? Ich hatte diese Zahlen wieder und wieder durchrechnen lassen, und immer war das gleiche Ergebnis herausgekommen. Tavish unterbrach mich in meinen Gedanken, um mir den Zusammenhang zu erklären.

»Du hast *alle* elektronischen Zahlungsanweisungen, die bei der Bank eingehen, in die Berechnung aufgenommen«, sagte er. »Dein Plan besteht darin, soviel wie möglich von jedem Vorgang, der hier bearbeitet wird, abzutrennen – ohne Aufsehen zu erregen.«

»Richtig«, stimmte ich zu. »Wo liegt da das Problem?«

»Eine große Menge von Anweisungen ist für uns unerreichbar – *Fedwire.* Damit werden unsere Rücklagen bei der Bundesreservebank auf dem aktuellen Stand gehalten. Aber das Geld steckt in *deren* Tasche – nicht in unserer. Du hättest die *Fed*-Aktivitäten nicht mitrechnen dürfen.«

Verdammt. Er hatte natürlich recht – hier drehte es sich nicht nur darum, einfach eine weitere Bank auszurauben. *Fedwire* war ein Netzwerk für den elektronischen Zahlungsverkehr, das der Regierung der Vereinigten Staaten gehörte; man konnte im Gefängnis landen, wenn man auf US-Besitz einen Strafzettel für Falschparken bekam – ich mochte nicht daran denken, was sie mit einem machen würden, wenn sie einen dabei erwischten, wie man mit ihrem Geld herumspielte.

»Und jetzt kommt das allerschlimmste«, fügte Tavish hinzu. »Soeben habe ich Lawrence im Fahrstuhl getroffen. Er hat dir ein Memo zukommen lassen. Es scheint, er hat irgendwie erfahren, daß wir die Sicherheitsvorkehrungen erfolgreich durchbrochen haben. Wir hätten wohl kaum darauf hoffen können, es ewig geheimzuhalten, aber jetzt wissen es sogar die Buchprüfer – und alle erwarten eine Stellungnahme von uns. Lawrence sagt, er geht heute abend auf Geschäftsreise, und er möchte, daß unser Projekt abgeschlossen ist, und der Bericht komplett fertig und eingereicht, wenn er zurückkommt. Bis dahin sollen wir das System makellos wiederhergestellt haben. Wenn wir also Aktivitäten in diesem System noch verstärken wollen, haben wir dafür weniger als zwei Wochen Zeit. Was sollen wir tun?«

Ich seufzte und faltete auf dem Schreibtisch die Hände. Dann lächelte ich Tavish resigniert zu.

»Es sieht so aus, als müßten wir die *Fed* ausrauben«, sagte ich.

Die Bundesreservebank, kurz *Fed,* befindet sich am unteren Ende der Market Street. Ihre Fassade ist auf der ganzen Länge des Blocks mit rosafarbenen Granitsäulen und durchbrochenen Granitbögen verkleidet. Die *Fed* hat seit ihrer Gründung vor mehr als fünfundsiebzig Jahren weder ihre architektonischen Vorlieben noch ihre Verfahrensweise oder ihr Technologiekonzept verändert. Sie scheint immer noch den verknöcherten Traditionen des Pantheon verpflichtet zu sein.

Alle auf Bundesebene zugelassenen Banken müssen Mitglieder der Bundesreservebank sein. Von ihnen wird erwartet, daß sie dort Sicherheitsdepots unterhalten. Die verschiedenen Geschäfte, die bei der *Bank of the World* abgewickelt wurden, machten jeweils eine Art Konto bei der *Fed* erforderlich, mit ganz unterschiedlichen Bedingungen für die Rücklagen. Jeden Mittwoch wurde die Höhe dieser Rücklagen für die vorangegangene Woche berechnet, um sicherzugehen, daß die Einlagen innerhalb der gesetzlich vorgeschriebenen Rahmenbedingungen blieben. Den Banken, die zwei Wochen hintereinander im Minus waren, klopfte die *Fed* ziemlich scharf auf die Finger. Aber den Banken war es auch nicht recht, wenn die Depots Mehrbeträge aufwiesen, da die Einlagen nicht verzinst wurden. Daher war eine ununterbrochene und hektische Aktivität erforderlich, um innerhalb des Buchstabens des Gesetzes zu bleiben – was Tonnen von Papier erzeugte.

Um so besser für *moi,* dachte ich.

Wenn eine Bank wie unsere ihren Kontostand bei der *Fed* erhöhen oder verringern wollte, konnte sie das Geld zur *Fed* hin- und zurücktransferieren – *oder* wir konnten unsere Reserven an eine andere Bank verkaufen beziehungsweise von ihr kaufen; dazu diente der sogenannte Kapitalmarkt der *Fed.* Alle diese Transaktionen wurden über *Fedwire* abgewickelt, was bedeutet, daß wie verrückt Bargeld einging und wieder überwiesen wurde – und das an viele verschiedene Empfänger. Hätte ich erst einmal *diesen* Coup erfolgreich abgeschlossen, wäre ich die Expertin schlechthin für Sicherheitsfragen im Bankwesen auf Bundesebene.

»Es scheint eine Frage der Abstufung zu sein«, sagte Tavish, als wir an jenem Nachmittag in meinem verglasten Büro saßen und uns die *Fedwire*-Interfaces ansahen – jene Systeme, die ich früher zusammen mit allen anderen gemanagt hatte. »Ich meine dieses Geschäft des Stehlens«, erklärte er. »Ein Ausrutscher, und du steckst bis zum Hals in Schwierigkeiten. Aber soviel ist klar: Wenn es uns *gelingt,* die *Fed* auszurauben, ist deren Sicherheit auch nicht besser als unsere.«

»Ein kleiner Schritt für den Verbrecher – ein großer Schritt für das Verbrechen überhaupt«, stimmte ich zu. »Aber natürlich sind wir nur Verbrecher, wenn sie uns erwischen. Wenn wir es bis zum Ende durchstehen, ziehen wir alle unsere Kodes aus dem System ab und löschen so unsere Spuren. Sie werden *uns* nie etwas beweisen können, aber das Ergebnis wird unbestreitbar sein – Hunderte von Millionen Dollar auf Bankkonten, wo sie nicht hingehören!«

Ich war mittlerweile so tief in die ganze Angelegenheit verstrickt, daß ich mich überhaupt nicht mehr an die Zeit erinnern konnte, als ich noch das Gefühl gehabt hatte, ich könnte einen Rückzieher machen. Aber Tor würde stolz auf mich sein – und Bibi auch, dachte ich –, daß ich diesmal den Absprung ohne fremde Hilfe gefunden hatte. Ich wußte jetzt zweifelsfrei, daß das, was wir taten, richtig war.

Ich erläuterte Tavish meinen Plan, der auf größtmögliche Komplexität angelegt war, um die Buchprüfer so lange wie möglich auf Distanz zu halten. Er blickte auf und kratzte sich an seinem struppigen Blondschopf.

»Du willst dir in weniger als zwei Wochen eine Milliarde Dollar oder noch mehr schnappen?« fragte er. »Glaubst du nicht, die *Fed* könnte es bemerken, wenn plötzlich soviel Geld auf einmal fehlt?«

»Es ist nicht deren Geld – es ist unser Geld, das Geld der Bank«, erklärte ich. »Und zur Zeit liegen da drüben mehr als acht Milliarden Dollar herum. Wir sind gesetzlich dazu verpflichtet, einen bestimmten Prozentsatz unserer Aktiva dort zu hinterlegen. Das heißt nicht, daß die bei der *Fed* wissen, wo das Geld herkommt oder wozu es da ist. Selbst wenn sie eine Diskrepanz feststellen, wird es Monate dauern – so wie ich das Ganze angelegt habe –, auch nur einige wenige dieser unzähligen Transaktionen zurückzuverfolgen.«

»Du hast unsere anfängliche Technik noch verbessert«, stimmte Tavish zu. »Das ist jetzt wie die Salami in der vierten Dimension – dann mal los.«

»Nun, Banks«, sagte Lawrence, als er später am gleichen Tag mein Büro betrat, den Mantel und die Reisetasche in der Hand. »Ist es nicht schon ein wenig spät für überraschende Besprechungen? Ich muß mein Flugzeug erreichen.«

»Ich habe Ihr Memo erhalten«, sagte ich. »Soweit ich verstanden habe, soll ich mein Projekt abschließen, ehe Sie zurückkommen. Ich denke, das hieße ein wenig vorschnell handeln. Ich hatte geplant, einen weiteren Vorschlag einzureichen, im Hinblick auf mögliche Lösungen der anstehenden Probleme …«

»Ich glaube, wir hatten schon genug Vorschläge, Banks«, unterbrach er mich abrupt. »Schreiben Sie einfach auf, was Sie herausgefunden haben, und ich werde dafür sorgen, daß es in die richtigen Hände gelangt. Sie werden für die nachfolgenden Arbeiten nicht mehr gebraucht, soweit ich das sehen kann. Ich schicke Sie in zwei Wochen zu Willingly zurück. Guter Mann, Willingly – zu schade, daß Sie beide nicht immer der gleichen Ansicht waren, aber Sie haben eben beide starke Persönlichkeiten. Sie sind eine Protagonistin, eine Vorkämpferin, und er ist …«

»Ein Antagonist?« schlug ich liebenswürdig vor. Dieser Bastard unterschrieb gerade mein Todesurteil. Ich mußte Zeit gewinnen.

»Wenn das so ist«, informierte ich ihn, »möchte ich Sie bitten, bevor Sie gehen, diese Versetzungspapiere für mich zu unterzeichnen. Ich schicke Bobby Tavish zu seinem alten Boß zurück, in Karps Abteilung. Es scheint, es gibt irgendwelche Unstimmigkeiten darüber, für wen er arbeiten soll – aber ich habe das bereits so vor einiger Zeit mit Karp abgesprochen.«

»Sie müssen lernen, mit diesen Teckies umzugehen, Banks«, sagte Lawrence, während er seinen Namen unter die Formulare setzte. »Sie kommen nicht weit damit, wenn Sie sie verhätscheln und sich ihr Gejammer anhören, glauben Sie mir. Wenn Sie dieses Projekt sauber zu Ende bringen, Ihre Gruppe loswerden – wird sich das für Sie bezahlt machen. Ich gebe Ihnen mein Wort darauf.«

»Ja, Sir«, sagte ich höflich. »Und Sie wissen, wie sehr ich Ihr Wort zu schätzen weiß.«

Lawrence blickte mich kurz an, wünschte mir dann einen Guten Abend und ging.

Ich nahm den Hörer ab und buchte einen Flug nach New York. Dann rief ich den Personalchef an und sagte ihm, Tavishs Versetzung zu Karp wäre genehmigt – sie konnten den Papierkrieg abblasen. Als ich Karp anrief, brachte der sich vor Dankesbezeugungen, Lügen und anderen Mist fast um.

Schließlich rief ich Tavish an.

»Haben sie den Köder geschluckt?« fragte er.

»Mit Haken, Schnur, Senkblei und einem Teil der Angelrute«, versicherte ich ihm. »Niemand wird auch nur das kleinste bißchen überrascht sein, wenn du am Montag kündigst – außer vielleicht Karp, der ja nicht gerade von der schnellen Truppe ist.«

»Ich wünschte, du könntest mitkommen«, sagte er traurig. »Aber ich verstehe schon, daß jemand hierbleiben muß, um die Stellung zu halten. Ich werde in New York an dich denken.«

»Grüß mir Charles und die Bobbseys«, sagte ich, denn wir hatten abgemacht, daß Tavish unsere Operation auch gut mit Hilfe von Charles überwachen könnte – und die Bobbsey-Zwillinge waren gern bereit gewesen, jemanden anzuheuern, der ihnen etwas zur Hand ging – wenn auch nur vorübergehend –, so daß sie sich eine längst fällige Erholungspause gönnen konnten. »Wenn du etwas von Pearl oder Tor hören solltest«, fügte ich hinzu, »richte ihnen herzliche Grüße von mir aus – aber sag ihnen, wir werden sie trotzdem schlagen!«

Als wir das Gespräch beendet hatten, spürte ich, wie mich eine schreckliche eisige Kälte durchströmte. Ich war jetzt allein – umgeben von lauter Bösewichten – und wer wußte, wie lange noch? Ich hatte seit Wochen nichts von Tor gehört, kein Sterbenswort seit seiner Abreise nach Europa.

Mein Blick fiel auf den Kalender an der Wand, er zeigte den ersten Februar – etwas mehr als zwei Monate waren seit meinem Abend in der Oper vergangen. In den letzten zweiundsiebzig Tagen hatte ich zwei der größten Finanzinstitute der Welt beraubt (wenn man Tors Diebstahl mitrechnete, waren es drei), und mein ganzes Leben war auf den Kopf gestellt worden. Obwohl ich das wußte, hatte ich doch kein Gefühl dafür; innerlich war ich völlig taub.

Ich war zweiunddreißig Jahre alt und, nach den Maßstäben der meisten Leute, durchaus erfolgreich. Alles, was ich in meinem Leben zustande gebracht hatte, hatte ich dadurch erreicht, daß ich gegen das SYSTEM kämpfte. Aber bald würde es kein System mehr geben, gegen das ich antreten konnte. Schließlich war ich im Begriff, es zu zerstören, oder etwa nicht?

Tor hatte das natürlich die ganze Zeit gewußt. Mit einem gezielten Griff hatte er mir meine Krücken weggerissen, so daß mir nur noch die Wirklichkeit blieb, um mich daran festzuhalten – die nackte Wirklichkeit, nicht die Art, die man in Systemen und Strukturen und den Spielregeln anderer Leute findet. Er wollte, daß ich einen gründlichen, kritischen Blick auf mein Leben tat, daß ich aufhörte, die Spiele zu spielen, die wir alle uns ausdenken, um uns vorzugaukeln, daß das, was wir lieben, wirklich ist. Und wenn ich feststellen sollte, daß das, was sich hinter mir erstreckte, eine einstürzende, morsche Brücke war, die ich mir selbst gebaut hatte, eine öde Ruine, wußte ich, was er mir raten würde.

Ich saß in meinem Büro, von Glaswänden umgeben, und betrachtete die welke Orchidee in der Vase vor mir. Ein paar braune Blüten waren abgefallen und lagen auf meinem Schreibtisch verstreut. Ich hörte Tors Stimme, die mir sehr sehr sanft ins Oft flüsterte: »Entzünde das Streichholz.«

An dem Montag, als Lawrence zurückkehrte – und ich mein Projekt abgeschlossen und das System verlassen haben sollte –, hatte ich noch immer keine Lösung für das Dilemma gefunden.

Inzwischen waren Tavish und ich damit fertig geworden, die Überwachung unseres Verbrechens ganz und gar auf den emsigen Charles Babbage zu übertragen, auch wenn das bedeutete, daß der kleine Computer in New York eine Zeitlang rund um die Uhr aufbleiben mußte. Jemand mußte immer noch ein Auge auf das System hier in San Francisco haben, einfach um festzustellen, wer möglicherweise hinter uns herschnüffelte. Doch wenn man mich zu Kiwi zurückversetzte, wie Lawrence angedroht hatte, wäre ich von morgens bis abends damit beschäftigt, mit meiner Zahnbürste die Toiletten zu putzen.

Als ich durch das Märchenland aus Glaswänden zu Lawrences Büro hinüberging, war ich recht gedrückter Stimmung. Auch wenn Tor immer gesagt hatte, Angriff sei die beste Verteidigung, war ich mir nicht sicher, was ich tun könnte, daß das offensiv genug wäre, um die Räder zum Stillstand zu bringen, die sich bereits in Bewegung gesetzt hatten. Zumindest konnte ich versuchen, möglichst genau zu treffen.

Lawrence begrüßte mich, ohne aufzustehen; er hatte sich hinter seinem Schreibtisch verschanzt und war nicht gewillt, Boden abzugeben. Das spielte auch kaum eine Rolle – die Munition, die ich dieses Mal mitbrachte, würde schon unter einer kleinen Lötlampe dahinschmelzen, und ich wußte, das Lawrence mit seinem Atem mehr als das zustande brachte.

»Lassen Sie mal sehen – ist das der abschließende Bericht?« fragte er und streckte die Hand aus.

Er überflog die ersten Seiten, dann las er den Rest sehr viel gründlicher, als ich erwartet hatte, wenn man bedachte, daß meine Stunden auf Erden gezählt waren. Ich saß da, baumelte mit den Beinen und blickte hinaus auf die neblige Aussicht. Wenn ich Glück hatte, würde ich vielleicht nur einen Schuß abbekommen. Ich schloß die Augen und versuchte, mir im Dunkeln das Gelände vorzustellen.

»Banks«, sagte er und blickte mich voller Geduld an, »diese Untersuchung scheint mir eine ganz unnötige Panik zu verbreiten. Sie weisen darauf hin, daß unsere Sicherheitsvorkehrungen verletzt werden können ...«

»Daß sie verletzt worden *sind*«, verbesserte ich.

»Aber ich würde unsere Systeme nicht ›nachlässig in Sicherheitsfragen‹ nennen. Das könnte mißverstanden werden. Mir ist bewußt, daß diese Systeme nicht unbedingt der allerletzte Schrei sind ...«

»Es sei denn, Sie betrachten Reifröcke als die neueste Mode«, stimmte ich zu.

»Aber offengestanden – ich habe keine Geduld mehr mit all diesen Untersuchungen, und ich habe auch nicht länger vor, sie zu finanzieren. Ich zeichne dafür verantwortlich, daß Ihr Anliegen an die richtige Adresse gelangt. Ihr Antrag auf eine Fortsetzung der Arbeit ist abgelehnt.«

»Ich erwarte ja nicht, daß *Sie* meine Verbesserungsvorschläge in Sachen Sicherheit finanzieren«, versicherte ich ihm, »und auch nicht, daß daraus eine Vorstandssache wird.«

Ich erhob mich und atmete tief durch – jetzt oder nie. »Darum übergebe ich meinen Befund der Revisionsabteilung«, sagte ich. »Eigentlich ist es deren Job, dafür zu sorgen, daß die richtigen Schutzvorrichtungen in unsere Systeme eingebaut werden, und jetzt, seit Tavish gegangen ist, bin ich die einzige, die ihnen zeigen kann, wo sie nach den Problemstellen suchen müssen.«

Ich wollte ganz bestimmt nicht, daß die Prüfer gerade jetzt das System unter die Lupe nahmen, aber da sie ja allem Anschein nach schon wußten, daß wir die Sicherheitsvorkehrungen durchbrochen hatten (wenn auch hoffentlich nicht, *warum!*), würden sie ohnehin erwarten, daß sie meinen Bericht zu sehen bekämen – das war der Grund, den Lawrence angeführt hatte, als es darum ging, mein Projekt abzuschließen. Sollte es mir andererseits gelingen, mit den Prüfern *zusammen*zuarbeiten, hätte das den doppelten Effekt, mich über ihre Aktivitäten auf dem laufenden zu halten – und mich von Kiwi fernzuhalten.

Aber Lawrences Antwort fiel so aus, wie ich es nie erwartet hätte, und verwirrte mich vollständig. Ich hatte damit gerechnet, daß er mich entweder umgehend zurück zu Kiwi schicken, oder aber auf meinen Vorschlag eingehen würde. Statt dessen saß er da, meinen Bericht in der Hand, und sagte gar nichts. Und dann – nach einer Zeitspanne, die sehr viel länger dauerte als eine einfache Gesprächspause –, lächelte er tatsächlich!

»Die Revisionsabteilung?« sagte er und zog eine Augenbraue in die Höhe, als wäre die Idee völlig neu für ihn. »Ich weiß wirklich nicht, warum die überhaupt davon erfahren müssen.«

Das war die falsche Antwort, mein Lieber. Und das wird dich Dame und Turm kosten.

Die *richtige* Antwort – als Direktor der größten Abteilung der Bank – war, daß wir die Buchprüfer sofort auf den Plan rufen sollten. Es war Lawrence, der betonen sollte, daß unsere Wäsche blütenweiß war – nicht ich. Er war es, der darauf bestehen sollte, daß wir nichts zu verbergen hätten – nicht ich. Und er war es auch, der sofort zum Telefonhörer greifen und die ganze Angelegenheit den Jungens in Blau übertragen sollte – nicht ich.

Der Umstand, daß er nichts dergleichen tat, bedeutete, daß wir mit größter Sicherheit etwas zu verbergen *hatten.*

Jetzt stand er hinter seinem Schreibtisch auf, lächelte und streckte mir die Hand entgegen, damit ich sie schütteln konnte, während er meinen Bericht verstohlen in der Schreibtischschublade verschwinden ließ. Ich hatte keine Ahnung, was sich hier gerade abspielte, aber ich erhob mich ebenfalls.

»Ich möchte nicht gern die Buchprüfer hinzuziehen, um unsere Probleme zu lösen, Banks«, sagte er. »Nicht, solange wir keinen eigenen Lösungsvorschlag zu machen haben. Ich sage Ihnen etwas – nehmen Sie sich ein wenig Zeit, vielleicht einen Monat oder so, und sehen Sie sich unsere Sicherheitssysteme wirklich gründlich an. Seien Sie rücksichtslos, wenn Sie wollen. Wer weiß? Vielleicht müssen wir wieder bei Null anfangen und ein völlig *neues* Sicherheitskonzept entwickeln, auch wenn das etwas mehr Geld kosten sollte. Und lassen Sie es mich wissen, wenn Sie irgendwelche Mitarbeiter brauchen.«

»In Ordnung«, entgegnete ich, völlig verwirrt. »Ich werde einen Entwurf und einen Zeitplan aufstellen und beides morgen bei Ihnen einreichen.«

»Das hat keine Eile«, versicherte er mir und begleitete mich zur Tür. »Wir wollen diese Sache richtig machen.«

Auf meinem Weg zurück die verglasten Korridore hinunter war ich wie benommen. Dies war der Mann, der mir erst vor zwei Wochen erzählt hatte, ich solle mein Projekt abschließen und meine Mitarbeiter loswerden, der Mann, der mir noch vor zwei Minuten gesagt hatte, er sei meine Vorschläge und Untersuchungen leid. Plötzlich hatte er die Uhren angehalten, die Zeit zum Stillstand gebracht und zu mir gesagt, Geld spiele keine Rolle. Vor meinen Augen drehte sich alles, als ich mich meinem Büro näherte.

»Sind Sie immer noch bei der Bank angestellt?« fragte Pavel. »Sie scheinen heil wiedergekommen zu sein; haben Sie schon Ihre Finger und Zehen gezählt?«

»Meine Finger und Zehen sind noch alle da – aber etwas fehlt mit Sicherheit. Sie können die Kisten wieder auspacken, während ich versuche, dahinterzukommen. Es sieht so aus, als würden wir noch eine Weile bleiben.«

Ich ging in mein Büro, schloß die Tür hinter mir und blickte hinaus auf die Nebelschwaden, die über der Bucht hingen. Ein Motorboot tauchte aus dem Dunst auf. Ich beobachtete es, bis es unter der Bay Bridge hindurchgefahren war. Es erinnerte mich an das Boot, mit dem Tor und ich zu jener Insel gefahren waren. Das schien hundert Jahre her zu sein. Wo steckte er nur und warum hatte er nicht angerufen? Ich mußte mit jemandem sprechen, der ein Meister darin war, Menschen und Motive zu analysieren – und das war ich bestimmt nicht.

Als ich dort allein im Nebel saß, wußte ich, daß Lawrence kein Interesse an den Sicherheitsvorkehrungen unserer Bank hatte. Und noch viel weniger interessierte er sich dafür, was die Buchprüfer von dieser Sicherheit hielten. Diese Geschichte hatte nichts mit Sicherheit oder Revisionen zu tun; sie hatte nichts mit *mir* zu tun. Womit sie etwas zu tun hatte, war Lawrence selbst.

Mehrere Wochen lang überprüfte ich Lawrences Konten, fast bis Ende Februar, aber ich konnte keine Unstimmigkeiten feststellen. Es machte mich verrückt. Er schien eine makellos weiße Weste zu haben. Warum sollte auch jemand wie Lawrence, der jedes Jahr zu Weihnachten eine halbe Million Dollar in Vorzugsaktien unter dem Christbaum vorfand, irgend etwas Unüberlegtes tun?

Vielleicht *tat* er gar nichts – vielleicht war es etwas, das er tun *wollte?* Aber wie konnte ich herausbekommen, was er vorhatte? Ich erwog, Pavel in sein Büro zu schicken, um einen Blick auf seinen Terminkalender zu werfen – aber ich erinnerte mich, daß Lawrence alles im Kopf hatte und nichts im Schreibtisch.

Doch es *gab* eine Akte mit Schriftverkehr, die in keiner Schublade verborgen lag – und ich hatte den Schlüssel dazu. Ich dachte an die elektronische Postdatei, die von allen leitenden Angestellten der Bank benutzt wurde, um per Computer Memos zu versenden. Wenn Lawrence so nervös war, wie sein Verhalten nahelegte, mußte es sich um etwas handeln, das er schon bald tun wollte. Ich hatte bereits zweihundert langweilige Memos gelesen, ehe ich es fand.

Es war ein Memo an den Vorstand von lediglich einer halben Seite Länge unter der Überschrift: ›Möglicher Schutz für frei verfügbare Gelder‹. Es ging ums ›Parken‹ – aber um eine Art, die nichts mit Autos zu tun hatte. Dieses ›Parken‹ hatte mit Geld zu tun, und es war illegal. Trotzdem taten es fast alle

Banken und tarnten es als etwas anderes, bis sie erwischt wurden.

Am Ende eines jeden Banktages schafften sie ihre Auslandsgewinne in ein Steuerparadies, zum Beispiel auf die Bahamas, indem ihre Zweigstellen dort diese Gewinne ›aufkauften‹. Auf diese Weise tauchte kein Pfennig davon in den Büchern auf, wenn es ans Steuernzahlen ging. War es reiner Zufall, daß sich dieses Memo auf genau die Art von Investitionsvorhaben bezog, wie es gerade jetzt mein Mentor, Dr. Zoltan Tor, verfolgte?

Ich war gerade dabei, tiefer in die Angelegenheit einzudringen, als ich unangemeldeten Besuch erhielt, und zwar von Lee Jay Strauss – dem Direktor der Revisionsabteilung.

Lee Jay Strauss war nicht einfach irgendein Buchprüfungsmanager. Seine Hauptaufgabe bestand darin, ungewöhnliche Diskrepanzen auf unseren Konten bei der Bundesreservebank aufzulösen. Die *üblichen* Fälle bearbeitete die Buchhaltung; daß Lee hier bei mir im Büro war, hieß, daß sie irgendwelchen faulen Zauber vermuteten.

»Verity – darf ich Sie Verity nennen?« fragte er und sah mich durch seine Hornbrille mit traurigen Hundeaugen an. Ich sagte ihm, ich hätte nichts dagegen.

»Dies ist nur ein formloser Besuch – ganz inoffiziell«, versicherte er mir. »Es scheint, wir haben im Stand unserer Reserven für den letzten Monat einen kleinen Fehlbetrag entdeckt. Ich bin sicher, das läßt sich leicht erklären. Vielleicht nur eine kleine Unregelmäßigkeit im System.«

»Ich fürchte, ich weiß nicht viel über die *Federal Reserve*«, entgegnete ich. »Ich weiß noch nicht einmal, wieviel wir dorthin jeden Monat überweisen.«

»Eigentlich tun wir es jeden Tag«, erklärte er mir und blickte auf seine Notizen, als sei unser gesamtes Gespräch dort schon auf Spickzetteln vorgezeichnet.

»Die haben uns also Tag für Tag auf dem Kieker?«

»Wir sollten darüber vielleicht nicht spotten«, erwiderte Lee ernsthaft. »Schließlich stellt die Bundesreservebank uns viele Dienstleistungen und Schutzvorrichtungen zur Verfügung, die die Banken sonst selbst aufbringen müßten. Man denke nur daran, wie schwierig das Bankgeschäft war, ehe das System eingerichtet wurde!«

»Ich fürchte, das war vor meiner Zeit«, sagte ich. »Aber soweit ich weiß, war es nicht ohne. Nun, was kann ich heute für Sie tun?«

»Vielleicht sehr wenig. Es dreht sich einfach darum, daß uns von unserer Reserve für Ende Januar etwas fehlt. Und wir wissen nicht genau, wo es geblieben ist.«

»Nun, ich habe es nicht«, sagte ich, blickte in meine Tasche und lachte.

»Nein, bestimmt nicht. Die Sache ist die: Wir *wissen*, wo es hinverschwunden ist, aber wir können uns den Vorgang nicht erklären. Es scheint, das Geld wurde direkt an unsere eigene Bank überwiesen – hier in San Francisco.«

»Wo liegt dann das Problem? Können Sie es nicht einfach wieder dahinverfrachten, wo es hingehört?«

»Ganz so einfach ist das nicht«, sagte er – auch wenn er *mir* dies alles kaum erklären mußte, denn ich war ja diejenige, die es sich ausgedacht hatte. »Sehen Sie, das Geld, das wir an die Bundesreservebank geschickt haben sollen, scheint an andere Banken gegangen zu sein, ein Vorgang, der nicht ungewöhnlich ist, wenn wir unsere Reserven verringern müssen, und eine andere Bank die ihrigen aufstocken muß. Dieses Mal war das aber nicht der Fall – daher ist es ziemlich unklar, wie es dazu kam, daß das Geld so weiterbewegt wurde.«

Er schob mir über den Schreibtisch ein Papier zu, auf dem die verschiedensten Transaktionen zu sehen war, die an die unterschiedlichsten Banken gegangen waren: Chase Manhattan, Banque Agricole, Crédit Suisse, First of Tulsa und wahllose Geldmarktkonten. Ich blickte auf und lächelte.

»Das hier ist nur *eine* typische Depottransaktion bei der *Fed*«, sagte Lee. »Ich habe eine ganze Woche gebraucht, um sie nachzuvollziehen, und als es mir gelungen war, war das Geld wieder bei der *Fed.* Wir haben den Eindruck, daß es noch sehr viel mehr solcher Diskrepanzen gibt – und es hat den Anschein, daß sie durch eins unserer Systeme hier im Haus hervorgerufen werden.«

»Welches denn?« fragte ich, als wüßte ich es nicht.

»Das Interface zum *Fedwire*-System – ein Teil unseres elektronischen Zahlungsverkehrs.«

»Aha. Leider bin ich für diese Systeme nicht mehr zuständig, Lee«, sagte ich zu ihm. »Ich habe die Abteilung schon vor Monaten verlassen.«

»Ja, das wissen wir«, entgegnete er und betrachtete die Hände in seinem Schoß. »Aber soweit wir informiert sind, haben Sie soeben eine Untersuchung zur Sicherheit in allen größeren Systemen durchgeführt. Ich dachte ... wir dachten, vielleicht haben Sie etwas gefunden, das uns weiterhelfen könnte?«

Ich hätte darauf wetten können, daß sie über das Thema meiner Untersuchung in der Revisionsabteilung lang und breit diskutiert hatten. Einmal ganz abgesehen von dem Umstand, daß der Bericht unterdrückt worden war.

»Ich fürchte, ich bin noch nicht bevollmächtigt, diese Informationen weiterzugeben, Lee«, sagte ich zu ihm. »Haben Sie eine Vorstellung, über wieviel Geld wir hier reden?«

»In der letzten Januarwoche allein waren es etwa sechzig Millionen Dollar, bis jetzt. Natürlich sind das kleine Fische, verglichen mit dem Gesamtvolumen unserer Reserven, aber vielleicht ist es auch noch mehr. Auf diesen Korrespondenzkonten, über die das Geld bewegt wurde, werden täglich Tausende von Transaktionen verbucht, und wir müssen das alles von Hand durchsehen.«

»Ach du meine Güte, das wußte ich ja gar nicht! Keine EDV-Unterstützung für die Buchprüfer«, sagte ich. Um so besser. »Ich fühle wirklich mit Ihnen. Ich werde Ihnen etwas sagen – obwohl ich meine Ergebnisse bis jetzt noch niemandem mitteilen darf, hat kein Mensch gesagt, ich dürfte sie nicht selbst, höchstpersönlich, noch einmal durchsehen, ganz privat und nur für mich, mit Ihrem speziellen Problem im Hinterkopf. Schließlich kann es auch das *Fedwire*-System sein, das nicht in Ordnung ist und nicht unser Interface – dann wäre das Ganze gar nicht unsere Angelegenheit.«

»Mensch, das wäre großartig«, versicherte Lee mir. »Wir könnten bei der Überprüfung Unmengen von Zeit sparen, wenn wir nur genau sagen könnten, *wie* das Geld so verstreut wurde.« Er stand auf und schüttelte mir die Hand.

»Oh – und Lee«, sagte ich, als er an der Tür war, »Sie haben doch über dieses Problem noch nicht mit Kislick Willingly gesprochen, nicht wahr?«

»Noch nicht«, sagte er und sah mich argwöhnisch an. »Sie sind die erste, die wir darauf angesprochen haben.«

»Das ist in Ordnung. Ich weiß, es sind jetzt seine Systeme, daher sollte er informiert werden – aber vielleicht ist es am besten, noch keine Pferde scheu zu machen, bis wir genau wissen, wo das Problem liegt.«

Das winzige Samenkorn des Zweifels, Kiwi betreffend, würde sich in der fruchtbaren, neurotischen Atmosphäre der Revisionsabteilung mit Sicherheit ausbreiten wie ein Waldbrand. Buchprüfer waren von Natur aus mißtrauisch – sonst wären sie nicht Buchprüfer geworden.

Ich würde Lee Jay Strauss viel zu erzählen haben, wenn ich erstmal soweit wäre. Aber Buchprüfer arbeiteten immer dann am besten, wenn man ihrem natürlichen Mißtrauen gegenüber der Menschheit Zeit gab, für sich allein heranzuwachsen – wie Pilze – im Dunkeln.

DEVISEN

Den Groschen auf die Bank, einen Pfennig zum Ausgeben.
– John D. Rockefeller

Mittwoch, 3. März

Pearl war unterwegs zu ihrem Morgenspaziergang am Kai von Omphalos. Über das Meer hinweg leuchtete die Küste der Türkei im Sonnenschein. Sie war froh, daß diese Insel, die sie gekauft hatten, in Wirklichkeit sehr viel besser aussah als auf dem Foto im Katalog. Das Wasser glitzerte türkis in der Sonne, kleine, leuchtend bunte Caïques tanzten auf den Wellen auf und ab, und junge, kräftige griechische Fischer reinigten ihre Netze über großen hölzernen Gestellen unten am Anleger.

Bis vor sechs Wochen, als sie mit Lelia hier eingetroffen war, hatte Pearl sich an diesem Coup gar nicht wirklich beteiligt gefühlt. Allenfalls hatte sie ihren Freunden moralische Unterstützung gewährt, oder sie vor drohendem Unheil gewarnt. Aber jetzt, seit sie sich dazu hatte breitschlagen lassen, auf die Insel zu kommen, jetzt, seit sie ganz und gar an allem beteiligt war, sah sie die Dinge anders. Und was sie sah, war – so erstaunlich das klingen mochte –, daß das meiste an diesem sogenannten Coup noch nicht einmal *illegal* war!

Gut, es verstieß gegen das Gesetz, Wertpapiere zu fälschen. Aber weder diese Fälschungen noch die echten Papiere, gegen die Tor sie ausgetauscht hatte, waren je zu Geld gemacht worden! Sie als Sicherheiten zu verwenden war im Prinzip nichts anderes, als den Fahrzeugbrief des eigenen Wagens zur Aufnahme eines Kredits zu benutzen – obwohl man wußte, daß man den Wagen am Abend zuvor eine Klippe hinunter gefahren hatte! Man verfügte immer noch über ein gültiges Stück Papier, auf dem *stand,* daß man einen Wagen besaß. Und wenn man den Kredit mit Zinsen zurückzahlte, würde niemand je die Wahrheit erfahren, und alle hätten ihren Vorteil davon.

Also kauften sie ein Stück Felsen, auf den seit fünfzig Jahren kein Land einen Anspruch erhoben hatte; sie erklärten sich unabhängig (obwohl es – wie Tor erfahren hatte – keinen Internationalen Gerichtshof gab, an den man sich wenden mußte, wenn es um die Souveränitätserklärung für ein nicht beanspruchtes Stück Land ging!); und sie machten daraus ein internationales Steuerparadies.

Pearl selbst hatte ganz allein die wirtschaftlichen Berechnungen vorgenommen und sie in die Wirklichkeit umgesetzt. Eine Grundvoraussetzung dabei war, daß alle Geschäfte, die hier auf der Insel getätigt wurden – wenn sie steuerfrei sein sollten –, in der ›landeseigenen Währung‹ durchgeführt werden mußten, und *sie* entschied über den Kurs dieser Währung im Verhältnis zu den ›ausländischen Währungen‹, wobei für sie selbst natürlich eine Gewinnspanne abfiel. Es war genau wie das Devisengeschäft im Kleinhandel: Man tauschte Geld an einem Flughafen um, und *deren* Gebühr war im Wechselkurs schon inbegriffen – so wie es Pearl jeden Tag für die Bank machte. Dann beteiligte sie sich mit den Gewinnen aus ihren Umtauschgebühren Tag für Tag am Geschehen auf dem Weltwährungsmarkt, um die Erträge noch zu erhöhen – Devisenhandel im großen Stil, die Kehrseite der gleichen Medaille.

Und all das war *legal*, abgesehen von den Fälschungen, die sie zu Beginn gemacht hatten. Doch solange die gefälschten Papiere in den Stahlkammern von allen für echt gehalten wurden, hatten sogar die rechtmäßigen Besitzer obendrein noch alle Vorteile, die ihnen zustanden!

Der Vorteil für Pearl bei diesem Coup bestand darin, daß er für sie mehr wert war als zehn lebenslange Karrieren bei irgendwelchen Geldinstituten. Hier hatte sie das Wirtschaftssystem eines ganzen Landes eingerichtet – und es erwies sich zudem als profitabel. Sie war die Reservebank und die SEC, das Finanzministerium, Fort Knox und all die Münzen und Banken und Makler in einem! Mit solchen Erfahrungen würde sie nicht lange nach einem Job suchen müssen – aber vielleicht würde sie gar keinen Job mehr brauchen. Wenn diese Inselgeschichte lange genug lief, um all die Kredite mit Zinsen zurückzuzahlen, war es nicht einzusehen, warum sie nicht noch ein oder zwei Monate länger bleiben könnten, um ein paar Millionen für sich selbst zu verdienen – und ohne daß einem von ihnen irgendwelche Unkosten entstanden!

Pearl hielt einen Moment inne, um die Landschaft zu betrachten, wie sie es jeden Morgen tat, atmete die frische Meeresluft tief ein und stieg die Steinstufen hinunter zum Hafen. Die jungen griechischen Fischer unterbrachen ihre Arbeit und winkten ihr fröhlich zu, als sie vorbeikam. Sie ging weiter hinunter zum Anleger. Das Morgenboot war gerade vom Festland eingetroffen, und sie holte ihren üblichen Stapel Zeitungen ab, die sie in einen großen geflochtenen Korb über ihre Schulter warf. Dann schlenderte sie den Kai entlang zur Seglerkneipe, um eine Tasse Kaffee zu trinken.

Sie war bei ihrer zweiten Tasse und der dritten Zeitung angelangt, als sie darauf stieß. Einen Moment lang saß sie nur da, ohne zu atmen, dann nahm sie einen roten Stift aus der Tasche und umrandete die Anzeige. Leise vor sich hin fluchend, sammelte sie die verstreuten Seiten der Zeitung zusammen, warf etwas Geld auf den Tisch und eilte aus dem Lokal hinaus.

Sie kletterte den Hügel hinauf und ging die gepflasterte Straße entlang zur Segelmacherei – einem scheunenähnlichen Gebäude, das Tor als ihr Hauptquartier gekauft hatte. Im dunklen Erdgeschoß nickte sie dem griechischen Jungen zu, der als Empfangschef, Mädchen für alles und Wächter fungierte. Dann kletterte sie die wackelige Treppe in den ersten Stock empor. Ohne anzuklopfen, öffnete sie die Tür des ersten Raumes zu ihrer Linken.

»Lies das«, sagte sie zu einem überraschten Tor und warf die zerknitterte, zwei Tage alte Ausgabe des *Wall Street Journal* vor ihm auf den Schreibtisch. Es war so gefaltet, daß die Seite mit der Notiz, die sie rot eingekreist hatte, zuoberst lag.

Tor warf schnell einen Blick darauf; sein Gesicht wurde ernst.

»Sie haben also von ihrem Rückkaufrecht Gebrauch gemacht, um diese Obligationen einzuziehen«, sagte er. »Wie hoch ist der Nennwert der Papiere, die wir von dieser Ausgabe haben – und auf wie viele Banken sind sie verteilt?«

»Jetzt halt dich fest«, entgegnete Pearl. »Wir müssen zwanzig Millionen aufbringen, und zwar jetzt sofort, um dieses Loch zu stopfen. Die Obligationen, die gekündigt worden sind, sichern unsere Kredite bei einem halben Dutzend französischer Banken und einer italienischen Bank. Das ist das Geld, von dem du diese wunderhübsche Insel gekauft hast. Wenn wir die Kredite nicht ausgleichen können, und wenn sie herausfinden, daß in den Tresorräumen gefälschte Duplikate lagern, werden wir im Gefängnis reichlich Zeit haben, um uns an die reizvolle – aber kurze – Zeit zu erinnern, die wir hier verbracht haben.«

»Ich bin überrascht, daß du noch nicht soviel Gewinn gemacht hast«, sagte Tor lächelnd. »Seit sechs Wochen handelst du mit Devisen, hier in einem Steuerparadies. Schließlich bist du eine der Top-Devisenhändlerinnen der Welt.«

»Wer hat das gesagt?« fragte Pearl bissig.

»Nun, *du* warst es, meine Liebe. Aber ich habe so etwas vorausgesehen, und ich weiß, wie wir schnell zu Geld kommen können, ohne daß wir unsere Freiheit aufs Spiel setzen oder unsere kalifornischen Freunde bitten müssen, uns auszulösen. Wenn wir es richtig anstellen, könnte es sogar sein, daß ich genug Bargeld übrigbehalte, um meine Wette zu gewinnen!«

»Wenn du glaubst, ich kann *die* Art von Kleingeld verdienen, indem ich meinen Körper an die jugendlichen Seefahrer da unten verhökere – dann könnten wir nicht einmal den Bus nach Hause bezahlen«, sagte Pearl. »Was stellst du dir vor?«

»Etwas sehr viel Pragmatischeres – wenn auch vielleicht nicht ganz so interessant, aus deiner Sicht«, entgegnete er lächelnd. »Ja, es war sogar von Anfang an Bestandteil meiner Planung – wir müssen einfach nur den Zeitplan um eine oder zwei Wochen verschieben. Meine Liebe, ich glaube, es ist an der Zeit, unser kleines Land zu verkaufen.«

Freitag, 12. März

Der Vagabond Club lag, triefend vor Efeu und Nostalgie, an der Steilkurve des Nob Hill in San Francisco. Gleich hinter der Eingangshalle in buntem Marmor befand sich der riesige Lesesaal, dessen facettierte Fenster auf das steile Gefälle der Taylor Street zum Tenderloin hinausgingen. Hier, in der Stille des Lesezimmers – mit seinen preußischblauen und pfirsichfarbenen Teppichen, den massigen Bibliotheksschreibtischen, der dunklen Holzverkleidung und den französischen Ölgemälden, die aus verschiedenen Pariser Ausstellungen stammten –, existierte noch die warme Atmosphäre des San Francisco, wie es im neunzehnten Jahrhundert gewesen war.

Unten im Roten Zimmer war für einhundert Personen der Tisch gedeckt; die Kerzenhalter aus Waterford-Kristall funkelten, und das Porzellan schimmerte in dem gedämpften, romantischen Licht. In den Kristallschalen in der Mitte der runden Tische standen dichte Sträuße dunkelroter Rosen, blutfarben.

Im benachbarten Zimmer nahmen die Herren im Abendanzug hinter schweren Doppeltüren ihre Cocktails ein und warteten auf die Ankündigung des Abendessens. Hier waren Angehörige der unterschiedlichsten Berufe aus aller Herren Länder versammelt, doch sie alle hatten zwei Dinge gemeinsam: sie waren Mitglieder das Vagabond Club; und sie hatten es sich verdient. Ob durch familiäre Verbindungen, großen Reichtum oder das Ansehen, das persönliche Macht verleiht – jeder Mann in diesem Raum hatte seinen Preis bezahlt.

Als schließlich die schweren Türen geöffnet wurden, gingen sie hinüber in das Eßzimmer und nahmen am Tisch ihre Plätze ein. Die Sitzordnung war mit der üblichen Diskretion vorgenommen worden: diejenigen mit den üppigsten Titeln, Ämtern oder Bankkonten saßen am Haupttisch; die weitere Rangordnung wurde durch die relative Nähe zu ihnen bestimmt. Im Vordergrund stand ein Rednerpult für die Ansprachen nach dem Essen.

Ein leichter erster Gang, bestehend aus schottischem Lachs – den die Mitglieder des Clubs dem weniger teuren aus Nova Scotia vorzogen –, wurde gefolgt von der berühmten gerösteten Ente des Küchenchefs. Nach dem Entrée wurde der Salat gereicht, wie es der berühmten Tradition des Clubs entsprach. Auf den Käse folgte ein Gang mit Süßigkeiten.

Als schließlich der Kaffee serviert wurde, trat der erste Redner, ein britischer Banker, an das Pult. Er wartete, bis es im Raum still geworden war, dann tippte er einige Male gegen das Mikrofon, um sicherzugehen, daß es auch richtig funktionierte.

»Meine Herren, dies ist in der Tat ein bedeutender Anlaß«, begann er. »Wie Sie alle wissen, entspricht es der Tradition – einem noch niemals gebrochenen Grundsatz – unseres Klubs, in diesen geheiligten Wänden weder die große Politik noch geschäftliche Dinge zu erwähnen. Wir sind Vagabunden, und wir sind stolz darauf – ungeachtet des Umstands, daß auf unseren Mitgliederlisten mehr Botschafter, Angehörige von Königshäusern, US-Präsidenten, Aufsichtsratsvorsitzende, Firmenbegründer, kurz, mehr Männer aus Geld- und Geburtsadel zu finden sind als bei jeder anderen privaten Vereinigung weltweit.

In Übereinstimmung mit der einen unverletzlichen Regel unseres Klubs, niemals die schmutzigen, alltäglichen Geschäfte zu erwähnen, die uns alle jenseits dieser Wände erwarten, schlage ich daher vor, daß wir statt dessen einfach das Glas erheben und auf den Beginn der neuen und aufregenden Unternehmung trinken, an die wir alle hier im Raum denken – der zu Ehren wir uns am Vorabend ihrer feierlichen Inauguration hier versammelt haben, um das Heraufdämmern ihrer …«

»Was willst du uns sagen, Paul?« rief jemand von einem Tisch in der Nähe, und alles lachte.

»Laßt uns auf unsere neue Unternehmung trinken«, sagte der Banker und lachte selbst mit.

Ein Klirren von Weingläsern war zu hören. Die Kellner schenkten nach und verließen dann diskret den Raum.

Der britische Banker wurde am Rednerpult von Mr. Livingston abgelöst – dem Hauptredner des Abends und Direktor eines weltweiten Ölkonzerns.

»Guten Abend, meine lieben Freunde. Ich glaube, ihr alle kennt mich – ich bin seit meinem fünfundzwanzigsten Geburtstag Mitglied dieses Klubs, und das ist mittlerweile einige Jahre her!« Leises Lachen. »Mein Vater und mein Großvater waren auch Vagabunden; die Männer unserer Familie haben den Klub immer als ihr zweites Zuhause betrachtet – oft war es freundlicher und vertrauter als das erste!« Kehliges Lachen und Nicken in der Menge, als Livingston fortfuhr.

»Aber in all den Jahrzehnten meiner Mitgliedschaft habe ich noch nie den Stolz gefühlt, den ich in diesem Moment verspüre, so wie ich jetzt hier vor euch stehe. Denn, Gentlemen, heute abend heben wir nicht nur ein Unternehmen aus der Taufe, sondern auch eine neue Art, Geschäfte zu machen – eine mutige Investition in die Zukunft.

Indem wir zu dieser großen Fahrt in See stechen, befreien wir uns von unseren Ketten und lassen die Vergangenheit im Kielwasser zurück. Sollte uns der Erfolg versagt bleiben, wird die Geschichte uns vielleicht schadenfroh an unseren Platz verweisen. Aber wenn wir Erfolg haben – ja, wenn wir erfolgreich sein werden –, wird sie uns mit Lorbeer bekränzen, wie wir es verdient haben. Dies ist nicht nur eine neue Art, Geschäfte zu machen – dies ist ein Abenteuer. Unsere Bruderschaft wirft ihr Glück in die Waagschale und vertraut sich dem Schicksal an – sie wird der Nachwelt ein stolzes Erbe hinterlassen. Wir schlagen ein neues Buch der Geschichte des Geldes auf und tragen unsere Namen auf einer neuen Seite der Geschichte ein!«

Die anwesenden Klubmitglieder sprangen spontan von ihren Plätzen auf, applaudierten und riefen: »Hört, hört!«, während sie mit ihren Gästen anstießen und auf die Tische klopften. Als der Sturm der Begeisterung sich gelegt hatte, fuhr Livingston fort.

»Die Mitglieder, die dieses Unternehmen begonnen haben – die das finanzielle Deck zimmerten und von uns allen hier im Raum das nötige Kapital beschafften –, sie sitzen heute unter uns. Aber wenn ich anfangen wollte, jedem einzelnen von ihnen zu danken, kämen wir hier nie nüchtern heraus!«

Hurrah-Rufe und Pfeifen. »Daher erhebt euch, Gentlemen – ihr wißt, wer ihr seid –, und nehmt unseren Dank entgegen.«

Ein Dutzend Männer stellten sich neben ihre Stühle. Donnernder Applaus klang ihnen entgegen. Als sie sich wieder gesetzt hatten, fügte Livingston hinzu: »Ich hoffe, ihr habt sie alle gut sehen können – falls aus diesem Geschäft nichts wird, wißt ihr, an wen ihr euch wenden müßt!«

Viel Gelächter und Schulterklopfen für die Banker.

»Morgen reist unser Repräsentant nach Paris, um die letzte Phase der Verhandlungen abzuschließen. Wenn alles gutgeht, wird er eine Menge von eurem hartverdienten Geld dort lassen. Nach Abschluß der Verhandlungen wird dann unser erweitertes Management-Team nach Griechenland reisen, um von dem europäischen Konsortium, das diese Unternehmung begründet hat, die Kontrolle zu übernehmen. Wir werden also noch im Laufe der nächsten Woche, Gentlemen – mit Gottes Hilfe und ein wenig Kleingeld –, die Besitzer unseres eigenen privaten Landes sein!«

Der Raum war erneut von einem Höllenlärm erfüllt – Männer standen auf und brachen in Hochrufe aus, die Gläser erhoben. Als sie aus dem Zimmer in den Salon im ersten Stock hinaufgingen, um dort ihren Cognac zu trinken, holte ein Klubmitglied einen der Banker ein, die Livingston zuvor zur Belobigung herausgehoben hatte.

»Nun, Lawrence«, sagte er herzlich, »das habt ihr Jungens aber wirklich schnell und sauber hingekriegt. Wenn Sie die Verhandlungen in Paris wunschgemäß abschließen können, werden wir alle ein ganzes Ende reicher sein als heute.«

»Genau darum geht es ja bei diesem Spiel«, sagte Lawrence, als die beiden Männer in den Aufzug traten.

»Ja – das ist es, wonach ich Sie fragen wollte. Livingston hat mir erzählt, es war *Ihre* clevere Idee, diese Europäer loszuwerden – wer auch immer sie sind – diejenigen, denen die Insel jetzt gehört. Er sagte etwas von einer nicht ganz freiwilligen Übernahme?«

»Der Fall ist so gut wie erledigt, auch wenn die es noch nicht wissen«, sagte Lawrence. »Sie wollten eine Provision in Höhe von dreißig Millionen Dollar über den Vermögenswert ihres Geschäfts hinaus. Unsere Nachforschungen haben ergeben, daß sie die ganze Operation – die Insel und alles – über Kredite bei verschiedenen europäischen Banken finanziert haben. Gestern haben wir diese Kredite aufgekauft.«

»Sie meinen, wir – der Klub – sind jetzt ihre Gläubiger?«

»Durch den Besitz dieser Papiere«, sagte Lawrence, »gehört uns ihr Unternehmen praktisch. Wenn sie auch nur einer einzigen Zahlung nicht nachkommen, können wir ihnen komplett den Boden unter den Füßen wegziehen. Unter diesen Umständen erscheint es mir völlig unnötig, weitere dreißig Millionen Dollar auszugeben.«

»Brillant«, sagte sein Begleiter. »Bei Ihren Verhandlungen in Paris wird es also noch um die Schlüsselübergabe gehen. Übrigens, wo ist Ihr neuer Kandidat für den Klub denn heute abend? Kislick Willingly. Ich hatte gedacht, er würde bei unserem Treffen dabeisein.«

»Ich habe seinen Namen von der Mitgliederliste streichen lassen«, sagte Lawrence. Der andere blickte ihn einen Moment lang überrascht an; so etwas war noch nie vorgekommen. »Schließlich hätte bei der Abstimmung schon eine Gegenstimme ausgereicht. Er muß ja nicht wissen, daß ich es war.«

Das gedämpfte Licht im Fahrstuhl wurde von der goldgefaßten Brille reflektiert. Lawrences Begleiter dachte plötzlich mit einem Schaudern, daß er noch nie so kalte Augen gesehen hatte. Der Fahrstuhl hielt, und sie betraten gemeinsam mit den anderen den Salon.

»Warum der plötzliche Sinneswechsel?« fragte er Lawrence.

»Er ist nicht wirklich einer von uns«, sagte Lawrence.

Mittwoch, 17. März

Die Rue de Berri zweigte als kleine Gasse von den Champs-Elysées ab, nur ein kurzes Stück vom Arc de Triomphe entfernt.

Im obersten Stockwerk eines dreistöckigen Gebäudes, ungefähr einen Block weit die Straße hinunter, befand sich der exklusive private Treffpunkt *La Banque* – der Klub der Banker. In einer Ecke der Hauptklubraums, jenseits eines Meeres von verblichenem grünem Teppich, saß Tor, nippte an einem perlenden roten Getränk und blickte aus dem Fenster.

Auf der anderen Straßenseite standen Kastanien, die gerade aus ihrem langen Winterschlaf erwachten. Ihre steifen Zweige waren dicht mit fest eingerollten roten Knospen besetzt und schlugen sanft gegen die bootsähnlichen Fenster von *Le Bateau* – Picassos ehemaligem Pariser Studio. In der Spätnachmittagssonne glänzten die schmutzigen Fenster wie Gold.

Tor blickte auf seine Armbanduhr, nahm noch einen Schluck von seinem Drink und sah zur Tür. Ein Mann in einem taubengrauen Anzug betrat den Raum, blickte sich um und kam, als er Tor entdeckt hatte, an seinen Tisch herüber.

»Entschuldigen Sie, daß ich mich verspätet habe – behalten Sie nur Platz«, sagte er, als Tor sich erheben wollte. »Was trinken Sie?«

»Cassis und Soda«, entgegnete Tor.

»Ich nehme einen Scotch mit Eis«, sagte er zu dem Kellner,

der sich ihrem Tisch genähert hatte. Sobald er wieder gegangen war, fügte er hinzu: »Es ist fast alles erledigt. Wir brauchen nur noch Ihre Unterschrift unter diesen Papieren hier, und die Übertragung ist komplett.«

»Nicht ganz«, entgegnete Tor, der beobachtete, wie sich in den goldgefaßten Brillengläsern seines Gegenübers Würfel von Sonnenlicht spiegelten. »Da ist noch die Kleinigkeit der Bezahlung, soweit ich weiß.«

»Ich fürchte nicht«, sagte Lawrence kalt. »Sehen Sie, wir haben Ihre Papiere aufgekauft: alle Ihre Anleihen befinden sich jetzt in unserer Hand. Technisch gesehen besitzen wir die Insel – und damit die ganze Operation – bereits. Sie können Ihre Sicherheiten wiederbekommen, wenn Sie diese Papiere hier unterzeichnen.«

»So ist das«, sagte Tor und kniff wegen des Glitzerns der Brille ein wenig die Augen zusammen. Er machte eine Pause, während der Kellner den Scotch brachte und sich wieder entfernte. »Und die dreißig Millionen, die sie uns zugestanden haben? Schließlich erwerben Sie ein erfolgreiches Unternehmen, nicht nur ein Stück Felsen mit Blick auf die Ägäis.«

»Wir haben es uns anders überlegt«, antwortete Lawrence. »Schließlich ist die Legalität Ihrer ganzen Operation äußerst zweifelhaft – jedes Land dort unten könnte Anspruch auf den Felsen erheben – jetzt, wo er einigen Wert besitzt –, um das, was dort passiert, zu unterbinden. Wir wissen, daß etwas Ähnliches in der Vergangenheit bereits geschehen ist, wenn auch vielleicht nicht mit der gleichen Beharrlichkeit wie im Fall Zypern. Wir haben keinerlei Sicherheit, daß das, was wir kaufen, auch weiterhin florieren wird. Aber um die Dinge zu beschleunigen, zahlen wir Ihnen als Ihre Kreditgeber eine Million in bar, damit wir uns nicht in aller Öffentlichkeit vor Gericht auseinandersetzen müssen. Außerdem sind wir bereit, auf die Geldstrafen für vorzeitige Rückzahlung zu verzichten, auf die sie sich scheinbar bei einigen Krediten eingelassen haben.«

»Eine Million anstelle von dreißig – das ist bei weitem nicht das, was wir ausgemacht hatten«, sagte Tor ärgerlich. »Ihr Vorschlag ist unanehmbar.«

»Es handelt sich nicht um einen Vorschlag«, entgegnete Lawrence und trank seinen Scotch aus. »Dieses Angebot ist endgültig. Eine Million ist reichlich; wir erwarten von Ihnen weiter nichts als eine zügige Abwicklung der ganzen Angelegenheit – Ihren Namen auf dieser gepunkteten Linie.«

»Es tut mir leid«, sagte Tor mit einem bitteren Lächeln. »Unter diesen veränderten Umständen bin ich nicht Ihr Mann. Sie hätten mich informieren sollen. Ich bin mit allen notariellen Vollmachten hierhergekommen, in der Annahme, daß Sie unsere Abmachung einhalten würden. Aber die Hauptinvestoren, die ich vertrete, konnten wohl kaum ahnen, daß Sie Ihr Wort brechen würden.«

»Hier geht es nicht um ehrenhaftes Verhalten – es handelt sich schlicht und einfach um ein Geschäft«, sagte Lawrence. »Meine Kollegen rechnen damit, in ungefähr einer Woche die Kontrolle über Ihre Transaktionen zu übernehmen. Bis dahin müssen Sie Ihre Investoren überredet haben, sonst lassen wir Ihren Besitz gerichtlich pfänden, sobald Sie auch nur bei einem Ihrer Kredite eine falsche Bewegung machen, ganz egal in welchem Land.«

Tor wußte, es hatte wenig Sinn, darauf hinzuweisen, daß die Kredite weder durch die Insel noch durch das Devisengeschäft gesichert wurden. Lawrence war kein Dummkopf – er würde mittlerweile bemerkt haben, daß einige der Papiere gekündigt worden waren, und auch, daß sie nichts unternommen hatten, um sie einzulösen. In Verbindung mit Tors Bitte, das Geschäft beschleunigt abzuwickeln, konnte selbst ein Blinder sehen, daß sie diese Kreditschulden nicht abtragen konnten, ohne zu verkaufen. Er mußte etwas tun, um Zeit zu gewinnen und sich abzusichern.

»Nur einer meiner Investoren ist wirklich wichtig – der Hauptakteur und Initiator der ganzen Unternehmung«, sagte er lächelnd zu Lawrence. »Wenn Sie Ihre Reise um eine Woche aufschieben können – sagen wir bis zum einunddreißigsten März –, werde ich vielleicht Zeit genug haben, die erforderlichen Gespräche zu führen und im Hinblick auf Ihre neuen Bedingungen Übereinstimmung zu erzielen.«

»Nun gut«, stimmte Lawrence zu und erhob sich, um zu gehen. »Aber keine Sekunde länger. Wer ist überhaupt dieser Hauptakteur? Es ist das erste Mal, daß ich von ihm höre.«

»Es ist die Baronin von Daimlisch«, sagte Tor. »Ich könnte mir vorstellen, daß sie in Ihren Augen durchaus eine gewisse Herausforderung ist – aber wer weiß?«

VERMÖGENSWERTE WERDEN LIQUIDIERT

Geld ist wie der Ruf, talentiert zu sein – leichter zu erwerben als zu behalten.

– *Samuel Butler, THE WAY OF ALL FLESH*

Ich war zu Hause und im Begriff, mich nach der Arbeit umzuziehen, als ich einen Anruf von Tavish aus New York bekam.

»Hallo, meine liebe Ex-Chefin«, begrüßte er mich. »Wie steht es in der Bank? Immer noch die gleichen alten Blutbäder und politischen Meuchelmorde?«

»Sei froh, daß du im Nirwana bist«, entgegnete ich. »Was macht Charles Babbage?«

»Er kümmert sich sehr schön um all unsere verschiedenen Investitionen, danke der Nachfrage«, sagte er. »Ich habe es dir noch nicht erzählt – aber einige der Papiere von Dr. Tor standen letzte Woche auf der Rückrufliste. Sie haben sich aber nicht um Hilfe an uns gewandt. Und jetzt hat es den Anschein, als verfolgten sie ganz und gar andere Pläne.«

»Woher weißt du das?« fragte ich aufgeregt. Es war fast zehn Wochen her, seit ich auch nur ein Wort von einem von ihnen gehört hatte. Sie waren wie vom Erdboden verschluckt.

»Sie tun wie immer sehr geheimnisvoll«, erzählte er mir. »Aber ich habe gerade eine etwas undurchsichtige Mitteilung von Pearl bekommen – ohne jede Möglichkeit, ja oder nein zu sagen – einfach nur ein Flugticket nach Griechenland – für dich.«

»Wie bitte?« fragte ich.

»Pearl hat ein ganzes Paket mit Informationen an unseren lieben Charles gesendet«, sagte Tavish. »Zeiten, Fahrpläne, Geld, Tickets, Anweisungen – ich schicke dir das Ganze über Nacht per Expreß zu. Du sollst nächsten Freitag abreisen. Und behaupte nicht, du hättest keinen Urlaub mehr – ich habe mir deine Personalakte angesehen! Charles, die Bobbseys und ich brauchen dich nicht, um hier an diesem Ende weiterzumachen.

Auch wenn Charles Babbage von der ganzen Geschichte nicht viel hat – ich habe schon mehr dabei gewonnen, als ich je zu hoffen gewagt hätte! Weißt du, Dr. Tor hat mir nämlich ein Angebot geschickt, bei seiner eigenen Firma zu arbeiten! Er behauptet, meine brillanten Programme hätten ihm in jener Nacht im Rechenzentrum das Leben gerettet – auch wenn ich das kaum glauben kann. Verstehst du, Mademoiselle Banks, daß damit der Traum meines Lebens Wirklichkeit geworden ist – und ich weiß, daß ich das allein dir zu verdanken habe.«

»Oh, Bobby – vielen Dank. Ich freue mich natürlich für dich. Aber Tor hätte dir nie angeboten, für ihn zu arbeiten, wenn er nicht genau das meinte, was er sagt. Das hast du ganz allein dir selbst zuzuschreiben, nicht mir – und herzlichen Glückwunsch! Aber warum haben sie so plötzlich nach mir geschickt?« fragte ich. »Monatelang haben sie sich überhaupt nicht gemeldet – man sollte denken, jetzt würden sie auch noch die paar Wochen warten, bis Tor endgültig sagen könnte, daß er die Wette gewonnen hat.« Doch so gern ich Tor schlagen wollte – verglichen mit dem, wogegen wir jetzt angetreten waren, schien die Wette nur noch rein akademisch zu sein.

»Wer weiß, warum sie sich gemeldet haben?« sagte Tavish fröhlich. »Vielleicht haben sie schon gewonnen?«

Daran hatte ich nicht gedacht. Und wie Tavish sagte, war ich hier völlig überflüssig. Ich hatte mir das Hirn zermartert und jedes verflixte System durchwühlt, bei dem Versuch, Lawrence auf die Schliche zu kommen, aber abgesehen von dem einen Memo hatte ich nichts in der Hand. Auch wenn das ›Parken‹ von Gewinnen vielleicht illegal war, konnte ich mit diesem einen Fetzen Papier nicht beweisen, daß Lawrence die Bank dazu gedrängt hatte. Und ich konnte Tor auch nicht fragen, was *er* darüber wußte – und wenn er überhaupt etwas wußte –, weil er nicht zu erreichen war! Daher dankte ich Tavish, daß er Georgians Infopaket an mich weiterleiten wollte, hängte auf und starrte eine ganze Weile die Wand an. Dann löschte ich das Licht und saß im Dunkeln.

Ich wußte natürlich, was mich beunruhigte. Weniger als vier Monate nach meinem Abend in der Oper fand ich mich allein wieder – und das nicht nur mit dem Ausblick auf kahle Wände, sondern auch ein zerstörtes Leben. Ich hatte zwei Banken ausgeraubt, bei der Einrichtung eines möglicherweise illegalen Landes mitgeholfen – einmal abgesehen davon, daß ich die Sicherheitsvorkehrungen des gesamten Bankwesens augeschaltet hatte – meine Karriere war zerstört, *und* ich hatte mit meinem besten Freund, Mentor und Konkurrenten geschlafen, der – nur drei Monate unmittelbar danach – spurlos verschwunden war. Es blieb das Gefühl, vom Schicksal einen Tritt in die Magengrube empfangen zu haben. Wenn dies das aufregende Leben war, von dem Georgian immer so groß erzählte, mußte ich eingestehen, daß ich mich danach sehnte, in den weißen Schoß meiner früheren Existenz zurückzukehren – in eine Umgebung, die Tor ein Mausoleum genannt hatte. Dort hatte ich mich sicher gefühlt.

Aber jetzt war es zu spät, um kehrtzumachen – soviel wußte ich, wenn ich auch keine Ahnung hatte, wie ich mich Tor gegenüber verhalten sollte, wenn ich endlich in Griechenland einträfe. Es schien, als hätte ich die Wette verloren – trotz all seiner Hilfe – und ich selbst war nie um die Unterstützung gebeten worden, die ich im Gegenzug zu geben bereit gewesen war. Tavish hatte gesagt, die Papiere seien eingezogen worden – aber niemand hatte sich an *mich* gewandt. Ganz offensichtlich hatte Tor es nicht nötig, sein Ziel durch Zugeständnisse zu erreichen.

Aber das Schlimmste von allem war das Gefühl, wegen dieser Wette alles verloren zu haben. Mein Leben war mir wie ein Teppich unter den Füßen weggezogen worden – es war nichts mehr davon übrig außer Tor und einem Flugticket nach Griechenland. Ich blieb sehr lange im Dunkeln sitzen. Dann öffnete ich die Kristalldose auf dem Tisch, zog ein Streichholz heraus und zündete es an. Während ich zusah, wie es im Dunkeln langsam herunterbrannte, stellte ich mir die dazugehörige Brücke vor. Und ich lächelte.

Das Boot tuckerte mühsam über die schimmernde Wasserfläche, die sich wie ein Netz aus Schmuckbändern um die Tupfen der Inselkette legte. Vor dem Meer zeichnete sich der schwarze Kegel des Omphalos ab; seine zackige Lavakruste funkelte wie ein schwarzer Diamant, wo die Wellen dagegenschlugen und die Klippen mit Gischt überzogen.

Die Uferlinie war mit feierlichen Prozessionen von Zypressen gesäumt, die sich – dunkel wie Holzkohle – scharf gegen die weiß gekalkten Häuser in der Nähe des Hafens abhoben. Eine kleine Mole aus Stein schwang sich im Bogen ins Meer hinaus. Dahinter geborgen lagen mehrere kleine Fischerboote in Rot und Blau. Wellen schlugen leise gegen die Kaimauer.

Als das Boot festmachte, sah ich Lelia auf einer Steinmauer neben dem Anleger sitzen. Sie winkte mir zu, und ihr Sonnenschirm flatterte im Wind. Ihr geblümtes Musselinkleid mit den weiten Ärmeln, ihr hellbraunes Haar, das ihr in Locken in die Stirn fiel, der Korb mit Blumen neben ihr auf der Mauer – es war alles so schön, daß ich am liebsten geweint hätte.

»Darlink«, rief sie und kam mir atemlos entgegengelaufen, als der Laufsteg ausgelegt war und ich an Land gehen konnte. »Ich habe mir solche Sorgen gemacht, daß du nicht kommen würdest!«

»Natürlich bin ich gekommen«, entgegnete ich.

Ich atmete den dunklen Duft ihrer Blumen ein. Ich wollte Tor sehen.

»Wo sind die anderen?« fragte ich.

»Sie arbeiten alle – *tout le monde.* Sorsione, sie macht Aufnahmen von der Insel hier, sie findet sie so schön, sie kann nicht widerstehen. Pearl verdient Geld für uns, wie immer. Und der *lovely* Zoltan – er ist in Frankreich.«

»In Frankreich?« fragte ich, erstaunt, daß Tor mich den ganzen weiten Weg hierherreisen ließ und dann selbst nicht da war. »Nun – laß uns meine Taschen ins Hotel bringen und sehen, was die Mädchen machen.«

»Kein Hotel«, sagte Lelia und strahlte auf eine sehr besitzergreifende Art, als sie mich beim Arm nahm. Die Absätze meiner Schuhe blieben immer wieder im malerischen Kopfsteinpflaster des Kais hängen. »Wir haben ein *château* – ein Schloß«, sagte sie, »und ich dekoriere es ganz und gar selbst. Es ist etwas ganz Besonderes.«

Es war etwas ganz Besonderes. Und besonders faszinierend war es, dorthin zu gelangen.

Wir ließen das kleine Dorf mit den weißgekalkten Häusern,

den roten Ziegeldächern und den duftenden Zitronenbäumen an der Bucht hinter uns und folgten dem gewundenen Sandweg in die Berge hinauf. Unser altersschwaches Pferd – Lelia sagte, es sei so etwas wie ein Nationalheiligtum – schien den Weg von ganz allein zu finden. Es zog unseren Ponywagen in seinem selbstgewählten, gemütlichen Schrittempo durch silbrige Olivenhaine voran, die immer wieder von kleinen, eilig dahinrieselnden Bächen unterbrochen wurden. Sie nährten die Vegetation, die überall emporwuchs: wilde Iris, Immergrün, blaue, purpurrote und gelbe Blüten, die im dunklen Blattwerk verstreut aufleuchteten. Nur gut, daß nichts davon auf dem Foto des Auktionshauses zu sehen gewesen war, sonst wäre Omphalos nicht für die schäbigen dreizehn Millionen Dollar verkauft worden, die Lelia gezahlt hatte.

Oben auf der Anhöhe, am Rande des Vulkankraters – vierhundert Meter hoch über dem Meer –, konnten wir die ganze steile Wand aus schwarzem Fels hinunterblicken bis zu dem glasklaren Wasser in der Tiefe, das so durchscheinend war, daß es aus Aquamarin beschaffen zu sein schien. Noch aus dieser Entfernung konnte ich Schwärme bunter Fische ausmachen, die über die Untiefen dahinschossen. Und drüben, am anderen Ende der Insel, dort lag das Schloß.

Lelia hatte nicht übertrieben, als sie diese befestigte Burg so genannt hatte. Aus ockerfarbenem Stein erbaut, war sie umgeben von Wänden mit hohen Zinnen, die einen Innenhof umschlossen. Lelia sagte, sie sei im achtzehnten Jahrhundert von den Venezianern erbaut worden, um den Kanal zwischen dem türkischen Festland und den dichter besiedelten griechischen Inseln zu verteidigen. Auch wenn ihre Vergangenheit heute im Dunkeln lag, bedeckt vom Staub der Jahrhunderte, glaubte Lelia doch, daß Grimani – der mächtige Doge von Venedig – die frühen Jahre seines Exils an einem Ort wie diesem verbracht haben könnte.

Als wir schließlich das Meer wieder erreicht hatten, sah ich, daß die soliden Fundamente der Burg fast ganz im Wasser lagen, und der Turm, der sich darüber erhob, blickte mit einem einzigen schmalen Fenster hinaus aufs Meer.

Soeben hatten wir mein Gepäck ausgeladen, da bemerkte ich,

wie unser Pferd eine scharfe Kurve beschrieb und wieder den Hang hinauf trabte.

»Unser Transportmittel läuft weg!« rief ich und begann ihm nachzulaufen.

»Oh, der wird schon wieder zurückkommen«, sagte Lelia lachend zu mir. »Er geht zum *quai* wegen der Touristen, wenn er fertig ist – er ist wie eine Taube darauf dressiert, immer wieder nach Hause zu kommen.«

Nach Hause? Plötzlich fühlte ich mich ganz einsam, verlassen – als stünde ich am Rande der Welt, im Begriff, hinunterzustürzen.

Lelia strahlte vor Freude, als sie die großen Teller mit Lamm und Pilaw auf den massiven steinernen Tisch stellte. Pearl half ihr, während Georgian auf der Brüstungsmauer saß, mit dem Rücken zu uns, und den Sonnenuntergang über dem Meer fotografierte.

Lelia hatte die steinernen Vasen mit Blumen gefüllt und Wachskerzen in jeden Spalt der zerfallenden Steinwände gesteckt. Obwohl ihr Schloß keine Stromversorgung hatte, glitzerte die Brüstung dank ihrer Anstrengungen ausgesprochen festlich.

Vor uns lag das Meer, das im schwächer werdenden Licht in allen Schattierungen von leuchtend Rosa bis dunkel Zinnoberrot schimmerte. Die blutrote Sonne ging hinter dem Kegel des Omphalos unter, und das Meer nahm eine purpurne Färbung an. Ein leichter Nebel begann entlang der Küste aufzusteigen, doch die Kerzen umgaben uns mit ihrem warmen Schein. Ich hüllte mich in den schweren Pullover aus roher Schafswolle, den Lelia mir gegeben hatte, und ging zu der Mauer hinüber, auf der Georgian saß.

»Es ist schön hier«, sagte ich zu ihr. »Ich habe das Gefühl, ich möchte für immer hier bleiben und alles andere weit hinter mir zurücklassen.«

»Das Gefühl verliert sich schnell«, ließ sich Pearl hinter mir vernehmen, »wenn du versuchst, das erste Bad ohne fließend Wasser zu nehmen.«

»Oder wenn du das erste Mal auf Toilette gehst«, stimmte

Georgian zu. »Nach einer Weile hat man einfach keine Lust mehr, seinen Arsch über die seeseitige Wand hinauszuhängen ...«

»Bitte!« rief Lelia. »Dies ist kein romantisches Gesprächsthema! Genug, *Madame la Photographe.* Wir müssen dieses Abendessen essen, das ich hier mache, nicht?«

Georgian kletterte in ihrem schweren, mit Spiegelscherben verzierten Kaftan von der Mauer herunter – Lelia trug ein ebensolches Gewand in Pfauenblau, und Pearl sah immer großartig aus in Smaragdgrün –, und wir setzten uns alle zusammen um den Steinblock, der als Tisch diente. Lelia schenkte den Wein in derbe Gläser und ich nahm mir ein wenig Gemüse zum Lammfleisch, als Pearl sich zu Wort meldete.

»Morgen nehme ich dich mit, um dir zu zeigen, was wir hier aufgebaut haben«, sagte sie. »Tor sollte bis dahin zurück sein – wir hatten ihn eigentlich schon heute erwartet. Aber er hat im Büro angerufen – das einzige Telefon auf der Insel, glaube ich – und gesagt, es habe ein kleines Mißverständnis gegeben, um das er sich kümmern müsse.«

»In Paris?« fragte ich.

Ich war durchaus verärgert darüber, daß ich auf ein Fingerschnippen hin achttausend Meilen weit gereist war – so wie es Tor nach meiner Einschätzung schon immer von mir erwartet hatte – und er machte sich nicht einmal die Mühe, ebenfalls hier zu sein. Doch Pearl mißdeutete meinen Tonfall.

»Ich bin sicher, es ist nichts Ernstes, was ihn aufhält«, sagte sie. »Er ist sehr gründlich, wie ich in all den Monaten, die ich jetzt schon mit ihm zusammenarbeite, festgestellt habe. Eigentlich muß ich dir dankbar sein, daß du mich hierhergeschickt hat. Es ist die beste Erfahrung, die ich machen konnte – und alles in ein paar kurzen Monaten. Mein ganzes Leben hat sich verändert. Wenn wir zurückkommen, werde ich tun können, was mir gefällt. Nicht viele Leute bekommen eine solche Chance.«

»Du hast also vor, zurückzugehen?« sagte ich ein wenig sarkastisch. »Ich dachte, es wäre hier vielleicht so idyllisch, daß ihr alle gleich für immer bleiben wollt!«

»Nicht ganz«, sagte Pearl und tauschte einen schelmischen

Blick mit Lelia. »Es kann sein, daß wir alle uns schon bald der Wirklichkeit stellen müssen – früher, als uns lieb ist.«

Georgian weckte mich bei Tagesanbruch – zu ihrer Lieblingstageszeit –, damit ich den Sonnenaufgang bewundern könnte. Nicht gerade eine meiner Lieblingsbeschäftigungen.

Sie rüttelte mich auf der Strohmatte hin und her, die mir auf dem Fußboden der Burg als Bett diente. Dann streifte sie mir einen langen weiten Kaftan über und hatte mich schon nach unten gezerrt, ehe ich überhaupt die Augen aufmachen konnte.

»Kaffee«, murmelte ich undeutlich und tastete nach dem Geländer.

»Du wirst ihn nicht brauchen«, versicherte sie mir und beförderte mich hinauf ins gleißende Tageslicht. »*Schau* dir diesen großartigen Tag an! Fängt dein Herz nicht gleich schneller an zu schlagen, wenn man die Natur so in aller Pracht und Herrlichkeit sieht? Ist es nicht ein aufregendes Gefühl, am Leben zu sein?«

»Kaffee wäre jetzt das richtige«, konnte ich nur herausbringen. »Meine Augen tun weh. Ich kann mir nicht vorstellen, daß der Mensch dazu gemacht ist, all diese Herrlichkeit vor dem Frühstück zu bestaunen.«

»Ich nehme dich jetzt mit, und du wirst dich da nicht herausreden«, erklärte sie mir diktatorisch. »Wenn Tor vom Festland zurückkommt, werden wir alle reichlich zu tun haben. Es kann gut sein, daß ich dich dann eine Zeitlang nicht mehr für mich haben werde.«

Sie nahm mich am Arm und führte mich einen Fußweg entlang, der über den Hang und dann zum Meer hinunter führte. An seinem Fuß sprudelte eine heiße Quelle aus dem Gestein in ein kleines dunkles Becken inmitten der Lavafelsen – ein ovales Bassin, in der Schwebe zwischen Himmel und Meer, das dann überfloß und in einem Wasserfall ins Meer stürzte. Wildblumen und Sukkulenten in leuchtenden Farben und den unterschiedlichsten Formen wuchsen drumherum. Der Platz erinnerte an einen tropischen Dschungel, obwohl dies ein trockener Felsen in der Ägäis war.

Georgian legte ihren purpur und gelb gestreiften Kaftan ab

und ließ sich in das Becken gleiten. Das Wasser warf um sie her schaumige Blasen, und einzelne Tropfen glitzerten in ihrem silbrigen Haar. Vor dem leuchtend blauen Meer und den purpurdunklen Klippen der türkischen Küste in Hintergrund sah sie aus wie eine Sirene, die müde Seefahrer auf diese Felsen locken will.

Während ich noch dort oben auf dem Pfad stand, durchzuckte mich plötzlich wie ein Blitz ein Bild der Wirklichkeit. Ich sah die Bank – die Leuchtstoffröhren, die künstliche Luft mit ihrem kontrollierten Feuchtigkeitsgehalt, die Sicherheitsausweise, Personenschleusen und kugelsicheren Glaswände – kurz alles, was zur Umgebung eines idealen Gefängnisses gehört. Wie hatte ich zehn Jahre meines Lebens so verbringen können, wenn es doch dies hier gab?

»Hör auf, deinen Tagträumen nachzuhängen, du Faulpelz, und komm ins Wasser«, rief Georgian mir zu. »Dieses Wasser kommt aus dem Vulkan. Als wir hier ankamen, war noch Winter – ich habe in dem dampfend heißen Wasser gebadet, während kalter Regen auf mich heruntertropfte – Ying-Yang.«

»Ich hoffe, du hast Bilder davon gemacht«, sagte ich, als ich hinunterging, um meine Zehen ins Wasser zu stecken.

»Solchen Zauber kann man nicht fotografieren – das habe ich schon vor langer Zeit gelernt«, entgegnete sie mir. »Das ist dein Problem – du willst alles weiß und makellos und perfekt haben. Und in Kunstharz eingegossen. Tor und ich sind uns darüber einig, daß es an der Zeit ist, ein bißchen an deinen Ketten zu rütteln.«

»Oh, tatsächlich?« sagte ich, streifte jetzt auch mein Kleid ab und schlüpfte in das brodelnde Wasser. »Was genau habt ihr euch den ausgedacht?«

»Warum fragst du nicht *ihn?* Er kommt gerade den Hügel heruntergestolpert.«

Ich blickte den Hang hinauf, und tatsächlich – Tor suchte sich durch das unebene Gelände einen Weg bergab, völlig unpassend gekleidet in seinem Straßenanzug und den eleganten italienischen Schuhen, mit denen er auf dem felsigen Weg immer wieder ausglitt.

»Ich bin auf ein Paar Undinen gestoßen«, rief er zu uns hinunter und ließ den Blick hinaus in die Weite schweifen. »Ich habe gar nichts von diesem Platz gewußt! Lelia hat mich vom Boot abgeholt und mich abgesetzt. Sie hat gesagt, ich soll diesen Pfad entlanggehen. Ich muß sagen – es war die Mühe wert. Was für ein atemberaubender Anblick!«

Letzteres galt mir – nicht nur der Landschaft –, und ich errötete ein wenig. Ich mußte zugeben, daß er schöner aussah, als ich ihn in den letzten einsamen Monaten in Erinnerung behalten hatte. Jetzt war er braungebrannt und golden, sein kupferfarbenes Haar berührte den Kragen seines weißen Seidenhemdes. Während er sich mit uns unterhielt, löste er die Krawatte.

»Ich komme zu euch hinein, wenn ihr versprecht, nicht herzusehen. Ich muß gestehen, ich bin in Gegenwart von hübschen jungen Mädchen extrem schüchtern ...«

Georgian wandte sich – hocherfreut über diese Beschreibung – mit den Händen vor den Augen ab, als Tor sich auszog und zu uns in das Becken glitt. Ich fragte mich, wann sie und Lelia von Pearl über die veränderte Beziehung zwischen Tor und mir erfahren hatten. Es schien nur allzu deutlich zu sein, daß sie reichlich Zeit damit verbracht hatten, hinter meinem Rücken etwas auszuhecken.

»Sieh mal, was ich am Wegesrand gefunden habe«, sagte Tor gerade und kam durch das heiße, dampfende Wasser zu mir herüber. Er hielt eine kleine wilde Orchidee in der Hand und steckte sie mir ins Haar.

»Wie hübsch«, entgegnete ich. »Vielleicht kann ich ein paar davon in meine Wohnung nach San Francisco verpflanzen, wenn ich zurückfahre.«

Tor sah Georgian mit gespieltem Erstaunen an und zog die Augenbrauen in die Höhe. »Sie glaubt, sie kehrt dorthin zurück«, sagt er. »Und du läßt zu, daß sie sich dieser Illusion hingibt? Weiß sie noch nicht, daß sie auf eine Schatzinsel entführt worden ist?«

»Du bist an der Reihe, mit dem grauen Flanellgehirn zurechtzukommen«, entgegnete sie ihm. »Und du bist auch an der Reihe wegzugucken – ich steige jetzt nämlich aus der Wanne.«

Wir wandten uns ab, und nach einer Weile hörten wir Georgian oben vom Hang rufen. Als wir uns umdrehten, sahen wir ihren rotgelben Kaftan um sie her wehen, als wäre sie ein Schmetterling.

»Tu nichts, was ich nicht auch tun würde!« rief sie grinsend und verschwand aus unserem Gesichtsfeld.

»Was würde Georgian nicht tun?« fragte Tor lächelnd.

»Kaum etwas, das ich mir vorstellen könnte«, sagte ich.

»Vielleicht sollten wir es dann mit einem von den Dingen versuchen, die sie tun *würde*«, schlug er vor. »Hmm. Ich schätze, wir könnten hier den ganzen Tag im warmen Wasser liegen und uns über Sex unterhalten.«

Ich lachte, doch ich hatte Schwierigkeiten, den Umstand zu verbergen, daß ich ziemlich aufgeregt war – Tor so plötzlich auf dem Weg zu sehen, nach meiner Isolation in all diesen Monaten. Meine Gefühle waren durcheinandergeraten und ineinander verstrickt wie lauter Wollstränge, und ich wußte warum.

Zwölf Jahre lang war unsere geistige Übereinstimmung so stark gewesen, daß sie – da mußte ich Tor zustimmen – häufig wie eine physische Nabelschnur erschienen war. Dann folgten zwei Monate voller Gefahr und heißer Auseinandersetzung, wiederum gefolgt von einem Wochenende der Liebe, so stark, so großartig, daß ich noch jetzt kaum ertragen konnte, daran zu denken.

Und dann nichts. Kein Anruf – kein Brief – keine fröhliche Postkarte: ›Mir geht es gut auf Bora-Bora; ich wünschte nur, du wärest auch hier.‹ Er hatte mich meinen Ränkespielen überlassen und war selbst weggegangen, um sein eigenes Abenteuer zu erleben, als hätte ich nie existiert. Jetzt auf einmal, dachte ich wütend, per Anruf über eine dritte Person, erwartete er von mir, daß ich in seine Arme zurückgerannt kam. Aber noch wütender war ich auf mich selbst, weil ich getan hatte, was er von mir erwartete.

»Es tut mir leid, daß ich nicht da war, als du angekommen bist«, sagte er, als habe er meine Gedanken gelesen. »Ich wäre nirgends lieber gewesen – aber es hat sich etwas Unvorhergesehenes ereignet. ...«

Er kam noch näher zu mir, bewegte sich durch das schwarze Wasser, um seine Hände auf mein Gesicht zu legen, und beugte sich herunter, um mich zu küssen, zog seine nassen Finger durch mein Haar und ließ seine Hand über meinen Rücken gleiten.

»Deine Haut ist wie Seide – ich kann es nicht ertragen, dich nicht zu berühren«, sagte er leise. »Du bist wie ein glatter goldener Aal …«

»Ein Aal?« lachte ich. »Das ist nicht besonders verführerisch.«

»Du wärst überrascht, *wie* verführerisch der Gedanke für mich ist«, sagte er lächelnd.

»Ich kann schon feststellen, was er bei dir auslöst«, versicherte ich ihm. »Aber du wolltest mir etwas über einen dringenden Vorfall in Paris erzählen.«

»Es ist das heiße Wasser«, sagte er und schloß die Augen. »Mein Kopf ist wie leergefegt – die Kraft der Gedanken verläßt mich.«

»Ja, ich kann dir sagen, wo sie sich statt dessen sammelt«, stimmte ich zu. »Aber sollten wir nicht hier rausklettern und uns ein weiches Plätzchen zum Hinlegen suchen? Oder ist das zu pragmatisch?«

»Bist du noch nie in einem Schwimmbecken geliebt worden?« fragte er. Seine Lippen lagen an meinem Hals und wanderten tiefer nach unten.

»Nein – und ich habe es auch nicht vor«, versicherte ich ihm und fühlte mich trotz aller Bemühungen schwach werden. »Ich denke, es muß schwierig, kompliziert und unbequem sein. Ich könnte ertrinken bei dem Versuch, herauszufinden, wie es geht.«

»Du wirst nicht ertrinken, meine Liebe«, sagte er. Seine Hände und seine Zunge glitten über meinen Körper, bis ich erzitterte und mit nassen Händen in seine Haare griff. »Glaub mir«, murmelte er, »du bist wie geschaffen dafür.«

Als wir zum Haus zurückgingen, war Tors Hemd aufgeknöpft, die Hosenbeine hatte er hochgerollt, den Mantel über die Schulter geworfen und seine Krawatte und die Socken in die Taschen gestopft. Lächelnd wandte er sich zu mir um.

»Naß und zerzaust und barfuß – wer hätte gedacht, daß die Vizepräsidentin einer Bank so umwerfend aussehen könnte?«

»Meinst du nicht eher umgeworfen?« entgegnete ich und lächelte ebenfalls. Noch nie in meinem Leben hatte ich mich so erschöpft, so warm und friedlich gefühlt. Als wir das Haus erreichten, konnten wir Georgian, Lelia und Pearl unter uns auf der Brüstung sitzen sehen. Sie trugen Badekleidung, sonnten sich und nippten Chartreuse. Als wir den Weg hinuntergingen, standen sie auf.

»Da sind ja alle meine kleinen *poulets* – Zeit für das *déjeuner*«, sagte Lelia und trug eine große Platte mit belegten Broten nach draußen: lange, knusprige Baguettes, belegt mit Thunfisch, Calamata-Oliven, roten Zwiebeln, scharfen und milden Paprika in Scheiben. Wir bedienten uns von dem leckeren Angebot und spülten das Essen mit eisgekühltem Bier hinunter.

»Lelia hat das Brot selbst gebacken«, sagte Pearl zu mir. »In einem Steinofen, den wir aus einem alten Holzofen von unten umgebaut haben. Sie kann gern jederzeit zu mir kommen und für mich kochen. Aber ich fürchte, dieser kleine Ausflug allein hat schon zehn Pfund Gewicht gebracht.«

»Darüber sprechen wir jetzt nicht – wir sprechen jetzt über *affaires*«, sagte Lelia und wandte sich an Tor. »Was ist mit diesen Männern, die unser Geschäft kaufen wollen?«

Das Geschäft *kaufen?* So wollten sie also die Wette gewinnen! Sie würden die Kredite zurückzahlen können und einen netten Profit dabei machen – dann könnten sie die gestohlenen Wertpapiere wieder austauschen, und niemand würde je in Erfahrung bringen, wozu sie benutzt worden waren. Eigentlich hatten sie *gar nichts* gestohlen – sondern nur Geld von der Bank geliehen und es wieder zurückgezahlt. Niemand brauchte zu wissen, daß die Sicherheiten dafür drei Monate lang aus dem *Depository Trust* ›entliehen‹ worden waren. Der Gewinn, den sie in der Zwischenzeit damit machten, war der gleiche, als würde man ohne irgendwelche Sicherheiten einen Kredit aufnehmen.

»Wer sind die Käufer?« fragte ich, als ich begriffen hatte, worum es ging.

»Ausgesprochen mysteriöse Wesen«, flüsterte Georgian. »Niemand außer Thor weiß, wer sie sind oder woher sie kommen. Offen gestanden – es macht einem angst. Schließlich gibt es jede Menge unerfreuliche Typen da draußen in der weiten Welt, die ein Unternehmen wie unseres nur zu gern in die Finger bekämen. Wir könnten ihnen dabei sogar im Weg sein!«

»Darf ich zu diesem Thema auch etwas sagen?« fragte Tor leicht verärgert. »Schließlich habe ich die Verhandlungen geführt – das Ergebnis ist in *meinen* Augen wohl kaum ein Geheimnis.«

Georgian hatte ihren Dämpfer bekommen und saß still da, während er fortfuhr: »Seit längerer Zeit verhandele ich mit einer internationalen Gruppe von Geschäftsleuten.«

»Wie lange schon?« fragte ich.

»Seit ich an der Konferenz bei der SEC teilgenommen habe – damals lehnten die Banker es ab, eine Bestandsaufnahme ihrer eigenen Wertpapiere zu machen. Das war der Moment, als mir die Idee kam ...«

»Aber das war, *bevor* du die Insel kaufen oder überhaupt an die Wertpapiere herangekommen konntest«, bemerkte ich. »Es war, bevor du Lelia oder Georgian oder Pearl kennengelernt hast ... Es war noch vor unserer Wette!«

»Ganz genau«, sagt er mit seinem strahlenden Lächeln. »Aber ich halte viel davon, für die Zukunft zu planen, meine Liebe – und ich wußte, du würdest mitmachen.«

Ich war so wütend, daß ich spürte, wie sich meine Hände zu Fäusten ballten. Der Bastard hatte auf unfaire Weise gewonnen. Er hatte die ganze Geschichte schon geplant gehabt und sogar Käufer für seine Insel gefunden, ehe wir überhaupt die Startpistole laden konnten. Wenn er glaubte, ich ließe mich ein Jahr lang von ihm versklaven, wenn die Dinge so lagen, würde er sich noch umgucken!

»Wer sind die Leute – und wie hast du sie gefunden?« fragte Pearl und riß mich aus meinen Gedanken.

»Sie haben beste Verbindungen – jede Menge Grundgesitz und reichlich Einfluß in der Finanzwelt. Aber das ist noch nicht alles, was sie gemeinsam haben«, sagte Tor. »Ich habe ihre Namen dort gefunden, wo True auch die Namen von *eurer* Liste entdeckt hat: Charles Babbage hat sie mir gegeben!«

»Großer Gott!« rief Pearl. Ich drehte mich blitzartig um und starrte Tor an, als auch ich schaltete. »Ich weiß, was diese Namen gemeinsam haben – über ihre soziale Stellung hinaus. Wenn ich mich nicht sehr irre, waren die meisten Männer auf der Liste Mitglieder im Vagabond Club!«

»Haargenau«, sagte Tor lächelnd. »Ich wußte, es würde dir nicht entgehen.«

»Das heißt, Lawrence ist an dieser ganzen Geschichte auch beteiligt?« fragte ich.

»Ich fürchte, ja«, antwortete Tor. »Und das ist das Problem, auf das ich in Paris gestoßen bin. Nach viermonatigen Verhandlungen wollen diese charmanten Gentlemen doch tatsächlich nicht zahlen.«

Darum war es also bei dem Memo über das ›Parken‹ gegangen! Lawrence, dieser Mistkerl, wollte die Bank dazu bewegen, Geld zu parken – illegal – in einem Steuerparadies, das er selbst aufkaufte! Seine Position auszunutzen, um sich persönlich daran zu bereichern, war genauso schlimm, wie als Mitarbeiter der Bank Geschäfte auf eigene Rechnung zu machen! Über die Ironie des Ganzen mußte ich bitter auflachen. Ich hatte mir die schäbigsten Leute ausgesucht, die ich kannte, um – als eine Art privater Scherz – *mein* illegal erworbenes Geld unterzubringen. Jetzt fand ich heraus, daß diese Leute selbst vorhatten, etwas noch viel Schändlicheres zu tun! Wie schmal war doch der Grat, auf dem solche feinen Geschäftsleute dahinschritten, dachte ich.

Aber das Allerschlimmste dabei war etwas, das nur ich wirklich zu würdigen wußte: Was Lawrence mit Tor und den anderen machen wollte, war praktisch genau das gleiche, was vor fast zwanzig Jahren mit meinem Großvater passiert war. Man nehme die brillante Idee eines anderen, die er unter Schweiß und Tränen herangezogen hat, reiße sie ihm unter den Füßen weg wie einen Teppich und hole heraus, was nur herauszuholen ist, bis sie völlig ausgeblutet ist. Es mußte eine Möglichkeit geben, sich dafür zu rächen.

»Die falsche Schlange«, sagte Pearl, als Tor damit fertig geworden war, zu erklären, welchen Stand die Verhandlungen mit Lawrence erreicht hatten. »Wenn wir nicht innerhalb von zwei Wochen diese Wertpapiere einlösen, wird er es für uns tun – als unser Gläubiger –, und dann sind wir wirklich festgenagelt.«

»*Oui*«, stimmte Lelia zu, »sie treiben die Schrauben in unser Fleisch wie einen Nagel.«

»Ich glaube nicht, daß sie das meinte, Mutter«, sagte Georgian.

»Aber es kommt dem schon sehr nahe«, stimmte Tor zu.

»Wir müssen die gestohlenen Papiere wiederbekommen, bevor er merkt, was damit los ist«, sagte Pearl und wandte sich an mich. »Ich habe schon darüber nachgedacht. Habt ihr, du und Tavish, genug Gewinn gemacht, um unsere Kredite zurückzuzahlen – wenn ihr das Geld transferieren würdet, das ihr mit eurer Wechselreiterei erwirtschaftet?«

Ich wußte, wovon sie sprach – schon als Tor die Idee zum ersten Mal erwähnte, hatte ich darüber nachgedacht –, und es war mehr als gefährlich. Geld bei einer Bank zu stehlen, um eine persönliche Schuld in einem anderen Land abzutragen, war nicht das gleiche, wie ›geliehene‹ Wertpapiere zur Sicherung eines Kredits zu verwenden, den man in absehbarer Zeit zurückzahlen würde. Sollten sie mich erwischen, ehe ich das Geld wieder zurückgegeben hätte, wäre das internationaler Betrug in wirklich großem Stil.

Aber Tor unterbrach uns, mit seltsam distanzierter Stimme. »Ich kann das nicht annehmen«, sagte er. »Schließlich bin ich derjenige, mit dem sie gewettet hat – nicht ihr anderen. Es geht immer noch um einen Wettstreit. Wenn ich jetzt Geld annähme, wäre das so, als hätte ich die Wette verloren.«

»Aber noch vor fünf Minuten hast du uns erzählt, du wärst sowieso drauf und dran, dein letztes Hemd zu verlieren«, sagte ich aufgebracht. »Warum willst du nicht eingestehen, daß alles vorbei ist? Diese elende Wette hat mich schon genug gekostet – meinen Job, meine Karriere, vielleicht meine Unabhängigkeit – alles, wofür ich ein Leben lang gearbeitet habe …«

»Vielleicht möchtest du hören, wofür *ich* gearbeitet habe?« unterbrach er mich voll Bitterkeit. »Für Aufrichtigkeit und Integrität, für einen gerechten Tageslohn nach einem ordentlichen Tag Arbeit, für faire Geschäftsbedingungen, damit die ehrenhaften und achtenswerten Leute belohnt und die Ehrlosen immer und immer wieder bestraft werden.« Er machte eine Pause und blickte mich mit einer Kälte an, die ich an ihm noch nie wahrgenommen hatte. »Wofür *du* gearbeitet hast, das ist Lawrence.« Er wandte sich wütend ab.

»Es ist grausam und ungerecht von dir, so etwas zu sagen«, protestierte ich schockiert. Aber plötzlich wußte ich, daß er vollkommen recht hatte.

Warum hatte ich mich so in die Enge getrieben gefühlt, als es darum ging, für Tor zu arbeiten? Welche Art von Unabhängigkeit würde ich denn verlieren – die Freiheit, mit Leuten wie Lawrence, Karp und Kiwi Katz und Maus zu spielen – kleine Siege zu erringen, während ich darüber mein Leben verspielte, meine Fähigkeit, etwas zu produzieren, wie Tor es nennen würde? Was war ich denn anderes als die cleverste Ratte im Labyrinth?

»Mir ist es egal, ob ich gewinne oder nicht«, entgegnete ich ihm und wanderte auf und ab, während meine drei Freunde wie festgewachsen dasaßen und uns hilflos anblickten. »Ich habe mich aus genau den gleichen Gründen wie du auf diese Wette eingelassen – um zu zeigen, daß es überall in der gesamten Finanzwelt Betrüger und Nichtsnutze und Lügner gibt. Ich werde nicht zur Bank zurückkehren, wenn alles vorbei ist, ganz egal, wie die Wette ausgeht. Ich will hierbleiben und dir helfen, sie zu schlagen. Aber ich weiß nicht wie – ohne daß ich dir das Geld gebe, um die Kredite zurückzuzahlen ...«

»Dafür ist es zu spät«, sagte Tor. »Viel zu spät.«

»Ich will nicht, daß meine Freunde im Gefängnis landen, wenn ich die Mittel habe, ihnen aus der Patsche zu helfen«, sagte ich. »Außerdem – du hast *mir* geholfen, als ich deine Hilfe brauchte.«

»Tatsächlich?« sagte Tor. »Glaubst du das wirklich? Vielleicht habe ich genau das Gegenteil getan.«

Er stand unvermutet auf und verließ die Terrasse; Pearl und ich sahen uns überrascht an.

»Was hat das alles zu bedeuten?« fragte Georgian. »*Sie* bietet an, uns den Hals zu retten, und *er* lehnt ab – nur wegen einer ›Wette unter Ehrenleuten‹. Hört sich in meinen Ohren gar nicht so verdammt edelmütig an!«

»Das liegt daran, daß du mit deinen Ohren nicht in die Herzen der Menschen hineinhorchst«, bedeutete Lelia ihr ruhig. »Der göttliche Zoltan – er hat das Gefühl, er tut etwas Falsches, wenn er Verity in diese Wette hineinzieht – wenn er ihr hilft, damit weiterzumachen, obwohl sie schon dabei war zu verlieren. Wenn er nicht diese ›Hilfe‹ gegeben hätte, wäre sie jetzt sicher und frei von allem, was noch passiert. Und wir – wir sind *ihre* Freunde – er fühlt sich auch deswegen schuldig. Wir müssen ihm klarmachen, daß wir alle erwachsene Menschen sind. Was wir tun, tun wir aus freien Stücken.«

Sie hatte natürlich recht; das erklärte die Enttäuschung und die Wut, die er fühlen mußte – aber es löste das Problem nicht. Ich erhob mich und machte mich auf die Suche nach Tor. Ich mußte eine halbe Stunde oder noch länger durch den Wald bis hinunter an den steinigen Strand laufen, ehe ich ihn fand, wie er trübsinnig auf einem Felsen am Meer saß – er trug noch immer sein zerknittertes Hemd und hatte die Hosenbeine hochgerollt.

»Du kannst also einfach nicht aufhören zu kämpfen«, sagte ich. Lächelnd ging ich zu ihm hinüber und setzte mich auf seine Knie. »Zu stolz, um einen Pfennig von meinem Geld anzunehmen.«

»Wenn es wirklich ›dein Geld‹ wäre, wie du es so charmant ausdrückst, könnte ich nicht erfreuter darüber sein, mich von dir aushalten zu lassen«, sagte er und hörte sich wenig überzeugend an. »Aber als du angeboten hast, dich für zwanzig Jahre ins Staatsgefängnis zu begeben, um mir aus der Patsche zu helfen – da hatte ich wirklich das Gefühl, jetzt ist Schluß. Findest du das zu schroff?«

»Gut, dann gibt es Krieg«, entgegnete ich lächelnd. »Was willst du als nächstes tun, wenn ich fragen darf?«

»Verdammt will ich sein, wenn ich das wüßte«, antwortete er und küßte geistesabwesend mein Handgelenk, während er ins Wasser starrte. »Ich versuche schon die ganze Zeit, mir etwas einfallen zu lassen, seit diese Geschichte in Paris passiert ist. Ich dachte, ich wäre besonders schlau, und das kann uns alle unsere Freiheit kosten. Es ist unglaublich, daß ausgerechnet ich von einem solchen Schlitzohr wie Lawrence aufs Kreuz gelegt werde.«

»Wie seid ihr verblieben?« fragte ich.

»Ich habe versucht, soviel Zeit wie möglich zu gewinnen, indem ich behauptet habe, Lelia sei für alles verantwortlich und müsse konsultiert werden. Aber in zwei Wochen kommen sie hierher auf die Insel, und dann wollen sie von uns eine Unterschrift sehen – oder aber sie lassen unser gesamtes Vermögen gerichtlich pfänden.«

»Weißt du, ich vermute schon seit langem, daß Lawrence ein Gauner ist«, erzählte ich ihm. »Aber ich kann es nicht beweisen – mit nur einem Memo und solchen Indizienbeweisen wie zum Beispiel die Art von Klub, der er angehört. Mal ganz abgesehen davon, daß Lawrence seine Weste so rein hält – man sollte meinen, er hätte Hauswirtschaft studiert. Aber zwei Wochen sind besser als nichts, und weil es alles ist, was wir haben, hoffe ich, daß du meine Hilfe nicht zurückweist, wenn es sich ausschließlich um Forschungsberichte handelt, nicht wahr?«

»Wenn du wirklich so empfindest, wie du vorhin gesagt hast«, entgegnete er und forschte mit seinen unglaublichen rotgoldenen Augen tief in meinem Innern, »dann hilf mir, sie zu zerstören, wie sie es verdient haben. Das ist es, was einzig und allein zählt.«

Teil 4

London *September 1814*

Fast auf den Tag genau zwei Jahre nach Meyer Amschel Rothschilds Tod versammelten sich alle Staatsoberhäupter Europas gemeinsam in Wien, um zu entscheiden, wie der europäische Kontinent aufgeteilt werden sollte, jetzt, seit der Tyrann Napoleon auf die Insel Elba verbannt worden war.

In London empfing Nathan Rothschild wieder einmal eine Berühmtheit in seinen Räumlichkeiten – einen Mann, der entscheidend dazu beigetragen hatte, Napoleon auf seinen Felsen zu verfrachten.

»Lord Wellington«, sagte Nathan, »soweit ich gehört habe, ist Eurem Wunsch endlich stattgegeben worden, und Ihr habt die Erlaubnis erhalten, Euch vom Schlachtfeld zurückzuziehen.«

»Ja«, sagte Wellington. »Wie ich schon oft gesagt habe, würde jeder, der einmal eine Schlacht gesehen hat – und sei es auch nur für einen Tag –, nicht freiwillig wieder an einer teilnehmen, und sei es auch nur für eine Stunde.«

»Und doch seid Ihr so erfolgreich auf einem Gebiet, für das Ihr keine besondere Vorliebe empfindet. Man stelle sich vor, was Ihr hättet erreichen können, wenn Ihr etwas gewählt hättet, das Euch am Herzen liegt!«

»Ja, ich begreife wohl, daß Ihr ein lebendes Beispiel dafür seid, Rothschild. Man erzählt sich von Euch immer, daß Ihr das Geld mehr liebt, als es je zuvor ein Mensch geliebt hat. Und jetzt seid Ihr reicher, als es irgend jemand sonst je gewesen ist, ob lebendig oder tot – reich genug, um Großbritannien vor dem Untergang zu bewahren und einen Großteil Europas dazu.«

»Von diesem Geld wurde die Freiheit erkauft und ein Lebensstil, den sich nicht einmal mein Vater in seinen Anfängen hätte träumen lassen«, stimmte Nathan zu. »Die Macht des Geldes zum Guten – wie zum Bösen – sollte man nie unterschätzen.«

»Ich nehme an, jetzt, da Europa befreit ist, werdet Ihr und Eure Brüder etwas Neues beginnen, etwas, das Euch noch mehr Macht verleiht.«

»Es ist wirklich eine ganz simple Idee, und eine Dienstleistung, die schon seit Jahrhunderten inoffiziellerweise von uns Finanziers erbracht wird. Wir nennen es ein Clearinghaus.«

»Ihr tauscht Geld für die gekrönten Häupter Europas, nicht wahr?«

»Das und noch viel mehr«, sagte Nathan. »Bisher haben Banken Finanzierungen angeboten oder Guthaben verzinst. Doch von jetzt an werden wir in der Lage sein, Geld zu tauschen, wie es von uns verlangt wird – selbst in Kriegszeiten –, ohne daß der Wert einer Währung beeinträchtigt wird. Ja, wir werden auf diese Weise eine internationale Währungsstabilität garantieren können.«

»Das wird für die Wirtschaft Europas eine große Wohltat sein, eine Art gemeinsamer Währungsmarkt«, stimmte Wellington zu. »Ich muß zugeben, daß ich noch nie in meinem Leben so überrascht war wie damals, als ich nach meinem Sieg über die französische Armee Spanien verließ. Wir zogen nach Frankreich, den napoleonischen Armeen entgegen, die soeben aus Rußland zurückwichen – und das Geld, das ich von Euch erhielt, *kam* aus Frankreich, dem Land des Feindes, und in französischer Währung! Wie habt ihr dieses Wunder bewirkt?«

»Wir überredeten die britische Regierung, das Gerücht auszustreuen, sie würden ihre eigene Währung abwerten. Das Ergebnis war, daß die Franzosen uns erlaubten, britisches Gold nach Frankreich zu bringen, in dem Glauben, daß sie so die Goldvorräte des Feindes erschöpfen könnten. Wir benutzten das Gold, um Kreditbriefe zu kaufen, die auf spanische Banken ausgestellt waren. In dieser Weise haben wir Geld über internationale Grenzen hinweg bewegt und sowohl jeglichen Verdacht als auch die Besteuerung vermieden. Mein lieber Wellington, eines Tages werden auch die Regierungen verstehen, was wir Bankiers schon lange begriffen haben, nämlich daß die Schnüre am Geldbeutel die einzigen Fäden sind, die zu ziehen sich lohnt. Und eine gerechte Regierung ist die, die eine freie Wirtschaft unterstützt.«

»Ach, Rothschild, Ihr seid ein genialer und ehrgeiziger Mann. Ich bin nur ein armer Soldat, der den Krieg satt hat. Für mich selbst – jetzt, seit ich eine Pension und einen Titel habe –

will ich nur noch Frieden. Ich reise morgen ab auf mein Landgut in Irland, wo ich mich um meinen Garten kümmern werde, wie es Voltaire uns einst geraten hat. Auf daß es zu unseren Lebzeiten nie wieder Krieg geben möge! Was Euch reich gemacht hat, hat mich müde werden lassen.«

»Verlegt Euch nicht allzusehr aufs Säen und Pflanzen, ist mein Rat«, sagte Nathan. »Man weiß nie, was die Zukunft noch bringen wird. Mein Vater war Schachspieler, wißt Ihr. Er sagte immer, der beste Spieler sei nicht derjenige, der vorausblicken könne, sondern derjenige, der seine Strategie der Stellung der Figuren zu jedem gegebenen Zeitpunkt anzupassen vermöge. Und das trifft auch auf viele andere Dinge im Leben zu.«

»Es trifft mit Sicherheit auf die Kriegsführung zu«, sagte Wellington. »Aber ich wollte mich verabschieden, ehe ich mich nach Irland zurückziehe. Ich habe sogar daran gedacht, ein Dankesgeschenk mitzubringen für alles, was Ihr für mich – und für Großbritannien – getan habt, aber ich konnte mir nicht vorstellen, was man einem Mann von Eurem Reichtum und Eurer Stellung noch schenken könnte. Ihr habt bereits einen Titel, den Ihr nicht tragt. Gibt es irgend etwas, das Ihr Euch wünscht und das ich Euch beschaffen kann, als Dank für all Eure Hilfe?«

»Es gibt tatsächlich etwas«, sagte Rothschild. »Ich möchte gern, daß Ihr ein Geschenk von mir annehmt.«

»Von Euch? Unmöglich! Ihr habt schon so viel getan ...«

»Mein lieber Wellington, bedenkt, daß die Geschenke eines reichen Mannes immer mit Verpflichtungen verbunden sind – deshalb bin ich ja so reich geworden.«

»Worum handelt es sich denn?« lachte Wellington. »Ihr reizt meine Neugier.«

»Um diesen kleinen Korb«, sagte Nathan, »den Ihr, so hoffe ich, immer in Eurer Nähe behalten werdet. Nein – öffnet ihn jetzt nicht. Darin werdet Ihr einige kleine graue Vögel finden, und ich werde Euch jetzt sagen, was Ihr damit tun sollt ...«

DIE ABRECHNUNG

Das Geld ist die Wurzel aller Zivilisation.

– Will und Ariel Durant

Am nächsten Morgen wanderten wir über den Hügel, Lelia und Pearl folgten uns in der Kutsche – wie eine kleine Armee, die in den Kampf zieht.

Wenn die Abordnung des Vagabond Club in zwei Wochen hier eintreffen würde, mußte ihnen jemand zeigen, wie das Geschäft ablief, das sie gekauft hatten. Weil Lawrence Pearl vielleicht, mich aber mit Sicherheit erkennen würde, mußten wir beide uns während ihres Aufenthalts im Schloß verstecken.

So verfielen wir auf Georgian als diejenige, die unseren Devisenhandel vorführen sollte. Heute war der erste Tag ihrer Schulung, und sie war nicht besonders begeistert.

»Die Belichtungszeiten meiner Kamera sind die einzigen Zahlen, von denen ich etwas verstehe«, beklagte sie sich, als wir vor dem Wägelchen dahinliefen und Staub aufwirbelten. »Sie haben gesagt, ich soll diesen Kram erklären, als hätte ich mein Leben lang nichts anderes gemacht.«

»Das kann doch nicht so schwer sein«, sagte ich. »Wenn Pearl damit in ein paar Monaten Millionen verdient hat, muß es praktisch jeder können!«

Ich blickte über die Schulter zurück und sah Pearl an, die mir von ihrem Platz auf dem Wagen einen entsprechenden Blick zuwarf. Georgian, Tor und ich traten beiseite, um den Pferdewagen vorbeizulassen, in dem Lelia und Pearl ordentlich durchgerüttelt wurden, als es jetzt bergab ging.

Wir schritten durch die Straßen zwischen Reihen kleiner, verputzter Häuser, deren Vorderfronten in Gold und Türkis bemalt waren. Außerdem waren sie mit kleinen goldenen Balkonen und Blumenspalieren geschmückt. Am Ende der Straße erhob sich ein besonders langes und breites zweistöckiges Gebäude, mit einem spitzen Dach wie ein Getreidespeicher.

»Dies war einmal die Werkstatt der Segelmacher«, erläuterte Pearl. »Sie hatten das einzige Unternehmen hier in der Stadt, ehe wir kamen; aber wir brauchten sofort ein Dach über dem Kopf für unser Geschäft. Also zahlten wir ihnen genug, damit sie sich eine neue Halle bauen konnten.«

Das Gebäude war groß und dunkel. Hier roch es entfernt nach Schimmel und Meer. Die hohen Decken waren gewölbt, und in der Mitte führte eine Treppe in den ersten Stock. Am Empfangstisch warf ich einen Blick auf das Namensregister, in dem die Namen einiger bedeutender internationaler Firmen zu lesen waren, die wahrscheinlich auch jetzt noch hier ihre Geschäfte abwickelten.

»Kunden aus Europa?« fragte ich Tor, während unsere kleine Gruppe treppauf kletterte.

»Nahost ... Fernost ... alles, was du möchtest«, sagte er lächelnd. »Jeder, der das Steuernzahlen umgehen will und sich an unsere Spielregeln hält, ist willkommen.«

Oben befanden wir uns in einem langen dunklen Flur mit einem kleinen Fenster am anderen Ende. Zu beiden Seiten reihten sich Türen aneinander; wir betraten den ersten Raum linker Hand. Pearl ging zu dem großen Schreibtisch am anderen Ende des Zimmers hinüber, auf dem nur eine einsame Lampe stand, und nahm einen Stapel Papiere in die Hand. Neben dem Schreibtisch befand sich eine winzige Schalttafel von altertümlicher Bauart mit einer Reihe Telefone auf einem Tisch unmittelbar dahinter. Statt der üblichen elektronischen Anzeigetafel hatte Pearl eine einfache Schultafel und ein Stück Kreide. Bis wir soweit waren, daß wir uns Stühle herangeholt hatten, um uns vor der Tafel niederzusetzen, hatte sie bereits die heutigen Währungskurse notiert.

»Nun gut, meine Lieben«, sagte sie, ganz Geschäftsfrau, »wir handeln hier mit Devisen – und dieses Geschäft hat, wie jedes andere auch, seine eigene Sprache. Georgian, wenn unsere Käufer hereinkommen, bist du eine erfahrene, professionelle Devisenhändlerin. Zuerst mußt du ihnen erklären, wie wir unser Geld verdienen. Mach es nicht zu kompliziert. Zeig ihnen die Kurse, die wir benutzen, und nenn ein paar Details. Erzähl ihnen zum Beispiel, daß du jeden Morgen die großen Banken anrufst, um weltweit die aktuellen Kurse abzufragen, dann legst du unsere Wechselkurse in Parität dazu fest, das heißt in unserem Fall gegenüber dem goldenen Krügerrand ...«

»Was ist das, ›Parität‹?« fragte Georgian.

»Das Verhältnis unserer Währung zu den anderen, meine Süße.«

»Ich werde *expliquer*«, bot Lelia an und hob die Hand. »Weißt du, *chérie*, du kannst nicht Dollars gegen Francs tauschen und Francs gegen Mark und Mark gegen Pfund Sterling – das wäre alles viel zu kompliziert. Daher entscheidest du dich für eine Art Geld, um damit den Wert festzulegen gegenüber all den anderen.«

»In Ordnung«, sagte Georgian und sah ein wenig verwirrt aus, als Pearl fortfuhr.

»Wenn du ihnen erst einmal erklärt hast, wie wir unsere Währungsparität festlegen, sagst du ihnen, wie wir ...«

»Warte mal«, sagte Georgian. »Wie legen wir denn die ... hm ... Währungsparität fest?«

»Wir setzen sie ein paar Prozentpunkte höher an als der Markt«, sagte Pearl. »Ich zeige dir die Formel, wenn wir ...«

»Was sind Prozentpunkte?« fragte Georgian und hörte sich leicht verzweifelt an.

»Prozentpunkte ...«, sagte Pearl und zögerte. Sie warf Tor und mir mit hochgezogenen Augenbrauen einen Seitenblick zu, als frage sie uns, ob sie überhaupt weitermachen solle.

»Warum fängst du nicht einfach damit an, ihr die ganze Terminologie zu erklären?« schlug ich Pearl vor. »Das macht es vielleicht leichter.«

»Gute Idee«, stimmte Pearl zu. »Nun, zum einen hat jede Währung ihren eigenen Spitznamen. Er ist in keinem Buch zu finden; das ist einfach der Slang, den wir Händler untereinander benutzen, wenn wir Geschäfte machen. Italienische Lire werden zum Beispiel ›Spaghetti‹ genannt, und britische Pfund Sterling sind ›Kabel‹. Französische Francs heißen ›Paris‹, und arabische Riyals werden als ›Saudi‹ bezeichnet. Wenn du einen Handel abwickelst, beziehst du dich auf die Größe des Geschäfts in Metern – so ist zum Beispiel eine Million Lire ›ein Meter Spaghetti‹.«

»Ich kann mir gar nicht vorstellen, wie ich diesen ganzen Jargon in weniger als zwei Wochen lernen soll«, sagte Georgian im Flüsterton zu mir. »Ich kann mir noch nicht einmal merken, was ›Seile‹ sind ...«

»Kabel«, verbesserte Pearl und blinzelte sie mit kaum verhüllter Verärgerung an. »Aber das spielt auch keine Rolle – ich gebe dir eine Liste. Entscheidend ist, daß du verstehst, wie ein Geschäft abgewickelt wird. Also, es gibt zwei Märkte für den Devisenhandel: den Kassamarkt, das heißt jetzt, und den Terminmarkt, das heißt dann. Was uns zum Unterschied von Hedgen und Spekulieren führt.« Sie nahm die Kreide zur Hand.

»Weißt du, *chérie*«, schaltete Lelia sich ruhig ein, »es ist wirklich ganz einfach, wenn du es dir so vorstellst – du kannst das Geld zu dem Preis anbieten, den es heute hat; statt dessen kannst du aber auch versuchen, den Wert zu erraten, von dem du hoffst, daß das Geld ihn morgen hat. Dabei gibt es verschiedene Wege sich zu einigen, wie man das Geld kauft, und ...«

»Ich halte das nicht aus!« rief Georgian und sprang auf. »Es ist offensichtlich, daß sogar *Mutter* mehr davon versteht als ich!«

»Das ist es allerdings«, sagte Pearl energisch. »Lelia – was hältst du davon, deine Tochter im Börsensaal zu vertreten?«

»Oh, ich bin glücklich, glücklich, glücklich, etwas so Wichtiges zu tun!« sagte Lelia und glühte förmlich vor Freude über diese Wertschätzung ihrer Person. »Aber ich habe Angst vor einem Problem – es ist meine Sprache. Ich glaube, manchmal ist es sogar für die Ohren meiner Freunde zuviel Leid.«

»Das geht schon in Ordnung, Süße«, versicherte ihr Pearl und kam herbei, um einen Arm um sie zu legen. »Wenn ich mit dir durch bin, bist du eine solche Kanone, daß du *russki* sprechen könntest, und es würde niemandem auffallen.«

Pearl bat uns, sie den Rest des Nachmittags mit Lelia allein zu lassen, damit sie mit dem Intensivkurs beginnen könnte. Georgian stahl sich also erleichtert davon, um auf der Insel Fotos zu machen, und Tor und ich gingen zurück zum Schloß zum Mittagessen und zu einer Planungssitzung – bis später am Tag, wenn der Zeitunterschied uns erlauben würde, Tavish in New York anzurufen.

»Ich weiß, daß Lawrence ein Schlitzohr ist«, sagte ich zu Tor. »Ich habe ein Memo von ihm über das ›Parken‹ von Geldern gefunden – er plant seinen Auftritt hier schon genauso lange wie du. Wenn ich das nur beweisen könnte, ehe er zuviel über *uns* erfährt.«

»Ich würde mir darüber nicht allzu viele Gedanken machen«, sagte Tor, als wir den Hügel hinaufkletterten. »Ich glaube nicht, daß einer von uns ins Gefängnis kommt oder auch nur vor Gericht gestellt wird. Es ist höchst unwahrscheinlich, daß diese Gentlemen irgendwelche Aufmerksamkeit auf uns ziehen werden, wenn das bedeutet, daß sie damit auch die Aufmerksamkeit auf sich selbst lenken. Ich wette, was du willst, daß sie alle versucht haben, ihre Firmen zu nötigen, hier auf der Insel Geld zu parken – in einem Steuerparadies, das ihnen selbst gehört. Wie du ganz richtig gesagt hast, ist das nicht nur illegale Steuerhinterziehung, sondern ein Ausnutzen ihrer beruflichen Position zur persönlichen Bereicherung. Darüber hinaus ist es den Bankern aus der Gruppe, wie zum Beispiel Lawrence selbst, gesetzlich verboten, Devisen zu handeln, wenn sie es in direkter Konkurrenz zu ihrem eigenen Geldinstitut tun! Sie stehen in doppelter Hinsicht mit dem Rücken zur Wand und werden ihre Beteiligung an diesem Unternehmen sicherlich nicht an die große Glocke hängen. Und ich bezweifle, daß sie unsere Beteiligung an dieser Geschichte dahingehend nachweisen können, daß wir in einen direkten Diebstahl verwickelt sind.«

Er hatte recht. Auch wenn im *Depository Trust* gefälschte Wertpapiere lagerten, wäre es ausgesprochen schwierig, zurückzuvollziehen, wie sie dorthin gelangt waren oder wo sich die echten befanden. Selbst wenn Lawrence Tors Kredite aufgekauft und in diesem Zusammenhang auch die kündbaren Obligationen übernommen hatte, mußten wir noch lange nicht davon ausgehen, daß er vermutete, es existierten irgendwelche Duplikate (schließlich waren unsere die *echten* Papiere!) – und er hatte zugestimmt, uns die Sicherheiten wieder auszuhändigen, sobald wir ihm die Insel abgetreten hätten. Es blieb noch genug Zeit, das zu tun, ehe sie fällig wurden.

Was Tavish und mich anging, so mußten wir nur unsere Programme sich selbst zerstören lassen, um sie auf der Stelle zu vernichten. In unserem eigenen Namen hatten wir nie irgendwelche Paßworte verwendet – oder Geld auf irgendwelche Konten überwiesen. Wenn es zum Schwur kam, konnte keinem von uns nachgewiesen werden, daß er oder sie von einem Verbrechen *profitiert* hatte. Es würde schwierig genug sein, überhaupt nachzuweisen, daß wir an einem Verbrechen beteiligt gewesen waren.

Daher war es uns immer noch möglich, die Dinge säuberlich zum Ende zu bringen, ohne daß wir ertappt wurden. Aber das reichte mir nicht. Ich war weit darüber hinaus, einfach nur meinen eigenen Hals retten zu wollen. Vier Monate meines Lebens hatte ich verschwendet – und das alles, ohne eins der verdammten Dinge zu erreichen, die Tor und ich uns ursprünglich zum Ziel gesetzt hatten. Die Aussichten schienen trostlos, das stimmte, aber ich war noch nicht am Ende. Wenn man sein Ziel verfehlt hat, bedeutet das nicht, daß man es gänzlich aus den Augen verloren hätte.

Tor und ich kamen durch ein Wäldchen, in dem Orangenbäume in voller Blüte ihre stark duftende Last auf dem Boden des Obstgartens verstreuten. Tor brach von einem nahestehenden Baum einen Zweig ab und flocht ihn in mein Haar. Er legte seinen Arm um meine Schultern und atmete den Duft der Blüten ein, als wir weitergingen.

Wir stießen auf eine Gruppe kleiner Jungen, die an den Baumreihen entlangliefen und grob geschnitzte Holzvögel in den Händen trugen, die mit Frühlingsblumen geschmückt waren. Tor lachte, griff in seine Tasche und warf ihnen eine Handvoll Münzen zu. Sie balgten sich um die Beute, riefen uns fröhlich ihren Dank zu und sausten davon.

»Dies ist eine sehr alte Tradition im Mittelmeerraum«, erklärte Tor. »Um Ostern fertigen die kleinen Jungen handgearbeitete Schwalben an, bemalen sie und schmücken sie mit Blumen. Dann ziehen sie umher und betteln um Münzen. Diese Sitte wird schon in den ältesten Schriften und Legenden erwähnt.«

»Es ist ein sehr hübscher Brauch«, stimmte ich zu.

»Er erinnert mich an die Kindergeschichte von dem Vogel im goldenen Käfig. Ein Vogel, der – wie du – freigelassen werden mußte, damit er singen konnte. Ich habe in den letzten Monaten oft daran gedacht. Es war fast unmöglich, mich so von dir fernzuhalten, nach allem, was zwischen uns gewesen ist. Ich konnte es nicht ertragen, deine Stimme nicht zu hören – ich wollte dich jeden Abend anrufen und jeden Morgen mit dir zusammen aufwachen. Aber ich wußte, daß jede Geste dieser Art von meiner Seite – selbst wenn es möglich gewesen wäre – von dir als die schlimmste Form von …«

»Was?« sagte ich, blieb wie angewurzelt stehen und starrte ihn an. Ich mochte meinen Ohren nicht trauen. Dann brach ich in verblüfftes Lachen aus. Tor war ebenfalls überrascht stehengeblieben und sah mich an. Aber ich konnte nicht aufhören zu lachen; die Tränen standen mir in den Augen. Er betrachtete mich mit eisigem Schweigen.

»Vielleicht könntest du mir erklären, was daran so lustig ist – wenn das nicht zuviel verlangt ist«, schlug er ärgerlich vor. »Es scheint dich zu amüsieren, daß ich mich nach dir sehne – und vielleicht ist es ja auch etwas seltsam, wenn man es richtig bedenkt.«

»Das ist es nicht.« Ich schluckte das Lachen hinunter und wischte mir die Tränen aus dem Gesicht. »Du verstehst mich falsch; ich war wütend auf dich, weil du so einfach verschwunden bist. Ich hätte *dich* angerufen – wenn du mir nur gesagt hättest, wie! Ich fühlte mich absolut elend und fragte mich, warum du dich nicht gemeldet oder wenigstens geschrieben hast, was aus dir geworden ist. Und die ganze Zeit über hast du nur versucht, mich glücklich zu machen, indem du mir meine Freiheit gelassen hast wie dem kleinen Vogel!«

Tor blickte mich mit seinen seltsamen flammenfarbenen Augen an, als uns beiden nach und nach klar wurde, was für ein Geständnis ich soeben endlich gemacht hatte. Sein steinerner Gesichtsausdruck schmolz zu dem vertrauten schiefen Lächeln dahin.

»Es ist schon eigenartig«, gab er zu, »daß zwei Menschen, deren Gedanken die gleiche starke Wellenlänge haben – und deren Körper so gut miteinander harmonieren, wenn ich das hinzufügen darf –, einen Übersetzer brauchen, um etwas so Einfaches wie ihre eigenen Gefühle zu verstehen.«

»Vielleicht kannst du *dieses* einfache Gefühl für dich übersetzen«, sagte ich und lächelte ebenfalls: »Ich liebe dich.«

Er blieb einen Moment stehen, als habe er diese Worte noch nie zuvor gehört. Dann zog er mich rasch an sich, umarmte mich und vergrub sein Gesicht in meinen Haaren.

»Ich glaube, wir haben es geschafft«, flüsterte er.

Doch selbst wenn Tor und ich endlich unsere romantische Orientierung gefunden haben mochten – die Lage war immer noch recht unübersichtlich, wenn es um pragmatischere Dinge ging.

Die Tage verstrichen, und die Ankunft der neuen Besitzer der Insel rückte immer näher. Meine Laune wandelte sich von echter Wut (*vendetta impassionata,* wie Lelia es nannte) zu heftiger Entschiedenheit, zu gerechter Empörung, zu hilfloser Frustration, zu elender Verzweiflung – und schließlich zu hoffnungsloser Erschöpfung. Obwohl ich täglich mit Tavish gesprochen und mir Tag und Nacht das Hirn zermartert hatte, wußte ich am Ende doch keine Lösung und keinen Ausweg, wie wir uns aus den Klauen des schändlichen Vagabond Club befreien sollten.

Zuvorderst in all unseren Gedanken stand natürlich, daß dies genau *die* Männer waren, gegen die wir unsere Wette abgeschlossen hatten! Um solche Männer bloßzustellen, hatten wir alles riskiert und alles verloren.

Dies war die Sorte Männer, die Bibi aus seiner Bank verdrängt hatten – aus einer Bank, die von Kleinstinvestoren im Schweiße ihres Angesichts aufgebaut worden war. Eine Bank für Menschen, die daran glaubten, daß Banker Wort hielten, daß sie Einlagen schützten und Vermögenswerte ansammelten – statt dieses Geld unter dem Ladentisch in Form von billigen Krediten ihren Freunden zuzustecken oder damit gefällige Senatoren zu bestechen. Solche Männer sollten auf dem Marktplatz öffentlich gevierteilt und nicht zum Abendessen ins Weiße Haus eingeladen werden. Aber so funktionierte das Spiel leider nicht.

Doch das Allerschlimmste war aus meiner Sicht der Klub selbst – so seltsam das auch erscheinen mochte. Nicht nur der

Vagabond Club, der ja so ungewöhnlich nicht war – sondern alle Klubs dieser Art.

Solche Klubs existierten nicht, um die Welt zu einem besseren Aufenthaltsort für alle Menschen zu machen. Sie leisteten keinen Dienst, erzeugten kein Produkt, besaßen keine Funktion – wie zum Beispiel ihre Mitglieder dadurch zu besseren Menschen zu machen, daß sie lernten oder beraten wurden, wie sie produktive und geachtete gesellschaftliche Rollen übernehmen könnten. Männer wie diese wurden Mitglied in solchen Klubs, weil sie glaubten, daß sie schon hochgeschätzte Mitglieder der Gesellschaft seien, und weil sie alle anderen davon ausschließen wollten.

Wenn der Hauptzweck des Vagabond Club die Vermittlung eines jungenhaften Kameradschaftsgefühls war – wen würde es kümmern? Aber diese sogenannte Bruderschaft verschaffte ihren Mitgliedern unverdiente Privilegien *außerhalb* der vier Wände des Klubs. Die letzten drei leitenden Führungskräfte der *Bank of the World* beispielsweise waren in den getäfelten Räumlichkeiten von privaten Klubs wie diesem gewählt worden – und das nicht wegen ihrer Intelligenz, ihrer Kompetenz, ihrer Produktivität, ihrer Führungsqualitäten oder ihrer gesellschaftlichen Bedeutung – noch war die Handvoll Männer, die sie wählten, unbedingt dazu qualifiziert, solche Dinge zu beurteilen. Sie wurden gewählt, *weil sie zu diesem Klub gehörten!*

Ich hatte das Gefühl, es wäre an der Zeit, diese Geisterherrschaft über die amerikanische Wirtschaft zu beenden – aber die Aufgabe war beängstigend, und es blieb nicht mehr viel Zeit. So unabwendbar wie das Schicksal kam schließlich der Abend – der Abend vor dem Eintreffen der Vagabunden. Ich rief Tavish noch ein letztes Mal an, um zu hören, ob er auch nur eine winzige Spur von irgend etwas gefunden hatte, das ich Lawrence anhängen könnte. Ich war in den letzten beiden Wochen so verzweifelt gewesen, daß ich ihn sogar gebeten hatte, seine Freunde unter den Teckies in der Bank anzurufen, um sich nach Klatschgeschichten umzuhören – aber auch das hatte sich als ergebnislos erwiesen.

Heute abend hörte er sich so trübsinnig an, wie ich mich fühlte. Wir wußten, daß um zehn Uhr morgen früh – griechischer Zeit –, wenn das Schiff vom Festland hier auf der Insel eintraf, das Ende gekommen wäre. Und es gab rein gar nichts, was wir dagegen tun konnten.

»Auch wenn es absolut keine Hilfe ist«, ließ Tavish sich über die dumpfe Leitung vernehmen, »es ist etwas recht Amüsantes passiert, das dich vielleicht aufheitern wird. Ich habe mit deinem Sekretär gesprochen; Pavel kennt immer den saftigsten Klatsch der ganzen Bank. Rate mal, was das Schicksal deinem alten Boß Kiwi beschert hat? Seine Wahl in den Vagabond Club wurde boykottiert!«

»Nein, wirklich?« Mir blieb die Luft weg. »Wie konnte das denn passieren?«

»Scheinbar war es bei der geheimen Abstimmung über seine Aufnahme in den Klub«, erklärte Tavish. »Aber Pavel sagt, gerüchteweise wird behauptet, daß es Lawrence *selbst* gewesen sein könnte, der die Nein-Stimme abgegeben hat.«

»Unmöglich«, versicherte ich ihm. »Ich weiß es aus erster Hand – Lawrence war sein einziger Sponsor. Und er ist wohl kaum der Mann, der im Ziel noch seine Meinung ändert.«

»Trotzdem glaubt es sogar Kiwi«, erzählte Tavish mir. »Du kannst dir nicht vorstellen, wie er sich aufgeführt hat. Pavel sagt, er ist tagelang in seinem Büro geblieben, trug eine verspiegelte Brille und hatte Schaum vor dem Mund! Außerdem scheint keiner mehr so recht zu wissen, ob er immer noch der nächste in der Reihe ist, wenn es um Lawrences Nachfolge bei der Bank geht. Das einzige, was mich noch mehr aufheitern könnte, wäre, wenn sie Karp nach Deutschland deportieren würden!«

Wir beendeten das Gespräch, lachten viel und taten so, als wären wir sehr viel fröhlicher, als wir tatsächlich waren. Ich sagte Tavish, ich würde ihn am nächsten Tag anrufen, um ihm einen Nachruf auf unser gemeinsames Schicksal zu übermitteln, sobald ich wüßte, wie es aussähe. Aber wenn Kiwis Abwahl die einzige Neuigkeit war, die Tavish aus der Bank melden konnte, fürchtete ich, daß ich unser Schicksal bereits kannte.

Die Sonne ging strahlend auf an dem schrecklichen Tag – sie verstreute ihre funkelnden Diamanten ungerührt über das

Meer, wie in jener alten Geschichte von den Perlen und den Säuen.

Das Schweineboot war jedoch noch nicht eingetroffen, aber die Mitglieder unserer Gruppe sahen aus, als wären *sie* diejenigen, die zum Schlachthof geführt wurden, als sie über den Hügel in die Stadt gingen. Pearl und ich blieben im Schloß zurück, um unsere allzu bekannten Gesichter zu verstecken. Ich lag völlig gelähmt auf der sonnenbeschienen Terrasse und beobachtete gedankenlos einen Schmetterling, der wie ein Stück Silberpapier zwischen Lelias vielen Blumen hin und her taumelte.

Ich konnte es nicht über mich bringen zu glauben, daß – ob richtig oder falsch, Erfolg oder Mißerfolg – dies wirklich das Ende war. Es schien nicht möglich, nach all unseren klugen Überlegungen und all der harten Arbeit. Sollten wir wirklich zu Null geschlagen werden, ohne einen einzigen Punkt zu machen?

Pearl ging hinunter zur heißen Quelle, um allein zu baden, wohl, damit wir uns nicht ansehen müßten wie elende und hilflose Klumpen Fleisch, während wir auf das Grabgeläute des Schicksals lauschten, das noch stundenlang auf sich warten lassen könnte.

Ich saß allein auf der Terrasse und sah dem Schmetterling zu; er flatterte umher, ohne offensichtliches Ziel, manchmal stieß er gegen die Wand und prallte wieder zurück, dann ließ er sich von einer Luftströmung in die Höhe tragen, beschrieb einen ziellosen Kreis oder erkundete wie beiläufig eine Blüte. Wie seltsam, daß ein Insekt überleben konnte, ohne ein Ziel zu haben, dachte ich, wenn es die Menschen doch niemals konnten.

Lawrence, zum Beispiel. Ich hatte von Anfang an gewußt, daß jede seiner Handlungen von einem Motiv bestimmt wurde, auch wenn es mir nicht möglich gewesen war, ihm nachzuweisen, daß auch nur ein einziges dieser Motive schändlich und illegal war. Sein Motiv dafür, die Buchprüfer auf Distanz zu halten, war gewesen, daß er vorhatte, diese Insel zu kaufen und hier Geld zu parken. Und sein Motiv dafür, Kiwi bei seiner Aufnahme in den Vagabond Club zu unterstützen, war …

Ich setzte mich in meinem Liegestuhl auf und betrachtete

den Schmetterling genauer. Diese huschende, ziellose Bewegung um ein und dieselbe Stelle herum – konnte das Tarnung sein? – oder ein Ausweichmanöver? Was *war* Lawrences Motiv dafür gewesen, Kiwi in den Vagabond Club zu befördern? Wenn ein Typ wie Lawrence jemanden wie Kiwi unterstützte, würde er sich zunächst einmal zweifelsfrei versichern, daß niemand seinen handverlesenen Kandidaten abschießen würde. Es *mußte* Lawrence selbst gewesen sein, der Kiwis größte Hoffnung zerstört hatte – aber warum?

Da verstand ich plötzlich. Ich hatte mir die ganze Zeit die falsche Frage gestellt. Die Frage, die ich mir hätte stellen sollen, lautete nicht *warum* – sondern *wann*.

Wann hatte Lawrence Kiwi für die Mitgliedschaft im Vagabond Club vorgeschlagen? Antwort: In der Woche, in der mein Qualitätsausschuß die Arbeit aufnahm.

Wann unterstellte Lawrence mein Projekt unmittelbar seiner persönlichen Kontrolle? Antwort: Als Pearl und Tavish vorschlugen, daß der Qualitätsausschuß dem Vorstand oder andernfalls der Revisionsabteilung unterstellt werden sollte.

Wann beschloß Lawrence, daß mein Projekt weitergeführt und nicht abgeblasen werden sollte? Antwort: Als ich damit drohte, meinen Bericht an die Revisionabteilung weiterzureichen.

Wann scheiterte Kiwis Mitgliedschaft im Klub an einer einzigen Gegenstimme? Antwort: In der Woche, in der mein Projekt beendet war und ich in die Ferien gefahren bin.

Letzte Frage: Wenn Lawrence dies alles getan hatte, weil sein Ziel war, mich loszuwerden, damit er mit den Computersystemen der Bank etwas Unerlaubtes anstellen konnte – *wann* wäre dafür die richtige Zeit? Antwort: Jetzt! Jetzt!! *Jetzt!!!*

Was für ein Idiot war ich gewesen, das nicht zu begreifen. Die ganze Zeit schon mußte Lawrence dahintergesteckt haben! Lawrence hatte meinen allerersten Vorschlag in Sicherheitsfragen zum Scheitern gebracht – Lawrence war es gewesen, der dafür gesorgt hatte, daß ich keine Chance hatte, den Job bei der *Fed* zu bekommen – Lawrence war es, der versucht hatte, mich den Winter über nach Frankfurt zu schicken.

Lawrences Umgang mit anderen Menschen war so subtil, daß der arme Kiwi vielleicht sogar geglaubt hatte, all diese

Ideen wären seine eigenen – vielleicht hatte er sogar geglaubt, jemand anderes als Lawrence wolle ihn nicht im Klub haben. Aber der Umstand, daß Kiwi abserviert worden war, weil er nicht mehr gebraucht wurde, sowie der Umstand, daß ich nicht in der Bank war und daß Lawrence im Begriff stand, hier auf der Insel einzutreffen, all das gab mir das sichere Gefühl, daß jetzt der Moment gekommen war.

Irgendwie mußte ich das Telefon erreichen und sofort Tavish anrufen. Ich sprang auf, rannte zum Haus und verfluchte Pearl, weil sie mich hängenließ. Ich hatte keine Zeit, zum Schwimmbecken zu laufen, um sie zu Hilfe zu holen – aber ich hatte auch keine Ahnung, wo hier im Schloß die Kleider aufbewahrt wurde, das heißt wo ich etwas finden würde, das mir als Verkleidung dienen könnte.

Ich eilte durch drei oder vier Zimmer, durchwühlte Truhen, Fässer und Kisten, bis ich schließlich einen alten schwarzen Burnus mit einer Kapuze fand, die meine Haare verdecken würde. Ich warf ihn mir eilig um, dann griff ich mir eins von Tors großen seidenen Taschentüchern und befestigte es über meiner unteren Gesichtshälfte. Ich warf einen schnellen Blick in den halbblinden Wandspiegel und stellte fest, daß ich einem Franziskanermönch zu ähneln schien, der eine Operationsmaske trug – aber so mußte es gehen. Ich schlüpfte in ein Paar Ledersandalen, raffte meine Röcke in die Höhe und rannte den felsigen Hang hinauf, ohne mir Gedanken um die Serpentinen zu machen; das würde viel zu lange dauern.

Ich mußte eine halbe Stunde lang laufen, so schnell ich konnte, ehe ich die ziegelgedeckten Dächer des Dorfes erblickte. Als ich endlich das Wasser erreichte, nachdem ich die letzten hundert Meter wie eine Ziege geklettert war, pochte mein Herz wie ein Vogel im Käfig vor lauter Furcht und Anstrengung. Ich war außer mir vor Sorge, ich könnte zu spät kommen.

Als ich mich der ehemaligen Segelmacherei näherte, zog ich die Kapuze eng um mein bereits verschleiertes Gesicht, so daß nur noch ein Auge zu sehen war, wie es wohl eine moslemische Hausfrau tun mochte. Als ich den Eingang erreichte, trat ein gepflegter Mann aus dem Nahen Osten in westlicher Kleidung aus der Tür, und ich erschrak regelrecht über den glücklichen

Zufall – eine Autorität, die meine unprofessionelle Verkleidung sofort durchschauen müßte.

»Allah karim«, sagte er und drückte sich voller Abscheu an mir vorbei. »Gott ist mildtätig« – mit anderen Worten: frag Ihn, nicht mich, um ein Almosen. Ich mußte wirklich ein ernstes Wort mit Georgian über den Zustand ihrer Garderobe reden. Andererseits gab mir genau das vielleicht die Sicherheit, die ich brauchte – zuindest im Moment.

Drinnen rannte ich die Treppe hinauf und stürzte, die Röcke immer noch gerafft, in das Zimmer mit den Telefonen. Ich riß die Tür mit einem lauten Knall weit auf, platzte hinein – und erstarrte.

Lelia stand vorn an der Tafel, ihre Hand mit der Kreide schwebte in der Luft. Vor ihr saßen in ordentlichen Reihen, ganz wie in der Schule, Tor und Georgian – und ein Dutzend oder mehr Mitglieder des Vagabond Club!

Lelia starrte mich an, die anderen reckten auf ihren Plätzen die Hälse, um herauszufinden, was das für eine Störung war, und Lawrence – in der letzten Reihe, nur Zentimeter von mir entfernt – wollte sich von seinem Platz erheben! Ich verneigte mich und zog mich zurück, so schnell ich konnte, ging rückwärts in den Flur hinaus und wollte gerade die Tür schließen. Aber Tor war schneller als ich. Sobald er mich erblickt hatte, war er in drei schnellen Schritten quer durch den Raum geeilt. Er ergriff mich am Arm, drückte mich gegen die Wand und knallte die Tür hinter uns zu.

»Was zum Teufel machst du hier?« flüsterte er ganz außer sich. »Bist du völlig verrückt geworden? Was ist, wenn sie dich erkannt haben?«

»… verzweifelt … Telefon …«, murmelte ich durch die dichten Lagen von Schleier und Kapuze.

»Was hast du in deinem Mund – einen Apfel?« fragte er ärgerlich und riß die Kapuze zur Seite. Er starrte auf das Taschentuch, dann lächelte er, schob seine Hand unter mein Kinn und drehte mein verschleiertes Gesicht nach rechts und links, um es besser betrachten zu können. »Wie hübsch«, sagte er und lächelte immer noch. »Mir gefällt dein neues Aussehen geradezu. Vielleicht wenn du nur das Taschentuch tragen würdest und sonst nichts …«

Genau in diesem Moment öffnete sich die Tür, die nicht ganz eingeklinkt gewesen war, erneut. Lelia stand wieder wie versteinert da, die Kreide in der Hand, Georgian zuckte zusammen angesichts meiner Kleiderwahl, und die anderen starrten mich immer noch an. Tor blieb stehen, wie er war, eine Hand auf meinem Arm, die andere unter meinem Kinn – und lächelte die Gruppe im Zimmer einfältig an.

»Verzeihung«, sagte er, riß sich zusammen und räusperte sich. »Meine Herren – darf ich ihnen Madame Rahadzi vorstellen, die Gattin eines ausgesprochen wichtigen Kunden aus Kuwait. Sie bittet darum, in ein separates Zimmer geführt zu werden, wo sie warten kann, bis ihr Gatte hier seine Geschäfte abgewickelt hat. Wenn Sie mich bitte entschuldigen wollen? ...«

»Natürlich«, antwortete Lelia an ihrer Stelle und verneigte sich in unsere Richtung. »Und *saha,* Madame Rahadzi!« Als Tor die Tür wieder geschlossen hatte, dieses Mal etwas fester, hörte ich sie sagen: »Nun lassen Sie uns fortzufahren, meine Herren.«

Tor zerrte mich fast den Flur entlang. Am anderen Ende schob er mich in ein leeres Zimmer mit einem. Holzfußboden, trat hinter mir ein, schloß die Tür, lehnte sich dagegen und zog mich an sich. Er riß meinen Schleier herunter und küßte mich so wild, daß ich spürte, wie meine Knie weich wurden.

»Madame Rahadzi«, flüsterte er, als wir wieder Luft holen konnten, »hätte Ihr Gatte sehr viel dagegen, wenn ich ein wenig unter Ihrem Burnus herumspielte?«

»Das hier ist ernst!« sagte ich heftig und versuchte, mich auf das zu konzentrieren, weswegen ich gekommen war.

»Das würde ich auch sagen«, stimmte er zu. »Ich kann meine Hände nicht von dir lassen – ich kann meine Gedanken nicht sammeln – das ist mehr als ernst!« Er beugte sich über mich und küßte mich noch einmal, so daß ich es bis in die Zehenspitzen fühlen konnte. »Madame Rahadzi, es wird mir sehr schwer fallen, Sie wieder Ihrem Gatten zu überlassen. Warum schließen wir nicht die Tür ab und tun so, als wären Sie gar nicht verheiratet?« fragte er.

Ich holte tief Luft und hielt ihn auf Distanz, als er erneut nach mir griff.

»Ich muß an eins dieser Telefone heran und Tavish anrufen«, gelang es mir hervorzustoßen. »Ich habe herausbekommen, was Lawrence vorhat – aber jetzt muß ich es beweisen.«

»Du meinst, du weißt noch mehr, als wir bisher schon herausgefunden haben?« fragte Tor und seine Augen leuchteten.

»Ich glaube, er ist ihr Banker«, sagte ich zu ihm. »Wo sonst haben sie das ganze Geld her, Hunderte von Millionen Dollar, um diese Kredite aufzukaufen? Ich schätze, er hat in den letzten Wochen ein wenig kreative Finanzierung betrieben.«

»Ohne die Kreditabteilung um ihre Zustimmung zu bitten?« schlug Tor vor.

»Er ist der Chef der gesamten Datenverarbeitung der Bank. Wenn wir in das System gelangen konnten, um uns das Geld unter den Nagel zu reißen, warum sollte er es nicht können? – Er würde es nur für kurze Zeit brauchen ...«

»Besonders, wenn er die ganze Sache verkürzt und uns zum Beispiel nicht bezahlt«, stimmte Tor zu. »Ich glaube, du bist da wirklich auf etwas gestoßen. Die einzigen Apparate für internationale Gespräche sind direkt in dem Raum da vorn. Bleib hier. Ich werde Lelia sagen, sie soll sich beeilen, sie nach draußen schleppen und ihnen etwas von der Insel zeigen oder so ähnlich. Keine Angst – ich bring dich da rein.«

»Hättest du nicht zu einer vernünftigeren Zeit anrufen können?« stöhnte Tavish, seine Stimme rauh vom Schlaf. »Hast du überhaupt eine Ahnung, wie spät es hier ist?«

»Dies ist ein Notfall«, entgegnete ich ihm. »Steh auf, halt deinen Kopf unter eiskaltes Wasser, mach dir eine Tasse Kaffee – ganz egal. Ich möchte, daß du eine Online-Verbindung zur Bank in San Francisco herstellst und jede einzelne Datei durchkämmst, bis du gefunden hast, was ich suche.«

»Was suchst du denn?« fragte er.

»Geld. Viel, viel Geld. Ungefähr vierhundert Millionen Dollar in kurzfristigen Krediten zu niedrigen Zinsen.«

»Jemand, den wir kennen?« fragte Tavish, und seine Stimme hörte sich schon erheblich fröhlicher an.

»Das kann ich noch nicht sagen«, entgegnete ich.

Aber zwei Stunden später war ich etwas weniger optimistisch. Wir telefonierten noch immer. Tor und Lelia hatten eine Nachricht hinterlassen, daß sie die Vagabunden auf eine ausgedehnte Wanderung über die Insel mitnahmen und mich zur Cocktailzeit wieder im Schloß treffen würden.

Ich lag im Börsenzimmer auf dem Fußboden, das Telefon, ein Modell aus dem Zweiten Weltkrieg, wie es schien, stand auf meiner Brust und der Hörer lehnte auf dem Boden in der Nähe meines Ohres, während Tavish und ich alles noch einmal durchgingen.

»Ich habe jeden verdammten Kredit im gesamten System überprüft, der eine kurze Laufzeit und niedrige Zinsen hat«, informierte er mich. »Ich habe sogar die Kredite für Freizeitfahrzeuge, kleine Boote und Ausbildungskosten für Studenten überprüft. Ich fürchte, daß es – trotz gegenteiliger Gerüchte – keine vierjährigen Studiengänge gibt, die mehr als fünfzig Millionen Dollar kosten!«

»Es *muß* etwas zu finden sein«, sagte ich und fluchte leise in mich hinein. »Es gibt nicht so viele von diesen Vagabunden. Wie vielen Männern würden sie bei einem solchen Unternehmen vertrauen – fünfundzwanzig – fünfzig – maximal einhundert? Und diese Typen sind alle leitende Angestellte von großen Firmen – nicht untätige Erben eines großen Vermögens. Vielleicht beziehen sie ein gutes Gehalt, aber kein so gutes. Sie haben diese Art Kleingeld nicht auf ihren Scheckkonten herumliegen. Sie haben es irgendwoher bekommen – und das war Lawrence. Warum sonst war er so versessen darauf, mich und die Buchprüfer aus dem System herauszuhalten?«

»Großartige Theorie – ich erstarre vor Ehrfurcht«, sagte Tavish. »Aber mein Vorrat an Steinen, unter denen ich suchen könnte, ist so ziemlich erschöpft. Noch irgendwelche neuen Ideen – solange wir die Rechnung für weltweite Satellitenkommunikation noch bezahlen können?«

»Versuch es mit der Paßwort-Datei«, sagte ich. »Was auch immer Lawrence getan hat, er muß es unter seinem eigenen Paßwort gemacht haben.«

»Das kann doch nicht dein Ernst sein«, sagte Tavish. »Da sind mindestens fünzigtausend Identifizierungskodes drin. Er kann irgendeinen davon benutzt haben – oder zwei, oder drei, oder ein Dutzend – oder einhundert!«

»Versuch es mit Lawrence«, schlug ich vor.

»Wie bitte?«

»*Lawrence*«, wiederholte ich. »L-a-w-r-e-n-c-e. Oder Larry – etwas in der Art.«

»Mach dich nicht lächerlich«, sagte Tavish ablehnend. »Kein Mensch würde seinen eigenen Namen als Paßwort verwenden – genausowenig wie sein Geburtsdatum oder den Mädchennamen seiner Mutter – das ist das erste, woran ein Dieb denkt.«

»Wir haben nichts mehr zu verlieren«, sagte ich. »Tu mir den Gefallen und probier's.«

Tavish verschwand brummelnd, aber kurz darauf hörte ich mehrere Ausrufe – dann einen Aufschrei.

»Es gibt ein Paßwort Lawrence!« rief er. »Mein Gott, das ist das übelste, häßlichste, kriminellste Ding, das mir je in meinem Leben untergekommen ist!«

»Was ist es?« fragte ich, setzte mich auf und preßte den Hörer ans Ohr.

»Ich lasse das Ganze von Charles Babbage ausdrucken, damit wir später eine Hartkopie in Händen haben«, sagte er, »weil ich es dir ja nicht zum Ausdruck rüberschicken kann. Aber ich werde dir das Wesentliche vorlesen. Ich hoffe, du hast etwas zum Schreiben da.«

»Worum geht's?« wiederholte ich und umklammerte den Stift und einen Block in meinen Händen.

»Es sind Aktien, Schätzchen – dreihundert Millionen Dollar in Bankaktien – und alles in den letzten beiden Wochen überwiesen.«

»Bankaktien? Du meinst, Aktien der *Bank of the World?*«

»Glaub mir, ich habe nicht die geringste Ahnung, wo die herkommen«, sagte Tavish, »aber ich kann dir Name, Rang und Seriennummer von vielen, vielen Aktien nennen.«

Vielleicht wußte Tavish nicht, wo sie herkamen – aber mir war alles klar. Ich lächelte. Es war nicht so schwierig, herauszufinden, wo es einen Haufen Bankaktien in dieser Größenordnung gab, und noch dazu einen, der wirklich griffbereit dalag.

Ja, er ließ sich sogar überweisen, ohne auch nur das Computersystem der Bank zu verlassen.

Sie hatten den bankeigenen Rentenfonds für die Angestellten geplündert.

Es war später Nachmittag – fast schon Abend, als ich mir meinen Weg durch den Wald suchte und unterhalb des Schlosses herauskam, um mich von dort unten, von der kleinen Halbinsel aus, dem Gebäude zu nähern. Von hier führte ein nach innen gelegener Treppenschacht voller Spinnweben direkt zu dem Aussichtsturm mit Blick über die Terrasse und das Meer – so mußte ich nicht den Innenhof durchqueren, wo man mich hätte sehen können.

Ich wußte, daß der Schall besser aufwärts trägt und dachte mir, es wäre von Vorteil, wenn ich erst einmal herausfand, wie die Dinge standen – unten auf der Terrasse, wo Lelia, Tor und die Vagabunden inzwischen wahrscheinlich ihre Cocktails tranken.

Aber als ich durch das kleine schmale Fenster blickte, sah ich nur drei Gestalten auf der riesigen gepflasterten Fläche stehen: Lawrence und meine beiden Freunde. Ihre Stimmen erreichten mich so klar und deutlich, als stünden sie nur einen Meter entfernt.

»Verehrte Baronin Daimlisch«, sagte Lawrence gerade, während Tor Sekt einschenkte, »Dr. Tor hat mir mitgeteilt, daß Sie die Hauptperson in diesem Konsortium sind. Ich hoffe, Sie werden es mir nicht übelnehmen, wenn ich Ihnen sage, daß ich kaum zu glauben vermag, daß Sie sich schon lange in der Welt der Hochfinanz bewegen. Ihre Erwartung, einen zusätzlichen Aufschlag von dreißig Millionen Dollar für dieses Unternehmen zu bekommen, ist ganz und gar unhaltbar.«

»Warum haben Sie diesem Vorschlag dann *initialement* zugestimmt, Monsieur?« fragte Lelia liebenswürdig.

»Dieser Felsen ist als Grundbesitz praktisch wertlos«, fuhr Lawrence fort und ignorierte damit Lelias Frage. »Als Käufer haben wir darüber hinaus keinerlei Sicherheit, daß wir hier für immer und ewig ein Steuerparadies betreiben können. Geographisch liegen wir hier in den Küstengewässern zwischen Griechenland und der Türkei. Wenn diese Länder sich über die Besitzrechte streiten sollten, wie sie es im Fall von Zypern getan haben, befänden wir uns in einer sehr schwierigen Lage.«

»Und doch wollen Sie dieses wertlose Unternehmen so gern von uns kaufen, daß sie versuchen, uns zu zwingen, es Ihnen zu überlassen. Ich hoffe, Sie haben nichts dagegen, Monsieur, wenn ich Ihnen sage, daß Sie nicht sehr *gentil* sind.«

»In der wirklichen Welt, Madame – der Welt der Geschäfte und der Hochfinanz –, spielt es ganz und gar keine Rolle, ob man ein Gentleman ist. Wenn Sie den Vertrag nicht unterschreiben, den wir heute mitgebracht haben – für die eine Million, die wir Ihnen zugestehen wollen, und nicht mehr –, versichere ich Ihnen, daß wir sehr wenig ehrenhafte Maßnahmen ergreifen werden, um Sie und Ihre Kollegen aus Ihren Positionen zu entfernen – ohne jede weitere Rücksicht. Wir alle sind übereingekommen, bei diesem Unternehmen ein Risiko einzugehen – aber ein kalkuliertes Risiko. Und meine Berechnungen legen nahe, daß wir schon genug riskiert haben, indem wir bereit waren, die Kredite zu übernehmen, die zunächst einmal zur Finanzierung Ihres Unternehmens dienten.«

»Das ist doch wohl kaum ein Risiko«, meldete sich Tor zu Wort und kam mit den Sektgläsern von dem Tisch herüber, wo er eingeschenkt hatte. »Nicht wenn Sie planen, daß Ihre Bank und all die Firmen, bei denen die Männer aus Ihrer Gruppe als leitende Mitarbeiter angestellt sind, ihre Vermögenswerte hier parken sollen, und wenn Sie künftig alle zu versteuernden Verträge hier auf der Insel ausführen – sobald Sie das Unternehmen übernommen haben.«

»Es ist illegal, wenn Banken und andere Firmen ihre finanziellen Reserven in Steuerparadiesen parken«, sagte Lawrence kalt, »wie Sie sicherlich wissen.«

»Und trotzdem tun es alle – wie *Sie* sicherlich wissen«, sagte Tor lächelnd. »Was würde der Aufsichtsrat Ihrer Bank dazu sagen, wenn die Herren wüßten, daß Sie sie dazu bewegen wollen, eine Straftat zu begehen, von der Sie selbst als Geschäftsinhaber auch noch profitieren?«

»Ich weiß nicht, woher Sie Ihre Informationen beziehen, aber diese unbegründeten Anschuldigungen würden vor Gericht wohl kaum standhalten«, versetzte Lawrence bissig.

»Dies ist kein Gerichtsverfahren, und schon mehr als *ein* großartiger Ruf ist allein durch leise Anspielungen zu Fall gebracht worden«, sagte Tor.

Aber er mußte sich doch gewundert haben – genau wie ich –, warum Lawrence sich über seinen Ruf bei der Bank so gar keine Sorgen machte. Denn wenn man dort herausfände, daß einer der wichtigsten Manager in einem Steuerparadies Geschäfte machte – und das gegen die Interessen der Bank –, würden dann nicht umgehend entsprechende Schritte eingeleitet werden, um sich dagegen zu verwahren? Es sei denn, Lawrence hatte bei der Bank sehr viel mehr Einfluß, als ich dachte.

Und dann sah ich natürlich das Bild in seiner Gesamtheit – und hinter meinen Augen rauschte das rote Blut. Er hatte die Aktien aus dem Rentenfonds nicht *gestohlen* – sie gehörten ihm! Dies war ganz und gar keine kurzfristige Übernahme unseres kleinen Inselgeschäfts; dies war mehr die Spitze des Eisbergs. Sie wollten nicht nur ein Steuerparadies haben, um die Gelder anderer Leute zu schützen – sie wollten ihr eigenes Land. Und jetzt wußte ich, warum!

»Sie haben ganz offensichtlich keine Vorstellung davon, mit wem Sie hier verhandeln«, sagte Lawrence gerade zu Tor.

»Aber ich!« rief ich aus meinem Fenster im Turm, unfähig, mich auch nur eine Sekunde länger zu beherrschen.

Die drei blickten auf und blinzelten in die Sonne – und ich sah Tor lächeln.

»Ah«, sagte er mit beiläufigem Charme, »es scheint, unser stiller Teilhaber hat schließlich doch seine Zunge gefunden.«

»Stiller Teilhaber?« fragte Lawrence und blickte ihn an.

Ich raffte meine Röcke, rannte die Wendeltreppe hinunter, indem ich drei Stufen auf einmal nahm, und trat auf die Terrasse hinaus.

Lawrence sah mich kaltschnäuzig an. Ich war mir sicher, daß ich der letzte Mensch auf Erden war, den er gerade jetzt zu sehen wünschte, aber – das mußte man ihm lassen – er ließ sich nichts anmerken.

»Banks, vielleicht könnten Sie mir erklären, was Sie hier eigentlich tun«, sagte er.

»Ich würde statt dessen viel lieber erklären, was *Sie* hier tun«, entgegnete ich und versuchte die Wut in meiner Stimme zu unterdrücken. »Ihr Schweinehunde wollt die Bank übernehmen!«

Tors Kopf fuhr herum, um mich anzustarren, und Lelia legte eine Hand auf die Brust. Lawrence stand da, sein Gesicht eine ausdruckslose Maske. Seine Pupillen waren zu Schlitzen eisiger Selbstbeherrschung geworden. Er stellte sein Sektglas auf die Mauer und zog ein Paket mit Papieren aus der Brusttasche.

»Das haben wir in der Tat vor«, sagte er würdevoll. »Es gibt wenig, was Sie zu diesem späten Zeitpunkt noch dagegen tun könnten – daher schlage ich vor, Sie machen das Beste aus der Situation, nehmen unser Ein-Millionen-Dollar-Angebot an und unterzeichnen diese Papiere. Das heißt – wenn Sie feststellen können, wer von Ihnen unterschriftsberechtigt ist.«

»Vielleicht kann mir erst einmal jemand erklären, was hier eigentlich los ist?« schaltete sich Tor ein.

»Sie müssen diesen Deal schon seit Ewigkeiten geplant haben«, sagte ich zu ihm. »Sie besitzen Hunderte von Millionen Dollar in Bankaktien, vielleicht gekauft mit einer Gewinnspanne von fünfzig Cents je Dollar, aber gekauft, und zwar von ihrem eigenen Geld. Sobald ihnen diese Insel gehört, die wir ihnen freundlicherweise zur Verfügung gestellt haben, können Sie hier nach ihren eigenen Gesetzen eine Dachgesellschaft einrichten, die Bankaktien auf diese Gesellschaft übertragen – und so die *Bank of the World* übernehmen!«

»Eine recht genaue Zusammenfassung«, stimmte Lawrence zu und hielt immer noch den Vertrag in der Hand. »Wir hatten vor, in Liechtenstein, Luxemburg oder auf Malta – ganz egal wo – eine Gesellschaft zu begründen, bis sich *diese* Gelegenheit bot. Aber wir haben schon genug Zeit und Geld verschwendet; ich denke, es ist an der Zeit, die Dinge zum Abschluß zu bringen. Sie sehen ja, nichts, was Sie tun könnten, kann uns jetzt noch tatsächlich aufhalten. Im Prinzip gehört uns diese Insel bereits, und die Bank ebenso.«

Er hatte recht, und ich wußte genau, was sie tun würden, sobald sie die Führung übernommen hätten. Sie hatten sich nicht all die Mühe gemacht, um ein besseres Management einzurichten, die Dienstleistungen zu verbessern oder die Vermögenswerte der Gesellschaft für die anderen Aktienbesitzer zu vergrößern. Wenn sie ein solches Unternehmen in die Hände bekamen, würden sie es bis zum letzten Blutstropfen ausquetschen – und das nicht nur in Form von Dividenden. Sie würden das tun, was mit Bibis Bank passiert war, aber dieses Mal in einer unvorstellbaren Größenordnung. Was sie vorhatten, konnte die gesamte US-Wirtschaft zum Einsturz bringen. Und dank des Umstandes, daß wir ihnen ein brandneues Land zur Verfügung gestellt hatten, würde alles, was sie taten, innerhalb der gesetzlichen Vorschriften bleiben – denn diese Gesetze würden sie ganz offensichtlich selbst schreiben können!

Der größte Fehler, den ich bei all dem gemacht hatte, bestand darin, daß ich das wahrhaft Böse nicht erkannt hatte, als es mir ins Gesicht blickte. Ich hatte mit Lawrence herumdiskutiert und hatte versucht, ihm eins auszuwischen, indem ich nachwies, daß die Sicherheitsvorkehrungen der Bank nichts taugten. Was für ein Narr war ich gewesen – wenn die Korruption doch schon an der Spitze begann; nicht in einem Computersystem oder einem Leitungsgremium, sondern in dem schwarzen und machthungrigen Hirn eines einzelnen Mannes. Ich würde vielleicht nicht in der Lage sein, ihn aufzuhalten – aber ich würde ihm mit Sicherheit nicht dabei helfen, seine Pläne durchzusetzen.

Doch plötzlich tauchte Tor an meinem Ellenbogen auf und reichte mir lächelnd ein Glas Sekt. Was als nächstes kam, war eine echte Überraschung.

»Meine liebe Verity, laß uns auf den besseren Mann trinken. Wir wollen versuchen, den Schmerz über unser Scheitern mit Hilfe der einen Million zu lindern, die er uns angeboten hat. Schließlich haben wir einen guten Kampf ausgetragen, doch selbst die Schlauesten unter uns können nicht immer gewinnen.«

Ich starrte ihn an, aber ich konnte mir beim besten Willen nicht vorstellen, worauf er hinauswollte. Tor gab niemals kampflos auf. Ja, ich hatte noch nie erlebt, daß er überhaupt aufgab – und das galt auch für sein Werben um mich –, ehe er nicht gewonnen hatte.

Doch er stieß mit dem Glas gegen meins und hob es in die Höhe, während Lelia verwirrt das gleiche tat.

»Auf Lawrence und seine Mitstreiter, die noch immer unterwegs sind, die Insel zu erkunden. Zu schade, daß sie nicht auch hier sein können, um Zeugen unserer Kapitulation zu werden. Aber ihre Freudenfeier wird sicherlich ebenso fröhlich ausfallen, wenn sie zurückkehren und diese Verträge ordnungsgemäß beglaubigt und unterschrieben vorfinden.« Er nahm noch einen Schluck Sekt und ergriff mich mit unnötiger Kraft am Arm. »Und auf Verity, unsere stille Teilhaberin, deren Cleverneß dieses Geschäft möglich gemacht hat. Auch wenn es nicht der Preis ist, mit dem du gerechnet hast, bin ich mir sicher, die eine Million, die du verdient hast, wird dich für die rund eine Milliarde entschädigen, die du in den letzten drei oder vier Monaten investiert hast ...«

»Was hat Banks denn mit dem Kapital zu tun?« fragte Lawrence. »Ich dachte, die Baronin stünde als Geldgeberin hinter diesem Unternehmen.«

»Nicht im Hintergrund, sondern im Vordergrund«, sagte Lelia und warf mit ein verschwörerisches Lächeln zu.

Offensichtlich wußten alle hier, was vorging, nur ich nicht.

»Was die Baronin meint«, erläuterte Tor, »ist, daß *sie* die vorderste Front unserer ganzen Investition war – *sie* hat die Wertpapiere gekauft, die wir als Sicherheiten benutzt haben, sie hat sich um die Finanzierung ebenso gekümmert wie um den Kauf der Insel und die Einrichtung des Unternehmens. Aber der führende Kopf – und der finanziell hilfreiche Engel, wenn Sie so wollen – war Verity Banks.«

»Das ist völlig absurd«, sagte Lawrence. »Woher sollte Banks ein Kapital in dieser Größenordnung haben? Sie reden immerhin von einer Milliarde Dollar in Wertpapieren!«

Lawrence sah reichlich verunsichert aus. Selbst ihm war klar, daß die Dinge nicht so standen, wie sie sollten. Doch ich wußte immer noch nicht, was gespielt wurde.

»Vielleicht solltest du ihm erzählen, wie du an das Geld herangekommen bist«, schlug Tor mit einem bezaubernden Lächeln vor. Er drückte meinen Arm noch fester und fügte hinzu: »Erklär *ganz genau*, wo du eine Milliarde Dollar herbekommen hast – und das auch noch in so kurzer Zeit!«

Da begriff ich endlich, und ich mußte selbst lächeln.

»Ich habe das Geld gestohlen«, gestand ich sanft, trank meinen Sekt aus und ging, um mir nachzuschenken.

»Wie bitte?« fragte Lawrence. Als ich vom Einschenken aufblickte, waren seine Pupillen in winzigen Schlitzen verschwunden. Er nahm tatsächlich seine Brille ab und putzte sie, als würde ihm das helfen, besser zu hören.

»Stottere ich?« fragte ich höflich mit hochgezogenen Augenbrauen. »Ich habe eine Milliarde Dollar aus dem elektronischen Überweisungssystem der Bank gestohlen – oh, und auch ein bißchen von der *Fed*-Reserve, das sollte ich nicht vergessen. Wir haben dieses Geld benutzt, um Wertpapiere zu kaufen – aber wir wollten alles zurückgeben, sobald wir unsere dreißig Millionen verdient hätten. Natürlich wird das jetzt, da Sie Ihren Teil der Vereinbarung nicht einhalten, nicht mehr möglich sein.«

Lawrence stand schweigend da, während wir drei ihn anstrahlten.

»Natürlich spielt das eigentlich keine Rolle – weil ich das Geld ganz bestimmt nicht über Konten auf meinen eigenen Namen bewegt habe. Die gestohlenen Gelder wird man nie zu *mir* zurückverfolgen können«, erklärte ich. Dann hielt ich einen Moment inne. »Man wird sie ganz selbstverständlich zu Ihnen und Ihren kleinen Freunden zurückverfolgen.«

Es war so still geworden, dort auf der Terrasse, daß es den Anschein hatte, als existierten wir in einem luftleeren Raum. Lawrence war bleich wie der Tod und hielt sein Glas so fest umklammert, daß ich fürchtete, er würde es zerdrücken. Sicherlich war ihm klar geworden, daß kein Gerichtshof des Landes einem Mann Glauben schenken würde, der in der Lage war, den erzwungenen Ausverkauf einer großen Bank und eines ganzen Landes herbeizuführen – der aber versuchte, so zu tun, als wüßte er nichts von einer Milliarde Dollar gestohlener Gelder, die irgendwie auf seinem eigenen Bankkonto gelandet waren.

Plötzlich schleuderte Lawrence sein Glas quer über die Terrasse – direkt auf meinen Kopf zu. Tor gelang es gerade noch, mich beiseite zu schubsen, als es an der Wand hinter mir zersplitterte.

»Du elende, verdammte Hure!« schrie Lawrence mit einer derartig schrillen Stimme, daß ich einen Moment lang dachte, es sei ein Tier.

Ich erholte mich noch von meinem Schock, da war Tor bereits zu Lawrence hinüber gerannt und hielt ihm die Arme fest – während dieser immer weiter schrie und tobte. Dann war plötzlich die Hölle los. Pearl und Georgian kamen den Weg zur Terrasse heruntergeeilt, die Vagabunden im Gefolge. Alle riefen durcheinander und versuchten gleichzeitig, etwas zu verstehen, während Tor den kreischenden Lawrence in den nächstbesten Stuhl bugsierte.

Lelia klopfte mit einem Löffel gegen ihr Sektglas, bis wir uns alle beruhigt hatten.

»Meine Herren«, sagte sie leise und lächelte. »Ich schlage vor, Sie nehmen alle wieder Platz. Unsere Lektion ist noch nicht beendet – und wir haben da etwas, das Sie bitte für uns unterschreiben möchten. Es ist allerdings kein Vertrag.«

»Was geht hier vor, Baronin?« fragte einer der Banker, die Augen starr auf den schäumenden Lawrence gerichtet.

»Wir sind gerade dabei, Ihnen die Schrauben in das Fleisch zu treiben wie einen Nagel«, sagte sie liebenswürdig und schenkte Sekt nach.

»Schmeckt er dir?« fragte Tor und betrachtete mich im Kerzenschein.

»Das ist das schlimmste Zeug, das ich je probiert habe«, erwiderte ich und spuckte es über die Mauer.

»Man muß einen Geschmack für Retsina entwickeln«, sagte Pearl.

»Es schmeckt wie das gechlorte Wasser aus einem Schwimmbecken«, entgegnete ich.

»Das ist Kiefernharz«, erklärte Tor. »Die alten Griechen füllten ihren Wein in Kiefernfässer, um die Römer davon abzuhalten, ihn zu stehlen.«

»Genau«, sagte Georgian. »Ich liebe einen ordentlichen Schluck Gurgelwasser – jederzeit.«

Sie saß auf der Mauer zum Meer und trug einen dunkelroten Kaftan. Der Himmel in ihrem Rücken leuchtete perlmuttfarben;

das Meer war in tiefes Rosa getaucht. Die Kerzen in den Mauerspalten waren heruntergebrannt, die wenigen Flammen, die noch übrig waren, flackerten und zischten leise. In einem kleinen Kreis saßen die Musikanten. Das sanfte Klingen der Santouri mischte sich mit den süßlichen Klängen der Boizouki. Tor hatte Lelia die komplizierte Schrittfolge eines Tanzes beigebracht, während wir anderen den Kerzen zusahen, die eine nach der anderen verloschen.

»Die kleine Flöte da ist eine Floghera, und die weiche Trommel ist eine Defi«, sagte Georgian. »Wir haben ihnen jede Woche unten am Hafen zugehört, ehe du kamst. Ich hasse es, daran zu denken, daß wir hier wegmüssen – wir hatten Glück, daß wir noch eine Woche bleiben konnten, während Tor mit den Vagabunden in Paris war, um unsere Papiere wiederzuholen.«

»Glaubst du, sie lassen Lawrence je wieder aus der Klapsmühle in Lourdes heraus?« fragte Pearl. »Ich schätze, wenn man emotional so verstopft ist, zerfrißt es einem das Gehirn.«

»Der ist wirklich ausgeflippt«, stimmte ich zu. »Aber seine Kollegen scheinen ja die Billigkeit unseres Anliegens einzusehen. Sie haben uns die Wertpapiere zurückgegeben, ihre ›Übernahme-Aktien‹ abgestoßen und die Geständnisse unterzeichnet – alles ohne Probleme und nur damit wir all das gestohlene Geld dahin zurückbuchen, wo es hingehört, und die Konten auf ihre Namen auflösen. Selbst wenn sie noch vor Gericht gestellt werden, werden sie sicherlich gut davonkommen. Sie werden einfach alles Lawrence in die Schuhe schieben, weil er sich kaum wehren kann.«

»Wir hatten ihnen einen kleinen Anstoß in die richtige Richtung gegeben – für den Fall der Fälle.« Georgian lachte. »Pearl und ich sind mit ihnen zu der heißen Quelle gegangen, während ihr euch hier unterhalten habt. Ich habe ein paar ganz nette Polaroid-Fotos, die ich dir zeigen kann ...«

Sie reichte die glänzenden Abzüge herüber – da war das runde Dutzend Vagabunden zu sehen, wie sie im Adamskostüm herumplanschten und Sekt über Pearl ausgossen. Sie schienen viel Spaß dabei zu haben.

»Wir dachten, es wäre das Beste, eine kleine Rückversicherung zu haben, falls die Dinge sich bei euch nicht so entwickeln sollten«, sagte Georgian und bewunderte ihre Arbeit. »Schau dir die Schärfentiefe an! Man kann jeden Tropfen Sekt auf ihren Brüsten sehen! Ich mußte mich auch noch in den Büschen verstecken, um diese Fotos zu machen.«

»Ihr zwei seid aber auch gemein.« Ich lachte.

»Von der tödlichen Art«, stimmte Pearl zu. »Das hast du mir beigebracht.«

Um Mitternacht, als die Musiker ihre Instrumente eingepackt hatten, saßen wir in der kühlen, feuchten Dunkelheit und sahen zu, wie der erste in der Reihe den Berg hinaufging. Unter uns am Meer waren lauter kerzentragende Menschen versammelt, und wir konnten vor dem violett-silbrig getönten Wasser ihre Silhouetten erkennen, als sie sich einer nach dem anderen aus der Gruppe lösten und langsam, singend, den Hügel hinaufschritten.

»Es heißt Akathistos«, flüsterte Tor, der seinen Arm um mich gelegt hatte. »Ein Kontakion – das einzige, das vollständig überliefert ist. Es wurde von Sergej dem Patriarchen geschrieben, als Konstantinopel von den Persern befreit wurde – eine Dankeshymne. Aber sie singen es hier zu Ostern um Mitternacht.«

»Das ist schön«, murmelte ich.

Lelia erhob sich.

»Jetzt gehen wir zur Messe«, sagte sie. Aber als die anderen sich ebenfalls erhoben, hielt Tor mich zurück.

»Wir zwei nicht«, sagte er, und indem er sich an Lelia wandte erklärte er: »Wir haben noch etwas zu erledigen.«

So trabten die anderen ohne uns nach unten zu dem Wägelchen, um der Prozession über den Kegel des Omphalos in die kleine Kirche zu folgen. Als wir die Lichter der vielen Kerzen nicht mehr sehen konnten, wandte Tor sich zu mir um.

»Heute ist der letzte Tag unserer Wette«, sagte er. »Und ich glaube, du hast gewonnen. Zumindest nehme ich an, daß du den dreißig Millionen, auf die wir uns geeinigt hatten, um einiges nähergekommen bist. Ich würde gern besprechen, wie wir uns einigen wollen. Aber zuerst möchte ich gern über uns sprechen.«

»Ich weiß nicht, ob ich daran überhaupt denken kann«, sagte

ich. »Mir scheint, mein Leben ist mir aus den Händen gerissen worden, und etwas Neues ist an seine Stelle getreten – etwas, das ich bis jetzt kaum kenne. Ich möchte mit dir zusammensein, aber vor vier Monaten hätte ich mir noch nicht einmal vorstellen können, daß wir eine Beziehung miteinander haben.«

»Ich möchte keine Beziehung mit einem großen B«, versicherte er mir und studierte mich genau im schwachen Mondlicht. »Wie wäre es mit einer Beziehung mit einem kleinen b, für den Anfang?«

»Oder mit einer Beziehung, in der alles noch offen ist?« schlug ich lächelnd vor.

»Warum nicht.« Tor lächelte. »Aber wenn ich dir den Job bei der *Fed* besorge, wärst du in Washington, und ich würde immer noch in New York sein. Sind wir nicht schon lange genug getrennt gewesen? Sag mir – genau –, wie alt du jetzt bist.«

»Ich muß gestehen, daß ich mich schon auf das Ende der Zwanziger zubewege. Warum fragst du?«

»Dann bist du alt genug, um zu wissen, daß nur sehr wenigen Leute ein solches Glück zuteil wird wie uns – mit dem, was wir haben. Ich würde gern etwas Licht in diese Angelegenheit bringen. Einen Moment; ich bin gleich zurück.«

Er ging ins Haus und ließ mich auf der Terrasse allein mit einer Flasche Cognac und zwei Gläsern. Ich goß mir einen Drink ein, beobachtete, wie die Wolken am Mond vorbeizogen und hörte den Wellen zu, die unten an die Mauern schwappten. Als Tor zurückkam, trug er eine große Mappe. Er schüttete den Inhalt auf den Fliesen aus und zündete ein Streichholz an. Ich sah sein kupferfarbenes Haar im Schein des Lichtes aufleuchten, dann blickte ich auf dem Stapel am Boden, gerade als er ein Blatt aufhob und es anzündete.

»Was machst du da?« rief ich beunruhigt. »Das sind die Wertpapiere! Die echten! Das ist eine Milliarde Dollar, die du da verbrennst! Bist du verrückt?«

»Vielleicht«, sagte er lächelnd, und seine flammenfarbenen Augen schimmerten golden im Feuerschein. »Ich habe dem *Depository* von Paris aus die Seriennummern der Fälschungen in ihren Stahlkammern telegrafiert. Ich dachte, es wäre am besten, alle Spuren zu beseitigen, wie sie dorthin gekommen sein könnten – falls die Vagabunden es sich anders überlegen und versuchen, mit uns das gleiche zu tun, was wir mit ihnen gemacht haben. Trotz allem haben wir erreicht, was wir wollten. Die Broker und Banker, die es abgelehnt haben, eine Inventur ihrer Papiere zu machen, werden Schwierigkeiten haben zu erklären, wieso die Wertpapiere, die *sie* ins *Depository* geschickt haben, Fälschungen sind – wobei die Kunden, an die sie sie verkauft haben, durch ihren Beleg geschützt sind. Oh, setz dich doch, meine Liebe – du machst mich nervös, wie du da auf einem Bein stehst.«

Ich machte *ihn* nervös! Ich setzte mich auf den Rand des Tisches und sah ihm zu, wie er ein Papier nach dem anderen anzündete, bis der ganze Haufen Feuer fing. Schließlich erstarben die Flammen, und aus dem Feuer wurde ein Haufen Asche, die der Wind aufhob und davontrug, in langsamen Wirbeln quer über die Terrasse. Morgen früh würden eine Milliarde Dollar verschwunden sein, ohne daß eine Spur davon zurückblieb – genausowenig wie von unserem Diebstahl. Würden die nächsten zweiunddreißig Jahre meines Lebens auch so sein? Tor kam zu mir, nahm mich in die Arme, als habe er meine Gedanken gelesen, vergrub sein Gesicht an meinem Nacken und atmete den Duft meines Haares ein.

»Ich muß nach Hause und meine Orchideen gießen und eine Weile über alles nachdenken«, sagte ich zu ihm und hatte meine Arme um ihn gelegt. »Als ich mich auf diese Wette eingelassen habe, hätte ich nicht wissen können, daß ich am Ende ein anderer Mensch sein würde. Ich bin kein Hellseher, so wie du.«

»Wohl nicht«, sagte er und küßte mich auf den Hals und hielt mich von sich weg, um mein Gesicht zu betrachten. »Aber anstatt dir Gedanken über gestern und morgen zu machen – was ist mit heute? Ich habe das Gefühl, da ist etwas, was wir noch nicht getan haben.«

»Noch nicht getan?« fragte ich überrascht. »Was heißt das?«

»Obwohl wir die Vagabunden gestoppt haben, könnte jeder, der es wollte, das gleiche noch einmal tun, auch ohne ein eigenes Land zu besitzen – und zwar genau so, wie sie es gemacht haben. Außerdem kann jede Bank mit Leichtigkeit eine andere aufkaufen, wenn sie dazu überbewertete Aktien verwendet. Es gibt im internationalen Wirtschaftssystem einfach keine Möglichkeit sicherzustellen, daß Bankvermögen richtig bewertet und versichert sind – oder daß nicht irgendein geldgieriger Bastard zufällig vorbeikommt und morgen den gleichen Coup abziehen kann wie heute.«

»Und was hat das mit uns zu tun?« fragte ich.

»Wenn du bei der *Fed* arbeitest, um deren Reserven und Vermögensliquidität zu überprüfen«, sagte er und lächelte jenes seltsame und gefährliche Lächeln, als er mich im Mondschein betrachtete, »und ich analysiere die Portefeuilles, die über die Börsen angekauft werden – dann sollten wir einen recht gründlichen Job daraus machen können, glaubst du nicht? Ich möchte wetten, daß ich mehr gesetzwidrige Unternehmenszusammenschlüsse und unlautere Geschäftsübernahmen ausfindig machen kann als du in, sagen wir, einem Jahr. Was hältst du davon, meine kleine Rivalin?«

Ich warf ihm einen ungehaltenen Blick zu, aber ich konnte nicht lange ernst bleiben und fing an zu lachen.

»Also gut – um was wollen wir wetten?« fragte ich.